中华国学文库

李贺诗笺注

〔唐〕李　贺著
吴企明　笺注

中华书局

图书在版编目(CIP)数据

李贺诗笺注/(唐)李贺著;吴企明笺注. —北京:中华书局,2024.6
(中华国学文库)
ISBN 978-7-101-16607-1

Ⅰ.李… Ⅱ.①李…②吴… Ⅲ.唐诗-注释 Ⅳ.I222.742

中国国家版本馆CIP数据核字(2024)第081933号

书　　名　李贺诗笺注
著　　者　〔唐〕李　贺
笺　　注　吴企明
丛 书 名　中华国学文库
责任编辑　张　耕
责任印制　管　斌
出版发行　中华书局
　　　　　(北京市丰台区太平桥西里38号　100073)
　　　　　http://www.zhbc.com.cn
　　　　　E-mail:zhbc@zhbc.com.cn
印　　刷　河北新华第一印刷有限责任公司
版　　次　2024年6月第1版
　　　　　2024年6月第1次印刷
规　　格　开本/880×1230毫米　1/32
　　　　　印张19¾　插页2　字数480千字
印　　数　1-2500册
国际书号　ISBN 978-7-101-16607-1
定　　价　128.00元

中华国学文库出版缘起

《中华国学文库》的出版缘起，要从九十年前说起。

1920年，中华书局在创办人陆费伯鸿先生的主持下，开始编纂《四部备要》。这套汇集三百三十六种典籍的大型丛书，精选经史子集的“最要之书”，校订成“通行善本”，以精雅的仿宋体铅字排印。一经推出，即以其选目实用、文字准确、品相精美、价格低廉的鲜明特点，最大限度地满足了国人研治学问、阅读典籍的需要，广受欢迎。丛书中的许多品种，至今仍为常用之书。

新中国成立之后，党和国家倡导系统整理中国传统文献典籍。六十馀年来，在新的学术理念和新的整理方法的指导下，数千种古籍得到了系统整理，并涌现出许多精校精注整理本，已成为超越前代的新善本，为学界所必备。

同时，随着中华民族以前所未有的自信快速发展，全社会对中国固有的学术文化——国学，也表现出前所未有的关注和重视。让中华文化的优秀成果得到继承和创新，并在世界范围内进行传播和弘扬，普惠全人类，已经成为中华民族的历史使命。当此之时，符合当代国民阅读需要的权威的国学经典读本的出现，实为当务之急。于是，《中华国学文库》应运而生。

《中华国学文库》是我们追慕前贤、服务当代的产物，因此，它自当具备以下三个基本特点：

一、《文库》所选均为中国学术文化的“最要之书”。举凡哲学、历史、文学、宗教、科学、艺术等各类基本典籍，只要是公认的国学经典，皆在此列。

二、《文库》所选均为代表当代最新学术水平的“最善之本”，即经过精校精注的最有品质的整理本。其中既有传统旧注本的点校整理本，如朱熹《四书章句集注》，也有获得学界定评的新校新注本，如余嘉锡《世说新语笺疏》。总之，不以新旧为别，惟以善本是求。

三、《文库》所选均以新式标点、简体横排刊印。中国古籍向以繁体竖排为标准样式。时至当代，繁体竖排的标准古籍整理方式仍通行于学术界，但绝大多数国人早已习惯于现代通行的简体横排的图书样式。《文库》作为服务当代公众的国学读本，标准简体字横排本自当是恰当的选择。

《中华国学文库》将逐年分辑出版，每辑十种，一次推出；期以十年，以毕其功。在此，我们诚挚希望得到学术界、出版界同仁的襄助和广大读者的支持。

中华书局自 1912 年成立，至今已近百岁。我们将《中华国学文库》当作向中华书局百年诞辰敬献的一份贺礼，更是向致力于中华民族和平崛起、实现复兴大业的全国人民敬献的一份厚礼。我们自当努力，让《中华国学文库》当得起这份重任，这份荣誉。

中华书局编辑部

2010 年 12 月

目　录

以上元和四年

李贺诗笺注卷二

李贺诗笺注卷三

李贺诗笺注卷四

李贺诗笺注卷五

李贺诗笺注卷六
未编年诗

前　言

李贺，字长吉，河南府福昌县（今河南宜阳）人，生于唐德宗贞元六年（七九〇），卒于唐宪宗元和十一年（八一六）。父名晋肃，是疏远的皇族，一生官职低微。李贺自幼聪颖，束发读书以来，勤奋好学，广泛阅读经传史籍、诸子百家、诗骚乐府、古小说等书籍，为他日后取得较高的诗歌创作成就，奠定了坚实的基础。元和三年（八〇八），应河南府试，获隽，随即赴京应礼部试，翌年，遭谗落第，返回昌谷。这年的九、十月间，他再度经洛阳入京，走“父荫得官”的道路，由宗人荐引，经过考试，在元和五年（八一〇）五月，始任太常寺奉礼郎。元和七年（八一二）春，诗人因病辞官返乡。八年（八一三）六月，他为寻找施展政治抱负的机会，也为谋求生计，自家乡北上潞州，投奔参潞州幕的故友张彻。可惜，他没有受到尚武的昭义军节度使郗士美的重视，在潞州度过了一年九个月的寄人篱下的生活。十年（八一五）春，他告别张彻，南下探视任职和州的十四兄。恰当其时，吴元济据蔡州反，对抗朝廷，宪宗调集诸道兵马进讨，淮西一带非常混乱。诗人北归之道受阻，便乘机南游吴会。他先后到过金陵、吴兴、嘉兴、绍兴等地，饱览江南风光。元和十一年（八一六），淮西战乱仍未解除，诗人便溯长江，转汉水，经襄阳，北归家园。南北游历,并没有带给诗人一线希望,抱负无法实施,理想无法实现,胸中郁闷难以消除,再加上体弱多病,旅途劳顿,他经受不住精神上、肉体上的双重折磨,匆匆走完了二十七年人生道路,过早地离开了人世。

李贺短暂的一生,历经德、顺、宪宗三朝,而他的生活和创作活动,主要是在元和时期。统一强大的唐帝国,经过"安史之乱",国势已由盛转衰,原来就很尖锐的各种社会矛盾,这时就更加突出,而藩镇割据和宦官擅权,成为中唐时代两大社会症结。面对日益激化的社会危机,一批头脑清醒的进步政治家提出了一系列政治改革的主张,他们要求加强中央集权,革除弊政,反对藩镇割据分裂和宦官专权,力图缓和社会矛盾,巩固封建统治。"永贞革新",就是这种政治要求的集中表现。但在宦官、藩镇和贵族官僚集团的猖狂反扑下,永贞革新运动惨遭失败,革新人士被贬谪,唐宪宗受宦官等腐朽势力的拥戴,登上帝位。宪宗执政十多年来,曾经有过多次平藩的功绩,也任用过李绛、裴度等人做宰相,取得了"中兴"的表象,但是他宠信宦官、亲近佞臣,追求神仙迷信,中唐社会黑暗腐败的现实,始终没有得到改变。

中唐前期,诗坛上曾一度沉寂,到了元和时代,重又出现了繁荣的气象。以韩愈、柳宗元为代表的古文运动和以白居易为代表的新乐府运动,都兴起在这个时期,先后涌现出白居易、韩愈、柳宗元、元稹、刘禹锡、孟郊、张籍、王建等一批优秀诗人,他们以各自的独特风格和诗歌成就,给中唐诗坛带来蓬勃的生机。元、白等人用平易通俗的语言,反映人民疾苦,他们的诗篇,广为传诵。韩孟诗派各诗人,因个性、才能的差异,呈现出不同的艺术风格。此外，张、王乐府的清俊深秀，刘禹锡近体诗的雄浑深邃，柳宗元古体诗的清峻古峭，也都别具一格。而尚奇的审美趋尚，则是中唐时代文学艺术家共同的艺术追求，韩孟诗派尤为突出，韩愈诗奇而雄，孟郊诗奇而古，贾岛诗奇而清，卢仝诗奇而怪，正是这种时代风尚的具体表现。

李贺生活在这样的社会里、诗坛上，他的诗歌创作，就必然带着时代的印记，深受时尚的浸润和熏染。

宋人赵璘说李贺诗，"多属意花草蜂蝶之间"（《因话录》），不知赵璘读过几首李贺诗，竟然作出如此不切实际的评论。我们综观李贺集，深入分析长吉诗的思想内容，真叹服这位年轻诗人的观察力和艺术表现力。概言之，他的诗歌具有如下六方面的社会意义：一、诗人坚持中央集权，反对藩镇割据，歌颂历史上为祖国统一和在平叛战争中作出贡献的英雄人物，如《秦王饮酒》、《王濬墓下作》、《雁门太守行》；揭露并抨击藩镇叛乱祸国殃民的罪行，如《猛虎行》、《公无出门》诸作。二、诗人反对宦官专权，揭露并讽刺他们扰乱朝政的罪行和无能懦怯的丑态，如《感讽五首》（其二）、《汉唐姬饮酒歌》。《吕将军歌》写道："榼榼银龟摇白马，傅粉女郎火旗下。恒山铁骑请金枪，遥闻箙中花箭香。"将统兵宦官的丑态，刻画得淋漓尽致。三、诗人无情揭露贵族官僚集团骄奢淫逸的腐朽生活，《荣华乐》、《秦宫诗》等作品，以巨大的艺术概括力，向人们展示一幅幅上层社会珠光宝气的生活图卷。《梁台古意》、《荣华乐》诸诗的结尾，诗人以十分警策的诗句，揭示了贵族官僚集团必然灭亡的命运。四、诗人怀着深情，表现革新人士遭受迫害的现实，抒写义愤填膺的真切感情，如《还自会稽歌》、《金铜仙人辞汉歌》。他反映自身和友朋们的不幸际遇，抒写怀才不遇的苦闷和壮志难酬的激愤，如《赠陈商》、《送沈亚之歌》、《开愁歌》，充分表现这种感士不遇的历史主题。五、诗人揭示贫富不均的社会现状，反映下层百姓的痛苦生活，对劳动人民寄予深切的同情。《南园十三首》（其二），表现封建统治阶级残酷的经济剥削；《老夫采玉歌》为"不念民生者"敲响了警钟；而比较集中地体现这种思想的诗篇，是《感讽五首》（其一），通过官吏逼税的描写，反映千百万劳动者的共同遭遇，具有典型意义。六、诗人宣扬朴素唯物思想，反对神仙迷信，尖锐地嘲讽统治阶级追求长生的愚蠢行为。《苦昼短》、《官街鼓》、《仙人》、《神弦》等诗，否定神的存在，揭露神仙巫术的虚妄，把讽刺的矛头直指崇尚迷信、追求长生的唐宪宗。

长吉诗歌千百年来赢得广大读者的喜爱，除了它具有进步的思想内容外，还因为它独具风貌，创造了神奇瑰丽的诗境，给人以无穷的审美享受，取得极高的艺术成就。首先，长吉鼓起想象的翅膀，上天入地、古往今来地展开奇思遐想，既运用超现实的、也运用如实反映现实的艺术想象方式，以迥然异趣的艺术构思、大胆奇警的艺术夸张，奔放炽热的感情，创造出奇瑰的诗歌意境，把人们带进奇丽变幻的艺术美的境界里，从而形成他诗歌想象力丰富奇特的审美特征，《梦天》、《天上谣》、《李凭箜篌引》等诗，最具代表性。其次，长吉寓意于物，移情于景，把需要表现的思想、情感、意念和理想，含蓄蕴藉地包孕在艺术形象中，熔景物、情感、议论于一炉，构成诗味隽永的艺术意境，使读者通过富有诗情画意的诗境，深切体识诗篇的题旨。《五粒小松歌》，诗人把自己受压抑、受迫害的际遇和要求摆脱困境的愿望，蕴含在姿态奇特的小松形象里，思想、艺术绾合得非常巧妙。《艾如张》用有形的捕雀罗网比作无形的社会罗网，设喻自然贴切，寓意深远含蕴。诗人笔下的“马”和“剑”的形象，寄寓着诗人施展才能、实现理想的怀抱，抒写自己怀才不遇、无人赏识的郁闷，很有艺术魅力。再次，长吉刻意锤炼语言，造语奇隽，凝炼峭拔，色彩秾丽，形成诗歌语言“瑰丽奇峭”的审美特征。他是中唐时代苦吟诗人中一位卓有成就的作家，追求“戛戛独造”的艺术境界，因而在他的笔下，精警、奇峭、凝炼而富有创造性的语言，比比皆是。长吉诗的语言又颇具音乐美，他喜欢运用双声叠韵词、叠字，繁密的韵脚，长短参差的句式，因而韵律和谐、节奏明快、旋律错落有致，音节浏亮，富有节奏感，读来琅琅上口，增加了音响效果。其四，长吉诗以其犀利精警的讽刺艺术，尖锐地、准确地揭露并抨击了当时社会的丑恶事物。李贺诗长于讽刺，宋刘辰翁评《昆仑使者》“元气”句云：“甚有讽刺。”（刘辰翁《评》）清人王夫之也独具只眼，指出：“长吉长于讽刺，直以声情动古今。”（《船山唐诗评选》）诗人揭露、抨击现实生活中的丑恶事物，总是带着强烈的爱憎感情，极尽嘲笑、揶揄、讽刺之能事，笔锋辛辣，入木三分，如《荣华乐》、《秦宫诗》等。《感讽五首》（其一）对县官、簿吏相继逼租、贪得无厌的丑态，作了辛辣的讽刺，揭露他们横征暴敛、欺压百姓的罪行。其五，长吉以其灵活多变的乐府诗，丰富并发展了我国乐府诗的艺术传统。他在乐府诗的继承和创新方面，作出了杰出的贡献，拟古中有夺换，继承中有创新，如《猛虎行》，借古题以揭露中唐时代藩镇之专横跋扈，《公无出门》，用《公无渡河》古题，稍易本题字面，别出新意。他继承杜甫的“即事命篇，无复依傍”的艺术传统，写出不少新题乐府，如《老夫采玉歌》、《宫娃歌》，他又将古人事，创为新题，如

《秦王饮酒》、《金铜仙人辞汉歌》，托古寓今，焕然有新意。李贺的乐府诗，着意锤炼语言，色彩秾丽，注意内心感受的抒写，题旨比较含蓄，与古乐府、唐代新乐府的语言质朴、注重叙事、题旨显豁的特色迥然异趣，呈现出独具匠心、风格卓异的面貌。薛雪认为："唐人乐府，首推李、杜，而李奉礼、温助教，尤宜另炷瓣香。"(《一瓢诗话》)诚哉斯言！

毋庸讳言，李贺诗歌思想、艺术上都还存在不少弱点，这些弱点又往往与它的长处交糅在一起，正像光泽瑰丽的宝石中出现斑斑瑕点一样。这个特征，是由诗人思想情感的复杂性决定的。诗人曾怀抱报国的豪情壮志，热情追求美好的理想世界，表现出积极的人生态度，努力面对现实生活，写出许多重大社会题材的诗篇。但是每当他踯躅在坎坷的人生道路上，抱负无法施展，理想时时破灭，他又陷入思想极度迷惘、苦闷之中，情绪抑郁低沉，发出低回的哀叹，如《秋来》、《伤心行》等作；他萌生生命短促、及时行乐的颓废思想，如《铜驼悲》、《将进酒》等诗；他也溷迹声色之中，写出一些格调平庸、挟妓宴游的篇章，如《夜来乐》、《花游曲》等诗；他还感受到"老"、"死"的威胁，常向幽冷凄清的景点，甚至到墓地，去寻找灵感和诗美，好用"泣"、"死"、"血"、"鬼"等字眼，表达沉闷、死寂的感受，如《感讽五首》(其三)、《苏小小墓》等作，被后代论家称为"鬼才"。王世贞曾用一个"过"字(叶燮《原诗》引)，概要地评论李贺诗歌的弊端，很有见地。长吉追求秾丽、奇峭，但有时过于华美、雕琢；长吉追求含蓄蕴藉，但有时也过于晦涩难懂，如《恼公》、《夜来乐》等诗。我们相信，如果假诗人以年寿，使他有更为深广的社会观察和创作实践，那么，诗人的思想将会更成熟，观察和表现社会生活将更为宽广和深刻，他的缺陷和弱点将会更少一些，长吉诗将会取得更大的成就。

李贺诗集旧的评注，最早为宋吴正子注、刘辰翁评；明代有徐渭、董懋策评注、曾益注、余光注、姚佺笺、黄淳耀评。清代有王琦汇解、姚文燮注、方世举批注、黎简评、陈本礼注、李裕注、吴汝纶评注等等，各有得失。其中，宋之吴注刘评、明之曾益注、清之王琦汇解，影响较大。面对前人的众多成果，也面对前人留下的许多疑难问题，本书采取集校、集解、集评的纂述方式，博观约取，汲取诸家论说，再加上自己的研究心得，希望成为较为详备的李贺诗校注评本，兼具资料性和学术性的双重价值。内容包括四个方面：

一、校记，本书采用通行的乾隆二十五年宝笏楼刻王琦《李长吉歌诗汇解》（简称王琦《解》）为底本（王琦《解》所使用的吴正子本、《唐文粹》、《文苑英华》诸本，不再另行参校），以下列李贺集版本作为参校本：董氏诵芬室影印北宋宣城本《李贺歌诗编》（简称宣城本）、续古逸丛书影印宋蜀刻本《李长吉文集》（简称宋蜀本）、上海涵芬楼影印瞿氏铁琴铜剑楼藏蒙古宪宗六年赵衍刻本《李贺歌诗编》（简称蒙古本）、明万历白鹿斋刻本《李长吉诗集》（简称万历本）、国学基本丛书据明崇祯刻本刊印曾益《昌谷集注》（简称曾益本）、清雍正九年金惟骏渔书楼刻本黄淳耀评注《李长吉集》（简称黄评本）、吴兴凌濛初刻刘辰翁评点《李长吉歌诗》（简称凌刊本）、清初梅村书屋印本姚佺笺《昌谷集句解定本》（简称姚佺本）、建阳同文书院重刊本姚文燮《昌谷集注》（简称姚文燮本）、日本内阁文库藏高丽版《李长吉诗集》（简称日本内阁文库本）、中华书局一九七九年排印本《全唐诗》

（简称《全唐诗》）。又，郭茂倩《乐府诗集》中收录大量李贺诗，今亦用以参校（简称《乐府诗集》，用上海古籍出版社《四部精要》本）。清代及近现代学者往往提出一些文字校勘的见解，则参比同异，择善而从之。

二、笺注，包括笺注、诠解，笺出诗作之时代背景、作诗本事、人物交游等；注出词语典故、名物地理；诠解诗句，帮助学人理解诗意。前代学者之笺注、诠解，有助于彰明长吉诗意者，均酌加采摭。本书较多采辑曾益、姚佺、王琦、姚文燮之诠解性文字，这对理解奇诡的李贺诗，极有意义。为避免文字繁复，以省篇幅，本书对常用的前代和近代学者之论述，均取简称之法。如吴正子笺注、刘辰翁评点《李长吉歌诗》，简称吴正子《注》、刘辰翁《评》；徐渭、董懋策评注《李长吉歌诗》，简称徐渭《注》、董懋策《评》；曾益注《昌谷集》，简称曾益《注》；黎二樵批点黄陶庵评本《李长吉集》，简称黎简《批》、黄淳耀《评》；姚佺笺《昌谷集句解定本》，简称姚佺《笺》；姚文燮注《昌谷集》，简称姚文燮《注》；明于嘉刻本《李长吉诗集》无名氏批语，简称无名氏《批》；方世举批本《李长吉诗集》，简称方世举《批》；王琦《李长吉歌诗汇解》，简称王琦《解》；陈弘治《李长吉歌诗校释》，简称陈弘治《校释》；林同济《李长吉歌诗研究》（载《中华文史论丛》一九八二年第一辑），简称林同济《研究》。前人注释之误、晦处，笔者则详加考证，订前人之失，以释读者之疑，如"中国"（《李凭箜篌引》）、"金鱼"（《还自会稽歌》）、"宫门掌事"（《秦王饮酒》）、"郎"（《金铜仙人辞汉歌》）、"白屋"（《老夫采玉歌》）、"坚都"（《仁和里杂叙皇甫湜》）、"金虫"（《恼公》）、"红轮"（《谢秀才有妾缟练改从于人秀才引留之不得后生感忆坐人制诗嘲诮贺复继四首》)、“斫文吏”(《古邺城童子谣》)、“长翻蜀纸卷明君”(《许公子郑姬歌》)、“绿网缒金铃”(《出城别张又新酬李汉》)等等,其例甚多,不一一胪举。笔者多年来研究李贺诗,陆续发见王琦汇解以及多种李贺诗注本中的问题,于一九八二年写成《王琦〈李长吉歌诗汇解〉补笺辨正》,载入拙著《唐音质疑录》中,近年来,又不断有所发见,曾对该文重加增补,积成未刊稿,本书中许多见解,实际上都以此为基础。

三、集评,本书除广泛录用前人评论外,还注意录用近当代重要论家之文字,如钱钟书《谈艺录》、钱仲联《读昌谷诗札记》、《读昌谷集绝句六十首》等。有些意见,属于具体字句的,则录在“笺注”中。总体评论李贺和长吉诗者,则专辑为“诗评”,置于附录中。

四、编年,将李贺诗系年编排,便于理解诗人在不同时期的创作实况。除少数版本诗篇序次稍有出入外,李贺集基本上取一种编排方式,即四卷加集外诗或无集外诗,或将集外诗打入四卷中。既不按诗体分类编排,也不按题材内容分类编排,更无年代编集之痕迹。只有日本内阁文库藏高丽版《李长吉诗集》是个例外,它的编排,以类相从,将全集分为“歌类”、“引类”、“行类”、“曲类”、“乐类”、“寄和送赠酬答类”、“景物类”、“地理类”八类,实属罕见。笔者于二〇〇七年为凤凰出版社编撰《李贺集》(诗选本)时,曾将近百首李贺诗逐年编排,做过李贺诗系年编排的尝试。本书即在此探索基础上,进一步从考察李贺生平、交游入手,再依据诗篇题材内容、人事地望、时序节令,将李贺集中二百二十二首诗纳入“编年诗”中,占全集诗篇总数百分之九十。其馀二十一篇编入“未编年诗”中,一则那些诗无法判定其作年，二则有些作品疑非锦囊中物，只能姑附于后，俟考。

本书在“编年诗”和“未编年诗”两个部分之外，将一些存疑的所谓李贺诗文，编入《笺注》“附录”中。王琦曾将它们称为“补遗”，并不妥切。因为它们没有被历代李贺诗编集者所认可、撷取，各种李贺集版本均未录入，实非锦囊中物，并不是可以补足全集的遗佚之作，因此只能作为“附录”，录以备考。

笺注诗歌难，笺注李贺诗歌尤难，为李贺诗编年更难。李贺诗及其生平，有太多的费解之处，又有太多的纷纭之说，因此，本书的笺注、编年诸工作，在博观约取、参酌众说的基础上，力求多表述一些自己的学术见解，以成一家之言。全书定有不少误失和疏漏，还请海内外学界朋友和广大读者不吝赐教。

吴企明

二〇〇九年五月识于苏州西塘北巷寓所

李贺诗笺注卷一

上之回[一]

上之回，大旗喜。悬红云[二]，挞凤尾[三]。剑匣破，舞蛟龙[四]。蚩尤死[五]，鼓逢逢[六]。天高庆雷齐堕地，地无惊烟海千里①[七]。

【校记】

①海千里，宋蜀本作“海千封”。

【注释】

〔一〕上之回：乐府古题。吴兢《乐府古题要解》：“上之回，汉武帝元封初，因至雍，遂通回中道，后数幸焉。其歌称帝游石阙、望诸国，月支臣，匈奴服，皆美当时事也。”王琦《解》：“古词上之回，指幸回中道而言，此云上之回，指言天子回京师也。”

〔二〕红云：王琦《解》：“红云，大旗之色。”

〔三〕挞凤尾：曾益《注》：“往来翻击如挞。”王琦《解》：“凤尾，析羽而置于旗之首者。”

〔四〕“剑匣”二句：王嘉《拾遗记》卷一：“（颛顼）有曳影之剑，腾空而舒，若四方有兵，此剑则飞起指其方，则剋伐。未用之时，常于匣里如龙虎之吟。”王琦《解》：“此暗用其事，谓剑飞出匣，腾舞空中，有若蛟龙之状。破者，谓剑破匣而出，若画龙之破壁而飞同一解。”

〔五〕蚩尤：《史记·五帝本纪》：“蚩尤作乱，不用帝命。于是黄帝乃征师诸侯，与蚩尤战于涿鹿之野，遂擒杀蚩尤。”

〔六〕逢逢：鼓声。《诗经·大雅·灵台》：“鼍鼓逢逢。”《毛传》：“逢逢，和也。”王琦《解》：“此谓战时得胜而鼓也。”

〔七〕“天高”二句：吴正子《注》：“扬雄《甘泉赋》云：直峣峣以造天兮，厥高庆而不可乎疆度。天高庆即此意。庆，音羌，发语声也。”曾益《注》：“天高庆，声薄天，雷齐堕地，鼓声薄天而雷应之。地无惊烟，言天威远振而烽烟宁谧，海千里，犹之言海晏。”王琦《解》：“二解俱模稜不成句法，琦谓庆雷疑是庆云之讹。《汉书·天文志》：若烟非烟，郁郁纷纷，萧索轮囷，是谓庆云。庆云见，喜气也。齐堕地，谓云下垂而至地也。地无惊烟海千里，谓海外千里之远，无烽火之警也。”

【集评】

姚文燮《注》：元和十二年十月，李愬擒吴元济，上御门受俘，贺拟此曲以称庆也。汉武游石阙、望诸国，当时月支臣，匈奴服，因作此歌。元延元年，上幸雍畤，天无云，有雷声，光耀耀四烛。

【编年】

元和元年九月，高崇文平蜀乱，刘辟被捕押至京城，十月被斩于长安城西独柳树。消息传来，李贺借乐府古题以歌颂平叛战争之胜利。姚文燮《注》谓此诗庆平吴元济，时序不合，实误。

黄家洞〔一〕

雀步蹙沙声促促〔二〕，四尺角弓青石镞〔三〕。黑幡三点铜鼓鸣〔四〕，高作猿啼摇箭箙〔五〕。彩巾缠踍幅半斜①〔六〕，溪头簇队映葛花②。山潭晚雾吟白鼍〔七〕，竹蛇飞蠹射金沙〔八〕。闲驱竹马缓归家〔九〕，官军自杀容州槎〔一〇〕。

【校记】

①彩巾，宣城本、宋蜀本、蒙古本、日本内阁文库本均作"彩布"。踍，吴正子《注》："踍，胫也，合作骹，读如敲声。"

②簇队，曾益本、姚佺本、姚文燮本均作"簇坠"。

【注释】

〔一〕黄家洞：即黄洞蛮，西原蛮的一支。《资治通鉴》卷二百三十九："（元和十一年）十一月壬戌朔，容管奏黄洞蛮为寇。"中唐时代，黄家洞人曾多次起事，然贞元十年一次，诗人尚年幼。元和十一年一次，诗人已死。本诗所记当是元和二年时事。《资治通鉴》卷二百三十七："（元和二年）二月癸酉，邕州奏破黄贼，获其酋长黄承庆。"胡三省注：黄贼，西原洞蛮也。《新唐书·宪宗纪》："（元和二年二月）癸酉，邕管经略使路恕败黄洞蛮，执其首领黄承庆。"韩愈《黄家贼事宜状》云："臣去年贬岭外刺史，其州虽与黄家贼不相邻接，然见往来过客并谙知岭外事人所说，其贼并是夷獠，亦无城郭可居，依山傍险，自称洞主，衣服言语都不似人，寻常亦各营生，急则屯聚相保。比缘邕管经略使多不得人，德既不能绥怀，威又不能临制，侵欺虏缚，以致怨恨。蛮夷之性，易动难安，遂致攻劫州县，侵暴平人，或复私仇，或贪小利，或聚或散，终亦不能为事。”此文作于元和十五年，李贺已死，而韩文多写黄家洞人之骄横，足与长吉诗相互发明，故摘录之。

〔二〕“雀步”句：曾益《注》：“雀步蹙沙，言足如雀跃。”王琦《解》：“雀步，状蛮人之行，犹雀之跃，蹙行沙上，促促有声。”

〔三〕四尺角弓：《后汉书·东夷传》：“（挹娄）弓长四尺，力如弩，矢用楛，长一尺八寸，青石为镞，镞皆施毒，中人即死。”王琦《解》：“引此以状蛮人弓矢之异。”

〔四〕黑幡：吴正子《注》：“黑幡，必中军旗号。”王琦《解》：“黑幡三点，状蛮人旗帜之异。”铜鼓鸣：诸蛮铸铜为鼓，攻杀时则鸣。《后汉书·马援传》：“于交趾得骆越铜鼓。”章怀太子注：“裴氏《广州记》曰：俚獠铸铜为鼓，鼓唯高大为贵，面阔丈馀，初成，悬于庭。剋晨置酒，召致同类，来者盈门。”《隋书·地理志下》：“俗好相杀，多构雠怨，欲相攻则鸣此鼓，到者如云。”范成大《桂海虞衡志·志器》：“铜鼓，其制如坐墩而空其下。满鼓皆细花纹，极工致。四角有小蟾蜍，两人舁行，以手拊之，声全似鞞鼓。”

〔五〕“高作”句：曾益《注》：“鼓鸣而声作，如猿啼也。摇箭箙示善射，军未临又未始射。”王琦《解》：“高作猿啼，状蛮人叫呼声如猿啸。摇箭箙，状其动跃不静之态。”

〔六〕“彩巾”句：曾益《注》：“彩巾缠踍，以彩布裹足，幅半斜，边露而斜缠。”王琦《解》：“言蛮人以彩色之布斜缠其胫，在于溪头簇立成队，与葛花相映。”幅：或名邪幅，俗称裹腿。《左传·桓公二年》：“带裳幅舄。”《诗经·小雅·采菽》：“邪幅在下。”郑玄注：“邪幅，如今之行縢也，偪束其胫，自足至膝，故曰在下。”上古曰邪幅，汉曰行縢，即后世之裹腿。

〔七〕白鼍:李时珍《本草纲目》卷四十三:"苏颂曰,今江湖极多,形似守宫鲮鲤辈,长一二丈,背尾俱有鳞甲,夜则鸣吼,舟人畏之。"

〔八〕"竹蛇"句:李时珍《本草纲目》卷四十三:"竹根蛇,《肘后方》谓之青蝰蛇,最毒,喜缘竹木,与竹同色,大者长四五尺。"王琦《解》:"飞蠹,疑亦毒蛇名,或是飞蛊之误。"蛊,相传为人工培养的毒虫。《文选》鲍照《苦热行》:"含沙射流影,吹蛊痛行晖。"李善注引顾野王《舆地志》:"江南数郡有畜蛊者,主人行之以杀人。"李善又引干宝《搜神记》云:"有物处于江中,其名曰蜮,一曰短狐,能含沙射人,所中者头痛发热,剧者至死。"

〔九〕"闲驱"句:王琦《解》:"蛮人恣掠而去,闲驱竹马,缓缓归家,自来自往,若在无人之境。官军不能追讨,只自杀容州槎而已。竹马,恐是蛮中马名,如所称果下马之类,或是蛮中运载之器,若古所称木牛流马之类。曾注谓视酋如并州小儿之骑竹马者,非也。"

〔一〇〕容州:李吉甫《元和郡县图志·逸文》卷三:"(岭南道)容州,古越地,汉平南越,置合浦郡。""贞观八年改铜州为容州,以州西带铜山,因以为名。"槎:吴正子《注》:"或蛮称民之辞。"方世举、吴汝纶以为土著之称。王琦《解》:"槎,斜斫木也。"姚文燮《注》:"槎,水名,横州有江口曰横槎。"何焯批语(陈本礼过录本):"言官军遇瘴毒旬死于槎上耳。"何氏所言近是。

【集评】

无名氏《批》:善于摹神也。如此险绝恶毒之境,何敢正视,得以叫噪一番,悠然而归。出则如雀步促止,入则如竹马嘻嘻,曰无官军,可知矣。在官军,既不敢犯之,则束手何以为功,不得不借重自家百姓也。

黄淳耀《评》:二句状洞儿之不畏官军,而官军自相杀也。

姚文燮《注》:安南黄洞蛮黄少卿作乱,元和十一年,容管以兵却之。先是祭酒韩愈上言,黄贼依山阻险,总由经略非人,将士意在邀功,杀伤疾疫,十室九空,若因改元大赦,自无侵叛。上不听。贺诗嵩讥行间之妄杀。云雀步挽强,树幡鸣鼓,高作猿啼,黄洞蛮之据得其险也。惟据得其险,是以幅巾缠踍,簇映葛花,所闻止雾里白鼍之吟与竹中飞蛇之射,其曰飞射者,则又明黄洞蛮之巧于移祸于容管耳。黄洞蛮作乱,容管方图以兵却贼,乃将士畏险莫上,致杀良报功,容州槎且不免。贺故为谑告黄洞蛮之语曰:尔试闲驱竹马缓缓归家,官军之来自为杀容州槎,而不为尔也。情词特妙。

钱澄之评(姚文燮《注》附):(闲驱竹马缓归家,官军自杀容州槎),极状洞蛮之狡,闲驱竹马,令官军自杀居民,可为痛恨,足知用人之失矣。

贺裳《载酒园诗话又编》:此篇前五句写蛮人悍勇之状,雀步蹙沙,状其行也;角弓石镞,黑幡铜鼓,言其弧矢及军中号令;猿啼状其声;踍胫骨斜缠彩巾,言其服饰。葛花当是野葛,《博物志》称"曹瞒习啖野葛",即此葛,非消酒之葛花也。葛,毒草;白鼍、竹蛇,皆毒物:总言蛮地风物之恶,官军不能深入久屯。末言军中杀戮无罪以冒功。读一过,万里之外,如在目前。谁谓不能感发人意乎?

方世举《批》:"雀步蹙沙声促促"三句,苗蛮军容。"高作猿啼摇箭箙",高作猿啼谓其自崇山峻岭而下,鸟言兽语也。"山潭晚雾吟白鼍,竹蛇飞蠹射金沙",二语即五溪毒淫意。"官军自杀容州槎",尝见一本,槎字有解,似为土著之称,亦如吴人称侬者。

陈本礼《协律钩玄》卷二：元和十一年，黄家洞蛮复屠岩州，桂管经略使裴立轻其军弱，请发兵击之。弥更二岁，妄奏斩获二万。长吉盖愤官军不能制贼，惟杀良以冒功耳。

黎简《批》：起句言洞人善走。打铜鼓，射嚆矢，为号令也。“彩巾”二句，言装束；“山潭”二句，言恶境。至今牂牁江尚有横槎滩、横槎汛，意是官军不能进剿，而阴杀渡江之槎以退兵。杀，去声，减也。

钱仲联《读昌谷集绝句六十首》：自杀容槎诩战功，边州生事血痕中。一篇乐府《黄家洞》，元白新声在下风。《黄家洞》。

【编年】

《钱谱》云：“《黄家洞》诗以元和二年（八〇七）起事时或稍后一两年中作为近理。”今将此诗编入元和二年中。

梁公子

风采出萧家，本是菖蒲花〔一〕。南塘莲子熟，洗马走江沙①〔二〕。御笺银沫冷〔三〕，长簟凤窠斜〔四〕。种柳营中暗〔五〕，题书赐馆娃〔六〕。

【校记】

①江沙，曾益本、姚佺本、姚文燮本作“江涯”。

【注释】

〔一〕“风采”二句：《梁书·太祖张皇后传》：“初，尝于室内忽见庭前菖蒲生花，光采照灼，非世间所有，后惊视，问侍者曰：‘汝见否？’对曰：‘不见。’后曰：‘尝闻见者当富贵。’因遽取吞之，是月产高祖。”曾益《注》：“风采，言姿容风度之美。出萧家，明梁公子。菖蒲花，言钟灵秀。”王琦《解》：“二句言其家世之美。”

〔二〕“南塘”二句：语意出古《西洲曲》：“采莲南塘秋，莲花过人头，低头弄莲子，莲子清如水。”王琦《解》：“二句言其意兴之豪。”

〔三〕“御笺”句：王琦《解》：“御笺，笺之佳好者可以供御。银沫，洒银屑于上、堆起如水上浮沫者。”苏易简《文房四谱》卷四：“《丹阳记》：（齐高帝）常送银光纸赐王僧虔。”

〔四〕“长簟”句：吴正子《注》：“织簟为凤文，谓之凤簟，盖天子所用。”王琦《解》：“长簟乃床上所施之簟。唐时有独窠绫、两窠绫，所谓窠者，即团花也。凤窠，织作团花为凤凰形者耳。二句言其服用之精。”

〔五〕种柳营：《晋书·陶侃传》：“（侃镇武昌）尝课诸营种柳，都尉夏施盗官柳植之于己门，侃后见，驻车问曰：‘此是武昌西门前柳，何因盗来此种？’施惶怖谢罪。”王琦《解》：“盖公子所往之地是江夏武昌之所，故用种柳营事。”

〔六〕“题书”句：《文选》左思《吴都赋》：“幸乎馆娃之宫。”刘良注：“吴俗谓好女为娃。扬雄《方言》曰：吴有馆娃宫。”王琦《解》：“愚意馆娃疑是营妓之别称。……想公子为人，必自夸工书，而又好狭邪之游者，故以此赠之，二句言其行乐之韵。”

【集评】

无名氏《批》：第二句足上一句，又喻绝无仅有之意。

姚文燮《注》：元和中，知制诰萧俛介洁疾恶，于时最有风采。当讨蔡未克，萧请罢兵，上不听，黜之，言方夏时而挂冠去矣。既不典制诰，不得复睹银沫凤窠之字。冷，言去其职，斜，非复似当日之严肃也。罢兵之议不行，而营中植柳愈茂，其启事仅付馆娃，安得复亲御座耶？

吴汝纶评(《评注李长吉诗集》卷三):此刺诸王绾兵而淫纵也。

钱仲联《读昌谷集绝句六十首》:风采菖蒲自帝家,六州金粉擅繁华。尚书红杏书能证,朝暮行云出馆娃。《梁公子》,为李锜作也。以萧梁帝胄比拟锜为淄川王孝同五世孙。锜为镇海军节度使,领润、常、苏、杭、湖、睦六州。《新唐书·李锜传》斥锜在任时逼污良家,本诗末二语指此。

钱仲联《读昌谷诗札记》(载《中华文史论丛》一九七九年第三辑):此诗疑为揭露镇海军节度使李锜在任时之腐朽生活而作。据《新唐书·李锜传》,锜为唐宗室淄川王孝同之玄孙,故此诗首称梁公子"风采出萧家,本是菖蒲花",以萧梁皇室之后裔隐喻。锜原任润州刺史、浙西观察诸道盐铁转运使。浙西观察使领润、江、常、苏、杭、湖、睦七州,治苏州(据《新唐书·方镇表》),元和二年陞为镇海军节度使,领润、常、苏、杭、湖、睦六州,治苏州(同上)。锜在任时"逼污良家"(《新唐书·李锜传》),锜本人虽驻润州,而治所乃苏州,故诗末云"种柳营中暗,题书赐馆娃"。种柳营指节镇,"暗",乃刺其统治之黑暗,"馆娃"则用吴中馆娃宫故事。《太平广记》称:"锜宗属,亟居重位,颇以尊豪自奉,声色之选,冠绝于时,及败,配掖庭者曰郑、曰杜。"杜牧《杜秋娘诗》序云:"杜秋,金陵女也。年十五,为李锜妾。"诗云:"京江水清滑,生女白如脂。其间杜秋者,不劳朱粉施。老濞即山铸,后庭千双眉。秋持玉斝醉,与唱金缕衣。"俱可资参证。

【编年】

本诗以萧梁公子喻写李唐诸王,吴汝纶以为本诗"刺诸王绾兵而淫纵者",而钱诗注则以为刺李锜。以钱说为是。诗无叛逆之迹,或当作于元和二年初。

白门前[①]

白门前〔一〕，大旗喜。悬红云〔二〕，挞凤尾〔三〕。剑匣破〔四〕，舞蛟龙[②]〔五〕。蚩尤死〔六〕，鼓逢逢〔七〕。天齐庆，雷堕地〔八〕。无惊飞〔九〕，海千里。

【校记】

①诗题，王琦本载《上之回》，后附《白门前》诗，本出北宋宣城本《李贺歌诗编》"集外诗"，宋吴正子注《李贺集》，以为与卷四《上之回》复出，删之。明清以后很多本子均失收此诗。钱氏述古堂影宋抄本《李贺歌诗编》外集、毛晋汲古阁刻本《李贺歌诗编》外集载《白门前》诗。王琦《解》注云："当以此篇为正。"钱仲联《李贺年谱会笺》也以《白门前》为正。笔者经过反复研究，以为《上之回》是初稿，诗人琢磨原乐府旧题与诗意不合，于是改题为《白门前》，诗句也略加变动，尤其是最后两句改为四个三字句，更为通顺。今据王琦本录出。《上之回》与《白门前》既是一诗两稿，改动并不大，因此两诗的笺注，有一些是相同的。

②舞蛟龙，原作"鼓蛟龙"，今据《上之回》同句改。

【注释】

〔一〕白门：下邳城（故址在今江苏邳县）西门。《三国志·魏书·吕布传》："太祖堑围之三月，上下离心，其将侯成、宋宪、魏续缚陈宫，将其众降。布与其麾下登白门楼。兵围急，乃下降。遂生缚布。……于是缢杀布。"

〔二〕红云：王琦《解》："红云，大旗之色。"

〔三〕挞：往来翻击。曾益《注》："挞，往来翻击如挞也。"凤尾，旗上凤尾形羽饰。王琦《解》:“析羽而置于旗之首者。”

〔四〕破:董懋策《评》:“出匣曰破。”

〔五〕舞蛟龙:王嘉《拾遗记》卷一:“(颛顼)有曳影之剑,腾空而舒,若四方有兵,此剑则飞起指其方,则剋伐。未用之时,常于匣里如龙虎之吟。”

〔六〕蚩尤:《史记·五帝本纪》:“蚩尤作乱,不用帝命。于是黄帝乃征师诸侯,与蚩尤战于涿鹿之野,遂禽杀蚩尤。”

〔七〕逢逢:鼓声,《诗经·大雅·灵台》:“鼍鼓逢逢。”《毛传》:“逢逢,和也。”

〔八〕雷堕地:《山海经·大荒西经》:“大荒之中有山,名鏖鏊鉅。……有赤犬,名曰天犬,其所下者有兵。”郭璞注引《周书》云:“天狗所止,地尽倾,馀光烛天,为流星长数十丈,其疾如风,其声如雷。”《史记·天官书》:“天狗,状如大奔星,有声,其下止地,类狗。所堕及,望之如火光炎炎冲天。”韩愈《汴州乱二首》(其一):“汴州城门朝不开,天狗堕地声如雷。”

〔九〕无惊飞:海水无波,喻天下太平。《韩诗外传》卷五谓周初统一全国后,远方来朝,称“海之不波溢也,三年于兹矣”。扬雄《剧秦美新》:“海水群飞。”《文选》李善注:“海水喻万民,群飞言乱。”

【集评】

钱仲联《读昌谷集绝句六十首》:天狗雷声堕地时,扶桑日挂最高枝。白门楼上歌新曲,压倒《元和圣德诗》。《白门前》,咏平刘辟之叛。

【编年】

本诗作于元和二年,用《三国志·魏书·吕布传》白门楼杀吕布的典故,反映元和初年平定刘辟、李锜叛乱之胜利。元和时代，共取得三次较大的平叛战争的胜利。元和元年，平西川节度副使刘辟之乱；元和二年，平镇海军节度使李锜之乱；元和十二年，平淮西节度使吴元济之乱。刘禹锡《城西行》"叛者为谁蔡、吴、蜀"，即指此。元和十二年之平蔡战争，李贺已死，因此，《白门前》诗只能反映元和初年的情况。当时，刘、李被俘后，被押解到长安，唐宪宗亲自登上大明宫兴安门楼，审问他们，并立即将他们斩首于长安城西独柳树下，事见《旧唐书·刘辟传》、《新唐书·李锜传》。《钱谱》："贺为《白门前》诗，歌颂平叛战争之胜利。"主要也是依据两《唐书》之史料。

美人梳头歌

西施晓梦绡帐寒，香鬟堕髻半沉檀〔一〕。辘轳咿哑转鸣玉〔二〕，惊起芙蓉睡新足〔三〕。双鸾开镜秋水光〔四〕，解鬟临镜立象床〔五〕。一编香丝云撒地，玉钗落处无声腻①〔六〕。纤手却盘老鸦色〔七〕，翠滑宝钗簪不得。春风烂熳恼娇慵②，十八鬟多无气力。妆成鬌鬌欹不斜〔八〕，云裾数步踏雁沙〔九〕。背人不语向何处，下阶自折樱桃花〔一〇〕。

【校记】

①玉钗，王琦《解》："恐是鎞字之讹，鎞是梳发器，他选本有作玉梳者，盖亦疑钗字之非矣。"吴衡照《莲子居词话》卷二："尝疑李长吉《美人梳头歌》'玉钗落处无声腻'，钗当作梳，于义为顺，且与下钗字不复，苦无从校勘。后阅苕溪渔隐《水龙吟》，檃括梳头歌词云：'纤手犀梳，落处腻无声，重盘鸦翠。'乃信今本长吉诗之讹，赖有渔隐词为证也。"

②烂熳，宣城本作“烂漫”。

【注释】

〔一〕堕髻：即倭堕髻，详下注。檀：檀木枕。半沉檀，发髻半坠枕上。

〔二〕辘轳：井架上汲水之圆木，《韵会》：“轒轳，井上汲水木，一作辘轳，一作樚栌。”转鸣玉：王琦《解》：“谓辘轳之转，其声如玉之鸣也。”

〔三〕“惊起”句：曾益《注》：“辘轳声，声转故惊而起，睡足，犹初醒。”王琦《解》：“芙蓉指美人而言，明皇喻杨妃醉状曰，直是海棠睡未足耳，盖唐时多有此等比拟。”此句诗意可参《开元天宝遗事》。

〔四〕“双鸾”句：曾益《注》：“开镜，起临妆，秋水光，莹彻。”王琦《解》：“双鸾乃镜盖上所绣者，开去镜盖，则镜光始见，如秋月之明净矣。”

〔五〕“解鬟”句：吴正子《注》：“发长委地，故立于床而梳也。”曾益《注》：“解鬟，将梳，立象床，因发长。”

〔六〕“一编”二句：董懋策《评》：“无声而腻，亦状发浓，盖发浓，虽立而尚撒地，故钗坠而无声也。”王琦《解》：“鬟已解矣，安得尚有玉钗在上，以致落地？况此句已用玉钗，下文又用宝钗，何不惮重复至是？恐是鎞字之讹，鎞是栉发器，他选本有作玉梳者，盖亦疑钗字之非矣。落处谓梳发，凡梳发原无声。无声是衬帖字，下著一腻字，方见其发之美。”

〔七〕老鸦色：王琦《解》：“老鸦色，言其色之黑也。古《西洲曲》：双鬓鸦雏色。”

〔八〕鬟髻：唐代流行的一种发髻名，即倭堕髻，又作“婑媠”、“矮堕”。李商隐《深树见一颗樱桃尚在》：“矮堕绿云髻。”温庭筠

《南歌子》："倭堕低梳髻。"刘禹锡《赠李司空妓》："鬟髻梳头宫样妆。"这种发髻式样，最早流行于东汉时代，《后汉书·梁冀传》："（孙氏）色美而善为妖态，作愁眉、啼妆，堕马髻、折腰步、龋齿笑。"李贤注引《风俗通义》："堕马髻者，侧在一边。……始自冀家所为，京师翕然皆仿效之。"汉乐府《陌上桑》："头上倭堕髻。"崔豹《古今注》下："倭堕髻，一云堕马之馀形也。"

〔九〕踏雁沙：王琦《解》："如雁足踏沙上，言其行步匀缓。"

〔一〇〕"背人"二句：曾益《注》："背人不语，羞涩；向何处，自顾盼。折樱桃花，将似插带髻上为首饰。"

【集评】

刘辰翁《评》：如画，如画。有情无语，更是可怜。无语之语更浓。

徐渭《注》：语重而不觉其重，愈重愈妙，诸人皆不及。

钟惺评《唐诗归》卷三一：懒静而摇曳，美人妙手。

《唐诗快》卷七：描写美人梳头，可谓曲尽其致，但不知白玉楼中亦有此美人否？若无此一物，何以见天上之乐？

姚文燮《注》：状美人之晓妆也，奇藻蒨艳，极尽情形，顾盼芳姿，仿佛可见。

方世举《批》：写幽闺春怨也。结尾樱桃花三字才点睛，花至樱桃，好春已尽矣。深闺寂寂，亦复何聊。不著一字，尽得风流，使温、李为之，秾艳应十倍加，然为人羡，不能使人思，不如此画无尽意也。从来艳体，亦当以此居第一流。

沈德潜《重订唐诗别裁集》卷八："解鬟临镜立象床"，发长也。"背人不语向何处？下阶自折樱桃花。"梳头以后之神。

董伯英评（陈本礼《协律钩玄》卷四）：总一折花，而于踏雁沙见其步之妍，于背人不语见其态之幽，于下阶自折见其情之别。长吉起语，如空山凝云，秋兰着色；结句如渭城波小，自折樱桃，俱于本题外别出一意，愈远愈合，无限烟波。

【编年】

周阆风《诗人李贺》："此诗写得那样细腻入微，我断定这一定是李贺在燕尔新婚之后，以他的妻子的梳头，作为模特儿而着意描写的。"刘衍《李贺诗校笺证异》亦赞同此说。笔者以为周氏的推断是合理的，因为诗人倾注进自己的爱心，将妻子温文尔雅的内美与秀发纤手的外美融为一体，精心塑造这一艺术形象，与他笔下的其他娇艳妖冶的歌妓形象，迥然有别，如《许公子郑姬歌》、《花游曲》、《难忘曲》、《石城晓》等诗。本诗当作于元和三年应河南府试以前，因为李贺娶妻必在应试前。

河南府试十二月乐词并闰月

正月①

上楼迎春新春归②〔一〕，暗黄著柳宫漏迟〔二〕。薄薄淡霭弄野姿，寒绿幽风生短丝③〔三〕。锦床晓卧玉肌冷，露脸未开对朝暝④〔四〕。官街柳带不堪折，早晚菖蒲胜绾结〔五〕。

【校记】

①诗题，《乐府诗集》卷八二作"十二月乐辞十三首"。

②"上楼"句，《文苑英华》作"正月上楼迎春归"。《乐府诗集》于句下注："一作正月上楼迎春归。"

③幽风，《乐府诗集》作"幽泥"。

④露脸，陈弘治《校释》："按，《说文》新附：'睑，目上下睑也。'即眼球之保护器官，音检，义甚明显，则作脸字误。"朝暝，宋蜀本、《乐府诗集》作"朝瞑"。陈弘治《校释》："明末叶后刊本多作朝暝，非。按：瞑通眠，《楚辞·招魂》王逸注：'瞑，一作眠。'可证。"

【注释】

〔一〕迎春：《礼记·月令》："立春，天子亲帅三公九卿诸侯大夫，以迎春于东郊。"

〔二〕"暗黄"句：姚文燮《注》："楼上春归，柳丝未发，暗黄正含芽也。"王琦《解》："漏迟，谓日渐长也。"

〔三〕"寒绿"句：王琦《解》："短丝，谓草之初苗短细如丝者。"姚文燮《注》："寒绿短丝，细草初苗也。"

〔四〕"露脸"句：刘辰翁《评》："似美人望春意。"

〔五〕"早晚"句：曾益《注》："早晚之间，菖蒲渐长，胜绾结也。"王琦《解》："言春气之透甚速。"

【集评】

姚文燮《注》：《开元遗事》云：宫漏有六更，君王得晏起，故云迟也。阳晖渐暖，甲坼将舒，寒绿短丝，细草初苗，绣幔春寒，朦胧方觉，芳辰宜加珍惜，未可轻言别离。柔条难折，淑景易驰，但看菖蒲此日虽微，早晚即胜绾结矣。

方世举《批》：皆言宫中，犹古房中乐。正月，诗亦深思，但非试帖所宜，有唐人诗帖行世，可鉴也。

黎简《批》：一诗之中，三句说柳，首曰暗黄，次曰短丝，末曰柳带，具见细心。注言光景之速，非也，言正月春寒，柳未堪折，蒲叶尚短也，曰早晚犹有待也。

二月

饮酒采桑津①〔一〕，宜男草生兰笑人〔二〕。蒲如交剑风如薰〔三〕，劳劳胡燕怨酣春②〔四〕。薇帐逗烟生绿尘③〔五〕，金翘峨髻愁暮云④〔六〕，沓飒起舞真珠裙〔七〕。津头送别唱流水〔八〕，酒客背寒南山死〔九〕。

【校记】

①“饮酒”句，《乐府诗集》、《全唐诗》作“二月饮酒采桑津”。

②胡燕，万历本作“莺燕”。《全唐诗》校于胡下注：“一作莺。”

③生绿尘，《乐府诗集》校：“一作香绿昏。”《全唐诗》校：“一作香雾昏。”

④金翘，宣城本、吴正子本、《乐府诗集》、蒙古本、凌刊本均作“金翅”。峨髻，宣城本作“蛾髻”。

【注释】

〔一〕采桑津：王琦《解》：“杜预《左传》注：平阳北屈县西南有采桑津。”此条杜预注见《左传·僖公八年》：“以败狄于采桑。”杜预注：“平阳北屈县西南有采桑津。”汉代尚有北屈县，属河东郡。后魏孝文帝改为定阳县，开皇十八年，改为吉昌县，唐因之，属慈州。本诗应河南府试时作，应写河南事，不应写到慈州吉昌县采桑津，故只作普通采桑津讲，不应以《左传》为注。

〔二〕宜男草：即萱草，一名鹿葱、忘忧。贾思勰《齐民要术》卷十：“鹿葱，《风土记》曰：宜男草也，高六尺，花如莲，怀妊妇女带佩必生男。”《太平御览》卷九九六《本草经》：“萱一名忘忧，一名宜男，一名歧女。”

〔三〕风如薰：《文选》左思《魏都赋》：“蕙风如薰。”李善注：“《家语》:舜曰:‘南风之薰兮。’王肃曰:‘薰,风至之貌也。’”

〔四〕胡燕:李时珍《本草纲目》卷四十八:“陶弘景曰:燕有两种,紫胸轻小者是越燕,有斑黑而声大者是胡燕。”怨酣春:吴正子《注》:“言春意之浓如酣醉。”王琦《解》:“酣春谓春气舒畅,怨者,燕语呢喃絮絮不休,如怨诉也。薇帐,犹蕙帐。”

〔五〕“薇帐”句:曾益《注》:“薇帐犹言蕙帐,风起则尘生,逗烟故绿耳。”

〔六〕峨髻:高髻,语出曹植《洛神赋》:“云髻峨峨。”

〔七〕真珠裙:贯真珠于裙上。《北齐书·穆后传》:“武成时,为胡后造真珠裙袴。”沓飒:曾益《注》:“愁则起舞送别,行次失序,有沓飒之状。”

〔八〕流水:王琦《解》:“流水,曲名。”

〔九〕“酒客”句:董懋策《评》:“人祝寿则称南山,言不死乎!南山可死,况酒客乎!即天老之意。”曾益《注》:“山南曰阳,日落则阴而山死。”

【集评】

刘辰翁《评》:(二月)本言别意,苦入《蒿里》。“宜男草生兰笑人”,亦好。

姚文燮《注》:仲春冶丽,花鸟芳妍,荡子将有游冶之思,而美人已含愁矣。歌舞离津,儿女情重,何如酒客任达糟丘。春寒背冷,唯饮南昌千日之酒,一醉如死,安知此辈别离之苦耶?

陈式评(姚文燮《注》附):只为别苦耳,世间安得此千日酒耶?情深之言,莫便认作决绝。

三月

东方风来满眼春,花城柳暗愁杀人[①]。复宫深殿竹风起[②],

新翠舞衿净如水〔一〕。光风转蕙百馀里〔二〕，暖雾驱云扑天地。军装宫妓扫蛾浅〔三〕，摇摇锦旗夹城暖〔四〕。曲水飘香去不归〔五〕，梨花落尽成秋苑③〔六〕。

【校记】

①柳暗，《文苑英华》作“柳禁”。《乐府诗集》于暗字下注：“一作系。”愁杀人，《乐府诗集》、宋蜀本作“愁几人”。《乐府诗集》于几字下注：“一作杀。”

②深殿，万历本、曾益本、姚文燮本均作“深凝”。

③秋苑，《乐府诗集》、《全唐诗》校于秋字下注：“一作愁。”

【注释】

〔一〕新翠舞衿：形容风中宫竹流翠的景象。吴正子《注》：“春晚遥林新碧如舞衿也。”王琦《解》：“新翠舞衿，即翠色舞衫也。”

〔二〕光风转蕙：雨霁日出，风和日丽，摇动蕙草，语出宋玉《招魂》：“光风转蕙，泛崇兰些。”王逸注：“光风，谓雨已日出而风，草木有光也。”

〔三〕军装宫妓：姚佺《笺》：“石虎皇后出女骑千人，皆着五彩靴。明皇与贵妃每至酒酣，使妃子统宫妓百馀人，帝统小中军百馀人，排两阵掖庭中，目为风流阵，以霞帔锦被张之为旗帜，军装宫妓有所自也。”按，姚笺明皇事，出王仁裕《开元天宝遗事》卷下。

〔四〕夹城：唐代长安东城，由大明宫通往兴庆宫、曲江的通道，有双重城墙，供帝王、贵族出游时使用。所谓夹城，是指在城墙外再加修一道城垣，形成夹道，此道专供皇帝秘密往来，而外人不知之也。据《唐六典》卷七《工部》条云：“兴庆宫在皇城之东南，东距外郭城东垣，即今上龙潜旧宅也。开元初以为离宫，至十四年，又取永嘉、胜业坊之半以置朝，自大明宫东夹罗城复道，经东化门磴道潜通焉。”又宋敏求《长安志》卷九《兴庆坊》条云：“南内兴庆宫，距外郭城东垣，（开元）二十年，筑夹城入芙蓉园，自大明宫东罗城复道，经通化门观，以达此宫。次经春明、延喜（按为兴字）门，至曲江、芙蓉园，而外人不知之也。”

〔五〕曲水：曲江池及其支流，位于长安城东南隅，唐时，曲江附近有紫云楼、芙蓉园、杏园、慈恩寺等，为游览区。徐松《两京城坊考》卷三曲江引《剧谈录》云：“曲江池本秦时隑洲，唐开元中，疏凿为胜境，南即紫云楼、芙蓉苑，西即杏园、慈恩寺，花卉周环，烟水明媚，都人游赏，盛于中和、上巳节，即赐宴臣僚，会于山亭，赐太常教坊乐。池备彩舟，惟宰相、三使、北省官、翰林学士登焉，倾动皇州，以为盛观。”

〔六〕“梨花”句：王琦《解》：“而宫苑之中，梨花落尽，寂寞人踪，虽当春盛之时，却似深秋之景。”

【集评】

刘辰翁《评》：（三月）“新翠舞衿净如水”，皆非众人所尝识，谓竹也。“梨花落尽成秋苑”，自是好句。

无名氏《批》：“梨花”句，妙绝在“成秋苑”三字，即此醉残花，便同尝腊酒，同是此妙。

姚文燮《注》：贞元末，好游畋，此诗言花城柳暗，人各怨别，不知春宫之怨，较春闺更甚耳。复宫竹色如沐，舞衣初试，互照鲜妍，銮舆一出，香薰百里，而深宫少女，未得与游幸之乐。流水落花，心伤春去，闲庭萧寂，情景如秋。

董伯英评（陈本礼《协律钩玄》卷一）：咏春皆于昼，咏秋皆于夜，咏夏皆言寒凉霜雪，咏冬皆言灯火日色，亦是作法。

黎简《批》:雾不能驱云,驱字只当兼字解。上句言风,此雾字恐误相传写。今玩第五六句,言光风,犹风光,即风日也。日暖雾而风驱云也,前时读书不细耳。一结令人凄绝。军装宫妓,当时有此宫戏,亦暗用华林园事。

吴汝纶《评注李长吉诗集》卷一:此咏宫伎军装随贵主修禊,末二句讥其流连忘返也。

钱仲联《读昌谷集绝句六十首》:曲水飘香去不归,棠梨秋苑昔人稀。峰青江上侬家句,输尔天花落座飞。《河南府试十二月乐词·三月》。

四月

晓凉暮凉树如盖〔一〕,千山浓绿生云外。依微香雨青氛氲①〔二〕,腻叶蟠花照曲门〔三〕。金塘闲水摇碧漪〔四〕,老景沉重无惊飞②〔五〕,堕红残萼暗参差〔六〕。

【校记】

①青氛氲,曾益本、姚文燮本作"青氤氲"。《乐府诗集》校:"一作过清氛。"

②沉重,《乐府诗集》、《全唐诗》校于"重"字下注:"一作帖。"

【注释】

〔一〕树如盖:树木枝叶畅茂广覆。刘歆《西京杂记》卷六:"太液池西有一池,名孤树池,池中有洲,洲上枯树一株,六十馀围,望之重重如盖。"

〔二〕香雨:王琦《解》:"香雨,雨自花间而坠者,故有香。"杨慎《升庵诗话》卷七:"雨未尝有香也,而李贺诗'依微香雨青氛氲',元微之诗'雨香云淡觉微和'。"青氛氲:草木浓绿茂盛而充满生气。白居易《朱陈村》:“桑麻青氛氲。”

〔三〕腻叶蟠花:王琦《解》:“腻叶,叶之肥大者;蟠花,花之丛结者。”姚文燮《注》:“蟠花即榴花。”曲门:深曲的门户。姚文燮《注》:“曲门,宫中阿门。”

〔四〕金塘:王琦《解》:“金塘,石塘也,以石为塘,喻其坚固若以金为之。刘桢诗:菡萏溢金塘。”

〔五〕“老景”句:吴正子《注》:“时交孟夏,春景已老,非鸟兽孳尾之时,无复雄飞雌从绕林间,故曰老景沉重无惊飞。”王琦《解》:“老景谓景色入夏无繁华之态,惊飞谓花之飞舞。”

〔六〕“堕红”句:曾益《注》:“堕红残萼,花落尽也。暗参差,足绿阴之秾。”王琦《解》:“暗参差,谓花已落尽,惟有青枝绿叶互作参差而已;诗家以花盛谓之明,叶茂谓之暗。”

【集评】

无名氏《批》:题面如画,无如此章。

曾益《注》:全首是形容草木条畅。意上首言暖,下言热,故此言晓凉暮凉。

姚文燮《注》:浓阴朱实,无复娇妍,春去不归,芳姿难再。末句老字堕字,残暗等字,不尽愁怨。

方世举《批》:“老景沉重无惊飞”,律历志精语,元和人造语,如孟郊、卢仝,往往有不出书卷而实得书卷者,昌黎且未有此。“坠红残萼暗参差”,单一句。

黎简《批》:“堕红”句与第四句犯,虽说先开后落不妨,然诗绝无意义。

五月

雕玉押帘额①〔一〕,轻縠笼虚门〔二〕。井汲铅华水,扇织鸳鸯纹②〔三〕。回雪舞凉殿〔四〕，甘露洗空绿〔五〕。罗袖从徊翔③，香汗沾宝粟〔六〕。

【校记】

①帘额，宣城本、吴正子本、蒙古本、《乐府诗集》均作“帘上”。《乐府诗集》句下注：“一作雕玉帘押上。”

②鸳鸯纹，《乐府诗集》、宋蜀本均作“鸳鸯文”。

③罗袖从徊翔，《文苑英华》作“罗绶从风翔”。《乐府诗集》句下注：“一作罗绶从风翔。”

【注释】

〔一〕“雕玉”句：王琦《解》：“以雕玉为饰，作门帘之镇押。”

〔二〕“轻縠”句：王琦《解》：“轻縠，薄纱也。以轻縠为帘帷，笼于虚门之中。”

〔三〕“井汲”二句：曾益《注》：“入夏宜水，故汲水以饮，织扇以待用也。”李时珍《本草纲目》卷五：“苏颖曰：‘井水新汲，疗病利人，平旦第一汲为井华水。’李时珍曰：‘凡井以黑铅为底，能清水散结，人饮之无疾，入丹砂镇之，令人多寿。’”

〔四〕回雪：语出张衡《舞赋》：“裾若飞燕，袖如回雪。”

〔五〕“甘露”句：吴正子《注》：“空绿犹碧落也。”曾益《注》：“露华洗空而绿，天未炎赫也。”

〔六〕“香汗”句：吴正子《注》：“微汗沾渍如粟也。”黎简《批》：“言香汗沾湿如宝粟然。”

【集评】

曾益《注》：罗袖徊翔，言恣意以舞，而香汗沾渍如粟粒之微。热矣，正尚未热甚也，是五月也。

姚文燮《注》：此皆写宫中之乐，自忘炎热，玉趾所在，妃嫔景随，珠钏且沾香汗矣。

六月

裁生罗，伐湘竹〔一〕，帔拂疏霜簟秋玉①〔二〕。炎炎红镜东方开〔三〕，晕如车轮上徘徊〔四〕，啾啾赤帝骑龙来〔五〕。

【校记】

①帔拂，《乐府诗集》、《全唐诗》校："一本无帔字。"

【注释】

〔一〕湘竹：即湘妃竹，赞宁《笋谱》："舜死，二妃泪下，染竹成斑，妃死为湘水神，故曰湘妃竹。"

〔二〕"帔拂"句：王琦《解》："裁生罗以为帔，其洁白似拂疏霜；伐湘竹以为簟，其光滑似凭秋玉。"扬雄《方言》卷四："裙，陈魏之间谓之帔，音披。"

〔三〕炎炎：《诗经·大雅·云汉》："赫赫炎炎。"《毛传》："炎炎，热气也。"红镜：指六月之酷日。

〔四〕晕如车轮：《列子·汤问》："日初出大如车轮，及日中则如盘盂。"

〔五〕啾啾：鸣声。屈原《离骚》："鸣玉鸾之啾啾。"王逸注："啾，音揫，《埤仓》云，众声也。"赤帝：即祝融氏，为火神，主炎热。葛洪《枕中书》："祝融氏为赤帝。"《山海经·海外南经》："南方祝融，兽身人面，乘两龙。"郭璞注："火神也。"

【集评】

曾益《注》：裁罗伐竹，即为帔、为簟也，六月天炎，无所事事，只宜著帔卧簟而已。

姚文燮《注》：啾啾二字，极炎气初盛之状。

七月

星依云渚冷〔一〕，露滴盘中圆。好花生木末〔二〕，衰蕙愁空园①〔三〕。夜天如玉砌〔四〕，池叶极青钱〔五〕。仅厌舞衫薄，稍知花簟寒〔六〕。晓风何拂拂，北斗光阑干〔七〕。

【校记】

①空园，《文苑英华》作“故园”。《乐府诗集》、《全唐诗》于空字下注：“一作故。”

【注释】

〔一〕星：丘象随云：“星，牵牛织女也，一依河之东，一依河之西。”（《昌谷集句解定本》卷一）云渚：吴正子《注》：“云渚，天河也。”

〔二〕好花：指木芙蓉。屈原《九歌·云中君》：“搴芙蓉兮木末。”傅玄《怨歌行》：“春荣随露落，芙蓉生木末。”

〔三〕“衰蕙”句：陈弘治《校释》：“七月天气转凉，兰凋蕙谢，深苑空寂，故云愁空园。”

〔四〕玉砌：吴正子《注》：“此言白云粼粼如玉砌也。”王琦《解》：“云气碎薄，月光映之，状如玉砌，此景秋夜多有之。”

〔五〕“池叶”句：池中荷叶极似青钱。杜甫《漫兴九首》：“点溪荷叶叠青钱。”徐渭《注》：“极字无人能下，言荷叶初小，至七月则小到极大也。”

〔六〕“稍知”句：姚文燮《注》：“言凉飔初发，渐觉衣单簟冷。”花簟：织有花纹的竹席。颜师古《急就篇注》：“织竹为席谓之簟。”《子夜四时歌》：“反覆花簟上，屏帐了不施。”

〔七〕“北斗”句：语出《善哉行》：“月没参横，北斗阑干。”阑干，横斜貌。

【集评】

无名氏《批》:此章神闲气静。

方世举《批》:竹垞翁尝八分大书此诗于巨幅,余得之于京师,不知偶然书耶,抑深赏之耶?此在昌谷,未为绝诣,然而安雅老成,亦可取。

黎简《批》:云渚、银湾、银浦,皆说河汉耳,字特新艳。

潘德舆《养一斋诗话》卷七:李贺"衰蕙愁空园"句,赵氏注曰:"第三字不平,则律句矣。"盖李贺此诗参用齐梁,不尽合调,惟此句得法,故赵氏特注此句以明之,亦无可疑者也。

八月

孀妾怨长夜①,独客梦归家〔一〕。傍檐虫缉丝②,向壁灯垂花〔二〕。帘外月光吐,帘内树影斜③〔三〕。悠悠飞露姿,点缀池中荷〔四〕。

【校记】

①孀妾,《乐府诗集》、《全唐诗》于孀字下注:"一作宫。"

②缉丝,《乐府诗集》、《全唐诗》于缉字下注:"一作织。"

③帘内,《乐府诗集》、宋蜀本作"帘中"。《全唐诗》于内字下注:"一作中。"

【注释】

〔一〕"孀妾"二句:曾益《注》:"八月中秋,故用孀娥夜长贯全首。维夜长,则孀娥怨,而独客有归家之梦。"陈弘治《校释》:"盖八月中秋,望月兴怀,故孀妾怨而独客有归家之梦也。"

〔二〕"傍檐"二句:曾益《注》:"促织傍檐而鸣,灯花向壁而垂。"姚文燮《注》:“蟋蟀鸣阶,灯花向壁,念之深而望之至也。”王琦《解》:“虫缉丝,谓莎鸡,其鸣声如纺丝。或曰谓蜘蛛。”林同济《研究》:“蜘蛛与灯花都是吉兆,但人间依旧不得团圆。”

〔三〕“帘外”二句:曾益《注》:“月光方吐于帘外,而树影则转入于帘内。”姚文燮《注》:“月光树影,掩映珠帘,愈深寂寞之感。”

〔四〕“悠悠”二句:曾益《注》:“露华初生,故云飞,云‘点缀池中荷’,言嗣是而将残矣。”姚文燮《注》:“露冷池荷,粉红将坠,幽心离思,俱极凄清。”

【集评】

黎简《批》:“傍檐虫缉丝,向壁灯垂花”,怨景动人。

九月

离宫散萤天似水①〔一〕,竹黄池冷芙蓉死。月缀金铺光脉脉〔二〕,凉苑虚庭空澹白。露花飞飞风草草②〔三〕,翠锦斓斑满层道③〔四〕。鸡人罢唱晓珑璁④〔五〕,鸦啼金井下疏桐。

【校记】

①散萤,《全唐诗》于萤字下注:“一作云。”

②露花,《乐府诗集》、蒙古本均作“霜花”。

③斓斑,宋蜀本作“斑斓”。

④珑璁,《乐府诗集》作“昽聪”。

【注释】

〔一〕“离宫”句:《三辅黄图》卷六:“离宫,天子出游之宫也。”曾益《注》:“离宫散萤,秋尽也;天似水,则凉矣,故曰池冷。”王琦《解》:“八月时,萤火尚有飞者,至九月则散藏殆尽。”

〔二〕金铺:门上的兽形铜制饰品,衔门环。《文选》司马相如《长门赋》:“挤玉户以撼金铺。”李善注:“金铺,以金为铺首。”吕延济注:“金铺,扉上有金花,花中作钮镮以贯锁。”

〔三〕风草草:曾益《注》:“飞飞,草草,风落凄紧。”按,草草,匆匆,表状态之形容词,晁补之《金凤钩》:“怪草草夜来风雨。”元好问《梅花》诗:“春风莫草草。”说见王锳《诗词曲语辞例释》。

〔四〕翠锦斓斑:树木经秋,其叶出现红、黄色,与绿色相间,远望如翠锦。王琦《解》:“言草木经秋叶老,红黄间杂于青绿中,斓斑如翠锦也。”

〔五〕鸡人:宫中专司传唱《鸡鸣》的人。《周礼·春官》:“(鸡人)大祭祀夜呼旦以嘂百家。”蔡质《汉官仪》:“不畜宫中鸡……卫士候朱雀门外,专传《鸡鸣》于宫中。”白居易《闻杨十二新拜省郎遥以诗贺》:“晓日鸡人传漏箭,春风侍女护朝衣。”珑璁:明洁貌。

【集评】

无名氏《批》:“天似水”三字谁人写得出?又加“芙蓉死”三字更绝,“光脉脉”三字尤绝。

姚文燮《注》:隋炀帝于景华宫求萤火数斛,夜游出放,光满岩谷。天清竹落,水冷蓉凋,情致不胜萧寂。月皎庭空,露寒风瑟,木叶丹黄,盈盈官路,更残柝罢,梧落鸦啼,盖彻夜不寐矣。

黎简《批》:妙绝九月语。花一作光,玩下句言光脉脉也。露花应是露华。此诗两花字皆误。

十月

玉壶银箭稍难倾〔一〕,釭花夜笑凝幽明①〔二〕。碎霜斜舞上罗幕,烛笼两行照飞阁②〔三〕。珠帷怨卧不成眠③,金凤刺衣著体寒〔四〕,长眉对月斗弯环〔五〕。

【校记】

①釭花,宋蜀本作"红花"。

②烛笼,宋蜀本、蒙古本、日本内阁文库本、曾益本、姚佺本、姚文燮本均作"烛龙"。

③怨卧,姚佺本作"夜卧"。

【注释】

〔一〕"玉壶"句:王琦《解》:"漏刻之法,以铜壶贮水,置箭壶内,刻以为节,令水漏而刻见,以验昼夜昏明之候。玉壶银箭,言其饰之华美。稍难倾,言漏水渐有冻而不流之意。"李白《乌栖曲》:"金壶银箭水漏多,起看秋月坠江波。"

〔二〕"釭花"句:王琦《解》:"釭花,灯花也。笑,花开似笑也。凝幽明者,半明半灭之貌。"

〔三〕烛笼:灯笼,燃烛。张籍《楚宫行》:"千门万户开相当,烛笼左右列成行。"飞阁:高阁。《文选》陆机《吴趋行》:"飞阁跨通波,重栾承游极。"李周翰注:"飞阁,高阁也。"

〔四〕金凤刺衣:以金线刺绣凤形图案于衣上。王建《宫词》:"罗衫叶叶绣重重,金凤银鹅各一丛。"

〔五〕"长眉"句:崔豹《古今注》卷下:"魏宫人好画长眉。"曾益《注》:"月初弦而未上,眉既曲而且长,两相值,故曰斗弯环也。"王琦《解》:"因怨故不能成寐,至于夜深寒重,犹对月而长望。"

【集评】

姚文燮《注》:君王游宴,宫嫔含愁,夜冷更长,炬残霜重,孤眠不寐,起立衣单,翠黛清光,当与素娥同怨耳。

黎简《批》:不厌其纤。

十一月

官城团围凛严光①,白天碎碎堕琼芳〔一〕。挝钟高饮千日酒〔二〕,战却凝寒作君寿②〔三〕。御沟冰合如环素③〔四〕,火井温泉在何处④〔五〕。

【校记】

①团围,《乐府诗集》、宋蜀本作"团回"。

②战却,宣城本、《乐府诗集》、蒙古本、《全唐诗》均作"却天"。

③冰合,原作"泉合",泉字与下句重。宋蜀本作"水合",疑水字为冰字之误。《乐府诗集》于泉合下注:"一作冰合。"按《北中寒》"黄河冰合鱼龙死"。今从改。

④温泉,《乐府诗集》作"温水"。王琦《解》注:"一作温汤。"

【注释】

〔一〕"官城"二句:曾益《注》:"冬至天气严凝,故申宫令。琼芳,雪也,雪下故天白。"王琦《解》:"琼芳,雪花也。"

〔二〕挝:击也。《三国志·蜀书·张飞传》:"日鞭挝健儿。"千日酒:虞世南《北堂书钞》卷一百四十八:"千日乃醒。"《志怪》云,齐人田乃已酿千日酒,过饮一斗,醉卧千日乃醒也。张华《博物志》卷五:"昔刘玄石于中山酒家酤酒,酒家与千日酒饮之,忘言其节度,归至家大醉,而家人不知,以为死也,具棺殓葬之。酒家计千日满,乃忆玄石前来沽酒,醉当醒矣,往视之,云玄石亡来三年,已葬,于是开棺,醉始醒。俗云,玄石饮酒,一醉千日。"

〔三〕"战却"句:曾益《注》:"天既严凝,故饮酒以为寿。"姚文燮

《注》:“驱寒以作君寿。”

〔四〕如环素:陈弘治《校释》:“谓如白色之练带也。”

〔五〕“火井”句:火井,谢惠连《雪赋》:“火井灭,温泉冰。”常璩《华阳国志》卷三:“临邛县有火井,夜时光映上照,民欲其火,先以家火投之,顷许如雷声,火焰出,通耀数十里,以竹筒盛其光藏之,可拽行,终日不灭。”曾益《注》:“在何处,言无处不冰,即火井温泉皆冻而莫辨也。”蒋楚珍(姚文燮《注》附)曰:“末句极言畏冷思暖也。”

【集评】

刘辰翁《评》:(十一月)凛严光,不成语。

姚文燮《注》:彤云瑞雪,大地凝寒,宫庭高会,进中山千日之酒,驱寒以作君寿。沟水层冰,华筵自暖,又何必别寻温泉火井耶,正恐有不得进御之人,思忆为莫可至矣。

十二月

日脚淡光红洒洒〔一〕,薄霜不销桂枝下〔二〕。依稀和气排冬严①〔三〕,已就长日辞长夜〔四〕。

【校记】

①排,《乐府诗集》、宋蜀本均作“解”。

【注释】

〔一〕日脚:从云隙中射下的日光。杜甫《羌村三首》:“日脚下平地。”洒洒:洒落分明貌。

〔二〕“薄霜”句:姚文燮《注》:“乌足光微,故薄霜之在树叶者亦不销也。”

〔三〕“依稀”句:曾益《注》:“然寒极回和,深冬严凝之气,若排而去。”

〔四〕“已就”句：曾益《注》：“就长日，日渐长；辞长夜，夜渐短也。”

【集评】

姚文燮《注》：玉历将回，冱寒渐解，黄赤进退，日道南来，故昼刻增而夜刻减矣。

方世举《批》：“依稀和气排冬严”，刻划冬到以后之阳气，意是而词气不工。

黎简《批》：（结句）情理俱深。（十二月）一语胜人千百，非苦吟何能臻此。

闰月

帝重光，年重时〔一〕，七十二候回环推〔二〕。天官玉琯灰剩飞〔三〕，今岁何长来岁迟〔四〕。王母移桃献天子〔五〕，羲氏和氏迂龙辔①〔六〕。

【校记】

①羲氏，蒙古本作“牺氏”。

【注释】

〔一〕“帝重光”二句：《尚书·顾命》：“昔君文王、武王宣重光。”马融注：“重光，日月星也。”曾益《注》：“贺词为府试题，故末以帝言，言维帝德之重光，故年岁为重时耳。”

〔二〕七十二候：一年有二十四个节气，每个节气又分三候，故云。《礼记·月令》正义：“凡二十四气，每三分之，七十二气，气间五日有馀，故一年有七十二候也。”

〔三〕“天官”句：天官，王琦《解》：“天官，谓司天文之官。”玉琯，律管，以玉为之。《后汉书·律历志》：“候气之法，为室三重，户闭，涂衅必周，密布缇缦。室中以木为案，每律各一，内庳外高，从其方位，加律其上，以葭莩灰抑其内端，按历而候之。气至者灰动，其为气所动者其灰散，人及风所动者其灰聚。”陈弘治《校释》：“闰月无中气，葭灰不为所动，故剩而不飞也。”

〔四〕“今岁”句：曾益《注》：“今岁何长，以闰月也。”王琦《解》：“月闰，故岁长；今岁长，故来岁迟。”

〔五〕“王母”句：班固《汉武帝内传》：“命侍女更索桃果，须臾，以玉盘盛仙桃七颗，大如鸭卵，形圆青色，以呈王母。母以四颗与帝，三颗自食。桃味甘美，口有盈味。帝食，辄收其核。王母问帝，帝曰：‘欲种之。’母曰：‘此桃三千年一生实，中夏地薄，种之不生。’帝乃止。”

〔六〕羲氏和氏：唐虞时代掌天地四时之官。《尚书·尧典》：“乃命羲和，钦若昊天，历象日月星辰，敬授人时。”孔安国《传》：“羲氏和氏，世掌天地四时之官。”迂龙辔：驾驭六龙日车。《广雅·释天》：“日御谓之羲和。”《初学记·天部上》：“《淮南子》云，爰止羲和，爰息六螭。注曰：日乘车，驾以六龙，羲和御之。”王琦《解》：“此诗本意用日御之羲和，而以羲氏、和氏称之，合二事为一事用。二句承上而推言之，岁以闰月而长，天子之寿，亦得餐神药而致延年之益，白日之景，亦因日御迟而延晷刻之修，皆以申庆祝之意。”

【集评】

姚佺《笺》：以小说王母事搀入羲和并用，所谓补袖而舞者。

姚文燮《注》：气盈朔虚，一章之中凡有七闰，故云重光重时也。保章推步之法，律应葭灰，至此积馀成闰矣。今岁日多而来岁自迟，王母羲和，皆借以喻增算耳。

方世举《批》：“王母移桃献天子”二句，末二语荒幻而似有实理,故妙,杜牧以为稍加以理,可以驾《骚》,不知长吉正自有理。

黎简《批》:街字误,坊本是玉字,此或是衔字之误耶。街字或是葭字,写录刻本必出江浙人之手,故以音误。"今岁"句妙,今岁长,故来岁迟,其迟与长,皆以闰月故,情理深婉,而能以七字括尽,长吉真不愧苦吟。结句迂字一本作迍,玩诗意作迂字佳,迂辔以闰月故也。

【总评】

吴正子《注》:汉章帝作灵台十二月诗,各以其月祀奏之。古乐府《月节折杨柳歌》,自正月至十二月及闰月,每月一首。今长吉所作仿此。

孟昉《读李长吉十二月乐词》:其意新而不蹈袭,句丽而不慆淫,长短不一,音节亦异。

余光《解辑昌谷集》卷一:二月送别不言折柳,八月不赋明月,九月不咏登高,皆避俗法。

姚佺《笺》:毕竟此题何昉,曰昉《豳风》也。一之日,二之日,岁德备矣;九月,十月,岁功成矣;女心伤悲,则闺怨之始也。迟迟非暄,凄凄是凉,则二感之端也。且岁字之义,有以天时一周而言者,何以卒岁是也。有以正朔所记而言者,十月而谓改岁者是也。夫《夏书》有"怠弃三正"之语,则自夏以前已有子丑之正,则是闰月通于民俗,其来已远。予笑谓季贞,吾以《豳风》旨应试,有不作解额者否?惜乎大道目前皆是,而人不察也。

丘象随评(《昌谷集句解定本》卷一):《十二月歌》非府试始也。《四时》《白纻》,沈约五章,武帝造后两句,已具此意矣。但《白纻》盛称舞者之美,宜及芳时为乐,皆有舜日尧年欢极句。此诗哀苦处多,本非一体可赅。

又蒋文运评：以数推气，以气定朔，以星正时，以闰成岁。轩后至圣始启履端之业，容成诣业，复就归馀之经，此回环推者也，不外此数言矣。

又朱潮远评：诸诗大多闺情多于宫景，妇人靓贞钟情最深，三百篇夏日冬夜，有不自妇人口出者乎！以此阅诗，可以怨矣。

又张恂评：十二月皆风也，而光风转蕙，雕玉押帘，不可不谓之雅；挝钟高饮，羲和迂辔，不可不谓之颂。一诗而风雅颂备。

方世举《批》：《河南府试十二月乐词并闰月》皆言宫中，犹古房中乐。

《赵秋谷所传声调谱》翁方纲评：李长吉《河南府试十二月乐词》，在长吉集中之一体，元自谐合《云》、《韶》。顾欲举古今七言诗式，甫载东坡二篇，而遽及于此。姑勿论杜、韩诸大家正声正格皆未之及，即以张、王、元、白旁及诸作者，音节之繁不一，岂能遍悉举隅，而仅载长吉之乐词，是恶足以程式后学乎？

林同济《研究》：各诗格律，无一相同。或五言，或七言。或换韵，或不换韵，句数亦篇篇异。盖贺着意的尝试。题旨多出于闺情，尤其是宫怨。自此角度读之，便知不是纯试帖之作。

【编年】

本诗作于元和三年，是李贺十八岁应河南府试时写的。

出城

雪下桂花稀，啼乌被弹归〔一〕。关水乘驴影，秦风帽带垂〔二〕。入乡试万里①〔三〕，无印自堪悲〔四〕。卿卿忍相问，镜中双泪姿②〔五〕。

【校记】

①试万里,蒙古本作"诚万里"。王琦《解》:"万里字恐误,一作诚万重,一作诚可重。"黎简《评》:"试万里难解,一作诚可重,意万(萬)字古作万,万、可,诚、试,重、里,字形相似故误书耳。"其说近是。《全唐诗》校:"一作诚可贵。"

②姿,王琦《解》:"一作垂,重第二韵,非是。"

【注释】

〔一〕"雪下"二句:曾益《注》:"雪下桂稀,出城之候。啼乌被弹,比下第。"王琦《解》:"二句皆喻不第。"唐人称登科为折桂,桂稀,喻不第。

〔二〕"关水"二句:曾益《注》:"关水、秦风,缘归。出城归则必经秦,经函谷。乘驴影,帽带垂,形影只。"王琦《解》:"归路萧条之况。"

〔三〕"入乡"句:曾益《注》:"乡,帝乡,言自陇西入帝乡以就试,往来跋涉,经归途万里之劳。"陈弘治《校释》:"万里字如李白《秋浦歌》'白发三千丈'之类,属夸饰之词,古书多有之。试万里,一作诚可重,于义为适。"

〔四〕"无印"句:无印,无官印,因应试失败而生此感慨。庾信《咏怀诗》:"既无六国印,翻思二顷田。"林同济《研究》:"疑反用苏秦掌六国印事。"

〔五〕卿卿:妻子对丈夫的昵称。《世说新语·惑溺》:"王安丰妇常卿安丰,安丰曰:'妇人卿婿,于礼为不敬,后勿复尔。'妇曰:'亲卿爱卿,是以卿卿,我不卿卿,谁当卿卿?'遂恒听之。"忍相问:忍泪相慰问。曾益《注》:"言始忍泪相慰问,而终不能忍其泪,是悲甚也。"王琦《解》:"预拟闺人怜己点额,忍苦以相劳问，不觉双泪垂下，镜中自顾方始知之。”

【集评】

无名氏《批》：才下第出都，便拟到家人相问，可见点额人心中百般轮转，无限苦恼，何如老夫烛窗之下，毕生受用不尽。

姚文燮《注》：帝京寒雪，铩羽空回，策蹇褴褛，凄凉跋涉，感愧交集，恐无颜以对妻孥，当亦见怜于妇人女子矣。

【编年】

元和四年春，李贺应进士试落第，返回家乡，写下本诗。

铜驼悲〔一〕

落魄三月罢〔二〕，寻花去东家。谁作送春曲，洛岸悲铜驼〔三〕。桥南多马客，北山饶古人〔四〕。客饮杯中酒，驼悲千万春。生世莫徒劳，风吹盘上烛〔五〕。厌见桃株笑，铜驼夜来哭〔六〕。

【注释】

〔一〕铜驼：指铜驼街，在洛阳。陆机《洛阳记》：“洛阳有铜驼街，汉铸铜驼二枚，在宫之南四会道，头高九尺；头似羊，颈身似马，有肉鞍，两个相对。”

〔二〕落魄：失意貌。《汉书·郦食其传》：“家贫落魄，无衣食业。”应劭曰：“志行衰恶之貌。”颜师古曰：“落魄，失业无次也。”曾益《注》：“落魄言失意，三月罢，春暮。”

〔三〕“洛岸”句：曾益《注》：“因春去睹铜驼而兴悲。”

〔四〕“桥南”二句：曾益《注》：“马客，贵客，犹言骑马之客。古人，死人；多，饶；言生与死无限。”王琦《解》：“桥南，行乐之地。

马客，骑马寻春之客也。北山，殡葬之处。古人，已死人也。”林同济《研究》：“桥南与北却作个反衬，一繁华，一寂寞，一生一死，客与驼亦是对照，一暂乐，一长悲。”

〔五〕“风吹”句：古《怨诗行》：“百年未几时，奄若风吹烛。”曾益《注》：“风吹盘烛，易尽。”

〔六〕“厌见”二句：刘知几《史通·外篇·杂说上》：“今俗文士，谓鸟鸣为啼，花发为笑。”周玉凫评（姚文燮《注》附）：“桃株笑春，铜驼夜哭，总是悲凉，不必牵合。厌见，犹言常见也。”林同济《研究》：“本是人悲铜驼，却转而写铜驼悲人，结归警策。”

【集评】

姚文燮《注》：落魄寻花，无聊情绪，作曲送春，时去不复，致来铜驼之悲也。桥南紫陌，正骅骝骄骋之地，及夫举首北邙，悉皆前贤陵墓。乃贵客行乐，饮酒高会，而铜驼阅历已多，不胜变迁之感。日月几何，当风炬焰，夭桃虽艳，行将委质泥途，驼见之数，故厌其笑，而夜来反为之哭也。

陈本礼《协律钩玄》卷三：此借铜驼之哭以哭当时也。唐自安史乱后，社稷丘墟，肃宗克复西京，正君臣修省之时，乃并不以前车为鉴，君昏于上，臣叛于下，纪纲不正，代、宪二宗，继之服金丹，昵群小，以至宦寺弄兵，强藩窃据，岌岌乎有不终日之势。而当时秉国者，犹然醉生梦死，不知悚惧，此铜驼之所以夜来哭也。末归到铜驼自悲，恍似金铜仙人辞汉，以两悲字逼出一哭字，盖哭已尤甚于悲人也。

吴汝纶《评注李长吉诗集》：此首忧乱之指。

【编年】

《钱谱》系本诗于元和四年，云：“落魄，指下第，东家，即《自昌谷到洛后问》所云‘强行到东舍，解马投旧邻’之‘东舍’，即仁和里寓舍，王琦《汇解》谓‘东舍是长吉在洛之旧居’，是也。”钱说“落魄，指下第”，“东舍即仁和里寓舍”极是。本诗确是李贺元和四年下第后归家，经洛阳，见铜驼街有感，乃赋此诗。

三月过行宫〔一〕

渠水红繁拥御墙①〔二〕，风娇小叶学娥妆〔三〕。垂帘几度青春老，堪锁千年白日长〔四〕。

【校记】

①红繁，宣城本、万历本、曾益本、姚佺本、姚文燮本均作“红蘩”。王琦《解》：“曾本、二姚本俱以繁字作蘩字，是也。”

【注释】

〔一〕行宫：方世举《批》：“东都洛阳行宫也，明皇以前，年年巡幸，安史乱后不行，唐人多有此诗。”

〔二〕渠水：王琦《解》：“行宫外御沟之水。”红繁：王琦《解》：“窃谓红是水荭，繁是蘩蒿。二草多生水旁。《尔雅·释草》：红，茏古，其大者蘬。郭璞注：俗呼红草为茏鼓，语转耳。”李时珍《本草纲目》卷十六“荭草”：“弘景曰：今生下湿地甚多，极似马蓼而甚长大，《诗》称隰有游龙，郭璞云，即茏古也。苏颂曰：荭即水荭也，似蓼而叶大，赤白色，高丈馀。”又，卷十五“白蒿”：“白蒿有水陆二种，《尔雅》通谓之蘩，以其易蘩衍也。曰蘩，皤蒿，即今陆生艾蒿也。”

〔三〕“风娇”句：小叶，即荭、蘩二草之叶。王琦《解》：“盖古人书芙蓉作夫容，亦有不加草头者，即此可以类推。曾本，二姚本俱以繁字作蘩字，是也。小叶即是茳、蘩二草之叶，初生尚小，为春风摇动，娇绿可爱，比之女子画眉之色。”

〔四〕“垂帘”二句：曾益《注》：“几度谓已往，千年谓将来，青春徒老，白日空长，言君王已逝，不复如昔日之经过也。”姚文燮《注》：“御帘低垂，久无跸驻，千年永日，何时得再邀驾幸也。”

【集评】

姚文燮《注》：水草逼墙，无人芟薙，柔姿妩媚，仿佛宫娃，御帘低垂，久无跸驻，千年永日，何时得再邀驾幸也。意又谓帝京多士，恒苦陆沉，虽欲竞效浮华，终亦无用，幽郁穷年，芳时不遇，又安能得觐龙光乎？

方世举《批》：东都洛阳行宫也，明皇以前，年年巡幸，安史乱后不行，唐人多有此诗。“堪锁千年白日长”，君亦作此痴语耶？

【编年】

本诗当是元和四年春落第归家，过此行宫，有感而作，与《铜驼悲》怀同样之悲叹，乃同时之作。

许公子郑姬歌[①]

许史世家外亲贵〔一〕，宫锦千端买沉醉[②]〔二〕。铜驼酒熟烘明胶[③]，古堤大柳烟中翠〔三〕。桂开客花名郑袖〔四〕，入洛闻香鼎门口〔五〕。先将芍药献妆台，后解黄金大如斗〔六〕。莫愁帘中许合欢，清弦五十为君弹[④]〔七〕。弹声咽春弄君骨，骨兴牵人马上鞍〔八〕。两马八蹄踏兰苑〔九〕，情如合竹谁能见〔一〇〕。夜光玉枕栖凤凰，袷罗当门刺纯线〔一一〕。长翻蜀纸卷明君[⑤]，转角含商破碧云〔一二〕。自从小靥来东道，曲里长眉少见人[⑥]〔一三〕。相如冢上生秋柏[⑦]，三秦谁是言情客[⑧]〔一四〕。蛾鬟醉眼拜诸宗[⑨]，为谒皇孙请曹植〔一五〕。

【校记】

①诗题，宋蜀本题下注："郑园中请贺作。"

②千端，蒙古本作"千段"。

③酒熟，宋蜀本、曾益本、姚佺、姚文燮本作"酒热"。

④五十，宋蜀本、蒙古本作"十五"。

⑤翻，吴正子本注："长翻合作番，长幅也。"卷，王琦《解》："第卷字恐有讹耳。"

⑥少见人，蒙古本作"人见少"。

⑦冢上，凌刊本、曾益本、姚佺本、姚文燮本作"坟上"。

⑧三秦，宋蜀本、曾益本、姚佺本、姚文燮本作"三春"。

⑨蛾鬟，《文苑英华》作"蛾眉"。

【注释】

〔一〕许史：《汉书·盖宽饶传》："上无许、史之属，下无金、张之托。"应劭曰："许伯，宣帝皇后父；史高，宣帝外家也。"王琦《解》："许公子当是戚畹，故以汉许史比之。"

〔二〕"宫锦"句：孔鲋《小尔雅·广度》："倍丈谓之端。"曾益《注》："宫锦千端，供买一醉，言用奢。"

〔三〕"铜驼"二句：吴正子《注》："铜驼，街也。烘明胶，乃酒之色。"王琦《解》："公子以宫锦千端为缠头之费，作一畅饮，酒必择其佳者，而铜驼街之熟酒可饮，地必选其胜者，而古堤大柳之处可游。"丘象随(《昌谷集句解定本》卷四)："烘明胶，酒色莹彻而厚也。"

〔四〕"桂开"句：王琦《解》："桂开客花，喻郑姬之清雅。有如幽桂自远方而至，客游斯土，故曰客花。或桂字客花，字乃姬之小名，亦未可知。郑袖，楚怀王宠姬，是《史记·楚世家》及《张仪传》中，以姬姓郑，故以郑袖比之。"姚文燮《注》："开客花，言姬名花而开自客中也。"

〔五〕"入洛"句：王琦《解》："入洛闻香，谓至洛阳者皆闻其香名。鼎门口，是郑所居之地。"鼎门：洛阳城东门。《后汉书·郡国志一》："河南，周公时所城洛邑也，春秋时谓之王城。东城门名鼎门。"

〔六〕"先将"二句：王琦《解》："将，送也，将芍药所以助其妆，解黄金所以恣其用，大如斗者，盖侈言之。或以芍药为芳华之辞，或以斗大金印系肘后作解者，皆非是。"

〔七〕"莫愁"二句：《旧唐书·音乐志二》："《莫愁乐》，出于《石城乐》。石城有女子名莫愁，善歌谣。"此以莫愁喻郑姬。王琦《解》："许合欢，谓许其来作欢会也。"

〔八〕"弹声"二句：曾益《注》："言声之妙能令春咽而入人髓，能令兴发而动人游思。"王琦《解》"盖此时尚在郑姬家中弹筝作乐，俟其弹毕，然后乘马偕行，以至园中。"

〔九〕踏兰苑：王琦《解》："兰苑，宴会之所，上文所谓古堤大柳烟中翠者，即是其处。王融《谢武陵王赐弓启》：'畅艺兰苑'，盖用其语以为美称。"

〔一〇〕情如合竹：曾益《注》："合竹，情相契。"

〔一一〕"夜光"二句：夜光玉枕，郑处晦《明皇杂录》卷下："虢国夫人夜光枕、杨国忠锁子帐，皆稀代之宝，不能计其直。"郑嵎《津阳门诗》："堂中特设夜明枕，银烛不张光鉴帷。"自注："虢国夜明枕，置于堂中，光照一室，四川节度使所进。事载国史，略书之。"王琦《解》："袷罗，夹罗也。当门，谓帏幔之属。纯，丝也。二句虽言园中陈设之美，兼以喻男女好合之情，凤凰取双栖意，纯线取缠绵不相离之意。”姚文燮《注》：“袷罗当门，言玉枕欢浓，长垂帘幕，故上云如合竹谁能见也。”

〔一二〕“长翻”二句：吴正子《注》：“长翻合作番，长幅也。”钱澄之曰（姚文燮《注》附）：“似以明妃图长在手展玩耳。”丘象随曰（《昌谷集句解定本》）：“长翻蜀纸，乃录曲也。卷明君，书于册内；犯司马昭讳，故改昭为明。”王琦《解》：“二句是美姬之技艺，上言其善画，下言其善歌，第卷字恐有讹耳……破碧云，谓其响遏行云也。”以上各注均误。长吉这二句诗，描绘唐代艺人表演变文之场景。变文乃唐代新兴的一种说唱文学样式，艺人一边说说唱唱，一边引导观众观看相应的图画，称为“转变”。郭湜《高力士外传》：“太上皇移仗西内安置，每日上皇与高公亲看扫除庭院，芟薙草木，或讲经、论议、转变、说话，虽不近文律，终冀悦圣情。”变文作品长期以来在我国失传，只在唐宋人典籍中偶而提及，如孟棨《本事诗》中记载张祜与白居易的戏谑语，提及《目连变》，王定保《唐摭言》卷十提及皇甫松《大水变》，陈师道《后山诗话》提及《后土夫人变》。幸赖敦煌石室收藏的唐写卷中，为我们保存了大量变文作品，俱见《敦煌变文集》。李贺诗中的“卷明君”，即指《王昭君变文》，今存。《王昭君变文》中有提示性文字：“上卷立铺毕，此入下卷。”长吉诗“长翻”句，描写艺人不断地翻动关于王昭君出塞故事的图卷；“转角”句，形容艺人歌唱优美动听。唐吉师老《看蜀女转〈昭君变〉》一诗，更是真实地记录、具体描绘女艺人转变的情景：“妖姬未著石榴裙，自道家连锦水濆。檀口解知千载事，清词堪叹九秋文。翠眉颦处楚边月,画卷开时塞外云。说尽绮罗当日恨,昭君传意向文君。”吉诗非常有助于人们理解长吉诗句。

〔一三〕“自从”二句:曲,唐代妓女聚居地,孙棨《北里志》:“平康里,入北门东回三曲,即诸妓所居之聚也。妓中有铮铮者,多在南曲、中曲。”曾益《注》:“来东道,未见人,见独于公子情笃。”王琦《解》:“小靥,颊上之饰作小样者。张正见诗:裁金作小靥,散麝起微黄。”“少见人谓不易见客。”

〔一四〕“相如”二句:曾益《注》:“‘相如’二句,言相如死后,世无复有如相如者,而公子云然。”王琦《解》:“相如已死,不可复作,不知当今谁是言情之客。”

〔一五〕“蛾鬟”二句:曾益《注》:“故蛾鬟之郑姬与醉眼之公子,共拜诸宗,为谒王孙之曹植,而请为之作歌。”王琦《解》:“此时幸有才人在座,拜恳诸客为我代白于皇孙,请展曹植之才思,赠一诗以增声价。诸宗,盖谓诸尊客。皇孙、曹植,皆以自谓。”

【集评】

方世举《批》:万无长吉之理。“许史世家外亲贵”,俗手所不下之笔。“桂开客花名郑袖”,稚而晦。“先将芍药献妆台,后解黄金大如斗。”二语有何关于情致,但有屠沽儿气。“莫愁帘中许合欢”,字字笨。“弹声咽春弄君骨,骨兴牵人马上鞍。”长吉从无此接头,如不了了人欲作趣语,以为解事,但有不通。“自从小靥来东道,曲里长眉少见人。”二语小有致,然亦浅滑轻佻,长吉手笔必字字沉重,字字庄重。“为谒皇孙请曹植”,亦据不得此语以为李贺,当别一李王孙也。

【编年】

本诗作于元和四年下第东归经洛阳时作。《钱谱》:“贺举进士不第，春去长安东归，道经洛阳，有《铜驼悲》、《许公子郑姬歌》。”今从其说。

洛姝真珠〔一〕

真珠小娘下青廓①〔二〕，洛苑香风飞绰绰〔三〕。寒鬓斜钗玉燕光〔四〕，高楼唱月敲悬珰〔五〕。兰风桂露洒幽翠〔六〕，红弦袅云咽深思〔七〕。花袍白马不归来〔八〕，浓蛾叠柳香唇醉②。金鹅屏风蜀山梦③〔九〕，鸾裾凤带行烟重④〔一〇〕。八骢笼晃脸差移⑤，日丝繁散曛罗洞〔一一〕。市南曲陌无秋凉〔一二〕，楚腰卫鬓四时芳〔一三〕。玉喉𥨍𥨍排空光〔一四〕，牵云曳雪留陆郎〔一五〕。

【校记】

①青廓，吴正子本、《全唐诗》均作“清廓”。曾益本作“青郭”。

②浓蛾，吴正子本、宋蜀本、姚佺本作“浓娥”。

③金鹅，吴正子本、蒙古本作“金娥”。

④鸾裾，宋蜀本、姚文燮本作“鸾裙”。

⑤八骢，董懋策《评》：“骢，当作窗。”王琦《解》：“当作八窗，鲍照诗：四户八绮窗。”

【注释】

〔一〕洛姝真珠：吴正子《注》：“《唐摭言》：牛奇章有妾名真珠。首句言真珠小娘，则真珠为洛姝之名。”王琦《解》：“洛姝，谓洛阳之美人，真珠其名也。”

〔二〕青廓：王琦《解》：“青廓，犹言青天，谓青而寥廓之处，喻言其人若仙姬神女自天而降者。”

〔三〕洛苑:吴正子《注》:“洛阳有平原、鹿子、桑梓诸苑。”绰绰:舒缓貌。《尔雅·释训》:“绰绰,缓也。”

〔四〕玉燕:玉钗形如燕。任昉《述异记》卷下:“汉武帝元鼎元年,起招灵阁,有一神女留一玉钗与帝,帝以赐赵婕妤。至昭帝元凤中,宫人见此钗光莹甚异,共谋欲碎之,明视钗匣,惟见白燕直升天去,后宫人常作玉钗,因名玉燕钗。”

〔五〕“高楼”句:王琦《解》:“唱月者,对月而唱也。悬珰玉珮,敲之以为歌声之节。”

〔六〕“兰风”句:曾益《注》:“兰桂,苑中物,幽翠,兰桂色。唯歌之妙,故风露为之洒然。”王琦《解》:“当风清露冷之际,抚筝而弹,以寄其幽怨之深思。”

〔七〕红弦:《礼记·乐记》:“清庙之瑟,朱弦而疏越。”郑畋《题缑山王子晋庙》诗:“湘妓红丝瑟,秦郎白玉箫。”张祜《筝》诗:“夜风生碧柱,春水咽红弦。”则红弦乃琴瑟、筝之弦也。袅云:陈弘治《校释》:“袅云,谓其声悠扬袅袅不绝也。”

〔八〕花袍白马:指真珠所忆念之人。王琦《解》:“古歌行:绿衣白马不归来,双成倚槛春心醉,与此诗相似,盖念所欢之人不来,故黛眉嚬蹙如柳叶之叠而不舒,香唇缄默如沉醉之静而不言也。”

〔九〕金鹅屏风:屏风绣作金鹅。吴正子《注》疑为屏风上所画美人。蜀山梦:指巫山梦。宋玉《高唐赋》:“昔者先王尝游高唐,怠而昼寝,梦见一妇人曰,妾巫山之女也,为高唐之客,闻君游高唐,愿荐枕席。王因而幸之。去而辞曰,妾在巫山之阳,高丘之岨,旦为朝云,暮为行雨,朝朝暮暮,阳台之下。”王琦《解》:“望之久而所欢终不来,于是倚屏风而卧,冀如巫山神女寻襄王于睡梦之中。”“金鹅屏风,谓屏风之上绣作金鹅之形。”

〔一〇〕“鸾裾”句：曾益《注》：“梦所思鸾裾凤带。刺纹行烟，梦中恍惚之境。”王琦《解》：“行烟即行云行雨之谓。重，谓不能出门以觅所望之人。”

〔一一〕“八骢”二句：姚文燮《注》：“八骢即隙驹之谓。”曾益、王琦从董懋策说，以骢（驄）为窗（牕）。曾益《注》：“八窗笼日，日色射脸，从脸移也。‘日丝’从‘笼晃’来，以罗笼日，日从罗入，则成丝矣。近则日丝繁，远则日丝散，日将入则影斜，丝愈繁而愈散，故曰‘曛罗洞’。”王琦《解》：“八窗之上已见日光，而晓梦初觉，睡脸才移，但见日色透窗罗之细洞而入，舒散如丝，写闺人夜中不寐，晓来慵起之意。”

〔一二〕市南曲陌：王琦《解》：“市南曲陌，皆妓女所居之地。”

〔一三〕楚腰卫鬓：以美女喻指市南曲陌之妓女。楚腰，语出《韩非子·二柄》：“楚灵王好细腰，而国中多饿人。”卫鬓，汉武帝皇后卫子夫以鬓美得宠，参见《浩歌》注。

〔一四〕褭褭：吴正子《注》：“褭褭，歌声宛转之妙。”排空光：王琦《解》：“犹响遏行云之意。”

〔一五〕“牵云”句：曾益《注》：“玉喉结歌，排空光彻层霄，云为之牵，雪为之曳，陆郎为之留。留陆郎耶，陆郎自留耶？”王琦《解》：“牵云曳雪，谓揽其衣裳而留之也。乐府《明下童曲》：陆郎乘班骓。市南曲陌之家，冶容艳态，歌声彻天，能使陆郎留恋，何其欢好，以反衬真珠之寂寥不乐。”

【集评】

董懋策《评》：小娘当是倡耶？白马指旧，而陆郎指新耶？

黄淳耀《评》：吾谓“日丝”以上咏真珠，“市南”以下盖指狎邪女，反结之，咏叹幽贞，言外有意。以为一事，不应上云兰风桂露，下又云无秋凉也。

姚文燮《注》：芳姿艳质，步步生香，寒鬓玉钗，高楼唱月，此亦何异兰风桂露之幽翠，而第以供深思之哽咽乎？只因花袍白马，久不归来，以致浓蛾香唇，乞作蜀山之梦，而鸾裙凤带，极重难行也。八骢即隙驹之谓，盖从朝盼想至暮，惟见底事，睡而复不睡，思妇之情，诚有如此。因念市南曲陌，楚腰卫鬓，四时欢笑，每调歌喉而留陆郎，何己之不如也。贺盖托言以明所遇之不偶耳。

钱澄之评（姚文燮《注》附）：花袍白马以下，写美人独睡之态。蜀山、行烟，言其梦也。八骢笼晃，窗间日色；脸移，睡才转也。日照罗洞，其细如丝，皆乍醒时情景。

方世举《批》：真珠自是洛姝之名。“牵云曳雪留陆郎”句，徐注：陆郎即陆贾也，所以知是贾者，以贺他曲有“陆郎去矣乘斑骓”，亦是指贾，陆郎语，事本乐府。

刘嗣奇《李长吉诗删注》卷上：《唐摭言》：牛奇章有妾名真珠。盖所思之人不来，至于神魂梦想病矣，那得如市南曲陌，家家留住陆郎，所以状真珠之贞，而不比市南曲陌之淫也。

黎简《批》：花袍白马，即指阿郎。日丝以上，静女伤离。市南以下，狭斜留客。

吴汝纶《评注李长吉诗集》：乐府“陆郎乘斑骓”。此盖宫女嫁军将而怨别之恉，以慨贤者不遇而不肖者多苟合也。

钱钟书《谈艺录》：长吉好用代词。《洛姝真珠》首句云：“真珠小娘下青廓”，“青”即“碧”，“廓”即“落”或“空”。“碧落”或“碧空”已成天之惯常代词，遂避熟就生，逐字替换，较“圆苍”更僻诡无味，与“虬户”、“筱骖”何异。整句不过言真珠如天仙降尘世耳。

【编年】

本诗系元和四年秋作。本年春，贺落第还乡，秋末，又经洛阳转赴长安，遇洛阳美人真珠，有感而作。诗云："兰风桂露湿幽翠"，"市南曲陌无秋凉"，渲染秋景。

咏怀二首

长卿怀茂陵〔一〕，绿草垂石井。弹琴看文君〔二〕，春风吹鬓影。梁王与武帝，弃之如断梗〔三〕。惟留一简书〔四〕，金泥泰山顶〔五〕。

【注释】

〔一〕长卿：即司马相如。茂陵：司马相如家居于此。《史记·司马相如传》："相如既病免，家居茂陵。"李吉甫《元和郡县图志》卷二："汉茂陵，在县（兴平）东北十七里，武帝陵也，在槐里之茂乡，因以为名。"

〔二〕文君：卓文君，司马相如之妻。《史记·司马相如传》："卓王孙有女文君新寡，好音，故相如缪与令相重，而以琴心挑之。相如之临邛，从车骑，雍容闲雅甚都。及饮卓氏，弄琴，文君窃从户窥之，心悦而好之，恐不得当也。既罢，相如乃使人重赐文君侍者通殷勤。文君夜亡奔相如，相如乃与驰归。"林同济《研究》："弹琴两句，写夫妻相处之乐，轻轻一笔，描得栩栩如生，却又期期入微。"

〔三〕"梁王"二句：谓相如生时，弃梁王与武帝如断梗。《史记·司马相如传》："客游梁，梁孝王令与诸生同舍，相如得与诸生游士居数岁，乃著《子虚》之赋，会梁孝王卒，相如归，而家贫，无以自业。”“相如与卓氏婚,饶于财,其进仕宦,未尝肯与公卿国家之事,称病闲居,不慕官爵,既病免,家居茂陵。”林同济《研究》:“弃之,是长卿弃梁王与武帝。”钱钟书《谈艺录》:“谓长卿弃梁王与武帝,观首句‘怀茂陵’可见。王琢崖注谓梁王与武帝弃长卿,大误。”

〔四〕惟留一简书:一简,一卷。《史记·司马相如传》:“天子曰:‘司马相如病甚,可往从悉取其书,若不然,后失之矣。’使所忠往。而相如已死,家无书。问其妻,对曰:‘长卿固未尝有书也。时时著书,人又取去,即空居。长卿未死时,为一卷书曰,有使者来求书。奏之,无他书。’”

〔五〕金泥泰山顶:指封禅事,写祭文简板上,以玉为饰,制成玉牒,再盖上玉检,以金和水银为泥,将玉牒涂封于泰山之顶。《史记·司马相如传》:“其遗札书言封禅事,奏所忠。忠奏其书,天子异之。”“司马相如既卒五岁,天子始祭后土。八年而遂先礼中岳,封于太山,至梁父,禅肃然。”《汉书·武帝纪》:“元封元年,登封太山。”颜师古注:“孟康曰,王者功成治定,告成功于天。封,崇也,助天之高也,刻石纪号,有金策石函,金泥玉检之封焉。”王琦《解》:“金泥,以水银和金为泥,以封玉牒者。”

【集评】

王琦《解》:此篇盖借司马长卿以自况也。“长卿怀茂陵,绿草垂石井。”见闲居幽静之意。“弹琴看文君,春风吹鬓影。”见室家相得之好。“梁王与武帝,弃之如断梗。惟留一简书,金泥泰山顶。”谓己在时,上之人,皆弃而不用,至身没之后,见其遗书,而反思之以施用于世也。

郑诗言评(《昌谷集句解定本》卷一):看文君,吹鬓影,传写无聊之况如画。

钱澄之评（姚文燮《注》附）：弹琴看文君，想见其寂寞，除文君外别无知音。

方世举《批》："弹琴看文君"二句，写相如无聊本事，却暗用信陵晚节饮酒近妇神理。"金泥泰山顶"，此句才说相如身后，后四语感慨生不逢时，惟有死待求书而已。

李裕《昌谷集辨注》：怀字见有作归字者，义似胜。此章乃长吉咏怀自况，本无讥意，末二语所谓文士名心不灭，独此庶几差强人意耳。接上"梁王与武帝，弃之如断梗"，哀叹如见。

陈本礼《协律钩玄》卷一：三四活画出一风流潇洒之长卿来，笔致趣甚，末二欣慕之辞。相如生不见用，死后一卷遗书，至令武帝求之，藏之泰山之顶，如金泥玉检者。然迨后封泰山、禅梁父悉从相如言，则相如生虽不遇，死后之荣不朽矣。

黎简《批》：草垂石井，寂寞矣。三句于寂寞中写出长卿极得意处，真千古佳话也。春风鬓影，在远山芙蓉外看出，无形佳丽，细静至此，非我长吉先生谁能道得。此长吉以长卿自况。

陈沆《诗比兴笺》卷四：生前见弃，身后见重，我怀古人，聊以自慰。

其二

日夕著书罢[①]〔一〕，惊霜落素丝〔二〕。镜中聊自笑，讵是南山期〔三〕。头上无幅巾〔四〕，苦檗已染衣〔五〕。不见清溪鱼，饮水得相宜[②]〔六〕。

【校记】

①著书，曾益本、姚佺本、姚文燮本均作"看书"。

②相宜,宋蜀本、吴正子本、蒙古本均作“自宜”。

【注释】

〔一〕“日夕”句:王琦《解》:“长吉每旦骑驴出游,遇有所得,即书投锦囊中,及暮归,足成之,所谓日夕著书是其事也。”

〔二〕“惊霜”句:徐渭《注》:“素丝,白发也。”王琦《解》:“其母见所书多,辄曰:是儿要当呕出心乃已尔。其苦吟若是,故方年少而已见白发。”

〔三〕“镜中”二句:曾益《注》:“贺年少白发,故对镜自笑,言讵得寿考乎?”王琦《解》:“自笑用心过劳,非养生以致寿考之道,当知自悔。”南山期,语出《诗经·小雅·天保》:“如南山之寿,不骞不崩。”

〔四〕幅巾:古人家居时不戴冠,以幅巾束发。《后汉书·鲍永传》:“悉罢兵,但幅巾与诸将及同心客百馀人诣河内。”章怀太子注:“幅巾,谓不著冠,但以幅巾束首也。”《宋书·礼志五》:“汉末王公名士多委正服,以幅巾为雅。”王琦《解》:“所谓幅巾者,不著冠帻,以一幅之巾裹其头,盖取其便适而已。”

〔五〕“苦蘖”句:苦蘖,一种落叶乔木,可作染料,色黄。曾益《注》:“幅巾未上头,而黄衣已染,思弃官以就隐也。”王琦《解》:“苦蘖,黄蘖木皮也,其味甚苦,故曰苦蘖,可以染黄色,田野人家多用之。”

〔六〕“不见”二句:吴正子《注》:“此临水愧游鱼之义。”王琦《解》:“随意自适,如清溪之鱼,饮水从容,乃得相宜,何为役役而槁死于文字之间乎!”

【集评】

徐渭《评》:率。清溪鱼宜饮不宜食,比己命薄,宜隐不宜仕也。贺虽少年而头已白，故有此早衰之叹。

钱澄之评（姚文燮《注》附）：后四句，是古乐府体。

陈沆《诗比兴笺》卷四：旦觅骑驴之吟，暮倾锦囊之句，徒呕心肝，早致霜鬓，此岂养生永年之道耶？《诗》云：“如南山之寿。”此用其语也。头无幅巾，衣染缁黄，已同方外之相，与其蠹鱼槁死于文字，曷若游鱼自得于清溪。

陈弘治《校释》：此篇盖自叹早衰，宜隐不宜仕也。

【编年】

《钱谱》系本诗于元和四年，云：“（下第）归昌谷，自春徂秋，有《咏怀二首》，第一首叙还家后之生活，‘弹琴看文君，春风吹鬓影’。可想见其伉俪情笃。‘梁王与武帝，弃之如断梗。’谓绝意进举。第二首写退居自适，日夕著书，清溪鱼饮水相宜之趣。”按，李贺下第在元和四年，则本诗当作于本年春。

昌谷读书示巴童〔一〕

虫响灯光薄，宵寒药气浓〔二〕。君怜垂翅客〔三〕，辛苦尚相从。

【注释】

〔一〕巴童：来自巴地的小书童，即李商隐《李长吉小传》中所说的“小奚奴”。

〔二〕“虫响”二句：曾益《注》：“虫响灯薄，宵寒药浓，其愁病可知。”

〔三〕垂翅客：斗败的的鸟常常垂着翅膀逃去，此喻失意者。《后汉书·冯异传》：“始虽垂翅回溪，终能奋翼黾池。”王琦《解》：“盖以斗鸟为喻，败则垂翅而遁，胜则奋翼而鸣。”

【集评】

曾益《注》:愁病从失意来,故曰“垂翅”,此时而相从,出人情外矣,矧辛苦乎?曰“君怜”,志感也。

姚文燮《注》:长夜抱疴,遭时蹭蹬,而巴童犹然恋恋,深足嘉已。

巴童答

巨鼻宜山褐〔一〕,庞眉入苦吟〔二〕。非君唱乐府,谁识怨秋深。

【注释】

〔一〕巨鼻:曾益《注》:“巴童自谓。”王琦《解》:“巨鼻,谓巴童。”非是。此为巴童眼中的李贺面部特征,与庞眉一样,同指长吉。宜山褐:适宜穿着山野人穿的粗布衣服。

〔二〕庞眉:双眉浓密,中间相通。庞,一作厖。李商隐《李长吉小传》:“长吉细瘦,通眉,长指爪,能苦吟疾书。”《尔雅·释诂》:“厖,大也。”诗正取厚大之意。王琦《解》:“又庞字一训厚,一训大,李义山作长吉小传,谓长吉通眉,盖其眉浓密,中间相通,不甚开豁。自谓庞眉者,或取厚大之意,亦未可知。”

【集评】

姚文燮《注》:童亦陋质,不慕荣华,知君深于吟咏,致感无知之人亦娴秋怨,高才如此,忍不相从。

【编年】

王琦《解》:“此诗是下第后所作。”说得明确点,当是元和四年落第归家,居昌谷读书,于秋夜写成此两诗。两首诗是李贺当时生活的真实写照。诗人遭谗落第，内心郁闷，身体孱弱多病，终日药石随身，故而生发“垂翅客”的联想。

莫种树

园中莫种树，种树四时愁〔一〕。独睡南床月①，今秋似去秋〔二〕。

【校记】

①南床，宋蜀本、姚佺本、姚文燮本作“南窗”。

【注释】

〔一〕“园中”二句：陈式曰（姚文燮《注》卷三）：“起虽合四时言之，而诗则自为秋日作也；四时皆令人愁，秋夜更愁。”

〔二〕“独睡”二句：姚佺《笺》：“云吾以种树而四时愁耳，岂知不种树而独卧南窗，今秋又似去秋之愁也，然则愁岂关种树哉？言无往而非愁也。”“今秋”句，语出庾信《拟咏怀诗》：“残月如初月，新秋似旧秋。”

【集评】

无名氏《批》：此诗是落第后作，怨而不怒，风人之旨也。

姚文燮《注》：陶潜云：“眄庭柯以怡颜。”此则对繁枝而愈增牢骚也。卧月南窗，犹似旧秋，零落此景，自难为怀矣。

【编年】

本诗作于元和四年秋。明于嘉刻本《李长吉诗集》无名氏批语：“此诗是落第后作。”得其实。

送韦仁实兄弟入关〔一〕

送客饮别酒，千觞无赭颜〔二〕。何物最伤心，马首鸣金环。野色浩无主，秋明空旷间。坐来壮胆破〔三〕，断目不能看①。行槐引西道〔四〕，青梢长攒攒②。韦郎好兄弟，叠玉生文翰〔五〕。我在山上舍，一亩蒿硗田〔六〕。夜雨叫租吏，春声暗交关③〔七〕。谁解念劳劳④，苍突唯南山〔八〕。

【校记】

①断目，《文苑英华》作“新月”。

②青梢，原作“青稍”，据宋蜀本改。《文苑英华》于此句下有“君子送春水，小人巢洛阳”二句。

③春声，蒙古本作“舂声”，近是。王琦《解》：“春字似讹，与三联‘秋明’字有碍。”暗交关，《文苑英华》作“闻暗关”。

④劳劳，《文苑英华》作“劳苦”。

【注释】

〔一〕韦仁实：史家逸其行实，我们所知甚少。《旧唐书·敬宗纪》：“（长庆四年）十二月癸未，淮南节度使王播厚贿贵要，求领盐铁使，谏议大夫独孤朗、张仲方，起居郎孔敏行、柳公权、宋申锡，补阙韦仁实、刘敦儒，拾遗李景让、薛廷老等伏延英抗疏论之。”《旧唐书·王播传》：“长庆四年，补阙韦仁实，伏延英抗疏，论播厚赂贵要，求领盐铁使。”《太平广记》卷二百六十一引《卢氏杂说》亦载其事。《隋唐五代墓志汇编·洛阳卷》宝历元年韦仁实撰《唐故大中大夫殿中少监瑯琊王府君墓志铭并序》，署衔为户部员外郎兼侍御史。

〔二〕无赭颜：曾益《注》："送别情楚，故饮酒不形于颜面。"

〔三〕坐来：张相《诗词曲语辞汇释》卷四："坐来，犹云本来或自然也。""李贺《送韦仁实兄弟入关》诗：'野色浩无主，秋明空旷间。坐来壮胆破，断目不能看。'此为自然义，言对悲凉之景色，自然胆破也。"

〔四〕"行槐"句：曾益《注》："行槐，缘槐而行；引西道，道繇西。"王琦《解》："行槐，道上所植官槐，排列成行，自此而西入关中，夹路不断，故曰引西道。"

〔五〕"叠玉"句：王琦《解》："翰，笔也。叠玉生文翰者，言其文笔之妙，字字皆美如玉，积累其间。"

〔六〕蒿硗：王琦《解》："谓田中多生蒿莱而薄瘠者。"

〔七〕"夜雨"二句：王琦《解》："租吏，催租吏也，其叫呼之声，与春（舂）声交关相杂也。"

〔八〕"谁解"二句：曾益《注》："谁念，自韦之去无人知。苍突，苍然而突兀，唯南山人无知也。"王琦《解》："言韦郎兄弟既去，我独困守田园，而受催租之扰，并无知己相劳苦，朝夕所对者，唯苍然突起之南山而已。盖言此别之后，不堪为怀也。"

【集评】

方世举批："何物最伤心"，唤下，滑语极可厌。

吴汝纶《评注李长吉诗集》：言韦兄弟既去，而我困守田园，独受催租之扰，知我者唯南山耳，甚言别后不堪为怀也。

钱仲联《读昌谷集绝句六十首》：一亩蒿硗岭上田，催租声里夜如年。不因身近扶犁手，那得民劳变雅篇。《送韦仁实兄弟入关》。

【编年】

《朱谱》以为本诗作于元和八年。《钱谱》以为此诗系元和四年作。按，李贺在家乡时，颇受韦家兄弟关爱、照顾，成为知己，诗云："谁解念劳劳。"当时，李家还受催租之困扰，王琦《解》："韦氏兄弟既去，我独困守田园，而受催租之扰。"唐制，官宦人家有免租税兵役之特权，这说明本诗必作于李晋肃已经亡故，李贺尚未入仕为奉礼郎这段时间内，最迟在元和四年诗人再度入长安求仕以前。

南山田中行

秋野明，秋风白①，塘水漻漻虫啧啧〔一〕。云根苔藓山上石〔二〕，冷红泣露娇啼色〔三〕。荒畦九月稻叉牙，蛰萤低飞陇径斜〔四〕。石脉水流泉滴沙〔五〕，鬼灯如漆点松花②〔六〕。

【校记】

①秋风，姚文燮本作"秋色"。

②点，北宋本、宣城本、宋蜀本、蒙古本、曾益本、姚佺本、姚文燮本均作"照"。

【注释】

〔一〕"塘水"句：王琦《解》："漻漻，谓水清深；啧啧，谓声轻细。"

〔二〕云根：指山石。《锦绣万花谷》前集卷五："唐人多使云根为石，以云触石而生也。"姚佺《笺》："云触石而生，故石名云根。但既云云根是石矣，又云山上石，叠床架屋。"

〔三〕冷红：王琦《解》："以其开于秋露之中，故曰冷红。"黎简《批》："此云山上石如云根，而生苔藓；石旁有秋花，而开冷红。"

〔四〕蛰萤：王琦《解》："萤遇冷气，光不甚明。"

〔五〕石脉：石之隙缝处，韦应物《龙门游眺诗》："花树发烟华，淙流散石脉。”范成大《桂海虞衡志·志岩洞》:“(栖霞洞)盖洞之下又有洞焉。……钟乳垂下累累,凡乳床必因石脉而出,不自顽石出也。”

〔六〕鬼灯如漆:任昉《述异记》卷上:“阖闾夫人墓中,周回八里,别馆洞房,迤逦相属,漆灯照烂如日月焉。”钱澄之(姚文燮《注》附)曰:“帝王陵多以漆为灯,鬼灯如漆,想当然耳。照松花,其光若明若灭。曲尽鬼态。”

【集评】

刘辰翁《评》:“萤低飞,陇径斜。”每造语,不觉其苦。“灯如漆,点松花。”翻漆灯,又别。

无名氏《批》:作二解读,便得秋暮于南山田中夜行神理。

姚文燮《注》:此秋田月夜时也,桂魄皎然,野风爽朗,水静蛩吟,苔深花湿,芳蕙低垂,流萤历乱,石泉声细,燐火光微,陇上行吟,情思清绝。

方世举《批》:东坡有语,岁云暮矣,灯火青荧,时于此间,得少佳趣。刘贡父戏之,以为夜行失路,误入田螺精家。此诗亦似陆机入王弼墓然而妙。

黎简《批》:此长吉平正之作。此云山上石如云根,而生苔藓,石旁有秋花,而开冷红。姚仙期訾其既云云根,又云山上石为重复,未玩诗意耳。

【编年】

本诗当作于元和四年不第归昌谷时。诗云“南山”,即昌谷南面之女几山。“九月”,正是作诗之节令。不久,诗人便又西去长安,寻求仕途出路。

休洗红

休洗红〔一〕，洗多红色浅①。卿卿骋少年〔二〕，昨日殷桥见〔三〕。封侯早归来，莫作弦上箭〔四〕。

【校记】

①浅，姚佺本作“淡”。

【注释】

〔一〕休洗红：王琦《解》：“古诗：休洗红，洗多红色淡。不惜故缝衣，记得初按茜。人寿百年能几何，后来新妇今为婆。长吉盖拟其调而意则殊也。”

〔二〕卿卿：《世说新语·惑溺篇》：“王安丰妇常卿安丰，安丰曰：‘妇人卿婿，于礼为不敬，后勿复尔。’妇曰：‘亲卿爱卿，是以卿卿，我不卿卿，谁当卿卿？’”骋：王琦《解》：“骋，犹趁也，正当及时之意。”

〔三〕殷桥：王琦《解》：“地名，未详所在。”姚文燮《注》：“洗红于水而桥为殷，则所存者无几，言色之易落耳，见此益自伤年华也。”

〔四〕弦上箭：王琦《解》：“谓其一去而不还也。”

【集评】

刘辰翁《评》：古意。

曾益《注》：言红莫洗，洗多则色浅，以比人莫骋，骋则易老。昨日见，见其骋少年，故嘱之曰：封侯拟早归来，莫作弦上箭，一去而不返。盖以其骋，故恐其不返。

杨慎《升庵诗话》卷十一：余于蜀栈古壁，见无名氏号砚沼者，书古乐府一首云：休洗红，洗多红在水；新红裁作衣，旧红番（反）作里。回黄转绿无定期，世事反覆君所知。此诗古雅，……视前诗何啻千里乎？

姚文燮《注》：征夫远别，闺中嘱其早归，言颜色易衰，青春易迈，莫如弦筈之一去不归，致久负芳容也。

陆蓥《问花楼诗话》卷一：《休洗红》、《西洲曲》皆古乐府题，长吉自出机杼，飞卿转入窠臼，人才相悬，岂止升斗！

【编年】

这首诗用女子送别口吻，喻写红颜易老，嘱对方离去后，谋得功名，早日归来。诗云"卿卿"，指夫妻之别；"封侯"，泛指得官。诗意深挚，似为诗人离家去京城谋职时，妻子嘱咐之言。如是，当作于元和四年九月。

房中思

新桂如蛾眉〔一〕，秋风吹小绿〔二〕。行轮出门去〔三〕，玉鸾声断续[①]〔四〕。月轩下风露〔五〕，晓庭自幽涩〔六〕。谁能事贞素，卧听莎鸡泣[②]〔七〕。

【校记】

①玉鸾，宣城本、蒙古本、凌刊本、《全唐诗》作"玉銮"。

②卧听，宋蜀本、蒙古本作"卧对"。

【注释】

〔一〕"新桂"句：王琦《解》："新生桂叶，其嫩绿之色，如闺人所画蛾眉之色。梅妃诗所谓'桂叶双眉久不描'也。"

〔二〕小绿：王琦《解》："其叶尚小，故曰小绿。"

〔三〕行轮:曾益《注》:"征车出门。"姚文燮《注》:"征夫远别。"

〔四〕玉鸾:张衡《思玄赋》:"鸣玉鸾之嚶嚶。"章怀太子注:"鸾,铃也,在镳。"

〔五〕月轩:曾益《注》:"谓侵晓时月未离轩也。"

〔六〕幽涩:鲍照《学刘公干体》:"赖树自能贞,不计迹幽涩。"

〔七〕"谁能"二句:曾益《注》:"言谁能以贞素为事,卧听莎鸡之泣,而不以动怀?"贞素,幽独的怀抱。《晋书·阮咸传》:"山涛举咸典选曰:阮咸贞素寡欲,深识清浊,万物不能移,若在官人之职,必绝于时。"顾况《拟古诗》:"吾道抱贞素,悠悠白云期。"

【集评】

刘辰翁《评》:古,情事不吝。

姚文燮《注》:新月如眉,凉飙堕叶,征夫远别,鸾声依依,暮云晨静,不尽凄清,寂守空闺,幽怀独抱,贞素固难及哉!若当时朝士竞趋权贵,谬附羽仪,至于一朝罢斥,又逐逐他属,贞素难全,贺盖托此以致诮矣。

方世举《批》:"新桂如蛾眉,秋风吹小绿。"自叙闺情。

陈弘治《校释》:诗意盖长吉自思有以奋发,旧注以为叙闺怨,非是。

【编年】

首两句,自叙闺情;次两句,辞妻远行;结尾两句,用反诘笔法,自叙寻求出路、奋发图强之心意。本诗当是长吉落第回乡后不久,重又踏上求仕之路,离别妻子时的抒怀之作,作于元和四年秋。

自昌谷到洛后门①〔一〕

九月大野白〔二〕,苍岑竦秋门〔三〕。寒凉十月末②,雪霰蒙晓昏③〔四〕。澹色结昼天，心事填空云〔五〕。道上千里风，野竹蛇涎痕〔六〕。石涧冻波声，鸡叫清寒晨。强行到东舍④，解马投旧邻〔七〕。东家名廖者，乡曲传姓辛〔八〕。杖头非饮酒，吾请造其人〔九〕。始欲南去楚，又将西适秦〔一〇〕。襄王与武帝，各自留青春〔一一〕。闻道兰台上，宋玉无归魂〔一二〕。缃缥两行字〔一三〕，蛰虫蠹秋芸〔一四〕。为探秦台意，岂命余负薪〔一五〕。

【校记】

①诗题，原作“洛后门”，今据宋蜀本、蒙古本改为“洛后问”。

②十月，宣城本、蒙古本作“交月”。

③雪霰，宋蜀本作“雾霰”，宣城本、蒙古本、黄评本、《全唐诗》作“露霰”。

④东舍，宣城本作“都舍”。

【注释】

〔一〕问：卜问，以定去向。

〔二〕大野白：曾益《注》：“九月木落，故野白而山出。”王琦《解》：“大野，旷野也。白者，草木零落，遥望地上，均作白色也。”

〔三〕“苍岑”句：王琦《解》：“张协《七命》：据苍岑而孤生。苍岑，山之苍然多树木者。竦峙两旁，有似门阙，因在秋时，故曰秋门。”姚佺《笺》：“洛阳有翠云山，其上树木森列，苍翠如云。”

〔四〕“寒凉”二句：曾益《注》：“十月寒至，故雪霰不解。”王琦《解》：“一本十字作交字，盖以昌谷至洛程路只一百五十里，安有九月起行，至十月末方到之理。不知此联是言在昌谷时事，九月中，在家无事，秋高气爽如此。十月末，有事往洛。乃雪霰杂下，昏晓濛昧，如此岂非闷事。”

〔五〕“澹色”二句：曾益《注》：“澹色即雪霰，雪霰昼结，故心事填空。”王琦《解》：“惨澹之色，结而不解，虽昼亦然，则不但晓昏时矣。而我之心事，亦如空中阴云，填塞而不能解。”

〔六〕“野竹”句：曾益《注》：“蛇涎痕，竹冻也。”王琦《解》：“野竹沾雨而冻，其痕有似蛇涎也。”

〔七〕“强行”二句：王琦《解》：“道路之中，雪霰风冷若此，然不得不勉强而行。东舍是长吉在洛之旧居，故云投旧邻。”

〔八〕“东家”二句：辛廖，晋大夫，擅占卜。《左传·闵公元年》：“初，毕万筮仕于晋，遇屯之比，辛廖占之曰：吉。”杜预注：“辛廖，晋大夫。”此借辛廖以喻卜筮者。吴正子《注》：“自东家名廖者而下，乃欲问卜，如《楚辞》问詹尹卜居之意。”

〔九〕“杖头”二句：《世说新语·任诞篇》：“阮宣子常步行，以百钱挂杖头，至酒店，便独酌酣畅，虽当世贵盛，不肯诣也。”王琦《解》：“此借用其事，而谓杖头之钱非以饮酒，用以酬卜筮者耳。”

〔一〇〕“始欲”二句：陈弘治《校释》：“其意不决，故使卜者决之。”

〔一一〕“襄王”二句：王琦《解》：“楚地有襄王，秦地有汉武帝，皆古来好文之主。留青春，犹云其名今日尚存，其人至今如在也。襄王喻当时藩镇，武帝喻时君，意中不决，故造筮者卜之。”

〔一二〕“闻道”二句：兰台，楚国台名，故址在今湖北钟祥县。宋玉《风赋》：“楚襄王游于兰台之宫，宋玉景差侍。”如今宋玉已死，故曰“无归魂”。

〔一三〕缃缥：缃帙和缥囊，昭明太子《文选序》：“词人才子，则名溢于缥囊；飞文染翰，则卷盈于缃帙。”王琦《解》：“缥囊，谓以青白色之帛为书囊；缃帙，谓以浅黄色之帛为书衣。仅举上二字以为囊帙之称，诗人往往有此。”

〔一四〕“蛰虫”句：沈括《梦溪笔谈》卷三：“古人藏书，避蠹用芸。芸，香草也，今天谓之七里香者是也，叶类豌豆，作小丛生，其叶极芬香，秋后叶间微白如粉污，避蠹殊验，南人采置席下，能去蚤虱。”王琦《解》：“蛰虫，谓藏匿书卷中之虫。芸本避蠹，今秋芸亦为所蠹蚀，则书卷之不堪可知矣。”

〔一五〕“为探”二句：秦台，借指长安朝廷。负薪，见《史记·滑稽列传》：“楚相孙叔敖知其为贤人也，善待之。病且死，属其子曰：‘我死，汝必贫困，若往见优孟，言我孙叔敖子也。’居数年，其子穷困负薪。”王琦《解》：“上四句言去楚之意，此二句言适秦之意。”“诗意谓兰台之上，已无宋玉之流，所存书册，大抵半坏蠹鱼，其地并无好文之显者，楚地之行，可以绝想。今将西适秦地，必将有所遇合，岂令余穷困无聊，而至于负薪自给乎？”

【集评】

无名氏《批》：一起四句极尽题眼，下便好放手做将出来。看“九月”二句，是“自”字，“十月”二句是“到”字，不是泛写时序，读书先要记定题字，觑出题神，方是作家。

孙枝蔚评（《昌谷集句解定本》卷三）：其源出于《卜居》，而跌宕平夷，大有陶家气味。

姚文燮《注》：此贺深秋赴秦作也。贺时入洛，故云投旧邻。辛廖当善卜筮，非为饮酒而解杖头以造之，是以西南之游劳占决也。楚襄之于宋玉，兰台竟无归魂，汉武之于相如，封禅仅留遗简，才人不偶，古今同叹。今将入秦，诚恐命同叔敖之负薪，以故解杖头买卜，求示其荣枯为行止也。

陈式评（姚文燮《注》附）：秦下接是武帝，云汉本都长安也；

兰台四句顶楚来,末一句顶秦来,章法正以参差入妙。

方世举《批》:“始欲南去楚,又将西适秦。”直用老杜两句,非杜诗意语也。

【编年】

李贺落第归家后,闲居昌谷,直到这一年的九、十月间,他为了寻求政治上的出路,又从昌谷再度到洛阳。诗人欲求仕进,但又犹豫不决,是南行投奔节镇,还是西入长安“探秦台意”呢?于是他请巫者占卜,以释胸中疑虑。为此,写下本诗。《钱谱》系本诗于元和三年,云:“秋末,贺自昌谷赴洛阳,贷宗人仁和里宅以居。贺赴洛阳,为准备就河南府试,因福昌县为河南府所属也。贺集卷三《自昌谷到洛后问》,自述动身往洛阳时日为‘九月大野白’,‘寒凉交月末’。贺集卷二《仁和里杂叙皇甫湜》云:‘大人乞马癯乃寒,宗人贷宅荒厥垣。横庭鼠径空土涩,出篱大枣垂朱残。’所写亦为秋景,与前诗合。”谱文将元和三年到洛阳应河南府试,与元和四年再度赴洛这两件事混合在一起,不合理。

官不来题皇甫湜先辈厅〔一〕

官不来,官庭秋,老桐错干青龙愁〔二〕。书司曹佐走如牛〔三〕,叠声问佐官来否。官不来,门幽幽〔四〕。

【注释】

〔一〕诗题:姚文燮《注》:“官庭即陆浑尉厅也,贺诣湜,值尚未至,因写庭树之冷落,吏胥之杂沓,而即事以嘲之也。”

〔二〕“老桐”句:王琦《解》:“桐老,故干有错节,其夭矫翔舞,有若青龙之状。”

〔三〕“书司”句：曾益《注》：“牛言服役其事，如牛之服轭然。”王琦《解》：“按《唐书·百官志》，凡县，有司功佐、司仓佐、司户佐、司兵佐、司法佐、司士佐。畿县减司兵，上县有司户、司法而已，所谓书司曹佐者也。”

〔四〕门幽幽：曾益《注》：“言官不至，则庭树冷落，即从事者纷纷伺之而不至，门终幽。”

【集评】

方世举《批》：感皇甫官冷也。

【编年】

元和四年九、十月间，李贺再次到洛阳，拟西入长安。曾到陆浑县尉厅拜访皇甫湜，未遇，乃题壁即事以嘲之。

高轩过〔一〕 韩员外愈皇甫侍御湜见过因而命作①

华裾织翠青如葱〔二〕，金环压辔摇玲珑②。马蹄隐耳声隆隆③〔三〕，入门下马气如虹〔四〕。云是东京才子，文章巨公④〔五〕。二十八宿罗心胸〔六〕，元精耿耿贯当中⑤〔七〕。殿前作赋声摩空〔八〕，笔补造化天无功〔九〕。庞眉书客感秋蓬〔一〇〕，谁知死草生华风〔一一〕。我今垂翅附冥鸿，他日不羞蛇作龙〔一二〕。

【校记】

①韩员外愈皇甫侍御湜见过因而命作，蒙古本无“员外”、“侍御”四字，近是。王琦《解》：“琦按，元和三年，皇甫湜以陆浑尉应贤良方正直言极谏举，指陈时政之失，为宰相李吉甫所恶，久之不调。其为侍御必在此年之后。韩为都官员外郎在元和四年，约其时

长吉已弱冠矣。恐《摭言》七岁之说为误，否则此诗前一行十五字乃后人所增钦！”

②玲珑，宣城本、蒙古本作“冬珑”。

③隐耳，吴正子本作“隐隐”，蒙古本作“殷耳”。

④云是东京才子文章巨公，宣城本、宋蜀本、蒙古本无“云是”二字，宣城本、蒙古本无“巨”字。

⑤元精，宣城本、吴正子本、蒙古本、凌刊本、《全唐诗》作“九精”。耿耿，吴正子本作“照耀”。

【注释】

〔一〕高轩：高大华贵的车子。《说文》段玉裁注：“轩，大夫以上乘车也。”

〔二〕“华裾”句：华裾，官服，唐七品服绿，九品服青。韩愈当时为国子博士分司东都，官阶正合服绿。皇甫湜时在陆浑尉，官阶正合服青。

〔三〕隐耳：声音盛多入耳。隐，明盛貌。班固《西都赋》：“粲乎隐隐。”

〔四〕气如虹：曹植《七启》：“慷慨则气如虹霓。”

〔五〕“云是”二句：曾益《注》：“才子巨公，誉望甚高。”

〔六〕二十八宿：即东方“苍龙”七宿、北方“玄武”七宿、西方“白虎”七宿、南方“朱雀”七宿的合称。

〔七〕元精：天之精气。《后汉书·郎顗传》：“汉中李固，元精所至，王之佐臣。”章怀太子注：“元谓天，精谓天之精气。”曾益《注》：“元精耿耿，神旺；贯当中，气正大。”

〔八〕声摩空：王琦《解》：“谓声价之高也。”

〔九〕“笔补”句：曾益《注》：“补造化，补造化之不及，能补造化，故曰天无功也。”钱钟书《谈艺录》：“长吉《高轩过》篇有‘笔补造化天无功’一语，此不特长吉精神心眼之所在，而于道术之大原，艺事之极本，亦一言道著矣。”“长吉‘笔补造化天无功’一句，可以提要钩玄。此派论者不特以为艺术中造境之美，非天然境界所及；至谓自然界无现成之美，只有资料，经艺术遣驱陶镕，方得佳观。此所以‘天无功’而有待于‘补’也。”

〔一〇〕庞眉书客：长吉自谓，参见《昌谷读书示巴童》、《巴童答》注。

〔一一〕“谁知”句：王琦《解》：“蓬蒿至秋则将败而死矣，今得荣华之风吹之而复生，即古人所谓吹枯嘘生之意。”

〔一二〕“我今”二句：曾益《注》：“垂翅，喻己。未遇冥鸿，喻二公已远举。他日，预期。不羞，谓得附二公，蛇作龙，附二公而骞腾也。”王琦《解》：“喻言今虽失意，苟得攀附二公，长其声价，自能变化飞腾于异日。”冥鸿，高飞空中之鸿。扬雄《法言·问明》：“鸿飞冥冥，弋人何篡焉。”

【集评】

胡仔《诗话总龟前集·评论门四》：李贺《高轩过》中有“笔补造化天无功”之句，余每击节，此诗人之所以多穷也。老杜云：“文章憎命达。”恐亦出此。

胡应麟《诗薮内编·古体下·七言》：唐人歌行烜赫者：郭元振《宝剑篇》，宋之问《龙门行》、《明河篇》，李峤《汾阴行》，元稹《连昌辞》，白居易《长恨歌》、《琵琶行》，卢仝《月蚀》，李贺《高轩》，并惊绝一时。

宋长白《柳亭诗话》卷三：鲍照年十八，赋《行路难》二十首，强半作墟墓中语。李贺童年赋《高轩过》，便云：“庞眉书客感秋蓬。”其后又有“二十男儿何刺促”诸句，尤为短气。古人有言：“言者心之声也。”春行秋令，鲜有不陨落者。又《高轩过》：昌谷集有韩员外皇甫侍御见过诗，注云：“贺七岁能辞章，二公未信，过其家使赋诗,援笔立就,自曰《高轩过》,二人大惊,自是知名。”余按《仁和里杂叙》诗,注曰:“湜新尉陆浑。”中有云:“安定美人截黄绶,脱落缨裾瞑朝酒。”黄绶尉服,正指湜也。末云:“欲雕小说干天官,宗孙不调为谁怜。”乃自谓也。夫曰不调,则居奉礼久矣,而湜自尉迁侍御,安得七岁时遂署其衔耶?况秋蓬死草,尤非细瘦通眉语气,则知历来传为口实者,皆未就本集细考之故也。

沈德潜《重订唐诗别裁集》卷八:“云是东京才子,文章巨公。二十八宿罗心胸,元精耿耿贯当中。”精光煜爚,四语韩公足以当之。“我今垂翅附冥鸿”,言己欲附二公后。

延君寿《老生常谈》:李长吉歌行如“二十八宿罗心胸,元精耿耿贯当中。殿前作赋声摩空,笔补造化天无功”四句,虽工部、昌黎警句,不过如是,出诸少小人手,岂非奇才。《湘妃》云:“蛮娘吟弄满寒空,九山静绿泪花红。”《浩歌》云:“青毛骢马参差钱,娇春杨柳含细烟。”真如出太白手。若只学其“提携玉龙为君死”,“�竹千年老不死”,“元气茫茫收不得”,“练带平铺吹不起”等句,则永堕习气矣。

钱仲联《读昌谷集绝句六十首》:谢草池塘岂有神,呕心才得扫千春。笔镵造化天无力,一语金针度与人。《高轩过》。“笔补造化天无功”,唯物主义诗论也。

又:才子高轩过巷时,秋蓬书客感新知。可怜劝就春卿试,一纸偏悭荐士诗。《高轩过》。昌黎集中,除《讳辨》外,一字不及长吉,大异于对待孟郊、樊宗师、李翱、张籍诸人。

【编年】

元和四年九、十月间,李贺从昌谷到洛阳,仍然居住在仁和里。韩愈和皇甫湜得知李贺来洛的消息后,联骑到仁和里拜访他，自有慰藉落第的意思。李贺感激之馀，写下本诗，赠给韩、皇甫，答谢他们的美意，“联镳”盛事，便成为我国文学史上人所共知的佳话。

仁和里杂叙皇甫湜[①]湜新尉陆浑〔一〕

大人乞马癯乃寒[②]〔二〕，宗人贷宅荒厥垣。横庭鼠径空土涩，出篱大枣垂珠残[③]〔三〕。安定美人截黄绶〔四〕，脱落缨裾暝朝酒[④]〔五〕。还家白笔未上头〔六〕，使我清声落人后。枉辱称知犯君眼〔七〕，排引才陞强絙断[⑤]〔八〕。洛风送马入长关〔九〕，阖扇未开逢猰犬〔一○〕。那知坚都相草草[⑥]〔一一〕，客枕幽单看春老〔一二〕。归来骨薄面无膏，疫气冲头鬓茎少[⑦]〔一三〕。欲雕小说干天官〔一四〕，宗孙不调为谁怜〔一五〕。明朝下元复西道〔一六〕，崆峒叙别长如天〔一七〕。

【校记】

①诗题，陈本礼《协律钩玄》于题中“杂叙”后增“送别”二字。朱自清《年谱》谓：“湜新尉陆浑”五字为后人所加。

②乃寒，姚文燮本作“且寒”。

③垂珠，宋蜀本、吴正子本作“垂朱”。

④缨裾，宋蜀本作“缨裙”。暝，宋蜀本作“瞑”。钱钟书《谈艺录》：“王注：‘暝，夜也。暝朝酒谓其朝夜饮酒为乐。’盖不知‘暝’为‘瞑’之讹，即‘眠’字，如《夜饮朝眠曲》之‘眠’耳。”

⑤强絙，王琦《解》：“絙，当是‘緪’字之讹，《说文》作緪，云大索也，古恒切。”

⑥坚都，北宋本、宣城本作“竖都”。吴正子《注》：“坚都，一作竖

都，皆未详。”方扶南《批》：“坚字或贤字，都相二字或颠倒，当是贤相都草草。”

⑦疫气，蒙古本作“疫疮”。

【注释】

〔一〕仁和里：洛阳城内仁和坊。徐松《唐两京城坊考》卷六：“长夏门之东第一街，从南第一曰仁和坊。”皇甫湜：《新唐书·皇甫湜传》：“湜字持正，睦州新安人，擢进士第，为陆浑尉，仕至工部郎中，褊急使酒，数忤同省，求分司，东都留守裴度辟为判官。”皇甫湜元和元年进士及第。元和三年，应诏试贤良方正、直言极谏科，因对策激烈，直言时政，得罪宰执，久而不调。后历参李夷简、李渤、李逢吉幕。皇甫湜为中唐著名古文家，有《皇甫持正集》传世。

〔二〕大人：古人对父母的称谓，这里指母亲。姚文燮《注》：“大人，长者之称，指湜也。”误。按，《后汉书·范滂传》载，范滂称母为大人。赵彦卫《云麓漫抄》：“古人称父为大人。”赵翼《陔馀丛考》卷三十七：“宋时犹以大人称父母，而不加之达官贵人。”李贺作此诗时，父亲已死，则大人专指母亲。乞：给与，《晋书·谢安传》：“以墅乞汝。”作乞求讲者，非是。

〔三〕“横庭”二句：王琦《解》：“言庭土秽塞，仅为鼪鼯所游之径；篱落败阙，果木又见凋残。”

〔四〕安定：皇甫湜之郡望。他在诗中自称“有人安定皇甫湜”（《悲周子桑》），别人也这样称呼他，如刘禹锡《唐故尚书礼部员外郎柳君集记》：“安定皇甫湜于文章少所推让。”美人：古人对君子的美称。《诗经·邶风·简兮》：“云谁之思，西方美人。”郑玄《笺》：“我谓谁思乎，必周室之贤人。”屈原《九歌·河伯》：“子交手兮东行，送美人兮南浦。”王逸《注》：“美人，屈原自谓也。”黄绶：县尉所佩印为黄色丝带，唐代五品以下职官无绶，此借用汉制。《汉书·百官公卿表》：“比二百石以上皆铜印黄绶。”

〔五〕“脱落”句：王琦《解》：“脱落缨裾，谓其不以朝服为重。暝，夜也，暝朝酒，谓其朝夜饮酒为乐。”

〔六〕白笔：马缟《中华古今注》卷上：“白笔，古珥笔之遗象也，腰带剑，首珥笔，示君子有文武之备焉。”《锦绣万花谷》前集卷十一：“《魏略》：魏明帝御史簪白笔侧阶而坐，帝问曰：‘此何官？’辛毗曰：‘此谓御史，簪笔以奏不法也。’”唐制，七品以上官员用白笔代簪子，《新唐书·车服志》：“七品以上以白笔代簪，八品九品去白笔。”皇甫湜任县尉，仅正九品，故云“白笔未上头。”

〔七〕枉辱：谦辞，有“屈承”之意。吴正子《注》：“称知，谓皇甫每称誉之。”犯君眼：得到你的看重。王琦《解》：“枉辱称知己，而得邀君之盼顾。”

〔八〕“排引”句：王琦《解》：“方欲荐引陞朝，而君又去，如强绳引物，忽然中断，更有何益。排引，引荐也。”陈弘治《校释》：“言方得湜之推毂，而又横生他故，如强绳引物，忽然中断也。”

〔九〕长关：长安的城关。古称长安为长都。《文选》班彪《北征赋》：“朝发轫长都兮”，李善注：“长都，长安也。”《后汉书·光武纪赞》：“四关重扰。”李周翰注：“四关谓之长安也。”

〔一〇〕阖扇：门扇，本诗指“君门”，即皇城之大门。《吕氏春秋·仲春纪》：“乃修阖扇。”高诱注：“阖扇，门扇也。”猰：当为“瘈”之误字，瘈犬，疯狗，语见《左传·襄公十七年》：“国人逐瘈犬。”杜预注：“瘈，狂犬也。”王琦《解》：“猰犬，当是瘈犬之误，读若记，谓犬之狂者，《左传》（襄十七年）国人逐瘈狗是也,此用其字。宋玉《九辨》:岂不郁陶而思君兮,君之门以九重;猛犬狺狺是迎吠兮,关梁闭而不通,此用其义。”吴正子《注》:“长吉为皇甫诸公推挽,又为他人沮毁,故有逢犬之语。”方世举《批》:“此句正是人言其父名晋肃,贺不得举进士之事。”

〔一一〕坚都:吴正子《注》:“坚都,一作竖都,皆未详。”徐渭《评》:“坚都岂班孟坚《两都赋》耶?”董懋策《评》:“坚都岂坚美耶?”黎简《批》:“坚都疑传写之误,或以为班孟坚赋两都也,玩上下文意,亦串。”姚文燮《注》:“谓本拟效孟坚作两都之赋,那知草草不能如愿。”方扶南《批》:“坚都不可解,当从宋刻作竖都。《国语》楚伍举曰:使富都那竖赞焉。韦昭注:富,富于容也;都,闲也;那,美也;竖,未冠者也,言取美好而不尚德也,此竖都二字所本。竖都草草,言当世童昏皆不识德义也。”以上诸说均误。按,坚都乃刀坚与丁君都之合称,两位古代善于相马的人。董伯英曰:“刀坚、丁君都,古善相马者。”(见陈本礼《协律钩玄》注引)吴汝纶《评注李长吉诗集》即引董说解此诗。《后汉书·马援传》:“近世有西河子舆,亦明相法。西河子舆传西河长孺,长孺传茂陵丁君都。”刀坚未知董氏何据。

〔一二〕春老:春光消逝。

〔一三〕“归来”二句:陈弘治《校释》:“自叙消瘦之状。言自西都失意归来,颜色枯槁,鬓毛凋落也。”

〔一四〕雕:写作,用扬雄《法言》“雕虫篆刻”的字面。小说:唐代传奇。唐代举子考进士前,先通过关系,将自己的传奇文章送给考官看,称为“温卷”。赵彦卫《云麓漫抄》卷八:“唐之举人,先藉当世显人,以姓名达有司,然后以其所业投献,逾数日又投，谓之温卷，如《幽怪录》、《传奇》等皆是也。盖此等文备众体，可以见史才、诗笔、议论。”干：干谒。天官：吏部官员。《唐六典》卷二：“吏部尚书，周天官卿也。”武则天时代曾改吏部为天官。全句意谓李贺准备用传奇文干谒吏部官员。

〔一五〕宗孙：李贺自谓，因他是大郑王李亮的后裔。不调：不被选中。调，王琦未注，叶葱奇《李贺诗集》解为“久不陞调”，非是。李贺写作本诗时，刚遭谗不第，从未做过官，何谓“升调”？按，《史记·袁盎传》，如淳训“调”为“选”。《日知录集释》卷二十七引钱大昕说：“调字当从如淳训。唐人初任皆曰调，见于史传，不胜枚举。”《旧唐书·刘滋传》：“（滋）兴元元年，改吏部侍郎，往洪州知选事。时京师寇盗之后，天下旱蝗，谷价翔贵，选人不能赴调，乃命滋江南典选，以便江岭之人。”可证钱氏之说。全句意谓我这个不被选用的唐诸王孙，有谁来怜惜呢？

〔一六〕下元：十月十五日。唐人称正月十五日、七月十五日、十月十五日为“上元”、“中元”、“下元”。宋敏求《春明退朝录》卷中：“太宗时，三元不禁夜，上元御乾元门，中元、下元御东华门。”

〔一七〕崆峒：王琦《解》：“《太平寰宇记》：禹迹之内，山名崆峒者有三：一在临洮、一在安定、一在汝州。时湜方仕陆浑，陆浑与汝州相近，殆指汝州之崆峒耶？”叶葱奇《李贺诗集》、林同济《研究》与王氏同。诸氏未得确解。钱仲联《读昌谷集札记》（载《中华文史论丛》一九七九年第三辑）：“崆峒叙别，谓在洛阳叙别。崆峒，古与空同、空桐通用。《尔雅·释地》云：‘北戴斗极为空同。’邢昺疏：‘斗，北斗也。极者中宫天极星，……以其居天之中，故谓之极。极，中也。北斗拱极，故曰天极。'《庄子·在宥》陆德明音义：'空同，司马(彪)云：当北斗下山也。'《尚书·召诰》载周公作洛邑，有'自服于土中'语，伪孔安国传解释为'于地势正中'。历来称洛阳居天地之中，故贺诗以居天中斗极下之崆峒为洛阳代称。"所论极确。笔者补数证，助成此说。《文选》张衡《东京赋》："区宇乂宁，思和求中，睿哲玄览，都兹洛宫。"薛综注："言海内既已乂安，思求阴阳之和，天地之中而居之。"陈后主《洛阳道》："建都开洛汭，中地乃城阳。"刘禹锡《唐故邠宁庆等州节度观察处置使朝散大夫检校户部尚书兼御史中丞赐紫金鱼袋赠右仆射史公神道碑》："斗极之下，崆峒播气。钟于侍中，孔武且贵。奉上致命，宜昌后嗣。"碑主为史孝章，葬于洛阳北邙山。刘禹锡也是以崆峒指洛阳。前代典籍及唐代文集所释崆峒，取义相同，李贺亦取此意，语意通彻，末二句谓明朝是下元节，我再次西去长安，在洛阳与皇甫湜告别，天长日久，何日才能相见呢？

【集评】

姚文燮《注》：《唐·百官志》：驾部给马，七品以下二匹。大人，长者之称，指湜也。尉职卑微，故所乞之马自瘠。宗人，贺自称也。王孙穷困，竟无庐舍，僦居废室，多穴鼪鼯，果树寂寥，荒凉篱落。安定美人，指韩愈也，愈初祖茂，有功于魏，封安定王。贺与湜、愈俱交厚，时愈亦贬阳山令。昔陈子昂《送齐少府赋》云：黄绶位轻而青云望重，以是脱落纵饮，及至还家，而当日所簪御史之白笔未得上头。我方望君辈推毂，顷虽以新声见长，亦不得彰誉人前，辱两君垂顾，正将引汲，而一贬一去，如绠之断绝，令我自洛入关，未觌阊阖，即遇谗噬。本拟效孟坚作两都之赋，那知草草不能如愿，客枕幽单，徒看好景之逝。归来颜色枯槁，毛发凋谢，虽欲镂文饰词，冀邀铨衡，谁为哀王孙而手援者。又当来晨远别，分袂于崆峒之阳，殊杳不可追已。

方世举《批》：“大人乞马癯乃寒”，当是丈人耶？其不得所属，与大人同。下之宗人，乃贺之族，大抵二人赠马借宅，而以发端，以叙己之困乏，启下文湜之荐己。“安定美人截黄绶”，此下叙湜荐之而己终不得志。董注：美人当指湜耶？前宗人岂自谓耶？后之宗孙乃自谓，即王孙变文。此乃谓其族人，只看与大人之乞马者对举，则知其非自谓。“还家白笔未上头，使我清声落人后”，言湜未得簪笔为郎，以致己之无成，俗吻。向来误批，二语不得不俗。“阖扇未开逢猰犬”，此句正是人言其父名晋肃，贺不得举进士之事。当从宋刻作竖都。《国语》楚伍举曰：“使富都那竖赞焉”，韦昭注：富，容也。都，闲也。那，美也。竖，未冠者也。“宗孙不调为谁怜”，宗孙贺自谓也。

李裕《昌谷集辨注》：“枉辱称知犯君眼，排引才陞强絙断”，犯眼，即触目，又反言之，则俗云不累眼也，言我常得挂君眼中也。“枉辱称知犯君眼”，乃顾下“排引才陞强絙断”说，盖言君自有心推挽而无如摈挤毁斥者众，中道絙断，君亦无如之何。仆窃自伤多阻，枉辱我援手之人也。

钱钟书《谈艺录》：长吉诗如《仁和里杂叙皇甫湜》、《感讽》五首第一首、《赠陈商》等，朴健犹存本色，雅似杜韩。

钱仲联《读昌谷集绝句六十首》：少年访道上崆峒，送马长都仗洛风。一等九关逢虎豹，宗孙春恨更谁同。《仁和里杂叙皇浦湜》。崆峒，洛阳也，说详余《李贺年谱会笺》。

【编年】

元和四年十月十四日（诗云“明朝下元复西道”，下元节为十月十五日，叙别则在十四日。）诗人为寻求政治上的出路，再度往长安，路过洛阳，与皇甫湜告别，用“杂叙”的方式，倾诉自己一年来遭受排挤的经历和复杂感情，满怀悲愤地写下本诗。

洛阳城外别皇甫湜

洛阳吹别风，龙门起断烟〔一〕。冬树束生涩，晚紫凝华天〔二〕。单身野霜上，疲马飞蓬间〔三〕。凭轩一双泪，奉堕绿衣前①〔四〕。

【校记】

①奉堕，宋蜀本作“奉坠”。

【注释】

〔一〕“洛阳”二句：曾益《注》：“吹别风，临风别。起断烟，断复起，烟之起断，由薪束生。”王琦《解》：“以人之离别，而风亦为别风；以交际断隔，而烟亦为断烟，黯然神伤，不觉景因情异矣。《一统志》：龙门在河南府城南二十五里，两山对峙，东曰香山，西曰龙门，石壁峭立，伊水中出。”

〔二〕“冬树”二句：吴正子《注》：“晚紫，晚烟紫色也。”王琦《解》：“冬树枯落，枝干森森如束，风绕其间，另作生涩之态，此句承上别风而言。晚烟凝映，远天另作紫色，王子安所谓烟光凝而暮山紫也，此句承上断烟而言。”

〔三〕“单身”二句：王琦《解》：“预言别后途中苦况，以起下文泪堕之意。”姚文燮《注》：“贺本传云：贺常以独骑往来京、洛间。观冬树暮霞，单身疲马，良信然也。”

〔四〕“凭轩”二句：曾益《注》：“当此冬晚，而身单马疲，经跋涉之苦,故临别凭轩,而双泪交堕于知己之前。”王琦《解》:“按《旧唐书》,贞观四年诏,三品以上服紫,五品以上服绯,六品、七品以绿,八品、九品以青。上元元年,敕文武官三品以上服紫,四品深绯,五品浅绯,六品深绿,七品浅绿,八品深青,九品浅青。皇甫君于时为陆浑尉,乃畿县尉官,只九品,理不应服绿,岂其时已受辟于藩府,而借用幕职之服,抑其为侍御之时欤?”

【编年】

元和四年,李贺自昌谷经洛阳,拟再度入长安寻求政治出路。到达洛阳时,追忆往事,作《仁和里杂叙皇甫湜》。时皇甫湜正任陆浑尉,诗云:“安定美人截黄绶,脱落缨裾暝朝酒”明言之;离洛阳时,皇甫湜来送行,贺乃作《洛阳城外别皇甫湜》。本诗的疑点在“凭轩一双泪,奉堕绿衣前”。王琦已质疑之:“皇甫君于时为陆浑尉,乃畿县尉官,只九品,理不应服绿,岂其时已受辟于藩府,而借用幕职之服,抑其为侍御之时欤?”(《汇解》)刘衍径直谓“皇甫湜时为侍御史内供奉”。(《李贺诗校笺证异》)按,皇甫湜于宝历二年南行去桂林,为李渤桂管都防御观察使府从事,带朝衔侍御史内供奉。见《金石萃编》卷一〇七皇甫湜《浯溪诗》石刻,诗末题“侍御史内供奉”。刘氏未加详考,误以为皇甫于元和四年已任此职。王氏所疑,无法证实,只得存疑。

王濬墓下作〔一〕

人间无阿童,犹唱水中龙〔二〕。白草侵烟死,秋藜绕地红〔三〕。古书平黑石〔四〕,神剑断青铜〔五〕。耕势鱼鳞起〔六〕,坟科马鬣封①〔七〕。菊花垂湿露,棘径卧干蓬。松柏愁香涩，南原几夜风〔八〕。

【校记】

①坟科，王琦《解》、《全唐诗》校："一作坟斜。"

【注释】

〔一〕王濬墓：墓在虢州恒农（今河南灵宝南）。《太平寰宇记》卷六："虢州恒农县有王濬冢。濬仕晋，平吴有功，卒葬于此。"《晋书·王濬传》："太康六年卒，时年八十，谥曰武。葬柏谷山，大营茔域，葬垣周四十五里，面别开一门，松柏茂盛。"

〔二〕"人间"二句：阿童，王濬小字。《晋书·羊祜传》："时吴有童谣曰：'阿童复阿童，衔刀浮渡江。不畏岸上兽，但畏水中龙。'祜闻之曰：'此必水军有功，但当思应其名者耳。'会益州刺史王濬征为大司农，祜知其可任，濬又小字阿童，因表留濬监益州诸军事，加龙骧将军。"《晋书·五行志》："孙皓天纪中，童谣曰：'阿童复阿童，衔刀游渡江。不畏岸上兽，但畏水中龙。'武帝闻之，加王濬龙骧将军，及征吴，江西众军无过者，而王濬先定秣陵。"

〔三〕"白草"二句：曾益《注》："草白藜红，冢芜没也。"王琦《解》："白草，经霜衰草，其色变白。藜，即灰藋之红心者。"

〔四〕"古书"句：古书，指碑上文字。曾益《注》："平石，碑磨灭。"王琦《解》："黑石，墓上碑板，岁久而字画渐平。"

〔五〕"神剑"句：陪葬之青铜剑。曾益《注》："铜断，殉葬之物既久而且蚀。"王琦《解》："言铜剑殉葬之物，年深而锈蚀断坏。上句是得之目击，下句是得之臆度，因见墓上之碑字渐灭，而知其墓中之古剑且断也。"

〔六〕"耕势"句：耕地的形状。曾益《注》："耕势起，见地易主。"陈弘治《校释》："言其茔域变为耕地，畦径交错，状若鱼鳞也。"

〔七〕"坟科"句：坟科，坟上的土块。马鬣封：坟上的封土长满枯草，如马颈上之长毛。《礼记·檀弓》："子夏曰……昔者夫子言之曰：吾见封之若堂者矣。见若坊者矣。见若覆夏屋者矣，见若斧者矣。从若斧者焉。马鬣封之谓也。"

〔八〕"松柏"二句：曾益《注》："末言濬葬原上，长夜风号，即松柏亦愁，而香为之涩。"

【集评】

姚文燮《评》：晋太康元年，濬受孙皓降，与王浑争平吴功，每进见，即陈攻伐之劳与见枉之状，益州护军范通谓其居美者，未尽善也。元和，杜黄裳平蜀，颇自矜伐，当时讥之。史引濬以为比拟，贺此诗亦不无此意。至写墓前景况，荒丘残陇，倍尽凄凉，其亦贬杜之雄心，而进之以旷达耶？

贺裳《载酒园诗话·李贺诗注》：《王濬墓下作》曰：（略）注引《邺侯家传》曰："有隐者携一男六七岁来，云有故须南行，值此男痢疾，既同是道者，愿寄之。仍留一函子，曰：'若疾不起，以此瘗之。'遂去。八九日而死，以其函瘗庭中蔷薇架下。累月，其人回，发其函，惟一黑石，四方，上有字如锥画，辞曰：'神真炼形犹未足，化为我子功相续。丞相瘗之刻玄玉，仙路何长死何速。'"无论其事之荒唐，且用事须与题意关切，此与王濬墓何涉？观上文"白草"、"秋藜"，下文"干蓬"、"湿露"，通篇写墓间萧条之景，则"古书平黑石"，直言碑字磨灭耳。若用男化石事，"平"字如何解？大抵人因长吉好奇，遂寻奇事以解之，不复顾其本意矣。

方世举《批》：此必为唐之名将家世不振者发，义亦无奇，词总清越，歌之自足为佳。

钱仲联《读昌谷集绝句六十首》:楼船王濬下江东,一统河山指顾中。正是头城尾旌候,南原听唱水中龙。《王濬墓下作》,闻鼓声而思将帅也。头城尾旌,乃《猛虎行》中斥藩镇语。

【编年】

元和四年十月,李贺自昌谷赴长安,寻求仕途出路,途中,路经虢州恒农王濬墓,见墓地已成荒丘废陇,景况凄凉,有感而作本诗。朱自清《李贺年谱》以为本诗作于诗人北游潞州时,云:"贺殆于役其地而有是作。"《钱谱》不同意朱说,云:"恒农县在洛阳以西,而潞州在洛阳东北今山西省境内,且隔黄河。贺往潞州,取道与恒农方向相反,在潞州,亦无缘于役恒农。朱说误。"《钱谱》系此诗于元和四年,云"赴长安途中,经虢州恒农县王濬墓,有《王濬墓下作》"。

开愁歌华下作①〔一〕

秋风吹地百草干,华容碧影生晚寒②。我当二十不得意,一心愁谢如枯兰。衣如飞鹑马如狗〔二〕,临岐击剑生铜吼。旗亭下马解秋衣〔三〕,请贳宜阳一壶酒〔四〕。壶中唤天云不开③,白昼万里闲凄迷〔五〕。主人劝我养心骨,莫受俗物相填豗④〔六〕。

【校记】

①华下作,原作"花下作",今据宣城本、凌刊本改。宋蜀本、蒙古本作"笔下",误。钱仲联《读昌谷诗札记》(文载《中华文史论丛》一九七九年第三期):"北宋宣城本、明弘治宣城本、凌濛初本题皆如此(按,即指"华下作")。"林同济《李贺诗歌集需要校勘》

（文载《光明日报》一九七八年十二月十二日）指出："笔下是华下的形讹，花下是华下的音讹。"

②华容，林同济《研究》认为当作"华岩"。

③壶中唤天云不开，曾益本、姚文燮本作"酒中唤云天不开"。

④填豗，曾益本、姚文燮本作"嗔欺"，林同济《研究》以为应作"掀豗"或"喧豗"。

【注释】

〔一〕华下：唐宋人习惯称华山脚下、华阴县附近地方为"华下"，如唐司空图《华下对菊》，宋苏舜钦《题杜子美别集后》："天圣末，昌黎韩综，官华下，于民间传得号《杜工部别集》者，凡五百篇。"又，我国古代地名，常以当地的山名、门名、郡名附以"下"字，如齐之"稷下"，见《史记·田敬仲完世家》："是以齐稷下学士复盛，且数百千人。"魏之"许下"，见《资治通鉴》卷六十二："募民屯田许下，得数百万斛。"吴之"吴下"，见《三国志·吴书·吕蒙传》裴松之注引《江表传》："非复吴下阿蒙。"故称华山之下的地方为"华下"，正是沿用这种地名构成方式。李贺自家乡到长安，或自长安返回家乡，必经华山，因作本诗抒写途经华山时的无穷感叹。"华容碧影"，也是指华山而言，并非形容花容叶影。

〔二〕"衣如"句：《荀子·大略》："子夏贫，衣若悬鹑。"《后汉书·陈蕃传》："震字伯厚，初为州从事，奏济阴太守单匡臧罪，并连匡兄中常侍车骑将军超。桓帝收匡下廷尉，以谴超，超诣狱谢。三府谚曰：'车如鸡栖马如狗，疾恶如风朱伯厚。'"

〔三〕旗亭：市楼。《文选》张衡《西京赋》："旗亭五重。"薛综注："旗亭，市楼也。"

〔四〕贳：赊欠。《汉书·高祖纪》："尝从王媪、武负贳酒。"颜师古

注:“贯,赊也。”宜阳:李贺家乡福昌县,隋代称宜阳。《旧唐书·地理志一》:“河南府福昌,隋宜阳县。”李吉甫《元和郡县图志》卷五:“(河南府)福昌县,古宜阳地。”“武德元年改为熊州,改宜阳县为福昌县,取县西隋宫为名。”

〔五〕“壶中”二句:王琦《解》:“‘壶中’即醉中之意。”非是。按,此用“壶天”的典故,《云台治中录》云:“施存,鲁人,学大丹之道。三百年,十炼不成,唯得变化之术。后遇张申为云台治官,常悬一壶,如五升器大,变化为天地,中有日月如世间,夜宿其内,自号壶天,人谓之壶公。”(《云笈七签》卷二十八引)类似的记载,早见之于《后汉书·费长房传》:“费长房者,汝南人也。曾为市掾,市中有老翁卖药,悬一壶于肆头,及市罢,辄跳入壶中。市人莫之见,唯长房于楼上睹之,异焉。因往,再拜奉酒脯。翁知长房之意其神也,谓之曰:‘子明日可更来。’长房旦日复诣翁,翁乃与俱入壶中,惟见玉堂严丽,旨酒甘肴,盈衍其中,共饮毕而出。”这两句诗,除了用“壶天”典故外,还用了“浮云蔽日”的成语。《史记·龟策传》:“日月之明,而时蔽于浮云。”陆贾《新语》:“邪臣之蔽贤,犹浮云之蔽日月也。”李白就运用过这两则典故,如《下途归石门旧居》:“何当脱屣谢时去,壶中别有日月天。”又《金陵登凤凰台》:“总为浮云能蔽日,长安不见使人愁。”长吉诗意得非受太白之启迪乎?李贺怀着无法排遣的郁闷,在旗亭饮酒,唱出“壶中”二句,抒写内心之愤慨,巧妙运用道家典故,揭露现实社会之昏暗。

〔六〕填豗:吴正子《注》:“《唐音统签》云:豗即㨱字,音灰,相击也。填豗,写俗物填塞心胸之意也。”陈弘治《校释》:“按:诗意首言秋至物凋,以兴己年少失志,穷愁潦倒;临岐击剑,剑为不平;聊且停马酤酒,以解此愁;无奈醉后叫天,天高莫知;浮云蔽日,万里凄迷,当此不堪为怀之际,赖有主人劝,养此心骨。待时而行,莫为俗物填塞其中,先自失其本体也。"

【集评】

葛立方《韵语阳秋》卷二:"李长吉云:我当二十不得意,一心愁谢如枯兰。"至二十七而卒。陈无已《除夜》诗云:"七十已强半,所馀能几何。遥知暮夜促,更觉后生多。"至四十九而卒。语意不祥如此,岂神明者先授之邪?

刘辰翁《评》:甚可念,甚可念。

姚文燮《注》:当秋凋折,芳色易摧,年少羁迟,不禁慷慨悲壮,究竟天高难问,惟逆旅主人来相慰勉耳。

方世举《批》:华容,山也。

钱仲联《读昌谷集绝句六十首》:击剑旗亭不等闲,万言曾计犯龙颜。洛阳年少无人识,岁岁骑驴过华山。《开愁歌华下作》。

【编年】

本诗作于元和四年秋,李贺自家乡经洛阳西去长安的途中,有感而作。此时他十九岁,诗云"二十",指其约数。诗人在秋风萧瑟、万物凋零的季节里,触景生情,想到自己命运坎坷、生活困顿,内心十分忧愁,"一心愁谢如枯兰",正是他此时此地心境的真实写照。全诗摅写诗人郁闷、悲愤的心绪,在消极与奋发的矛盾中不断变化,特别是结尾处,振起一笔,借着店主人的劝慰,流露出心底一线希望,这也就是诗人继续西行去寻求出路的一点动力。

致酒行[①]

零落栖遑一杯酒[②]〔一〕,主人奉觞客长寿。主父西游困不归〔二〕,家人折断门前柳〔三〕。吾闻马周昔作新丰客〔四〕,天荒地老无人识〔五〕。空将笺上两行书,直犯龙颜请恩泽[③]〔六〕。我有迷魂招不得〔七〕,雄鸡一声天下白。少年心事当拿云〔八〕,谁念幽寒坐呜呃。

【校记】

①诗题,《文苑英华》于题下有"至日长安里中作"七字。

②栖遑,原作"栖迟",今据宋蜀本改。《文苑英华》作"凄惶"。

③龙颜,曾益本、姚文燮本作"龙鳞"。王琦《解》:"《文苑》作龙髯,误。"

【注释】

〔一〕栖遑:落魄失意。《文选》班固《答宾戏》:"圣哲之治,栖栖遑遑。"李善注:"栖遑,不安居之意也。"

〔二〕"主父"句:主父,即主父偃,汉武帝时人,西游长安,困顿失意,后上书武帝,乃得重用。《汉书·主父偃传》:"乃西入关见卫将军,卫将军数言上,上不省。资用乏,留久,诸侯宾客多厌之,乃上书阙下。朝奏,暮召入见。……偃数上疏言事,迁谒者、中郎、中大夫。岁中四迁。"曾益《注》:"主父,喻己。困即零落,不归即栖迟。"王琦《解》:"长吉引以自喻。"

〔三〕"家人"句:王琦《解》:"谓攀树而望征人之归,至于折断而犹未能归,以见迟久之意。"

〔四〕"吾闻"句:马周,唐太宗时人,西游长安,宿于新丰旅店,遭主人冷落，后代中郎将常何言事，合圣意，召见，令值门下省。《旧唐书·马周传》："西游长安，宿于新丰逆旅，主人唯供诸商贩，而不顾待周，遂命酒一斗八升，悠然独酌，主人深异之。至京师，舍于中郎将常何之家。贞观三年，太宗令百僚上书言得失，何以武吏不涉经学，周乃为何陈便宜二十馀事，令奏之，事皆合旨。太宗怪其能，问何，何答曰：'此非臣所能，家客马周具草也。每与臣言，未尝不以忠孝为意。'太宗即日召之，未至，间遣使催促者数四。及谒见，与语，甚悦，令直门下省。"

〔五〕天荒地老：形容时间久长。

〔六〕"直犯"句：龙颜，代指皇帝。姚文燮《注》："逆龙鳞以邀知遇。"

〔七〕"我有"句：曾益《注》："迷魂，犹失意。招不得，不可回。"姚文燮《注》："乃我羁魂迷漫。"陈弘治《校释》："宋玉有《招魂》之作。长吉自谓，我有迷魂，而招之不得，直待雄鸡一声，天下自然悉白耳。"

〔八〕拏云：曾益《注》："拏云，志高，故曰心事。"王琦《解》："拏云，犹言高远。"

【集评】

刘辰翁《评》：起得浩荡感激，言外不可知，真不得不迁之酒者。末转慷慨，令人起舞。"零落栖迟一杯酒"，好。"主父西游困不归"，此语谓答四句（"家人折断门前柳"），好，流动无涯。"我有迷魂招不得"，又入梦境。

徐渭《评》：率。绝无雕刻，真率之至者也。贺之不可及，乃在此等。

无名氏《批》："零落栖迟"四字，著"一杯酒"三字，何限悲凉。按"主人"句七字，更使人哭不得笑不得也。

黄周星《唐诗快》卷七：惟其天荒地老，所以有招不得之迷魂也。似此零落幽寒，则雄鸡可以无声，天下可以不白。

毛先舒《诗辩坻》卷三：《致酒行》，主父、马周作两层叙，本俱引证，更作宾主详略，谁谓长吉不深于长篇之法耶？

姚文燮《注》：被放慷慨，对酒浩歌，自谓坎坷正似偃之久困关西，周之受辱浚仪，然皆以书奏时事，逆龙鳞以邀知遇。乃我则羁魂迷漫，中夜闻鸡，不寐达旦，虽少年有凌云之志，而岑寂沉滞，谁为悯恻耶？

钱钟书《谈艺录》：《致酒行》："主父西游困不归，家人折断门前柳。"王注："攀树而望行人之归，至于断折而犹未得归，以见迟久意。"尚未中肯，试申论之。……然玩索六朝及唐人篇什，似尚有折柳寄远之俗。送一人别，只折一次便了，寄远则行役有年，归来无日，必且为一人而累折不已，复非"河上江上"，而是门前、庭前。……长吉诗正言折荣远遗，非言"攀树远望"。"主父不归"，"家人"折柳频寄，浸致枝髡树秃。

【编年】

《文苑英华》录本诗，题下有"至日长安里中作"七字。至日，冬至日；长安里，泛指长安坊里。这首诗抒写李贺初次遭受挫折，重游长安时的苦闷郁悒心情，时当元和四年冬。长吉在本年十月中，从洛阳西行至长安，一度曾干谒请托，终无结果，感愤而写下本诗，一泄胸中愤懑。徐渭说这是"干禄不得之作"（徐渭《注》卷二），极中肯綮。诗中运用主父偃、马周未遇时典故，与长吉当时之身分、心情均相切合。此时，诗人在长安，居无定处，故云"长安里中行"，等到任奉礼郎后，他才定居崇义里。

野歌

鸦翎羽箭山桑弓〔一〕，仰天射落衔芦鸿〔二〕。麻衣黑肥冲北风①〔三〕，带酒日晚歌田中。男儿屈穷心不穷〔四〕，枯荣不等嗔天公〔五〕。寒风又变为春柳，条条看即烟濛濛〔六〕。

【校记】

①黑肥，林同济《研究》校改作“黑帊”。

【注释】

〔一〕山桑：《尔雅·释木》：“檿桑，山桑也。”郭璞注：“似桑，材中作弓及车辕。”

〔二〕衔芦鸿：《淮南子·修务》：“衔芦而翔，以备矰弋。”崔豹《古今注》卷中：“雁自河北渡江南，瘦瘠能高飞，不畏矰缴。江南沃饶，每至还河北，体肥不能高飞，恐为虞人所获，常衔芦长数寸，以防矰缴。”

〔三〕“麻衣”句：吴正子《注》：“麻衣，雁之色也。”董懋策《评》：“麻衣不应属雁，当是葛衣冲风耶？”周玉凫（姚文燮《注》附）云：“鸿自北而南，麻衣黑肥自是射雁人，唐时举子皆着麻衣。”王琦《解》：“黑肥，垢腻状也。”

〔四〕“男儿”句：王琦《解》：“长吉自谓身虽屈抑穷困，心却不为穷所困。”姚文燮《注》：“日暮尚困陇亩，能令其心皆穷耶？”蒋伯珍（姚文燮《注》附）：“亦士不终穷也。”诸氏所释“心不穷”，皆取穷困之义。曾益《注》：“屈穷，遇蹇；心不穷，雄心在。”殆庶近之，然尚未能撷出《礼记·儒行》语，释义尚隔不明。按，“不穷”之义，原出儒家经典，《礼记·儒行》：“儒有博学而不穷，笃行而不倦。”郑玄注：“不穷，不止也。”孔颖达疏：“博学而不穷者，谓广博学问而不穷止。”

〔五〕“枯荣”句：曾益《注》：“嗔天公，因不等。”王琦《解》：“凡人之遭际，枯荣不等，常谓天意偏私。”

〔六〕“寒风”二句：曾益《注》：“风寒，凋落时，变为春柳，枯者复荣，荣故濛濛而弄色。”王琦《解》：“其实天意未常偏私，试看寒风时候，又变为春柳时候，枯者亦有荣时，不可信乎。条条，柳枯无叶之状。烟濛濛，绿叶初生，望之有若濛濛烟护之状。”看即，随即之意。张相《诗词曲语辞汇释》卷八：“看即，犹云随即也。李贺《野歌》：‘寒风又变为春柳，条条看即烟濛濛。’”

【集评】

刘辰翁《评》：“枯荣不等嗔天公”，落落豪意。

萧琯评（《昌谷集句解定本》卷四）：其声秦，其人燕赵。

陈本礼《协律钩玄》卷四：此咏不得意之武士也。鸦翎羽箭，何等轻趫；射落飞雁，何等矫捷。麻衣冲风，晚歌田中，何其困惫寥落也。末四句，即其所歌之诗，亦见其心胸豁达，非落落穷途中人也。

【编年】

诗咏不得意之武士，实抒己虽遭困厄而犹奋进不已、雄心尚在之胸襟。本诗当作于元和四年冬。

雁门太守行〔一〕

黑云压城城欲摧，甲光向月金鳞开①〔二〕。角声满天秋色里，塞上燕脂凝夜紫②〔三〕。半卷红旗临易水〔四〕，霜重鼓寒声不起[③]。报君黄金台上意〔五〕，提携玉龙为君死[④]〔六〕。

【校记】

①向月，《文苑英华》、曾益本、姚佺本、姚文燮本、《全唐诗》、日本内阁文库本均作“向日”。《乐府诗集》月下注：“一作日。”林同济《研究》：“月字比日字为得。”

②塞上，宣城本、吴正子本、蒙古本、凌刊本均作“塞土”。

③鼓寒声不起，《文苑英华》作“鼓声寒不起”，《乐府诗集》于五字下注：“一作鼓声寒不起。”

④玉龙，《文苑英华》作“玉环”，注：“一作玉拿。”

【注释】

〔一〕雁门太守行：郭茂倩《乐府诗集》卷三十九“相和歌辞”十四录《雁门太守行》，引《乐府解题》曰：“按古歌词历述涣本末，与传合，而曰《雁门太守行》，所未详。若梁简文帝‘轻霜中夜下’，备言边城征战之思，皇甫规雁门之问，盖据题为之也。”

〔二〕“黑云”二句：黑云，攻城敌人蜂拥而来，尘土飞扬如黑云。《北齐书·安德王延宗传》：“周军围晋阳，望之如黑云四合。”吴正子《注》：“此黑云乃城气也，军书攻城必观城气，若有黑云，城必破，此云城欲摧是也，与月似无妨。”杨慎《升庵诗话》卷十：“李贺《雁门太守行》首句云：‘黑云压城城欲摧，甲光向日（月）金鳞开。’《摭言》谓贺以诗卷谒韩退之，韩暑卧方倦，欲使阍者辞之，开其诗卷，首乃《雁门太守行》，读而奇之，乃束带出见。宋王介甫云：此儿误矣，方黑云压城时，岂有向日（月）之甲光也？或问：‘此诗韩、王二公去取不同，谁为是？’予曰：宋老头儿不知诗，凡兵围城，必有怪云变气，昔人赋鸿门有东陇白日西陇雨之句，解此意矣。予在滇，值安凤之变，居围城中，见日晕两重，黑云如蛟在其侧，始信贺之诗善状物也。”薛雪《一瓢诗话》：“李奉礼黑云压城城欲摧、甲光向日(月)金鳞开，是阵前实事，千古妙语，王荆公訾之，岂疑其黑云甲光不相属耶！”

〔三〕燕脂：即胭脂，比喻战士殷红的血。马缟《中华古今注》卷中：“盖起自纣，以红蓝花汁凝作燕脂，以燕国所生，故曰燕脂，涂之作桃花妆。”紫塞：崔豹《古今注》卷上：“秦所筑城土色皆紫，汉塞亦然，故称紫塞者焉。”长吉将此词分置句之首末，可谓巧用也。全句意谓城上战士殷红的血，夜晚凝成紫色。

〔四〕易水：李吉甫《元和郡县图志》卷十八：“(易州易县)易水，一名故安河，出县西宽中谷。《周官》曰：‘并州，其浸涞、易。’燕太子丹送荆轲易水之上，即此水也。”

〔五〕黄金台：故址在今河北易县附近，为战国时燕昭王筑，置千金以延聘天下人才。《文选》鲍照《放歌行》李善注引《上谷郡图经》：“黄金台在易水东南十六里，燕昭王置千金于台上，以延天下之士。”李白《古风》：“燕昭延郭隗，遂筑黄金台。”

〔六〕玉龙：唐代诗人多以玉龙称剑。王初《送王秀才谒池州吴都督》：“剑光横雪玉龙寒。”

【集评】

曾季貍《艇斋诗话》：李贺《雁门太守行》语奇。

刘辰翁《评》：起语奇。赋雁门著紫土，本嫩。后三语无甚生气，设为死敌之意，偏欲如此，颇似败后之作。“角声满天秋色里”，有此一语，方畅。“半卷红旗临易水”，此等景不可无。

曾益《注》：此言城将陷敌，士怀敢死之志。以望气则云黑而城将摧矣，然甲光向日，犹守而未下也。势危则吹角愈急，故曰“满天”，逢秋则其声甚哀也。而夜将入矣，塞土本紫而以夕照临之，则如胭脂之凝。时则红旗半卷而临易水之上，众方击鼓作气，思以御敌也，而鼓声不起，胡不利也。誓将提携玉龙，矢死以循，以报君平昔待士之厚意而已。

无名氏《批》：云压城头，日射金甲，何等声势笔力。

《删补唐诗选脉笺释会通评林·中唐七古下》：周珽评：珽谓长吉诗大抵创意奥而生想深，萃精求异，有不自知为古古怪怪者。他如《剑子》、《铜仙》等歌什，辄多呕心语，宜为昌黎公所知重也。

王琦《解》：此篇盖咏中夜出兵，乘间捣敌之事。黑云压城，城欲摧，甚言寒云浓密，至云开处逗露月光，与甲光相射，有似金鳞，此言出兵之时，语气甚雄壮。角声满天，写军中之所闻。塞上胭脂，写军中之所见。半卷红旗，见轻兵夜进之捷。霜重鼓咽，写冒寒将战之景。末复设为誓死之词，以答君上恩礼之隆，所以明封疆臣子之志也。旧解以黑云压城为孤城将破之兆，鼓声不起为士气衰败之征，吴正子谓其颇似败后之作，皆非也。至王安石讥其言不相副，方黑云之盛如此，安得有向日之甲光，尤非是。秋天风景倏阴倏晴，瞬息而变，方愁云凝密有似霖雨欲来，俄而裂开数尺，日光透漏矣。此象何岁无之，何处无之，而漫不之觉，吹瘢索垢以讥议前人，必因众人皆以为佳，而顾反訾之以为矫异耳。即此一节，安石生平之拗可概见矣。

姚佺《笺》：贺用此题，想以颂愈功德，而兼以寓壮勇之意云尔，故《幽闲鼓吹》云，贺以歌诗谒韩吏部，吏部时为国子博士分司，送客归，极困，门人呈卷，解带旋读之，首篇《雁门太守行》曰：'黑云压城城欲摧，甲光向日金鳞开。'即援带命邀之。不然贺初献诗时，何首句即用城欲摧，末句又云为君死也。

萧琯评（《昌谷集句解定本》卷一）：此诗颇类睢阳激励将士

诗:“接战春来苦,孤城日渐危。受围如月晕,分守苦鱼丽。屡厌黄尘起,时将白羽挥。裹疮犹出阵,饮血更登陴。忠信应难敌,坚贞谅不移。无人投天地,心计欲何施。”虽城孤势蹙,而忠勇如此。

姚文燮《注》:元和九年冬,振武军乱,诏以张煦为节度使,将夏州兵二千趣镇讨之。振武即雁门郡,贺当拟此以送之。言宜兼程而进,故诗皆言师旅晓征也。宿云崩颓,旭日初上,甲光赫耀,角声肃杀。遥望塞外,犹然夜气未开,红旗半卷,疾驰夺水上军,而谓鼓声不扬,乃晨起霜重耳。所以激厉将士之意,当感金台隆遇,此宜以骏骨报君恩矣。

宋长白《柳亭诗话》卷二一:《雁门太守行》,汉时祭洛阳令王涣之歌也。李广、魏尚尝守是郡,皆有德于民,故借以美涣云。李长吉之上昌黎词虽工,失其旨矣。何大复《乐陵令行》以平原太守比许忠节,得其遗意。

董伯英评(陈本礼《协律钩玄》卷一):古乐府曲当是指李广、刘琨辈,鲍照《出自北门行》:“募骑屯广武,分兵救朔方。投躯报明主,身死为国殇。”长吉全仿此。长吉谒退之首篇即此诗,正取报君二句意,以况士为知己者死也。

沈德潜《重订唐诗别裁集》卷八:字字锤炼而成,昌谷集中定推老成之作。“黑云压城城欲摧,甲光向日金鳞开。”阴云蔽天,忽露赤日,实有此景。

黎简《批》:“声满天地”,似昌黎天狗堕地之作,篇中活句,贺真不愧作者。“霜重”句即李陵兵气不扬意。二句(指起句)人人所喜,然不如下文。以死作结势,结得决绝险劲。

陈沆《诗比兴笺》卷四:乐府《雁门太守行》,古词美洛阳令王涣德政,不咏雁门太守也。长吉乃借古题以寓今事,故易水黄金台语,其为咏幽蓟事无疑矣。宪宗元和四年,成德军节度使王承宗自立,吐突承璀为招讨使讨之,逾年无功,故诗刺诸将不力战,无报国死绥之志也。唐中叶,以天下不能取河北,由诸将观望无成,故长吉愤之。王氏之有恒、冀,正易水、雁门之地。若以为拟古空咏,何味之有?长吉绝句有云:"三十未有二十馀,白日长饥小甲蔬。桥头长老相哀念,因遗戎韬一卷书。"又云:"男儿何不带吴钩,收取关山五十州。请君暂上凌烟阁,若个书生万户侯。"又云:"长卿牢落悲空舍,曼倩诙谐取自容。见买若耶溪水剑,明朝归去事猿公。"可证此诗末语之指。

钱仲联《读昌谷集绝句六十首》:五十关河战气昏,谁能一剑定乾坤。恒山铁骑横行日,太守红旗赋雁门。《雁门太守行》为代州刺史李光进讨伐王承宗胜利而作。

【编年】

唐宪宗元和四年,成德军节度使王士真死,其子王承宗自立为"留后",反叛中央,并派兵骚扰邻近的义武军节度使张茂昭的驻地定州。本诗描写叛军围城,守军固守待援的战事,当作于元和四年冬。

吕将军歌

吕将军,骑赤兔〔一〕。独携大胆出秦门〔二〕,金粟堆边哭陵树〔三〕。北方逆气污青天〔四〕,剑龙夜叫将军闲〔五〕。将军振袖拂剑锷[①],玉阙朱城有门阁〔六〕。榼榼银龟摇白马,傅粉女郎火旗下[②]〔七〕。恒山铁骑请金枪,遥闻箙中花箭香〔八〕。西郊寒蓬叶如刺,皇天新栽养神骥[③]。厩中高桁排蹇蹄[④],

饱食青刍饮白水〔九〕。圆苍低迷盖张地〔一〇〕，九州人事皆如此〔一一〕。赤山秀铤御时英，绿眼将军会天意〔一二〕。

【校记】

①拂剑锷，宋蜀本、吴正子本作“挥剑锷”。

②火旗，王琦《解》：“一作大旗。”

③新栽，宋蜀本、曾益本、姚佺本、姚文燮本作“亲栽”。

④排蹇蹄，吴正子本、凌刊本作“挑蹇蹄”。

【注释】

〔一〕“吕将军”二句：赤兔，《艺文类聚·兽部上》：“《曹瞒传》曰：吕布乘马名赤兔，语曰：人中有吕布，马中有赤兔。”吴正子《注》：“此吕将军必唐朝有此人，借布为说耳。”王琦《解》：“因将军是吕姓，故以吕布比之。”钱仲联先生尝论及此诗之吕将军，“疑即指吕元膺”。（《中华文史论丛》一九七九年第三期《读昌谷诗札记》“马诗二十三首”条）极是。按吕元膺于建中初，策贤良对问第，授同州安邑尉，后又被同州刺史侯鐈辟为长春宫判官（按，长春宫判官，指同州刺史兼长春宫使之属官，《旧唐书·地理志》云：“至德之后，中原用兵，刺史皆治军戎，遂有防御、团练、制置之名，要冲大郡皆有节度之类。”“同州防御长春宫使，同州刺史领之。”）玄宗泰陵所在地蒲城县东北之金粟山，原属同州，开元时隶京兆府。因此，吕元膺“哭陵树”，抒忠愤，要到泰陵去。旧注以为吕将军是玄宗时人，或为泰陵护卫之官，恐非是。

〔二〕“独携”句：王琦《解》：“《世语》：姜维死时见剖，胆大如斗。秦门，谓西京城门也。”

〔三〕“金粟”句：金粟堆，即金粟山，唐玄宗葬此，即泰陵。刘肃《大唐新语·厘革》:“玄宗尝谒桥陵,至金粟山,睹冈峦有龙凤翔之势,谓左右曰:吾千秋后宜葬此地。宝应初,追述先旨,而置山陵焉。”哭陵树,唐制,臣子有冤者可在皇陵前哭诉。赵与虤《娱书堂诗话》:“唐制,有冤者哭昭陵下,故李洞《策夜献帘》诗:‘公道此时如不得,昭陵痛哭一生休。’陆务观亦有句云:‘积愤有时歌易水,孤忠无路哭昭陵。’”李贺诗里的“哭陵树”,表现吕将军空怀报国之才,却又孤忠无路,因而去唐玄宗陵前哭诉,以抒“积愤”。

〔四〕“北方”句:曾益《注》:“逆气污天,北虏正炽。”王琦《解》:“德宗宪宗时,北方藩镇互相盟结,屡拒王命,所谓逆气污青天也。”

〔五〕“剑龙”句:曾益《注》:“剑夜叫,不事,不事,故闲。”王琦《解》:“此正志士效命立功之日,乃弃在闲地;匣中龙剑,夜中空自鸣吼。”

〔六〕“将军”二句:王琦《解》:“有时振袖起舞,思一试其雄心,无奈君门九重,断隔不闻也。”

〔七〕“榼榼”二句:王琦《解》:“笑其时所用将帅,腰佩银印,身骑白马,非不形似,而孱怯无能,乃一傅粉女郎在旗纛之下,何以威服敌人。”“摇者,徘徊之意,当依俚语摇摆解。火旗,旗之红者。”

〔八〕“恒山”二句:王琦《解》:“是以恒山铁骑,请与之较金枪,藏匿不出,但遥闻其箙中花箭香而已。”“恒山,郡名,战国时赵地,汉置恒山郡,后以文帝讳改常山郡,唐时改为恒山州,又改恒山郡,又改平山郡。元和四年,成德军节度使王承宗据郡叛,帝遣宦官吐突承璀率诸道兵讨之,王师屡挫,所谓恒山铁骑者,指承宗麾下骁卒而言。请金枪者,单骑挑战,请与比试金枪高下。遥闻箙中花箭香，即指银龟白马之将而言。”

〔九〕“西郊”四句：董懋策《评》：“刺叶，言神骥之辛苦；刍水，愤蹇蹄之安乐。”王琦《解》：“神骥乃德力兼备之马，人不能识，放弃郊野，仅以蓬叶充饥，而厩中排列之马，俱是蹇蹄不善驰走者，反得安饱，岂不可叹！寒蓬之叶如刺，骥不得已而食之，长吉则谓天实生此不堪适口之物以为骥食。新栽者，见向来尚不至此，而今乃新见之也。意中一腔愤懑不平之气，于此二字中发露殆尽。”

〔一〇〕“圆苍”句：董懋策《评》：“即诗人视天梦梦之意。”王琦《解》：“圆苍，天也。低迷盖张地，言其不明也。”盖张地，此即指中国古代天文学中的盖天说，主张天圆如张开之伞，盖着大地。《晋书·天文志》：“古言天者有三家，一曰盖天，二曰宣夜，三曰浑天。”“蔡邕所谓《周髀》者，即盖天之说也。……其言天似盖笠，地法覆盘，天地各中高外下。”

〔一一〕九州：中国古代分为九州，《尚书·禹贡》载九州名为冀、兖、青、徐、扬、荆、豫、梁、雍。

〔一二〕“赤山”二句：赤山，赤堇山，在会稽，《越绝书》：“当造此剑之时，赤堇之山破而出锡，若耶之溪涸而出铜。”《太平寰宇记》卷九十六：“赤堇山在会稽县南三十里，《会稽记》：昔欧冶造剑于此山，云涸若耶而采铜，破赤堇而取锡。”王琦《解》：“言赤山秀铤乃御世之英器，天意未必竟弃置于无用之地，将军当会天意，徐以俟之可也。”

【集评】

黄淳耀《评》：刺叶言神骥之辛苦，刍水愤蹇蹄之安乐，结意是怨。

方世举《批》：此时人也，非咏吕布，不可以起句误之。“傅粉女郎火旗下”，女郎指孱将，用古吕姥萧娘之戏语。

钱仲联《读昌谷集绝句六十首》：人才梨烂叹纷纷，花箭貂珰也策勋。射虎南山等闲事，吕将军是李将军。《吕将军歌》，盖为吕元膺作。宁要好梨一个，不要烂梨一筐，列宁语，见《给巴布什金》。

【编年】

元和四年，成德军节度使王承宗叛乱，昏愦的唐宪宗竟然派出他宠信的宦官吐突承璀担任恒州北道招讨使，率领军队去征讨叛军，却把那些英勇善战的将领，放在闲散的位置上。诗人对此极为愤慨，乃挥笔写下《吕将军歌》。《钱谱》：“元和四年，贺有《吕将军歌》。此诗为美吕元膺而刺吐突承璀而作。”极是。

李贺诗笺注卷二

浩歌〔一〕

南风吹山作平地，帝遣天吴移海水〔二〕。王母桃花千遍红〔三〕，彭祖巫咸几回死〔四〕。青毛骢马参差钱①〔五〕，娇春杨柳含细烟②。筝人劝我金屈卮〔六〕，神血未凝身问谁③〔七〕。不须浪饮丁都护④〔八〕，世上英雄本无主〔九〕。买丝绣作平原君〔一〇〕，有酒唯浇赵州土〔一一〕。漏催水咽玉蟾蜍〔一二〕，卫娘发薄不胜梳⑤〔一三〕。看见秋眉换新绿⑥，二十男儿那刺促⑦〔一四〕。

【校记】

①骢马，《文苑英华》作“骏马”。

②细烟，《文苑英华》作“湘烟”。

③神血未凝身问谁，《文苑英华》作“神血未宁身是谁”。

④浪饮，《文苑英华》作“乱舞”。《全唐诗》注：“一作乱舞。”

⑤发薄，《文苑英华》作“鬓薄”。

⑥看见秋眉换新绿，《文苑英华》作“羞见秋眉换深绿”，宋蜀本作

“看看见秋眉换绿”，蒙古本作“看见秋眉换深绿”。

⑦二十，《文苑英华》作“世上”。

【注释】

〔一〕浩歌：大歌、高歌。屈原《九歌·少司命》：“望美人兮未来，临风怳兮浩歌。”王琦《解》：“浩歌，大歌也。”

〔二〕帝：天帝。天吴：神话中的水神。《山海经·海外东经》：“朝阳之谷，神曰天吴，是为水伯。在虹虹北两水间。其为兽也，八首人面，八足八尾，皆青黄。”

〔三〕王母桃花：《汉武帝内传》：“母曰：此桃三千年一生实，中夏地薄，种之不生。”

〔四〕彭祖：商朝大夫，姓篯名铿，相传活了八百岁。刘向《列仙传》卷上：“彭祖者，殷大夫也，姓篯名铿，帝颛顼之孙陆终氏之中子，历夏至殷末八百馀岁，常食桂芝，善导引行气，……后升仙而去。”巫咸：古时神巫，能采药长生。屈原《离骚》：“巫咸将夕降兮。”王逸注：“古神巫也，当殷中宗之世。”郭璞《巫咸山赋》：“巫咸者，实以鸿术为帝尧医，生为上公，死为贵神。”

〔五〕“青毛”句：王琦《解》：“骢马，马之青白色者，其文作浅深斑驳，郭璞《尔雅》注谓之连钱骢。”杜甫《骢马行》：“隅目青荧夹镜悬，肉鬃碨礧连钱动。”

〔六〕金屈卮：酒器，孟元老《东京梦华录》卷九：“御筵酒盏，皆屈卮如菜碗样，而有手把子，殿上纯金，廊下纯银。”王琦《解》：“此宋时之式，唐时式样当亦如此。”

〔七〕“神血”句：王琦《解》：“谓精神血脉不能凝聚长生于世上，此身果谁属！犹庄子身非汝有之意。”徐渭《注》曰：“见筝人之美而神荡，故曰神血未凝。”

〔八〕“不须”句：丁都护，一名丁督护，南朝乐府歌曲，李白《丁都护歌》："一唱丁都护，心摧泪如雨。"《宋书·乐志》："督护歌者，彭城内史徐逵之为鲁轨所杀，宋高祖使府内直督护丁旿收敛殡葬之，逵之妻，高祖长女也，呼旿至阁下，自问殓送之事，每问则叹息曰丁督护，其声哀切，后人因其声广其曲焉。"王琦《解》："唐时边州设护府，掌抚慰诸蕃，辑宁外寇，觇候奸谲，征讨携贰，大都护从二品，副大都护三品，上都护正三品，副都护从四品。丁都护当是丁姓而曾为都护府之官属，或是武官而加衔都护者，与长吉同会，纵饮慷慨，有不遇知己之叹，故以其官称之，告之以不须浪饮。"全句意谓筝人劝我不须狂饮，莫听哀歌，免得伤心。

〔九〕"世上"句：王琦《解》："世上英雄本来难遇其主。"

〔一〇〕"买丝"句：平原君，战国时贵族赵胜，因能招用贤士而闻名。《史记·平原君传》："平原君赵胜者，赵之诸公子也，诸子中胜最贤，喜宾客，宾客盖至者数千人。"吴正子《注》："言平原君好士可重，宜买丝以绣其像，即黄金铸范蠡之意。"王琦《解》："谓古之平原君虚己下士，深可敬慕，今日既无其人，唯当买丝绣其形而奉之，取酒浇其墓而吊之已矣。深叹举世无有能得士者。"

〔一一〕赵州土：平原君赵胜墓上之土。李吉甫《元和郡县图志》卷十五："（洺州肥乡县）平原君墓，在东北七里。"

〔一二〕玉蟾蜍：滴漏中承接水滴的物件。刘歆《西京杂记》卷六："晋灵公冢甚瑰壮……其馀器物皆朽烂，不可别，唯玉蟾蜍一枚，大如拳，腹空，容五合水，光润如新。"王琦《解》："刻漏之制，以铜为器，贮满清水，上为铜龙口中吐之，下作蟾蜍张口承水流入壶中，以验时刻，'漏催水咽玉蟾蜍'，见光阴易过。"

〔一三〕"卫娘"句:王琦《解》:"卫娘发薄不胜梳,见冶容易衰,漏水,必是饮酒筵侧所设仪器,卫娘亦是奉觞之妓,皆据一时所见者是言。"王氏以卫娘为妓,非是,此用卫子夫典。按,汉武帝皇后卫子夫,其发浓密秀美,《文选》张衡《西京赋》:"卫后兴于鬒发。"李善注引《汉武故事》:"子夫得幸,头解,上见其发美,悦之。"黎简《批》:"如此称谓,与以茂陵刘郎称汉武,皆昌谷自造语。"

〔一四〕刺促:王琦《解》谓受役于人,非也。按,刺促,忙迫,劳碌不安貌,《世说新语·政事》"山公以器重朝望"条,刘孝标注引王隐《晋书》曰:"和峤刺促不得休。"

【集评】

刘辰翁《评》:从"南风"起一句,便不可及,迭荡宛转,沉著起伏,真侠少年之度,忽顾美人,情境俱至,妙处不必可解。"不须浪饮丁都护",李白有《丁都护歌》云:"一唱《都护歌》,心摧泪如雨。""世上英雄本无主",跌荡愁人。"买丝绣作平原君,有酒唯浇赵州土",世上英雄,本无主杰,特名言绣作,酒浇肝肺,激烈。"卫娘发薄不胜梳",亦不知何从至此。

胡应麟《诗薮内编·古体下·七言》:退之《桃源》、《石鼓》,模杜陵而失之浅;长吉《浩歌》、《秦宫》,仿太白而过于深。

黄淳耀《评》:见筝人之美而神荡,故曰神血未凝。身问谁,即胡然而天之意也。

周珽评:(《删补唐诗选脉笺释会通评林·中唐七古下》)一粒慧珠,参破琉璃法界,真腹有笥,腕有鬼,舌有兵,乃有此诗。珽意此篇总叹生世无几,倏急变易,戚戚风尘,何徒自苦也。"神血"二字当作魂魄二字看,未凝犹言未枯冷。

黄周星《唐诗快》卷一:诗意只在"世上英雄"、"二十男儿"

两句耳，前后无非沧桑隙驹之感，此之谓浩歌。

姚文燮《注》：此伤年命不久待而身不遇也。山海变更，彭咸安在，宝马娇春，及时行乐，他生再来，不自知为谁矣。世上英雄，一盛一衰真朝暮间事耳。丁都护勇何足恃，虽好士如平原，声名满世，至今只存抔土。时日迅速，卫娘发薄，谁复相怜，秋眉换绿，能得几回新耶？如何年已二十，犹刺促不休哉！在下者之妄求荣达，与在上者之妄求长生，均无用耳。

薛雪《一瓢诗话》："买丝绣作平原君，有酒惟浇赵州土。"读之令人下泪，但李王孙何致作此语？金雷琯送李汾诗云："明日春风一杯酒，与君同酹信陵坟。"虽共此机轴，亦自可悲。

叶矫然《龙性堂诗话初集》：长吉"买丝绣作平原君，有酒惟浇赵州土。"语极爽快。然不及高达夫"只今肝胆向谁是，令人却忆平原君"之澹永不尽。

董伯英评（陈本礼《协律钩玄》卷一）：诗须有感动关切处，否则亦不必作。长吉《浩歌》与《金铜仙人辞汉歌》，读之使人气青血热，百端俱集，非止泛泛作悲世语。

方世举《批》：此篇又与《天上谣》不同，彼谓人事无常，不如遗世求仙，此则言仙亦无存，又不如及时行乐，但得一人知己，死复何恨。时不可待，人不相逢，亦姑且自遣耳。

黎简《批》：黄谓起二句沧桑之意，非也。意谓山水险阻，行路艰难，促人之寿，安得山水俱平，人皆长命，见千遍桃花开，几回彭祖死，于是长生安乐，得美遨游也。"不须浪饮"以下，乃转言人生未有不死，如平原之豪，卫娘之美，皆不可留，况我身乎，结句自伤也。篇中奇奇怪怪，而大意只是三段，若从沧桑上说，未得作者之意。长吉沉顿之作，命之修短岂在长吉意中？卫娘，卫夫人也，如此称谓与以茂陵刘郎称汉武，皆昌谷自造语，昌谷最有此等字。那,何也;刺促,急速也。

钱钟书《谈艺录》:《浩歌》曰:“王母桃花千遍红,彭祖巫咸几回死。”谓人寿纵长,较神仙终为夭。

【编年】

本诗之旨归,还应在“伤年命之不久待而身不遇”(姚文燮《昌谷集注》语),诗当作于未仕之前。从“娇春杨柳含春烟”句看,诗当作于元和五年之二三月间,其时,尚未有“奉礼郎”之任命,故发此浩歌而叹不遇。

蝴蝶舞①

杨花扑帐春云热〔一〕,龟甲屏风醉眼缬。东家蝴蝶西家飞,白骑少年今日归〔二〕。

【校记】

①诗题,宋蜀本、姚佺本、姚文燮本作“蝴蝶飞”。

【注释】

〔一〕“杨花”句:曾益《注》:“杨花扑帐,暮春时,故云热。”

〔二〕“东家”二句:李淳风《占怪书》:“蛱蝶忽入人宅舍及帐幕者,主行人即返。”(吴曾《能改斋漫录》卷七“蜘蛛蝴蝶占喜”条引此书)欧阳修也将这种占喜的风习,写入诗中,《和禹玉较艺将毕》:“拂面蜘蛛知喜事,入帘蝴蝶报佳人。”自注:“在李贺诗。”王琦无注。曾益《注》:“蝴蝶之飞无定在,以比少年之出无定踪。”其说不当。蝴蝶飞并不是比喻少年东游西荡,乃为入帘报喜,写出女主人公之喜悦。

【集评】

许顗《彦周诗话》:李长吉诗云:"杨花扑帐春云热。"才力绝人远甚。如"柳塘春水漫,花坞夕阳迟",虽为欧阳文忠所称,然不逮长吉之语。

吴正子《注》:质而不俚,丽而不浮。

刘辰翁《评》:似谣体、似令曲,不厌其碎,蝴蝶语最妙。

无名氏《批》此首全似风人,惟汉人知之,能之,有之,馀不至也。

姚文燮《注》:春闺丽饰,以待良人,乃走马狭邪,如蝴蝶翩翩无定,今忽游罢归来,喜可知已。

宋长白《柳亭诗话》卷三:五言短古,《子夜》、《读曲》神矣,太白、摩诘,已入化境。七言短古,梁简文特擅其长,继之者前有徐陵,后有李贺。陵之《乌栖曲》曰:"绣帐罗帏隐灯烛,一夜千年犹不足。惟憎无赖汝南鸡,天河未落犹争啼。"贺之《蝴蝶飞》曰【略】譬诸短兵相接,足以辟易万人,二首之外,佳者不多见也。

【编年】

诗云:"杨花扑帐春云热",的是暮春景色,春色恼人,易生怀念之情。诗从对面写来,不言自己思念远方妻子,却说女主人思念自己。本诗写于元和五年暮春,诗人当时在长安,尚未任奉礼郎。

长歌续短歌〔一〕

长歌破衣襟,短歌断白发〔二〕。秦王不可见〔三〕,旦夕成内热〔四〕。渴饮壶中酒,飢拔陇头粟①〔五〕。凄凉四月阑②,千里一时绿〔六〕。夜峰何离离，明月落石底。徘徊沿石寻，照出高峰外〔七〕。不得与之游〔八〕，歌成鬓先改。

【校记】

①飢拔，原作“饑拔”，今据宋蜀本、《乐府诗集》、《全唐诗》改。曾益本作“饑投”。

②凄凉，宋蜀本、《乐府诗集》、曾益本、姚文燮本、《全唐诗》均作“凄凄”。四月阑，《乐府诗集》、蒙古本作“四月兰”。

【注释】

〔一〕诗题：郭茂倩《乐府诗集》卷三十一“相和歌辞”六录李贺此诗。吴正子《注》：“古乐府有《长歌行》，大意欲崇事业，无贻后时之叹。《短歌行》，魏武帝作，大意言人寿难长，思及时为乐。晋傅玄《艳歌行》曰：‘咄来长歌续短歌’，则但言歌有长短耳。今长吉题义本于此。此篇大意思得君行志，始以秦王不可见为恨，终托兴于明月，而亦不得游，忧何如也？”王琦《解》：“古乐府有《长歌行》、《短歌行》，皆言人命不久，当及时自勉。或谓长歌短歌者，以人生寿命长短之分，或谓歌声有长短之别，未知孰是。傅玄《艳歌行》曰：‘咄来长歌续短歌’，则以歌之长声短声言也，长吉命题盖出于此。”

〔二〕“长歌”两句：曾益《注》：“破衣襟，遇穷也。断白发，老将至也。”

〔三〕秦王：王琦《解》、姚文燮《注》、陈沆《诗比兴笺》都以为“秦王”指唐宪宗，钱仲联《李贺年谱会笺》则认为“秦王指唐太宗，诗意盖伤不得遇如太宗者而事之耳。”

〔四〕成内热：《庄子·人间世》“今吾朝受命而夕饮冰，我其内热与！”王琦《解》：“成内热，即所谓不得于君则热中之意。”

〔五〕“渴饮”二句：曾益《注》：“酒以止渴，而渴愈生；飢以待粟，而远莫致。”

〔六〕“千里”句：曾益《注》：“言草木修畅，物遂其生也，明己穷不遇。”

〔七〕“夜峰”四句：王琦《解》：“上已言秦王不可见，此复借明月而喻言之。落石底，谓其光明未尝不照临下土，及俯仰求索其光，忽又在高峰之外，月为山峰所隔，则不得常近其光。君为左右所蔽，则不得亲沐其泽。引喻微婉，深得楚骚遗意。离离，即罗列之状。”

〔八〕不得与之游：语出《史记·老庄申韩列传》：“秦王见《孤愤》、《五蠹》之书，曰：‘嗟乎！寡人得见此人，与之游，死不恨矣。’”

【集评】

刘辰翁《评》：非世间人，世间语。起六句皆有古意，春去之感，岁月之悲，皆极言秦王不可见之恨。题曰《长歌续短歌》，复以歌意终之。“凄凉四月阑，千里一时绿。”好。

无名氏《批》：起二句掣清题旨，下文顺手也，故无一联纵出题外者。

姚文燮《注》：紫绶未邀，玄丝将变。秦王指宪宗，言骋雄武，好神仙，大率相类也。观光无从，忧心如沸，饥渴莫慰，荣茂惊心。仰看夜峰，明月自低渐高，遐迩照临，犹之明王当宁，乃遇合维难，故不禁浩歌白首耳。

钱澄之评（姚文燮《注》附）：才见石上明月，寻之，又照出峰外矣，只见其不遇之意。

方世举《批》：“夜峰何离离，明月落石底。徘徊沿石寻，照出高峰外。”方云：明明如月，何时可掇，此魏武歌行也，此诗亦仿其意。“不得与之游，歌成鬓先改。”与之游言与月也，犹太白举杯邀月之流，承上文夜峰明月四句耳。若谓人则须题有寄某人等字。

陈沆《诗比兴笺》卷四：唐都长安本秦地，宪宗又雄武好仙，有秦皇之风，故长吉诗中多以秦王喻天子。此篇则君门九重，远于万里之思也。明月喻君，落石底，谓其光明何尝不照临下土。然欲寻其光所由来而从之，则孤轮九霄，远出高峰之外矣，可望而不可即，何日得与之亲哉？孤远小臣望堂帘如天上也。诗云：“明明上天，照临下土。”“念彼共人，涕零如雨。”

吴汝纶《评注李长吉诗集》卷二：奇愤幽思。

钱仲联《读昌谷集绝句六十首》：骊墓昭陵夜月多，秦王不见奈君何！凌烟褒鄂知无分，剩谱长歌续短歌。《长歌续短歌》，为不得与汉帝唐宗同游而作。凌烟之愿，见于《南园》十三首之五。

【编年】

黄淳耀《评》本篇：“亦干禄不得之作。”应是诗人来长安后、未任职前作，时在元和五年。

始为奉礼忆昌谷山居〔一〕

扫断马蹄痕，衙回自闭门〔二〕。长鎗江米熟〔三〕，小树枣花春。向壁悬如意〔四〕，当帘阅角巾①〔五〕。犬书曾去洛〔六〕，鹤病悔游秦〔七〕。土甑封茶叶，山杯锁竹根〔八〕。不知船上月②，谁棹满溪云〔九〕。

【校记】

①阅，方扶南《批》：“阅字可疑，义似不老。一本作挂，又不是，与上

悬字同。”钱钟书《谈艺录》：“当帘阅角巾，注家于‘阅’字皆不解，或‘脱’之讹欤？‘脱’古或作‘说’，‘说’通‘悦’，‘悦’音同‘阅’，书经三写，鱼鲁帝虎也。”林同济《研究》：“‘阅’字佳，即老杜‘看剑引杯长’之‘看’字意，摩挲之谓也。”

②知，原作“如”，据宋蜀本、《全唐诗》本改。

【注释】

〔一〕奉礼：即奉礼郎，《新唐书·百官志》：“太常寺有奉礼郎二人，从九品上。”朱自清《李贺年谱》：“唐选人之制，六品以下，须集而试，先试‘书’、‘判’，终察‘身’、‘言’。王鸣盛疑贺以恩荫得官，近之。《新书·选举志》，太庙及郊社斋郎即以荫子为之，然亦须应试，贺之为奉礼郎，殆亦由斯道也。”昌谷山居：李贺家乡，在河南府福昌县（今河南宜阳）。王应麟《困学纪闻》卷二〇：“李长吉有《春归昌谷》诗。张文潜（耒）《春游昌谷访长吉故居》云：‘惆怅锦囊生，遗居无复处。’在河南福昌县三乡东。”王琦《解》：“《河南志》：‘昌谷水，在河南府宜阳县西九十里，旧名昌河，又名刀轘川，源出陕州，流经永宁、宜阳县界入洛。’疑昌谷山居，当在此间。”

〔二〕“扫断”二句：曾益《注》：“扫断马蹄痕，言谢客也。衙回闭门，忆故居也。唯忆故居，所以谢客。”王琦《解》：“官闲职冷，无车马之宾相过，亦无役从，故闭门之事，自以身亲之。”

〔三〕长鎗：形如长鎗鎗头之江米。吴正子《注》：“汉上呼好米有曰长腰鎗者。”方世举《批》：“大抵谓稻稭，亦如茶以枝为枪耶？”王琦《解》：“《广韵》：鎗，鼎类。《韵会》：铛，釜属。《增韵》：有耳足。《通俗文》：鬴有足曰铛。《纬略》曰：三足温酒器也。《集韵》通作鎗。是鎗字即铛字也。”两说不同，以前说义长。江米：糯米。王琦《解》：“江米，谓江乡所产之米。”何焯曰：

"今北方犹呼糯米为江米。"(陈本礼《协律钩玄》过录本)

〔四〕如意:器物名,用竹、玉石、骨、铁等材料制成,长一尺到二尺,一端呈灵芝或云状,作指示方向、赏玩用。《世说新语·汰侈》:"武帝尝以一珊瑚树高二尺许赐恺,枝柯扶疏,世罕其比。恺以示崇,崇视讫,以铁如意击之,应手而碎。"

〔五〕角巾:四方形头巾,古人私居时戴用。《晋书·羊祜传》:"尝与从弟琇书曰:'既定边事,当角巾东路,归故里。'"曾益《注》:"角巾隐服而每阅之,有归隐之意。"王琦《解》:"角巾,巾之四方者,其角崭然,晋唐人以为私居之冠。"

〔六〕"犬书"句:《艺文类聚·兽部中》:"《述异记》曰:陆机少时颇好猎,在吴,豪客献快犬,名曰黄耳。机后仕洛,常将自随,此犬黠慧,能解人语。……机羁旅京师,久无家问,因戏语犬曰:'我家绝无书信,汝能赍书驰取消息否?'犬摇尾作声应之,机试为书,盛以竹筒,系之犬颈。犬出驿路走向吴,饥则入草噬肉取饱,每经大水,辄依渡者,弭毛掉尾向之,其人怜爱,因呼上船。裁(才)近岸,犬即腾上逸去。先到机家,口衔筒作声示之。机家开筒取书看毕,犬又伺人作声,如有所求。其家作答书内(纳)筒,复系犬颈。犬既得答,仍驰还洛。计人行程五旬,犬往还才半月。"刘攽《中山诗话》:"史以陆机黄耳为犬能寄书,恐不然。自洛至吴,更历江淮,殆数千里,安能谕人而从舟楫乎?或者为奴名,不然,当为神犬也。"

〔七〕鹤病:《乐府诗集·相和歌辞》十四《艳歌何尝行》古辞:"飞来双白鹄,乃从西北来。十十五五,罗列成行。妻卒被病,行不能相随。五里一反顾,六里一徘徊。"《乐府解题》曰:"飞来双白鹄,乃从西北来,言雌病,雄不能负之而去。"王琦《解》:"诗用此事,当因其妇卧病故与?"

〔八〕“土甑”二句：王琦《解》：“封字、锁字，见主人不在之意。”钱澄之评（姚文燮《注》附）：“土甑山杯二句，皆忆昌谷景物，封与锁见主人不在也。”竹根：指用竹根制成之酒杯。《太平寰宇记》卷一百三十九：“段氏《蜀记》云，巴州以竹根为酒注子，为时珍贵。”庾信《奉报赵王惠酒》：“野垆然树叶，山杯捧竹根。”

〔九〕“不知”二句：曾益《注》：“后言船上之月，我昔载之，溪上之云，我昔棹之，今既服官，谁复优游其间哉！犹言山阿寂寥，见相忆之甚。”

【集评】

刘辰翁《评》：各有幽趣。“扫断马蹄痕”，第一句是。

无名氏《批》：悬如意而阅角巾，有归欤之意。

萧琯评（《昌谷集句解定本》卷一）：故居岂无桃李可忆？而独指枣花者，岂用范阳公主思乡枣事耶？主忆长安，李宣筑一城，城枣树花而不结，皆向西南，俗号思乡枣。忆故居，或准此作。

姚文燮《评》：太常散职，官居陆沉，门无车马，复少胥役，故云自闭门也。汉上呼米为长腰鎗，江米乃江南所贡玉粒。仅邀上方薄禄，以糊其口，衙舍荒芜，别无花卉，唯一枣树尚小，亦堪寓目。如意悬之于壁，无复佳绪指挥，当帘闲玩，每动羊祜角巾归里之思。曾作家书付黄耳，以病追悔此游之汗漫，土甑望家中封茶以寄，盖因病断酒，惟思茗碗，故云山杯锁竹根矣。湖光晚楫，其乐万倍，心焉溯之，奈何奈何。

董伯英评（陈本礼《协律钩玄》卷一）：空有满船之明月，何人棹破溪云而行游耶？末二尤得忆字神理。

黎简《批》：老成风度。贺五言长律，结局少此酣畅。

钱仲联《读昌谷集绝句六十首》：三载长安病鹤同，兰香神庙梦魂中。太行一碧秋无际，吹到孤云是断蓬。《始为奉礼忆昌谷山居》有“病鹤悔游秦”句。

【编年】

元和四年冬，李贺再度进京求仕。经宗人荐引，经过考试，于元和五年初夏，被任命为奉礼郎。本诗便在上任后不久写的。诗云“小树枣花春”，枣在五月开花，则李贺始任奉礼，当在此之前。

染丝上春机

玉罂汲水桐花井①〔一〕，蒨丝沉水如云影〔二〕。美人懒态燕脂愁，春梭抛掷鸣高楼〔三〕。彩线结茸背复叠〔四〕，白袷玉郎寄桃叶②〔五〕。为君挑鸾作腰绶，愿君处处宜春酒③〔六〕。

【校记】

①桐花，宋蜀本、蒙古本、黄评本作“花桐”。

②玉郎，王琦《解》：“《柳亭诗话》以玉郎为王郎，谓玉字乃坊刻之误，然玉字正佳。”

③春酒，曾益本、姚佺本、姚文燮本作“春雪”。

【注释】

〔一〕“玉罂”句：王琦《解》：“玉罂，玉瓶也。桐花井，古时井上多植梧桐，古词井桐花落尽是也。”

〔二〕“蒨丝”句：曾益《注》：“汲水以染丝，丝沉水中，青葱然，如云影。二句言染丝。”王琦《解》：“蒨与茜同，染绛草，郭璞《尔雅》注，茹芦，今之蒨也，可以染绛。诗意谓汲水染丝，红白鲜明，相映如云霞之影。”

〔三〕“美人”二句：曾益《注》：“懒态，纾徐也。愁，愁织之难。梭抛掷，织矣。二句言上春机。”王琦《解》：“丝既染成，于是上机而织。”方世举《批》：“燕脂愁言美色之无欢。”

〔四〕“彩线”句：曾益《注》：“彩线即染成之丝。结茸，谓丝吐处茸茸然。背复叠，以机有正背，正则齐，而重叠接续在背。”王琦《解》：“琦谓彩线结茸背复叠者，盖另是一物，即白袷玉郎所寄者也，以彩线结茸而成，视其背则复叠相交，按其物形，当是同心结之类。详言其状，而隐晦其名者，正长吉弄巧避熟处，不必如曾氏仍粘机织说也。”

〔五〕“白袷”句：王琦《解》：“袷有二音，亦有二义。作夹音读者为复衣，《语林》所谓周侯著白袷，凭两人来诣丞相者是也。作劫音读者为曲领，《世说》支道林见王子猷兄弟，还曰，见一群白颈鸦，但闻唤哑哑声，王氏子弟多服白领故也。此用王家事则音当从劫，解当从曲领为是。桃叶者，晋王献之爱妾名也，其妹曰桃根。献之诗曰：桃树复桃叶，渡江不用楫。但渡无所苦，我自迎接汝。尝临此渡歌送之。”

〔六〕“为君”二句：王琦《解》：“腰绶，腰带也。……唐人诗有云：愿得化为红绶带，许教双凤一时衔。盖缀凤鸟于带上，以为彩饰。此诗所谓挑鸾作腰绶者，亦是此制。因玉郎有所寄，而思有以报之，故染丝上机，织成绶带，更挑缀鸾鸟于上，以答赠远人。愿君处处宜春酒者，更为祝颂之词，谓系此腰绶，当无处不宜也。”姚文燮《注》：“我用是思以为报，因挑鸾作腰绶以答之，俾客中处处暖，毋以妾寒萦念也。”方扶南《批》：“‘愿君处处宜春雪’，春字好，暖时虑寒，虑之至矣。”

【集评】

韦居安《梅磵诗语》卷上：李长吉集中有《染丝上春机》、《美人梳头歌》，婉丽精切，自成一家机轴。近世襄邑许介之集中，亦有《染丝上春机》、《美人对镜歌》，颇得长吉体制。

刘嗣奇《李长吉诗删注》卷下：诗意即墨子见染然而悲也。

【编年】

刘衍《李贺诗校笺证异》笺本诗云："疑此诗即李贺在长安时怀念其妻之作。奉礼郎主祭祀之礼，著祭服，与'白袷'吻合，贺妻秀美，自汲自织，亦与诗中'美人'、'桃叶'吻合。试将贺之《始为奉礼忆昌谷山居》、《咏怀二首》、《美人梳头歌》、《后园凿井歌》、《南园》等一并读之，诗旨均有蛛丝马迹可寻。"言之成理，今从其说。

仙人

弹琴石壁上，翻翻一仙人①〔一〕。手持白鸾尾，夜扫南山云〔二〕。鹿饮寒涧下〔三〕，鱼归清海滨。当时汉武帝②，书报桃花春〔四〕。

【校记】

①翻翻，曾益本作"翩翩"，义长。

②当时，宋蜀本作"时时"。

【注释】

〔一〕翻翻：曾益本作"翩翩"。《文选》曹丕《与吴质书》："元瑜书记翩翩，致足乐也。"刘良注："翩翩，美貌，言其文雅之致，足为乐也。"

〔二〕"手持"二句：王琦《解》："以鸾尾为帚，故可以扫云，作麈尾解者，非是。"

〔三〕“鹿饮”句：王琦《解》：“涧曰寒涧，海曰清海，为热闹场中，浑浊世界，作一对证。”

〔四〕“当时”二句：曾益《注》：“桃花春，即西王母事，曰‘当时’，今不至也。”王琦《解》：“桃花春者，谓王母仙桃，三千年一开花，三千年一结实，届当其时，以为求之而可得也。”

【集评】

无名氏《批》：极形容得活，见得极其虚无，凡讽好仙佞佛，只宜如是。

王琦《解》：仙人居山泽间，养静守闲，悠然自得。如鹿之饮于寒涧，鱼之归于清海。藏身远害，与世事漠不相与，乃其宜也。奈何生当汉武帝之时，闻其志慕神仙，招致方术，遂不能守其恒志。而上书以报桃花之春，悟道修真之士，应不如是。姚经三谓元和朝，方士辈竞趋辇下，帝召田伏元入禁中。诗为此辈而作，良不诬也。

姚文燮《注》：元和朝，方士辈竞趋辇下，帝召田伏元入禁中。贺言此辈修饰仪表，自谓仙侣，弹琴挥麈，妄栖禁苑。不知夫鹿宜饮于寒涧，鱼宜归于清海，即好神仙如汉武，不过书报桃花，岂有自称仙人而居内庭耶？

方世举《批》：全学太白。

钱仲联《读昌谷集绝句六十首》：西母桃开不记年，几回碧落葬神仙。寄声吾友唐皇帝，绝倒王乔乐府篇。《仙人》一诗，咏元和五年张惟则自新罗使回，为宪宗所言事也。见苏鹗《杜阳杂编》。

【编年】

苏鹗《杜阳杂编》所载张惟则事，当时在朝野传为奇谈，李贺此诗正咏其事，当作于元和五年，时诗人正供职太常。

七夕〔一〕

别浦今朝暗①〔二〕，罗帷午夜愁〔三〕。鹊辞穿线月〔四〕，花入曝衣楼〔五〕。天上分金镜〔六〕，人间望玉钩〔七〕。钱塘苏小小〔八〕，更值一年秋②。

【校记】

①别浦，曾益本、姚文燮本作"别渚"。

②更值，曾益本、姚佺本、姚文燮本均作"又值"。

【注释】

〔一〕七夕：农历七月初七。宗懔《荆楚岁时记》："七月七日为牵牛织女聚会之夜。"

〔二〕"别浦"句：王琦《解》："别浦，天河也，以其为牛女二星隔绝之地，故谓之别浦。俗传七月七日天河隐，故曰暗。"

〔三〕"罗帷"句：曾益《注》："七夕乞巧皆妇人事，故曰罗帷。"王琦《解》："午夜，谓半夜，如日午之谓。愁者，长吉自谓。时当七夕，牵牛织女亦得聚会，己乃中宵独处，能无愁叹。细玩二句，愁字之意自见。从双星着解者，非是。"

〔四〕"鹊辞"句：应劭《风俗通义》佚文（引自《岁华纪丽》卷三）："织女七夕当渡河，使鹊为桥。"曾益《注》："七夕后，乌鹊还，故曰辞。"宗懔《荆楚岁时记》："是夕，人家妇女结彩缕，穿七孔针，或以金银鍮石为针，陈瓜果于庭中以乞巧。"

〔五〕"花入"句：《初学记·岁时部下》："崔寔《四人月令》曰：七月七日作曲合蓝丸，曝经书及衣裳。"《太平御览》卷三十一"宋卜子杨园苑疏曰：太液池西，有武帝曝衣阁，常至七月七日，宫女出后衣，登楼曝衣。”

〔六〕分金镜：钱澄之（姚文燮《注》附）曰：“金镜二句，只言七夕之月。”王琦《解》：“分金镜，谓七夕之月状如半镜也，亦暗影牛女暂时会合，仍复别离，如镜之分破不能常圆意。”

〔七〕望玉钩：曾益《注》：“分、望，以未圆也。”姚佺《笺》：“玉钩曾解以为月，则合掌矣。望之者，望天女之下也。玉钩借佩饰影用。”陈式（姚文燮《注》附）曰：“当七夕之期，有所怀也。”

〔八〕苏小小：郭茂倩《乐府诗集》卷八六引《乐府广题》：“苏小小，钱塘名倡也，盖南齐时人。”王琦《解》：“此诗是长吉当七夕之期，有所怀而作者，苏小小，借以喻所怀之人。”陈弘治《校释》：“言名倡苏小小，今何在哉？人事代谢，七夕屡更，其寄慨深矣。”

【集评】

曾益《注》：昔曾对月穿针为乞巧之事，今何在乎？人事代谢而七夕屡更，其寄慨深矣。

黄淳耀《评》：末二句，忽然说至此，信手拈来。

无名氏《批》：此首真所谓奴仆命《骚》者也。

姚文燮《注》：上六句说淑景芳辰，离情别绪，末二句不胜悲凉，彼美当秋，心惊迟暮，佳人不偶，恐老冉冉将至矣，贺盖借苏以自慨也。

方世举《批》：“别浦今朝暗”，此句还渡河正位，以下做七夕人情。飞卿“微云未接过来迟”之语，似从此起得之，而此起更无迹可求。“天上分金镜”二句，此二语独不可学，学则七子派，作者却好。“钱唐苏小小，又值一年秋”，仙笔也。一年一会者尚可感，终身飘零者奈何？只开手还过七夕本事，以下全写闺情，立格亦高，义山金风玉露之七律，直是笨伯。徐文长评末二句，忽说至此,信手拈来。末二句乃千思万想而得者,何谓信手拈来,一篇之妙,全在此结。然以为信手拈得,亦道得出天机之妙。

黎简《批》:“花”一本作“萤”,为是。结自妙,随手拈来,似无谓而好者,情到故也。

董伯英评(陈本礼《协律钩玄》卷一):诗不言巧会,全重伤别。

【编年】

本诗借苏小小以喻妻子,言与妻分别已一年,现值七夕,想牛女尚能相聚,而己不能与妻子一会,故曰“午夜愁”。王琦《解》:“愁者,长吉自谓。”是也。则本诗当作于元和五年。元和四年七夕,李贺还在家与妻子共度良宵,今年七夕滞留长安,有感而作此诗。“鹊辞穿线月,花入曝衣楼”,照出此为家室之忆,如作倡伎之忆,不当有此二句。

猛虎行①〔一〕

长戈莫舂〔二〕,强弩莫抨②〔三〕。乳孙哺子,教得生狞〔四〕。举头为城,掉尾为旌〔五〕。东海黄公,愁见夜行〔六〕。道逢驺虞,牛哀不平〔七〕。何用尺刀③,壁上雷鸣〔八〕。泰山之下,妇人哭声〔九〕。官家有程,吏不敢听〔一〇〕。

【校记】

①诗题,宋蜀本题下有“四言”二字。

②强弩,吴正子本作“长弩”。

③尺刀,曾益本、姚佺本、姚文燮本作“刀尺”。

【注释】

〔一〕猛虎行:乐府旧题,郭茂倩《乐府诗集》卷三十一"相和歌辞"录李贺此诗。陈弘治《校释》:"古乐府有《猛虎行》云:'饥不从猛虎食,暮不从野雀栖。'言不以艰难而改节也。长吉此作,与古词无关,盖意别有所属。"

〔二〕莫舂:《史记·鲁周公世家》:"鲁败翟于咸,获长狄侨如,富父终甥舂其喉,以戈杀之。"裴骃《集解》:"服虔曰:舂犹冲也。"

〔三〕莫抨:《说文》:"抨,弹也。"陈愫(《昌谷集句解定本》卷四)曰:"莫者,乃莫能之词,虽有长戈强弩,而莫能舂抨,其恶甚矣。"

〔四〕狞:王琦《解》:"狞,恶也。"钱澄之(姚文燮《注》附):"虎生二日,母即教以搏噬之法。"

〔五〕"举头"二句:《吕氏春秋·行论》:"(鲧)欲得三公,怒甚猛兽,欲以为乱。比兽之角能以为城,举其尾能以为旌。"王琦《解》:"长吉此等句法,世所诧为牛鬼蛇神,鲸呿鳌掷者也,而不知其盖有所本,非出于杜撰。"

〔六〕"东海"二句:刘歆《西京杂记》卷三:"东海人黄公,少时为术,能制蛇御虎;佩赤金刀,以绛缯束发,立兴云雾,坐成山河。及衰老,气力羸惫,饮酒过度,不能复行其术。秦末,有白虎见于东海,黄公以赤刀往压之,术既不行,遂为虎所杀。"陈弘治《校释》:"黄公本能御虎,今愁见夜行,则其猛厉可知矣。"

〔七〕"道逢"二句:驺虞,黑纹白虎,传说中的仁兽,不吃生物。《诗经·召南·驺虞》:"于嗟乎驺虞。"《毛传》:"驺虞,义兽也,白虎黑文,不食生物,有至信之德,则应之。"牛哀,公牛哀,《淮南子·俶真训》:"昔公牛哀转病也,七日化为虎,其兄掩户而入,觇之,则虎搏而杀之。"王琦《解》:"言驺虞仁兽不食生物,牛哀见之而心为之不平,以其具虎之形,冒虎之名,而无虎食人之暴也，甚言其虎之残虐，非仁德所能感化。”

〔八〕“何用”二句：姚佺《笺》：“言尺刀用以杀虎，而何用于壁上徒作雷鸣耶！”王琦《解》：“刀作雷鸣，似愤人不能见用之意。”

〔九〕“泰山”二句：《礼记·檀弓》：“孔子过泰山侧，有妇人哭于墓者而哀，夫子式而听之，使子路问之曰：子之哭也，壹似重有忧者。而曰：然，昔者吾舅死于虎，吾夫又死焉，今吾子又死焉。夫子曰：何为不去也？曰：无苛政。夫子曰：小子识之，苛政猛于虎也。”王琦《解》：“长吉用此，不过言虎之伤人累累，与政绝不相干。”

〔一〇〕“官家”二句：丘象随（《昌谷集句解定本》卷四）曰：“言官家虽有程命捕之，而吏不敢听者，惧又伤于虎也。”

【集评】

刘辰翁《评》：甚疾吏之辞。言吏畏严刑，犯险穿虎而行。“道逢驺虞”，好。“牛哀不平”，奇怪。

董懋策《评》：玩篇中似即苛政猛于虎之意。

孙枝蔚评（《昌谷集句解定本》卷四）：非熟读古谣谚及《独漉》诸篇，不能声口肖似如此。

姚文燮《注》：于頔、李吉甫劝上峻刑，后頔留长安不得志，使子敏赂梁正言求出镇，不遂，敏诱其奴支解之。时又中使暴横，皆以锻炼为雄，此权德舆所以引秦政之惨刻为谏也。贺睹时事，故拟此以为讽耳。

陈式评（姚文燮《注》附）：通首皆是纵虎杀人，莫敢谁何之意。

方世举《批》：“举头为城，掉尾为旌。”二句本《吕览》，言鲧也。

陈本礼《协律钩玄》卷四：吏以严刑峻法，虐取民膏，以贿上官,上官为之考最,为之狥庇,遂居然以上官若城郭然,故虽有长戈,莫能舂之也。又以蠹胥悍役为之牙爪,为之罗织,于是此辈遂若官之旌旆然,故虽有强弩,莫能抨之也。此等穷奇,上不畏天谴,下不顾子孙,方且得意自恣,诩诩然自命能吏,呜呼,岂真能吏也哉? 能虐民而已矣。

陈沆《诗比兴笺》卷四:此与《感讽》第一章同旨。莫舂莫抨,言其猛不可犯也。"道逢驺虞"云云,言其残害善类,无复人性也。官家虽悬捕虎之令,而吏之畏虎,甚于畏法,孰敢听命乎?

叶葱奇《李贺诗集注》:这首诗讽刺当时的藩镇强据一方,子孙相承,肆为凶恶,而中央一时姑息畏葸,不能任用贤才,加以征讨,所以用"乳孙哺子"及鲧欲为乱的典故。

【编年】

《钱谱》系本诗于元和五年,云:"又有《猛虎行》,刺成德军之叛乱。……河北三镇,相沿以嫡长子为副大使,父死便称留后,朝廷任命后称节度使。贞元十七年,成德军节度使王武俊死,子士真继任,元和四年,士真死,子承宗继任,故诗云:'乳孙哺子,教得生狞',喻藩镇权位世袭,代代作乱也。'官家有程,吏不敢听'者,谓宪宗命吐突承璀统兵讨伐,各道将校互相观望,无意立功。至五年七月,终于罢兵矣。"所论极是,今从之。

杨生青花紫石砚歌①〔一〕

端州石工巧如神〔二〕,踏天磨刀割紫云〔三〕。佣刓抱水含满唇〔四〕,暗洒苌弘冷血痕〔五〕。纱帷昼暖墨花春〔六〕,轻沤漂沫松麝薰〔七〕。干腻薄重立脚匀,数寸光秋无日昏②〔八〕。

圆毫促点声静新〔九〕，孔砚宽顽何足云③〔一○〕。

【校记】

①诗题，曾益本、姚佺本、姚文燮本俱无“青花”两字。吴正子《注》：“京本无紫字。”宋蜀本亦无“紫”字。

②光秋，姚文燮本作“秋光”。

③宽顽，宋蜀本、姚佺本作“宽硕”。《全唐诗》校：“一作硕。”

【注释】

〔一〕杨生：钱仲联《李贺年谱会笺》：“贺集卷三有《杨生青花紫石砚歌》，可能为敬之作。”“贺交游不广，与敬之交密，而集中所载与贺有关之杨姓，惟此杨生一人，故其可能即敬之。”笔者以为这个推测是恰当的，因为李贺与杨敬之是密友，李商隐《李长吉小传》：“所与游者，王参元、杨敬之、权璩、崔植辈为密。”“（诗成），王、杨辈时复来探取写去。”杨敬之是杨凌的儿子，元和二年进士及第后，任左卫骑曹参军，居长安，李贺与之交密，正在任职长安时。按唐人惯例，对关系亲密之人，则称“生”或“子”，也有以行第相称者，韩愈称杨敬之为“杨子”，见韩愈《答杨子书》，刘禹锡称杨敬之为“杨八”、“杨生”，见刘禹锡《答杨八敬之绝句》，题注：“杨生时亦谪居”。李贺与杨敬之过往甚密，出入各自家门，敬之可以随意从诗囊中“探取”李贺诗，李贺在杨家可以观赏到家传的青花紫石砚，因而作诗歌咏之，自在情理之中。青花紫石砚：青花紫色的端砚，是唐代最为名贵的砚台。花，又称眼，是石砚上天然的花葩状的斑纹。宋蔡樾《端溪年谱》：“大抵石质贵润，色贵青紫，干则灰苍色，润则青紫色，眼贵翠绿圆正，有瞳子。”洪迈《辨歙石说跋》：“研出端溪，其色如猪肝蒲萄，中边莹澈，光可以鉴，粹然紫琳腴也。”

〔二〕端州：治所在高要县（今广东肇庆）。王存《元丰九域志》卷九：“广南东路，端州，高要县，有烂柯山、端溪山、西江。”《新定九域志》卷九：“端州，端溪，州以此溪名。”端溪产砚，名端砚，李肇《唐国史补》：“端溪紫石砚，天下无贵贱用之。”

〔三〕“踏天”句：吴正子《注》：“紫云，紫石如云。”王琦《解》：“所谓踏天磨刀割紫云者，是登最高山顶而取其紫色之石，一如登天而割紫云也。”

〔四〕“佣刓”句：曾益注：“佣刓，言齐等而圜削之；抱水含满唇，以水潠而磨之。”王琦《解》：“佣，齐也，刓，刻也，齐其所刻之池，而注水满中。”

〔五〕“暗洒”句：语出《庄子·外物》：“苌弘死于蜀，藏其血，三年而化为碧。”吴正子《注》：“是紫石之纹痕耶？”王琦《解》：“谓砚中有碧色眼也。其眼或散布有似花葩之象，故曰青花。”

〔六〕“纱帷”句：曾益《注》：“墨花春，以墨试。”姚文燮《注》：“置之书帷中，笔墨无不相宜。”

〔七〕“轻沤”句：王琦《解》：“沤、沫，皆水中细泡，轻沤漂沫，谓蘸少水以磨墨也。”松麝薰，墨所含之龙麝和松烟的香味。李白《酬张司马赠墨》：“上党碧松烟，夷陵丹砂末。兰麝凝珍墨，精光乃堪掇。”曾益《注》：“松麝薰，墨生香。”

〔八〕“干腻”二句：曾益《注》：“干、腻、薄、重，以石贵润坚，独云不干、不腻、不薄，不重，以四者之病考之，皆无，即下云立脚匀。光秋无日昏，日下视之生芒。”王琦《解》：“言以墨磨其上，则干处、腻处、薄处、重处，其墨脚皆匀静，数寸中，光色皎洁如秋阳之镜白，无纤毫昏翳。言其发墨也。”

〔九〕“圆毫”句：王琦《解》：“圆毫促点声静新，美石质细致，以笔试之，其声细静，不伤毫颖，大凡砚石之发墨者，多损笔，上文已言其发墨，此句又言其不损笔，砚石之美可知矣。”

〔一〇〕孔砚：《初学记·文部》引伍缉之《从征记》曰：“夫子床前有石砚一枚，作甚古朴，盖夫子平生时物。”张少博《石砚赋》（《全唐文》卷四五五）：“存之鲁国，犹列宣尼之庙。”王嵩岳《孔子石砚赋》（《全唐文》卷九五二）：“昔夫子有石砚焉，邈观器用，宛无雕镌，古石犹在，今人尚传。”刘禹锡《唐秀才赠端州紫石砚以诗答之》：“阙里庙中空旧物，开方灶下岂天然。”他也是以端砚和孔砚对举的。姚文燮《注》以为“孔砚”是孔方平之歙砚，王琦《解》驳之，曰：“盖为长吉护短耳，殊不知歙砚后五代李后主时方见珍于世，前此安有所谓孔方平之歙砚哉！”杭世南《孔砚辨》（载《杭州大学学报》一九七九年第四期）引王谠《唐语林》卷八记载，建安郡大勤墟石如砚，能令人义理速解。这条记载，荒诞无稽，不足信。

【集评】

丘象随评（《昌谷集句解定本》卷三）：唐林夫丹石砚，粲然芙蓉出水，杀墨宜笔，天下砚不如兹石。长吉一诗，止状得“杀墨宜笔”四字，而此砚遂传千古。

方世举《批》：前四句曲尽石之开坑，中四句曲尽石之发墨，后二句又曲尽其不退笔，品砚至矣。端石之青花，唐时已重之，较老杜平侍御石砚诗，此中曲细为杜所不屑，亦杜所不能。李长吉之长，真能状难写之景如在目前。“干腻薄重立脚匀”，状下墨之细。“数寸光秋无日昏”，状墨口之亮。“圆毫促点声静新”，砚不燥则笔圆。

董伯英评（陈本礼《协律钩玄》卷三）：读此歌，知长吉体物精深，非奚囊中所可拾得者。诸砚诗皆不及，即少陵平石砚歌，亦但得其肤革，未臻神理，以方此作，犹尹之视邢矣。

钱仲联《读昌谷集绝句六十首》：宽顽孔砚足揶揄，血洒苌弘是丈夫。多少金门鱼笏客，踏天割得紫云无？《杨生青花紫石砚歌》。

【编年】

杨敬之是李贺在京师任职时的密友，本诗当作于诗人在长安任奉礼郎这段时间内。

金铜仙人辞汉歌〔一〕并序

魏明帝青龙元年八月①，诏宫官牵车西取汉孝武捧露盘仙人②〔二〕，欲立置前殿③。宫官既拆盘，仙人临载④，乃潸然泪下⑤。唐诸王孙李长吉遂作金铜仙人辞汉歌⑥。

茂陵刘郎秋风客〔三〕，夜闻马嘶晓无迹〔四〕。画栏桂树悬秋香⑦，三十六宫土花碧〔五〕。魏官牵车指千里，东关酸风射眸子。空将汉月出宫门〔六〕，忆君清泪如铅水〔七〕。衰兰送客咸阳道〔八〕，天若有情天亦老〔九〕。携盘独出月荒凉〔一〇〕，渭城已远波声小。〔一一〕

【校记】

①元年，宣城本、蒙古本均作“九年”。误。按，魏明帝青龙五年三月改为景初元年，黄朝英《靖康缃素杂记》（此为佚文，辑自胡仔《苕溪渔隐丛话》前集卷二十）：“盖明帝以青龙五年三月改为景初元年，至三年而崩，则无青龙九年明矣。”

②牵，赵宧光《弹雅》以为此字当作“輋”，同辖。“魏官輋车指千里，輋与辖相近，车轴相关而行也，世多不识此字，混作牵牛之牵，《诗林》犹能存此字形，而本集中反多谬矣。”西取，曾益本、姚佺本、姚文燮本无“西”字。捧露盘，曾益本、姚佺本、姚文燮本、《全唐诗》均无“盘”字。

③前殿，曾益本、姚佺本、姚文燮本均作“殿前”。

④临载，宋蜀本、曾益本、姚佺、姚文燮本均作“临行”。

⑤乃，曾益本、姚佺本、姚文燮本无此字。

⑥遂作，曾益本、姚文燮本作“为作”。姚佺本无“遂”字。

⑦悬秋香，林同济《研究》：“原作秋香，与上秋风字复，意复。”因改“秋”为“愁”。又，《两字之差——再论李贺诗歌需要校勘》认为“秋香”应作“枯香”。

【注释】

〔一〕金铜仙人：汉武帝刘彻造，《三辅黄图》卷三：“《汉书》曰：建章有神明台。《庙记》曰：神明台，武帝造，上有承露盘，有铜仙人舒掌捧铜盘玉杯，以承云表之露，以露和玉屑服之，以求仙道。”张澍辑《三辅故事》引《艺文类聚》云：“建章宫承露盘高二十丈，大七围，以铜为之，上有仙人掌承露，和玉屑服之。盖张衡《西京赋》所云：立修茎之仙掌，承云表之清露，屑琼蕊以朝餐，必性命之可度也。”

〔二〕西取汉孝武捧露盘仙人：《三国志·魏书·明帝纪》：“徙长安铜人承露盘之类于洛，铜人重不可致，留于灞城。”《魏略》：“徙长安诸钟簴、骆驼、铜人承露盘，盘拆，铜人重不可致，留于灞城。”任昉《述异记》：“魏明帝取汉武帝捧露盘仙人，即拆盘，临行泣下。”

〔三〕茂陵：汉武帝刘彻之陵墓，因“茂乡”而得名，在今陕西兴平东北。李吉甫《元和郡县图志》卷三："汉茂陵，在县（京兆府兴平县）东北十七里，武帝陵也。在槐里之茂乡，因以为名。"刘郎：指汉武帝刘彻。秋风客：刘彻写过《秋风辞》，故云。王琦《解》："然以古之帝王而渺称之曰刘郎，又曰秋风客，亦是长吉欠理处。"按，唐代称帝王为"郎"，是很普遍的现象，崔令钦《教坊记》："至戏日，上亲加策励，曰：'好好作，莫辱没三郎！'"玄宗自称为"郎"。郑棨《开天传信记》载刘朝霞献明皇《温泉赋》："遮莫你古时千帝，岂如我今日三郎。"赵翼《陔馀丛考》卷三十七"郎君大相公"条云："何后称玄宗为三郎。韦坚唱《得宝歌》，亦有'三郎当殿坐'之语。优人黄幡绰对玄宗并称三郎郎当。"可见，唐代习称帝王为郎，不足为奇。

〔四〕"夜闻"句：曾益《注》："言方闻人马赫奕，胡一朝死而无闻也。"王琦《解》："谓其魂魄之灵，或于晦夜巡游，仗马嘶鸣，宛然如在，至晓则隐匿不见矣，何能令人畏服如生时耶？"林同济《研究》："自是指（汉武）帝之阴灵夜出晓灭，与生前之赫赫对照，加倍悲凉。"

〔五〕三十六宫：班固《西都赋》："离宫别馆，三十六所。"章怀太子注："《三辅黄图》曰，上林有建章、承光等十一宫，平乐、茧观二十五，凡三十六所。"土花：苔藓。王琦《解》："土花，苔也。武帝既没，国事又殊，西京宫室，日就荒芜，桂树徒芳，苔钱满地，凄凉之状，不堪在目。"

〔六〕"空将"句：王琦《解》："将，犹与也。人行不分远近，举头辄见明月，若与人相随者。然铜人既将移徙许都，向时汉宫所见之物，一别之后不复再见，出宫门而得再见者，惟此月矣。"

〔七〕忆君：铜人忆汉武帝。曾益《注》："忆，铜人忆；君，孝武。"铅水：如泪水。铜人流泪事，《三国志·魏书·明帝纪》裴松之注引习凿齿《汉晋春秋》:"帝徙盘,盘拆,声闻数十里,金狄或泣,因留灞城。"与序文"临载,乃潸然泪下"相似。

〔八〕衰兰送客:王琦《解》:"本是铜人离却汉宫花木而去,却以衰兰送客为词,盖反言之。"

〔九〕"天若"句:曾益《注》:"言此时相送不动情者天耳,天若有情亦老,借天以甚言相送者之动情也。"王琦《解》:"铜人本无知觉,因迁徙而凄然泪下,是无情者变为有情,况本有情者乎?长吉以天若有情亦老反衬出之,则有情之物见铜仙下泪,其情更何如耶?"

〔一〇〕"携盘"句:王琦《解》:"言所携而俱往者惟盘而已,所行而见者惟月而已。因情绪之荒凉,而月色亦觉为之荒凉。"

〔一一〕渭城:即咸阳,汉改咸阳为渭城县。李吉甫《元和郡县图志》卷一:"咸阳县,本秦旧县也。……及汉兴,以为渭城县,属右扶风。"曾益《注》:"即渭水之波声,行渐远,闻渐细也。"王琦《解》:"此诗上言咸阳,下言渭城,似乎犯复而不拘者,咸阳道指长安道路而言,渭城者指长安之地而言,似复而实非复也。""及乎离渭城渐远,则渭水波声亦渐不闻,一路情景,更不堪言矣。"

【集评】

司马光《温公续诗话》:李长吉歌"天若有情天亦老",人以为奇绝无对。曼卿对"月如无恨月长圆",人以为勍敌。

刘辰翁《评》:此意思非长吉不能赋,古今无此神妙。神凝意黯,不觉铜仙能言。奇事奇语,不在言,读至"三十六宫土花碧",铜人泪堕已信,末后三句可为断肠。后来作者,无此沉著,亦不忍极言其妙。

钟惺评(《唐诗归》卷三一):"天若有情天亦老",词家妙语。

董懋策《评》:“天若有情天亦老”,古今奇语。

无名氏《批》:前四句有黍离之感,方落出铜人泪下,无光怪之病。又,铜驼荆棘之情,言下显然。铅字同在铜仙分上,妙。

王夫之《唐诗评选》卷一:寄意好,不无稚子气,而神骏已千里矣。

黄周星《唐诗快》卷二:老天有情,亦当潸然泪下,何但仙人。

姚佺《笺》:赋铜仙忽及天若有情,云是长吉之动情处,非也。此长吉证知真妙觉明之地也。《楞严》云:“卵惟想生,胎因情有。”以是因缘,众生相续。则诸世间欲贪为本,杀害同滋,经百千劫,常在缠缚。秦王铸像,汉武销铜,云何忽生山河大地,诸有为相,吾恐铜仙闻之,不出宫门,亦应日日汗出也。

姚文燮《注》:宪宗将浚龙首池,修麟德、承晖二殿,贺盖谓创建甚难,安能保其久而不移易也。孝武英雄盖世,自谓神仙可期,作仙人以承露,糜费无算,中流秋风之曲,可称旷代。今茂陵寂寞,徒有老桂苍苔,而魏官牵车蹂践,悲风东来,惟堪拭目。汉月即露盘也。言魏官千里骚驿,别无所补,空将仙人露盘以去。无情之物,亦动故主之思,苍苍者自难为情矣。道远波遥,永辞故阙,情景亦难言哉!嗟夫,以孝武之求长生且不免于死,所宝之物已迁他姓,创造之与方术,有益耶,无益耶?读此当知辨矣。

钱澄之《评》(姚文燮《注》附):首句与末句相应,夜闻马嘶,想见汉武英灵不平之概,终为魏官取去,渐出关门,渭城远而波声小,从此与汉辞矣,武帝英灵其能留哉!

胡廷佐评(《昌谷集句解定本》卷二):惟人钟情最深,今置人不言,而曰天若有情。又铅花铜盘,画栏桂树,指种种无情之物,悉皆震动欲泣,此诗中所谓离题断者也。非长吉不能赋,古今无此神妙。

叶燮《原诗》：天若有情天亦老，玉颜不及寒鸦色等句……决不能有其事实，为情至之语。

方世举《批》：序仙人临行潸然泪下，此事不记《三国志》有否，金马铜驼与翁仲辈，皆少此一泪。“茂陵刘郎秋风客”，杨铁崖有“大唐天子梨园师”仿此，然人所能，秋风客人则不能。“衰兰送客咸阳道”，客指魏官。“渭城已远波声小”，仙笔。

沈德潜《重订唐诗别裁集》卷八：汉武有《秋风辞》，遂名秋风客，好奇之过也。多情者天，以生物为心可见，兹以无情目之，写胸中愤懑不平，而年命之促，已兆于此。“茂陵刘郎秋风客，夜闻马嘶晓无迹”，少承露盘意，便嫌无根。“天若有情天亦老”，奇句。

董伯英评（陈本礼《协律钩玄》卷二）：曰忆君泪，曰出，曰携，曰波声小，觉铜仙耳目手足栩栩欲活。忆君，仙人忆孝武也。如铅水，方的是铜仙之泪。末更得意外之意，回首长安，何能已已。

陈沆《诗比兴笺》卷四：自来说此诗者，不为咏古之恒词，则谓求仙之泛刺，徒使诗词嚼蜡，意兴不存。试问《魏略》言魏明帝景初元年，徙长安诸钟簴、骆驼、铜人承露盘，而此故谬其词曰“青龙元年”，何耶？即序其事足矣，而又特标曰“唐诸王孙”云云，何耶？此与《还自会稽歌》，皆不过咏古补亡之什，而杜牧之特举此二篇，以为离去畦町，又何耶？《归昌谷》诗云：“束发方读书，谋身苦不早。终军未乘传，颜子鬓先老。天网信崇大，矫士常慅慅。京国心烂漫，夜梦归家少。发轫东门外，天地皆浩浩。心曲语形影，只身焉足乐。岂能脱负担，刻鹄曾无兆。”而后知“空将汉月出宫门，忆君清泪如铅水”潸然泪下之意，即宗臣去国之思也。“衰兰送客咸阳道”，即《还自会稽歌》之辞金鱼、梦铜辇也。“渭城已远波声小”，即王粲诗之“南登灞陵岸，回首望长安”也。长吉志在用世，又恶进不以道，故述此二篇以寄其悲，特以寄托深遥，遂尔解人莫索。

黎简《批》：第二句言武帝之幽灵。

钱仲联《读昌谷集绝句六十首》：夜马嘶残恨不胜，荒凉汉月去觚棱。酸风渭水铜仙泪，知为丰陵为茂陵？《金铜仙人辞汉歌》，为顺宗被迫内禅，王叔文贬逐渝州作。

又，《李贺年谱会笺》：此诗是伤顺宗之死及王叔文诸人被贬出京之作。……借金铜仙人之离长安，指王叔文诸人被贬出京，不忍离开顺宗之情景。“衰兰送客咸阳道”者，出京时相送者惟道旁之衰兰，则叔文集团之兰摧玉折可知矣。衰兰者，兰摧之馀也。“天若有情天亦老”，贺同情之深如此。

【编年】

《钱谱》系此诗于贞元二十一年，时贺十六岁。然此诗必作于长安任职三年内。

还自会稽歌并序

庾肩吾于梁时〔一〕，尝作《宫体谣引》〔二〕。以应和皇子〔三〕。及国势沦败①，肩吾先潜难会稽〔四〕，后始还家。仆意其必有遗文，今无得焉，故作《还自会稽歌》以补其悲。

野粉椒壁黄〔五〕，湿萤满梁殿②〔六〕。台城应教人〔七〕，秋衾梦铜辇〔八〕。吴霜点归鬓，身与塘蒲晚〔九〕。脉脉辞金鱼〔一〇〕，羁臣守迍贱③〔一一〕。

【校记】

①国势,宋蜀本、蒙古本、日本内阁文库本、《全唐诗》作“国世”。

②湿萤,《全唐诗》、王琦《解》:“一作湿蛩。”

③迍贱,蒙古本作“屯贱”。

【注释】

〔一〕庾肩吾:《南史·庾肩吾传》:“庾肩吾字慎之,八岁能赋诗……初为晋安王国常侍,王每徙镇,肩吾常随府……王为皇太子,兼东宫通事舍人,后为安西湘东王录事、谘议参军,太子率更令,中庶子……及简文即位,以肩吾为度支尚书。时上流藩镇,并据州拒侯景,景矫诏遣肩吾使江州,喻当阳公大心……肩吾因逃入东。后贼宋子仙破会稽,购得肩吾欲杀之,先谓曰:‘吾闻汝能作诗,今可即作,若能,将贷汝命。’肩吾操笔便成,辞采甚美,子仙乃释以为建昌令。仍间道奔江陵,历江州刺史,领义阳太守。”姚文燮《注》:“肩吾,子山之父,仕梁为太子庶子,掌管记,出入禁闼,恩礼最隆,及国亡潜难,离黍兴悲,回首銮舆,羁魂徒托,白首生还,无复臣职,何暇更事笔墨,遗文罕少,理有固然。”

〔二〕《宫体谣引》:诗篇名,今已不传。《隋书·经籍志》:“梁简文之在东宫,亦好篇什,清词巧制,止乎衽席之间;雕琢蔓藻,思极闺闱之内。后生好事,递相仿习,朝野纷纷,号为‘宫体’。”刘肃《大唐新语》:“梁简文之为太子,好作艳诗。境内化之,浸以成俗,谓之宫体。”

〔三〕应和皇子:奉命与皇子唱和诗歌。皇子,指萧纲,他未立为太子之前,封为晋安王。

〔四〕潜难会稽:侯景叛乱,庾肩吾逃往会稽,事见本传。

〔五〕椒壁:古代皇后居住的宫殿,常用椒和泥涂于壁上。《汉书·车千秋传》:“转至未央椒房。”颜师古注:“椒房,殿名,皇后所居也,以椒和泥涂壁,取其温而芳也。”

〔六〕湿萤:《礼记·月令》:“腐草化为萤。”王琦《解》:“萤本腐草所化,多生下湿之地,故曰湿萤。”

〔七〕台城:朝廷所在地禁城,李吉甫《元和郡县图志》卷二十五:“(上元县)晋故台城,在县东北五里。成帝时,苏峻作乱,焚烧宫室都尽,温峤以下咸议迁都,惟王导固争不许。咸和六年,使王彬营造,七年,帝迁于新宫,即此城也。”吴正子《注》:“晋成帝七年作新宫。《舆地记》云,即台城也,在今上元县东北五里,周八里。”洪迈《容斋续笔》卷五:“晋宋间谓朝廷禁城为台,故称禁城为台城。”应教人:奉命与诸王子唱和诗作的臣子。吴正子《注》:“魏晋以来,人臣于文字间有属和,于天子曰应诏,于太子曰应令,于诸王曰应教。”

〔八〕“秋衾”句:曾益《注》:“故昔台城应教之人,只今亦唯有秋衾铜辇之梦。”铜辇:太子坐车。《文选》陆机《赴洛二首》:“抚剑遵铜辇,振缨尽祗肃。”李善注:“铜辇,太子车饰。”

〔九〕“身与”句:王琦《解》:“塘蒲,塘中蒲草。晚,衰老也。”按,《世说新语·言语》:“顾悦与简文同年而发早白,简文曰:卿何以先白?对曰:蒲柳之姿,望秋而落,松柏之质,经霜犹茂。”刘孝标注:“顾恺之为父传曰:君以直道陵迟于世,入见王,王发无二毛,而君已斑白。问君年,乃曰:卿何偏早白?君曰:松柏之姿,经霜弥茂,臣蒲柳之质,望秋先零,受命之异也。王称善久之。”李贺咏简文旧臣庾肩吾事,运化顾悦对答简文帝语意入诗,非常贴切。

〔一〇〕金鱼:宫门上之鱼形锁钥。吴正子《注》:“金鱼,袋也。”王琦

《解》曾疑之，以为“恐是用别事”。按，方世举《批》云：“此金鱼恐指禁钥。”黎简《评》：“金鱼，宫门钥也。”考应劭《风俗通义》佚文：“钥施悬鱼，鱼翳伏渊源，欲令楗闭如此。”（引自《太平御览》卷一八四）丁用晦《芝田录》（载曾慥《类说》卷十一）：“门钥必以鱼，取其不瞑目守夜之义。”李商隐《和友人戏赠二首》：“殷勤莫使清香透，牢合金鱼锁桂丛。”冯浩注：“金鱼，鱼钥也。桂丛，月殿也。”辞金鱼，乃辞别东宫旧署。胡震亨《唐音癸签》卷二十三云：“金鱼，旧以金鱼袋释，梁无其制也。庾乃简文旧僚。《东宫旧事》：‘中庶子掌门钥，钥施悬鱼。’《太平御览》卷一八四引《东宫旧事》云：‘守钥四人，对番上下，东宫门钥在中庶子坊。’云辞金鱼，自指旧署言耳。”庾肩吾曾任梁太子中庶子，用“鱼钥”解释“金鱼”，甚切。

〔一一〕羁臣：陈弘治《校释》：“羁旅之臣也。”迍贱：政治上遭到困厄危难。迍，当作屯，屯，乃卦名。《说文》：“屯，难也。”《易·屯》：“屯，难也，刚柔始交而难生。”又云：“以贵下贱，大得民也。”《正义》云：“贵谓阳也，贱谓阴也。言初九之阳在三阴之下，是以贵下贱，屯难之世，民思其主之时，既能以贵下贱，所以大得民心也。”刘禹锡《子刘子自传》：“重屯累厄，数之奇兮。天与所长，不使施兮。”王琦《解》：“守贫贱以终身。”不合诗意。

【集评】

刘辰翁《评》：此拟庾肩吾归自会稽之作，安得不述梁亡之悲。其沉著憔悴，在先言秋衾铜辇之梦，而庾自见。殆赋外赋也。塘蒲之叹，融入秋晚，结语却如此，极是。“野粉椒壁黄，湿萤满梁殿”，椒壁而为野粉，则已颓；殿上而有湿萤，则无殿两字耳。

邢昉《唐风定》卷六：集中五言较胜歌行，而深晦太过。廷礼所取数首，一一高卓，可为具眼。

曾益《注》：此诗不言悲，悲自无限，故序曰“以补其悲”。

萧琯评(《昌谷集句解定本》卷一)：司马相如病甚，天子曰：“可往从悉取其书，若不然，后失之矣。”使谏大夫所忠往，问其妻，对曰：“长卿固未尝有书也，时时著书，人又取去，即空居。”此诗正用此结。千里画龙，一经点睛，便欲飞去。(同上)

刘嗣奇《李长吉删注》卷上：肩吾，新野人，字慎之，号高斋学士，为晋安王常侍。晋安即简文，以未立，曰皇子。文伤轻靡，号宫体。后为贼宋子仙所得，曰：“闻汝能诗，可即作，能，则贷汝。”肩吾操笔立成，词采甚美，释之。此为潜难会稽时事也。

叶矫然《龙性堂诗话续集》：李长吉最心醉新野父子，观其补庾肩吾还会稽歌，则其流连仰止可知矣。长吉眼空千古，不唾拾前人片字，独用子山“山杯捧竹根”全句，云“土甑封茶叶，山杯锁竹根”，又可知矣。

陈本礼《协律钩玄》卷一：前四感慨凭吊，后四潜难会稽，代补其悲，通篇摹仿肩吾，词意凄婉，古拙之甚。

董伯英评(《协律钩玄》卷一附)：肩吾梁武帝世与徐摛俱为晋安王常侍，号高斋学士。还自会稽，自会稽还新野时，梁已久为陈矣，守贞不仕，亦贤士也。安史之乱，王维受官，张垍无还意，其愧潜难辞位者多矣，贺盖为此辈讽也。

陈沆《诗比兴笺》卷四：杜牧之序长吉集，独举此篇及七言之《铜仙辞汉歌》，此深于知长吉，故举此二诗以明隅反也。考长吉集中，咏古题而有自序者，惟此二章及《秦宫诗》，盖彼借古寄意，而此二诗则自喻也。

钱仲联《读昌谷集绝句六十首》:脉脉金鱼去阙人,秋衾铜辇梦成尘。出师未捷身先死,忍谱哀弦蜀国春。《还自会稽歌》,为王叔文、凌准、刘禹锡等东宫旧人而作,借庾肩吾寓意。叔文山阴人,凌、刘生长于吴,为秦时会稽郡也,贬所亦属三国吴地,故诗有吴霜点鬓之语。出师二语,叔文失败时所吟,贺集《蜀国弦》为二王而作。

【编年】

钱仲联《读昌谷集绝句六十首》注:"为王叔文、凌准、刘禹锡等东宫旧人而作,借庾肩吾寓意。"本诗为悲叹永贞革新人士的不幸遭遇,当作于长安任职时。

汉唐姬饮酒歌①〔一〕

御服沾霜露,天衢长蓁棘〔二〕。金隐秋尘姿,无人为带饰〔三〕。玉堂歌声寝,芳林烟树隔〔四〕。云阳台上歌,鬼哭复何益〔五〕。仗剑明秋水,凶威屡胁逼②〔六〕。强枭噬母心〔七〕,犇厉索人魄〔八〕。相看两相泣,泪下如波激。宁用清酒为,欲作黄泉客③〔九〕。不说玉山颓,且无饮中色〔一〇〕。勉从天帝诉,天上寡沉厄〔一一〕。无处张穗帷④,如何望松柏〔一二〕。妾身昼团团,君魂夜寂寂〔一三〕。蛾眉自觉长,颈粉谁怜白〔一四〕。矜持昭阳意,不肯看南陌〔一五〕。

【校记】

①汉唐姬,曾益本、姚佺本、姚文燮本作"叹唐姬"。

②仗剑明秋水,凶威屡胁逼,吴正子本作"铁剑常光光,至凶威屡逼"。

③黄泉客,王琦《解》:"一作黄泉隔。"

④张穗帷，曾益本、姚文燮本作“觅穗帐”。

【注释】

〔一〕汉唐姬饮酒歌：《后汉书·何皇后纪》：“（董卓废少帝为弘农王），明年，山东义兵大起，讨董卓之乱。卓乃置弘农王于阁上，使郎中令李儒进酖，曰：‘服此药，可以辟恶。’王曰：‘我无疾，是欲杀我耳。’不肯饮。强饮之，不得已，乃与妻唐姬及宫人饮宴别。酒行，王悲歌曰：‘天道易兮我何艰，弃万乘兮退守藩。逆臣见逼兮命不延，逝将去汝兮适幽玄。’因令唐姬起舞。姬抗袖而歌曰：‘皇天崩兮后土颓，身为帝兮命夭摧。死生路异兮从此乖，奈我茕独兮心中哀。’因泣下呜咽，坐者皆歔欷。王谓姬曰：‘卿王者妃，势不复为吏民妻。自爱，从此长辞。’遂饮药而死，时年十八。唐姬，颍川人也，王薨，归乡里，父会稽太守瑁欲嫁之，姬誓不许。”姚文燮《注》：“贺偶作此以吊之。”钱仲联《李贺年谱会笺》：“此诗是借东汉少帝刘辩被董卓废立而死之事，影射永贞宫廷政变。”

〔二〕“御服”二句：语出《史记·淮南衡山列传》：“（伍被谏淮南王）曰：臣闻子胥谏吴王，吴王不用，乃曰：‘臣今见麋鹿游姑苏之台也。’今臣亦见宫中生荆棘，露沾衣也。”王琦《解》：“御服沾霜露，喻言帝位已失，越在草野也。天衢，犹言天路。长蓁棘，谓国家多难，辇路之上化为蓁棘也。”

〔三〕“金隐”二句：曾益《注》：“言姬潜难，故带无人饰。”王琦《解》：“言姬际此危难之时，如此精金之美，为尘埃所隐蔽，黯然无光，侍御奔放，不复有人为之带饰也。”

〔四〕“玉堂”二句：玉堂，宫殿名。《后汉书·灵帝纪》：“青虹见御座玉堂后殿庭中。”李贤注：“洛阳宫殿名，南宫有玉堂前后殿。”芳林，苑名。《文选》张衡《东京赋》：“濯龙芳林。”薛综

注:“芳林,苑名。”王琦《解》:“寝,息也。歌吹之声不能复闻,苑囿花木不能复见。”

〔五〕“云阳”二句:王琦《解》:“二句未详,疑是当时实事。”曾益《注》:“云阳歌,言昔侍御之歌,思成悲痛,即鬼唱奚益。”按,云阳台,一名通灵台、通天台,在云阳甘泉宫,汉代钩弋夫人死于甘泉宫,武帝为了纪念她,建通天台于云阳甘泉宫。《史记·外戚世家》:“(钩弋)夫人死云阳宫。”《正义》引《括地志》云:“云阳宫,秦之甘泉宫,在雍州云阳县西北八十里。”《汉武故事》:“上哀悼之,又疑其非常人,乃发冢开视,空棺无尸,惟衣履存,上乃为起通灵台于甘泉。”

〔六〕“仗剑”二句:曾益《注》:“仗剑胁逼之人,凶威驾武,怒以临之。”

〔七〕“强枭”句:《说文》:“枭,不孝鸟也。”张华《禽经注》:“枭在巢,母哺之,羽翼成,啄母目翔去也。”此喻董卓、李儒之罪行,殊不类。联系永贞宫廷政变,唐宪宗李纯有负于人子之情,则长吉诗之微言大义可悟也。

〔八〕“犇厉”句:王琦《解》:“犇厉,恶鬼,索,求也,求人魂魄而食。《招魂》曰:长人千仞,唯魂是索。盖其类也。”

〔九〕“宁用”二句:曾益《注》:“言岂藉酒以邀欢,欲向黄泉以求死耳。”黎简《批》:“即我死何用鸩,醇醪足矣之意,而翻用之,且言不必酒,死即死耳。”

〔一〇〕“不说”二句:《世说新语·容止篇》;“山公曰:嵇叔夜之为人也,岩岩若孤松之独立,其醉也,傀俄若玉山之将崩。”曾益《注》:“山颓,无论醉,即饮中之句,令人不堪。”

〔一一〕“勉从”二句:王琦《解》:“言死当勉力,上诉天帝,惟天上少沉厄之苦,若在人间,不堪日受奸臣凶虐。见不如速死之愈。”

〔一二〕“无处”二句：用曹操事。《文选》陆机《吊魏武帝文》：“吾婕妤妓人，皆著铜爵台，于台堂上施八尺床穗帐，朝晡上脯糒之属，月朔十五辄向帐作妓，汝等时时登铜爵台，望吾西陵墓田。”曾益《注》：“觅穗帐，望松柏，追思君；无处，如何，难觅也。”王琦《解》：“王薨之后，无灵筵之设，丧帷张于何处？又不知葬地所在，欲一远望墓木，亦不可得。”

〔一三〕“妾身”二句：王琦《解》：“团团，行走不安貌。”姚文燮《注》：“谓妾身虽存，君魂不返也。”

〔一四〕“蛾眉”二句：曾益《注》：“蛾眉长，姿如旧，颈白谁怜，无复如君之顾惜，言颈有矢死意。”

〔一五〕“矜持”二句：曾益《注》：“矜持昭阳意，言念君宠，不肯就南陌而死。”王琦《解》：“矜持昭阳意，即传中所谓王者妃势不复为吏民妻。不肯看南陌，言不肯看南陌之繁华，誓不允父嫁之意。”姚佺《笺》：“当是父瑁欲其嫁而不肯即去也。”

【集评】

何焯评（《协律钩玄》卷五）：董卓废少帝，降为弘农王，明年，山东义兵大起，讨董卓，卓使李儒进酖，王乃与妃唐姬及宫人饮谯，遂饮药死。姬，颍川人，王薨归乡，父欲嫁之，固不许。李傕略得姬，欲妻之，固不听，贾诩知之，以状白献帝，帝感怆，诏迎姬置园中。此赋其事也。

孙枝蔚评（《昌谷集句解定本》）：体气整肃，有息夫躬绝命词风。

方世举《批》：伪在粗疏。

钱仲联《读昌谷集绝句六十首》：强枭噬母意如何？泪尽唐姬一曲歌。疑案千秋永贞禅，云阳台上剑光多。《汉唐姬劝酒歌》，寓意同前首，而更明显。

又：王杨当日见闻亲，宫掖传来秘史真。哀乐可知缘事发，那能无想更无因。昌谷四密友，王参元与柳州为十载深交，见柳州《贺进士王参元失火书》，杨敬之之父凌，为柳州之叔岳父，刘宾客与杨亦有唱和，称之为知音。权璩在贞元末与刘为长安邻居，亦有唱和。刘禹锡《子刘子自传》，于永贞之变，有"宫掖事秘，拥桓立顺，功归贵臣"之语，明以梁冀之鸩杀质帝，拥立桓帝，暗示顺宗之被害。事与李复言《续玄怪录》所影射之故事相合也。

【编年】

本诗借汉代少帝被杀事，反映永贞宫廷事变。宫闱事秘，外人难知，且其时李贺年岁尚轻，身处僻地，难以知闻。京城任职三年内，密友王参元、杨敬之均与柳宗元、刘禹锡有交往，对其事或有所闻。作为"唐诸王孙"，他激于义愤，不敢言又不能不言，不能不言又不敢明言，于是长吉探寻前事，以汉喻唐，采用离奇的构想，隐晦的言辞，曲折的表现技巧，写下这首《汉唐姬饮酒歌》。

追和何谢铜雀妓〔一〕

佳人一壶酒，秋容满千里〔二〕。石马卧新烟，忧来何所似〔三〕。歌声且潜弄，陵树风自起〔四〕。长裾压高台，泪眼看花机〔五〕。

【注释】

〔一〕何谢：指六朝诗人何逊、谢朓，两人皆有《铜雀妓》诗。何逊《铜雀妓》云："秋风木叶落，萧瑟管弦清。望陵歌对酒，向帐舞空城。寂寂檐宇旷，飘飘帷幔轻。曲终相顾起，日暮松柏声。”谢朓《铜雀妓》云：“穗帐飘井干，樽酒若平生。郁郁西陵树，讵闻歌吹声。芳襟染泪迹，婵娟空复情。玉座犹寂寞，况乃妾身轻。”铜雀妓：乐府曲名，郭茂倩《乐府诗集》卷三十一“相和歌辞”六录李贺此诗，郭氏于张正见《铜雀台》诗下有说明：“一曰《铜雀妓》。《邺都故事》曰：魏武帝遗命诸子曰，吾死之后，葬于邺之西冈上……，妾与妓人皆著铜雀台，台上施六尺床，下穗帐，朝晡，上酒脯粻糒之属。每月朔十五，辄向帐前作伎，汝等时登台望吾西陵墓田。按铜雀台在邺城，建安十五年筑，其台最高，上有屋一百二十间，连接榱栋，侵彻云汉，铸大铜雀置于楼巅，舒翼奋尾，势若飞动，因名为铜雀台。《乐府解题》曰：后人悲其意而为之咏也。”王琦《解》：“长吉美其诗，故追和之。”

〔二〕“佳人”二句：曾益《注》：“佳人谓婕妤，酒，所上酒；满千里，极目皆秋。”王琦《解》：“酒即朝晡所上酒脯粻糒之酒，台上佳人因上酒而瞻望西陵之墓田，但见秋容极目，言外见操之音容笑貌已化为乌有也。”

〔三〕“石马”二句：曾益《注》：“卧新烟，墓维新也。三语已自凄凉，故曰忧何所似。难状，亦莫控也。”王琦《解》：“古墓荒坟，石兽倾倒者，多如所谓苑边高冢卧麒麟是也。若曹氏正当盛时，茔中石马宁有倒卧之理，盖谓其蹲立草中，寂然不动，有似卧，然不可作倒卧解。新烟，新草也，自远望之，漠漠如烟也。古称忧心如酲，忧心如惔，忧心如熏，又有如结如捣，各种譬喻，今曰忧来何所似，则其不堪之状，又觉非言语所能形容矣。”

〔四〕“歌声”二句：曾益《注》：“潜弄，偷弄。且从‘何所似’来，聊借歌以自违。”王琦《解》：“台上伎人歌声潜唱，而陵中寂然不闻，所闻者，风吹坟树之声而已。谢诗所谓郁郁西陵树，讵闻歌吹声，同是一意。”

〔五〕“长裾”二句：曾益《注》：“陵树风起则怛焉悲生，故舞衣压台，对花机以流泪。悲非从风，自极目时寓，一触之而成悲也。”王琦《解》：“长裾压高台，谓伎妾众多，满列台中。机即几也，《周易》：‘涣奔其机。’《家语》：‘俯察机筵。’机，几，二字古书通用。花机谓台上供灵之案。曾谦甫注；泪眼看几，非哭老瞒，正自伤薄命耳。”

【集评】

吴正子《注》：不必苦心，自近《选》语。

刘辰翁《评》：以长吉赋铜雀妓，宜有墓中不能言者，却止如此，亦近大雅。

无名氏《批》：“且”字知非本怀，妙。“自”字于我何事，妙。末二句伤瞒乎，自伤乎，有上“且”字、“自”字，一证便明。

邢昉《唐风定》卷六：拟何逊，离之而乃反近，长吉神境也。

姚文燮《注》：元和朝，魏博节度使田季安卒，季安淫虐，夫人元氏立其子怀谏为副大使。按魏博即魏郡，贺即借魏事讥之也。佳人洒酒，千里悲风，陇上新烟，石马初卧，哀声低唱，陵树凄凄，舞衣虽长，几空人逝，当日雄姿谋略，今安用乎？

杨妍评（《昌谷集句解定本》卷三）：尖刻之至，渐近大雅耳，此贺得讽刺体而卒归温厚者。

董伯英评（陈本礼《协律钩玄》卷三）：何得景，谢得情，李又于情景外写出伎女一段无情之景，令孟德羞惋于地下不已。此正墓中欲言而不能言者。

钱仲联《读昌谷集绝句六十首》：一闭铜台不计年，幽兰延伫几婵娟。洞庭秋色三千里，何处西陵望墓田。《追和何谢铜雀妓》，伤八司马贬逐未得返也。元和元年八月,有“八人纵逢恩赦,不在量移之限”之命,故白香山《园陵妾》小序云:“托幽闭喻被谗遭黜也。”陈寅恪《元白诗笺证稿》以为寄慨八司马之窜逐。贺此诗亦同此旨。以铜台比丰陵,则同时武元衡《顺宗皇帝挽歌词》中亦有“不忍望铜台”之语。

【编年】

《钱谱》:姚说(见前【集评】)非是。诗言陵树,岂能指节镇?此诗借铜雀台以写顺宗死葬丰陵,借怀念魏武帝以怀念顺宗,又借随丰陵葬礼而幽闭山宫长不令出之嫔妾,(韩愈《丰陵行》云:“设官置卫锁嫔妓,供养朝夕象平居。”白居易《园陵妾》云:“山宫一闭无开日,未死此身不令出。”)比喻顺宗退位后窜逐远方之八司马。《旧唐书·宪宗纪》元和元年八月壬午载:“左降官韦执谊、韩泰、陈谏、柳宗元、刘禹锡、韩晔、凌准、程异等八人纵逢恩赦,不在量移之限。”故白居易《新乐府·园陵妾》小序云:“托幽闭喻被谗遭黜也。”陈寅恪《元白诗笺证稿》亦认为是寄慨八司马之窜逐。贺此篇与白诗实同一命意,用铜雀台比拟丰陵。不仅贺诗为然,即反对顺宗革新之武元衡,在《顺宗至德大圣皇帝挽歌词》中亦云:“恭闻天子孝,不忍望铜台。”可为旁证。《钱谱》述题旨甚精当,然系此诗于元和元年,似不妥,本诗当作于李贺供职长安三年间。

湘妃〔一〕

筠竹千年老不死①,长伴秦娥盖湘水②〔二〕。蛮娘吟弄满寒空〔三〕,九山静绿泪花红〔四〕。离鸾别凤烟梧中〔五〕,巫云蜀雨遥相通〔六〕。幽愁秋气上青枫〔七〕,凉夜波间吟古龙〔八〕。

【校记】

①筠竹,王琦《解》:“此以筠竹称斑竹,秦娥称二妃,殊不可解,或字之讹也。一本注秦娥,下云一作神娥。又见《广西通志》载此诗,筠竹作斑竹,秦娥作英娥,下文蛮娘作蛮风,似觉顺遂,但不知本于何书,未敢从也。”

②秦娥,《乐府诗集》、《全唐诗》注:“一作神娥。”

【注释】

〔一〕湘妃:郭茂倩《乐府诗集》卷五十七“琴曲歌辞”一录本诗。张华《博物志》卷十:“舜死,二妃泪下,染竹即斑。妃死,为湘水神,故曰湘妃竹。”

〔二〕“筠竹”二句:筠竹,此指斑竹。曾益《注》:“盖竹不灭则泪不灭,泪不灭则湘妃不灭,千年不死,言至今存秦娥,直是形容竹之美好,长盖于湘水之上。”王琦《解》:“言自二妃挥泪之后,始有此种斑竹,迄今数千年之久,其种相传不绝,长伴二妃之灵,盖映湘水之地。”秦娥:秦地美女,指二妃。扬雄《方言》卷一:“秦晋之间,凡好而轻者谓之娥。”

〔三〕蛮娘:南方村女。

〔四〕九山:即九疑山。《山海经·海内南经》:“苍梧之山,帝舜葬于阳。”郭璞注:“即九疑山也。《礼记》亦曰舜葬苍梧之野。”王琦《解》:“此言舜葬之地,惟有蛮女讴吟,声遍山谷,九山静绿,中有红花点缀,若为血泪所染者然。”

〔五〕离鸾别凤:曾益《注》:“言是竹也,或低或昂,或鸣或翔,又如离鸾别凤在烟梧中。”王琦《解》:“舜葬苍梧,二妃死在湘水,故言离鸾别凤。烟梧,谓苍梧之云气也。”

〔六〕巫云蜀雨:钱澄之曰(姚文燮《注》附):“舜死苍梧之野,葬九嶷之山，与湘水相去不远，如巫云蜀雨可时相通耳。”王琦《解》：“言神灵各在一方，虽相去不远，仅可因云雨之往来，遥相通达而已，终不能常常会合。云雨而曰巫云蜀雨者，借巫山神女之说，所谓朝为行云、暮为行雨者，以见神道变化之不测耳。”

〔七〕“幽愁”句：曾益《注》：“谓深秋之际，幽愁之气自下而上，薄于青枫之间。言怨深也。”

〔八〕“凉夜”句：曾益《注》：“抚今追昔，则唯有凉夜波间所吟之龙，意者其古昔之所遗乎，亦何自而得复睹湘妃哉！”王琦《解》：“妃思舜而不得常见，故当秋气至而草木变衰，凉夜永而蛟龙吟啸，所见所闻，皆足以增隐忧而动深思。此诗措辞用意，咸本楚骚。”陈弘治《校释》：“言惟有凉夜波间，蛟龙吟啸，增其忧思而已。自蛮娘吟弄以下，皆由咏景中托出其绵绵无绝之幽情。”

【集评】

刘辰翁《评》：“九山静绿泪花红”，拈出自别。

曾益《注》：全篇咏竹，全篇是咏湘妃。盖竹不灭则泪不灭，泪不灭则湘妃不灭，千年不死，言至今存秦娥，直是形容竹之美好，长盖于湘水之上。

黄淳耀《评》：题是湘妃，而诗止言湘竹。“九山”五句，言吟弄之苦，而湘妃之哀怨不必言矣。

姚文燮《评》：德宗贞元三年，郜国大长公主，主适萧升，女为太子妃，恩礼甚厚。主素不谨，有李升出入其第，或告主淫乱，且为厌祷。上大怒，幽之禁中，流升于岭南。贺追丑主之萦情寄怨于东南也，假湘妃以写其哀思尔。言筠竹不死，蛮娘吟弄，泪花染绿，情相续也。别凤离鸾，梦云梦雨，至秋为甚，此虽波间老龙，亦感动沉吟矣。

蒋文运评（《昌谷集句解定本》卷一）：拈湘妃，盖有怨而不见意，故曰烟梧、曰云、曰雨，极得隐天蔽日、凄凄迷迷之状，此深于骚者。

方世举《批》："长伴秦娥盖湘水"，称秦何也，揆此非咏有虞二妃，似为秦中人夫死而独居湘州。

钱仲联《读昌谷集绝句六十首》：蜀雨巫云梦往来，湘倏韩鸟屡惊猜。青枫江上招魂处，空费悲秋宋玉才。《湘妃》诗，伤二王死于蜀，刘柳贬谪湘中也。故诗有"离鸾别凤烟梧中，巫云蜀雨遥相通，幽愁秋气上青枫"之语。《春归昌谷》云："韩鸟处缯缴，湘鯈在笼罩。"韩鸟指八司马之韩泰、韩晔，湘鯈指刘、柳。

【编年】

《钱谱》系本诗于元和元年作，并云："姚说非是（见前【集评】）。淫乱之事，贺何至以湘妃为比，寄以同情。且湘水、九山，巫云蜀雨，亦非岭南地也。此诗盖以湘娥蛮娘、九山红泪比拟窜逐在沅湘流域之刘禹锡、柳宗元，舜死而湘妃泪染湘竹，顺宗死而刘、柳系心故君也。题为湘妃，而诗言秦娥，亦暗示刘、柳来自秦地。诗又云：'离鸾别凤烟梧中，巫山蜀雨遥相通。'写湘妃而言及巫蜀，明是关涉到贬死于蜀之王伾、王叔文（元和元年正月，顺宗死，叔文被害于渝州。王伾非赐死，但元和六年八月规定不在量移之司马无王伾在内，是王伾已死于开州司马贬所矣。）故最后'幽愁秋气上青枫'句，用《楚辞·招魂》'湛湛江水兮上有枫，……魂兮归来哀江南'及杜甫《梦李白》诗'魂来枫林青'语，为二王招魂以示悼念也。"言之成理，但元和元年李贺尚未出昌谷，难以得悉永贞革新人士行踪及心绪，无法写出此诗，所以作年还应在长安供职时。

帝子歌

洞庭帝子一千里①,凉风雁啼天在水〔一〕。九节菖蒲石上死〔二〕,湘神弹琴迎帝子〔三〕。山头老桂吹古香〔四〕,雌龙怨吟寒水光〔五〕。沙浦走鱼白石郎〔六〕,闲取真珠掷龙堂〔七〕。

【校记】

①洞庭帝子,蒙古本、《全唐诗》均作"洞庭明月",义长。方扶南《批》:"此句帝子二字必误,于四句固洩气,于本句亦无理,自来无疑之者,不解,据愚见似是秋色二字。"

【注释】

〔一〕"洞庭"二句:王琦《解》:"帝,天帝也,以其为天帝之女,故曰帝子,与《楚辞》所称尧女为帝子者不同。一千里,言其所治之地甚广,凉风雁啼,深秋之候,天在水,天光下映水中,风平浪静,佳景可想。"《山海经·中山经》:"洞庭之山……帝之二女居之,是常游于江渊。澧沅之风,交潇湘之渊,是在九江之间,出入必以飘风暴雨。"

〔二〕九节菖蒲:葛洪《神仙传》卷三:"汉武上嵩山,登大愚石室,起道宫,使董仲舒、东方朔等斋洁思神。至夜,忽见有仙人长二丈,耳出头巅,垂下至肩,武帝礼而问之,仙人曰:'吾九疑之神也,闻中岳有石上菖蒲一寸九节,服之可以长生,故来采之。'"古诗:"石上生菖蒲,一寸八九节,仙人劝我餐,令我好颜色。"曾益《注》:"九节菖蒲,食之长生,而今死于石上,言二女为神,不复住人间也。"

〔三〕湘神弹琴:王琦《解》:"湘神弹琴,即《楚辞》使湘灵鼓瑟之意,盖帝子贵神也，下人不敢渎请，转祈湘神弹琴以迎，以冀望其神之来格。”

〔四〕古香：王琦《解》：“桂老，故其香称为古香。”

〔五〕雌龙怨吟：曾益《注》：“似怨帝子之不见。”王琦《解》：“帝子为女神，故龙言雌龙。二句写帝子不来，景象寂寥之意。”

〔六〕白石郎：水神，《古乐府》：“白石郎，临江居，前导河伯后从鱼。”王琦《解》：“白石郎亦水神也，尊贵之神不来，纷纷奔走者，惟小水之神而已。”

〔七〕“闲取”句：王琦《解》：“神不来，纷纷奔走者，惟小水之神而已。闲取真珠掷龙堂，犹《楚辞》‘捐余玦兮江中，遗余佩兮澧浦’之意，明己之珍宝不敢爱惜，以求神之昭鉴，庶几其陟降于庭也。”龙堂，河伯的居处。屈原《九歌·河伯》：“鱼鳞屋兮龙堂。”王逸注：“言河伯所居，以鱼鳞盖屋，堂木画蛟龙之文，形容异制甚鲜好也。”王琦《解》：“此篇旨趣全仿《楚辞·九歌》，会其意者，绝无怪处可觅。”

【集评】

刘辰翁《评》：徒别，诡而无情。

无名氏《批》：“玉颜金骨虚无里，混沌曾看几回死”，皆此意也。

姚佺《笺》：此诗绝似萧复弟赞也。复弟善琴，于沅江口理南风，俄有苍头棹画舸，二美人命取琴，萧弹《南风》，弹毕掩泣。问生授何人，具言其状。美人曰：“父舞也，父九天为司徒已千年，别受此曲，年多忘之，今湘神未知南风琴否？”其诗似讽似谣，亦恍惚如梦如神矣，不可以庄泥。

姚文燮《注》：元和十一年秋，葬庄宪皇太后，时大水，饶州奏漂失四千七百户，贺作此讥之。云宪宗采仙药求长生，而不能使太后少延，九节菖蒲石上死，则知药不效矣。帝子指后也。后会葬之岁，复值鄱阳秋水为灾，岂是湘妃来迎？桂香水寒，雌龙怀恨，相与送奏哀丝耶？古乐府云：白石郎，临江居，前导河伯后从鱼。此时当为后指引而掷珠于龙堂之中矣。龙堂，出《楚辞》。

方世举《批》：似为公子之为女道士者，玩末二语亵狎见之，题曰帝子，本《九歌》称尧女者。"洞庭帝子一千里"，此句帝子二字必误，于四句固洩气，于本句亦无理，自来无疑之者，不解。据愚见，似是"秋色"二字。"湘神弹琴迎帝子"，以上四句咏上古二妃之幽贞，以下四句咏后世帝女之宕逸，上是客，下是主。

董伯英评（陈本礼《协律钩玄》卷一）：本屈原"帝子降兮北渚"句，盖有伤于唐之皇子而托洞庭帝子以发之。掷珠龙堂，无情之感，非所欲见而见也。"沙浦"二句冷妙。

黎简《批》：其始望帝子不见，但见天水清光耳。菖蒲不长生，见仙迹无凭也。"弹琴"句始有见帝子之意，"老桂"句言幽灵既来，桂吹香以媚之。雌龙比帝子，帝子即二妃也，《楚辞》"帝子降兮北渚"是也。末二句言神去不见也。

【编年】

王琦《解》评此篇"旨趣全仿《楚辞・九歌》"。姚文燮《注》则以帝子指元和时庄宪皇太后，她死于十一年，贺作诗讽宪宗"采仙药求长生，而不能使太后少延"。两氏之说都不符诗意。《钱谱》则系此诗于元和元年，并云："此诗乃悼顺宗之死而作。帝子者，天帝之子，即《楚辞・九歌・湘君》之湘君。《史记・秦始皇本纪》唐司马贞《索隐》云：'湘君当是舜。'故贺诗以指顺宗。菖蒲事见《梁书》载：太祖献皇后张氏，尝于室内忽见庭前菖蒲生花，光采照灼，非世间所有。后惊视问侍者曰：'见否？'对曰：'不见。'后曰：'常闻见者当富贵。'因取吞之，是月产高祖，故贺诗亦以指顺宗。又《古诗》:'石上生菖蒲,一寸八九节。仙人劝我餐,令我好颜色。'顺宗病而被弑,非仙药所能救,贺诗参用两典,故言:'九节菖蒲石上死。'湘神指湘水女神,即《九歌》之湘夫人,故诗中以湘神与帝子区别言之。诗家例以男女托喻君臣,迎帝子之湘神,盖以比贬谪在湘之刘禹锡、柳宗元。顺宗既死,刘、柳在湘致哀,故弹琴以迎帝子之灵。雌龙指笛,王琦《汇解》以为'帝子为女神,故龙言雌龙'。非是。末二句殆李贺自指,表明己之同情帝子遭遇,献明珠而欲神之昭鉴也。"按,元和元年,李贺尚在昌谷,无法确知朝中事,待到长安接近杨敬之、王参元、权璩诸密友后,方能详悉朝中事,因借典故以悼念顺宗。

蜀国弦〔一〕

枫香晚花静,锦水南山影〔二〕。惊石坠猿哀①〔三〕,竹云愁半岭②〔四〕。凉月生秋浦,玉沙粼粼光〔五〕。谁家红泪客〔六〕,不忍过瞿塘〔七〕。

【校记】

①坠,曾益本作"堕"。

②竹云,《全唐诗》注:"一作行云。"

【注释】

〔一〕蜀国弦:吴兢《乐府古题要解》卷下:"《蜀道难》,备言铜梁玉垒之险,又有《蜀国弦》,与此颇同。"郭茂倩《乐府诗集》卷三十"相和歌辞"五录李贺此诗。

〔二〕锦水:即锦江,常璩《华阳国志》卷三:"锦江,织锦濯其中则鲜明。"《太平寰宇记》卷七十二:"濯锦江即蜀江,水至此濯锦,锦彩鲜润于他水，故曰濯锦江。”

〔三〕“惊石”句：王琦《解》：“惊石，谓石之危险骇人者。坠猿，谓猿挂于树枝若将坠者。蜀地多猿。《水经注》：每至晴初霜旦，林寒涧肃，常有高猿长啸，属引凄异，空谷传响，哀转久绝，故渔者歌曰‘巴东三峡巫峡长，猿鸣三声泪沾裳。’”

〔四〕“竹云”句：曾益《注》：“惊石，裂石。哀猿，猿啼，状弦之声。声维哀，故竹云亦愁，而凄迷于半岭。”王琦《解》：“竹云愁半岭，谓半岭之间，野竹丛生，烟云相绕，其高可知，行者艰之而生愁也。”唐太宗《秋日》诗：“云凝愁半岭，霞碎缬高天。”

〔五〕粼粼：水清澈貌。《诗经·唐风·扬之水》：“白石粼粼。”《毛传》：“粼粼，清澈也。”王琦《解》：“言月出秋浦之上，照见水中白沙，粼粼有光。”

〔六〕红泪客：王嘉《拾遗记》卷七：“魏文帝所爱美人，姓薛名灵芸，常山人也，父名邺，为酇乡亭长……黄初元年，谷习出守常山郡，闻亭长有美女而家甚贫，时文帝选良家子女以入六宫，习以千金宝赂聘之，既得，便以献文帝。灵芸闻别父母，歔欷累日，泪下沾衣，至升车就路之时，以玉唾壶承泪壶中，即如红色。既发常山，及至京师，壶中泪凝如血。”

〔七〕瞿塘：山峡名，长江三峡之一，在今四川奉节县附近。祝穆《方舆胜览》卷五十七：“瞿塘峡在夔州东一里，旧名西陵峡，乃三峡之门，两崖对峙，中贯一江，望之如门。”王琦《解》：“末二句似言眷恋乡土，不忍离去之意。”

【集评】

刘辰翁《评》：乍看浑未喻《蜀国弦》，但觉别是一段情绪，自不必语辞也。弦之悲，何以易此。

曾益《注》：凉月，从晚来，既晚则月生，月生则沙明而可鉴，状瞿塘滩中之景。睹是景物，聆是哀弦，泪应心零，故望瞿塘而不忍过也。

董懋策《评》：篇中全不及弦，而字字是弦。

无名氏《批》：此首全写神理。

姚文燮《注》：贞元十一年，裴延龄谮陆贽于帝，因贬贽为忠州别驾。贺盖即蜀弦之哀，想蜀道之难，为迁客伤也。枫香美丹心也，南山喻孤高也，忠良被逐，琴声倍觉凄清，而猿竹亦为之愁也。月色沙光，可方皎洁，人各有情，闻之自为心恻，又堪忍过此耶？

方世举《批》：《蜀国弦》题目与后之《神弦》题不同，彼乃降神之曲，此则忆远之词，宋词有"拨尽琵琶，总是相思调"，即此意也。

陈本礼《协律钩玄》卷一：不忍字妙，以蜀山之高，瞿塘之深，可谓险矣，然钟情所在，虽逾险涉深，亦所不顾者，不忍也。不忍以所欢之人远隔一水，置之膜外而不思所以就之乎！诗云："谁谓河广，一苇杭之。"所谓过瞿塘也。

又董伯英评：蜀道虽难，亦非有心人之所畏也。题外另写出一段情至语，洵为诘曲之思。

黎简《批》：既抱别愁，又经畏途也，出语隐约可风。《蜀国弦》即《蜀道难》也，何论及弦字。

【编年】

姚文燮《注》以为伤陆贽被贬忠州别驾，似凿，且时代不相及。《钱谱》云："此诗伤王伾、王叔文贬蜀身死之作。"读刘辰翁、董伯英之评，觉钱说近之。本诗作于长安三年间。

春坊正字剑子歌〔一〕

先辈匣中三尺水〔二〕，曾入吴潭斩龙子①〔三〕。隙月斜明刮露寒〔四〕，练带平铺吹不起〔五〕。蛟胎皮老蒺藜刺②〔六〕，鸊鹈淬花白鹇尾〔七〕。直是荆轲一片心③，莫教照见春坊字④〔八〕。挼丝团金悬麗㲉〔九〕，神光欲截蓝田玉〔一〇〕。提出西方白帝惊〔一一〕，嗷嗷鬼母秋郊哭⑤〔一二〕。

【校记】

①吴潭，《文苑英华》作“吴江”。

②蛟胎皮老，《文苑英华》作“蛟螭老皮”。蒙古本作“蛟胎老皮”。

③直是，王琦《解》：“一作真是。”

④莫教，《文苑英华》作“分明”。

⑤鬼母，《文苑英华》作“鬼姥”。

【注释】

〔一〕春坊正字：唐代东宫有左、右春坊，左春坊设正字官。《新唐书·百官志》：“东宫官，左春坊，司经局，有正字二人，从九品上，掌校刊经史。”

〔二〕先辈：唐代应试举子称呼已及第者为“先辈”，程大昌《雍录》卷十：“故唐语之谓先辈、前进士者，取其得第在先故以为言也。”李贺应过试，未及第，而“春坊正字”是已及第进士，故诗人称他为先辈。三尺水：指宝剑，用刘邦典，《汉书·高祖本纪》：“吾以布衣提三尺取天下。”

〔三〕吴潭斩龙子：传说晋代周处曾在义兴（今江苏宜兴）长桥下，以剑斩蛟，为民除害。《世说新语·自新》：“周处少时，凶强侠气，为乡里所患，又义兴水中有蛟，山中有邅迹虎，并皆暴犯百姓，义兴人谓之三横，而处尤剧。或说处杀虎斩蛟，实冀三横唯馀其一。处即刺杀虎，又入水击蛟，蛟或浮或没，行数十里，处与之俱，经三日三夜，乡里皆谓已死，更相庆，竟杀蛟而出。”

〔四〕“隙月”句：王琦《解》：“隙月，隙中月光，其狭而长者有似剑形，故以喻之。”

〔五〕“练带”句：《礼记·玉藻》：“士练带。”《正义》：“士用熟帛练为带。”曾益《注》：“隙月，言其光；刮露，言其冷；练带，言其白。”王琦《解》：“诗人用练带字，皆谓其白也。”

〔六〕“蛟胎”句：蛟，即鲨鱼，“蛟”与“鲛”通，因其胎生，故云蛟胎。《山海经·中山经》：“荆山之首曰景山……东北百里曰荆山……漳水出焉，而东南流注于睢，其中多黄金，多鲛鱼。”郭璞注：“鲛，鲋鱼类也，皮有珠文而坚，尾长四尺，末有毒，螫人，皮可饰刀剑。”蒺藜：一种带刺的二年生野草。曾益《注》：“蛟胎句，言具之美。蛟皮老，故有刺如蒺藜也。”

〔七〕鷿鹈：水鸟名，似野鸭而较小，用其油制成鷿鹈膏，可以淬刀剑，刃不生锈。李时珍《本草纲目》卷四十七：“鷿鹈，水鸟也，大如鸠鸭。……其膏涂刀剑不锈。”淬花：即淬火，将铸件烧红后，浸入水中，使之坚硬。白鹇：鸟名，雄性有白色长尾羽。李时珍《本草纲目》卷四十八：“似山鸡而色白，有黑文如涟漪，尾长三四尺。”王琦《解》：“谓以鷿鹈膏淬剑刀，则光采艳发，如白鹇之尾。”

〔八〕“直是”二句：直，张相《诗词曲语词汇释》：“直，与即使、就便之即、就字相当，假定之辞。”荆轲：战国末年卫国人，曾为燕太子丹谋刺秦始皇，未遂被杀。事见《战国策·燕策三》。王琦《解》：“言此剑奇妙，壮士见之，必知宝惜如心肝。若春坊正字,乃典校四库书籍之职,无所藉用,未免为此剑有不遇知己之感,故曰莫教照见春坊字。"

〔九〕挼丝:搓摩丝绳。团金:用金丝扎裹成团形,采饰。麗𦈦:也作簏簌,下垂的样子。李郢《张郎中宅戏赠二首》:"钗垂簏簌抱香怀。"杨慎《升庵诗话》卷十三:"簏簌,下垂貌,又作麗𦈦,李贺《春坊正字剑子歌》'挼丝团金悬麗𦈦',其义一也。"王琦《解》:"挼音那,以两手相切摩也,挼丝以为剑之绦绳,团金以为绦之采饰,悬而下垂麗𦈦然。"

〔一〇〕"神光"句:《列子·汤问》:"西戎献锟铻之剑,其剑长尺有咫,炼钢成刃,用之切玉如泥焉。"李吉甫《元和郡县图志》卷一:"蓝田县本秦孝公置,按《周礼》玉之美者曰球,其次为蓝,盖以县出美玉,故曰蓝田。"

〔一一〕白帝惊:用汉高祖斩蛇事。《史记·高祖本纪》:"高祖被酒,夜径泽中,令一人行前。行前者还报曰:'前有大蛇当径,愿还。'高祖醉,曰:'壮士行,何畏!'乃前,拔剑击斩蛇。蛇遂分为两,径开。行数里,醉,因卧。后人来至蛇所,有一老妪夜哭。人问何哭,妪曰:'人杀吾子,故哭之。'人曰:'妪子何为见杀?'妪曰:'吾子,白帝子也,化为蛇,当道,今为赤帝子斩之,故哭。'"

〔一二〕鬼母哭:班彪《王命论》:"始起沛泽,则神母夜号,以彰赤帝之符。"王琦《解》:"此诗用鬼母,正从神母字化出。"

【集评】

刘辰翁《评》:虽刻画点缀簇密,而纵横用意甚严。剑身、剑室、纹理、刻字、束带,色杂,无一叠犯,仍不妨句意,春容俯仰。秋郊语甚奇,不厌再言。

钟惺评(《唐诗归》卷三十一):"直是荆轲一片心。"七字何等气骨，看长吉诗，当于此等处留心。

无名氏《批》：一结何等神采。

姚文燮《注》：《唐六典》云：太子左右春坊各置左右正字一人。春坊正字乃剑上所记之字也。上六句摹写剑之犀利，正与政同音，且义亦相通。荆轲一片心，总以未杀秦政为恨，若令照见正字，千古英魂应为愤怒。至轲之未遂厥志，非剑之不利，然亦无如时何耳！宝饰神光，等一珍重，倘遇赤帝子，则安往不利哉！贺借此以喻国士所重在良遇也。

沈德潜《重订唐诗别裁集》卷八：从来写剑者，只形其利，此并传其神。末暗用汉祖斩白蛇事。

方世举《批》："直是荆轲一片心，莫教照见春坊字。"此二句乃言剑为烈士有为之器，今徒藏于春坊，正字东宫之闲官，惜春坊冷落耳。此即杜诗壮士耻为儒之意，此正字未著其人，大抵求事功而不得意者，玩通篇神理可知。起用斩蛟，结用白帝，期以服猛，无事笔砚间也。"莫教照见春坊字"徐注云：朋字未正，莫教照见春坊字，若言用剑斩朋邪也。通篇不见关涉，古人无此鹘突文气，亦无此穿凿思路，此徐注之所以为伪也。"挼丝团金悬麗𦎒"，此句挂剑之绳，古所谓缑也。"提出西方白帝惊"二句，此二句遥接荆轲心、春坊字二语而扩而大之，重为春坊冷官惜也。鬼母，《史》《汉》作神母，鬼字佳，诗文用事，有不必全依原文者。

李裕《昌谷集辨注》："隙月"句，言寒铓森发也；"练带"句，乃状剑语，妙。

叶矫然《龙性堂诗话初集》：长吉《春坊正字剑子歌》云："莫教照见春坊字"，人多不解。盖秦皇名正，照出"正"字，是触荆卿之不平也。

黎简《批》:提出句,用事直且伧。用事浑沦为贵,在贺诗尤觉其伧。

陈沆《诗比兴笺》卷四:春坊,东宫官属。唐人呼已第者为先辈,此人必已举进士,家蓄此剑,而长吉歌之也。诗则借寓疾邪除佞之志。"莫教照见春坊字"者,言此乃剑侠肝胆所成,今徒为文士书生所有,则有不遇知己之叹,故末二句欲斩佞臣头以谢天下。

钱仲联《读昌谷集绝句六十首》:死同蜀道起春坊,前有刘郎后二王。识得吴潭歌《剑子》,一般人物在中唐。《春坊正字剑子歌》,陈本礼《协律钩元》以为伤刘晏作。盖亦兼伤二王。刘、王皆东宫旧人。

【编年】

诗人结识了供职东宫左春坊司经局的一位正字官,他有一把佩剑,上镌"春坊正字",诗人睹剑生情,写成本诗。既颂剑,亦颂任职东宫之王叔文、刘禹锡。本诗作于长安任奉礼郎期间。

官街鼓〔一〕

晓声隆隆催转日,暮声隆隆催月出①〔二〕。汉城黄柳映新帘,柏陵飞燕埋香骨〔三〕。磓碎千年日长白②,孝武秦皇听不得③〔四〕。从君翠发芦花色,独共南山守中国〔五〕。几回天上葬神仙,漏声相将无断绝④〔六〕。

【校记】

①催月出,宋蜀本、蒙古本、日本内阁文库本、曾益本、姚佺本、姚文燮本作"呼月出"。

②碓碎，宋蜀本作“碓发”。吴正子本作“锤发”。

③秦皇，宋蜀本作“秦王”。

④断绝，宣城本、蒙古本、《全唐诗》作“断缘”。

【注释】

〔一〕官街鼓：刘肃《大唐新语·厘革》：“旧制，京城内金吾晓暝传呼，以戒行者。马周献封章，始置街鼓，俗号‘鼕鼕’，公私便焉。”马缟《中华古今注》、叶廷珪《海录碎事》诸书载其事，均源出《大唐新语》。

〔二〕“晓声”二句：姚文燮《注》：“言日月循环，鼓声相续。”

〔三〕“柏陵”句：吴正子《注》：“陵寝多栽柏，故云柏陵。”《资治通鉴》卷二百二十九《德宗纪四》：“（建中四年十一月）不若自乾陵北过，附柏城而行。”胡三省注：“山陵树柏成行，以遮迾陵寝，故谓之柏城。宋白曰，唐诸陵皆栽柏环之，贞元六年十一月，敕诸陵柏城四面各三里内，不得安葬。”王琦《解》：“柏陵即柏城也。飞燕以喻唐时宫嫔。”

〔四〕“碓碎”二句：王琦《解》：“汉武秦皇，志求长生，然不能长在，听此鼓声。”

〔五〕“从君”二句：王琦《解》：“人少发色翠黑，老则白如芦花，由少而老，人人如是。乃有人独欲长生，与南山并寿，守此中国而不死。”

〔六〕“几回”二句：王琦《解》：“岂知神仙不死之说，本是虚诞之辞，虽或可以却病延年，终有死期，岂能漏声之日夜相将而无断绝乎？将，犹随也。此诗盖为求长生者讽，而借官街鼓作题，以发其意。”

【集评】

刘辰翁《评》：神奇至于仙极矣。独屡言仙死，不怪之怪，乃大怪也。

曾益《注》:此言鼓声日夜环转,人有死时,鼓无断时,葬神仙声不绝,极言其无断时。

无名氏《批》:屡言仙死,深为求仙怠政者戒。冷语趣甚。

黄淳耀《评》:神仙可死,而漏声不绝,极意形容。

王琦《解》:此诗盖为求长生者讽,而借官街鼓作题,以发其意。

姚文燮《注》:此讥求仙之非也。日月循环,鼓声相续,故长安犹是,汉城黄柳,新帘飞燕,已成黄土,使如秦皇、孝武在时,遽言磓碎千年白日,势必使翠发变为芦花之白,犹与共南山之寿以守此中国也。其实秦皇死,孝武复死,漏声相续之下,亦不知断送多少万乘之君矣。

陈本礼《协律钩玄》卷四:此长吉祝国之词,追顺宗册太子时作。史称顺宗风喑未愈,政在二王,而八司马之党交构纵横,人情噂沓,乃从韦皋之请,暨荆南裴均、河东严绶,笺表继至,乃传位太子,社稷以安。此诗有作讥求长生者,似属牵强。

钱钟书《谈艺录》:他人或以吊古兴怀,遂尔及时行乐,长吉纯从天运着眼,亦其出世法、远人情之一端也。

【编年】

元和五年,唐宪宗和宰相们谈到神仙时,问:“果有之乎?”李藩回答说:“秦始皇、汉武帝学仙之效,具载前史。”事见《资治通鉴》卷二三八。其时,李贺正在长安,必有所闻,便借街头的鼕鼕鼓声,赋此诗来回答宪宗的问话,不过,他的回答比李藩更干脆,更巧妙。

天上谣

天河夜转漂回星①〔一〕，银浦流云学水声〔二〕。玉宫桂树花未落，仙妾采香垂珮缨②〔三〕。秦妃卷帘北窗晓③〔四〕，窗前植桐青凤小④〔五〕。王子吹笙鹅管长⑤〔六〕，呼龙耕烟种瑶草〔七〕。粉霞红绶藕丝裙〔八〕，青洲步拾兰苕春〔九〕。东指羲和能走马〔一〇〕，海尘新生石山下⑥〔一一〕。

【校记】

①漂，《文苑英华》作“杓”。

②仙妾采香，《文苑英华》作“仙姿彩女”。

③卷帘北窗晓，《文苑英华》作“卷罗八方晓”。

④植桐，《文苑英华》作“食桐”。

⑤笙，《文苑英华》作“箫”。

⑥海尘新生石山下，《文苑英华》作“海云初生石城下”。

【注释】

〔一〕“天河”句：曾益《注》：“河转，则星漂而云流。”王琦《解》：“天河与星皆随天运转，处其下者观之，觉星之回似天河漂之而回者然。”

〔二〕“银浦”句：吴正子《注》：“既言天河，又言银浦，似重复，长吉此类亦多，要为疏俊不问此耳。”王琦《解》：“既云天河，又云银浦，对举不嫌重复，选诗中先有此体。”钱钟书《谈艺录》：“如《天上谣》‘银浦流云学水声’，云可比水，皆流动故，此处无似处，而一入长吉笔下，则云如水流，亦如水之流而有声矣。”

〔三〕采香垂珮缨：采桂花放入香囊中。《礼记·内则》："男女未冠笄者……总角，衿缨，皆佩容臭。"郑玄注："容臭，香物也，以缨佩之。"缨，系香囊的丝带。

〔四〕秦妃：秦穆公女弄玉，嫁萧史，学吹箫，后乘凤凰双双飞去。这里借指仙女。刘向《列仙传》卷上："萧史者，秦穆公时人也，善吹箫，能致孔雀、白鹤于庭。穆公有女，字弄玉，好之，公遂以女妻焉，日教弄玉作凤鸣。居数年，吹箫似凤声，凤凰来止其屋，公为作凤台，夫妇止其上不下，数年，一旦皆随凤凰飞去。"

〔五〕青凤：又名桐花凤，大如手指，桐树有花则至，花落即飞去。姚文燮《注》："亦名桐花凤，剑南彭、蜀间有之，鸟大如指，五色毕具，有冠似凤，每桐有花则至，花落则不知所之，性至驯，喜集妇人钗上。"

〔六〕王子：指王子乔。刘向《列仙传》卷上："王子乔者，周灵王太子晋也，好吹笙，作凤凰鸣，游伊、洛之间，道士浮丘公接以上嵩山。"吴正子《注》："鹅管，谓笙，竹参差似鹅管也。"王琦《解》："鹅管，谓笙上之管以玉为之，其状如鹅管。"

〔七〕"呼龙"句：瑶草，指玉芝，吴正子《注》："瑶草，玉芝也。"曾益《注》："仙人种芝以食，故云耕。耕烟呼龙，见天上与人世自别。"王琦《解》："《十洲记》，方丈洲在东海中心，群仙不欲升天者皆往来此洲，仙家数十万，耕田种芝草，课计顷亩，如种稻状。正是其事。"

〔八〕"粉霞"句：王琦《解》："粉霞藕丝，皆当时彩色名。"

〔九〕青洲：王琦《解》："《十洲记》：长洲一名青丘，在南海辰巳之地，地方五千里，去岸二十五万里，上饶山川及多大树，树乃有二千围者，一洲之上专是林木，故一名青丘。又有仙草灵药，甘液玉英，靡所不有，天真仙女游于此地。所谓青洲疑即青丘是耶！”

〔一〇〕能走马：王琦《解》：“言日行之疾，速如走马。”

〔一一〕“海尘”句：吴正子《注》：“乃海中行复扬尘之意。”曾益《注》：“二句言岁月之疾，尘世之幻，自天上视之，直等闲耳，甚言天上之乐差胜而永久也。”方世举《批》曰：“言人生流光之促。”

【集评】

刘辰翁《评》：“银浦流云学水声”，浑浑语奇。

陆时雍《唐诗镜》：“银浦”句缥缈得趣。

姚文燮《注》：元和朝，上慕神仙，命方士四出采药，冀得一遇仙侣，贺作此讽之。谓银浦玉宫，珍禽琪树，秦妃仙姬，瑶圃青洲，天上之乐如是。故能睹日驭甚驶，桑田屡变，然人亦何得而见之也。如以天上之谣而欲亲至其境，误矣。

陈式评（姚文燮《注》附）：诗但言天上之乐，而讽意已见言外。

方世举《批》：“天河夜转漂回星”四句，四语泛言天上光景。“秦妃卷帘北窗晓”四句，四语略言成仙之人。“粉霞红绶藕丝裙”四句，以上言天上乐事，以下言人生流光之促。

陈本礼《协律钩玄》卷一：此长吉寓言，大有感于身世之寥落，而思天上乐也。犹屈子《远游》“悲时俗之迫厄兮，愿轻举而远游，质菲薄而无因兮，焉托乘而上浮”之意。

黎简《批》：言天河无水，以云为水，故云作水声也，似此不经之谈，偏是妙绝千古。通首皆仙语，太白放纵，转逊其遒险。

吴汝纶《评注李长吉诗集》：此刺宫禁荒淫。

【编年】

《钱谱》依元和五年八月宪宗问宰相李藩以神仙事，系本诗于元和五年，今从之。

古悠悠行

白景归西山〔一〕，碧华上迢迢〔二〕。今古何处尽，千岁随风飘。海沙变成石①，鱼沫吹秦桥〔三〕。空光远流浪，铜柱从年消②〔四〕。

【校记】

①海沙，万历本、曾益本、姚文燮本均作“海波”。

②铜柱，吴正子《注》：“一作铜桂，恐非。”从年消，姚文燮本作“随年消”。

【注释】

〔一〕白景：太阳。王琦《解》：“白景，日也。”

〔二〕碧华：指月亮。曾益《注》：“首言日往，次月来。”姚文燮《注》：“碧华，月也。”

〔三〕“海沙”二句：秦桥，《初学记·地部上》：“《三齐略记》曰，秦始皇作石桥，欲渡海观日出处。”曾益《注》：“言昔海波沸处，今已成石，是海变为陆；今鱼沫吹处，即昔日之秦桥，是陆转而成海也。”董懋策《评》：“二句亦桑田沧海之意，此意一出于《天上谣》，一出于《浩歌》，词异而意同。”王琦《解》：“海沙之细，经历多年长大成石，秦王造桥之处，又见群鱼吹沫其间，桑田沧海，洵有之矣。”

〔四〕铜柱：即汉武帝所建金铜仙人承露盘，参见《金铜仙人辞汉歌》

注。王琦《解》:“汉武所立铜柱,原以为长生之计。今年远代更,铜柱亦销灭不存,夫以武帝之雄才大略,欲求长生于世间尚不可得,况他人乎?此诗盖以讽也。”

【集评】

黄淳耀《评》:感逝惜时之作。

姚文燮《注》:《易》曰:“原始反终,故知死生之说。”又曰:“通乎昼夜之道而知。”则宪宗之妄求长生,由不明始终昼夜之理也。日月递更,流风不异,古今岂有尽期耶?陵谷之变,是即消长之常。莫高如秦桥,而鱼沫可吹;莫坚如铜柱,而流浪可消,足知世间未有久而不化之事,谁谓长生真可致乎?

钱澄之评(姚文燮《注》附):秦始皇驱石欲造桥渡海,此最诞妄,借使桥成,今亦已毁,为鱼沫所吹。

黎简《批》:五句桑田,六句沧海。

【编年】

《钱谱》引姚文燮《注》,系本诗于元和五年。今从之。

苦昼短

飞光飞光,劝尔一杯酒〔一〕。吾不识青天高,黄地厚〔二〕。惟见月寒日暖,来煎人寿。食熊则肥①〔三〕,食蛙则瘦〔四〕。神君何在〔五〕,太一安有〔六〕。天东有若木〔七〕,下置衔烛龙〔八〕,吾将斩龙足,嚼龙肉。使之朝不得回②,夜不得伏。自然老者不死,少者不哭。何为服黄金③,吞白玉〔九〕。谁是任公子④,云中骑白驴⑤〔一〇〕。刘彻茂陵多滞骨〔一一〕,嬴政梓棺费鲍鱼〔一二〕。

【校记】

①食熊,宋蜀本、蒙古本作"食龙"。则肥,宋蜀本、蒙古本作"则腓"。

②使之,姚佺本无此二字。

③服黄金,宋蜀本、曾益本、姚佺本、姚文燮本作"饵黄金"。

④谁是,宋蜀本、曾本、姚文燮本作"谁似"。

⑤白驴,宋蜀本、吴正子本、蒙古本、日本内阁文库本作"碧驴"。

【注释】

〔一〕"飞光"二句:飞光,飞逝的时光。语出沈约《宿东园》:"飞光忽我遒,宁止岁云暮。"《世说新语·雅量》:"太元末,长星见,孝武心甚恶之。夜,华林园中饮,举杯属星曰:'长星,劝尔一杯酒,自古亦何时有万岁天子。'"刘义庆《幽明录》(书已佚,下面一段文字见鲁迅《古小说钩沉》引《开元占经》卷八十八)亦载其事,尚有"取杯酹之,帝亦寻崩也"等语。

〔二〕"吾不识"二句:语出《荀子·劝学》:"故不登高山,不知天之高也;不临深渊,不知地之厚也;不闻先王之遗言,不知学问之大也。"汉严遵《道德指归论》:"上知天高,下知地厚。"

〔三〕食熊则肥:王琦《解》:"熊掌及背中白脂,皆为珍味,富贵者食之。"

〔四〕食蛙则瘦:王琦《解》:"蛙黾,粗味,贫贱者食之。"按,古人不分贫富均食蛙。《周礼·秋官·大司寇》:"蝈氏下士一人。"郑玄注:"蝈,今御所食蛙也。"《汉书·霍山传》:"霍山曰:'丞相擅减宗庙羔、菟、蛙,可以此罪也。'"颜师古注:"羔、菟、蛙所以供祭祀。"

〔五〕神君:天神,《史记·封禅书》:"神君者,长陵女子,以子死,见神于先后宛若。宛若祠之其室,民多往祠。平原君往祠,其后子孙以尊显。及今上即位,则厚礼置祠之内中,闻其言,不见其人云。"

〔六〕太一:天神中地位最高的神祇。《史记·封禅书》:"神君最贵者太一。"

〔七〕"天东"句:《山海经·大荒北经》:"西北海外大荒之中,有衡石山、九阴山、灰野之山,上有赤树,青叶赤华,名曰若木。"郭璞注:"生昆仑山西,附西极,其华光赤,下照地。"屈原《离骚》:"折若木以拂日兮。"王逸注:"若木在昆仑西极,其华照下地。"则若木应在天西。

〔八〕衔烛龙:传说中的神龙,口衔烛,照亮无日之国。屈原《天问》:"日安不到,烛龙何照。"王逸注:"言天之西北,有幽冥无日之国,有龙衔烛而留照之。"胡仔《苕溪渔隐丛话》前集卷二十引《缃素杂记》云:"按《淮南子》曰:'若木在建木西,烛龙在雁门北,藏于委羽之山,不见日。龙衔烛以照太阴。'又《离骚》云:'折若木以拂日兮,聊逍遥以相羊。'注:'若木在西极。'谢希逸《月赋》:'擅扶桑于东沼,嗣若英于西冥。'五臣注云:'扶桑,日出处;若木,日没处。'由是知若木在西,烛龙在北,而李云如此,真误矣。"王琦《解》:"若木不在天东,而衔烛龙亦不在若木之下,又其衔烛而照者,乃是西北幽暗日月不照之地,与中国日月所照之处若风马牛之不相及。玩长吉诗意,以日有出没,遂成日月岁时,若日长在天不落,则无日月岁时,而人自然可以不死。天东当是天西之讹。"

〔九〕"何为"二句:《抱朴子·仙药篇》:"玉经曰:服金者寿如金,服玉者寿如玉。"

〔一〇〕"谁是"二句:王琦《解》:"据文义,任公子是古仙人骑驴上升者，然其事无考。旧注引投竿东海之任公子解上句，引以纸为白驴之张果解下句，牵扯无当。”

〔一一〕“刘彻”句：王琦《解》：“刘彻，汉武帝姓名，死葬茂陵。”滞骨，即遗骨。《汉武帝内传》：“骨无津液。”陈弘治《校释》：“滞骨，谓不能羽化为仙也。”

〔一二〕“嬴政”句：嬴政，秦始皇姓名。《史记·始皇本纪》：“始皇崩于沙丘平台，丞相斯为上崩在外，恐诸公子及天下有变，乃秘之，不发丧。棺载辒凉车中，故幸宦者参乘。所至上食，百官奉事如故，宦者辄从辒凉车中可其奏事。……遂从井陉抵九原，会暑，上辒车臭，乃诏从官令车载一石鲍鱼，以乱其臭，行从直道至咸阳，发丧。”

【集评】

刘辰翁《评》：亦犹多神俊。

曾益《注》：人之老以日月，故吾令有昼无夜，则无老无少，天地之高厚亦忘，又何服食求仙为？汉武、秦皇亦徒劳耳！

钟惺评（《唐诗归》卷三一）：放言无理，胸中却有故。“自然”二字，谑得妙甚。

董懋策《评》：字字老。

周珽评（《删补唐诗选脉笺释会通评林·中唐七古下》）：错综变化，想奇，笔奇，无一字不可夺鬼工。诗意总言光阴易过，人寿难延，世无回天之能，即学仙事属虚无，秦汉之君可征也，人何徒忧生之足云耶。

黄周星《唐诗快》卷一：同一昼也，有神君太一之昼，有刘彻、嬴政之昼，有长吉之昼，其苦乐不同，故其长短亦不同。然昔之长吉苦而短，今之长吉乐而长矣，飞光何尝负此一杯耶？

陈慷评（《昌谷集句解定本》卷三）：吾不识三字，直贯到底；

唯见二字，在食蛙则瘦止，此是奉礼主意所在。

王琦《解》：此诗大旨虽以苦昼短为名，其意则言仙道渺茫，求之无益而已。

姚文燮《注》：宪宗好神仙，贺作此以讽之。日月递更，老少代谢，即神君太乙，亦未见常存人间，云中仙侣，果丹药可致乎？英武雄伟如汉武、秦皇，犹且不免，而更妄思上升，则君王方求长年，我更忧昼短矣。

何焯评（陈本礼《协律钩玄》卷三）：奇不减玉川，而峭乃过之。

董伯英评（同上）：此讽宪宗作。古诗"昼短苦夜长"，然诗意只是苦昼短，言日月不驻，长生难期也。

方世举《批》：学曹操而浅近逊之，学太白而粗直逊之，然亦是一杰作。"嬴政梓棺费鲍鱼"，鲍鱼即醃鱼也，是混尸气，字见《周礼》注疏。非王莽所好、谢安受馈之鳆鱼，鳆为海味，其鳀咸亦臭，但非始皇所用者。

陈沆《诗比兴笺》卷四：指同上篇，皆辟求仙之无益，方术之不足信。谓长吉鬼才无理、太白酒仙无用者，皆仅据其游戏之末，为英雄所欺耳。

钱钟书《谈艺录》："（太白）自天运立言，不及人事兴亡，与长吉差类。然乘化顺时，视长吉之感流年而欲驻急景，背道以趣。"（按，太白诗指《日出入行》。）

【编年】

《钱谱》系本诗于元和五年。本诗为讽刺唐宪宗迷信神仙、追求长生而作，当是李贺供职长安时期作，但具体作年，难以断定。

拂舞歌辞①〔一〕

吴娥声绝天〔二〕,空云闲徘徊〔三〕。门外满车马,亦须生绿苔②〔四〕。樽有乌程酒〔五〕,劝君千万寿。全胜汉武锦楼上,晓望晴寒饮花露③〔六〕。东方日不破,天光无老时〔七〕。丹成作蛇乘白雾,千年重化玉井土④〔八〕。从蛇作土二千载⑤,吴堤绿草年年在⑥〔九〕。背有八卦称神仙⑦,邪鳞顽甲滑腥涎〔一〇〕。

【校记】

①诗题,《乐府诗集》作"拂舞辞"。

②亦须,宋蜀本作"亦复"。

③晴寒,《文苑英华》作"晴空",《全唐诗》作"寒空"。

④玉井土,《乐府诗集》作"玉井龟"。

⑤从蛇作土二千载,《文苑英华》作"从蛇作土三千载"。《乐府诗集》作"从蛇作龟二千载"。又注:"一作玉井龟,二千载。"

⑥绿草,《文苑英华》作"春绿"。

⑦背有,《文苑英华》作"背文"。

【注释】

〔一〕拂舞歌辞:《晋书·乐志》:"拂舞出自江左,旧云吴舞也。晋曲五篇,一曰《白鸠》,二曰《济济》,三曰《独禄》,四曰《碣石》,五曰《淮南王》。"郭茂倩《乐府诗集》卷五五"舞曲歌辞"录李贺《拂舞辞》。王琦《解》:"长吉不言篇名,而但曰拂舞歌辞,郑诗言谓撮其大意而为之,是也。"

〔二〕声绝天:王琦《解》:"《淮南王》古辞:'少年窈窕何能贤,扬声悲歌音绝天。'绝天，言声之高亮上及于天也。"

〔三〕"空云"句：用秦青抚节高歌，响遏行云之事，参见《李凭箜篌引》注。曾益《注》："歌出吴云吴声，绝天犹遏云，故云徘徊。"

〔四〕"门外"二句：曾益《注》："门满车马，富贵趋附者众；生绿苔，终有时寂寞。"王琦《解》："门外句见宾客来往之盛，亦须句就车马喧阗之时，逆叹此地不久即生绿苔，所谓胜地不常，倏忽之间已成陈迹矣。"

〔五〕乌程酒：《文选》张景阳《七命》："乃有荆南乌程，豫北竹叶。"李善注："盛弘之《荆州记》曰，渌水出豫章康乐县，其间乌程乡有酒官，取水为酒，酒极甘美。"

〔六〕"全胜"二句：曾益《注》："汉武富贵已极，饮露求长生，晓望有皇汲意，晴则恐雨，寒喜露多。全胜言饮酒胜饮露，为寿胜求长生。"饮花露，用汉武帝造金铜仙人承露盘，饮露服玉屑事，参见《金铜仙人辞汉歌》注。

〔七〕"东方"二句：曾益《注》："东方以下言寿，人老由日积，不破则不积，无老时，与天同久。"王琦《解》："日不能常在天而不落，人安能长在世间而不死耶？"

〔八〕"丹成"二句：《晋书·乐志》录《拂舞歌·碣石篇》古辞云："神龟虽寿，犹有竟时。腾蛇乘雾，终为土灰。"王琦《解》："此诗后六句全用其语，背有八卦，邪鳞顽甲，指龟而言也，而上下不露一龟字，何乃晦涩至此？其间似有讹缺。郭茂倩《乐府诗集》本作千年重化玉井龟，从蛇作龟二千载；一本作千年重化玉井龟，玉井龟二千载云云，按上文时字只一韵，今以龟字联上作二韵，似属可从。"

〔九〕"吴堤"句：曾益《注》："言犹之吴堤绿草，随死随生，曾无消歇，年年在也。"丘象随（《昌谷集句解定本》卷四）曰："上言吴娥,故此言吴堤。”

〔一〇〕“背有”二句:王琦《解》:“此诗首言声色之娱,转眼成空,幸有酒在樽,正可乐饮。想汉武帝有志神仙,饮云表之露以求长生,终竟不得。我今日饮酒自乐,岂不远胜之乎?观之于天,不能常昼而不夜,而人可知矣。即物中之多寿者皆称龟蛇,浸假而化为蛇,能乘云雾而游,殆至千岁之后,终亦必死而化为土灰。又浸假而化为神龟,虽能行气导引,历久不死,见称于神仙之流,然而鳞则邪鳞,甲则顽甲,腥涎滑浊,终是异类,亦焉足贵耶?大旨总言长生不可求,即求得长生,亦无可羡可贵之处,不如及时行乐为是之意。”

【集评】

刘辰翁《评》:“全胜汉武锦楼上,晓望晴寒饮花露。”凡语转奇,惜锦字劣。

无名氏《批》:车马满门而不杂沓,以见静听无哗,沉沉永日,结定祝老之辞。

黄淳耀《评》:拂舞鸠辞,鸠者,老人杖头节,取不噎也,大抵是飨老祝寿乐舞之辞。结一句,邪、顽、腥三字,似亦讽徒寿而不德之意,犹言纵使得寿,亦非正气,即秦汉求仙之例。

姚文燮《注》:宪宗求长生,贺作此诮之。《拂舞歌辞》,本吴白鸠献寿曲也,故云吴声。辐辏之地,有时苔生,可知消长亦有定数。劝君饮樽中荆南之酒,犹愈汉武饮铜盘仙掌之露以求长生。日行循环,十二时中岂能长旦,若采药以俟丹成,则为蛇为土为龟,千年屡变,亦止属荒诞不经之物矣。

何焯评(陈本礼《协律钩玄》卷四):不越古诗“不如饮美酒,被服纨与素。服食求神仙,多为药所误”之意。

方世举《批》:“千年重化玉井土”,土作龟乃豁,徐注得其意，而不疑其文，何耶？况土字令中二句无韵，龟字与时韵叶，乃有韵。

黎简《批》：前辈评锦字太嫩稚。

叶矫然《龙性堂诗话》初集：李长吉"丹成作蛇乘白雾，千年重化玉井土。从蛇作土二千载，吴堤绿草年年在。"即魏武腾蛇千年化为土灰之说也，然"从蛇作土"句更奇谲悖人。

【编年】

唐宪宗信方士，求长生，李贺集中每多讽刺宪宗求仙诗作。本诗当是他在长安任奉礼郎时期所作，《钱谱》引姚文燮《昌谷集注》语为证，系本诗于元和五年，近之。

瑶华乐〔一〕

穆天子，走龙媒〔二〕。八辔冬珑逐天回①〔三〕，五精扫地凝云开〔四〕。高门左右日月环，四方错镂棱层殷〔五〕。舞霞垂尾长盘跚，江澄海净神母颜〔六〕。施红点翠照虞泉〔七〕，曳云拖玉下昆山。列旆如松②，张盖如轮。金风殿秋，清明发春〔八〕。八銮十乘〔九〕，矗如云屯〔一〇〕。琼钟瑶席甘露文〔一一〕，元霜绛雪何足云〔一二〕。薰梅染柳将赠君〔一三〕。铅华之水洗君骨，与君相对作真质〔一四〕。

【校记】

①冬珑，吴正子本、凌刊本、黄评本作"冬昽"，姚文燮本作"玲珑"。

②列旆，宋蜀本、蒙古本于"列"下有一"布"字。

【注释】

〔一〕瑶华乐：屈原《九歌·大司命》："折疏麻兮瑶华。"王逸注："瑶华,玉华也。”王嘉《拾遗记》卷三:“周穆王即位二十二年,巡行天下,驭黄金碧玉之车。……又副以瑶华之轮十乘,随王之后。”王琦《解》:“此篇专咏穆王事,而题曰瑶华乐,殆采记中瑶华轮事以立名耶?”“曾谦甫曰,当为瑶池乐,其说应是。”

〔二〕龙媒:骏马。《汉书·礼乐志》:“天马徕兮龙之媒。”颜师古注:“应劭曰:言天马者乃神龙之类,今天马已来,此龙必至之效也。”后因称骏马曰龙媒。隋后主越王侗《京洛行》:“龙媒玉珂马,凤轸绣香车。”

〔三〕“八辔”句:八辔,指八匹马。《列子·周穆王》:“肆意远游,命驾八骏之乘,右服骅骝而左騄耳,右骖赤骥而左白㸸,主车则造父为御,𫘦𫘦为右。次车之乘,右服渠黄而左逾轮,左骖盗骊而右山子,柏夭主车,参百为御,奔戎为右。驰驱千里,至于巨蒐氏之国……遂宿于昆仑之阿,赤水之阳。别日升于昆仑之丘,以观黄帝之宫,而封之以诒后世。遂宾于西王母,觞于瑶池之上。西王母为王谣,王和之,其辞哀焉。西观日之所入。一日行万里,王乃叹曰:於乎!予一人不盈于德而谐于乐,后世其追数吾过乎!”王琦《解》:“辔,马缰也,一马两辔,故《诗经正义》谓四马则八辔,长吉则以八马为八辔。冬珑,辔声。逐天回,与天之行相逐而回转,言其速也。”方世举《批》曰:“冬珑似唐方言,东野有五色冬珑,以色言,此八辔,又以声言。”

〔四〕“五精”句:五精,五方之星。《文选》张衡《东京赋》:“五精帅而来摧。”薛综注:“五精,五方星也。”姚佺《笺》:“五精扫地,即风伯清尘,雨师洒道意。”

〔五〕“高门”二句:王琦《解》:“此言穆王至王母所居之处也。门之左右,日月环之,其四方皆有雕文错镂。稜层突起作殷红色。

殷音烟,赤黑色也。”

〔六〕“舞霞”二句:曾益《注》:“盘跚,言彩霞旋绕;澄,江清;净,海晏;颜,犹面。自‘五精’至‘海净’,言瑞应世治,世治故面神母。”姚佺《笺》:“自八辔冬珑以下,皆指穆天子肆意远游,至此遂宾于西王母,而见神母颜也。”王琦《解》:“又有彩霞旋绕,或如蛟龙之垂尾,或如龟鼋之盘跚。盘跚,即蹒跚,跛行貌。神母,即王母也。江澄海净,喻其清净不动声色之意。”

〔七〕“施红”句:施红点翠,语出李峤《拟古东飞伯劳西飞燕》:“罗裙玉佩当轩出,点翠施红竞春日。”王琦《解》:“红翠,谓妇人妆饰。”虞泉,即虞渊,避唐高祖李渊讳,以泉字易渊字。刘向《九叹·远游》:“囚灵玄于虞渊。”《淮南子·天文训》:“日至于虞渊,是谓黄昏。”则虞渊为日入处也。王琦《解》:“穆王升昆仑之丘,及观日之所入,与宾于西母,原是三事,诗意似谓偕王母以往观虞渊,上昆仑也,故用施红点翠、曳云拖玉等字。”

〔八〕“金风”二句:金风,秋风。韩鄂《岁华纪丽》卷三:“秋为白藏,金风届序。”王琦《解》:“军前曰启,军后曰殿,发即启之意,盖谓侍从之后,以秋时金风为殿,其前以春时清明为导。”

〔九〕八銮:即八鸾。《诗经·小雅·采芑》:“约軧错衡,八鸾玱玱。”孔颖达疏:“以朱缠约其毂之軧,错置文玉于车之上衡,车行动而其四马八鸾之声玱玱然。”王琦《解》:“后人用之,或作銮,或作鸾,其事一也。”

〔一〇〕矗如云屯:形容西王母侍从之盛,语出陆机《从军行》:“胡马如云屯,越旗亦星罗。”王琦《解》:“云屯,云之聚也。六句皆言王母侍从之盛。”

〔一一〕琼钟:王琦《解》:“玉杯也。”瑶席,屈原《九歌·东皇太一》:“瑶席兮玉瑱。”王逸注:“以瑶玉为席。”《初学记·天部》

下:"《瑞应图》云:露色浓为甘露,王者施德惠,则甘露降其草木。"姚佺《笺》:"琼钟瑶席而受甘露,颂其美也,露有五色,炤著草木,故成文。"

〔一二〕元霜绛雪:班固《汉武内传》:"其次药有玄霜绛雪,子得服之,白日升天。"王琦《解》:"二句言宴飨之盛。"

〔一三〕薰梅染柳:曾益《注》:"梅柳得气之先,薰之,染之,授之以长生。"王琦《解》:"薰梅染柳,亦似指仙药而言。"

〔一四〕"铅华"二句:曾益《注》:"洗君骨,令脱去凡骨;作真质,抱真以游;相对,与神母俱仙。"王琦《解》:"仙家丹法,先用黑铅一味,炼起铅华之水,盖谓金丹神水也。洗骨,洗去凡质浊垢。真质,长生不老之质。"

【集评】

黄淳耀《评》:似亦讽求仙。

姚文燮《注》:秦皇汉武屡见篇章,此又以穆王咏者,总之嘲求仙服丹之误也。

陈本礼《协律钩玄》卷四:是一幅瑶池宴穆王图。

董伯英评(陈本礼《协律钩玄》卷四):此讽宪宗服食求神仙也。首四咏穆王,后俱指王母会穆王事。

吴汝纶《评注李长吉诗集》:此讽宪宗服食求神仙也。

【编年】

《钱谱》系本诗于元和五年,引姚文燮《注》为证,讽宪宗求仙之妄。

神仙曲〔一〕

碧峰海面藏灵书,上帝拣作仙人居①〔二〕。清明笑语闻空虚②,斗乘巨浪骑鲸鱼〔三〕。春罗书字邀王母③〔四〕,共宴红楼最深处。鹤羽冲风过海迟,不如却使青龙去④〔五〕。犹疑王母不相许,垂雾妖鬟更转语⑤〔六〕。

【校记】

①仙人,吴正子本、《乐府诗集》作“神仙”。

②清明,《乐府诗集》作“晴时”。

③书字,《乐府诗集》作“剪字”。

④鹤羽冲风过海迟,不如却使青龙去,姚佺本、姚文燮本无此二句。

⑤妖鬟,吴正子本、《乐府诗集》作“娃鬟”。转语,吴正子本、《乐府诗集》作“传语”。

【注释】

〔一〕神仙曲:郭茂倩《乐府诗集》卷六十四“杂曲歌辞”录李贺此诗。

〔二〕“碧峰”二句:曾益《注》:“碧峰海面,谓海上山。海上诸山皆天帝所辖。拣,畀之。”

〔三〕“清明”二句:崔豹《古今注》:“鲸,海鱼也,大者长千里,小者数丈。……鼓浪成雷,喷沫成雨,水族惊畏,一皆逃匿,莫敢当者。”曾益《注》:“清明笑语,声闻虚空,与天近。乘浪、骑鲸,缘海。”

〔四〕“春罗”句:曾益《注》:“春罗书字,裁书邀王母共宴。”王琦《解》:“春罗,罗名。《唐书·地理志》,镇州常山郡贡春罗。”

〔五〕“鹤羽”二句:曾益《注》:“鹤,仙所役,冲风则迟。故使青龙贻书而相邀。”

〔六〕“犹疑”二句:曾益《注》:“不相许,不赴。妖鬟,王母近侍。更转语,言欲妖鬟转语王母,以期其必来。”王琦《解》:“垂雾,谓垂发也,犹前首垂云之意。转语,转达诚意,期其必来也。”

【集评】

姚文燮《注》:元和朝,方士竞游辇下,贺深恶其荒唐怪诞,而作此以嘲之也。

钱澄之(姚文燮《注》附):写神仙游戏之乐。

方世举《批》:亦伪,心手总俗。“上帝拣作仙人居”,佻。

刘嗣奇《李长吉诗删注》卷下:曹植有《升天》《远游》诸篇,皆伤人世不永,当求神仙翱翔六合之外,而贺未免有褰裳就之之思。

【编年】

本诗亦嘲宪宗迷信神仙,当作于元和五、六年间。

昆仑使者〔一〕

昆仑使者无消息,茂陵烟树生愁色〔二〕。金盘玉露自淋漓,元气茫茫收不得〔三〕。麒麟背上石文裂〔四〕,虬龙鳞下红肢折〔五〕。何处偏伤万国心,中天夜久高明月〔六〕。

【注释】

〔一〕昆仑使者:王琦《解》:“《汉书·张骞传》:‘而汉使穷河源……其山多玉石,采来,天子按古图书,名河所出山曰昆仑云。’诗题盖用其事,旨意则谓汉武帝也。”按,本诗与张骞使异域事了无关涉,王琦误解。此用西王母青鸟事,《汉武故事》:“七月七日,上于承华殿斋正中,忽有一青鸟从西方来,集殿前,上问东方朔,朔曰:‘此西王母欲来也。’有顷,王母至,有二青鸟如乌夹侍王母旁。”后代因以青鸟喻使者。郭璞《山海经图赞》:

“山名三危，青鸟所憩，往来昆仑，王母是隶。”皇甫冉《题蒋道士房》：“闻道昆仑有仙籍，何时青鸟送丹砂。”鲍溶《望麻姑山》：“自从青鸟不堪使，更得蓬莱消息无？”长吉诗旨乃刺汉武帝求仙之妄，故用此典。

〔二〕“茂陵”句：茂陵，汉武帝陵墓，见《金铜仙人辞汉歌》注。曾益《注》：“言武帝欲为千年计，故遣使昆仑，不知使者未还，而墓木已拱。”

〔三〕“金盘”二句：金盘，指汉武帝所建金铜仙人承露盘，见《金铜仙人辞汉歌》注。王琦《解》：“求仙之道，能服天地元气，始可长生，而武帝不能，故不能久寿。”丘象随(《昌谷集句解定本》)曰：“言武帝金盘能收仙人掌露，收不得元气也。”

〔四〕麒麟：徐渭《注》：“冢上石器。”封演《封氏闻见记》卷六：“秦汉以来，帝王陵前有石麒麟、石辟邪、石象、石马之属，人臣墓前有石羊、石虎、石柱之属，皆所以表饰坟垄，如生前之仪耳。”

〔五〕“虬龙”句：王琦《解》：“虬龙，亦指柱上及碑上所琢之龙也，红肢即虬龙之肢足而染以丹朱者。旧本或有作枝者，徐文长遂以虬龙为松，以红枝折为木之残毁，恐未是。”

〔六〕“何处”二句：万国，指全国各地。曾益《注》：“万国，犹九州。”杜甫《岁晏行》：“万国城头吹画角。”浦起龙《读杜心解》云：“结云万国吹角，言各处用兵如此。”曾益《注》：“言月满中天，照此坯土，在昔之威武何在夫？是以万国之人，心甚伤之，而此处偏切也。”

【集评】

刘辰翁《评》：也好，此其悲茂陵也。“元气茫茫收不得”，甚有风刺。

董懋策《评》：序称长吉理不及词，如“元气茫茫”一句，奥越

《参同》。

姚文燮《注》：汉武好大喜功，遣张骞使异域，方欲为万年计，乃使者未还而陵木已拱，仙掌甘露犹然淋漓，奈元气已耗，不能得长生矣。墓前刻兽，久而颓败，中天月满，一抔徒存，英武神仙，又安在乎？贺盖深为元和忧也。

王夫之《唐诗评选》卷一：此以刺唐诸帝饵丹暴亡者，今且千年，人犹不解，况当时习读问传之主人。长吉长于讽刺，直以声情动今古，直与供奉为敌，杜陵非其匹也。"元气茫茫收不得"，说出天人之际无干涉处，分明透现，笑尽仙佛家代石人搔背痒一样愚妄。韩退之诸君终年大声疾呼，何曾道得此一句在？故知人不可以无才。

黄周星《唐诗快》卷七：此亦为刘郎秋风客而作，然金盘玉露，究何益于滞骨哉。

方世举《批》：为好仙也。此乃真本，看他何等卓立。

陈本礼《协律钩玄》卷五：此感汉武而讽宪宗也。前朝陵寝，异代荒凉，自古而然。但汉武当年拜文武，封五侯，废后杀子，惭德多矣。金盘玉露，何曾享得长生；至今折，似长吉早已隐忧宪宗之不得考终，后卒被杀。

陈沆《诗比兴笺》卷四：此又以汉武寓宪宗也。宪宗晚节好神仙，以方士柳泌为台州刺史，采药天台山，服其药，日加燥渴，即诗所刺也。后以服金丹多躁怒，暴崩中和殿。长吉已不及见，而诗若预知之，岂非深识远虑者欤？

吴汝纶《评注李长吉诗集》：此感汉武而讽宪宗也。

钱仲联《读昌谷集绝句六十首》：元气金盘未得收，神权翻却董春秋。黄尘碧海朝朝变，不许蓬山不白头。《昆仑使者》。王船山评云："元气茫茫收不得。说出天人之际无干涉处。"

【编年】

本诗亦作于长安三年，盖以汉武寓宪宗，讽刺唐宪宗求仙之虚妄。

崇义里滞雨〔一〕

落漠谁家子，来感长安秋〔二〕。壮年抱羁恨，梦泣生白头〔三〕。瘦马秣败草，雨沫飘寒沟。南宫古帘暗〔四〕，湿景传签筹〔五〕。家山远千里，云脚天东头〔六〕。忧眠枕剑匣，客帐梦封侯〔七〕。

【注释】

〔一〕崇义里：长安里坊名。宋敏求《长安志》："朱雀街，第二街，有九坊，崇义里其一。"徐松《唐两京城坊考》卷二："朱雀门街东第二街，街东从北第一务本坊，次南崇义坊。"

〔二〕"落漠"二句：曾益《注》："落漠，贺自诧，感长安秋，即崇义里滞雨，抱羁恨，即感长安秋。"落漠：即落寞，落魄潦倒，韩愈《晚秋郾城夜会联句》："吾相两优游，他人双落寞。"

〔三〕"壮年"二句：曾益《注》："感秋故梦泣，而头白瘦败，正落寞处。"

〔四〕南宫：唐人通称尚书省为南宫。卢纶《酬金部王郎中》："南宫树色晓森森。"白居易《微之就拜尚书居易续除刑部因书贺意兼咏离怀》："我为宪部入南宫。"王琦《解》："尚书省在朱雀街东第一街之西，崇义坊在第二街之东，何缘咏及，疑所谓南宫古帘暗，是隐喻有司之不明。"王琦所说良是。本诗专指尚书省中主管官员选授之吏部。

〔五〕“湿景”句：湿景，雨景。签筹，王琦《解》：“报时辰之筹。”说得太简略。按，古代漏壶中有签筹，用铜、玉、竹制成，上有刻度，随漏水上浮以报时。唐虞世南《早朝》：“玉女停花烛，金壶送晓筹。”张宪《夜坐吟》：“玉壶水动漏声乾，夜冷莲筹三十刻。”报时的人，便据此以敲击钟鼓。《旧唐书·职官志》：“典鼓典钟三百五十人。”“每夜分为五更，每更分为五点，更以击鼓为节，点以击钟为节。”长吉诗中的“传签筹”，就是说根据漏壶签筹上的时刻而敲击钟鼓，其声从远处传来。

〔六〕“家山”二句：王琦《解》：“长吉家于河南之福昌县，在长安东，相去八百馀里，曰千里者、约其大数也。”钱澄之（姚文燮《注》附）曰：“云脚句指千里外家之所在。”

〔七〕“忧眠”二句：封侯，指班超投笔从戎事。《后汉书·班超传》：“大丈夫无他志略，犹当效傅介子、张骞，立功异域，以取封侯。”曾益《注》：“滞雨怀忧，枕剑而眠，而封侯之事，见之梦中，感可知已。”王琦《解》：“思于昼者梦于夜，因试文不合，有投笔从戎之意，故见于梦者若此。”

【集评】

无名氏《批》：通首抑扬，首二句是狮子滚珠法。不感别处秋，来感长安秋，真令人心死。

姚文燮《注》：客馆悲凉，雨声滴沥，幽愁壮志，旅魂时惊。云蔽宫帘，更筹声细，家山遥隔天涯，毋亦求遂封侯之愿耶？究之忧眠枕剑匣，客帐徒作封侯之梦耳。

【编年】

崇义里是李贺在长安任奉礼郎时的居处，本诗作于元和五年秋，当是诗人任奉礼郎后，因官卑职微，备受达官贵人的冷遇与排挤,怀才不遇,壮志难酬,因借秋雨之萧瑟,抒写自己落寞之情怀,一洩内心之悲愤。陈弘治《校释》以为“此长吉应试不售后,客馆滞雨怀忧之作。”按,长吉应试在元和三年冬、四年春,“应试不售”后立即返回昌谷,不可能客馆滞雨,来感受长安的秋意。

梁台古意①

梁王台沼空中立〔一〕,天河之水夜飞入。台前斗玉作蛟龙〔二〕,绿粉扫天愁露湿〔三〕。撞钟饮酒行射天〔四〕,金虎蹙裘喷血斑〔五〕。朝朝暮暮愁海翻,长绳系日乐当年〔六〕。芙蓉凝红得秋色,兰脸别春啼脉脉②〔七〕。芦洲客雁报春来,寥落野湟秋漫白③〔八〕。

【校记】

①古意,宋蜀本、蒙古本、吴正子本作“古愁”。

②别春,蒙古本作“引春”。

③野湟,宣城本、吴正子本、蒙古本、凌刊本、《全唐诗》作“野篁”。

【注释】

〔一〕“梁王”句:刘歆《西京杂记》卷二:“梁孝王好营宫室苑囿之乐,作曜华之宫,筑兔园。园中有百灵山,山有肤寸石、落猿岩、栖龙岫;又有雁池,池间有鹤洲、凫渚。其诸宫观相连,延亘数十里,奇果异树,瑰禽怪兽毕备,王日与宫人宾客弋钓其中。”吴正子《注》:“空中立,言其高妙如仙居。”王琦《解》:“诗言平地之中本无台沼,乃积土为台,若空中忽然而立者;凿地以为池,又若天河之水飞泻而入者也。”

〔二〕斗玉作蛟龙:《说文》:“斗,遇也。”王琦《解》:“斗玉,以玉相斗合,作台前栏楣,而镂为蛟龙之形也。”

〔三〕“绿粉”句:郦道元《水经注》卷二十四:“睢水又东南流,历于竹圃,水次绿竹荫渚,菁菁实望,世人言梁王竹园也。”王维《山居即事》诗:“绿竹含新粉,红莲落故衣。”姚文燮《注》:“状东苑之修竹也。”

〔四〕“撞钟”句:《史记·殷本纪》:“帝武乙无道,为革囊盛血,仰而射之,命曰射天。”又《宋世家》:“宋王偃盛血以韦囊,悬而射之,命曰射天。”曾益《注》:“撞钟饮酒为乐,射天言不道。”姚佺《笺》:“据梁王从千骑万乘,出称警,入言跸,拟于天子。又阴使人刺杀袁盎他议臣十馀人,其为不道甚矣,无射天事也。”王琦《解》:“当是喻言其怙亲无厌,时有犯上之意。”

〔五〕“金虎”句:《礼记·玉藻》:“君之右虎裘,厥左狼裘。”金虎蹙裘,用金线将虎形图案绣在裘上,绣时抽紧金线,虎形突出。蹙,即蹙金,与突金同意,参见《石城晓》注。王琦《解》:“琦按,张衡《东京赋》:周姬之末,政用多僻,始于宫邻,卒于金虎。李善注:应劭《汉官仪》曰:不制之臣,相与比周,比周者,宫邻金虎。言小人在位,比周相进,与君为邻,贪求之德坚若金,谗谤之言恶若虎。此用金虎喷血等字,虽指衣裘而言,意则指梁王亲近小人,听信其谗谄阿谀之辞。”

〔六〕“长绳”句:沈炯《幽庭赋》:“那得长绳系白日,年年月月俱如春。”李白《恨赋》;“恨不得挂长绳于青天,系此西飞之白日。”曾益《注》:“长绳系日,唯日不足乐,总上;当年,谓梁王在时。”王琦《解》:“沧海无翻转之期,白日非长绳所能系,盖言其朝暮行乐,不知所止也。”

〔七〕“芙蓉”二句:兰脸,兰花盛开似笑脸。曾益《注》:“得秋色,言物皆荒芜，唯芙蓉独红。啼脉脉，寂无闻也。”

〔八〕“芦洲”二句：芦洲雁，语出骆宾王《晚泊江镇》：“夜乌喧粉堞，宿雁下芦洲。”曾益《注》：“客雁来，言见无主，野漫湟白，言台沼废而野水弥漫。上秋与春为昔时言，下春与秋为今时言。”王琦《解》：“言秋而春，春而秋，四时代谢，倏成今古，凭其迹而吊者，但见芙蓉兰蕙，客雁野湟而已，台上梁王竟安在哉！”“雁春至则自南往北，秋至则自北徂南，有似客然，故曰客雁。野湟，野水也。漫，广大貌。”

【集评】

无名氏《批》：秋来春谢，已复可悲，秋波漫白，又复几时，极讽靡欢侈乐、从流忘返之徒。

黄淳耀《评》：“芦洲客雁报春来，寥落野篁秋漫白。”二句言方春而忽秋也，宫殿墟矣。

姚文燮《注》：此追讽太平公主也。主权震天下，将相皆出其门，作观池乐游原，瑰瑶山集，侈靡过于天子，乃潜谋大逆，竟至伏诛。后台沼荒凉，野水弥漫。贺盖抚景而托梁孝王以比之。言梁孝王台逼霄汉，沼通银河，琢玉以为台饰，绿粉扫天，状东苑之修竹也。高会奢靡，时怀觊觎，故愁海翻澜，初欲长绳系日，为乐无涯，讵知艳质芳姿，遽罹肃杀，雁去春来，园荒沼废，为问好景今安在哉？

陈本礼《协律钩玄》卷四：此咏梁王雪苑，借古讽今，不必定指为何王。然既曰梁王，则是唐诸王孙类。是时国事日非，逆宦满朝，弑君贼主，以为常事，诸王不知天翻地覆，乱在目前，犹日以饮酒为乐，真所谓醉生梦死者也。

钱仲联《读昌谷集绝句六十首》：镇海当年铁马喑，长绳难系日骎骎。射天气焰成何事，枉筑梁台辇万金。《梁台古愁》，作于李锜败灭后。

【编年】

诗人借汉代谋叛宗室梁孝王，喻写唐宗室、镇海军节度使李锜，以梁台喻指李锜在京的宅邸。（采钱仲联先生说，见《读昌谷诗札记》，载《中华文史论丛》一九七九年第三辑）李锜于元和二年已伏诛，本诗乃写他在京宅邸的荒凉景况，当为长吉在京任职时所目睹。

赠陈商〔一〕

长安有男儿，二十心已朽。楞伽堆案前〔二〕，楚辞系肘后。人生有穷拙，日暮聊饮酒。只今道已塞〔三〕，何必须白首〔四〕。凄凄陈述圣，披褐鉏俎豆〔五〕。学为尧舜文，时人责衰偶〔六〕。柴门车辙冻，日下榆影瘦〔七〕。黄昏访我来，苦节青阳皱〔八〕。太华五千仞，劈地抽森秀〔九〕。旁苦无寸寻①，一上戛牛斗〔一〇〕。公卿纵不怜②，宁能锁吾口〔一一〕。李生师太华〔一二〕，大坐看白昼〔一三〕。逢霜作朴樕，得气为春柳〔一四〕。礼节乃相去，憔悴如刍狗〔一五〕。风雪直斋坛〔一六〕，墨组贯铜绶〔一七〕。臣妾气态间，唯欲承箕帚〔一八〕。天眼何时开，古剑庸一吼〔一九〕。

【校记】

①旁苦，宋蜀本、徐渭本、曾益本、姚佺本、姚文燮本俱作“旁古”。林同济《研究》：“旁苦疑当作旁若。”

②不怜，宋蜀本、曾益本、姚佺、姚文燮本作“不言”。

【注释】

〔一〕陈商：吴正子《注》："陈商字述圣，陈宣帝五世孙，散骑常侍彝之子也，登进士第（元和九年进士），仕至秘书监，封许昌县男，有集十七卷，见《艺文志》。"极略，唐史又无传，兹补证如下：南卓《唐故颍川陈君夫人鲁郡南氏墓志铭》："年二十一，归于颍川陈商。"颍川，乃指郡望。《乾隆江南通志》卷一六七"人物志"云："陈商，当涂人。"《光绪重修安徽通志》卷二二七亦作"当涂人"。当涂，唐时属宣州。陈商曾任户部员外郎，劳格《唐尚书省郎官石柱题名考》卷十二"户外"载其名。开成三年，陈商任司封郎中，白居易《戏赠梦得并呈思黯》："陈郎中处为高户，裴使君前作少年。"自注："陈商郎中，酒户涓滴。"乐天此诗作于开成三年。会昌元年前后，陈商又以司封郎中兼任史馆修撰。《金石萃编》卷八〇录"华岳题名"："口门（按当为司封）郎中、史馆修撰陈商，会昌元年七月廿五日。"会昌三年，陈商转刑部郎中，《唐会要》卷三九载，会昌三年十二月，会百僚议刘桢母裴氏罪，刑部郎中商议从重典，并撰《刘从谏妻裴氏应从重罪议》。（载《全唐文》卷七二五）。会昌五年，陈商任谏议大夫权知礼部侍郎知贡举。《旧唐书·武宗纪》："（会昌五年二月）谏议大夫权知礼部侍郎选士三十七人中第。"不久，任礼部侍郎。《旧唐书·宣宗纪》："会昌五年，留守李石因太微宫正殿圮隧，以废弘敬寺为太庙，迎神主祔之。又下百僚议，皆言准故事，无两都俱置之礼。礼部侍郎陈商议云：（略）。"陈商有《东都置太庙议》，即此议。大中元年，陈商自礼部侍郎出镇陕虢，任观察使。《金石萃编》卷八〇"华岳题名"云："商题（指会昌元年时题名）后六年，自礼部侍郎出镇陕。"陈商后入朝任秘书监，大中四年卒，赠工部尚书。李贻

孙为撰《秘书监陈商墓志》(此墓志已佚,志名见《宝刻类编》卷六)

〔二〕楞伽:佛经名,《文献通考》卷二百二十六:"《楞伽经》四卷,宋天竺僧求那跋陀罗译。楞伽,山名也,佛为大慧演道于此山。元魏僧达摩以付僧慧可曰:吾观中国所有经教,惟《楞伽》可以印心。"日本原田宪雄教授以为应指北魏菩提流支译十卷本《入楞伽经》。(此说引自陈允吉、吴海勇《李贺诗选评》)

〔三〕道已塞:王琦《解》:"谓道不行。"

〔四〕"何必"句:姚佺《笺》:"言不须白首穷方谓之穷也,言己以启述圣。"曾益《注》:"以上八句,言己年少不遇,亦唯饮酒读书而已。"

〔五〕鉏俎豆:王琦《解》:"恐是带经而鉏,休息辄读诵之意;谓其耕鉏之间,又习俎豆之事。"按,王说非是。《集韵》:"鉏,宗苏切,音租,茅藉祭也。"《周礼·春官·司巫》:"及蒩馆。"郑玄注:"杜子春云:蒩,读为鉏,鉏,藉也。馆,神所馆止也。"《经籍纂诂》:"鉏,藉也。"亦引《周礼·司巫》及杜注为证。全句意谓陈商穿着粗麻衣服,罗茅藉,列俎豆,虔诚地进行祭祀之礼。

〔六〕"学为"二句:尧舜文,指《尚书》中之《尧典》《舜典》等所代表的古文辞。王琦《解》:"韩昌黎有《答陈商书》曰:'辱惠书,语高而旨深,三四读尚不能通达。'所谓'学为尧舜文,时人责衰偶'者,于此可证。衰偶,衰弱排偶之意。"

〔七〕"柴门"二句:曾益《注》:"时不合则穷,此车辙之所以冻,而榆影之所以瘦也。车辙冻,见往来者稀,榆影瘦,树木萧条也。"王琦《解》:"柴门二句,自言居处冷落之况。日下,日落时也。"

〔八〕“苦节”句:曾益《注》:“述穷而有守。”王琦《解》:“固守其节。”林同济《研究》:“苦节,竹也,喻陈商。”以上诸说均欠当。按,苦节,语出《周易·节》:“苦节不可贞。”孔颖达疏:“节,卦名也。彖曰:节以制度。《杂卦》云:节,止也。然则节者,制度之名,节止之义,制事有节,其道乃亨,故曰节亨。节须得中,为节过苦,伤于刻薄,物所不堪,不可复正,故曰苦节不可贞也。”青阳:春天,《尔雅·释天》:“春为青阳。”郭璞注:“气青而温阳也。”王琦《解》“皱者,郁而不舒之意。”全句意谓陈商恪守儒家道义,过度节制自己,连春天和煦之气也为之不畅。

〔九〕“太华”二句:《山海经·西山经》:“太华之山,削成而四方,其高五千仞,其广十里,鸟兽莫居。”曾益《注》:“‘太华’二句,言其品高,为太华所钟。”

〔一〇〕“旁苦”二句:王琦《解》:“所谓旁苦无寸寻者,言其无寸寻平坦之处。戛,轹也,谓其高上犯牛斗之宿也。四句喻言陈商人品之高。”姚文燮《注》:“以商岩岩屹立,骨气干霄,如太华高峙。”

〔一一〕“公卿”二句:姚文燮《注》:“故致朝贵不为奖掖,然亦安能禁我之不言。”

〔一二〕“李生”句:王琦《解》:“李生,长吉自谓,吴注,疑当为陈生者,非是。师太华者,以陈商为师法,亦欲立品如太华之高,不肯奔走于富贵之门。”

〔一三〕“大坐”句:王琦《解》:“长坐而过白日。”误。按“大坐”语出《宋书·王弘传》:“(弘子锡)少以宰相子,起家……历清职……高自位遇,太尉江夏王义恭当朝,锡箕踞大坐,殆无推敬。”大坐便是箕踞之态,坐时伸直两腿,形如簸箕,表示傲慢不敬的样子。《庄子·至乐》:“庄子妻死,惠子吊之,庄子则方箕踞鼓盆而歌。”成玄英疏：“箕踞者，垂两脚，如簸箕形也。”全句意谓长吉师法陈商，不肯奔走于权贵之门，宁愿箕踞大坐，眼看白昼过去。

〔一四〕“逢霜”二句：朴樕：小木。《诗经·召南·野有死麕》：“林有朴樕。”《毛传》：“朴樕，小木也。”杨妍（《昌谷集句解定本》卷三）曰：“此自嫌之词，言吾之才不及师（指陈商），逢霜亦为小木，得气不过春柳而已。”

〔一五〕憔悴：同憔悴。刍狗：用草扎成的狗，祭祀时用，祭后抛在路边，任人践踏。《庄子·天运篇》“夫刍狗之未陈也，盛以箧衍，巾以文绣，尸祝斋戒以将之。及其已陈也，行者践其首脊，苏者取而爨之而已。”陆德明注：“刍狗，结刍为狗，巫祝用之。”王琦《解》：“言己师法陈商，而才能浅薄，与人相接，礼节之间较之于商相去甚远，为人所贱，如已祭之刍狗，不堪极矣。”

〔一六〕“风雪”句：直：通值，当值之值。斋坛：帝王祀天地之所。高承《事物纪原》卷二“郊丘”条云：“乃筑园坛以祀天，方坛以祭地。”唐代祭天用的坛，筑在长安明德门外。《旧唐书·礼仪志一》：“每岁冬至，祀昊天上帝于圆丘，以景帝配。其坛在京城明德门外道东二里。”李贺值班斋坛，时属冬至，风雪肆虐，故云。

〔一七〕“墨组”句：墨组，黑色绶带。铜绶，系铜印的带子。王琦《解》：“《汉书·百官公卿表》，秩比六百石以上，皆铜印黑绶。唐之奉礼郎从九品官也，掌祭祀君臣之版位，陈设祭礼，赞导拜跪之节，无印绶可佩，而云墨组铜绶者，盖借古之仪制而言耶？抑与祭之官得有此章服耶？”

〔一八〕“臣妾”二句：臣妾：地位卑贱的人，语出《尚书·费誓》：“臣妾逋逃。”孔安国传云:“彼人贱者,男曰臣,女曰妾。”王琦《解》:“诗意似指宦竖辈。唐自中叶之后,宦官得势,想当祭祀,亦有宦官监视者,指挥礼臣,故作气态,长吉愤焉,故欲亲箕帚之事,而自杂于贱役之中,以避其骄焰。”

〔一九〕“天眼”二句:铜吼,王琦《解》引《太平御览》所载《世说》一段文字。按,《太平御览》卷三百四十三引王子乔墓被盗一事,谓出《世说》,然详考今本《世说新语》未载其事。余嘉锡《殷芸小说辑证》云:“按,今《世说》无此事,恐是《幽明录》之误。然《御览》三百四十三、《广记》二百二十九亦均作《世说》,则其误久矣。”(见《余嘉锡论学杂著》)鲁迅《古小说钩沉》辑录殷芸《小说》云:“王子乔墓在京茂陵,战国时,有人盗发之,睹之无所见,唯有一剑,悬在空中。欲取之,剑便作龙鸣虎吼,遂不敢近。俄而径飞上天。《神仙传》云:‘真人去世,多以剑代其形,五百年后,剑亦能灵化。’此其验也。”本诗之“铜吼”,宜当以此为注。

【集评】

刘辰翁《评》:“人生有穷拙,日暮聊饮酒。”此语深。“逢霜作朴樕,得气为春柳。”亦高。

徐渭《注》:内“衰偶”是时人责其衰与偶,犹言论长短利钝也。下文“逢霜”句,是衰,“得气”句是偶,太华之山乃物之殊,赋则然耳,有何定准,而时人苦责之耶?此是贺师太华意。

无名氏《批》:此诗连已起,连已结,与述圣相发挥,赠同气人如此体,极省力得法。人生二十如朝日初升,岂诸凡冰炭之时耶?着“心已朽”三字,岂不可叹。

姚文燮《注》:贺现奉礼官卑不迁,因自叙年少沮废,皆以不效时趋,为世所摈,即今道塞,白首可知。乃商学成不仕,孤处寡谐,惟故人如李生在所不弃,苦节自矢,虽春姿亦为之枯槁也。以商岩岩屹立,骨气干霄,如太华高峙,故致朝贵不为奖掖,然亦安能禁我之不言?我窃师其为人,是以静坐观空,不事营逐,究竟逢霜为朴樕之凋,得气仅春柳之茂。而又礼节不到,憔悴无异刍狗,当此风雪斋坛,墨组铜绶,身奉箕帚,盖已极俯仰之苦矣。然则天眼何时为李生而开,古剑亦孰肯为李生而吼哉?贺盖欲师陈商,并奉礼而去之也。

方世举《批》:集中最平易调达者,然犹是昌黎之平易调达。起段八句自谓也。"苦节青阳皱",精语似《太玄》,亦似历律志。皱、瘦乃去声之囿韵,以之入上声之有韵,可耶?俟考。"劈地抽森秀",一作拔地,佳。"墨组贯铜绶",绶又囿韵。

钱仲联《读昌谷集绝句六十首》:俎豆全鉏礼乐删,同心述圣在柴关。斋坛风雪沉沉夜,臣妾何堪气态间。《赠陈商》。

【编年】

李贺与陈商交游,当在长安任奉礼郎时,是时陈商尚未中举,生活寒厄,李贺却乐与之游,而且非常敬重他。本诗当作于元和五、六年间,诗云:"长安有男儿,二十心已朽。"诗人看破了官场的黑暗内幕,感仕途之渺茫,产生"心已朽"的心态,这时他已二十一二岁,诗云"二十",当是约数。《钱谱》系本诗于元和五年。

李贺诗笺注卷三

残丝曲

垂杨叶老莺哺儿，残丝欲断黄蜂归〔一〕。绿鬓年少金钗客①，缥粉壶中沉琥珀〔二〕。花台欲暮春辞去，落花起作回风舞〔三〕。榆荚相催不知数〔四〕，沈郎青钱夹城路〔五〕。

【校记】

①年少，宋蜀本作“少年”。

【注释】

〔一〕“垂杨”二句：曾益《注》：“杨老莺孳，丝断蜂归，皆晚春之景。”姚文燮《注》：“叶老莺雏，丝残蜂伴，言春光倏迈也。”

〔二〕缥粉壶：青白色之酒壶。沉：林同济《研究》：“沉字妙。酒已不倾，只相看无语了。一字中透出主人公无聊赖的阑珊感，可留恋的年光意。”琥珀：古代松、柏树脂之化石，淡黄色或红褐色，这里指琥珀色之酒。李白《客中作》：“兰陵美酒郁金香，玉碗盛来琥珀光。”

〔三〕“落花”句：钱澄之评（姚文燮《注》附）：“落花句伤心，花不自知其落，犹临风欲舞，才子佳人，老不自觉，往往如此。”

〔四〕榆荚：榆树之荚。李时珍《本草纲目》卷三十五：“邢昺《尔雅疏》云，榆有数十种，今人不能尽别，惟知荚榆、白榆、刺榆、榔榆数者而已。荚榆、白榆皆大榆也，有赤白二种，白者名枌，其木甚高大，未生叶时，枝条间先生榆荚，形状似钱而小，色白成串，俗呼榆钱。”庾信《燕歌行》：“桃花颜色好如马，榆荚新开巧似钱。”

〔五〕沈郎青钱：《晋书·食货志》；“吴兴沈充又铸小钱，谓之沈郎钱。”此喻榆荚。夹城：由长安大明宫通往兴庆宫、曲江的通道，有墙夹峙，故名，详见《河南府试十二月乐辞·三月》注。

【集评】

吴正子《注》：此篇言晚春之景。

刘辰翁《评》：不过写蚕事将了，困人天气。不晓沉琥珀何谓？末独赋榆钱，著沈郎，尤劣。“落花起作回风舞”，自然好。

曾益《注》：年少之客，正宜狎金钗、饮美酒以为乐，否则春去花落，榆荚之摧残者，吾不知其几矣，伤时之易迈也。

无名氏《批》：此题全要暮春时去之感，托意残丝。残丝，游丝也。时去矣，尚未知耶？与浣花老人“春风自信牙樯动”同一可叹。

方世举《批》：言春光易过也。“榆荚相催不知数”二句，不但花落，榆荚亦老而落矣。

董伯英评（《协律钩玄》卷一附）：晋沈充作榆荚钱，盖比钱于榆荚，此反以榆荚比钱。言清歌妙舞，落花回风观耳；珠袚金钗，榆荚青钱等耳。为欢未已，春忽催归，读之使人憬然。

何焯评（《协律钩玄》卷一附）：为乐惜钱，不知徒以催老，积于无用，化为土也，妙在隐约不尽。《蟋蟀》刺晋昭公，此言夹城路，必有属矣，其以琼林大盈为戒耶？

陈本礼《协律钩玄》卷一：此刺当时少年狭斜不归而作。绿鬓年青，金钗色丽，粉壶器美，琥珀香浓，正温柔沉湎之乡，岂可遽言归去？无如莺老蜂归，花台春暮，囊中青钱已化为榆荚，犹眷恋而不已也。

黎简《批》：后四句极曲折，言春欲去而落花回风，犹有留春之意，乃榆叶纷纷相催春去，多于落花之起舞也。

【编年】

此诗亦作于任职长安三年中，观“夹城路”可知。

申胡子觱篥歌并序〔一〕

申胡子，朔客之苍头也〔二〕。朔客李氏本亦世家子①，得祀江夏王庙〔三〕。当年践履失序，遂奉官北郡②〔四〕。自称学长调短调〔五〕，久未知名。今年四月，吾与对舍于长安崇义里，遂将衣质酒，命予合饮。气热杯阑，因谓吾曰：“李长吉，尔徒能长调，不能作五字歌诗，直强回笔端，与陶谢诗势相远几里。”〔六〕吾对后，请撰《申胡子觱篥歌》，以五字断句。歌成，左右人合噪相唱，朔客大喜，擎觞起立，命花娘出幕〔七〕，徘徊拜客。吾问所宜③，称善平弄〔八〕，于是以弊辞配声，与予为寿。

颜热感君酒，含嚼芦中声〔九〕。花娘篸绥妥〔一〇〕，休睡芙蓉屏。谁截太平管〔一一〕，列点排空星。直贯开花风，天上驱云行〔一二〕。今夕岁华落，令人惜平生④。心事如波涛，中坐时时惊〔一三〕。朔客骑白马，剑弝悬兰缨〔一四〕。俊健如生猱，肯拾蓬中萤⑤〔一五〕。

【校记】

①本亦，“亦”上原无“本”字，据宋蜀本、吴正子本、蒙古本、日本内阁文库本补。

②北郡，原作“北部”，据宋蜀本、吴正子本、蒙古本改。

③问，宋蜀本作“闻”。

④平生，曾益本、姚佺本、姚文燮本均作“年生”。

⑤肯拾，曾益本、姚文燮本作“首拾”。

【注释】

〔一〕觱篥：乐器名。林谦三《东亚乐器考》：“筚篥是以芦茎为簧，短竹为管的竖笛。以原出龟兹的说法较为合理，六朝以后才传入中国。”《文献通考》卷一百三十八：“觱篥，一名悲篥，一名笳管，羌胡龟兹之乐也。以竹为管，以芦为首，状类胡笳而九窍，所法者角音，而甚悲篥，胡人吹之以惊中国马焉。……后世乐家者流，以其旋宫转器以应律管，因谱音为众器之首，至今鼓吹教坊用之，以为头管。……然其大者九窍，以觱篥名之；小者六窍，以风管名之。六窍者犹不失乎中声，而九窍者其先盖与太平管同矣。”

〔二〕朔客：北方客人。苍头：奴仆。《汉书·鲍宣传》：“苍头庐儿，皆用致富。”颜师古注：“孟康曰：汉名奴为苍头。”

〔三〕江夏王：唐宗室李道宗。王琦《解》：“江夏王名道宗，唐之疏属也，太宗时以战功累封江夏郡王，《唐书》有传。”

〔四〕奉官北郡：奉命到北方州郡去做官。王琦《解》按“北部”诠释，云：“北部谓北匈奴所居之地，其名始见于汉时。匈奴既分为两，遂称近南之部落曰南部，近北之部落曰北部。朔客，盖为北方边地之将者，故曰奉官北部，又谓之朔客云。”

〔五〕长调、短调：唐人称七言诗歌为长调，五言诗歌为短调。王琦《解》：“长调谓七字句，短调为五字句。”严羽《沧浪诗话·诗体》：“曰长调，短调。”胡才甫《沧浪诗话笺注》：“长调即七言诗，短调乃五言诗。”

〔六〕陶谢：陶潜和谢灵运，晋宋时代著名诗人，擅长五言诗。

〔七〕花娘：倡伎。陶宗仪《南村辍耕录》卷十四：“娼娘曰花娘。”翟灏《通俗编》：“倡伎为花娘，李贺《申胡子觱篥歌》序命花娘出幕徘徊拜客是也。按梅圣俞《花娘歌》云：‘花娘十四能歌舞，籍甚声名属乐府’。”

〔八〕平弄：声调平缓地歌唱。方世举《批》：“称善平弄，乐府有清调、平调。”

〔九〕“颜热”二句：曾益《注》：“颜热言醉，感，谓其以衣质酒。含嚼，谓卷芦以吹，芦中声，声自芦出。”王琦《解》：“颜热，因酒酣而面热也。含嚼，唇含齿嚼而吹之。”

〔一〇〕篸：同簪，用以绾结发髻的簪子。绥妥：王琦《解》：“绥，下垂之貌，妥，平妥也，谓其簪下垂而安妥之貌。”误。按，绥有安妥、舒徐之意。《诗经·小雅·鸳鸯》：“福禄绥之。”郑玄注：“绥，安也。”妥，物下垂貌，胡仔《苕溪渔隐丛话》前集卷十：“《三山老人语录》云：《重过何氏诗》云：‘花妥莺捎蝶，溪喧獭趁鱼。’西北方言，以堕为妥，花妥，即花堕也。”钱谦益《钱注杜诗》云：“吴若本注：刊作堕，音妥，妥又音堕。关中人谓落为妥，三山老人曰，花妥，即花堕也。”全句意谓花娘簪饰安妥地下垂着，王琦《解》恰恰将两字用意讲反了。

〔一一〕太平管：和觱篥近似的管乐器，本诗借指觱篥。《文献通考》

卷一百三十八:“太平管,形如跋膝而九窍,是黄钟一均,所异者头如觱篥耳,唐天宝中史盛所作也。”王琦《解》:“按觱篥与太平管自是二器,玩诗句知申胡子所吹者实是太平管,而雅其名以冒称觱篥耳。四句言谁为此制者,截竹为管,而钻列空窍于其上如星点,然其器若无甚奇异,乃吹之行声,其劲能贯乎风而音流四远,其高能入乎云而响彻青云如此。”

〔一二〕“直贯”二句:王琦《解》:“吹之作声,其劲贯乎风而音流四远,其高能入乎云而响彻青冥如此。”

〔一三〕“今夕”以下四句:曾益《注》:“谓己当今夕,聆是声,感岁华之徂落,惜年生之虚迈,心为之沸跃而时惊。声之入人深也。”王琦《解》:“在坐间闻觱篥之声,不觉有感于中,而惜光阴之虚逝。”

〔一四〕“剑弝”句:王琦《解》:“弝当作杷,剑之柄也。兰缨,剑柄上所悬之缨。”

〔一五〕“肯拾”句:用车胤勤读的典故。《晋书·车胤传》:“胤恭勤不倦,博学多通,家贫不常得油,夏日则练囊盛数十萤火以照书,以夜继日焉。”王琦《解》:“言朔客骑马佩剑,俊健如猱,乃武夫侠客之流,宜其于书格格不相合,乃肯学古人拾萤火以自照,可谓好学之人矣。夫朔客本武人,而自称能诗,盖有志自拔于侪辈之中,而长吉以尽兴而极欢也与?”

【集评】

刘辰翁《评》:其长复出二谢,可喜,索意造语,欲过古人。“列点排星空,直贯开花风”,管也奇隽。“心事如波涛,中坐时时惊”,极善,自道。

董懋策《评》:序亦古。李亦阴服是评。

姚佺《笺》：以猱誉之，而又不著其名，观其呼“李长吉，尔徒能长调”，似轻侻恢啁者流，故拟之其伦，此长吉细密处。

姚文燮《注》：饮酒方醉，既闻苍头觱篥，致花娘不睡，出幕平弄，及五字歌成，配声为寿，管音清绝，风起云行，顾念岁华，心事安得不波涛涌也。其心事之所以波涛涌者，亦正以朔客李氏既有申胡子之能觱篥，又有花娘之善平弄，何我之独不尔乎。然朔客止一武人，驰马佩剑，健类生猱，顾乃首肯我五字之句，命花娘出拜为欢，何下珍腐草寒蛩若是也，宜贺深知己之感矣。蛩，贺自喻也。首即首肯意。

方世举《批》：序亦胜人。称善平弄，乐府有清调，有平调，李白《清平调》，合之也。

钱仲联《读昌谷集绝句六十首》：梨园旧部已残星，朔客相逢酒半醒。觱篥一声歌五字，生猱原不拾蓬萤。《申胡子觱篥歌》。

【编年】

序云：“今年四月。”元和五年春，李贺刚上任为奉礼郎，尚未熟识朔客，则本诗当作于元和六年四月。

古邺城童子谣效王粲刺曹操①〔一〕

邺城中，暮尘起。探黑丸，斫文吏〔二〕。棘为鞭，虎为马。团团走，邺城下。切玉剑〔三〕，射日弓〔四〕。献何人，奉相公〔五〕。扶毂来，关右儿。香扫途，相公归〔六〕。

【校记】

①诗题，吴正子本、蒙古本、凌刊本、黄评本无“刺”字。

【注释】

〔一〕邺城:故址在今河北临漳县西。曹操自立为魏公,建都于此。李吉甫《元和郡县图志》卷十六:“(相州邺县)故邺城,县东五十步。本春秋时齐桓公所筑也,自汉至高齐,魏郡邺县并理之。今按魏武帝受封于此,至文帝受禅,呼此为邺都。”王粲:字仲宣,山阳高平(今山东济宁市东南)人,“建安七子”之一,先依刘表,后归附曹操,事见《三国志·魏书·王粲传》。效王粲曹操:指效学王粲、曹操的《古邺城童子谣》,王、曹之作,今已失传。历史上无王粲刺曹操之诗作留下,因不取王琦本“王粲刺曹操”之题意。

〔二〕“探黑丸”二句:王琦《解》:“《汉书·尹赏传》:长安中奸滑浸多,闾里少年,群辈杀吏,受赇报仇,相与探丸为弹;得赤丸者斫武吏,得黑丸者斫文吏,白者主治丧。城中薄暮尘起,剽劫行者,死伤横道,枹鼓不绝。”王琦注引典故出处,是正确的,殊不知李贺此诗借古讽今,反映现实生活中“斫文吏”的真实事件。刘禹锡《遥伤丘中丞并引》云:“河南丘绛,有词藻,与余同升进士科,从事邺下,不幸遇害,故为伤词。”“邺下杀才子,苍茫冤气凝。枯杨映漳水,野火上西陵。马鬣今无所,龙门昔共登。何人为吊客?唯是有青蝇。”丘绛,丘鸿渐之子,贝州人,贞元九年进士及第,与刘禹锡同年登科,尝任魏博节度使田绪的节度判官,后被田季安杀害。《元和姓纂》卷五:“左司郎中丘鸿渐,贝州人,生绛,兼中丞。”《旧唐书·田季安传》:“有进士丘绛者,尝为田绪从事。及季安为帅,绛与同职不协,相持争权,季安怒,斥绛为下县尉,使人召还,先掘坎于路左,活排而瘗之,其凶暴如此。”刘禹锡诗并引直书其事,容易看出,长吉诗运化汉典,暗指时事,揭露田季安杀戮文吏的残暴行为，含意深蕴，注家不易发见。

〔三〕切玉剑：《列子·汤问篇》："周穆王大征西戎，西戎献锟铻之剑，火浣之布。其剑长尺有咫，炼钢赤刃，用之切玉，如切泥焉。"《山海经·中山经》："昆吾之山，其上多赤铜。"郭璞注："此山出名铜，色赤如火，以之作刀，切玉如割泥也。"

〔四〕射日弓：《淮南子·本经训》："尧之时，十日并出，焦禾稼，杀草木，而民无所食。……尧乃使羿上射十日，而下杀猰貐。"高诱注："十日并出，羿射去九。"《楚辞·天问》："羿焉弹日。"王逸注："羿仰视十日，中其九日，日中九乌皆死，堕其羽翼。"

〔五〕相公：古代既封公，又封宰相的人，始自曹操。王粲《羽猎赋》："相公乃乘轻轩，驾四骆，拊流星，属繁弱，选徒命士，咸与竭作。"王粲《从军行》："相公征关右，赫赫震天威。"《文选》王粲《从军行》李善注："曹操为丞相，故曰相公。"顾炎武《日知录》卷二十四"相公"条云："前代拜相者必封公，故谓之相公，若封王，则称相王。"《日知录集释》引钱大昕语："曹操始以丞相封魏公，相公之称，自孟德始，前此未之有也。"

〔六〕"扶毂来"四句：《三国志·魏书·董卓传》："（建安元年）奉、暹、承以天子还洛阳。天子入洛阳，宫室烧尽，街陌荒芜。""太祖乃迎天子都许。"谓之相公归者，盖人但知有曹操，不知有天子也。王琦《解》："知有相公，不知有天子。"姚文燮《注》："一言邺城薄暮，乱作尘飞，杀伤横道。谗邪凶残之辈，皆得效驱驰奔走，分布中外，宝剑良弓，以奉相公，供谋篡逆。若杨奉、韩暹，本欲借奉车驾为乱，而不知操反挟天子以归也。盖小人急于邀功，奸雄故为不测如此。"

【集评】

刘辰翁《评》：虽不尽晓刺意，终是古语可爱。

杨慎《升庵外集》：李太白《荆州歌》有汉谣之风，唐人诗可入汉魏乐府者，唯太白此首，及张文昌《白鼍谣》、李贺《邺城谣》。

无名氏《批》：节愈短，音愈悲。词愈简，情愈切。昌谷之妙如此。棘鞭虎马，极写恶状，不必指实。

王夫之《唐诗评选》卷一：亦刺当时，体神自远。

萧琯评（《昌谷集句解定本》卷三）：诗准诸史，则议自坚确。操驾车东迁，乃自为大将军封武平侯者也；献何人、奉相公，其无君心之罪著矣。

董伯英评（陈本礼《协律钩玄》卷三）：此咏操初起邺，至许谋迎献帝事，在董卓既诛后，非攻袁尚于邺事也。贺因藩镇跋扈，招纳叛亡，私养外宅，虑其心必有煽合秦陇，挟制天子，渐移唐祚之变，故陈古以讽，厥后唐室竟以是亡，其曰效王粲，讳之也。

黎简《批》：仲宣未归曹氏时，词章时时讥刺。曹氏奢僭有之矣，如陈琳亦尝作檄也。此题本有刺字。

陈沆《诗比兴笺》卷四：唐时藩镇多有加使相仆射之阶者。此以邺城托兴，殆指河北藩镇也。藩镇倚牙兵为亲军，其横暴城市，至弯射日之弓，抗命跋扈，可以想见。再言相公，言知有相公，不知有天子也。不然，何取于往古之曹操而刺之？

钱仲联《读昌谷集绝句六十首》：昆吾神剑射乌弓，持献何人奉相公。五十年来邺城事，歌尘收拾暮尘中。《邺城童子谣》，刺田季安也。

【编年】

本诗确是运用古谣谚之体式，借古讽今，从杀害部属、横行霸道、对抗朝廷等几个方面，形象地描绘出时任魏博节度使田季安的凶残本质。魏博镇于元和八年改由田弘正任节度使,则“邺下斫文吏”之事,必在元和七年以前,李贺此诗亦当作于元和七年前。

荣华乐[①]

鸢肩公子二十馀〔一〕,齿编贝〔二〕,唇激朱〔三〕。气如虹霓〔四〕,饮如建瓴〔五〕,走马夜归叫严更〔六〕。径穿复道游椒房〔七〕,龙裘金玦杂花光[②]〔八〕。玉堂调笑金楼子〔九〕,台下戏学邯郸倡[③]〔一〇〕。口吟舌话称女郎〔一一〕,锦祛绣面汉帝旁〔一二〕。得明珠十斛,白璧一双,新诏垂金曳紫光煌煌〔一三〕。马如飞,人如水〔一四〕,九卿六官皆望履〔一五〕。将回日月先反掌,欲作江河惟画地〔一六〕。峨峨虎冠上切云〔一七〕,竦剑晨趋凌紫氛。〔一八〕绣段千寻贻皂隶,黄金百镒贶家臣〔一九〕。十二门前张大宅〔二〇〕,晴春烟起连天碧。金铺缀日杂红光〔二一〕,铜龙啮环似争力〔二二〕。瑶姬凝醉卧芳席〔二三〕,海素笼窗空下隔〔二四〕。丹穴取凤充行庖〔二五〕,玃玃如拳那足食〔二六〕。金蟾呀呀兰烛香〔二七〕,军装武妓声琅珰〔二八〕。谁知花雨夜来过,但见池台春草长〔二九〕。嘈嘈弦吹匝天开〔三〇〕,洪崖箫声绕天来〔三一〕。天长一矢贯双虎〔三二〕,云弝绝骋聒旱雷〔三三〕。乱袖交竿管儿舞〔三四〕,吴音绿鸟学言语〔三五〕。能教刻石平紫金〔三六〕,解送刻毛寄新兔〔三七〕。三皇后,七贵人,五十校尉二将军〔三八〕。当时飞去逐彩云,化作今日京华春〔三九〕。

【校记】

①诗题,宋蜀本、蒙古本、凌刊本、曾益本、《全唐诗》题下注:"一作东洛梁家谣。"王琦《解》注:"一本作东洛梁家谣。"

②龙裘,曾益本、凌刊本、姚佺本、《全唐诗》作"龙裘"。

③戏学,王琦《解》:"恐当作戏狎为是。"邯郸倡,宋蜀本、蒙古本作"邯郸唱"。

【注释】

〔一〕鸢肩公子:《后汉书·梁冀传》:"(冀)为人鸢肩豺目,洞精矘眄。"章怀太子注:"鸢肩,上耸也。"姚佺《笺》:"少为贵戚,故言二十馀。"

〔二〕齿编贝:状齿之洁白齐整。《汉书·东方朔传》:"目若悬珠,齿若编贝。"

〔三〕唇激朱:嘴唇鲜红。《庄子·盗跖》:"唇如激丹,齿如齐贝。"司马彪注:"激,明也。"曾益《注》:"鸢肩数语,见容貌之美。"

〔四〕气如虹霓:语出江淹《赤虹赋》:"云或怪彩,烟或异鳞,必杂虹蜺之气,阴阳之神焉。"

〔五〕饮如建瓴:形容狂饮之状。《汉书·高帝纪》:"譬犹居高屋之上建瓴水也。"如淳注:"瓴,盛水瓶也。居高屋之上而翻瓴水,言其向下之势易也。"

〔六〕"走马"句:严更,禁止夜行之更鼓。《文选》张衡《西京赋》:"重以虎威、章沟严更之署。"薛综注:"严更,督夜行鼓也。"自六朝至唐,仍沿汉制,李白《侍从游宿温泉宫作》:"严更千户肃,清乐九天闻。"宋长白《柳亭诗话》卷五"严更"条云:"昌谷《梁家谣》'夜归走马叫严更,径穿复道游椒房。'写得气焰熏灼,有金吾不敢谁何之意。"

〔七〕“径穿”句：吴正子《注》：“椒房，皇后宫，以椒涂屋，取其温暖，且取藩衍之义。梁冀姊为顺帝皇后，故冀得出入椒房。”

〔八〕“龙裘”句：《左传·闵公二年》：“衣之尨服，佩以金玦。”杜预注：“尨，杂色也。玦，如环而缺不连。”曾益《注》：“龙裘金玦，见服之华。”王琦《解》：“冀传称其改易舆服之制，作埤帻，狭冠，折上巾，拥身扇，狐尾单衣。此云龙裘金玦，盖喻言冀之衣佩皆不正也。”

〔九〕“玉堂”句：梁元帝萧绎著《金楼子》，述徐妃淫妒之事，后代因以代指淫妒女子。元代杨维桢《采桑词》：“不识秋胡妻，误认金楼子。”自注：“《南史》：徐妃淫妒，私通左右，帝疾之，赐死，又制《金楼子》以述其淫行。李贺诗云：玉堂调笑金楼子，台下戏学邯郸倡。”吴正子《注》：“《南史·梁徐妃传》：妃淫妒，与左右私通，元帝后疾其所为，赐死，制《金楼子》以述其淫行。长吉假此以言冀也。”陈本礼《协律钩玄》卷四：“调笑《金楼子》，谓如今世评说弹词家以淫词小说演述故事，以为调笑。”将“金楼子”当作书名，加以诠释，似嫌牵强。

〔一〇〕“台下”句：吴正子《注》：“邯郸，赵都，俗善歌舞。”王琦《解》：“二句甚言冀在宫中无礼之状。”姚文燮《注》：“言其敢于内苑肆行调笑，而自学倡女之歌。”

〔一一〕口吟舌话：口中喁喁私语，说话含糊不清。《后汉书·梁冀传》：“（冀）口吟舌言。”章怀太子注：“谓语吃不能明了。”王先谦《后汉书集解》引周寿昌说：“‘口吟舌言’，非口吃之谓也。口吟，口中喁喁私呓，听之不绝声，审之不成句，《伤寒论》中所谓郑声也。舌言，言出口即敛，不明白宣示，所谓含糊也，皆奸人相也。”周说切当，与下句相配，将梁冀之巧言令色的奸佞相刻画无遗。

〔一二〕锦袪绣面:绣面,为绣面衣之简称,《太平御览》卷六九三引《东观汉记》曰:"更始在长安自恣,三辅苦之,又所署官爵多群小……或绣面衣、锦裤、诸于、襜褕,骂詈道路。"《后汉书·刘玄传》则有更详细之记载:"其所授官爵者,皆群小贾竖,或有膳夫庖人,多着绣面衣、锦裤、襜褕、诸于,骂詈道中,长安为之语曰:'灶下养,中郎将。烂羊胃,骑都尉。烂羊头,关内侯。'"李贺借用汉代典故,指斥梁冀乃群小贾竖,穿着绣衣锦服,侍立于汉帝旁,一副谄佞相。

〔一三〕"新诏"句:王琦《解》:"垂金曳紫,垂金印曳紫绶也。"姚文燮《注》:"既得重赏,更加新秩。"

〔一四〕马如飞,人如水:《后汉书·马皇后纪》:"前过濯龙门上,见外家问起居者,车如流水,马如游龙。"姚佺《笺》"今云此者,吏人赍货求官请罪者,道路相望也。"

〔一五〕"九卿"句:《后汉书·梁冀传》:"专擅威柄,凶恣日积,机事大小,莫不咨决之。宫卫近侍,并所亲树,禁省起居,纤微必知。百官迁召,皆先到冀门笺檄谢恩,然后敢诣尚书。"望履,不敢仰视,语出《庄子·盗跖》:"孔子复通曰:'丘得幸于季,愿望履幕下。'"

〔一六〕"将回"二句:反掌,语出枚乘《上书谏吴王》:"变所欲为,易如反掌。"杜甫《观公孙大娘弟子舞剑器行》:"五十年间似反掌。"画地,语见《文选》张衡《西京赋》:"画地成川,流渭通泾。"李善注:"《西京杂记》曰:'淮南王好方士,方士画地成河。'"《云笈七签》卷一〇九载"淮南王八公",曰:"一人能坐致风雨,立起云雾,画地成江河,撮土为山岳。"吴正子《注》:"回日月、作江河,言冀权势可畏,能回天地如此。"曾益《注》:"回日月、作江河,见能回君,能作威福。反掌、画地,见易。”

〔一七〕虎冠:武官之帽,《后汉书·舆服志》:“武冠,一曰武弁大冠,诸武官冠之。”应劭《汉官仪》:“虎贲冠,插鹖尾。”吴正子《注》:“前汉王温舒为中尉,其爪牙吏虎而冠者也。”切云,形容冠之高。屈原《九章·涉江》:“冠切云之崔嵬。”王逸注:“戴崔嵬之冠,其高切青云也。”

〔一八〕“竦剑”句:竦剑,上朝时佩剑而行,语出《文选》左思《吴都赋》:“竦剑而趋。”李周翰注:“竦剑,谓带剑竦立而趋也。”曾益《注》:“凌紫氛,见势迫君。”王琦《解》:“二句言其畜养勇士,势迫君上。”

〔一九〕“绣段”二句:《后汉书·梁冀传》:“取良人,悉为奴婢。”“赏赐金钱、奴婢、彩帛、车马、衣服。”曾益《注》:“绣段黄金以贻皂隶,贶家臣,见用之滥。”王琦《解》:“二句言广收贿赂,遍及家人。”

〔二〇〕十二门,《后汉书·百官志四》:“洛阳城十二门,其正南一门曰平城门……其馀上西门、雍门、广阳门、津门、小宛门、开阳门、秏门、中东门、上东门、谷门、夏门,凡十二门。”

〔二一〕金铺:金属制成之门铺首(门环钮和底座)。《文选》左思《蜀都赋》:“金铺交映。”刘渊林注:“金铺,门铺首以金为之。”

〔二二〕铜龙:门上之饰,所以衔门环。刘辰翁《评》:“至无紧要,却有思索。”《后汉书·梁冀传》:“冀乃大起第舍,而寿亦对街为宅,殚极土木,互相夸竞。堂寝皆有阴阳奥室、连房洞户。柱壁雕镂,加以铜漆,窗牖皆有绮疏青琐,图以云气仙灵。台阁周通,更相临望,飞梁石磴,陵跨水道。金玉珠玑,异方珍怪,充积藏室。又广开园囿,采土筑山,十里九阪,以象二峭。"

〔二三〕瑶姬:王琦《解》:"喻姬妾之类。"

〔二四〕"海素"句:海素,鲛绡,王琦《解》:"海素,海中鲛人所织之素,即鲛绡也。以鲛绡笼窗,其明亮如空也。"隔,窗户上疏棂,用以取明,又名"绮疏",俗呼为"窗格"、"隔子"。陈本礼《协律钩玄》谓"阻隔"之意,非是。赵翼《陔馀丛考》卷二十二:"窗户有疏棂可取明者,古曰绮疏,今曰槅子。按槅当作隔,谓隔限内外也。《夷坚志》云,廊上列金漆凉隔子。《瓮牖闲评》作亮隔。《渊海》则竟作格,谓学士院窗格有火燃处,太宗尝夜至,苏易简已寝,遽起无烛,宫嫔自窗格以烛入照之。后以为玉堂盛事,遂不复易。是隔、格俱有典故,俗作槅者非。"

〔二五〕"丹穴"句:丹穴,山名,传说此山产凤凰。《山海经·南山经》:"丹穴之山有鸟焉,其状如鸡,五采而文,名曰凤凰。"《庄子·让王》:"王子搜患之,逃乎丹穴。"《尔雅·释地》:"岠齐州以南,戴日为丹穴。"行庖,即行厨,乃古人外出时携带之酒馔、食具。《神仙传》:"麻姑至蔡经家,入拜王远,远为之起立。坐定,各进行厨,皆金杯玉盘。"冯贽《云仙杂记》卷一〇引《葛洪传》:"左慈明六甲,能役鬼神,坐致行厨。"杜甫也曾以此典入诗,《严公仲夏枉驾草堂兼携酒馔》:"竹里行厨洗玉盘,花边立马簇金鞍。"

〔二六〕玃玃如拳:小如拳之猕猴。王琦《解》引《益部方物略记》邛蜀所产之猕为注,无"如拳"之意。按,杜甫《从人觅小胡孙许寄》:"人说南洲路,山猿树树悬。举家闻若咳,为寄小如拳。"《渊鉴类函》卷四百三十二"如拳玃玃"条云:"《崇安志》,武夷山多猕猴,小者仅如拳。"

〔二七〕“金蟾”句：王琦《解》：“金蟾，铸金肖蟾形为烛台薰炉之类。呀呀，张口貌。”

〔二八〕“军装”句：《后汉书·梁冀传》：“冀、寿共乘辇车，张羽盖，饰以金银，游观第内，多从倡妓，鸣钟吹管，酣讴竟路。或连继日夜，以骋娱恣。”王琦《解》：“侍立之妓，皆令扮作军士装束也。”

〔二九〕“谁知”二句：王琦《解》：“言宴饮喧哗，继之以夜，天色晴雨，亦不知觉。”这两句，看似寻常，却有所本，韦应物《幽居》：“微雨夜来过，不知春草生。”黎简《批》：“此意唐人诗屡用屡妙。”

〔三〇〕嘈嘈：琵琶声，白居易《琵琶行》：“大弦嘈嘈如急雨。”匝天：满天。

〔三一〕洪崖：传说远古时代的乐师。《文选》张衡《西京赋》：“洪崖立而指挥。”薛综注：“洪崖，三皇时伎人。”曾益《注》：“弦吹逐天，箫绕天，见乐举。”

〔三二〕“天长”句：王琦《解》：“冀本传曰，冀能挽满。”王氏误解长吉诗意，此句之双虎，乃伎人带假头所扮。《文选》张衡《西京赋》：“熊虎升而拿攫，猿狖超而高援。”薛综注：“罴豹熊虎，皆为假头也。”李贺化用赋意，描写梁家伎人表现杂技、歌舞的场面。

〔三三〕“云弝”句：弝，弓的执手处。聒旱雷，指弓强震响如雷。《梁书·曹景宗传》：“拓弓弦作霹雳声。”王琦《解》：“弝音霸，弓弣中手执处也。旱雷，谓弓弦震烈之声。”

〔三四〕“乱袖”句：王琦《解》引《楚辞》王逸注、吕向注，方世举《批》引元稹诗，均非。元稹《琵琶歌》所称“李家管儿”，乃是弹琵琶之伎人名，并非舞者。按，管儿舞，实际就是竿儿舞，即汉代之“寻橦”、“都卢”。这种杂伎,当代称为“长竿舞”(见郑处晦《明皇杂录》)、“花竿舞”(见王邕《勤政楼花竿赋》)、“竿木”(见崔令钦《教坊记》)。王邕《勤政楼花竿赋》:“整花钿以容与,转罗袖而徘徊。”“戴之者强项超群,登之者纤腰回舞。”竿木上之舞者,倏忽回旋,摆动舞袖,故云“乱袖交竿”。不称“竿儿舞”而称“管儿舞”,为免文字重复。

〔三五〕“吴音”句:王琦《解》:“吴音,吴地之歌声。绿鸟,鹦鹉也。谓歌者作吴地之歌声,其音娇好,有似鹦鹉学人言语。”按,以上六句,描写梁家伎人表演歌舞、杂技的场面,均自张衡《西京赋》脱化而来。

〔三六〕“能教”句:凿刻石山作地窖以藏金。王琦《解》:“谓刻石作穴,积金其中,而与地相平,见冀之聚敛无厌。旧注谓刻石立碑而以金平之者,非是。”句意出自王嘉《拾遗记》卷六:“郭况,光武帝皇后之弟也。”“庭中起高阁长庑,置衡石于其上,以称量珠玉也。阁下有藏金窟,列武士以卫之。故东京谓郭氏家琼厨金穴。”长吉用其意,自造新语,以郭家比况梁家,用典妥切。

〔三七〕“解送”句:《后汉书·梁冀传》:“又起菟苑于河南城西,经亘数十里,发属县卒徒,缮修楼观,数年乃成。移檄所在,调发生菟,刻其毛以为识,人有犯者,罪至刑死。”

〔三八〕“三皇后”三句:此为历史事实之概括。《后汉书·梁冀传》:“冀一门前后七封侯,三皇后,六贵人,二大将军,夫人、女食邑称君者七人,尚公主者三人,其馀卿、将、尹、校五十七人。”

〔三九〕“当时”二句:吴正子《注》:“时移岁换,昔日之贵盛,今化为他人之春,意味含蓄无穷。”曾益《注》:“全篇形容梁氏富贵骄纵之极，末言昔日梁氏之富贵转眼已尽，而已化为今日京华之富贵。意盖借此以刺当时之专恣者。”王琦《解》：“此二句乃《文赋》所云立片言而居要，乃一篇之警策者也，其戒之也深矣。”陈弘治《校释》：“末二句，谓当时梁氏内壶外朝，尊宠赫奕，乃一旦湮灭，如彩云之尽散，昔日荣华，岂知复化为今日京华春耶！”

【集评】

无名氏《批》：冀出则播弄国柄，入则受制淫妻，写得曲尽其致。孙寿扫眉挽髻，皆极夭斜，故云。诗意甚明，读之自见。

黄淳耀《评》：当时男嬖，如邓、董之俦。既云梁家，则是梁家之子弟矣，非男嬖矣。

方世举《批》：借题讽刺，岂真咏梁家。“云弝绝骋聒旱雷”，旱雷谓笑。《晋书》，客有见人别谢不下泣者，曰：此客密云。谢公曰：亦且旱雷。此则有响，此所谓箭作辟历响也。应从弓弝解，乃与上句接。“乱袖交竿管儿舞”，伎人名，详元白诗。“能教刻石平紫金”，刻字必误，石是斗石之石。“解送刻毛寄新兔”，董注：新兔笔也，即碑中文字之意。非，兔刻毛是梁冀事，详《后汉书》。

陈本礼《协律钩玄》卷四：《梁冀传》载《汉书》，此为冀又演出一部传奇来，可与《秦宫诗》合看。一主一奴，各有妖媚动人处，冀得帝宠，宫得冀宠，并得其妻孙寿宠，宠虽不同，而其狐媚则一。

董伯英评（《协律钩玄》卷四）：盖假以刺国忠、林甫、元载辈。或曰刺诸武也，故形写深刻至此。

舒梦兰《古南馀话》卷三：长吉才情哀艳过于少陵。如《荣华乐》一篇，怨而不怒，风人之旨，旁敲隐刺，妙不容指。善学《楚辞》,试将《招魂》《大招》中些只语助一一点去,以七字断句,不全似长吉乐府之声乎！樊川谓其少理,盖不能读《骚》。《骚》正越理摅情,贵声情而略词理者。有娀之女可求乎？鸩可为媒乎？鱼可媵乎？天可冲乎？水中可筑室而芙蓉可为裳乎？其理安在,而以少理议贺。

黎简《批》:此诗结语明是咏梁冀,非男嬖也。冀貌甚美,故有"玉堂"以下数句,遂疑为男嬖耳。此意唐人诗屡用屡妙。收束处,音情之妙,不可言传。唐人长句能此调者数人而已。昌黎有此笔力,便无此远韵。

陈沆《诗比兴笺》卷四:咏梁冀以刺当时贵戚,末语隐然前车之鉴,但不知所斥何人耳。集中借梁冀事为讽者,又有《秦宫诗》云:"开门烂用水衡钱,卷起黄河向身泻。"又《梁台古意》云:"梁王池沼空中立,天河之水夜飞入。"皆与此篇同刺。

钱仲联《读昌谷集绝句六十首》:黄河身泻水衡钱,日月能回反掌先。早识彩云飞去事,古槐门巷夕阳边。《荣华乐》《秦宫诗》,俱借梁冀家事以刺宪宗朝外戚权门,主要指郭贵妃家。贵妃,郭子仪孙女、郭暧之女,代宗女升平公主所生。唐史美化公主家,非实录。赵嘏《经汾阳旧宅诗》云:"今日独经歌舞地,古槐疏冷夕阳多。"

【编年】

李贺在长安时日,目睹皇亲国戚、达官贵人的纵情声色、骄奢淫逸的生活,义愤填膺,他以如椽巨笔,借汉说唐,运巨大艺术腕力,向人们展示了一幅幅京华上流社会的生活画卷,《荣华乐》便是一首颇具代表性的作品。曾益说:"全篇形容梁氏富贵骄纵之极,末言昔日梁氏之富贵转眼已尽,而已化为今日京华之富,意盖借此以刺当时之专恣者。"(《昌谷诗注》卷四)陈沆也说:"咏梁冀以刺当时贵戚。"(《诗比兴笺》卷四)他们深刻地揭示出本诗托古寓今的本质特征。

秦宫诗

汉秦宫①〔一〕，将军梁冀之嬖奴也。秦宫得宠内舍，故以骄名大噪于人。予抚旧而作长辞，辞以冯子都之事相为对望②〔二〕，又云昔有之诗〔三〕。

越罗衫袂迎春风③〔四〕，玉刻麒麟腰带红。楼头曲宴仙人语〔五〕，帐底吹笙香雾浓④〔六〕。人间酒暖春茫茫，花枝入帘白日长〔七〕，飞窗复道传筹饮〔八〕，十夜铜盘腻烛黄⑤〔九〕。秃襟小袖调鹦鹉〔一〇〕，紫绣麻鞋踏哮虎⑥〔一一〕。斫桂烧金待晓筵〔一二〕，白鹿清酥夜半煮⑦〔一三〕。桐英永巷骑新马⑧〔一四〕，内屋深屏生色画⑨〔一五〕。开门烂用水衡钱〔一六〕，卷起黄河向身泻〔一七〕。皇天厄运犹曾裂〔一八〕，秦宫一生花底活⑩。鸾篦夺得不还人〔一九〕，醉睡氍毹满堂月⑪〔二〇〕。

【校记】

①汉秦宫，宋蜀本、曾益本、姚佺本于“汉”下多一“人”字。《唐文粹》卷十六上“汉”字在“宫”字下。

②辞以冯子都之事，宋蜀本无“辞”字，《唐文粹》“以”作“似”。

③衫袂，《唐文粹》作“夹衫”。王琦《解》：“一作夹衫。”

④香雾，王琦《解》：“一作烟雾。”

⑤十夜铜盘，《唐文粹》、蒙古本作“午夜铜盘”，近是。王琦《解》：“十夜铜盘，一作半夜朦胧，一作午夜朦胧，姚经三作卜夜铜盘。愚意昼饮不足，继之以夜，夜宴未终，又预治晓筵，沉湎之状，一

串说下，则‘半夜’、‘午夜’皆是，作‘十夜’者，非也。”

⑥哮虎，王琦《解》：“哮虎，一作虓虎，一作吼虎。”

⑦清酥，《唐文粹》作“青酥”，宣城本、蒙古本作“清苏”，吴正子本、黄评本作“青苏”。夜半，王琦《解》：“一作夜来。”

⑧桐英，蒙古本作“相荫”。骑新马，蒙古本作“调生马”。王琦《解》：“一作骑主马。”

⑨深屏，《唐文粹》作“珍屏”，蒙古本作“屏风”。

⑩花底，宋蜀本作“花里”。

⑪醉睡，宋蜀本、蒙古本作“醉卧”，凌刊本作“醉眠”。

【注释】

〔一〕秦宫：东汉大将军梁冀的家奴，既得梁冀宠信，又得冀妻孙寿嬖爱，骄横异常，生活奢糜。《后汉书·梁冀传》：“梁冀爱监奴秦宫，官至太仓令，得出入冀妻孙寿所。寿见宫，辄屏御者，托以言事，因与私焉。宫内外兼宠，威权大震，刺史、二千石皆谒辞之。”

〔二〕冯子都之事：汉昭帝时，大司马霍光宠爱家奴冯子都，霍光死后，他与霍光妻私通，生活荒淫糜烂。《汉书·霍光传》：“霍光爱幸监奴冯子都，常与计事。及显寡居，与子都乱。”吴正子《注》：“子都事与秦宫政（正）相类，故长吉及之。”王琦《解》：“长吉以古乐府《羽林郎》一首言冯子都事，而秦宫事古未有咏者，故作此诗与之作对。”

〔三〕昔有之诗：过去有关于冯子都的诗，即指辛延年《羽林郎》，首句“昔有霍家奴”，即指冯子都。

〔四〕“越罗”句：曾益《注》：“越罗言冶服精，迎春风，态妖娆也。”

〔五〕曲宴：宫中之宴。《资治通鉴》卷七三：“（景初三年），帝游后园，曲宴极乐。”胡三省注：“曲宴，禁中之宴，犹言私宴也。”仙人语：王琦《解》："谓人之望见者，疑以为仙也。"

〔六〕"帐底"句：王琦《解》："谓香气浓郁似雾。"陈弘治《校释》："按：四句言宫以监奴而冶妆丽服，僭用名器；楼头帐底，肆行逸乐。"

〔七〕"人间"二句：曾益《注》："'人间'句，言有秦宫而人间之酒长暖不寒，人间之春，茫茫自度。花入帘，白日长，正春茫茫。"姚文燮《注》："春茫茫，沉湎至浓极也。"

〔八〕飞窗：高楼之窗。复道：楼阁间空中连接的通道。曾益《注》："飞窗、复道，本楼；传筹饮，本宴。"

〔九〕"十夜"句：陈弘治《校释》："十夜，宜从金刊本（即蒙古本）作午夜。铜盘，灯釭也。按：人间酒暖四句，言昼饮不足，继之以夜，所谓'连继日夜以骋娱恣'（方世举语）也。"

〔一〇〕"秃襟"句：秃襟小袖，无领窄袖之衣。王琦《解》："调，调习而使之知人意也。"姚佺《笺》："上言越罗衫袂，此言秃衿小袖，盖更衣去其外饰而留其亵服也。"

〔一一〕"紫绣"句：紫绣麻鞮，绣有图案花纹的紫色麻履。踏哮虎，用扬雄《羽猎赋》："履般首，带长蛇"语意。《文选》如淳注："般音班，班首，虎之头也。"李善注："履，践履之也。"《说文》："蹋，践也。"段玉裁注："俗作踏。"由此可见，李贺诗意并不是踏在哮虎身上，乃是穿着绣有虎头饰的麻鞋。

〔一二〕斫桂烧金：王琦《解》："斫桂，言其以桂为薪，烧金，言其以金为釜。"

〔一三〕白鹿：王琦《解》："《述异记》：鹿千五百年化为白。是不易得之物，而以充口腹之味，则馀之山珍海错重叠罗列者，举一而具见矣。"陈弘治《校释》："按：秃襟小袖四句，言夜宴未终，又预治晓筵，则其沉湎之状可知矣。"

〔一四〕“桐英”句：吴正子《注》：“桐英，桐花也，永巷所植。”永巷，宫中长巷。《尔雅·释宫》：“宫中衖，谓之壼。”邢昺疏：“王肃曰：今后宫称永巷，是宫内道名也。”《三辅黄图》卷六：“永巷，长巷也，宫中之长巷幽闭宫女之有罪者。”王琦《解》引陈仁锡曰：“宫中长庑相通曰永巷。”

〔一五〕生色画：彩色画。王琦《解》：“谓画之鲜明，色像如生者。”无书证。按，生色画有两说：一，为佛书“生色可染”。《一切经音义》：“生色，金色也，可染织色也。”二，高似孙《纬略》卷七：“《墨客挥犀》曰：‘罨画，今之生色也。’余尝谓五采彰施于五服，此固生色之始也。”取高似孙之说，可知生色画即彩色画也。

〔一六〕水衡钱：天子私藏和专用之钱。《汉书·宣帝纪》：“二年春，以水衡钱为平陵，徙民起第宅。”颜师古注：“应劭曰：水衡与少府，皆天子私藏耳。”

〔一七〕“卷起”句：曾益《注》：“烂用水衡，滥赐近侍。向身泻，权势由宫也。”王琦《解》：“言其用之无节，若卷黄河之水而泻之，以见无所爱惜之意。向身，是为己一身而用。此句是足上句‘烂用’二字之意。”

〔一八〕“皇天”句：《晋书·五行志》：“惠帝元康二年二月，天西北大裂。”

〔一九〕“鸾篦”句：用象牙或玳瑁制成之鸾凤形篦子。王琦《解》：“篦，所以去发垢，以竹为之，侈者易以犀象、玳瑁之属。鸾篦，必以鸾形象之也。”姚佺《笺》：“盖宫既嬖于寿，则寿之左右近侍无不乱之，日夜相戏为乐，此夺篦不还，时时有之，非夺宠之说也。”

〔二〇〕氍毹：织毛褥。应劭《风俗通义》佚文卷二“织毛褥谓之氍毻”。王琦《解》:“此四句言宫之得宠于寿,鸾篦戏夺,醉睡氍毻,写小人恃宠骄肆,竟忘主父为何物,谁实阶之厉欤。”

【集评】

刘辰翁《评》:钩深索隐,如梦如画。极言梁氏连夜盛宴,而秦宫得志可见。至调鹦鹉,夜半煮,无不可道,故知作者妙于形容,末更奴态,人所不能尽喻。赋秦宫似秦宫,何多才也。“鸾篦夺得不还人”,亦是妙思。

董懋策《评》:写秦宫之丑隐而不俗,所以为绝构。

姚佺《笺》:《秦宫诗》,秦宫之事,乌天黑地之事,其诗亦作得乌天黑地。

王夫之《唐诗评选》卷一:亦刺当时之事,如少陵之《丽人行》,主名必立。“开门烂用”四句,只自夹带出来,又以二艳细语结,如此生者乃可与微言。“铜盘腻烛黄”,写烛泪,好。惜其“卜夜”二字,用《左传》,稚。

贺裳《载酒园诗话·李贺诗注》:《秦宫诗》曰:“桐英永巷骑新马,内屋深屏生色画。开门烂用水衡钱,卷起黄河向身泻。”注曰:“秦宫止得幸于冀家,非得幸于大内。今长吉‘永巷骑新马’,‘烂用水衡钱’等说,如邓通、董偃之流。”余意此正言冀之专横,其奴亦得出入禁掖,用内帑之钱,无所禁忌。若如注言,则董偃亦止用公主家钱,何说诗之固也。

姚文燮《注》:此借以丑武、韦及杨氏辈也。贺谓汉世子都、秦宫之事,相为对望,不知唐世如梁、霍事,所在接踵,况更有上焉者乎?以监奴而冶妆丽服,更窃朝廷名器,玉麟红鞓,诸王所服,竟尔侈僭若此。楼头帐底,肆行淫荡,春茫茫,沉湎至浓极也。花枝喻宫也。白日长,不待卜夜也。别馆传觞,夜以继日,亵衣妖服,倚翠偎红,巧语柔声,互相调笑,奇珍异馔,不辨昏朝。

新马，乃所赐之马也。内屋深屏，冶容相映也。水衡钱本人主之私帑，而为冀所擅，兹冀又为宫擅矣。妄行权势，惊涛骇浪，总由己意，夫以皇天犹有厄运，何宫见怜于美女而恣行一生乎！骄淫嬉戏，凡寿之左右无不狂纵，故常夺篦不还也。酣极高眠，清辉皎洁，而宫与寿总无所忌，异哉！

方世举《批》：此诗人推绝构，非也。长吉高处，往往有得之于天而非人事之所有者，佛家所谓教外别传，又所谓别峰相见者也。虽不及李、杜大宗，而大宗亦或不得而及之，此天也。玉楼之召虽幻，而作记者自只此人。杜牧之极赞杜诗、韩笔，然满胸人事，即近嗜欲，嗜欲深者天机浅，上清能不选此人耶？此诗虽工，却皆言人事之所可揣，语虽工，弗善也，若只以善写人事为工，则杜公《丽人行》尚矣，此工不及。序，《梁冀传》：寿色美而善为妖态，作愁眉，啼妆，堕马髻，折腰步，龋齿笑，以为媚惑。冀亦改易舆服之制，作平上軿车，埤帻，狭冠，折上巾，拥身扇，狐尾单衣。寿性钳忌，能制御冀，冀亦宠惮之。以为子都之事，霍家奴。又云昔有之诗，言又相传旧有此题之古诗也。“越罗衫袂迎春风，玉刻麒麟腰带红”，二语相门大奴之公服，玉刻麒麟言其佩也。“楼头曲宴仙人语”至“十夜铜盘腻烛黄”，六语大奴之日用饮食。“仙人语”言其歌也。“帐底吹笙”言其吹也，“十夜铜盘”句传所谓连继日夜以骋娱恣也。“秃襟小袖调鹦鹉，紫绣麻鞾踏哮虎”，二语承起，又写大奴之妖冶便服，传云：奇禽驯兽，飞走其间，调之踏之，以取娱乐。“斫桂烧金待晓筵，白鹿清酥夜半煮”，二语承次六句，言大奴之骄恣口腹，二句言食馔之费，晓言斫桂烧金，夜言白鹿清苏，互文也。“桐英永巷骑新马”，以下入内舍承宠。“鸾篦夺得不还人，醉睡氍毹满堂月”，以上已极写其宠，然犹泛泛，二句又足其娇，夺至于篦，睡至于堂，可想见矣。末二语乃略略点明，而终不入于秽恶。

董伯英评（陈本礼《协律钩玄》卷三）：宫官至太仓令，出入冀妻孙寿所，宫因私焉。内外兼宠，威权大震。长吉盖借以刺安禄山出入贵妃宫中事，观其自序，云汉人，云抚旧，云昔有，讳愈深而指益见矣。其曰玉麟腰带，曰复道，永巷，水衡，皆隐指宫闱也。

【编年】

《秦宫诗》不啻为《荣华乐》之姊妹篇，两诗分写一主一奴，互为补充，从不同侧面，描绘出一幅京城上层贵族阶级尽日宴饮、游冶无度的荒淫生活画卷，是诗人在长安三年内目睹贵族阶级豪华奢侈生活，难以压抑愤懑心情的作品。《钱谱》云："此诗借梁冀家豪奴秦宫事咏元和间事，无可实指其人。"所论极是。

贾公闾贵婿曲〔一〕

朝衣不须长，分花对袍缝〔二〕。嘤嘤白马来，满脑黄金重〔三〕。今朝香气苦，珊瑚涩难枕〔四〕。且要弄风人，暖蒲沙上饮〔五〕。燕语踏帘钩，日虹屏中碧〔六〕。潘令在河阳，无人死芳色[①]〔七〕。

【校记】

①芳色：王琦《解》："一作花色。"

【注释】

〔一〕贾公闾：晋贾充，字公闾，官至太尉，有女名午，嫁韩寿。题云"贾公闾贵婿"，殆谓韩寿。《晋书·贾充传》："（寿）美姿貌，善容止，贾充辟为司空掾。充每宴宾僚，其女辄于青琐中窥之，见寿而悦焉。”“时西域有贡奇香，一著人则经月不歇，帝甚贵之，惟以赐充及大司马陈骞。其女密盗以遗寿，充僚属与寿燕处，闻其芬馥，称之于充。”“充乃考问女之左右，具以状对，充秘之，遂以女妻寿。寿官至散骑常侍、河南尹。”王琦《解》：“此诗当是贵臣之婿挟妓出游，长吉遇之，恶其轻薄，而作此诗。其借贾公闾之名以立题者，或以其妇翁之姓相同，或以其婿结缡之先有午、寿所为者，故因之而有所讽耶？”

〔二〕“朝衣”二句：王琦《解》：“言衣服之时式。”姚文燮《注》：“朝衣取其称身，袍缝取其花之相合，此贵婿之衣也。”

〔三〕“嘤嘤”二句：曾益《注》：“二句明服饰炫人。”王琦《解》：“古诗《陌上桑》：黄金络马头。不过以黄金为络头之饰而已，今满脑之上皆黄金，其装饰之繁多可知。”姚文燮《注》：“嘤嘤白马，满脑黄金，此贵婿之乘也。”

〔四〕“今朝”二句：王琦《解》：“香气本甜而云苦，珊瑚枕本滑而云涩，以见富贵骄奢之态。二句言其不安家居，而骑马出游之故。”姚文燮《注》：“往日所与之香，而今觉其苦，往日所共之枕，而今觉其涩。”姚佺《笺》：“苦涩二字妙。”“此二字指出欲爱中苦海，却是真实语。”

〔五〕“且要”二句：要，邀也。徐渭《注》：“弄风，即吟风弄月之意。”王琦《解》：“弄风，即行云行雨之意。二句似指其挟妓宴饮。或谓弄风人指贾女言者，恐未是。”

〔六〕“燕语”二句：曾益《注》：“燕语，燕方通语，踏钩，帘尚垂。日虹，犹言晓红，屏中碧，光逊日而碧。二句言当晓，总未起时事。”

〔七〕“潘令”二句：潘岳，曾为河阳令。《晋书·潘岳传》：“美姿仪，辞藻绝丽，尤善为哀诔之文，少时常挟弹出洛阳道，妇人遇之者，皆连手萦绕，投之以果，遂满载而归。”曾益《注》：“末言世称美者，必言潘令，潘令之在河阳，无人以为之配，则虽种花满院，较之此而芳色死耳，言不若贾婿之兼得。”王琦《解》：“诗意谓如潘岳之才貌，宜为贵族所择而以为婿者也，乃远在河阳，无人为其芳色而心死，盖深薄乎目中所见之狂且也。”钱钟书《谈艺录》：“《贾公闾贵婿曲》：‘无人死芳色。’王注：‘无人为其芳色而心死。’实则语意正类《十二月乐词·二月》之‘酒客背寒南山死’，谓无人堪偶，红颜闲置如死，或芳容坐老至死耳。”

【集评】

刘辰翁《评》：“燕语踏帘钩”，画意。

黄淳耀《评》：不著题一语，自是妙。

无名氏《批》：苦涩二字妙，香本馨而云苦，珊瑚滑而云涩，此二字指出欲爱中苦涩。

姚文燮《注》：此追诮李林甫也。林甫有女数人，乃设选婿窗，每有贵族子弟入谒，女即于窗中择其美者配之，时多秽声。当必始误因其美而为贵婿，后不安于婿之无才者而有悔心，致别生思慕也。

【编年】

本诗乃描写长安贵家生活之作，当作于诗人供职长安时。姚文燮《昌谷集注》以为此诗追诮李林甫，亦觉时代过远，《钱谱》引王琦《解》定为长安任职时作，良是。

难忘曲①〔一〕

夹道开洞门〔二〕，弱杨低画戟②〔三〕。帘影竹华起，箫声吹日色〔四〕。蜂语绕妆镜〔五〕，画蛾学春碧③〔六〕。乱系丁香梢，满栏花向夕〔七〕。

【校记】

①诗题，宋蜀本、姚文燮本题下尚有“古诗有君家诚易知易知复难忘”十三字。

②弱杨，蒙古本作“弱柳”。姚佺本作“强杨”。

③画蛾，吴正子本、曾益本作“拂蛾”。

【注释】

〔一〕难忘曲：乐府曲名，郭茂倩《乐府诗集》卷三十四《相和歌辞·清调曲》有《相逢行》，古辞曰：“君家诚易知，易知复难忘。”王琦《解》：“长吉本此辞而命名也。”

〔二〕洞门：《汉书·董贤传》：“重殿洞门。”颜师古注：“洞门，谓门门相当也。”

〔三〕“弱杨”句：曾益《注》：“洞门列戟，贵家也。”王琦《解》：“戟之彩画有文饰者。唐时，三品以上官皆列戟于门，以为仪饰。”韦应物《郡斋雨中与诸文士燕集》：“兵卫森画戟，宴寝凝清香。”

〔四〕“帘影”二句：曾益《注》：“竹华，湘纹。吹日色，日出而吹箫。”王琦《解》：“竹华，谓帘竹之花纹。起者，因风荡摇而其纹见也。二句言室中之沉静。”姚文燮《注》：“竹华起，卷湘帘也。吹日色，送斜阳也。”

〔五〕“蜂语”句：曾益《注》：“蜂语绕，喧聚；妆镜，临镜而妆。”王琦《解》：“蜂语，蜂声也，蜂飞则有声，闻花香处则群萃焉，美人晓妆之地，花气馥郁，故蜂声绕之。”姚文燮《注》：“良媒密语，以通音问。”则别为一说。

〔六〕“画蛾”句：曾益《注》：“拂蛾，画眉。学春碧，如春山。”王琦

《解》:“春草碧色,言所画之蛾眉如春草之色也。丘象升注,以春碧为远山之色,亦通。”

〔七〕“乱系”二句:意出杜甫《丁香》诗:“丁香体柔弱,乱结枝犹垫。”《昌谷集句解定本》引丘象升曰:“总上言之,有如此之贵美,而岂有不易知,易知而岂有易忘者耶?故题曰难忘也。”姚文燮《注》:“‘乱系丁香梢’,言幽情荡漾难拘束也。‘满栏花向夕’,约夜来也。”

【集评】

姚文燮《注》:时襄阳公主下嫁张克礼,主纵恣,有薛浑等皆得私侍。克礼不能禁,竟以上闻,贺吟此曲以诮之。

方世举《批》:写闺怨也。

【编年】

本诗描写京师贵家生活,当作于长安三年中。《钱谱》:“贺在长安三年,所为诗除前所系年与类及者外,可以知其作于长安而不能确定为何年者,有……《难忘曲》。”“姚文燮《昌谷集注》以《难忘曲》为诮襄阳公主,太泥。”

夜饮朝眠曲

觞酣出座东方高〔一〕,腰横半解星劳劳〔二〕。柳花鸦啼公主醉①,薄露压花蕙兰气②。玉转湿丝牵晓水〔三〕,热粉生香琅玕紫〔四〕。夜饮朝眠断无事,楚罗之帏卧皇子③〔五〕。

【校记】

①柳花,蒙古本、《全唐诗》作“柳苑”。王琦《解》:“其义似长。”

②蕙兰,吴正子本、宋蜀本作“蕙园”。

③皇子,钱仲联《李贺年谱会笺》:“李元本之父惟简,封武安郡王,所以称元本为王子,诗作‘皇子’,疑是传写与刊刻时同音误书。”

【注释】

〔一〕“觞酣”句:曾益《注》:“言夜饮迄朝也。”王琦《解》:“出座,酒罢也。东方渐明,天晓之候。”

〔二〕“腰横”句:曾益《注》:“腰横半解,将入眠也。”王琦《解》:“半解,酒后衣冠不整之貌。”星劳劳:天上星星辽远。《诗经·小雅·渐渐之石》:“山川悠远,维其劳矣。”郑玄笺:“劳劳,广阔。”孔颖达疏:“广阔辽远之辽,当从辽远之辽,而作劳字者,以古之字少,多相假借。”

〔三〕“玉转”句:曾益《注》:“玉转,辘轳转也。丝湿牵晓水,晓汲,只言朝也。”

〔四〕“热粉”句:姚佺《笺》:“面热则粉香,酒上面,色如红玉。”

〔五〕“楚罗”句:王琦《解》:“诗意是公主之家宴请皇子,而为长夜之饮者作。”钱仲联《李贺年谱会笺》:“此诗乃揭露公主丑行。《新唐书·诸帝公主传》:‘襄阳公主,始封晋康县主,下嫁张孝忠子克礼,(按,克礼乃孝忠孙也。)主纵恣,常微行市里。有薛枢、薛浑、李元本皆得私侍。’”“贺此诗末句‘楚罗之帏卧皇子’是点睛之笔,襄阳是楚地,与‘楚’字合。”

【集评】

刘辰翁《评》:篇中但言朝眠,而夜饮自见。

姚文燮《注》:山南东道节度使于頔子季友求尚主,宪宗以普宁公主妻之。李绛谏曰:季友虏族庶孽,不足以辱帝女。上不听。山南东道属襄阳,故末云楚罗之帏,盖伤之矣。“断无事”,宁真保其不跋扈耶?

【编年】

《钱谱》系此诗于长安三年中,以为揭露襄阳公主丑行之作。并云:"《旧唐书·宪宗纪》及《于頔传》载宪宗长女永昌公主嫁于季友,仅有季友'诳罔公主,藏隐内人'之事,公主本人,并无劣迹丑闻。姚文燮以为诗刺其事,非是。"

花游曲并序

寒食诸王妓游①,贺入座,因采梁简文诗调赋花游曲〔一〕,与妓弹唱②。

春柳南陌态,冷花寒露姿。今朝醉城外〔二〕,拂镜浓扫眉〔三〕。烟湿愁车重〔四〕,红油覆画衣〔五〕。舞裙香不暖,酒色上来迟〔六〕。

【校记】

①寒食,宋蜀本、曾益本、姚佺本于食下有一"日"字。

②弹唱,宋蜀本作"弹曲"。

【注释】

〔一〕梁简文诗调:陈弘治《校释》:"梁简文帝《春日》诗:'花开几千叶,水覆数重衣……歌妖弄曲罢,郑女挟琴归。'所谓梁简文帝诗调者,或指此类诗题而言。"

〔二〕醉城外:曾益《注》:"出城饮也。"王建《寒食行》:"寒食家家出古城,老人看屋少年行。"

〔三〕浓扫眉:曾益《注》:"浓,盛妆以出。"

〔四〕"烟湿"句:曾益《注》:"车涩而行滞也。"王琦《解》:"烟,谓雨之极细,摇飏空中似烟者。"

〔五〕“红油”句：王琦《解》：“杨士佳注：红油幕也。画衣，妓女之衣。以红油幕覆之，防雨湿也。”

〔六〕“酒色”句：王琦《解》：“第三句已说醉字，末句复云‘酒色上来迟’，盖以天气尚寒，醉色不易即现于面，故迟迟而后上也。”姚文燮《注》：“郊游微雨，薄体轻寒，故云裙香不暖，酒色来迟也。”

【集评】

姚佺《笺》：春游之态，描写欲尽，非长吉不能。

陈本礼《协律钩玄》卷三：通首皆嘲伎之词，不得末二句谐谑取笑，则入座赋曲之客殊觉无谓，妙在与伎弹唱，可为诸王解颐。首四写花游见诸伎，乘兴之至。后四写不期遇雨，不得逞其冶游，以见其败兴之至。用此嘲笑，与伎自弹自唱，以供诸王笑乐也。

【编年】

本诗当作于诗人供职长安三年内。《钱谱》：“《花游曲》序云：‘寒食诸王妓游，贺入座。’知在长安。”

牡丹种曲

莲枝未长秦蘅老〔一〕，走马驮金劚春草〔二〕。水灌香泥却月盆〔三〕，一夜绿房迎白晓〔四〕。美人醉语园中烟〔五〕，晚花已散蝶又阑〔六〕。梁王老去罗衣在，拂袖风吹蜀国弦〔七〕。归霞帔拖蜀帐昏〔八〕，嫣红落粉罢承恩〔九〕。檀郎谢女眠何处，楼台月明燕夜语①〔一〇〕。

【校记】

①楼台，宋蜀本、曾益本、姚佺本、姚文燮本作“楼庭”。

【注释】

〔一〕“莲枝”句：点明节令。《文选》宋玉《风赋》：“猎蕙草，离秦蘅。”李善注：“秦，香草也。蘅，杜蘅也。”姚文燮《注》：“牡丹，春社前可移。莲枝未长秦蘅老，花既开罢，斯种可移。”

〔二〕“走马”句：姚佺《笺》：“盖唐时牡丹甚贵，不惜多金以买之。”白居易《买花》诗：“共道牡丹时，相随买花去。”“一丛深色花，十户中人赋。”柳浑《牡丹》诗：“近来无奈牡丹何，数十千钱买一棵。”李肇《唐国史补》：“京师贵游尚牡丹三十馀年矣。每春暮，车马若狂，以不耽玩为耻。执金吾铺官围外寺观种以求利，一本有直数万者。”王琦《解》：“春草即指牡丹，谓亦是春草之类。走马驮金而往者，只掘此春草而归，以见一时好尚之奢。”

〔三〕却月盆：王琦《解》：“古有却月城，却月障，盖其形似月之半缺者也。花盆似之，故谓之却月盆。”

〔四〕“一夜”句：王琦《解》：“绿房，花之蕊也。花未开时，其苞房皆绿色。迎白晓，谓迎天晓而花放也。”

〔五〕“美人”句：曾益《注》：“美人比花之开，醉比红；语，解语；烟，烟蒙之。”王琦《解》：“宴饮已久，侍酒美人渐作醉语，园中晚烟徐起。”

〔六〕“晚花”句：王琦《解》：“花瓣披离，蝶又尽歇，赏花者将去之候。散，落也。阑，希也、尽也。”

〔七〕“梁王”二句：王琦《解》：“愚意梁王当是二妓之姓，罗衣亦是妓女之名，皆善于歌吹者。梁王虽然衰老，罗衣今在席中，拂袖临风而吹《蜀国弦》之曲，以娱宾客，有将去而尚流连意。《蜀国弦》，乐府曲名。"陈弘治《校释》："梁王，当是买花之主人。罗衣，歌妓所着。言豪家已衰老，而歌妓犹在席中，拂袖临风，而吹《蜀国弦》之曲，以娱宾客，有将去而尚流连意。"

〔八〕"归霞"句：吴正子《注》："帔拖，帐额也。"王琦《解》："则归霞作帐额上云霞解。又归霞或是晚霞，而帔拖为霞影离披拖曳解，与下文昏字更衬得起。帔字亦有披音，即作披字解者。或帔字原是披字之讹也。蜀帐，遮花之幕，以蜀中所出布帛为之，故曰蜀帐。"

〔九〕"嫣红"句：曾益《注》："罢承恩，花落尽。"王琦《解》："嫣红落粉，花色衰败之喻。罢承恩，谓宴罢也。"

〔一〇〕"檀郎"二句：檀郎，潘安小字。吴正子《注》："檀奴，潘安小字，后人因目曰檀郎。"谢女，指妓女，王琦《解》："檀郎谢女，即赏花之人。宴罢而去，醉眠何处？花畔之楼台，顿然冷静，明月依然，惟闻燕语而已。谢女，旧注以为谢道韫，盖以才子、才女并称耳。然唐诗中有称妓女为谢女者，大抵因谢安石蓄妓而起，始称谢妓，继则改称谢女，以为新异耳。"姚文燮《注》："美人六句，追怅谢落也。芳姿艳质，今眠何处；楼庭明月，唯闻小燕呢喃，而花容不复见矣。"

【集评】

吴正子《注》：此必古曲名，长吉此篇不言牡丹，而云莲枝绿房，此假古题以发己意。

刘辰翁《评》：又校自在。

无名氏《批》：秦蘅已老，莲枝未长，安得不驮金觅艳，虽喻眼前无当意者，亦正是牡丹时候，古人落笔不轻易如此。良辰易过，花开花谢，一刹那间，妾貌君恩，又何常住，悲夫。

姚文燮《注》:此移牡丹种也,故后皆不及花。

方世举《批》:一篇层次了了,起段言初买以及花开,中段言赏会易过,豪家亦衰,末段言歌妓色衰,亦复无味。中段承驮金买花之主人,末段承园中醉语之侍女,乃叹风流易散,即他家牡丹七律"买栽池馆恐无地,看到子孙能几家"之意。

黎简《批》:晚花已散,言凡花回避。蝶又阑,言护惜。用《蜀国弦》不可解,存考。

吴汝纶《评注李长吉诗集》卷三:当时习尚奢靡,崇尚牡丹。《国史补》京师牡丹一本有直数万者。此诗首言初买以及花开。中言赏会既过,豪家亦衰,风流易尽,亦复何味。末即"买栽池馆恐无地,看到子孙能几家"之意。

【编年】

李贺在长安任职日,目睹"京师贵游"耽玩牡丹的侈靡生活,心有所动,用华丽浓艳的诗笔写下本诗以寄慨。《钱谱》云:"贺在长安三年,所为诗除前所系年与类及者外,可以知其作于长安而不能确定为何年者,有……《牡丹种曲》。"

安乐宫〔一〕

深井桐乌起[①]〔二〕,尚复牵清水[②]。未盥邵陵瓜〔三〕,瓶中弄长翠〔四〕。新成安乐宫[③],宫如凤凰翅〔五〕。歌回蜡板鸣,左悺提壶使〔六〕。绿蘩悲水曲〔七〕,茱萸别秋子〔八〕。

【校记】

①深井,王琦《解》:"一作漆井。"

②尚复,宣城本作"尚服"。清水,宋蜀本、曾益本、姚佺本、姚文燮

本作“情水”。

③新成,《乐府诗集》、蒙古本、万历本、曾益本、姚佺本、姚文燮本作“新城”。

【注释】

〔一〕安乐宫:《太平寰宇记》卷一百十二:“安乐宫在武昌县西北,水路二百四十里,吴黄武二年筑宫于此处。”郭茂倩《乐府诗集》卷三八《相和歌辞·瑟调曲》录梁简文帝《新城安乐宫》,题解云:“《古今乐录》曰:王僧虔《技录》有《新城安乐宫行》,今不歌。《乐府解题》曰:《新城安乐宫行》,备言雕饰刻斫之美也。”本卷收录李贺《安乐宫》诗。姚文燮《注》曰:“此借梁陈旧宫以吊安乐公主之故苑也。”王琦《解》曰:“按安乐公主,中宗爱女,恃宠骄横,所营第宅及安乐佛庐,皆宪写宫省,而工致过之。又尝夺临川公主宅以为第,旁撤民庐,怨声嚣然,第成,禁藏空殚。姚说或是。”“长吉此诗,则为凭吊慨叹之作。”

〔二〕“深井”句:王琦《解》:“宫中之井已为民间所汲,见宫室败坏,桐即井边所植桐树,树上所栖之乌飞起,乃天晓之候。”

〔三〕邵陵瓜:即召平瓜,《史记·萧相国世家》:“召平者,故秦东陵侯,秦破,为布衣,贫,种瓜于长安城东,瓜美,故世俗谓之东陵瓜。”王琦《解》:“不曰召平瓜,不曰东陵瓜,而曰邵陵瓜,盖字讹也。”未盥:尚未盥洗。王琦《解》:“未盥,未及盥也,汲此水者将以盥洗瓜果。”

〔四〕弄长翠:王琦《解》:“乃未盥之时,而见其瓶内之清泚,言其井源之甘洁。弄者,摇动之意,长翠,清水色。”姚文燮《注》:“盖在当日未盥邵瓜,瓶中固尝弄水,即今能不深黍离之感耶?”

〔五〕“宫如”句:阴铿《新成安乐宫》:“新宫实壮哉,云里望楼台;迢递翔鹍仰,联翩贺燕来。”王琦《解》:“言今日之安乐宫虽已毁败，回思此宫新成之时，形势高昂，有若凤凰布翅之状。”

〔六〕“歌回”二句：梁简文帝《新成安乐宫》诗：“欲知歌管处，来过安乐宫。”徐渭《注》曰：“蜡板，以蜡研光拍板也。”《后汉书·宦者传》：“左悺，河南平阴人，桓帝初为小黄门史，以诛梁冀功迁中常侍，封上蔡侯。”曾益《注》：“提壶使，言贵宠如左悺，不过给使令而已。”王琦《解》：“室中歌声宛转，拍板徐鸣，虽以天子亲信之宦者，亦来给提壶使令之役，盖极言盛时景象。”

〔七〕绿蘩悲：王琦《解》：“蘩，白蒿也，似青蒿而叶粗，上有白毛，从初生至枯，白于众蒿。潘尼诗：绿蘩被广隰。傅亮《登凌嚣馆赋》：悴绿蘩于清渚。盖谓之白蒿者，以较之青蒿为少白耳，其本色终是淡绿，故文人又称之为绿蘩也。吴本以蘩字作繁字，盖古字通用。悲，言草木憔悴之状。”

〔八〕“茱萸”句：李时珍《本草纲目》卷三十二：“茱萸枝柔而肥，叶长而皱，其实结于梢头，累累成簇而无核，与椒不同，一种粒大，一种粒小。《淮南万毕术》云：井上宜种茱萸，叶落井中，人饮其水，无瘟疫。悬其子于屋，避鬼魅。”王琦《解》：“别者，谓其子堕落。诗意当日歌吹盈耳中使传觞之地，今则徒见野卉闲葩摇落于荒池败苑之中而已。感叹之意，皆自古诗《麦秀》《黍离》二首化出。”姚文燮《注》：“（新成安乐宫六句）忆宫初建时，丽瑰奇壮，美人歌舞，中使传觞。及今野草闲花，徒付颓垣断岸而已。”

【集评】

方世举《批》：首四句言汲水不以灌园瓜，而为瓶花供养也。作召陵瓜乃得。“歌回蜡板鸣，左悺提壶使。绿蘩悲水曲，茱萸别秋子。”既歌且舞，故使中官提壶，末二句则所歌之曲也。

陈弘治《校释》引张东井曰：“梁、陈《安乐宫》主言其盛；贺

《安乐宫》主悼其衰，乐府今昔不同，或祖意，或不祖意，亦可见其一斑。”

【编年】

《钱谱》：“此诗所刺，亦不限于安乐公主，唐代长安城东郊浐、灞两河流域大片土地，多被皇族与权要之园林所占有。唐高宗女太平公主等，俱在城东有面积极大、建筑豪华之别业。李贺时代，则下嫁郭暧之升平公主，在长安城南，有大安池园墅。则此诗吊昔亦所以刺今也。”本诗当是李贺任奉礼郎时，有感于主家之奢华而借安乐旧宫作诗感讽之。

贵主征行乐〔一〕

奚骑黄铜连锁甲①〔二〕，罗旗香干金画叶〔三〕。中军留醉河阳城〔四〕，娇嘶紫燕踏花行〔五〕。春营骑将如红玉〔六〕，走马捎鞭上空绿②〔七〕。女垣素月角咿咿③，牙帐未开分锦衣〔八〕。

【校记】

①奚骑，宣城本作“奚妓”。王琦《解》、《全唐诗》注：“骑，一作妓。”

②捎，宋蜀本作梢，陈弘治《校释》：“按《说文通训定声》谓借梢作箾，箾者击也。而《集韵》梢，支也。则二字并通。”

③素月，宋蜀本作“秦月”。

【注释】

〔一〕贵主：公主。《后汉书·窦宪传》：“今贵主尚见枉夺，何况小人哉！”文指沁水公主。沈佺期《侍宴安乐公主新宅》：“皇家贵主好神仙。”王琦《解》：“疑在当时有公主出行宴饮于河阳城中，长吉见之而作是诗。其所从之将卒，皆护从之兵，而非战斗之兵，故其旌旗甲马，皆言其华靡艳丽而已。虽史传无考，而因文度事，略为近是，以为吐突承璀而作者，非也。”

〔二〕奚骑：骑马的女奴。《周礼·天官·序官》：“酒人奚三百人。”郑玄注：“古者从坐，男女没入县官为奴，其少才知以为奚，今之侍史官婢，或曰奚，宦女也。”连锁甲：精细之铠甲。周必大《二老堂诗话》：“余按苻坚使熊邈造金银细铠，金为线以缧之，蔡琰诗云：金甲耀日光。至今谓甲之精细者为锁子甲，言其相衔之密也。”崔颢《古游侠呈军中诸将》：“错落连锁甲，蒙茸貂鼠衣。”

〔三〕“罗旗”句：王琦《解》：“谓以罗为旗，以香木为干，而金画之，极言富丽之态。”香干：用香木制成之旗杆。［美］谢弗《唐代的外来文明》第八章“木材”：“彩色和芳香木材的输入推向了新的高峰。在当时的贵族阶层中，拥有各种外来木材制作的家具，已经成了一种时尚。”谢氏举本诗首二句为例。

〔四〕中军：主帅所在之军营。河阳城：在河南府河阳县，为屯兵保护京城的地方。李吉甫《元和郡县图志》卷五“（河阳县，河阳三城）自乾元以后，常置重兵，贞元后加置节度，为都城之巨防。”

〔五〕紫燕：骏马名。刘劭《赵郡赋》：“良马则飞兔、奚斯、常骊、紫燕。”踏花行：姚佺《笺》：“中军既醉，奚骑不得独醒，娇嘶踏花，乘醉而逍遥翱翔也，故下言红玉。”

〔六〕红玉：形容女子之肤色。刘歆《西京杂记》卷一：“赵后体轻腰弱，善行步进退，女弟昭仪不能及也，但昭仪弱骨丰肌，尤工笑语，二人并色如红玉，为当时第一。”

〔七〕上空绿：吴正子《注》：“轻骑飞腾，如上青霄。”王琦《解》：“谓其驰马轻捷，如上腾空际。”

〔八〕“牙帐”句：王琦《解》：“牙帐，主将所居之帐，建牙旗于帐前，故谓之牙帐。分锦衣者，以锦衣颁赐于下也。天色未明，主帐未开，而犒赉之令已下，以见号令不时，而赐予横滥之意。”陈弘治《校释》：“按锦衣为贵显之服，此或代称侍卫，言牙帐未开，而锦衣侍卫已先列队矣。”

【集评】

刘辰翁《评》：李意至此，习气尽见，此人间常见，猥态何以能言。

姚佺《笺》：《诗》笺左人谓御者，右为车右，中军将也。伯州犁望晋军，曰皆聚于中军矣，曰合谋矣。中军之重大如是，可留醉乎？中军留醉，乃奉礼书法也。

洪亭玉评（《昌谷集句解定本》卷二）：“偕老”诗惟述夫人服饰之盛，容貌之尊，不及淫乱之事，但中间“子之不淑”一语，而刺意尽见。今但中军留醉一语，而铠甲壮容亦极粉饰，是极得诗人之意者。

姚文燮《注》：元和朝，王承宗反，诏以吐突承璀为神策、河中等道行营兵马诸军招讨处置等使讨之。承璀骄纵侈靡，威令不振，此盖讥其征行为乐耳。先承璀使乌重胤诱执卢从史，遂牒昭义留后，李绛谏止，乃以重胤镇河阳，而重胤之德承璀，故尔留醉河阳也。甲帜鲜艳，徒壮军容，紫燕踏花，竟忘进取，纪律弛懈，士马以奔逐为戏，晓角初鸣，中军未发，即滥赏予，卒至玩寇丧师，竭财失律。夫刑馀嬖幸，妄窃兵权，前朝鱼朝恩之败，以及窦、霍之奸，而主上犹然不悟，大可感已。

董伯英评（陈本礼《协律钩玄》卷二）：此讽唐世主家之骄横，以征行大事，供翱翔游戏之乐，亵国家之威，而灰将士之心，莫此为甚。不习行阵，不交锋镝，何功之足赏？今未开牙帐，辄分赏锦衣，盖贵主之滥赏，自合如此。时诸镇内叛，吐蕃外侵，正投袂枕戈之日，乃花箭女娘，傅粉作好，贵主奚骑，红玉锦衣，朝廷知而不问，天下事可知矣。

方世举《批》：此讽和番也。

黎简《批》：王琢崖谓疑在当时有公主出行，宴饮于河阳城中，长吉见之而作是诗。其说近是。牙帐未开，骑将恐寒，故分衣也。

吴汝纶《评注李长吉诗集》卷二：此讽主家骄横，以征行为戏，亵国威而荒淫也。

【编年】

姚文燮《注》谓刺吐突承璀统兵事，云："贵主，即中贵主帅。"释贵主为中贵人任主帅，无据。今依王琦说，作"公主出行为乐"讲，则本诗必作于李贺任职长安时期。

贵公子夜阑曲

袅袅沉水烟〔一〕，乌啼夜阑景①。曲沼芙蓉波，腰围白玉冷〔二〕。

【校记】

①乌啼，宋蜀本、蒙古本作"鸟啼"。

【注释】

〔一〕沉水：沉水香。叶廷琯《海录碎事·饮食器用部》："沉木香，林邑国土人破断之，积以岁年，朽烂而节独在，置水中则沉，故名曰沉香。"李时珍《本草纲目》卷三十四引陈藏器曰："沉香枝节并似椿，云似橘者，恐未是也。其枝节不朽，沉水者为沉香，其肌理有黑脉。浮者为煎香，'鸡骨'、'马蹄'并是煎香，并无别功，止可熏衣去臭。"

〔二〕白玉冷：曾益《注》："秋夜临池，故腰带冷。"王琦《解》："白玉谓腰带上所饰之玉，冷字，写夜尽晓寒之状。"

【集评】

刘辰翁《评》：此贵公子夜阑曲也。以玉带为冷，其怯可见也。语不必可解，而得之心，自洒然迹似，亦其偏得之形容夜色也。

无名氏《批》：沉水之烟香袅袅，咏尽。啼乌则哑哑惊楼，芙蓉曲沼波潋滟，子生光（按，原文如此，疑有衍文）。围腰玉带，亦觉冷重无聊，贵家夜阑景状神理，一笔写出。

姚文燮《注》：贵公子沉湎长夜之饮，闺中炷香相待，久之，夜半乌啼，则香影向阑矣。曲沼即曲房，芙蓉波即美人春心之荡漾，寒夜孤衾，白玉腰围，公子不至，岂惟美人怨，诗人亦当代为之怨也。

方世举《批》：此似不止于此，当大有脱文。此但一起，不然，于公子夜阑之旨安在？既为此曲，必形容贵公子买醉征歌，狎邪纵意，乃与题称。若止此则一秋声中之欧阳、赤壁下之苏矣，公子有是乎？

黎简《批》：已觉围玉冷肌而犹夜乐不止，此其所以刺也。须溪说怯字只见其纤软，有女儿气耳，不得诗人之旨。

林同济《研究》：此是贵公子夜阑乐罢的最后一个镜头。妙在轻描淡写，不即不离，正是乐府体裁，不必有讽刺。

川合康三《李贺其人其诗》（日本京都大学《中国文学报》二十三期，一九七二年十月）："我们可以确认，这四句诗涉及到了四种感觉。感觉论哲学的奠基人 E. B. Condillac 曾经嘲讽笛卡尔曰：'我感故我在。'这一说法似乎是为这首诗而设的。这是纯粹由感觉建构而成的诗的世界。李贺诗歌内频繁出现的感觉语词中,最引人注目的是芳、香、馨等表现嗅觉和湿、冷、寒等属于触觉的字眼。嗅觉、触觉是日常生活中最为原始的感觉。通过对这些最为原始因而也是最为根本的感觉的尖锐化,李贺实现了对日常生活感觉的超越。"

【编年】

诗写京城贵家公子沉湎酒色的生活,当是诗人供职京师时作。

酬答二首

金鱼公子夹衫长〔一〕,密装腰鞓割玉方①〔二〕。行处春风随马尾,柳花偏打内家香〔三〕。

【校记】

①腰鞓,曾益本、姚佺本、姚文燮本作"腰鞓"。

【注释】

〔一〕金鱼公子:高承《事物纪原》卷三:"唐高祖给随身鱼,三品以上其饰金,五品以上其饰银,故名鱼袋。"王琦《解》:"金鱼公子,谓公子而佩金鱼袋者,盖贵胄也。"

〔二〕"密装"句:曾益《注》:"官制云,乘舆玉带,皆排方圆为制。"王琦《解》:"鞓,音汀,皮带也。割玉方,谓裁玉作方样,而密装于皮带之上也。"

〔三〕内家香:吴正子《注》:"内家,宫嫔也。"王建《宫词》:"尽送春来出内家,记巡传把一枝花。"徐渭《注》:"言公子佩内家之香,而柳花偏打之,即蝼蚁也解寻好处之意。"曾益《注》:"此言公子佩金鱼袋，衣夹衫，腰围白玉，押领内家，拥簇而行，故春风若随之，而柳花若打之也。”王琦《解》：“内家香，谓宫中所制之香。”

【集评】

姚文燮《注》：德宗崩，顺宗以风疾即位，一切惟宦官李忠言、昭容牛氏是任。百官奏事，自帷中可其奏，王伾、王叔文辈得坐翰林中使决事，凡入言于李、牛者，称诏行下，而柳宗元辈亦推奉奔逐，采听谋议，汲汲如狂。贺意谓小人趋附求荣，金鱼玉带，冀邀非分，固无论已，而文人才士，亦偏望风承旨，求媚宫嫔，观柳花内家，不可识其所指耶？

方世举《批》：“柳花偏打内家香”，内家有故实，记得是官妓，存考。宋时又称家人。

其二

雍州二月梅池春①〔一〕，御水鵁鶄暖白蘋〔二〕。试问酒旗歌板地，今朝谁是拗花人〔三〕。

【校记】

①梅池，宣城本、蒙古本作“海池”。王琦《解》：“梅，一作海。”

【注释】

〔一〕雍州：即京兆府。李吉甫《元和郡县图志》卷一：“京兆府，《禹贡》雍州之地。……武德元年，复为雍州。开元元年，改为京兆府。”

〔二〕鵁鶄：《尔雅·释鸟》郭璞注：“鵁鶄似凫，脚高毛冠，江东人家养之，以压火灾。”

〔三〕拗花：即折花。陶宗仪《辍耕录》卷三：“南方或谓折花曰拗花，唐元微之‘试问酒旗歌板地，今朝谁似拗花人。’又，古乐府：‘反拗杨柳枝。’”陶氏误将李贺句记为元稹诗。李贺诗写雍州事，本身可以证明北方人也称折为“拗”。陶氏引出这句古乐府，乃北朝乐府民歌《折杨柳枝歌》，这也是北方人称折为“拗”的一证。

【集评】

曾益《注》：此言景物如旧，而人事非昔也。

姚文燮《注》：此即讥结事李忠言、牛氏者也。西京风物，淑气融和，因忆开元朝，内庭赏花，龟年捧檀板以歌，而供奉睥睨力士，致脱六缝乌皮，作《清平》以诮妃子。近日谁有丰采如此者乎？则奔竞媚悦惟恐后矣。酒旗即酒星，指太白人，拗与傲同意，是时以诗才著名者，如韩泰、柳宗元、刘禹锡且不免，观夫李白，可以愧矣。

何焯评（陈本礼《协律钩玄》卷三）：拗字敏妙，此言景物如旧而人事非昔也。

【编年】

诗云“内家香”、“雍州”、“御水”，诗当作于李贺供职长安时期。具体作年不可考。

夜来乐

红罗复帐金流苏①，华灯九枝悬鲤鱼〔一〕。丽人映月开铜铺，春水滴酒猩猩沽〔二〕。价重一箧香十株②〔三〕，赤金瓜子兼杂麸〔四〕。五色丝封青玉凫③〔五〕，阿侯此笑千万馀〔六〕。南轩汉转帘影疏，桐林哑哑挟子乌〔七〕。剑崖鞭节青石珠，白騧吹湍凝霜须〔八〕。漏长送珮承明庐，倡楼嵯峨明月孤。续客下马故客去，绿蝉秀黛重拂梳④〔九〕。

【校记】

①流苏，吴正子本作“涂苏”。

②价重，吴正子本无“价”字。

③五色，吴正子本无“色”字。玉凫，吴正子本无“玉”字。

④秀黛，姚文燮本作“粉黛”。

【注释】

〔一〕“华灯”句：宋玉《招魂》：“兰膏明烛，华灯错些。”王逸注：“言灯锭尽雕琢错镂，饰设以禽兽，有英华也。”沈约《美人赋》：“拂螭云之高帐，陈九枝之华灯。”王琦《解》：“鲤鱼，灯式作为鲤鱼形者。”

〔二〕“春水”句：王琦《解》：“春水滴酒，言酒之多如春水也。猩猩，似谓沽酒之器刻画猩猩之形于上，前《送秦光禄北征》诗有‘银壶狒狖啼’之句，可以互明。”

〔三〕“价重”句：曾益《注》：“香十株，足价重。”

〔四〕“赤金”句：周密《癸辛杂识》续集卷下：“广西诸洞产生金，洞丁皆能淘取，其碎粒如蚯蚓泥，大者如甜瓜子，故世名瓜子金。其碎者如麦片，名麸皮金。金色深紫，比之寻常金色，复加二等，此金之绝品也。”

〔五〕青玉凫：王琦《解》：“刻青玉为凫鸭形，盖玩器也。”

〔六〕“阿侯”句：阿侯，参见《绿水词》注。王琦《解》：“盖以阿侯一笑，赠贻之物约值千万，即上三句所称者是也。”

〔七〕“南轩”二句：曾益《注》：“二句言为欢未几，而汉转乌啼，鞭节策马而去。”王琦《解》：“汉转，夜深之候。乌啼，天将晓之候。”

〔八〕“剑崖”二句：王琦《解》：“剑崖，似指剑鞘而言。鞭节，谓马鞭之起节者。其上皆以青石珠饰之。……吹湍凝霜须，马口喷沫皆凝为冰，下垂若须。二句言客去时装束之状。”

〔九〕“续客”二句：马缟《中华古今注》卷中：“魏文帝宫人绝所爱者有莫琼树、薛夜来、陈尚衣、段巧笑，皆日夜在帝侧，琼树始制为蝉鬓，望之缥缈如蝉翼，故曰蝉鬓。”曾益《注》：“又有相续之客下马，固故客之去而至者。末句言丽人重拂秀黛之眉、重梳绿蝉之鬓以迎新。”

【集评】

吴正子《注》：此篇疑步骤长吉者，刻画而陋俗。

黄淳耀《评》：晓起入朝也，此指贵戚或武臣之少年。语意似咏倡。

姚文燮《注》：此言贵游之夜宿倡楼者也。供帐侈丽，灯月交辉，香醪酬酢，珍玩赠贻，以博丽人之一笑为贵。乃子夜合欢，平明又事朝谒，故汉转乌啼，即带剑驰马以趋紫禁。而倡楼方嫌此际之孤零，旧去新来，又整新妆以相迓矣。

方世举《批》：亦伪，未有如此浅露曼衍之长吉，然犹不恶，至结则时俗。“赤金瓜子兼杂麸”，碎金曰麸金。“剑崖鞭脊青石珠”，剑崖即剑首。

黎简《批》：“新客下马故客去，绿蝉秀黛重拂梳。”市井语，杀风景语。

【编年】

此为咏倡诗，从“送珮承明庐”看，写贵戚宿倡楼，晓起入朝，可见本诗当作于长吉供职长安三年内。

相劝酒

羲和骋六辔〔一〕,昼夕不曾闲[①]。弹乌崦嵫竹〔二〕,抶马蟠桃鞭[②]〔三〕。蓐收既断翠柳〔四〕,青帝又造红兰[③]〔五〕。尧舜至今万万岁,数子将为倾盖间〔六〕。青钱白璧买无端,丈夫快意方为欢〔七〕。臛蠵臛熊何足云[④]〔八〕,会须钟饮北海,箕踞南山〔九〕。歌淫淫,管愔愔〔一〇〕,横波好送雕题金〔一一〕。人之得意且如此,何用强知元化心〔一二〕。相劝酒,终无辍,伏愿陛下鸿名终不歇,子孙绵如石上葛〔一三〕。来长安,车骈骈[⑤],中有梁冀旧宅,石崇故园〔一四〕。

【校记】

①昼夕,蒙古本、《文苑英华》作"昼夜"。

②蟠桃,蒙古本作"蟠螭"。

③又造,《文苑英华》作"更造"。

④臛熊,王琦《解》:"臛熊字未见所本,恐是臑熊之讹。"何足云,《文苑英华》作"何足言"。

⑤来长安车骈骈,宋蜀本"来"字前有"东"字。《文苑英华》作"东洛长安车骈骈"。曾益本、姚佺本少一"骈"字。

【注释】

〔一〕"羲和"句:虞世南《初学记·天部上》"《淮南子》:爰止羲和,爰息六螭,是为悬车。"注:"日乘车,驾以六龙,羲和御之。"丘象随(《昌谷集句解定本》附)曰:"骋六辔,言其骤也。"

〔二〕乌:金乌,谓太阳。滕迈《庆云抱日赋》:"丽碧霄以增媚,捧金乌而徐飞。”崦嵫，山名，《山海经·西山经》：“西南三百六十里曰崦嵫之山。”郭璞注：“日没所入山也。”丘象随曰：“弹乌而用其竹，以喻其速也。”

〔三〕抶马：鞭打驾日车之马。《左传·文公十年》：“无畏抶其仆以徇。”屈原《九歌·东君》：“抚余马兮安驱。”洪兴祖《补注》：“车，日所乘也，马，驾车者也，御之者羲和也。女即羲和，马即六龙。”王琦《解》：“弹，击也。抶音叱，亦击也。弹也，抶之，欲其流行不住。”

〔四〕蓐收：主管秋季的神。《礼记·月令》：“孟秋之月，其神蓐收。……仲秋之月，其神蓐收。……季秋之月，其神蓐收。”

〔五〕青帝：主管春季的神。储光羲《秦中守岁诗》：“众星已穷次，青帝亦行春。”曾益《注》：“断翠柳，倏而秋；造红兰，倏而春也。”王琦《解》：“二句言春秋代谢。”

〔六〕“尧舜”二句：钱澄之（姚文燮《注》附）云：“数子似指羲和及蓐收、青帝诸神，言尧舜即万万岁，自数子视之，直一倾盖间耳。”倾盖间，时间很短。《史记·邹阳列传》：“白头如新，倾盖如故。”司马贞《索隐》：“《志林》云，倾盖者，道行相遇，骈车对语，两盖相切小欹之义。”王琦《解》：“自尧舜至唐元和中，未满三千岁，云万万岁，趁笔之误也。”杨万里《诚斋诗话》：“（倾盖二字）诗家用古人语，而不用其意，最为妙法。”

〔七〕“青钱”二句：王琦《解》：“言光阴迅疾，纵有青钱白璧，亦不能买其留而不去，可不及时行乐耶？”

〔八〕臛蠵：吴正子《注》：“蠵，大龟也。”宋玉《招魂》：“露鸡臛蠵，厉而不爽些。”王逸注：“有菜曰羹，无菜曰臛。”刘勰《新论·殊好》：“炮羔煎鸿，臛蠵臑熊，众口之所嗛。”袁孝政注：“臑是蹯，即熊掌也。”王琦《解》疑臛熊是“臑熊”之讹，义长。

〔九〕“会须”二句：曹植《与吴质书》：“愿奉泰山以为肉，倾东海以为酒。”王琦《解》：“此用北海，盖本其意。箕踞南山，言其坐处之宽广。”

〔一〇〕“歌淫淫”二句：王琦《解》：“淫淫，歌声洋溢貌。愔愔，管声安和貌。”

〔一一〕“横波”句：雕题，国名，其国所产之金，谓之雕题金。按《文选》左思《吴都赋》：“雕题之士，镂身之卒。”李善注引《水经》云：“雕题国，在郁林水南。”郦道元《水经注》卷三十六“郁水”：“《山海经》曰离耳国，雕题国，皆在郁水南。”宋玉《招魂》：“雕题黑齿。”王逸注：“雕，画也；题，额也。言南极之人，雕画其额，齿牙尽黑，常食蠃蚌。”王琦《解》：“横波好送雕题金，吴正子以目送金杯，宴饮以乐为解；姚仙期以缠头费为解；姚经三以异域航海贡金为解。三说之中，言缠头费者近是。”

〔一二〕“何用”句：曾益《注》：“且如此，意已足；元化，造化；不可知，故曰何用强。”王琦《解》：“元化，造化也，盖谓不必逆料未来之事。”陈弘治《校释》：“按诗意，言送金以赏歌管，此皆人生快意中事，且如此意已足，何必逆料未来之事耶？”

〔一三〕“伏愿”二句：《诗经·王风·葛藟》：“绵绵葛藟，在河之浒。”《毛传》：“绵绵，长不绝之貌。”王琦《解》：“言惟愿天子圣明，国祚久远，天下得享太平无事之福，使我辈快意欢饮，终无止矣。”

〔一四〕“来长安”四句：吴正子《注》：“梁冀旧宅，石崇故园，不在长安，后汉及晋皆都洛阳，岂长吉失考耶，抑托兴不拘事实耶？”曾益《注》：“末二句，寓感慨意，言梁冀、石崇在当时为何如，而今园宅荒芜，只存空名，见有酒宜快意以为乐。”王琦《解》:“骈骈,联缀并行之貌。梁冀宅,石崇园,皆在河南,长吉盖举其路中所见者言之耳。权贵如梁冀,豪富如石崇,不久之间,身死家灭,徒留园宅故迹于荒烟茂草之中,富贵之不足恃如此,以见人生行乐之意。”

【集评】

吴正子《注》:此等篇皆效太白意。

黄淳耀《评》:曲终奏雅,亦有讽耶?

姚文燮《注》:李藩尝谏宪宗,以太宗饵天竺长年药戒云,励志太平,拒绝方士,何忧无尧舜之寿。帝不听,然其时朝贵希宠固恩,迎合上意,屡进方士丹术。贺盖伤之。谓晨昏递代,春秋相禅,尧舜虽久,日月之循环相遇,如在俄顷,虽金玉亦难挽也。大丈夫及时行乐,饮食歌舞,富贵自适,何必更妄求苍玄,祈延寿算。然媚君以方术,何如导君以令名,永垂奕祀,而使嗣叶昌茂?乃欲左道蛊惑,冀专宠幸,此乃速亡之道,独不观梁、石之骄侈遽为榛莽耶?

黎简《批》:戛然而止,意尽而韵长。

陈沆《诗比兴笺》卷四:人生几何,富贵无常,但愿天下长太平,人人得行乐耳。乃来见长安,见在位执政皆梁冀、石崇之续,则吾虽欲行乐,又可必乎哉!忧时之语,托之旷达,殆亦元和末年所作。时天下虽治,君臣渐侈,故隐然忧之。

钱钟书《谈艺录》:《相劝酒》亦殆庶太白,然而异者,太白飘逸,此突兀也。

钱仲联《读昌谷集绝句六十首》:梁园金谷散芳菲,第宅王侯岁岁非。莫唱牡丹花种曲,春风吹冷旧罗衣。《相劝酒》《牡丹种曲》。

【编年】

本诗与《牡丹种曲》《荣华乐》皆同时所作,作于供职长安时,具体作年无法确知。

绿章封事〔一〕为吴道士夜醮作〔二〕

青霓扣额呼宫神,鸿龙玉狗开天门〔三〕。石榴花发满溪津,溪女洗花染白云〔四〕。绿章封事谘元父〔五〕,六街马蹄浩无主〔六〕。虚空风气不清冷,短衣小冠作尘土〔七〕。金家香衖千轮鸣〔八〕,扬雄秋室无俗声〔九〕。愿携汉戟招书鬼,休令恨骨填蒿里〔一〇〕。

【注释】

〔一〕绿章封事:道士祭天时所用之祷词,以朱字写于绿纸上。李肇《唐国史补》:"凡太清宫道观荐告词文,用青藤纸朱字,谓之青词。"程大昌《演繁露》卷九:"今世上自人主,下至臣庶,用道家科仪奏事于天帝者,皆青藤纸朱字,名为青词绿章,即青词,谓以绿纸为表章也。"封事,见《汉书·宣帝纪》:"上令吏民得奏封事。"吴曾《能改斋漫录》卷七:"按汉置八仪,密奏阴阳,皂囊封板,故曰封事。"杜甫《春宿左省》:"明朝有封事,数问夜如何?"可见"封事"一词,在唐宋时习见。王琦《解》:"盖封其书函之口,不欲令其事泄露。"

〔二〕夜醮:《隋书·经籍志》:"道经有消灾度厄之法,依阴阳五行数术推人年命,书之如章表之仪,并具贽币,烧香陈读云,奏上天曹,请为除厄,谓之上章。夜中,于星辰之下,陈设酒脯饼饵币物,历祀天皇太一,祀五星列宿,为书如上章之仪以奏之,名之为醮。”

〔三〕“青霓”二句：青霓，画着云霓的青色道服，语见屈原《离骚》：“青云衣兮白霓裳。”王琦《解》：“青霓谓道士所服之衣，犹《楚辞》所谓青云衣兮白霓裳之类。扣额即扣头，鸿龙玉狗，守天门之兽，言道士着青霓之服，叩头而呼宫神，宫神既达，天门始开矣。”

〔四〕溪女：道家阴神，杜甫《朝献太清宫赋》：“溪女捧盘而盥漱。”杨伦《杜诗镜诠》：“溪女，道书有十二溪女，皆阴神。”染白云：石榴红花映着白云。王琦《解》：“即是映白云之意。”黎简《批》：“石榴二句，诸解都不必，只说采芳菲以献神可矣。”

〔五〕谘元父：祷告天帝。王琦《解》：“元父，谓元气之父，即天帝也。”

〔六〕六街：长安城中有左右六街。《资治通鉴》卷二〇九胡三省注：“长安城中左右六街，金吾街使主之，左右金吾将军掌昼夜巡警之法，以执御非违。”吴正子《注》：“六街，长安六街，唐诗多用。”浩无主：马蹄纷至沓来，毫无拘束。曾益《注》：“六街马蹄纷纭，杂遝无定主也。”王琦《解》：“六街之中，马蹄相逐而行，浩然甚众，无有主名。”

〔七〕“虚空”二句：曾益《注》：“上下郁蒸，虚空无清冷之气，是以疫疠盛作，而衣冠之士，化为尘土，可伤者比比也。”王琦《解》：“因风气炎蒸，不堪暑热，人多暍死，短衣小冠化为尘土者，不知其几矣。”短衣小冠，曾益解为衣冠之士，非是，此为贫困的平民百姓。按《史记·叔孙通传》：“叔孙通儒服，汉王憎之。乃变其服，服短衣楚制，汉王喜。”司马贞《索隐》：“案孔文祥云：短衣便事，非儒者衣服。高祖楚人，故从其俗裁制。”《汉书·杜钦传》：“钦恶以疾见诋，乃为小冠，高广才二寸，由是京师更谓钦为小冠杜子夏。"《洛阳伽蓝记》卷二"景宁寺"："(杨)元慎即口含水潠庆之曰：'吴人之鬼，住居建康，小作冠帽，短制衣裳。自呼阿侬，语则阿傍。'"可知短衣小冠为南方平民服装，便于劳作。

〔八〕金家：汉代金日磾是匈奴休屠王太子，武帝时归顺汉朝，七代为皇帝近臣，十分显贵，本诗借指唐代少数民族出身的达官贵人。《汉书·金日磾传赞》："金日磾夷狄亡国，羁虏汉廷，而以笃敬寤主，忠信自著，勒功上将，传国后嗣，世名忠孝，七世内侍，何其盛也。"王琦《解》："夫不举他人，特举金氏，盖以比当时蕃将之受宠者耳。唐自安史乱后，蕃将多有立功者，时君宠之，赐爵晋封，赏赉频及，连骑出入，眩赫一时，长吉见之，不能无感。衖即巷字，香衖谓其居处之美，千轮鸣谓其宾从之众。"

〔九〕"扬雄"句：扬雄，汉代文学家、哲学家，字子云，蜀郡成都人，仅任执戟郎，一生不得志。吴正子《注》："言雄清贫，无世俗交际也。"

〔一〇〕"愿携"二句：曾益《注》："吾愿携是汉戟招是书鬼，使之复起，勿令恨骨填于蒿里之上，夫蒿里贤愚杂处地也，而谓之填，则赍志以没者，岂特一扬雄已哉！"王琦《解》："凡招魂者，必以其生平所亲之物，呼其名而招之，使其神识得有所凭依而归来。扬雄在汉朝为执戟之郎，故携汉戟以招之。蒿里谓葬地，古《蒿里曲》：'蒿里谁家地，聚敛魂魄无贤愚。'"

【集评】

吴正子《评》：此章首言奏章上帝之仪。自虚空风气以下，言奏章所祈请者，谓风气非清乎之时。短衣小冠之士，混为尘土，富贵如金、张，贫贱如扬雄，荣枯不等甚矣。故愿招扬子之魂，无使恨于地下也。长吉因道流奏章而言及此，岂无意哉？以扬雄自况而言己之迍贱可悲也。

刘辰翁《评》：苦甚，无味。“石榴花发满溪津，溪女洗花染白云。”不必题事，但一语如此，谁不惊异？神奇，神奇。“短衣小冠作尘土”，故欲如此反。

曾益《注》：然死生大数，莫可逭矣，而人事不齐，良可异也。贵戚如金家门巷，趋附不啻千轮之鸣；读书之士如扬雄者，萧然一室，无世俗交际之声。其故何也？自今言之，彼扬雄者，非所称执戟者乎？吾愿携是汉戟招是书鬼，使之复起，勿令恨骨填于蒿里之上。夫蒿里贤愚杂处地也，而谓之填，则赍志以没者，岂特一扬雄已哉！

董懋策《评》：题为吴道士夜醮，是吴道士死而为之醮也。短衣小冠指吴也；扬雄，贺自况也。

黄淳耀《评》：结意自伤。

无名氏《批》：青霓扣额，身入罡风也。鸿龙玉狗，天神狰狞也。

姚文燮《注》：苍云围轸，七蟠如霓，故曰青霓。肴云翔龙，肴，赤色，天上浮云如白衣，须臾变化成苍狗，鸿龙玉狗皆云也。宫神如可呼，则天门想可开矣。榴花满溪，仙娥闲适，哪知人间死亡之戚？乃因吴道士之妄作青词，上干造化，遂令六街马蹄，于行醮时随班逐队，茫无定准。香烟炬焰，炽炎迷天，黄冠骏奔，自作尘土。金家香衖中仪文甚盛，致观者杂沓，华毂迭至。而扬雄文士，静坐一室，邈若罔闻。因念古今人才，埋没荒丘，谁为之一招魂耶？且雄仅为汉执戟郎，明乎与居奉礼者有同恨耳。

黎简《批》：说醮事，大有骚人《天问》之遗。“石榴”二句，诸解都不必,只说采芳菲以献神可矣。元父意是指主醮者,马蹄浩无主,神灵恍佛也。风气不好,致此人作尘土也。结言其术之神,欲凭之以招扬雄之鬼也。盖以自况之词。

方世举《批》:“石榴花发满溪津”二句,染云二语,形容炎夏,即王建“秋河织女夜妆红”形容秋暑之致,亦是好句。但只作天上风光为大方,犹之天上仙人种白榆之趣,不必曲解朱夏。“绿章封事谘元父”,纷纷祈祷元父,何所凭依。“虚空风气不清冷”,徒令清冷天风,亦复为下土混浊。“短衣小冠作尘土”,人虽醮而终不免于死亡,即代醮之道士,皆非长生。短衣句董注:题既为吴道士夜醮,吴道士死而为之醮也,短衣小冠指吴也。此说大谬。“金家香衖千轮鸣”四句,以下四语,言富贵与孤寒生前不同,而同归于尽,寒士犹足恨也。金家岂许史金张之金耶?不然即用《周易》之金夫而变之。

李裕《昌谷集辨注》:“虚空风气不清冷,短衣小冠作尘土。”众说固贸贸,姚折衷之,益复贸贸。此正谘元父之词也,暗喻世界混浊,贫贱之士失职也。短衣,《史记》叔孙通衣短衣小冠,《汉书》长安小冠杜子夏。以短衣小冠指道士解者,可发一粲。

钱仲联《读昌谷集绝句六十首》:叩额青霓诉不平,金家香衖万轮鸣。子云寂寞余奇字,白盖西山了此生。《绿章封事》。白盖西山,见《感赋六首》其四。

【编年】

本诗系任职长安期间作,具体写作年月,无法确知。《朱谱》以为此诗作于元和元年,云:“《新书》三十六《五行志》谓本年‘夏浙东大疫,死者大半’。诗题云‘为吴道士夜醮作’,诗云:‘虚空风气不清冷,短衣小冠作尘土。’按《洛阳伽蓝记》二《景宁寺》条载,元慎嘆陈庆之曰:‘吴人之鬼,住居建康,小作冠帽,短制衣裳,自呼阿侬,语则阿傍'云云。疑'短衣小冠作尘土'即指浙东死者,诗中有'六街'字,殆在东都设醮也。"《钱谱》不同意朱说,以为此诗"作于长安而不能确定为何年者",并云:"朱说未符诗意。诗语不涉大疫事,长安有左右六街,更不必泥于东都。短衣小冠,古时贱者之服,如梁武帝《邯郸歌》所云'短衣妾不伤,南山为君老',《汉书·杜钦传》所云'钦恶以病见诋,乃为小冠',皆是。'虚空'二句谓上天空气并不如何清冷,意即指天上政治气候亦如人世,混浊不堪,存在贵贱现象,贱者被作为尘土抛弃。然后下接'金家香衖千轮鸣,扬雄秋室无俗声',揭示人间之不平现象。诗篇通过'虚空'与'六街'之联系,'香衖'与'秋室'之对照,指示天上人间同一黑暗。"今从《钱谱》。

秦王饮酒①〔一〕

秦王骑虎游八极〔二〕,剑光照空天自碧〔三〕。羲和敲日玻瓈声〔四〕,劫灰飞尽古今平②〔五〕。龙头泻酒邀酒星〔六〕,金槽琵琶夜枨枨〔七〕。洞庭雨脚来吹笙〔八〕,酒酣喝月使倒行〔九〕。银云栉栉瑶殿明〔一〇〕,宫门掌事报一更③〔一一〕。花楼玉凤声娇狞④〔一二〕,海绡红文香浅清〔一三〕,黄鹅跌舞千年觥⑤〔一四〕。仙人烛树蜡烟轻〔一五〕,清琴醉眼泪泓泓⑥〔一六〕。

【校记】

①诗题,宋蜀本作"秦王饮",日本内阁文库本作"秦王饮酒歌"。

②古今平,《文苑英华》作"今太平"。

③一更,王琦《解》:"吕种玉《言鲭》,引贺诗宫中掌事报六更。"又云:"然考诸本无有作六更者,不知吕氏何据?"

④狞，吴正子《注》："狞当作儜。"

⑤黄鹅，《文苑英华》作"黄娥"。吴正子《注》："黄鹅恐当作娥。"

⑥清琴，《文苑英华》作"青春"，注："一作青琴。"王琦《解》："琦谓作青琴者是也。《上林赋》：青琴宓妃之徒。伏俨曰：青琴，古神女也。以喻妃嫔。盖歌舞方喧，银烛之下见妃嫔之眼色泓泓，已作醉态，夫侍宴之妃嫔醉，而秦王之醉不言而自见矣。"

【注释】

〔一〕秦王：本诗指唐太宗。按秦王有四说：一，秦始皇说，王琦《解》："旧注以为为始皇作。"二，德宗说，王琦《解》："姚经三以为为德宗而作，德宗性刚暴，好宴游，常幸鱼藻池，使宫人张水嬉，彩服雕靡，丝竹间发，饮酒为乐，故以秦王追诮之。琦按，德宗未为太子，尝封雍王矣。雍州，正秦地也，故借秦王以为称，其说近是。"三，宪宗说，陈沆《诗比兴笺》卷四："长吉诗中秦王，皆指宪宗，以其有秦皇、汉武之风也。"四，苻生说，陈本礼《协律钩玄》卷一："此秦王指苻生也。"诸说均不合诗意，诗中无一语用秦朝故事，德宗、宪宗、苻生之一生功业，不足以当"骑虎游八极"、"剑光照空"、"古今平"之称誉。钱仲联《李贺年谱会笺》："秦始皇即位时称秦王，唐太宗即位前封秦王，此诗兼咏两秦王以借指当时唐皇帝。"又《读昌谷集绝句六十首》注："《秦王饮酒》，不仅颂祖龙，亦颂唐太宗。诗所云'黄鹅跌舞千年觥'，即《秦王破阵乐》中之鹅鹳舞容。"李贺乃唐诸王孙，生当藩镇叛乱、四海分裂之时代，渴望能出现一统疆宇、天下清平之时世，故作诗歌颂唐太宗之盛业，犹如杜甫于安史乱世缅怀唐太宗，唱出"煌煌太宗业，树立甚宏达"(《北征》)之诗句。

〔二〕八极：八方极远之处。《淮南子・墬形训》："九州之外乃有八殥，……八殥之外而有八纮，……八纮之外乃有八极。"王琦《解》："古之称帝王者，谓其时乘六龙以御天，此则变言骑虎游八极，各有取义，一以文德为美，一以武功见长。"

〔三〕"剑光"句：曾益《注》："剑光射空，杀气盛也。"王琦《解》："二句言其以威武治天下。"

〔四〕"羲和"句：曾益《注》："敲日，言易迈；玻瓈，形其声。"王琦《解》："羲和为日之御，敲日者，策之而使之行也。"钱钟书《谈艺录》："《秦王饮酒》云：'羲和敲日玻璃声'，日比玻璃，皆光明故，而来长吉笔端，则日光似玻璃光，亦必具玻璃声矣。"

〔五〕"劫灰"句：世界经大火焚烧后，毁掉一切，重建世界，佛家称之为"一劫"。劫灰，劫后馀灰。《三辅黄图》卷四："武帝初穿昆明池，得黑土，帝问东方朔，东方朔曰：西域胡人知。乃问胡人，胡人曰：劫烧之馀灰也。"王琦《解》："释氏谓经年岁久远，人寿极短，乃至朝生夕死，然后有大水、大火、大风之灾，一切除去，更立生人，谓之一劫。劫灰飞尽，谓灾难不作，乃古今太平之时。"钱钟书《谈艺录》："同篇云'劫灰飞尽古今平'，夫劫乃时间中事，然劫取有灰，则时间亦如空间之可扫平矣。……古人病长吉好奇无理，不可解会，是盖知有木义而未识有锯义耳。"

〔六〕龙头：《礼记·明堂位》："夏后氏以龙勺。"郑玄注："龙，龙头也。"孔颖达疏："勺为龙头。"虞世南《北堂书抄·酒》："铜龙吐酒，戴延《西征记》云：太极殿前有铜龙，长三丈，铜樽容四十斛，正旦大会，龙从腹内受酒，口吐之于樽内。"酒星：本为天上主飨宴饮食之星宿，本诗借指受邀参加宴会之群臣。《晋书·天文志》："轩辕右角三星曰酒旗，酒官之旗也，主飨宴饮食。"孔融《论酒禁书》："天垂酒星之耀，地列酒泉之郡。"

〔七〕“金槽”句：吴正子《注》：“《谈实录》云，中官白秀贞得琵琶，槽有金镂红纹，以献杨贵妃。”王琦《解》：“金槽，以金饰琵琶之槽也。枨枨，琵琶声。”

〔八〕“洞庭”句：王琦《解》：“姚经三以为状其声之幽忽，似为近之。”

〔九〕“酒酣”句：曾益《注》：“酒酣喝月，从夜来；使倒行，不令晓也。”王琦《解》：“喝月使倒行，不欲其速落，犹傅玄诗安得长绳系白日之意。”

〔一〇〕“银云”句：陈弘治《校释》：“按：栉栉，相比次貌。银云栉栉，下映宫殿，皎白如昼，故曰瑶殿明。”

〔一一〕宫门掌事：王琦《解》引《旧唐书》宫门郎作解，误。按，两《唐书》列“宫门郎”于东宫官属，掌东宫内外宫门锁钥之事，本诗描写宫廷夜宴，不可以此为注。唐皇宫内设“宫闱局”，有宫闱局令，掌侍宫闱、出入管钥。又设“尚仪局”，掌朝见宴会，陈设伎乐等事，详见《旧唐书·职官志》和《新唐书·百官志》。故诗中“宫门掌事”当指这些掌管皇宫宴会、伎乐事务的官员。姚文燮《注》：“元和初，于宫门置待漏院，而宫漏有六更。至此则报一更，不敢言夜深也。”

〔一二〕“花楼”句：玉凤，歌女。声娇狞：陈允吉、吴海勇《李贺诗选评》：“形容声音糅合娇柔与狞厉之美。”

〔一三〕海绡：任昉《述异记》卷上：“南海出蛟绡纱，泉先潜织，一名龙纱，其价百馀金。”又同卷：“南海有龙绡宫，泉先织绡之处，绡有白之如雪者。”

〔一四〕黄鹅跌舞：舞女穿黄色舞衣，舞姿象黄鹅跌仆。钱仲联《读昌谷集绝句六十首》注：“诗所云‘黄鹅跌舞千年觥’，即《秦王破阵乐》中之鹅鹳舞容。”《唐会要》卷三十三《破阵乐》：

“(贞观)七年正月七日,上制《破阵乐舞图》,左圆右方,先偏后伍,鱼丽鹅鹳,箕张翼施,交错屈伸,首尾回互,以象战阵之形。”千年觥:王琦《解》:“千年觥,谓献寿酒而祝称千秋也。”

〔一五〕仙人烛树:仙人形之烛台,王琦《解》:“或者烛上画仙人之形,或烛台作仙人之像,或是当时有此佳名之烛,俱未可定。其曰树者,犹枝也,记烛之数曰几枝,古今通有此称。”

〔一六〕清琴:从王琦《解》作“青琴”讲。王琦《解》:“若照本文作清琴解,谓乐尽悲来,闻琴落泪,如孟尝闻雍门之琴而泫然涕泣者,不惟于全首诗意不称,而句语晦滞,亦全不成文理。”

【集评】

刘辰翁《评》:杂碎。“酒酣喝月使倒行”,狂言无当,而有其理。

无名氏《批》:骑虎言其霸强,绝无道德。以下写其强状,真可奴仆命《骚》。“骑虎”字、“剑光”字,皆写秦王恶状,全是以力横行。

黄周星《唐诗快》卷一:一篇中日月云雨,供其颠倒,驱遣簸弄,直是无可奈何,只得借玉楼一记,请归天上,且图大家安静。

姚文燮《注》:德宗性刚暴,好宴游,常幸鱼藻池,使宫人张水嬉,彩服雕靡,丝竹间发,饮酒为乐,故以秦王追诮之。为言秦王骑虎仗剑,雄武盖世,虽羲和亦敲日以避其锋。曾不使未尽之劫灰,少挫英雄之概。是以恣饮沉湎,歌舞杂沓,不卜昼夜,嬖奴宠嫔,迷恋终宵。即仙人桂烛,亦觉蜡尽烟空,而鼓琴之馀,醉眼视之,烛泪泓泓然也。诚使雄武如秦王尽平六国犹为不可,而况主非其主,时非其时乎?

钱澄之评(姚文燮《注》附):写饮酒极其雄概,才是秦王夜饮。酒尽天晓，清琴一曲，泪眼泓泓，尤见英雄本色，喝月倒行，不许晓也，故掌事只报一更。至烛树烟轻，晓色已彰，秦王可奈何哉！鼓琴堕泪，势所必至，此处情事逼真，为欢无几之意，总在言外。

方世举《批》："秦王骑虎游八极"四句，写秦王。"龙头泻酒邀酒星"，饮酒，饮非独酌，细密。"金槽琵琶夜枨枨，洞庭雨脚来吹笙"，二句歌吹。"酒酣喝月使倒行"，酒酣，夜阑矣。喝月倒行，恐将曙也。"银云栉栉瑶殿明"，比栉鳞次，将晓之云也。"宫门掌事报一更"，即鸡人报晓筹也，一更为六更之误。"花楼玉凤声娇狞"至末，醉后声笑体态，五句尽之。黄鹅喻酒也，合下觥字为义，即杜诗鹅儿黄似酒，酒色似鹅黄也。

李裕《昌谷集辨注》："洞庭雨脚来吹笙"，长吉此语极奇难解。曾云：笙参差而斜吹之，如雨脚然。徐云：雨脚以吹笙而来。董云即用巫山神女事。姚云：始皇怒赭湘山，知雨脚亦为之断。皆不强人意，思之，思之，阙疑可也。（徐说当近之，姚说穿凿。）"宫门掌事报一更"，是言夜未央乐方长也。丘注：报一更，不敢言晓也，直是自作诳语。

范大士《历代诗发》：醉极而泪，乐极生悲，两意俱妙。

陈本礼《协律钩玄》卷一：此秦王指苻生也。案《十六国春秋》秦王苻生力举千钧，雄勇好杀，手格猛兽。皇始五年，僭即皇帝位，荒耽淫虐，杀戮无道，弯弓露顶，以见群臣。锤钳锯凿，备具左右，截胫拉胁，锯项刳胎，惨酷异常。常宴群臣于太极殿，酣饮乐奏，生亲歌以和之，命尚书令辛牢为酒监。怒其不强人酒，引弓射杀之。百寮大惧，莫不引满昏醉，污服失冠，蓬头僵仆，生乃大乐，沉湎无复昼夜。所幸妻妾小忤旨，辄见杀，宗室勋旧，杂戚忠良，杀害略尽。人情危骇，道路以目，为苻坚所废，寻杀之。

长吉熟于南北六朝故实，借秦为喻，陈古以讽今也。

黎简《批》：想到日之声如玻瓈，亦地老天荒，无人有此奇思。荒淫暴虐，以不可必有之事写出。仙人以比宫女，歌舞各归，生幽怨而坐视清琴垂泪也。醉字不必泥，只作斜视似醉。

陈沆《诗比兴笺》卷四：长吉诗中秦王，皆指宪宗，以其有秦皇汉武之风也。史言淮西平，上浸骄侈，广营缮，于是浚龙首池，起承晖殿，土木浸兴。皇甫镈、程异数进羡馀，以供其费，裴度谏不听，即此诗所刺也。长吉卒于元和十二年，正淮西荡平之岁，故有"劫灰飞尽古今平"之语。骑虎八极，剑光照空，则前此用兵各镇也。从来英武之主，莫不始于忧勤，终于骄佚，长吉见其微而叹之。说者乃谓其追刺德宗。夫德宗所失，不在宴游之末，及身亦无削平之功。追刺既涉虚文，无理反咎长吉，何其傎耶？

【编年】

本诗亦当是长安三年间所作。《钱谱》："诗中所写宫廷宴会乐舞之盛，贺在长安官奉礼郎时始有缘目睹，不完全出于想象也。"今从之。

上云乐〔一〕

飞香走红满天春，花龙盘盘上紫云〔二〕。三千宫女列金屋①〔三〕，五十弦瑟海上闻〔四〕。天江碎碎银沙路②〔五〕，嬴女机中断烟素③〔六〕。缝舞衣④，八月一日君前舞〔七〕。

【校记】

①宫女，《乐府诗集》注："一作彩女。"王琦《解》同。

②天江，《乐府诗集》作"大江"。

③断烟素，吴正子本、凌刊本、黄评本作“烟素素”。北宋本、宣城本作“烟断素”。

④缝舞衣，宋蜀本、吴正子本作“缝衣缕”。蒙古本作“缝衣舞”。

【注释】

〔一〕上云乐：乐府曲名。智匠《古今乐录》：“《上云乐》七曲，梁武帝制，以代西曲。一曰《凤台曲》，二曰《桐柏曲》，三曰《方丈曲》，四曰《方诸曲》，五曰《玉龟曲》，六曰《金丹曲》，七曰《金陵曲》。”郭茂倩《乐府诗集》卷五十一录李贺此曲。

〔二〕“飞香”二句：曾益《注》：“飞香走红，故春满天。上云故龙盘盘，言乘龙盘云而上。”王琦《解》：“言宫禁之中，香烟瑞彩，溢洋散布，有若五色斑龙盘旋而上，接于紫云之中。二句一直联下，不可作两意说。春者，如春气之融和，无不周遍，下文有八月一日之词，不可实作春字解。”姚文燮《注》：“此言舞时纤转宛丽，疑龙盘此云欲上也。”

〔三〕“三千”句：用汉武帝金屋藏娇典。《汉武故事》：“胶东王（按，即武帝）数岁，长公主抱置膝上，问曰：‘儿欲得妇否？’长主指左右长御百馀人，皆云不用，指其女阿娇好否，笑对曰：‘好，若得阿娇作妇，当作金屋贮之。’”

〔四〕“五十”句：《史记·封禅书》：“太帝使素女鼓五十弦瑟。”王琦《解》：“海上闻，谓远至海上，犹得闻之，则近地无不闻也。”

〔五〕“天江”句：曾益《注》：“天江，天河也。碎碎沙路，以天河云银。言上升所经之天路。”

〔六〕“嬴女”句：曾益《注》：“嬴女，仙女。机中断烟素，言织素成。”王琦《解》：“嬴女，谓织妇，借天河织女以比之，然谓之嬴女，殊不可晓。”

〔七〕“缝舞衣”二句：韦应物《汉武帝歌》：“世间彩翠亦作囊，八月一日仙人方。"曾益《注》:"织素成缝为舞衣,而于八月一日君前献舞以为乐也。"王琦《解》:"当是八月一日,宫庭将有庆会歌舞之事,宫人预为习乐,其声飘扬,远闻于外。又见断素裁缝,以制舞人之服而备用。长吉职隶太常,故得与闻其事而赋之如此,苟欲援古事以证,其失之也远矣。"姚文燮《注》:"八月一日乃君王合仙方之日,此时当献舞称寿,冀得一邀恩光矣。"钱澄之曰(姚文燮《注》附):"恰好有韦诗作证。"胡震亨《唐音癸签》卷二十三:"《上云乐》:'八月一日君前舞。'旧注引《齐谐记》八月一日赤松子采柏药事为解,此非也。一日当作五日,《上云乐》乃俳乐献寿之辞。以千秋名节,始玄宗。玄宗以八月五日生,是日醼乐为盛。故贺拟辞用之。他帝即无有此月一日生者,故知字误也。"胡氏说义长。

【集评】

刘辰翁《评》:又古。是乐神之辞。

无名氏《批》:此题本有颂无讽,而荒诞之意,略见言外,故佳。

陈本礼《协律钩玄》卷四:此追咏庆贺金镜节也。通首皆言天上之景,以形容宫中,至末一句乃点醒。

黎简《批》:起句张为取入《主客图》,此句却有斯炒气。"素素",亦不佳。

吴汝纶《评注李长吉诗集》:此讥宪宗好女色而求仙也。

【编年】

诗写宫禁中歌舞之盛,缘诗人供职太常,有机会目睹这种盛大的歌舞场面,有感而写下本诗,当作于任奉礼郎的三年中。

经沙苑〔一〕

野水泛长澜，宫牙开小蒨〔二〕。无人柳自春，草渚鸳鸯暖〔三〕。晴嘶卧沙马，老去悲啼展〔四〕。今春还不归，塞嘤折翅雁〔五〕。

【注释】

〔一〕沙苑：李吉甫《元和郡县图志》卷二："同州，冯翊县，沙苑，一名沙阜，在县南十二里，东西八十里，南北三十里。……今以其处宜六畜，置沙苑监。"吴正子《注》曰："汉三十六苑，分布西北二边，以郎为苑监官，官奴三万人，养马三十万匹，故以牧马处为苑。杜甫有《沙苑行》。"

〔二〕"野水"二句：曾益《注》："泛长澜，言水旋绕，牙小蒨，草丛生。"姚文燮《注》："沙苑南有兴德宫，为高祖趋长安所次。此言草皆濡没，独此宫牙门仅长新丛，故云开小蒨也。""别本以宫牙为官牙，非。且亦无解，曾以牙与芽通，亦谬。"王琦《解》："琦按，别本有以宫牙为官牙者，牙古与衙通，盖谓沙苑监之衙署，官牙开小蒨者，官衙倾毁，其地开治种莳茜草地。""野水泛滥，宫室鞠为茂草，以见牧地荒残之状。"

〔三〕"无人"二句：曾益《注》："柳自春，木转茂。鸳鸯暖，禽就眠也。"王琦《解》："无人柳自春，见牧户逃亡。草渚鸳鸯暖，见畜牧鲜少。"

〔四〕"晴嘶"二句：曾益《注》："晴嘶句，言晴时沙上闻卧马之嘶，老去悲啼，无复有拔其良者。"王琦《解》："仅有疲老不堪用之马嘶卧沙中。"

〔五〕“今春”二句:曾益《注》:“不归,谓己。塞嘤折翅雁,言塞上之雁翅折而嘤鸣,见所遇皆困。”王琦《解》:“长吉自谓当今春时,尚淹滞他乡,不能归里,犹之塞上嘤鸣折翅之雁,能不见之生感乎?”

【集评】

无名氏《批》:马政不整,读之有愧。

丘象随评(《昌谷集句解定本》):户马保马之说可罢,而监牧之置出自秦汉,最为近古。自古称盛,莫若唐马,而贺野水长澜一诗,乃伤其凋残若此,此诗遂为马政立说矣。

刘嗣奇《李长吉诗删注》卷下:称盛莫如唐马,而贺诗乃伤其凋残若此,此诗遂为马政立说矣。

【编年】

本诗作于长安任职时期。《钱谱》:“此诗当是贺以奉礼郎随公卿巡行睿宗、玄宗陵时,道经沙苑而作。”所论极是。

过华清宫〔一〕

春月夜啼鸦,宫帘隔御花。云生朱络暗,石断紫钱斜①〔二〕。玉碗盛残露〔三〕,银灯点旧纱②。蜀王无近信〔四〕,泉上有芹芽〔五〕。

【校记】

①紫钱,宋蜀本作“紫泉”。

②旧纱,曾益本作“绛纱”。

【注释】

〔一〕华清宫:李吉甫《元和郡县图志》卷一:“(京兆府昭应县)华清

宫,在骊山上。开元十一年,初置温泉宫。天宝六年,改为华清宫。"《新唐书·地理志一》:"(京兆府昭应县)有宫在骊山下,贞观十八年置,咸亨二年,始名温泉宫。""六载,更温泉曰华清宫,宫治汤井为池,环山列宫室,又筑罗城,置百司及十宅。"

〔二〕紫钱:紫色苔藓,其形如钱。崔豹《古今注》卷下:"室空无人行,则生苔藓,或青或紫,名曰圆藓,又曰绿藓,亦曰绿钱。"王琦《解》:"紫钱,苔藓之紫色者,其形似钱。"

〔三〕玉碗:玉制之碗,随葬物品。沈炯《祭汉武帝文》:"茂陵玉碗,遂出人间。"

〔四〕蜀王:指李隆基,因避乱入蜀,故云。吴正子《注》:"蜀王疑明皇幸蜀言。"刘辰翁《评》:"似幸蜀,称蜀王。"曾益《注》:"玄宗宠杨贵妃,任安禄山,以致天宝之祸,蒙尘走蜀,故曰'蜀王',寓讥刺意。"王琦《解》:"琦谓以本朝帝主而称之曰蜀王,终是长吉欠理处。"

〔五〕"泉上"句:曾益《注》:"泉上芹生,是即诗人故宫黍离之悲也。"王琦《解》:"泉上芹芽,即诗人黍离稷穗之意。当明皇远幸蜀土之日,泉上已有芹生,况今日久不复巡幸,其风景之荒凉宜矣。一结深有不尽之致。"

【集评】

无名氏《批》:此诗得体,何啻少陵。

姚佺《笺》:此诗外意甚密,而内意未足,诗必要内外意满。李约《过华清宫》诗云:"君王游乐万机轻,一曲《霓裳》四海兵。玉辇人天升已尽,故宫惟有树长生。"芸林云:"不但形容离宫荒寂,且有规警之风。"耽游乐,故《霓裳曲》奏;轻万机,故四海兵兴;玉辇尽,则四海兵所致。惟有树长生,彼《霓裳曲》安在哉?

不特意到，语到，法度亦严，奉礼解此否？

姚文燮《注》：华清宫在骊山下，贞观十八年置。始名温泉宫。蜀王名梁王愔也，贞观十年徙蜀，好游畋弋猎，帝怒，遂削封。贺当春夜过此，追诮之。上六句皆写夜景，云时代屡更，典物虽备，器制已淹，太宗自好游幸，乃徒切责子弟，而大兴离宫，遂令后世流连于此，不一而足。近日宗室侈靡如蜀王者，所在不乏，而申饬之信久不闻焉。且温泉别无好景，但水气稍暖，仅长芹芽，何屡朝之銮舆相继耶？及观玄宗又因此而幸蜀，后亦无有鉴前车者，深可叹已。

方世举《批》：前六句亦直，但音调清响森秀，结句佳。“泉上有芹芽”，泉一作井，佳，用野人献芹事以慨无由，语意轻俊冷妙。

董伯英评（陈本礼《协律钩玄》卷一）：自房琯疏岩剔薮以广游览，有东西绣岭，及安禄山陷长安，宫遂荒废。长吉生当代，故但以微词讽，不敢斥言明皇，故借言蜀王；不敢斥言山陵崩，故借言无近信。惟无游幸之信，故温泉久不御。而未生草，今有芹芽矣，言温泉亦寒也。结意无中生有。

刘嗣奇《李长吉诗删注》卷上：此禄山陷长安后作，故宫触目之感。华清宫即温泉，在骊山下。

【编年】

本诗当作于长安三年中。李贺任职太常寺，有机会去华清宫，有感而作此诗。

苦篁调啸引[①]

请说轩辕在时事[一]，伶伦采竹二十四[二]。伶伦采之自昆丘[②]，轩辕诏遣中分作十二。伶伦以之正音律，轩辕以之调元气〔三〕。当时黄帝上天时〔四〕，二十三管咸相随，唯留一管人间吹。无德不能得此管[③]，此管沉埋虞舜祠〔五〕。

【校记】

①诗题，吴正子《注》："乐府有《调笑引》，笑，一作啸。"

②昆丘，曾益本、姚佺本、姚文燮本、黄评本作"昆仑"。

③无德不能得此管，宋蜀本、蒙古本作"人间无德不能得"。

【注释】

〔一〕轩辕：黄帝之名。《史记·五帝本纪》："黄帝者少典之子，姓公孙，名曰轩辕，生而神灵，弱而能言，幼而徇齐，长而敦敏，成而聪明。"

〔二〕伶伦采竹：应劭《风俗通义》卷六："昔黄帝使伶伦自大夏之西，昆仑之阴，取竹于嶰谷生，其窍厚均者，断两节而吹之，以为黄钟之管。制十二筩，以听凤之鸣，其雄鸣为六，雌鸣亦为六。天地之风气正而十二律定，五声于是乎生，八音于是乎出。"

〔三〕调元气：陈弘治《校释》："谓治阴阳之气，节四时之变也。"

〔四〕黄帝上天：《史记·封禅书》："上曰：'吾闻黄帝不死，今有冢，何也？'或对曰：'黄帝已仙上天，群臣葬其衣冠。'"《史记·孝武帝本纪》："黄帝采首山铜，铸鼎于荆山下。鼎既成，有龙垂胡髯下迎黄帝。黄帝上骑，群臣后宫从上龙七十馀人，龙乃上去。"

〔五〕"此管"句：应劭《风俗通义》卷六："昔章帝时，零陵文学奚景，于泠道舜祠下得笙，白玉管。知古以玉为管，后乃易之以竹耳。"刘敬叔《异苑》卷一："衡阳山、九嶷山皆有舜庙，每太守修理祀祭洁敬，则闻弦歌之声。汉章帝时，零陵文学奚景，于泠道县祠下得笙，白玉管，舜时西王母献。”

【集评】

刘辰翁《评》：“请说轩辕在时事”，徘体得之是。“无德不能得此管，此管沉埋虞舜祠。”以此寄兴，甚奇。

元遗山（王琦《解》引）曰：七言长诗，于中独一句九言，韦郎有此例，长吉亦有此例。（盖谓“轩辕诏遣中分作十二”之句是也。）

曾益《注》：言律吕失传而其乐亡。

王琦《解》：此章以见于史传实有之事，而杂以虚无荒诞之词，似近乎戏，而实有至理在焉。唯留有一管者，谓黄锺一管，为万事之根本，其制可考而知也；无德不能得此管，谓非有圣贤之德，不能得此管之制度音律，其实此管尚在人间，人自不能知之耳，非竟无可考也。想当时新声竞作，上下之人皆习闻之而溺好焉，任古律之日沦于亡而不能正，长吉身为协律郎，有掌和律吕之职，目击其弊，思欲正之，而作此诗欤！

姚文燮《注》：德宗朝，昭义节度使王虔休以帝诞辰未有大乐，乃作继天诞圣乐，以宫为调。于頔又献顺圣乐，贺作此讥之，云：无德不可作乐，自轩辕以及虞舜三代，圣王且难为继，乃今擅作，则乐亦不足称矣。

黎简《批》：此全不似长吉，而一字不雕，一句不琢，字句之间，自然圆老。然集中只一首，似丰筵之得嘉蔬，便可人意。若长吉全造此境，亦不过元、白也。

【编年】

本诗当作于长吉供职太常三年间。长吉素善音律，观其《李凭箜篌引》《听颖师琴歌》《申胡子觱篥歌》等诗可知。诗云:“无德不能得此管。”有德方能正声,诗人之寄慨深矣!

李凭箜篌引〔一〕

吴丝蜀桐张高秋〔二〕,空山凝云颓不流①〔三〕。江娥啼竹素女愁②〔四〕,李凭中国弹箜篌〔五〕。昆山玉碎凤凰叫〔六〕,芙蓉泣露香兰笑〔七〕。十二门前融冷光〔八〕,二十三丝动紫皇〔九〕。女娲炼石补天处〔一〇〕,石破天惊逗秋雨〔一一〕。梦入神山教神妪〔一二〕,老鱼跳波瘦蛟舞〔一三〕。吴质不眠倚桂树〔一四〕,露脚斜飞湿寒兔〔一五〕。

【校记】

①空山,宣城本、蒙古本、《全唐诗》作“空白”。

②江娥,王琦《解》:“一作湘娥。”

【注释】

〔一〕李凭:中唐时代著名的御前乐师,善弹箜篌,杨巨源有《听李凭弹箜篌歌》:“听奏繁弦玉殿清,风传曲度禁林明。君王听乐梨园暖,翻到云门第几声。”“花咽娇莺玉嗽泉,名高半在御筵前。汉王欲助人间乐,从遣新声坠九天。”顾况亦有《李供奉弹箜篌歌》,李供奉,即李凭。箜篌:弦乐器,有多种体制。《旧唐书·音乐志》:“箜篌,汉武帝使乐人侯调所作,以祠太一。或云侯辉所作,其声坎坎应节,谓之坎侯,声讹为箜篌。或谓师延靡靡乐,非也。旧说亦依琴制,今按其形,似瑟而小,七弦,用拨弹之,如琵琶。”《通典》卷一百四十四:“竖箜篌,胡乐也,汉灵帝好之。体曲而长,二十有三弦,竖抱于怀中,用两手齐奏,俗谓之擘箜篌。”王琦《解》:“按箜篌之器不一,有大箜篌、小箜篌、竖箜篌、卧箜篌、首箜篌数种,观诗中二十三丝一语,知凭所弹者,乃竖箜篌也。”吴正子《注》:“曹子建有《箜篌引》一篇,但言存交情及时行乐而已。李太白有两篇,一云《公无渡河》者,乃言叟溺之事。一云《箜篌引》者,亦只叹交道衰薄,意与子建不远。今长吉又无曹、李意,始终但咏箜篌之音耳。”

〔二〕吴丝蜀桐:用吴地所产之丝和蜀地所产之桐木制作箜篌。王琦《解》:“丝之精好者出自吴地,故曰吴丝。蜀中桐木宜为乐器,故曰蜀桐。”

〔三〕空山凝云:空山上之行云,被箜篌声吸引住,凝聚在一起。《列子·汤问》:“薛谭学讴于秦青,未穷青之技,自谓尽之,遂辞归。秦青弗止,饯于郊衢,抚节悲歌,声振林木,响遏行云。薛谭乃谢求反,终身不敢言归。”

〔四〕江娥啼竹:舜之二妃闻舜死而悲啼,泪洒湘竹,竹上尽是斑痕。张华《博物志》卷一〇:“尧之二女也,曰湘夫人,舜崩,二女涕挥竹,竹尽斑。”素女:传说中善奏瑟的神女。《史记·封禅书》:“太帝使素女鼓五十弦瑟,悲,帝禁不止,乃破其瑟为二十五弦。”

〔五〕中国:京师。王琦未注,叶葱奇注:“中国,指国中也。”非是。按,《诗经·大雅·民劳》:“惠此中国,以绥四方。”《毛传》:“中国,京师也。”方世举《批》:“中国不可作中夏讲,只作都中讲。”

〔六〕昆山玉:古代神话昆仑山西有玉山,产玉石。《山海经·西山经》:“玉山,是西王母所居也。”郭璞注:“此山多玉石,因以名云。”此句用玉碎、凤鸣,状箜篌声之清越婉转。姚文燮注:“玉碎凤叫,言其激越也。”

〔七〕“芙蓉”句：刘勰《新论·言苑》：“春葩含日似笑，秋叶泫露如泣。”王琦《解》：“玉碎，状其声之清脆。凤叫，状其声之和缓。蓉泣，状其声之惨澹。兰笑，状其声之冶丽。”

〔八〕十二门前：长安城有十二门。《三辅黄图》卷三引《三辅决录》：“长安城面三门，四面十二门，皆通九逵，以相经纬。”融冷光：吴正子《注》：“言乐音感和，可散严肃之气。”王琦《解》：“即邹衍吹律而温气至之意。”

〔九〕二十三丝：指竖箜篌。紫皇：吴正子《注》：“犹言天帝也。”《太平御览》卷六百五十九：“《秘要经》曰：太清九宫，皆有僚属，其最高者称太皇、紫皇、玉皇。”

〔一〇〕“女娲”句：《淮南子·览冥训》：“女娲炼五色石以补苍天。”

〔一一〕“石破”句：吴正子《注》：“言箜篌之声，忽如石破而秋雨逗下，犹白乐天《琵琶行》银瓶乍破水浆迸之意。”王琦《解》：“琦玩诗意，当是初弹之时，凝云满空，继之而秋雨骤作，洎乎曲终声歇，则露气已下，朗月在天，皆一时实景也。而自诗人言之，则以为凝云满空者，乃箜篌之声遏之而不流。秋雨骤至者，乃箜篌之声感之而旋应。似景似情，似虚似实，读者徒赏其琢句之奇，解者又昧其用意之巧，显然明白之辞，而反以为在可解不可解之间，误矣。”

〔一二〕“梦入”句：曾益《注》：“教神妪，见非人授。神山，言非从人间得来。”干宝《搜神记》卷四：“永嘉中，有神见兖州，自称樊道基。有妪号成夫人，夫人好音乐，能弹箜篌，闻人弦歌，辄便起舞。”陈弘治《校释》引丘象随曰：“意者今李凭梦而得其教乎！”

〔一三〕“老鱼”句：《列子·汤问》：“瓠巴鼓琴而鸟舞鱼跃。”王琦《解》：“所谓老鱼跳波瘦蛟舞，暗用此事。”“言其声之精妙，虽幽若神鬼，顽若异类，亦能见赏。”陈弘治《校释》：“犹《书·舜典》击石拊石，百兽率舞，苏轼《赤壁赋》所谓舞幽壑之潜蛟也。”

〔一四〕吴质：何孟春《馀冬序录》卷四十八：“月中斫桂人，《酉阳杂俎》云吴刚，李贺诗云吴质，当是名刚字质也。”黄淳耀《评》：“疑当作吴刚。”这种推测，不可取。王琦《解》：“吴质，三国时人，考《魏志》《魏略》中所载事迹，与音乐不相涉。”按，李贺诗中之吴质，确是三国时人，并非与音乐无涉。曹丕《与朝歌令吴质书》：“每念昔日南皮之游，诚不可忘。既妙思六经，逍遥百氏，弹棋闲设，终以六博，高谈娱心，哀筝顺耳。”曹植《与吴季重书》：“夫君子而知音乐，古之通论，谓之通而蔽。墨翟不好伎，何为过朝歌而回车乎？足下好伎，值墨翟回车之县，想足下助我张目也。”吴质《答东阿王书》：“若追前宴，谓之未究，倾海为酒，并山为肴，伐竹云梦，斩梓泗滨，然后极雅意，尽欢情，信公子之壮观，非鄙人之所庶几也。”李贺借这位知音者倚桂树听箜篌，衬托出李凭弹奏箜篌技艺精妙过人。

〔一五〕“露脚”句：汪无量《醉歌》：“含宫嚼徵当窗牖，露脚斜飞湿杨柳。”黎简《评》：“结句使吴刚亦来听，不知久也，即白露沾衣意。”王琦《解》：“言赏音者听而忘倦，至于露零月冷，夜景深沉，尚倚树而不眠，其声之动人骇听，为何如哉？”

【集评】

杨万里《诚斋诗话》：诗有惊人句，杜牧之云，我欲东召龙伯公，上天揭取北斗柄。蓬莱顶上斡海水，水底见尽看海空。李贺云，女娲炼石补天处，石破天惊逗秋雨。

刘辰翁《评》：状景如画，自其所长。箜篌声碎有之，昆山玉颇无谓,下七字妙语,非玉箫不足以当。石破天惊,过于绕梁遏云之上,至教神妪,忽入鬼语,吴质懒态,月露无情。“老鱼跳波瘦蛟舞”,其形容偏得于此,而于箜篌为近。

董懋策《评》:说得古古怪怪。分明说李凭是月宫霓裳之乐,却说得奇怪。

姚佺《笺》:“中国弹箜篌”五字忽过。唐太宗时,西国进一胡,善弹琵琶,弦拨倍粗。太宗不欲番人胜中国,乃使罗黑黑隔帷听之,一遍而得。帝谓番曰:“此曲吾宫人能之。”遂取大琵琶,令黑黑帷下弹之,不遗一字,因惊叹辞去。西国降者数十国。长吉盖得此意也。康昆仑琵琶虽第一手,乃得段师之教,而技益精。李凭不入教坊,焉知其能忘本态乎?故又推神妪之教。

无名氏《批》:由箜篌轻轻挈起,淡淡写落,跌出李凭,顺手摹神,何等气足。一结正尔蕴藉无限。

萧琯评(《昌谷集句解定本》卷一):须溪称樊川反覆称道、形容,非不极至,独惜理不及骚。不知贺之所长,正在理外。予谓此欲为长吉开生面,而反滋惑者也。天下岂有长于理之外者?如此诗,如此解,又何尝异人意。

又蒋文运评(同上):题不言夜弹箜篌,而融冷光,湿寒兔,皆夜弹箜篌也。三百篇之明者,亦不必大小序可见。

姚文燮《注》:吴之丝,蜀之桐,中国之凭,言器与人相习。中国二字,郑重感慨。天宝末,上好新声,外国进奉诸乐大盛,今李凭犹弹中国之声,岂非绝调?更兼清秋月夜,情景俱佳,至声音之妙,凝云言其缥缈也,湘娥言其悲凉也,玉碎凤鸣言其激越也,蓉露兰笑言其幽芬也。帝京繁艳,际此亦觉凄清,天地神人,山川灵物,无不感动鼓舞。即海上夫人梦求教授,月中仙侣徙倚终宵,但佳音难觏,尘世知希,徒见赏于苍玄,恐难为俗人道耳。贺盖借此自伤不遇，然终为天上修文，岂才人题咏有以兆之耶？

黄周星《唐诗快》卷一：本咏箜篌耳，忽然说到女娲、神妪，惊天入目，变眩百怪，不可方物，直是鬼神于文。

叶矫然《龙性堂诗话初集》：长吉耽空凿奇，真有"石破天惊"之妙，阿母所谓是儿不呕出心不已也。然其极作意费解处，人不能学，亦不必学。义山古体时效此调，却不能工，要非其至也。

方世举《批》：白香山江上琵琶，韩退之颖师琴，李长吉李凭箜篌，皆摹写声音至文，韩足以惊天，李足以泣鬼，白足以移人。

陈本礼《协律钩玄》卷一：此追刺开、宝小人祸国之由始也。考贺生于德宗贞元七年，殁于宪宗元和之十二年，距李凭弹箜篌供奉内庭时，几五十馀年，长吉何得尚闻李凭之箜篌耶？盖凭以一梨园小人，而玄宗昵之，初不料其即为祸国衅首，贺以有唐王孙，追恨当时，故著此篇，以补国史之阙，与《春秋》书法相表里。通首皆愤恨讽刺之词，乃一毫不露本意，此所谓愈曲愈微，愈深愈晦者也。各家注释，均未发明此义，徒以写声之妙，重复谬赞，不顾叠床架屋，失其旨矣。

高步瀛《唐宋诗举要》卷二引吴汝纶评：通体皆从神理中曲曲摹绘，出神入幽，无一字落恒人蹊径。

【编年】

诗云："李凭中国弹箜篌"，"十二门前融冷光，二十三丝动紫皇"，描写梨园弟子李凭在宫中演奏箜篌的景象。本诗当是李贺在长安三年作，当时他在太常寺供职，有机会听到李凭演奏，故作本诗。

听颖师弹琴歌〔一〕

别浦云归桂花渚，蜀国弦中双凤语〔二〕。芙蓉叶落秋鸾离，越王夜起游天姥〔三〕。暗佩清臣敲水玉①，渡海蛾眉牵白鹿〔四〕。谁看挟剑赴长桥，谁看浸发题春竹〔五〕。竺僧前立当吾门，梵宫真相眉稜尊〔六〕。古琴大轸长八尺〔七〕，峄阳老树非桐孙〔八〕。凉馆闻弦惊病客，药囊暂别龙须席〔九〕。请歌直请卿相歌②，奉礼官卑复何益〔一〇〕。

【校记】

①暗佩清臣，黄评本作"清臣暗佩"。

②直请，凌刊本作"宣请"。姚佺本作"置请"。王琦《解》："一作当请"。

【注释】

〔一〕听颖师弹琴歌：韩愈亦有《听颖师弹琴》："昵昵儿女语，恩怨相尔汝。划然变轩昂，勇士赴敌场。浮云柳絮无根蒂，天地阔远随飞扬。喧啾白鸟群，忽见孤凤凰。跻攀分寸不可上，失势一落千尺强。"可与长吉诗相媲美。

〔二〕"别浦"二句：王琦《解》："别浦，天河也，详见卷一《七夕》注中。桂花渚，似谓月所行之道。蜀国弦，琴也，唐时琴材以蜀地为贵，故谓之蜀国弦。"姚佺《笺》："云归花渚，言其悠缓。双凤语，言其和。"姚文燮《注》："别浦状其幽忽也，双凤状其和鸣也。"

〔三〕"芙蓉"二句：《太平寰宇记》卷九十六："天姥山在越州剡县南八十里。……传云登者闻天姥歌谣之响。谢灵运诗云：'暝投剡山中，明登天姥岑。高高入云霓，远奇何可寻。’即此也。”王琦《解》：“芙蓉句，状其声之凄切。越王句，状其声之高卓。”姚文燮《注》：“秋鸾状其激楚也，声之飘渺凌空，如越王夜游天姥，隐隐欲上也。”

〔四〕“暗佩”二句：《山海经·南山经》：“堂庭之山多水玉。”郭璞注：“水玉，今水精也。”王琦《解》：“清臣，臣子之志洁行廉者。”“越王事未详。暗珮句，状其声之清远。渡海句，状其声之缥缈。”姚文燮《注》：“清臣鸣佩，状其清肃也。渡海蛾眉，状珊珊欲仙也。”

〔五〕“谁看”二句：长桥事，见《秦光禄北征》注。题春竹，《宣和书谱》卷十八：“（张）旭喜酒，叫呼狂走方落笔。一日酒酣，以发濡墨作大字，既醒视之，自以为神，不可复得。”徐渭《注》：“挟剑赴长桥，声雄壮。浸发题春竹，以书法萦袅钩连，比声之不断。”姚文燮《注》：“时而猛烈如周处之斩蛟，时而纵横如张颠之属草。”

〔六〕“竺僧”二句：曾益《注》：“竺僧，颖师。前立当门，请歌也。”王琦《解》：“释教出于天竺，故谓僧曰竺僧。梵宫真相，谓如梵天宫殿中所供养古佛罗汉相也。”

〔七〕“古琴”句：陈旸《乐书》卷一百二十：“古者造琴之法，其制长三尺六寸六分，象期之日也。……司马迁曰，其长八尺一寸，正度也。由是观之，则三尺六寸六分，中琴之度也。八尺一寸，大琴之度也。”

〔八〕“峄阳”句：《尚书·禹贡》：“峄阳孤桐。”孔安国传：“峄山之阳，特生桐，中琴瑟。”《太平御览》卷九百五十六引《风俗通义》：“梧桐生于峄山阳岩石之上，采东南孙枝为琴，声甚清雅。”

〔九〕“凉馆”二句：龙须席，《新唐书·地理志一》：“丹州，土贡：龙须席、麝、蜡烛。”曾益《注》：“闻弦是听琴。凉馆，凄凉之馆，惊病，客病为之起，故药囊不事，席不卧而暂别。”王琦《解》：“二句言病中闻颖师琴声高妙，不觉为之坐起。有霍然病已之意。”

〔一〇〕“请歌”二句：曾益《注》：“言贵显者作歌始足为重，如己官卑，奚足为颖师重，即作歌何益？而师故请之，自谦也。”王琦《解》：“言欲人作诗赞美，以长身价，当请卿相为之，始动人观听，若我则仅一奉礼郎耳，官职卑小，何能为颖师增重。此亦长吉愤世之辞。作自谦者，非也。”

【集评】

黄淳耀《评》：以书法萦袅钩连，比声之不断也。玩“谁看”二字，非以两者比琴，言两者不足看，以形容琴也。

方世举《批》：真本无疑。与韩孰后先耶？其格调略同，后两段落僧，则拖沓不如韩。

叶矫然《龙性堂诗话初集》：唐人听琴、听琵琶诗，如右丞之于董大，昌黎、昌谷之于颖师，奇语叠出，仿佛尽致，后人莫臻其妙。

黎简《批》：“越王”以下五句忒吵闹，琴诗如此，虽工亦低品矣。注凄、和、幽、壮，全不是，适、怨、清、和，已非妙解，况染其习。竺僧以下追叙法，可观。

陈本礼《协律钩玄》卷四：琴各有派，如蜀派、中州派则下指刚劲，江南常熟则和缓雅正，刚柔得宜，惟浙派最劣，竟似弹琵琶矣。凡曲各有声调，惟在下指用意，如洞天箕山羽化，则宜缥缈；樵歌沧江雉朝飞，则宜苍老；梦蝶碧天，则宜幽细；汉宫佩兰，则宜静远；渔歌欸乃醉渔，则宜酣畅；凤翔涂山关雎，则宜庄雅。他若耕歌、牧歌,潇湘、捣衣、山居吟等,调各不同,音亦各异。昌黎诗止就其一曲而言,长吉则总括各曲之音,而一一为之形容,故能于昌黎外另标一帜,而各臻其妙。(同上)

钱仲联《读昌谷集绝句六十首》:梁尘三绕月西横,谣诼蛾眉岁几更。落尽芙蓉离却凤,竺僧弦上起秋声。《听颖师琴歌》,写琴声处,俱寓托顺宗君臣。顺宗先封宣王,宣,古属越地,故诗有越王之语。渡海蛾眉也者,指韦执谊贬崖州也。

【编年】

诗云:"奉礼官卑复何益",则本诗当作于长安任职的三年中。

恼公〔一〕

宋玉愁空断,娇娆粉自红〔二〕。歌声春草露〔三〕,门掩杏花丛〔四〕。注口樱桃小〔五〕,添眉桂叶浓〔六〕。晓奁妆秀靥〔七〕,夜帐减香筒〔八〕。钿镜飞孤鹊〔九〕,江图画水荭〔一〇〕。陂陀梳碧凤〔一一〕,腰袅带金虫①〔一二〕。杜若含清露,河蒲聚紫茸〔一三〕。月分蛾黛破,花合靥朱融〔一四〕。发重疑盘雾,腰轻乍倚风〔一五〕。密书题荳蔻②〔一六〕,隐语笑芙蓉〔一七〕。莫锁茱萸匣〔一八〕,休开翡翠笼〔一九〕。弄珠惊汉燕〔二〇〕,烧蜜引胡蜂〔二一〕。醉缬抛红网〔二二〕,单罗挂绿蒙〔二三〕。数钱教姹女,买药问巴賨〔二四〕。匀脸安斜雁〔二五〕,移灯想梦熊〔二六〕。肠攒非束竹,胘急是张弓③〔二七〕。晚树迷新蝶〔二八〕,残蜺忆断虹〔二九〕。古时填渤澥,今日凿崆峒〔三〇〕。

绣沓褰长幔，罗裙结短封〔三一〕。心摇如舞鹤，骨出似飞龙〔三二〕。井槛淋清漆，门铺缀白铜。隈花开兔径〔三三〕，向壁印狐踪〔三四〕。玳瑁钉帘薄，琉璃叠扇烘〔三五〕。象床缘素柏，瑶席卷香葱〔三六〕。细管吟朝幌，芳醪落夜枫〔三七〕。宜男生楚巷，栀子发金墉〔三八〕。龟甲开屏涩，鹅毛渗墨浓④〔三九〕。黄庭留卫瓘〔四〇〕，绿树养韩冯〔四一〕。鸡唱星悬柳，鸦啼露滴桐〔四二〕。黄娥初出座，宠妹始相从〔四三〕。蜡泪垂兰烬，秋芜扫绮栊〔四四〕。吹笙翻旧引，沽酒待新丰〔四五〕。短佩愁填粟，长弦怨削崧⑤〔四六〕。曲池眠乳鸭，小阁睡娃僮〔四七〕。褥缝篸双线〔四八〕，钩绦辫五总⑥〔四九〕。蜀烟飞重锦，峡雨溅轻容〔五〇〕。拂镜羞温峤〔五一〕，熏衣避贾充⑦〔五二〕。鱼生玉藕下，人在石莲中〔五三〕。含水弯蛾翠⑧，登楼潠马鬃〔五四〕。使君居曲陌，园令住临邛〔五五〕。桂火流苏暖⑨〔五六〕，金炉细炷通〔五七〕。春迟王子态，莺啭谢娘慵〔五八〕。玉漏三星曙〔五九〕，铜街五马逢〔六〇〕。犀株防胆怯〔六一〕，银液镇心忪〔六二〕。跳脱看年命〔六三〕，琵琶道吉凶〔六四〕。王时应七夕〔六五〕，夫位在三宫〔六六〕。无力涂云母，多方带药翁〔六七〕。符因青鸟送，囊用绛纱缝〔六八〕。汉苑寻官柳，河桥阂禁钟〔六九〕。月明中妇觉，应笑画堂空〔七〇〕。

【校记】

①腰袅，宋蜀本作“婹袅”。

②密书，宋蜀本、曾益本、姚佺本、姚文燮本均作“寄书”。

③肱急，曾益本、姚佺本、姚文燮本均作“弦急”。

④渗墨，宋蜀本、吴正子本作“澡墨”。

⑤崧，宋蜀本、吴正子本作“菘”。

⑥五总，原作“骢”，陈弘治《校释》：“王解本、黄评本总作骢，误。”今据宋蜀本、姚文燮本改。

⑦熏衣，宋蜀本、蒙古本作“薰香”。

⑧弯蛾，原作“湾蛾”，陈弘治《校释》：“王解本弯作湾，误。”今据宋蜀本、姚文燮本、《全唐诗》改。

⑨桂火，王琦《解》注：“一作桂帐”。

【注释】

〔一〕恼公：吴正子《注》：“未详题义，太白《与段七娘》诗云：‘一面红妆恼杀人。’恐止此义，此终篇亦言妇人耳。”王琦《解》：“今谓可爱曰可憎，即恼公之意，盖狭邪游戏之作。”

〔二〕“宋玉”二句：宋玉《九辩》：“离芳蔼之方壮兮，余萎约而悲愁。”曾益《注》：“宋玉喻己，娇娆谓美人。己愁空断而彼美自妍，此所为《恼公》也。王琦《解》：“宋玉喻男，娇娆喻女，二句言其始之相慕而未能即合之意。”

〔三〕“歌声”句：曾益《注》：“草露，言歌如珠圆。”王琦《解》：“歌声之美，累累如草上露珠之圆。”

〔四〕“门掩”句：曾益《注》：“门掩杏丛，住处佳。”王琦《解》：“而闻其出自杏花丛中，于是识其住处。”姚文燮《注》：“奈双镮常闭，自不能时睹芳容，每闻声而相思也。”

〔五〕“注口”句：形容唇之美。曾益《注》：“樱桃，比红。注口，生质小也。”

〔六〕“添眉”句：形容眉之美。曾益《注》：“桂叶，比眉之翠。”

〔七〕“晓奁”句：王琦《解》：“靥，音叶，妇人面颊之上饰，始有孙吴邓夫人以琥珀屑傅颊伤，……尔后相沿，至唐益盛，或朱或黄或黑，其色不一，随逐时好所尚，大抵面有痕痣，多借此掩之，其无痕痣者，亦做此妆以为妖艳。”

〔八〕香筒：帐中烧香器。张炎《声声慢》：“客里依然清事，爱窗深帐里，戏拣香筒。”帐中烧香器，有多种形态，或为锁形、或为鸭形、或为象形。高似孙《纬略》卷九：“锁香，此皆香器，其名锁者，盖有鼻纽，施之于帏帐之中者也。”徐坚《初学记》卷二十五引《邺中记》：“石季龙冬月为复帐，四角安纯金银凿镂香炉。”王琦《解》：“香筒，帐中烧香器，至晓火烬，故香灭。”

〔九〕“钿镜”句：王琦《解》：“此言镜背以金华饰之作单飞鹊形。”《太平御览》卷七百十七引《神异经》：“昔有夫妻将别，破镜，人执半以为信。其妻与人通，其镜化鹊，飞至夫前，其夫乃知之。后人因铸镜，为鹊安背上，自此始也。”

〔一〇〕“江图”句：曾益《注》：“图，画图也，或屏障属。画水草，云江图也。”姚文燮《注》：“屏风图画水浅生蒺，可不忧搴涉也。”

〔一一〕“陂陀”句：曾益《注》：“陂陀，不平。梳凤，理发为髻而若凤。碧，加翠翘也。”王琦《解》：“陂陀，高低不平之貌，碧凤，凤髻也。”

〔一二〕“腰袅”句：曾益《注》：“金虫，镂金为虫饰也。”王琦《解》：“腰（�）袅，宛转摇动之貌。金虫，以金作蝴蝶蜻蜓等物形而缀于钗上者。宋祁《益部记》利州山中有金虫，其体如蜂，绿色，光若泥金，俚人取作妇女钗镮之饰。”曾益、王琦所解非是。按，金虫即金凤，带有凤形的金钗，在头上摇曳不定。王沂孙《八六子》：“宝钗虫散，绣衾鸾破。”虫散即凤散，与“鸾破”相对。以虫称凤，由来已久。《大戴礼·易本命》：“有羽之虫三百六十，而凤凰为之长。”简文帝《和湘东王名士悦倾城》："珠概杂青虫"，青虫，即青凤。吴均《和萧洗马子显古意六首》："莲花衔青雀，宝粟钿金虫。"金虫即金凤，粟粒珍宝镶嵌在金凤宝钗上。

〔一三〕"杜若"二句：曾益《注》："杜若，芳草；含露，当晓而未采。河蒲，色青紫，方春而始茁也。"王琦《解》："以香草比其柔艳也。"

〔一四〕"月分"二句：曾益《注》："眉秾矣，如月之分而黛色其初破；靥施矣，合之花钿而朱斯融。"王琦《解》："谓如新月两分于额上，是其蛾眉之描黛；如好花点缀于腮侧，是其笑靥之施朱。破字作分开之意。靥，颊辅也，俗云笑窝、腮斗是也，与上文秀靥有别。"

〔一五〕"发重"二句：发重，状重发之浓密，腰轻，状其身之轻盈。曾益《注》："发多故重，重疑盘雾，腰轻倚风，态度其绰约矣，而若或飘举如乍也。"

〔一六〕荳蔻：范成大《桂海虞衡志·志花》："红荳蔻花，丛生，叶瘦如碧芦，春末发。……此花无实，不与草荳蔻同种。每蕊心有两瓣相并。词人托兴如比目、连理云。"段成式《酉阳杂俎》卷十八："白荳蔻出伽古罗国，呼为多骨，形如芭蕉，叶似杜若，长八九尺，冬夏不凋。"吴正子《注》"寄书题此，言此心之不移耳。"王琦《解》："题荳蔻者，密喻有同心之订。"

〔一七〕"隐语"句：王琦《解》："盖以芙蓉者，莲也，暗合怜字之意。""笑芙蓉者，隐语相怜爱之意。"

〔一八〕"莫锁"句：王琦《解》："茱萸，古时锦名。《十六国春秋》：锦有大茱萸、小茱萸。吴均诗'玉检茱萸匣'，又云：'茱萸锦衣玉作匣'，知茱萸匣者，以茱萸锦糊匣也。"姚文燮《注》："恐夜深久待，当加衣以防寒也。"

〔一九〕“休开”句：王琦《解》：“翡翠笼者，以翡翠羽毛点饰箱笼为观美。”又一说，曾益《注》：“笼以樊鸟，休开者，恣玩。”姚文燮《注》：“恐好鸟惊唤也。”曾姚二氏则以为鸟笼。

〔二〇〕“弄珠”句：《文选》张衡《南都赋》：“耕父扬光于清泠之关，游女弄珠于汉皋之南。”李善注：“《韩诗外传》：郑交甫将南适楚，遵彼汉皋台下，乃遇二女，佩两珠，大如荆鸡之卵。”汉燕，声细小，喻女子娇艳。段成式《酉阳杂俎》续集卷四：“世说蓐泥为窠，声多稍小者，谓之汉燕。”姚文燮《注》：“言曾以游冶相遇，致慕其奇艳也。”

〔二一〕“烧蜜”句：吴正子《注》：“世传烧蜜引蜂，盖物类相感。”曾益《注》：“烧蜜而蜂至，又气类之相召也。”姚文燮《注》：“自以芳秾相感，引之使来也。”汉燕对胡蜂，乃为借对，故王琦《解》指出：“胡蜂不能作蜜，长吉徒以胡汉字偶相对而借用之。”

〔二二〕“醉缬”句：醉缬，即醉眼缬，古已有之，唐宋时特盛行。庾信《夜听捣衣》：“花鬟醉眼缬，龙子细文红。”缬，又称夹缬，是染花的丝织品，印染这种丝织品的方法，称为“夹缬”。马缟《中华古今注》卷中：“隋大业中，炀帝制五色夹缬花罗裙，以赐富人及百僚母妻。”王谠《唐语林·贤媛》：“婕妤妹适赵氏，性巧慧，因使工镂板为杂花，象之而为夹结。”王琦《解》：“胡三省《通鉴》注：缬，撮彩以线结之，而后染色，既染则解其结，凡结处皆原色，馀则入染色矣，其色斑斓谓之缬。”

〔二三〕“单罗”句：王琦《解》：“醉缬即醉眼缬，单罗即单丝罗，皆当时采色缯帛之名。红网绿蒙，亦当时妇女衣佩之饰。”《新唐书·地理志六》：“蜀州唐安郡，紧，垂拱二年析益州置。土贡：锦、单丝罗、花纱。”

〔二四〕“数钱”二句:《后汉书·五行志》:“桓帝之初,京师童谣曰:河间姹女工数钱。”王琦《解》:“姹女谓小婢,巴賨谓巴人之为僮仆者。”姚文燮《注》:“言情思款曲,必择媒使以通殷勤,犹数钱必教姹女,买药必问巴賨,非其人则不可使也。”

〔二五〕“匀脸”句:匀脸,匀粉傅面。斜雁,即钗钿。姚文燮《注》:“钗也。”

〔二六〕“移灯”句:曾益《注》:“移灯,入夜,想梦熊,求为吉梦也。”王琦《解》:“《诗小雅》:‘吉梦为何,维熊维罴,维虺维蛇。’维熊维罴,男子之祥,维虺维蛇,女子之祥。用此以作吉梦解,以求贤偶之意,以下五联,遂极言之。”姚文燮《注》:“熊即男子也,言向夜则思郎也。”

〔二七〕“肠攒”二句:曾益《注》:“肠攒、弦急,牵思之极。”王琦《解》:“束竹即喻其攒聚,张弓即喻其紧急;非束竹,正言其似束竹,而反言以明之也。”

〔二八〕“晚树”句:曾益《注》:“迷蝶,恋不能舍也。”王琦《解》:“蝶向晚则欲栖树,故曰迷。”

〔二九〕“残蜺”句:吴正子《注》“虹蜺,阴阳交会之气,雌曰蜺,雄曰虹。”姚文燮《注》:“蜺孤,思虹匹也。雌蜺雄虹。”

〔三〇〕“古时”二句:徐渭《注》:“二句是从想梦熊、忆断虹来,专致之极,如精卫填海、愚公移山也。”曾益《注》:“填渤澥,谓精卫,闻之自昔;凿崆峒,同愚公,见之于今也,此自讶也。”姚文燮《注》:“如水之远,如山之高,何以时阻彼美,恨欲填之、凿之也,借精卫、愚公以自嘲也。”

〔三一〕“绣沓”二句:曾益《注》:“褰幔,入户,罗裙,美人所著。结短封,惧不敢启也。言户可入,人不敢昵也,犹言室迩人遐也。”王琦《解》:“古《杨叛儿》辞:‘绣沓织成带,严帐信可怜。'据此则绣沓是指帐带而言。"姚文燮《注》:"褰幔,以待其夜来也。结封,以待其亲开也。"

〔三二〕"心摇"二句:曾益《注》:"心摇,未定;骨出,思久,而形瘦也。"王琦《解》:"如舞鹤,言其盘旋不定之状。似飞龙,言其消瘦之状。"姚文燮《注》:"心之摇摇,如舞鹤之欲奋飞冲举也。骨出只为汝,言相思致瘦损也。"

〔三三〕"隈花"句:王琦《解》"隈当作偎,作倚字释。"

〔三四〕"向壁"句:曾益《注》:"印狐踪迹,若疑矣。"姚文燮《注》:"心似疑狐,而不敢遽前矣。"

〔三五〕"玳瑁"二句:《艺文类聚・居处部》:"《汉武故事》曰:上起神屋,……扇屏悉以琉璃作之,光照洞彻,以白珠为帘,玳瑁压之。"刘歆《西京杂记》卷一:"赵飞燕女弟居昭阳殿,窗扉多是绿琉璃。"曾益《注》:"烘,则已内入矣。"姚文燮《注》:"玳瑁钉帘薄,至其帘下也;琉璃叠扇烘,至其屏内也。"

〔三六〕"象床"二句:曾益《注》:"曰'漆清',曰'铜白',曰'玳瑁钉',曰'琉璃叠',曰'象',曰'瑶',总言其丽。然由井而门,繇门而径,径而壁,而帘,而扇,而床,而席,以渐次言也。"王琦《解》:"缘素柏,谓以素柏缘其边际。""香葱,即水葱也,生水中,如葱而中空,可以为席,杜氏《通典》东牟郡贡水葱席六领是也。"

〔三七〕"细管"二句:曾益《注》:"细管共吹,芳醪共饮,朝幌言未起而潜弄,枫落言夜饮而不知也。"王琦《解》:"幌,帷幔也。上句言朝吟,下句言夜饮。"姚文燮《注》:"细管吟朝幌,期唱酬而晨兴也;芳醪落夜枫,欢饮不知叶降也。"

〔三八〕"宜男"二句:宜男,即萱草,又名忘忧草,李时珍《本草纲目》卷十六"萱草"引周处《风土记》:"怀妊妇女佩其花则生男,故名宜男。"栀子花，兆同心。姚文燮《注》："盟同心也。"施肩吾《杂古词五首》（其四）："不知山栀子，犹解结同心。"金墉，城名，杜佑《通典》卷一百七十七："金墉城在（洛阳）故城西北角，魏明帝筑也。"王琦《解》："生楚巷，发金墉，言其来自远方之意。"

〔三九〕"龟甲"二句：《初学记·器用部》："郭子横《洞冥记》曰：上起神明台，上有金床、象席，杂玉为龟甲屏风。"鹅毛，帛素，吴均《和萧洗马古意》："泪研兔枝墨，笔染鹅毛素。"曾益《注》："涩，懒开。鹅毛渗墨，裂素为书也。"姚文燮《注》："龟甲开屏涩，不使屏即开也；鹅毛渗墨浓，裁帛以留题也。"

〔四〇〕"黄庭"句：《晋书·卫瓘传》："与尚书郎敦煌索靖，俱善草书，时人号为一台二妙。"王琦《解》："其写《黄庭经》，于书传无考，大抵借言善书者耳。"

〔四一〕"绿树"句：干宝《搜神记》卷十一："宋康王舍人韩凭，娶妻何氏，美，康王夺之，凭怨，王囚之。……凭乃自杀，其妻乃阴腐其衣，王与之登台，妻遂自投台，左右揽之，衣不中手而死。遗书于带曰：'王利其生，妾利其死，愿以尸骨赐凭合葬。'王怒弗听，令里人埋之，冢相望也。王曰：'尔夫妇相爱不已，若能使冢合，则吾弗阻也。'宿昔之间，便有大梓木生于二冢之端，旬日而大盈抱，屈体相就，根交于下，枝错于上，又有鸳鸯，雌雄各一，恒栖其上，晨夕不去，交颈悲鸣。……南人谓此禽即韩凭夫妇之精魂。"曾益《注》："树养韩冯，言矢死而交结不离也。"姚文燮《注》："此佳帛所题之诗，比物言情，极为浓至也。"

〔四二〕"鸡唱"二句：曾益《注》："嗣是鸡唱也，鸦啼也，星悬柳，露滴桐也，皆同也，皆不离也。"

〔四三〕“黄娥”二句：姚文燮《注》：“美人睡起，至此时将晓，故初出坐也。宠妹即爱婢也，至此方相从美人以送欢也。”

〔四四〕“蜡泪”二句：王琦《解》：“兰烬，谓烛之馀烬状似兰心也。秋芫，采秋草作帚以扫尘者。绮栊即绮窗。”姚文燮《注》：“蜡泪垂兰烬，将去垂别泪也。秋芫扫绮栊，扫去迹也。”

〔四五〕“吹笙”二句：新丰，地名，古时产名酒。陆游《入蜀记》卷一：“长安之新丰亦有名酒，见摩诘诗，至今居民市肆颇盛。”王维《少年行》：“新丰美酒斗十千。”王琦《解》：“翻旧引，翻旧引为新曲也。”姚佺《笺》：“翻旧引，用新曲。待新丰，远沽酒。其情愈厚，而意愈密矣。”

〔四六〕“短佩”二句：王琦《解》：“古玉佩之上，多满琢为粟文，今其式犹然；愁心之多，犹玉佩粟文之多，所谓短佩愁填粟也。崧山，高山也，岂能削之使卑，而怨情之见于弦声者，亦不能削之使平，所谓长弦怨削崧也。”

〔四七〕“曲池”二句：曾益《注》：“曲池，小阁，愈近内。鸭眠，见不扰睡；娃僮，侍御之人，鼾而犹未醒也。”姚文燮《注》：“去时尚早，而池中之乳鸭尚眠，阁中之娃僮犹睡也。”

〔四八〕“褥缝”句：吴正子《注》“篸，针缀物也。”曾益《注》：“褥以亲肤，缝篸双线，明相比。”

〔四九〕“钩绦”句：吴正子《注》：“钩，带钩。绦，与绦同，编丝绳。钩绦，谓系带钩之绦也。总，丝数也。”《诗经·召南·羔羊》：“羔羊之缝，素丝五总。”《毛传》：“总，数也。”曾益《注》：“钩以系身也，绦辫五騘（总），明绸缪不解也。”姚文燮《注》：“言绦辫束结以系身也。”

〔五〇〕“蜀烟”二句：重锦，语出《左传·闵公二年》：“重锦三十两。”杜预注：“重锦，锦之熟细者。”轻容，唐代一种极轻薄的丝织品。王建《宫词》“嫌罗不著索轻容”，周密《齐东野语》卷十：“纱之至轻者，有所谓轻容，出《唐类苑》，云：轻容，无花薄纱也。”王琦《解》：“蜀烟峡雨，即为云为雨之意。”姚文燮《注》：“回忆衾裯云雨之乐也。”

〔五一〕“拂镜”句：《世说新语·假谲》：“温公丧妇，从姑刘氏家值乱离散，唯有一女，甚有姿慧，姑以属公觅婚，公密有自婚意，答云：‘佳婿难得，但如峤比云何？’姑云：‘丧败之馀，乞粗存活，便足慰吾馀年，何敢希汝比？’却后少日，公报姑云，已觅得婚处，门地粗可，婿身名宦，尽不减峤。因下玉镜台一枚，姑大喜。既婚交礼，女以手披纱扇，抚掌大笑曰：‘我固疑是老奴，果如所卜。’”曾益《注》：“羞温峤，过之。”

〔五二〕“熏衣”句：《世说新语·惑溺》：“韩寿美姿容，贾充辟以为掾，充每聚会，贾女于青璅中看，见寿，悦之，恒怀存想，发于吟咏。后婢往寿家具述如此，并言女光丽。寿闻之，心动，遂请婢潜修音问，及期往宿。寿蹻捷绝人，逾墙而入，家中莫知。自是充觉女盛自拂拭，悦畅有异于常。后会诸吏，闻寿有奇香之气，是外国所贡，一着人则历月不歇。充计武帝唯赐己及陈骞，馀家无此香，疑寿与女通，而垣墙重密，门阁急峻，何由得尔？乃托言有盗，令人修墙。使反曰，其馀无异，唯东北角如有人迹，而墙高，非人所逾。充乃取女左右婢考问，即以状对。充秘之，以女妻寿。”姚文燮《注》：“对镜含娇，戒衣香勿令泄也。”

〔五三〕“鱼生”二句：王琦《解》：“玉藕，藕之嫩白似玉者。《子夜歌》：玉藕金芙蓉，无称我莲子。人谓莲子中之青心，传所谓薏者是也。莲实经秋，房枯子黑，其坚如石者，谓之石莲子。二句亦隐语体，取其同音之义，谓欢娱生于求偶之念，而其人实为可怜中人也。"

〔五四〕"含水"二句:姚文燮《注》:"别去相念故含泪。曾云,以水刷眉,无味。又有谓含水当属下临邛,引文君《白头吟》沟水、锦水等意,相去不几万程耶?水作泪较是。《柳毅传》,龙子以银瓶水注马鬃,即雨。此言别后登楼远望,不禁泪如雨下。"

〔五五〕"使君"二句:使君,用《陌上桑》使君调罗敷事。园令,用司马相如故事,相如曾任孝文园令。曾益《注》:"使君非罗敷之配,居曲陌与俱,临邛非园令所羁,因文君住临邛也。"王琦《解》:"然居曲陌则无有事实,殆亦凑泊语耶!"姚文燮《注》:"忆即所居之处也,言使君则宜念罗敷,园令则宜思卓氏也。"

〔五六〕"桂火"句:流苏,古为绣绘之球,后谓绦头须。吴正子《注》:"流苏,帐香球也。《倦游录》云:流苏,盘线绣绘之球,五采错为之,同心而下垂。"王琦《解》:"苏犹须也,又散貌,以其蕊下垂,故曰苏,今人谓绦头须为苏。"曾益《注》:"流苏暖,帐中烧桂也。"

〔五七〕"金炉"句:曾益《注》:"炉以爇香,细炷通,香四达也。"陈弘治《校释》:"二句望郎之再幸也。"

〔五八〕"春迟"二句:曾益《注》:"迟,滞,春迟者,一春迟滞而不进也。王子喻己,言己态度故自知,此非有意而然也。莺啭,夏初也。方春不进,故初夏慵懒。"王琦《解》:"王子谓东晋时王氏子弟,谢娘指谢安所携之妓。"姚文燮《注》:"留春住以待即来,毋致闻莺声使侬郁郁也。"

〔五九〕"玉漏"句:王琦《解》:"玉漏,谓宫禁中刻漏以玉为饰者。此则借作更鼓之称。三星,用诗'三星在天,今夕何夕,见此良人'事。"

〔六〇〕"铜街"句:铜街,即铜驼街,《水经注》卷十六:"(洛阳城中)径太尉、司徒两坊间,谓之铜驼街。旧魏明帝置铜驼诸兽于闾阖南街。"五马,贵官乘车用五马,《陌上桑》:"使君从南来,五马立踟蹰。"曾益《注》:"五马逢,遇诸贵退朝也,明已不进之故也。"陈弘治《校释》:"二句谓时已侵晓,铜街之马已如游龙矣,而所望之人犹踟蹰不来也。"

〔六一〕"犀株"句:李时珍《本草纲目》卷五十一:"犀角治心烦、上惊,镇肝,明目,安五脏。"张世南《游宦记闻》卷二:"犀中最大者曰堕罗犀,一株有重七八斤者,云是牯犀额角。"

〔六二〕"银液"句:李时珍《本草纲目》卷九:"水银主治安神、镇心。"曾益《注》:"防,预防,盖以其质娇薄,故买犀株以防其胆怯,岂知病起于心忪,而以银液镇之也。

〔六三〕"跳脱"句:跳脱,腕钏。计有功《唐诗纪事》卷一:"文宗问宰臣:'古诗云,轻衫衬跳脱,跳脱是何物?'宰臣未对,上云:'即今之腕钏也。'"王琦《解》:"此必唐时有着跳脱而知年命吉凶法,如古时相手板之类,虽书传未载,以对句观之,此解似优。"

〔六四〕"琵琶"句:张鷟《朝野佥载》卷三:"崇仁坊阿来婆,弹琵琶卜,朱紫填门,浮休子张鷟曾往观之,见一将军紫袍玉带甚伟,下一匹细绫,请一局卜,来婆鸣弦柱烧香,合眼而唱。"刘敬叔《异苑》卷六:"(南平国蛮兵在姑熟)便有鬼附之。声呦呦细长,或在檐宇之际,或在庭树上。若占吉凶,辄先索琵琶,随弹而言。"徐渭《评》:"古有琵琶卜,乃女巫弹之以迎神,云神凭其身,而为人谈吉凶也。"

〔六五〕"王时"句:王琦《解》:"此承上年命吉凶而言也。王时,即良时之意。应七夕，谓男女会遇之期，与七夕牛女会合之期相应。”

〔六六〕“夫位”句：《礼记·祭礼》：“卜三宫之夫人世妇之吉者。”孔颖达疏：“侯之夫人半王后，故三宫。”曾益《注》：“夫位，以夫为主。在三宫，吉临而凶退也。”陈弘治《校释》：“则二句乃日者之谕语，谓所思之人与己会遇之期，当与牛女七夕之期相应，且其人必是贵人，己亦将居三宫为夫人也。王琦以为所谓夫位在三宫，其夫应在寅宫欤，非是。”

〔六七〕“无力”二句：王琦《解》：“（云母）古时取以为屏风，或以为灯扇之饰。方士家制炼以为服食之药，及粉滓面皯、恶疮火疮之类，则用云母粉涂之。此言闺阁丽冶事，而以涂云母入词，似另有解。”姚文燮《注》：“无力涂云母，言别后自慵施粉泽也。多方带药翁，属其善自珍摄也。”

〔六八〕“符因”二句：干宝《搜神记》卷一：“吴猛得秘法神符，道术大行，尝见大风，书符掷屋上，有青鸟衔去，风即止。”吴均《续齐谐记》“九日登高”条：“汝南桓景随费长房游学累年，长房谓曰：九月九日汝家中当有灾，宜急去，令家人各作绛囊，盛茱萸，以系臂，登高饮菊花酒，此祸可除。”王琦《解》：“此承上文，因其多病，而送符假术以禳之。”

〔六九〕“汉苑”二句：王琦《解》：“将与别去，入汉苑而寻春色，又闻河桥之外禁钟已止，不能复留。阂与碍同，止也，阻也，限也。徐文长注：阂，歇也。”

〔七〇〕“月明”二句：曾益《注》：“中妇，指所私，画堂，即前所应。言中妇月明时觉，应笑画堂之无其人也。”王琦《解》：“言与美人会遇之时，极其欢乐，回忆在家之中妇独眠而觉，应笑画堂空寂矣。他人于此多用怨字，而长吉反用一笑字，其意婉而深矣。”

【集评】

刘辰翁《评》:“单罗挂绿蒙,数钱教姹女。”情态别。“心摇如舞鹤,骨出似飞龙。”怪,怪。“春迟王子态,莺啭谢娘慵。”情景入微。“汉苑寻官柳,河桥阂禁钟。”亦是妙意。“月明中妇觉,应笑画堂空”。何者不可言。

黄淳耀《评》:《恼公》者,犹乱我心曲也,今方言可爱者反曰可憎。“古时填渤澥,今日凿崆峒”,二句是想梦熊、忆断虹来,专致之极,如精卫填海、愚公凿山也。

无名氏《批》:借美人以喻君子,托芳草以怨王孙,并无淫哇之作。

萧琯评(《昌谷集句解定本》卷二):初言仪容之盛,继设为履闳之词,终致其蹇修之理,而后归之于一梦焉,粗心人何处着解。

又蒋文运评:弄玉一段,准《洛神赋》,或采明珠或拾翠羽而发也;井槛门铺一段,准风诗舒而脱脱发也;月明一结,准神女去引身忽不知处发也。古人著书,即幻设必有所本,于此可见。

王琦《解》:细读本文,有重复处,又有难解处,当是取一时谑浪笑傲之词,欢娱游戏之事,相杂而言,读者略其文通其意可也,若句句释之,字字训之,难乎其说矣。

姚文燮《注》:即乐府恼怀也。徐云:恼公者,犹乱我心曲,曾引李白诗云:“一面红妆恼杀人”,犹恼人意。愚按,隋杨素豪侈,后房妇女,锦衣玉食者甚众。李百药夜入其室,为宠妾所召,后被执,将斩之,素令百药作自叙诗,怜其少隽,竟以妾与焉。及唐相张说事亦相类此。贺追配之,而托当时之艳情以致诮也。长篇因作逐句解。它本以为纪梦,非。

吴炎牧评（姚文燮《注》附）：见色闻声，遂切思慕，心怀彼美，仿佛仪容，揣摩情态，始因媒而通芳讯，继订约而想佳期。当赴招时，由门而径，由壁而帘屏，以及床席。对酒盟心，题诗鸣爱，方成欢于永夜，又惜别于终宵。美人之出坐相送，携手叮咛，再图良会，惊喜悲恐，曲尽绸缪。篇中起缴，不爽丝黍，读者只见其色之浓艳，而忽其法之婉密，细玩此注（指姚文燮注）情景如画，直似身入其境，非千古大有情人不能作，非千古大有情人不能解。

蒋楚珍评（姚文燮《注》附）：此仙艳也，又喜无脂粉气，温李学而不及。

黄周星《唐诗快》卷一三：此五十韵，为美人恼公者，不待言矣。然又非空空恼公者，其人必有绝世之丰姿，绝世之才技，绝世之聪明，而又有绝世之风情，绝世之娇怯，为可望而不可亲，可遇而不可求者，故不禁大言小言，明言隐言，正言反言尔尔，斯何人哉。安得向长吉而问之。

何焯评（陈本礼《协律钩玄》卷二）：此宫体，非唐律，故不用唐韵。温、李新声，皆宗师于王孙也。

又陈本礼评：此长吉《恼公》，恼其品污而行秽也，各家纷纷谬解，有谓恼天公者；有谓恼怀者；有谓中妇恼者；有谓彼姝恼者。尤有可笑者，谓其可爱可憎为恼公者，即以此一题而论，其穿凿附会如此，则其解诗之呓说可知矣。摹屈、宋之微辞，漱徐、庾之芳润，香奁中第一首杰作，后人每以艳词目之，是食猩猩唇而不知味者也。此无中生有文字，莫认实有其事。以游戏之笔，艳丽之词，写幽隐之事，曲尽秾至，可谓别开生面，以如此长篇，看其收煞之妙，真是神龙夭矫，注家竟解作死蛇。

方世举《批》：元和人为艳辞，语犹挺拔，晚唐靡靡不堪矣。

翁方纲《石洲诗话》卷二：长吉《恼公》一篇，直是徐、庾妙品，不知者乃编入律诗，误矣。看其通用韵处自明。

黎简《批》：句法字法，无不秀艳绝伦，后来竹垞闲情，发源于此。此等丰肌艳骨，玉溪、飞卿所不能及也。多不可解，正是长吉诗，凡太丰艳，便有难解处，温、李亦然。长吉之长，却不在此。非状屏风，状帐帏耳。贺有"龟甲屏风醉眼缬"句，遂以为状屏风耳。"跳脱"句，即所谓金钗当卜钱也，以跳脱为推命之赀也。"琵琶"句，问巫也，女巫抱琵琶以迎神，唐人诗"自抱琵琶迎海神"是也。"王"即孤虚旺相之"旺"，言情之专如牛女也。"夫位"句爱之切，望之重也，四句言鬼神之事。结句从小妇合欢也。

【编年】

这是一首长篇叙事诗，记述诗人与倡女遇合、相爱的过程。诗云："王时应七夕"，则两人定情之日为"七夕"。从"玉漏三星曙，铜街五马逢"，"河桥阂禁钟"等诗句看，两人邂逅、幽会处乃在京师。诗末云："月明中妇觉，应笑画堂空。"中妇，指家中之妻子。李贺在昌谷之妻子，在他长安任职的后期已经亡故，见《题归梦》，由此可知本诗必作于元和五年秋。

感讽五首

合浦无明珠〔一〕，龙洲无木奴①〔二〕。足知造化力②，不给使君须。越妇未织作，吴蚕始蠕蠕〔三〕。县官骑马来，狞色虬紫须。怀中一方板〔四〕，板上数行书。不因使君怒，焉得诣尔庐。越妇拜县官，桑牙今尚小。会待春日晏，丝车方掷掉〔五〕。越妇通言语〔六〕，小姑具黄粱。县官踏飧去〔七〕，簿吏复登堂。

【校记】

①龙洲无,宋蜀本、曾益本、姚佺本作“龙阳有”。

②造化,姚文燮本作“造物”。

【注释】

〔一〕“合浦”句:合浦,郡名,今属广西,以盛产明珠而闻名于天下。《后汉书·循吏传·孟尝传》:“(孟尝)迁合浦太守,郡不产谷实,而海出珠宝,与交阯比境,常通商贩,贸籴粮食。先时,宰守并多贪秽,诡人采求,不知纪极,珠遂渐徙于交趾郡界。于是行旅不至,人物无资,贫者饿死于道。尝到官,革易前弊,求民病利,曾未逾岁,去珠复还,百姓皆反其业,商贾流通,称为神明。”

〔二〕“龙洲”句:龙洲,又名龙阳洲,在龙阳县(今湖南汉寿)。王琦《解》:“《襄阳记》:(李衡)每欲治家,妻辄不听。后密遣客十人,于武陵龙阳汜洲上作宅,种甘橘千株。临死敕儿曰:汝母恶我治家,故穷如是。然吾州里有千头木奴,不责汝衣食,岁上一匹绢,亦可足用耳。衡亡后二十馀日,儿以白母,母曰:此当是种甘橘也,汝家失十户客来七八年,必汝父遣为宅;汝父恒称太史公言,江陵千树橘,当封君家。吾答曰,且人患无德义,不患不富,若贵而能贫,方好耳,用此何为!吴末,衡甘橘成,岁得绢数千匹,家道殷足。晋咸康中,其宅址枯树犹在。”

〔三〕蠕蠕:王琦《解》:“蠕蠕,微动貌,谓蚕尚小。”

〔四〕方板:征收租税的文书。陈开先评(《昌谷集句解定本》卷二附):“板,即纸也,如今之牌票,古所谓符檄是也。”

〔五〕掷掉:旋转摇动。《说文》:“掉,摇也,从手卓声,《春秋》传曰:

尾大不掉。”

〔六〕“越妇”句：曾益《注》：“通言语，即上三语（即上三句）。”

〔七〕踏飧：吴正子《注》：“饱食也。”王琦《解》同。惜无书证。按，胡震亨《唐音癸签》卷二十四：“李贺《感讽》诗：‘县官踏飧去，簿吏复登堂。’《礼记》：‘毋嚃羹。’嚃，大歠也。又，《说文》：‘舚，歠也。’若犬之以口取食，并托合切。今转用俗字达合切为踏，见暴吏践蹦小民无顾恤之意。”桂馥《说文解字义证》采用了胡氏说，并加案语云：“《曲礼》注云，嚃为不嚼菜。疏云，人若不嚼菜含而歠吞之，其欲速而多，又有声不敬，伤廉也。”

【集评】

刘辰翁《评》：此亦非经人道语。

无名氏《批》：此苦征赋之扰也。狞色紫髯，写得贼形可畏，再加使君在上，为之声援，虎而翼也，簿吏在下，为之犄角，民有遗类乎，悲哉。

王琦《解》：此章讽催科之不时也，蚕事方起，而县官已亲自催租，何其火迫乃尔。狞色虬须，画出武健之状，彼却又能推卸以为使君符牒致然，似乎不得已而来者。果尔，言语既毕，即当策马而去，乃必饱飧，不顾两妇子之拮据，为民父母者固如是乎！县官方去，簿吏又复登堂，民力几何，能叠供此辈之口腹耶？夫于女丁犹不恤乃尔，男丁在家者，其诛求又可想矣。

姚文燮《注》：数诗皆感讽往事也。德宗以裴延龄判度支事，延龄务掊克苛敛，染练丝纩，取支用未尽者充羡馀，以为己功，县官市物，再给其值，民不堪命。此言珠本出于合浦，橘多生于龙洲，天产地产，总不足以供诛求。且追呼不时，方春蚕桑未出之日，即索女丝，吏胥迭至，饔飧亦觉难具，况机轴乎！应对炊作仅两妇子，则丁男又苦于力役远去可知矣。

高棅、郭濬《增定评注唐诗正声》：前辈谓长吉诗失之险怪，如此篇朴雅婉至，已有逼真汉魏。

蒋潜伯评（姚文燮《注》附）：此讽横征也，比杜更雅，仁者之言。

何焯评（陈本礼《协律钩玄》卷二）：不敢斥言尊者，故但以使君为辞，剧有古意。

方世举《批》：元和间，正以人人新格擅场，若此之学乐府，有何可取。况以感怀为言，而为此田家苦，不切身世，岂王孙亦苦征输耶？

黎简《批》：此五首何减拾遗、曲江诸公？刺政。"越妇"以下，极似《秦中吟》。长吉可以为元、白，元、白决不能为长吉也。

陈沆《诗比兴笺》卷四：唐自中叶为节度使者，多赂宦官得之，数至亿万，皆倍称取息以求节钺。及至镇则重聚敛以偿负，当时谓之债帅。此诗所谓使君，谓刺史也。县官则迫于檄而督赋者也，陈民困以刺吏贪，陈吏贪以讽朝廷举错之失也。

钱钟书《谈艺录》：《感讽》五首之第一首，写县吏诛求，朴老生动，真少陵《三吏》之遗，岂如姚氏所谓"闻之不审"者乎！

钱仲联《读昌谷集绝句六十首》：豪夺全空合浦珠，坤舆殚给使君须。壕村巴郡歌残吏，抵得宜阳一曲无？《感讽》五首之一。

其二

奇俊无少年〔一〕，日车何躃躃〔二〕。我待纡双绶〔三〕，遗我星星发〔四〕。都门贾生墓〔五〕，青蝇久断绝。〔六〕寒食摇扬天①〔七〕，愤景长肃杀〔八〕。皇汉十二帝〔九〕，惟帝称睿哲〔一〇〕。一夕信竖儿②〔一一〕，文明永沦歇〔一二〕。

【校记】

①摇扬，凌刊本、曾益本、姚佺本作“摇杨”，近是。万历本、姚文燮本作“垂杨”。

②一夕信竖儿，王琦解本、《全唐诗》注：“一作反信竖儿言”。

【注释】

〔一〕“奇俊”句：吴正子《注》：“谓奇俊之人不能常少年也。”

〔二〕日车：神话中载太阳的车子。《庄子·徐无鬼》：“有长者教余曰：若乘日之车，而游于襄城之野。”王琦《解》：“日车，谓日之行于天，如车之行于地也。”蹒跚：双脚残废，行走缓慢。

〔三〕纡：绾结。双绶：成对的绶带，是古代高官的佩饰。《汉书·金日磾传》：“（日磾薨，赏其子）嗣侯，佩两绶。”

〔四〕星星发：头发苍白。《文选》谢灵运《游南亭》：“戚戚感物叹，星星白发垂。”李周翰注：“星星，白发貌。”

〔五〕都门贾生墓：王琦未注。按贾谊墓在洛阳邙山。乾隆十年重修《洛阳县志》卷三载贾谊墓在“邙山之阴”。嘉庆十八年修《洛阳县志》载贾谊墓在“洛阳县东北邙山上大坡口道西。”唐代洛阳为东都，故李贺称之为“都门”。

〔六〕青蝇：王琦《解》：“青蝇，指谗谮之人。”其说出于《诗经·小雅·青蝇》诗意。按，青蝇亦可解为吊客，《三国志·吴书·虞翻传》裴松之注引《翻别传》：“翻放弃南方，云：自恨疏节，骨体不媚，犯上获罪，当长没海隅，生无可与语，死以青蝇为吊客，使天下一人知己者，足以不恨。”唐诗人常用之，刘禹锡《遥伤丘中丞》：“何人为吊客，唯是有青蝇。”董懋策《评》：“青蝇为吊客，今并青蝇亦断绝矣，不是《诗》之青蝇刺谗。”姚佺《笺》：“言久已无人悲吊矣，伤少年之可惜也。”黎简《批》：“感遇，青蝇非言谗人，借用虞翻事，言骨已朽，不致青蝇也。”

〔七〕“寒食”句：唐人风俗，以寒食节为祭墓之日，与后代以清明为扫墓日不同。唐玄宗《许士庶寒食上墓诏》：“寒食上墓，礼经无文，近代相传，浸以成俗。士庶有不合庙亨，何以用展哀思？宜许上墓拜扫，申礼于茔南门外。”李匡乂《资暇录》卷中：“寒食拜扫，按《开元礼》第七十八云：昔者宗子去在他国，庶子无庙，孔子许望墓为坛，以时祭祀。今之上墓，或有凭矣。”

〔八〕“愤景”句：曾益《注》：“愤景肃杀，恨长存也。”

〔九〕十二帝：王琦《解》：“西汉起高帝，历惠帝、文帝、景帝、武帝、昭帝、宣帝、元帝、成帝、哀帝、平帝而止，凡十一帝，而云十二帝者，中间盖连高后所立之少帝言也。”

〔一〇〕“惟帝”句：帝，指汉文帝。睿哲，贤明，语出《尚书·舜典》：“睿哲文明。”丘象随评（《昌谷集句解定本》卷二附）：“惟字史笔，睿哲止帝，何其难也，而犹有大过，他人可知也。”

〔一一〕“一夕”句：王琦《解》：“吴氏曾氏以竖儿指绛、灌、东阳之属，且疑其称拟非是。琦按《风俗通》，贾谊与邓通俱侍中同位，谊恶通为人，数廷讥之，由是疏远，迁为长沙太傅。是长吉所称竖儿盖指邓通而言也。一夕，犹言一朝。”

〔一二〕“文明”句：王琦《解》：“文明永沦歇者，谓弃贾谊不用，不能成文明治也。”

【集评】

刘辰翁《评》：以介子喻贾生，怨彻今古，末吊文帝，犹自蔼然。

无名氏《批》：此慨知遇之难也。

姚文燮《注》：德宗信任裴延龄，竟以谗贬陆贽阳城官。此言少年怀才，得志不易，及致青紫，日月又驰，而况加以谗间，贾生既死，谮言虽息，奈白杨风雨，馀恨犹存，信谗妨贤，睿哲如孝文且不免焉，况下此者乎！

陈沆《诗比兴笺》卷四：贾生年十八而吴公举之汉廷，故长吉以自况。墓门之青蝇久断，喻谗谮之人亦归乌有。而至今寒食之时，不散肃杀之气者，何哉？嫉贤妒能，千载下犹令人愤恨不能释也。帝，谓文帝；竖儿，斥绛、灌之属。

钱仲联《读昌谷集绝句六十首》：宣室求贤重贾生，一朝何意歇文明。都门墓草年年绿，人去空闻太息声。《感讽》五首之其二，吊贾谊，亦兼伤叔文。

其三

南山何其悲，鬼雨洒空草〔一〕。长安夜半秋，风前几人老①。低迷黄昏径，袅袅青栎道〔二〕。月午树立影②〔三〕，一山惟白晓。漆炬迎新人〔四〕，幽圹萤扰扰〔五〕。

【校记】

①风前几人老，万历本、曾益本、姚文燮本均作“风剪春姿老”。

②立影，宋蜀本、姚佺本作“无影”。

【注释】

〔一〕鬼雨：曾益《注》：“南山葬处，鬼雨洒荒草，鬼啼其间。”

〔二〕袅袅：《文选》谢灵运《平原侯植》：“白杨信袅袅”：李善注：“袅袅，风摇木貌。”

〔三〕月午：王琦《解》：“月午，谓月至中天当午位上，则倒影不斜，其直如立。”

〔四〕“漆炬”句：曾益《注》：“漆炬，鬼灯。新人，新葬之鬼。”

〔五〕“幽圹”句：王琦《解》：“幽圹，墓冢也。萤扰扰，谓鬼火聚散如萤光之扰扰。”钱澄之评（姚文燮《注》附）：“旧鬼迎新鬼，漆炬如萤，见死之多也。”

【集评】

刘辰翁《评》：不犯俗尘。人情鬼语，殆不自觉，结句十字，可笑可伤。

无名氏《批》：此述死葬之悲也。幽冷之气，逼人肌骨。

姚佺《笺》：草木子记范德机得十字云，雨止修竹间，流萤夜深至，甚喜，既复曰，语太幽，殆类鬼作，此意非范不能知，而胡明瑞云，然是鬼境，非鬼诗。及读贺此作，亦鬼诗，亦鬼境。

姚文燮《注》：陆贽贬忠州，阳城贬国子司业，寻以他事贬道州。永贞即位，诏追两人回京师，俱以未闻诏卒。南山者，嗟荟蔚，夜半秋，言时已去也。风剪，言剪折至尽也。低迷二句，悲窜死也。月午，喻顺宗鉴两人之冤，而形影得表其直。又如幽夜方值白晓也，那知漆炬已照而腐草已化。悲夫。

黎简《批》：叹逝。

陈沆《诗比兴笺》卷四：浮生多途，趋死一轨。世莫觉悟，谓予鬼言。

其四

星尽四方高，万物知天曙。已生须已养〔一〕，荷担出门去。君平久不反〔二〕，康伯遁国路①〔三〕。晓思何譊譊〔四〕，阛阓千人语〔五〕。

【校记】

①遁，宋蜀本作“循”。

【注释】

〔一〕“己生”句：曾益《注》：“言星没天曙，万物沄沄，己生为人，须己养此生。”

〔二〕君平：严君平，汉代隐士。《汉书·王贡两龚鲍传》：君平卜筮于成都市，以为卜筮者贱业而可以惠众人。有邪恶是非之问，则依蓍龟为言利害。与人子言依于孝，与人弟言依于顺，与人臣言依于忠，各因势导之以善，从吾言者，已过半矣。裁日阅数人，得百钱足自养，则闭肆下帘而授《老子》。”常璩《华阳国志》卷十：“严遵，字君平，成都人也，雅性澹泊，学业加妙，专精《大易》，耽于《老》《庄》，常卜筮于市，假蓍龟以教，与人子卜教以孝，与人弟卜教以悌，与人臣卜教以忠。于是风移俗易，上下慈和。日阅得百钱，则闭肆下帘，授《老》《庄》，著《指归》，为道书之宗。”

〔三〕康伯：韩康，字伯休，汉代隐士。《后汉书·逸民传·韩康传》：“韩康字伯休……家世著姓，常采药名山，卖于长安市，口不二价，三十馀年。时有女子从康买药，康守价不移。女子怒曰：‘公是韩伯休那，乃不二价乎？’康叹曰：‘我本欲避名，今小女子皆知有我，何用药为？’乃遁入霸陵山中。博士公车连征不至。桓帝乃备玄纁之礼，以安车聘之。使者奉诏造康，康不得已，乃许诺，辞安车，自乘柴车，冒晨先使者而发。……康因中道逃遁。”曾益《注》：“君平康伯，皆高隐士，一去不返，一遁国路，言莫可再见。”姚文燮《注》：“此言卖卜、市药之人如严韩辈，亦且不能安业。”

〔四〕譊譊：喧闹。《后汉书·儒林传论》：“譊譊之学，各习其师。”章怀太子注：“譊譊，喧也。”

〔五〕阛阓：崔豹《古今注》卷上：“阛，市垣也。阓，市门也。”王琦

《解》:“诗意,贫人以治生为务,不能不荷担入市,乃古之贤而隐于市者,若严君平、韩伯休,今既不可复作,阛阓之中,谊嚣杂沓,殊难复问,甚言市井浊气之不可耐也。”姚文燮《注》:“东方既白,阛阓譊譊,流弊大抵然也。”

【集评】

刘辰翁《评》:托之君平、康伯,而举世可见,安能免此,其妙在言外。末语不收拾之收拾,更佳。

无名氏《批》:此伤有生之劳也。劳劳此生,流浪可涕。

姚文燮《注》:德宗立宫市,置白望,宦者为使,白夺民物,沽浆卖饼之家,亦不免其骚骚,五方小儿张捕鸟雀,肆为暴害。此言卖卜市药之人如严韩辈,亦且不能安业,东方既白,阛阓譊譊,流弊大抵然矣。

陈沆《诗比兴笺》卷四:生劳死逸,百年长勤,晓集夕虚,市朝一梦。

黎简《批》:慨世。

其五

石根秋水明,石畔秋草瘦。侵衣野竹香,蛰蛰垂叶厚〔一〕。岑中月归来〔二〕,蟾光挂空秀①。桂露对仙娥②,星星下云逗〔三〕。凄凉栀子落〔四〕,山璺泣清漏〔五〕。下有张仲蔚〔六〕,披书案将朽〔七〕。

【校记】

①空秀,蒙古本作“云秀”。

②桂露,王琦本注:“一作秋露。”

【注释】

〔一〕蛰蛰:攒聚貌。《诗经·周南·螽斯》:“宜尔子孙蛰蛰兮。”《毛传》:“蛰蛰,和集貌。”王琦《解》:“蛰蛰,多貌。”

〔二〕岑:小山。《尔雅·释山》:“山小而高,岑。”曾益《注》:“归去而复来,蟾即月,挂空即归来,秀,挂岑中也。”

〔三〕“星星”句:曾益《注》:“言月露相射,光灿灿然,如云逗而下也。”

〔四〕栀子落:李时珍《本草纲目》卷三十六:“苏颂曰:栀子,木高七八尺,叶似李而厚硬,又似樗蒲子,二三月生白花,甚芬芳。”曾益《注》:“花自落也。”

〔五〕“山璺”句:扬雄《方言》卷六:“秦晋间器破而未离谓之璺。”王琦《解》:“璺,音问,山璺泣清漏者,山石裂处,清泉流出,状如漏水点滴也。”

〔六〕张仲蔚:吴正子《注》:“仲蔚、汉人,本末见皇甫谧《高士传》。”陶潜《咏贫士》诗:“仲蔚爱穷居,绕宅生蒿蓬。翳然绝交游,赋诗颇能工。举世无知音,止有一刘龚。”

〔七〕披书:阅读书籍。庾信《伤王司徒褒》:“不废披书案,无妨坐钓船。”曾益《注》:“案朽,言读书不出。”

【集评】

无名氏《批》:“蟾光”句非烟火人能行。凄凉山璺一联,真鬼仙才笔。

姚文燮《注》:此追思李泌也。泌辞上,为有五不可留,上不得已,听之归。言山中水清草瘦,无复轻肥,野服�光,自知积厚,峰月归来,即指泌也。明哲保身,清光难及,月露交明,天高下逮。栀子落,谓虽山野散人,亦因同心陨丧,深为泪零,唯拥邺架以终老蓬蒿之径，不复身入风波矣。

蒋文运评（姚文燮《注》附）：此讽安贫之少也。

陈沆《诗比兴笺》卷四：前四章刺世，此章自述。

黎简《批》：招隐。

【总评】

陈式评（姚文燮《注》附）：五首逼真汉魏，汉魏犹逊其奥折。

邢昉《唐风定》卷六：此题五首，后三首习气未佳，此二作入神境。乃伯谦遗其二，廷礼复遗其一，岂犹蔽于眉睫乎？

【编年】

《感讽五首》这组诗，写于李贺任奉礼郎时期。“其一”写农民苦于征输之苦；“其二”有感于宦官专权，因借汉文帝轻信宦官，讽刺唐宪宗“信竖儿”之昏庸；“其三”写终南山葬处，有“长安夜半秋”句；“其四”写长安市场，韩康，长安人也；“其五”，张仲蔚，长安高士。可知这组诗写于长安，殆无疑问，唯难以确知具体写作年月。

感讽六首①〔一〕

人闲春荡荡，帐暖香扬扬。飞光染幽红，夸娇来洞房〔二〕。舞席泥金蛇，桐竹罗花床〔三〕。眼逐春暝醉，粉随泪色黄〔四〕。王子下马来，曲沼鸣鸳鸯〔五〕。焉知肠车转，一夕巡九方〔六〕。

【校记】

①诗题，姚佺本、姚文燮本作“感调六首”。

【注释】

〔一〕诗题:王琦《解》:"鲍氏云,此六首是第二卷所脱。"

〔二〕"飞光"二句:曾益《注》:"飞光谓日,染幽红,初上。夸娇,犹言作态。"王琦《解》:"飞光,日也。幽红,谓花之幽艳而色红者。言春日花开,美人之娇好足以相夸,似来至洞房以结欢爱。"

〔三〕"舞席"二句:曾益《注》:"泥金蛇,画蛇于席。桐竹,即弦管,言歌舞具备。"王琦《解》:"舞席,舞时所践之席,犹今之毡毯类。金蛇,席上所画螭龙,泥即画也。桐竹,琴筝箫管之属,罗,列也。二句言房中陈设之丽。"

〔四〕"眼逐"二句:王琦《解》:"春暝,春夜也。醉者,眼倦开似醉状。二句言洞房中之人,心有所思念而暗伤也。"

〔五〕"王子"二句:曾益《注》:"下马来,谓来洞房;鸣鸳鸯,相比和。"王琦《解》:"言王子来此洞房,婉娈亲好,有如曲沼之鸳鸯,和鸣相乐。"

〔六〕"焉知"二句:徐渭《注》:"谓王子但知行乐如此,而焉知征戍之卒,久滞远塞,夫妇相念之劳,如结二句所云也。"王琦《解》:"言王子来此洞房,婉娈亲好,有如曲沼之鸳鸯,和鸣相乐,焉知其心中转展思忆,另有所在耶?古乐府:心思不能言,肠中车轮转。九之为言多也,犹《公羊传》所谓叛者九国,《楚词》肠一日而九回之类,皆不作实九字解。"

【集评】

董伯英评(《协律钩玄》卷四):皆感所见而作,首言苟荣不足乐,指韩凭妻、乐昌公主之流,以志感。念所思在天一方,所谓虽蒙今日宠,犹忆昔时怜也。

方世举《批》:伪耳,却非下下。人所以知其伪,易知易能也,步步有陈迹可寻,如何是长吉蹊径?其中却有好句。“桐竹罗花床,眼逐春暝醉”,二语亦小有意,但浅滑。

黎简《批》:刺贵胄以写己怀,只结句是主意。

其二

苦风吹朔寒,沙惊秦木折①〔一〕。舞影逐空天,画鼓馀清节〔二〕。蜀书秋信断,黑水朝波咽〔三〕。娇魂从回风,死处悬乡月〔四〕。

【校记】

①秦木折,曾益本、姚佺本、姚文燮本作“秦水折”。

【注释】

〔一〕“苦风”二句:曾益《注》:“朔,北,阴风苦寒。折,曲折。”王琦《解》:“朔寒,北方寒冷之气。沙惊,沙为劲风所激,腾起旋转,有若惊跃意。秦木折,秦地之木为之吹折也。曾本、二姚本作秦水折,则谓秦地河水曲折之处。”

〔二〕“舞影”二句:王琦《解》:“言未尝无歌舞可以解忧,而异方之乐,另是一种声容,惟画鼓仅馀清楚节奏。单举一画鼓而言,则其馀非雅音可知矣。”

〔三〕黑水:《尚书·禹贡》:“导黑水,至于三危,入于南海。”孔颖达《疏》:“按郦元《水经》,黑水出张掖鸡山,南流至敦煌,过三危山,南流入于南海。”《史记·河渠书》:“九川既疏。”《史记正义》引《括地志》云:“黑水源出伊州伊吾县北百二十里,又南流二千里而绝。”王琦《解》:“二说皆谓《禹贡》所称之黑水也,而源流不同,未知孰是?考之杂传,若延安、平凉、榆林、肃州等处，后人名为黑水凡十馀处，究不知古黑水确在何地。”

〔四〕“娇魂”二句：屈原《九章·悲回风》：“悲回风之摇蕙兮。”王逸注：“回风为飘，飘风回邪，以兴谗人。”王琦《解》：“夫远去绝国，杳无还期，一朝身死，娇魂或可从风而回，若埋骨之地，惟有明月悬于天上，犹是故乡所习见者，其馀风景，无一相似者矣。”姚佺《笺》：“唐诗曰：‘可怜无定河边骨，犹是春闺梦里人。’此娇魂当属春闺之魂，乃从朔风而回。其死处则指其夫之戍处，而亦悬乡月，乃良人念妾，妾亦思夫也。”

【集评】

钟惺评（《唐诗归》卷三一）：空回奇语，似非长吉本色，然无此，又不能为长吉。

王琦《解》：此诗姚仙期以为拟戍妇思夫之辞，姚经三以为为公主和亲而作，观“舞影”一联，后说近是。

姚文燮《注》：贞元四年，回纥求和亲，十一月以咸安公主归之。玄宗朝，回纥以兵助讨禄山。遂下嫁以宁国公主。是昔以蜀乱，故及今书信断绝。顷又以吐蕃为患，而复以女驱异域，黑水之朝波亦为之呜咽不平也。昔宁国公主行，泣曰：国方多事，死不恨，一旦远去，永无还期。而娇魂唯随回风，死地犹悬乡月，不亦悲乎。

黎简《批》：代戍妇怨。

其三

杂杂胡马尘，森森边士戟。天教胡马战，晓云皆血色〔一〕。妇人携汉卒，箭箙囊巾帼〔二〕。不惭金印重，踉锵腰鞬力〔三〕。恂恂乡门老，昨夜试锋镝〔四〕。走马遣书勋，谁能分粉墨〔五〕。

【注释】

〔一〕“天教”二句：王琦《解》：“言天意如此，故杀气之盛见于云色。”陈愫（《昌谷集句解定本》）：“晓云皆血色，即杀气贯冲牛斗意。”

〔二〕“妇人”二句：徐渭《注》：“即《吕将军歌》‘傅粉女郎火旗下’之意。”曾益《注》：“妇人言其怯；携汉卒，主将；囊巾帼，足妇人。”

〔三〕“不惭”二句：《说文》：“韃，所以戢弓矢。”《左传·僖公二十三年》：“右属櫜韃。”杜预注：“櫜以受箭，韃以受弓。”曾益《注》：“维将故曰印重，腰力不胜故曰踉跄。”

〔四〕“恂恂”二句：曾益《注》：“恂恂，严谨。乡门言不习战。老，力惫。试锋镝，驱若人战。”

〔五〕“走马”二句：曾益《注》：“策书勋，记功。谁能分粉墨，言黑白不能辨。”姚文燮《注》：“驱老弱以试锋镝而妄报战功，天子方惟言是听，谁能辨其黑白邪！”

【集评】

姚文燮《注》：贞元十二年，以窦文场、霍仙鸣为护军中尉，卒无成功。元和四年，复以吐突承璀为招讨。贺谓宦官典兵，故以妇人比之也。

陈式评（姚文燮《注》附）：谓宦官为妇人，作者具眼，解者尤具眼。

刘嗣奇《李长吉诗删注》卷下：有兵尽戍穷征及妇人之意。

陈本礼《协律钩玄》卷四：此指孱将杀百姓以冒功。

黎简《批》：判边将无勇。

钱仲联《读昌谷集绝句六十首》:清秋快马踏沙场,巾帼兜鍪气更扬。不转木兰勋十二,明驼偏恨送还乡。《感讽》六首之其三。

其四

青门放弹去[①]〔一〕,马色连空郊〔二〕。何年帝家物,玉装鞍上摇〔三〕。去去走犬归,来来坐烹羔。千金不了馔,狢肉称盘臊〔四〕。试问谁家子,乃老能佩刀[②]〔五〕。西山白盖下〔六〕,贤隽寒萧萧[③]。

【校记】

①青门,吴正子本注:"一作青郭,一作青鸟。"

②乃老,吴正子本注:"一作乃云"。

③贤隽,曾益本、姚佺、姚文燮本作"贤俊"。

【注释】

〔一〕青门:《三辅黄图》卷一:"长安城东出南头第一门曰霸城门,民见门色青,名曰青城门,或曰青门。"按,徐松《唐两京城坊考》卷二:"外郭城,东面三门,北通化门,中春明门,南延兴门。"岑参《青门歌·送东台张判官》:"青门金锁平旦开,城头日出使车回。青门柳条正堪折,路傍一日几人别。东出青门路不穷,驿楼官树灞陵东。"阎文儒《两京城坊考补》卷二:"按,唐时无青门,青门为汉长安东城最南门,故诗中所称青门,实长安东城之延兴门也。"

〔二〕"马色"句:王琦《解》:"言其从马之多也。"

〔三〕"何年"二句:王琦《解》:"谓马鞍上装饰玉色,乃古时帝王所用之物也。即一物观之,其服饰之华美,大略可见。"丘象随(《昌谷集句解定本》)曰:"何年即伏下乃老二字意。"

〔四〕"千金"二句:狢,即貉,李时珍《本草纲目》卷五十一:"貉,《说文》作貈,亦作狢。""生山野间,状如貍,头锐,鼻尖,其毛深厚温滑,可为裘服。"王琦《解》:"不了,犹不足。千金不了馔,犹云日费万钱,无下箸处。狢肉称盘臊,盘中膻臊之味,大抵皆狢肉之类。称,相等也,犹他物称是之称。夫以千金之费,尚以为不足馔,乃田猎所获野味,反登之盘盂,雄豪粗率之人,大略如是。"

〔五〕"乃老"句:董懋策《评》:"乃老即乃公,言其父以佩刀立功,得荫官也。"

〔六〕白盖:《尔雅·释草》:"白盖之谓苫。"邢昺疏:"孙炎曰:白盖,茅苫也。郭璞曰:白茅苫也,今江东呼为盖。然则盖即苫也,以白茅为之,故曰白盖。"

【集评】

姚文燮《注》:天宝以来,王侯将校皆蓄私马,动以万计。而藩镇子弟多处京师,富贵骄横,挟弹驰猎,千金一馔,犹以所猎狢肉不堪充口腹也。少年何知,不过以而翁佩刀专杀伐以冒军功,遂致此辈豪纵。若西山茅屋之下,贤俊饥寒,且忧半菽,良足伤矣。

孙枝蔚评(《昌谷集句解定本》):一结无限深情,陶谢馀风犹在。

陈本礼《协律钩玄》卷四:此讥武世家子弟骄奢,不识贤隽也。

黎简《批》:刺宠倖贵戚。

其五

晓菊泫寒露〔一〕,似悲团扇风。秋凉经汉殿,班子泣衰红〔二〕。本无辞辇意,岂见入空宫〔三〕。腰衱珮珠断〔四〕,灰蝶生阴松〔五〕。

【注释】

〔一〕泫寒露:语出刘勰《新论·说苑》:"春葩含日似笑;秋叶泫露如泣。"谢灵运《从斤竹涧越岭溪行》:"岩下云方合,花上露犹泫。"

〔二〕"班子"句:《汉书·班倢伃传》:"帝初即位,选入后宫。始为少使,俄而大幸,为倢伃。……其后,赵飞燕姊弟亦从微贱兴……班倢伃失宠,稀复进见。"倢伃尝作《怨歌行》,其词曰:"新裂齐纨素,鲜洁如霜雪。裁成合欢扇,团团似明月。出入君怀袖,动摇微风发。常恐秋节至,凉飙夺炎热。弃捐箧笥中,恩情中道绝。"王琦《解》:"衰红,红颜衰老。"

〔三〕"本无"二句:《汉书·班倢伃传》:"成帝游于后庭,尝欲与倢伃同辇载,倢伃辞曰:'观古图画,贤圣之君,皆有名臣在侧,三代末主,乃有嬖女,今欲同辇,得无近似之乎?'上善其言而止。"曾益《注》:"言人谓班子宠衰,繇辞辇而自远于君,不知班子规君,非远君,本无辞辇之意,岂见入空宫而幽闭。"

〔四〕腰衱:杜甫《丽人行》:"珠压腰衱稳称身。"蔡梦弼注:"腰衱,即今之裙带也。"

〔五〕"灰蝶"句:曾益《注》:"灰蝶生寒松,死后之戚。二句谓君宠一失,恩情断绝,殆至老死,终不可回也。"王琦《解》:"灰蝶,纸灰飞舞似蝶者;阴松,墓边之松。"

【集评】

王琦《解》:菊本无情,见其晓露泫于叶上,似悲秋风已至,将有摇落之憾,如班姬之咏团扇,常恐有弃捐箧笥之悲。夫班姬固尝见宠于君矣，一旦因秋凉之来汉殿，自以红颜易老，君恩难久，作诗怨泣。可见恩情绝于中道者，自古有之。但班姬以守礼持正，不肯与君同辇，故不能保其宠幸。若我则本无辞辇之意，岂谓亦入空宫而见幽闭耶？今则弃置已久，不但衣珮断坏，旦夕之间，且见墓木之拱，何能再承恩宠耶？此诗为失宠宫嫔而作，其用团扇辞辇等事，皆用别意点化，乃诗家实事虚用之法。读者或以为为婕妤咏者，失之远矣。

谢起秀评（《昌谷集句解定本》）：此言君恩之不可恃也。

方世举《批》："似悲团扇风"，不老。

陈本礼《协律钩玄》卷四：借班姬不蒙宠幸，以慨贤士之汩没也。

黎简《批》：代宫人怨。

其六

蝶飞红粉台，柳扫吹笙道。十日悬户庭〔一〕，九秋无衰草①〔二〕。调歌送风转，杯池白鱼小〔三〕。水宴截香腴，菱科映青罩〔四〕。芊蒙梨花满②〔五〕，春昏弄长啸。惟愁苦花落，不悟世衰到③〔六〕。抚旧惟销魂④，南山坐悲峭⑤。

【校记】

①衰草，王琦《解》："一作素草。"

②芊蒙，王琦《解》："一作芊茸"。

③世衰，曾益本作"世哀"。

④销魂，王琦《解》："一作伤魂。"

⑤悲峭，凌刊本、曾益本、姚佺本、姚文燮本作"悲啸"。王琦《解》："曾本、二姚本作悲啸，与上韵相重，恐非。"陈弘治《校释》："按，

作啸是。”

【注释】

〔一〕“十日”句:《山海经·海外东经》:“旸谷上有扶桑,十日所浴,在黑齿北,居水中,有大木,九日居下枝,一日居上枝。”《庄子·齐物论》:“昔者十日并出,万物皆照。”王琦《解》:“此借用其语,盖言室中多燃灯烛,光明相继达旦,如有十日悬户庭之间,无有昼夜之殊也。”

〔二〕“九秋”句:王琦《解》:“一秋三月,凡得九十日,故曰九秋。无衰草,言其常若春时。”

〔三〕“调歌”二句:王琦《解》:“调歌送风转,谓歌声随风婉转飘扬也。杯池,池之小者,极言其小仅似杯耳。……下句承上句而言,似谓鱼闻歌声,出而游泳,暗用瓠巴鼓瑟游鱼出听事,杜子美诗:鱼吹细浪摇歌扇,亦是此意。”

〔四〕“水宴”二句:王琦《解》:“水宴,于水边宴饮也。截,取也。香腴,谓水族中鱼蟹之属。”“二句言水边宴饮以捕鱼为戏之事。”

〔五〕芊蒙:王琦《解》:“芊蒙,乱貌;春昏,春夜也。”

〔六〕“不悟”句:曾益《注》:“以上言歌舞欢爱时,知有盛不知有衰,知有乐不知有哀苦。下言自今思之,已成陈迹,故魂为之销,坐对南山,徒成悲啸而已,欢爱何在耶?”

【集评】

黄淳耀《评》:君恩浓至,如十日并照。

姚文燮《注》:此则抚旧心伤以成感讽之第六首也。为言从前之蝶香柳色,有如十日并照,秋无衰草,只以调歌能回肃气,杯池亦放白鱼。又所在水宴,必求佳鲙,菱科之中,皆设梁笱。芊茸梨花,春昏长啸,唯愁花落,不悟世衰,而抑知有今日者哉?静观往事,不觉魂销,唯对南山以浩歌耳。

钱澄之评(姚文燮《注》附):此感盛时行乐之事,不觉世衰事去,徒增悲啸耳。

陈愫评(《昌谷集句解定本》):六诗皆得无净三昧旨意,盖证道之作,将归隐矣。

方世举《批》:"不悟世衰到",粗浅。

陈本礼《协律钩玄》卷四:此讽当时纨绔子弟竞尚笙歌,日肆遨游,不悟世道之衰,转眼便见艰难也。

黎简《批》:刺富贵家。

【编年】

这组诗,与《感讽五首》同时作,第一首,刺贵胄;第二首,咏和亲;第三首,刺宦官统军;第四首,刺贵戚,"青门",即长安东城之延兴门;第五首,为失宠宫嫔而作;第六首,讽纨绔子弟。从题材内容看,这组诗确当作于诗人任职长安时期。

老夫采玉歌〔一〕

采玉采玉须水碧〔二〕,琢作步摇徒好色〔三〕。老夫饥寒龙为愁,蓝溪水气无清白〔四〕。夜雨冈头食蓁子〔五〕,杜鹃口血老夫泪〔六〕。蓝溪之水厌生人〔七〕,身死千年恨溪水〔八〕。斜山柏风雨如啸,泉脚挂绳青袅袅〔九〕。村寒白屋念娇婴〔一〇〕,古台石磴悬肠草〔一一〕。

【注释】

〔一〕老夫采玉歌:韦应物《采玉行》"官府征白丁,言采蓝溪玉。绝岭夜无人,深榛雨中宿。独妇饷粮还,哀哀舍南哭。"王琦

《解》:“与此诗正相发明。”

〔二〕水碧:《山海经·东山经》:“耿山无草木,多水碧。”郭璞注:“水碧,亦水玉类。”程大昌《演繁露》卷一:“水碧,碧玉类也,水中有此碧。”王琦《解》:“琦谓水玉是今之水晶,水碧是今之碧玉。”

〔三〕步摇:《释名·释首饰》:“步摇,上有垂珠,步则摇也。”吴正子《注》:“此言采玉之难如此,及得玉,不过琢为步摇,为好色之具耳。”王琦《解》:“《瑯嬛记》,人谓步摇为女髻,非也。盖以银丝宛转屈曲作花枝,插髻后,随步辄摇,以增媌婧,故曰步摇。”庾信《奉和赵王美人春日诗》:“步摇钗梁动,红轮帔角斜。”

〔四〕蓝溪:蓝田山中的溪水。蓝田山,在京兆府蓝田县东。李吉甫《元和郡县图志》卷一:“蓝田县。按《周礼》‘玉之美者曰球,其次为蓝。’盖以县出美玉,故曰蓝田。”“蓝田山,一名玉山,一名覆车山,在县东二十八里。”水气无清白:王琦《解》:“诗言玉产蓝溪水中,因采玉而致蓝溪亦不能安静,不特役夫受饥寒之累,即水中之龙亦愁其骚扰,至于溪水为其翻搅,有浑浊而无清白矣。”

〔五〕“夜雨”句:蓁子,通榛子,榛树之果实,似栗而小。罗愿《尔雅翼》卷九:“榛,枝茎如木蓼,叶如牛李色,高丈馀,子如小栗,其核中悉如李,生则胡桃味,膏烛又美,亦可食啖。”王琦《解》:“冈头夜雨,则寒可知;所食者惟榛子,则饥可知。”董懋策《评》:“正足饥寒句,甚妙。”

〔六〕“杜鹃”句:杜鹃,鸟名,又名杜宇、子规,其啼声悲哀。罗愿《尔雅翼》卷十四:“子巂出蜀中,今所在有之,其大如鸠,以春分先鸣,至夏尤甚,日夜号深林中,口为流血,至章陆子熟乃止。农家候之……亦曰杜宇，亦曰杜鹃。”王琦《解》：“杜鹃口血老夫泪者，乃倒装句法，谓老夫之泪如杜鹃口中之血耳。”

〔七〕厌生人：董懋策《评》：“厌是餍饫之厌，言多因采玉而溺也。”王琦《解》：“厌生人者，因采玉而溺死者甚众，故溪水亦若厌之。”

〔八〕恨溪水：王琦《解》：“谓身死之后，虽千祀之久，其怨魄犹抱恨不释。夫不恨官吏，而恨溪水，微词也。”

〔九〕“泉脚”句：曾益《注》：“谓于泉落处挂绳而下水以采玉也。”袅袅：绳受风摇曳貌。

〔一〇〕白屋：王琦《解》：“《汉书》：致白屋之意。颜师古曰：白屋，谓白盖之屋，以茅覆之，贱人所居。王肃《家语》注：白屋，草屋也。”王琦袭颜师古之误，释白屋为茅屋。元李翀《日闻录》：“白屋者，庶人屋也。《春秋》：丹桓宫楹，非礼也。在礼，楹，天子丹，诸侯黝垩，大夫苍，士黈，黄色也。按此则屋楹循等级用采，庶人则不许，是以谓之白屋也。”《汉书·吾丘寿王传》：“或由穷巷，起白屋，裂地而封。”王先谦补注：“士以上屋楹方许循等级用采色，庶人则不许，是以谓之白屋。颜云：‘以白茅覆屋’，古无其传也。”

〔一一〕“古台”句：吴正子《注》：“见古台石磴之草，使人断肠，如肠之悬也。”曾益《注》：“白屋娇婴，言怀家念妻孥。惟怀家念妻孥，故视古台石磴之草，皆牵愁如肠之悬然也。”王琦《解》：“《述异记》：悬肠草一名思子蔓，南中呼为离别草。夫己之生死正未可必，乃睹悬肠之草又动思子之情，触物兴怀，俱成苦境，深可哀矣。”王说近是。

【集评】

吴正子《注》：此篇乃老夫不堪采玉之劳，受役于上而不得免，故辞多怨苦。

刘辰翁《评》：谓长绳悬身，下采溪水，其索意之苦，至思念其子，岂特食蓁而已。又云肠草，不必草名断肠之类，以其念子，视此悬磴之草如断肠然，苦甚。

姚佺《笺》：言老夫者，似其子既死于水，而其父犹不免焉之意。

无名氏《批》：不言恨时政而言恨溪水，与其死于苛政，不若死于虎也。征求无已，不念民生者戒之哉！

姚文燮《注》：唐时贵玉，尤尚水碧。德宗朝，遣内给事朱如玉之安西于阗求玉，及还，乃诈言为回纥夺去。后事泄，流死。复遣使四出采取。蓝田有川三十里，其水北流，产玉，山峡险隘，水窟深杳。此诗言玉不过充后宫之饰，致驱苍黎于不测之地，少壮殆尽，耄耋不免，死亡相继，犹眷妻孥，而无益之征求，竟不知民命之可轸念也，可胜浩叹。

贺裳《载酒园诗话又编》：此诗极言采玉之苦，以绳悬身下溪而采，人多溺而不起，至水亦厌之。采时又饥寒无食，惟摘蓁子为粮。及得玉，仅供步摇之用，充玩好而已。伤心惨目之悲，及劳民以求无用之意，隐隐形于言外。此真乐天所云"下以洩导人情，上以补察时政"者，而曰贺无理，岂其然？

方世举《批》："夜雨冈头食蓁子"，方云：按韦左司有《采玉行》云："官府征白丁，言采蓝田玉。绝岭夜无家，深榛雨中宿。"其言与长吉此篇仿佛，则蓁当为榛字之讹。"蓝溪之水厌生人"，厌作餍饫解亦得，作厌恶亦得。"泉脚挂绳青袅袅"，挂绳犹瀑布之谓。"古台石磴悬肠草"，肠字下得奇稳。

黎简《批》：讽民役之苦。水碧，玉之至佳者，须者，官吏须也。采玉而食榛子，苦可知也。死人多恨溪水，反言之耳，所云民怨其上也。系绳而入水，入水恐死，念其爱子。

钱仲联《读昌谷集绝句六十首》：鹃血斑斑采玉歌，通眉涕泗与滂沱。潇湘白雪徭人怨，不比蓝溪叟更多。《老夫采玉歌》，潇湘句括杜甫《岁晏行》中语。

【编年】

本诗是诗人在长安任职时期写的，为“老者服役采玉，不堪劳苦”（曾益《注》语）而作。

宫娃歌〔一〕

蜡光高悬照纱空，花房夜捣红守宫〔二〕。象口吹香毾㲪暖〔三〕，七星挂城闻漏板〔四〕。寒入罘罳殿影昏〔五〕，彩鸾帘额著霜痕〔六〕。啼蛄吊月钩阑下〔七〕，屈膝铜铺锁阿甄①〔八〕。梦入家门上沙渚，天河落处长洲路〔九〕。愿君光明如太阳，放妾骑鱼撇波去〔一〇〕。

【校记】

①铜铺，王琦《解》：“一作金铺。”

【注释】

〔一〕宫娃：宫女。扬雄《方言》卷三：“娃，艳美也，吴楚衡淮之间曰娃。”《汉书·扬雄传》“资娵娃之珍髢兮”，颜师古注：“娃，美女也。”王琦《解》：“娃，美女也，此篇盖为宫女怨旷之词。”

〔二〕红守宫：以丹砂喂养蜥蜴，将其捣烂，点于女子肢体，终生不退，行房事则灭，这是封建帝王防止宫女不贞的药物。张华《博物志》卷二：“蜥蜴或名蝘蜓，以器养之，食以丹砂，体尽赤，所养满七斤，治捣万杵，点女人肢体，终身不灭，唯房室事则灭,故号守宫。"《汉书·东方朔传》:"置守宫盂下,射之,皆不能中。"颜师古注:"守宫,虫名也。术家云,以器养之,食以丹砂,满七斤,捣治万杵,以点女人体,终身不灭,若有房室之事,则灭矣,言可以防闲淫逸,故谓之守宫也。"

〔三〕象口:象形香炉之口,是置于帐中之香器也。高似孙《纬略》卷九:"锁香,此皆香器,……'象口吹香毾㲪暖,七星挂城闻漏板',亦帐中香也。"毾㲪:羊毛毯,来自伊朗。王琦《解》:"毾㲪音榻登。《埤苍》:毛席也。《北堂书抄》:氍毹细者谓之毾㲪。《韵会》:氍毹,织毛褥也,一曰毾㲪。《通雅》:中天竺有毾㲪,今曰氆氇,秦蜀之边多有之,似毼,五色方锦,从外徼来,广中洋泊亦有至者。"王氏注引诸说,均含糊不清。按,毾㲪,为羊毛地毯,这个词汇,源出于波斯文"taftan",《新唐书·西域下·安国》:"开元十四年,其王笃萨波提遣弟阿悉烂达拂耽发黎来朝,纳马豹。后八年,献波斯驉二,拂菻绣氍球一,郁金香、石蜜等。"氍球,就是地毯。"柘辟",《中国伊朗编》的作者劳费尔认为它与波斯文"taftan"和英文"taffeta",都是同源字。美国学者谢弗《唐代的外来文明》就指出过:"他(指李贺)在另一首诗中提到的中国——波斯名称'毾㲪',则毫无疑问就是伊朗地毯——我们确信,在八、九世纪时,这种波斯的羊毛毯,在唐朝的富豪家里根本算不上是罕见之物。"

〔四〕"七星"句:王琦《解》:"七星,北斗也,夜久即北斗横斜,似挂于城上。漏板,以铜为之,随更鼓而击,以为每更深浅之节。"

〔五〕罘罳:汉唐时代,此物有二义:一,屏墙。《汉书·文帝纪》:"未央宫东阙罘罳灾。"颜师古注:"罘罳,屏也,谓连阙曲阁也,以覆重刻垣墉之处,其形罘罳然。"崔豹《古今注》卷上:"罘罳,屏之遗象也,臣来朝君,行至门内屏外,复应思惟,罘罳,复思也,汉西京罘罳,合板为之,亦筑土为之。”吴正子《注》:“罘罳,复思也。或曰以木为门扉,而刻为方目,如罗网之状,今人谓之隔亮也。”二,殿间护雀网。苏鹗《苏氏演义》:“罘罳,织丝为之,轻疏浮虚,象罗网交叉之状,施宫殿檐户之间也。”《资治通鉴》卷二百四十五:“宦者曰:‘事急矣,请陛下还宫。’即举软舆迎上扶升舆,决殿后罘罳,疾趋北去。”胡三省注:“唐宫殿中罘罳,以丝为之,状如网,以捍燕雀,非如汉宫阙之罘罳也。”两义须随文释义,本诗应作屏墙讲为宜,意谓寒气透过罘罳,侵入殿内。

〔六〕彩鸾帘额:王琦《解》:“谓以缯帛为帘帷之额,而绣画彩鸾于上。”

〔七〕啼蛄:鸣叫之蝼蛄。曾益《注》:“夜既深而寒,则月孤而啼蛄愈戚,故曰吊。”王琦《解》:“蛄,蝼也,一名蝼蝈,穴于土中,短翅四足。《本草衍义》云,此虫立夏后至夜则鸣,声如蚯蚓。”钩栏:王琦《解》:“钩栏,即栏杆,以其随屋之势高下,弯曲相钩带,故谓之钩栏。”然缺乏书证。崔豹《古今注》卷上:“拘栏,汉成帝顾成庙,有三玉鼎,二真金炉,槐树悉为扶老拘栏,画飞云龙角于其上。”王建《宫词》:“风帘水殿压芙蓉,四面钩栏在水中。”

〔八〕“屈膝”句:王琦《解》:“屈膝是门与柱相交处之拳钉,其形折曲若人膝之屈者然,故曰屈膝。铜铺是门上之兽面环钮,所以受锁者。阿甄,魏文帝之甄夫人,初入宫有宠,后以郭后、李阴贵人并得幸,遂失意幽闭。六朝时称妇人多以阿字冠其姓上,如南史齐高帝称周盘龙爱妾杜氏曰阿杜是也。”本诗借指被幽闭的宫女。

〔九〕长洲:县名,唐时属苏州,故址在今江苏苏州一带。李吉甫《元和郡县图志》卷二十五:“(苏州)长洲县,本万岁通天元年析吴县置,取长洲苑为名。苑在县西南七十里。”

〔一〇〕骑鱼:暗用琴高骑赤鲤的故事。《抱朴子·对俗》:“是以萧史偕翔凤以凌虚,琴高乘朱鲤于深渊。”《列仙传》:“琴高,赵人也。行涓、彭之术,浮游冀州、涿郡间二百馀年。后入涿水中取龙子,与诸弟子期曰:‘明日皆洁斋候于水傍。’果乘赤鲤来,留月馀,复入水中。”干宝《搜神记》卷一亦载其事。王琦《解》:“不曰乘舟,而曰骑鱼,盖欲归之至,舟行稍缓,不似鱼游之速耳。夫宫娃未易得放,河鱼岂可骑乘,以必不然之事,而设为痴绝之想,摹拟怨情,语意双极。”撇波:《文选》王褒《四子讲德论》:“故膺腾撇波而济水,不如乘舟之逸也。”李善注:“《说文》曰:擎,击也。擎字今多作撇。”

【集评】

刘辰翁《评》:意到语尽,无复馀怨矣。哀怨竭尽。丽语犹可及,深情难自道也。“啼蛄吊月钩栏下,屈膝铜铺锁阿甄。”两语极是憔悴。

董伯英评(《协律钩玄》卷二):此吴娃非指夫差事。首四待君王之至。“寒入”四句,待之不至,使之空锁深宫。末四愿放遣归家也。此长吉追有感于仕奉礼日而赋此,然美女怀春,志士悲秋,不得承恩宠,惟求放遣,实有同情。风雨斋坛,箕帚供役,其不堪此,已非一日矣。

无名氏《批》:此篇大抵述吴女怨旷愿去之意。

姚文燮《注》:元和八年夏大水,上以为阴盈之象,出后宫人三百车。此托有未出之宫人,当秋夜思遣之意,幽闭寂寞,未得临幸,犹如甄氏之失宠也。既因大水将遣,则梦魂中无之非水,家门宛在沙渚,天河疑是长洲,亦止愿君王皓如秋日,使妾得再因大水放归,犹之乎骑鱼撇波去已。

黎简《批》:钩,曲也,非狭邪之谓。狭邪作勾栏,不可误。屈膝,他本作屈戍为是。不蒙恩,欲归不得。

钱仲联《读昌谷集绝句六十首》:吊月啼蛄为阿甄,宫歌凄断上阳春。九华殿角银灯挂,不照长州入梦人。《宫娃歌》为刘禹锡作。禹锡生长于吴郡。

【编年】

李贺在长安任职时期,闻知森严禁闭中宫女之怨望,敬佩进步政治家"释放宫女"的主张。他感发兴会,用即事命篇的新乐府现实主义精神写成本诗。《钱谱》系本诗于元和元年,云:"此歌是有感于宫女幽闭怨旷而作,亦有慨于刘禹锡等被贬谪南方不得归而作。"诗中之宫女自吴地选入宫中,似不必拘泥于刘禹锡之被贬逐。

神弦曲〔一〕

西山日没东山昏,旋风吹马马踏云〔二〕。画弦素管声浅繁,花裙綷縩步秋尘[①]〔三〕。桂叶刷风桂坠子,青狸哭血寒狐死〔四〕。古壁彩虬金贴尾,雨工骑入秋潭水〔五〕。百年老鸮成木魅,笑声碧火巢中起[②]〔六〕。

【校记】

①綷縩,宣城本"萃蔡"。

②笑声,宋蜀本作"啸声"。

【注释】

〔一〕神弦曲:郭茂倩《乐府诗集》卷四十七"清商曲辞"录本诗。智匠《古今乐录》:"神弦歌十一曲,一曰宿阿,二曰道君,三曰圣郎,四曰娇女,五曰白石郎,六曰青溪小姑,七曰湖就姑,八曰姑恩,九曰采菱童,十曰明下童,十一曰同生。"王琦《解》:"琦按,神弦曲者,乃祭祀神祇弦歌以娱神之曲也。此诗言狸哭狐死,火起鸮巢,是所祈者其诛邪讨魅之神欤!"

〔二〕"西山"二句:王琦《解》:"日没云昏,旋风忽起,乃神降时景象。旋风,风之旋转而吹者,中必有鬼神依之。低三尺以下,鬼风也。高丈馀而上者,神风也。旷野中时有之,遇者亟避焉。马谓神所乘之马。"

〔三〕"画弦"二句:王琦《解》:"神既至,于是作乐以娱之。"綷縩,衣服相擦发出之声。《汉书·班婕妤传》:"纷綷縩兮纨素声。"颜师古注:"綷縩,衣声也,音与翠蔡同。"

〔四〕"桂叶"二句:曾益《注》:"神降则风至,故桂叶刷而桂子坠,神降则邪敛,故青狸哭而寒狐死也。"王琦《解》:"刷,刮也,神将用威以驱戮妖邪,故猛风飙起,而树叶刮落,桂子飘坠。狐狸之类哭者,死者,悉受其驱除矣。貍与狐相似而异类,今人混而称之曰狐狸者,非也。"

〔五〕"古壁"二句:李朝威《柳毅传》:柳毅过泾阳,见有妇人牧羊于道畔,询之,知是洞庭龙君之小女。"毅曰:'子之牧羊,何所用哉?神祇岂宰杀乎?'女曰:'非羊也,雨工也。'曰:'何为雨工?'曰:'雷霆之类也。'"曾益《注》:"彩虬,画虬;骑入秋潭,行雨也。"王琦《解》:"又言古壁画龙有作孽者,则驱之而放于潭水。"

〔六〕"百年"二句:曾益《注》:"百年二句,言古庙之中,古木丛生,鸮老其间,已百年矣,故木魅附鸮以笑,而巢中碧火忽起而自焚也。盖神不自显,必有所凭以显,雨工骑画虬以入,木魅附鸮以笑，皆显神也。古木栖神，神燔古木，每有是事。神火青云碧。”王琦《解》：“碧火，火之碧色者，盖鬼神所作之火。笑声，火焰四出，有声如笑也。”

【集评】

刘辰翁《评》：“旋风吹马马踏云”，自是一种邪见，偏善其时景情态。

无名氏《批》：此曲讥女巫祷神之妄。

黄淳耀《评》：以下三首并是写秦俗尚巫。

姚文燮《注》：唐俗尚巫，肃宗朝王玙以祷祠见宠，帝用其言，遣女巫乘传，分祷天下名山大川，巫皆美容盛饰，所至横恣赂遗，妄言祸福，海内崇之，而秦风尤甚，贺作三首以嘲之。

贺裳《载酒园诗话又编・李贺》：《神弦曲》曰【略】《神弦别曲》曰【略】二诗真有《湘君》《山鬼》之遗。但中篇语太浅直，如“呼星召鬼歆杯盘，山魅食时人森寒”，形容殊劣。二诗已不能尽奇，《骚》岂易及，况“奴仆”耶？又《李商隐》：长吉、义山皆善作神鬼诗，《神弦曲》有幽阴之气，《圣女祠》多缥缈之思。

方世举《批》：《神弦》三首，皆学《九歌・山鬼》，而微伤于佻，然较之元明，又老成持重矣。凡《神弦》诗皆讥淫祀，篇篇皆佳。“西山日没东山昏”四句，以上四语写巫之降神。“桂叶刷风桂坠子”二句，此二语写巫之罔人能降害。“古壁彩虬金帖尾”，以下四语写神祇恍忽难知，而妖妄又作矣。

陈本礼《协律钩玄》卷四：巫之惑人，类皆吞刀吐火，咒鬼焚符，摇铃振幡，筛金播鼓，跳跃出入，疾如风雨。闻桂子坠则以为神将戮妖，见帖尾动则以为雨工驱虬，且以鸮鸣为魅啸，燐光为巢火，于昏黑杳冥中写出一派阴幽飒沓景象，令人毛悚。

【编年】

中唐时代,帝王迷信神仙,追求长生,此风渐渐浸及贵族官僚集团,甚至影响到民间。社会上迷信神仙,崇尚巫风,盛行一时。李贺对此深恶痛绝,写下三首《神弦曲》(即《神弦曲》《神弦》《神弦别曲》),寓意于象,嘲讽尚巫之风,揭露巫术之愚妄。诗云:"终南日色低平湾,神兮长在有无间",知这组诗写于长安三年中。

神弦

女巫浇酒云满空,玉炉炭火香鼕鼕〔一〕。海神山鬼来座中①,纸钱窸窣鸣飚风〔二〕。相思木帖金舞鸾〔三〕,攒蛾一啑重一弹②〔四〕。呼星召鬼歆杯盘,山魅食时人森寒〔五〕。终南日色低平湾〔六〕,神兮长在有无间。神嗔神喜师更颜③,送神万骑还青山〔七〕。

【校记】

①海神,蒙古本作"寒云"。

②攒蛾,宋蜀本、蒙古本作"攒娥"。

③神嗔,蒙古本作"神颠"。

【注释】

〔一〕"女巫"二句:曾益《注》:"浇酒以迎神,故云满空,焚香击鼓以降神,故来座中。"王琦《解》:"女巫浇酒以迎神,而神将降止,遂有云满空中,于是焚香击鼓以迓之。鼕鼕,鼓声,然与上五字不合,疑有讹文。"

〔二〕纸钱:烧给鬼神使用的钱。封演《封氏闻见记》卷六:"纸钱,按古者享祀鬼神有圭璧币帛，事毕则埋之，后代既宝钱货，遂以钱送死，《汉书》称盗发孝文园瘗钱是也。率易从简，更用纸钱。纸乃后汉蔡伦所造，其纸钱，魏晋以来始有其事。今自王公逮于士庶，通行之矣。凡鬼神之物，取其象似，亦犹涂车刍灵之类。古埋帛，今纸钱则皆烧之，所以示不知神之所为也。”《新唐书·王玙传》：“汉以来，葬者皆有瘗钱，后世里俗稍以纸寓钱为鬼事，至是玙乃用之。”窸窣：轻微细碎之声。王琦《解》：“窸窣，音悉速，声小貌。”

〔三〕“相思”句：用相思木制成的琵琶，上面贴着金色的舞鸾图案。《文选》左思《吴都赋》：“楠榴之木，相思之树。”刘渊林注：“相思，大树也，材理坚斜，斫之则文，可作器，其实如珊瑚，历年不变。”王琦《解》：“按今相思木多出广东，他处亦间有，其木多文理，作器皿可玩。子如大豆而赤，谓之相思子，亦谓之红豆者是也。”

〔四〕“攒蛾”句：攒蛾，紧蹙双眉。曾益《注》：“攒蛾，攒眉也。一啑一弹，手口并作，盖神降鸾舞，巫随之也。”王琦《解》：“想思木帖金舞鸾，谓以相思木为琵琶，而金画舞鸾之状于其上。攒蛾者，蹙其眉也。啑，音接，多言也；一啑重一弹者，每出一言则弹琵琶一声以和之也。”

〔五〕“呼星”二句：歆，鬼神享用杯盘中食物。王琦《解》：“盖鬼神陟降所飨者，肴酒之气而已，若山妖木魅之类，其形虽不能见，而食物之形体必有亏缺，人见之者，为之森然寒慄。”

〔六〕终南：山名，在长安城南。李吉甫《元和郡县图志》卷一：“（京兆府万年县）终南山，在县南五十里。”山色低平湾：王琦《解》：“日衔山而将落也。平湾，谓峰空缺处。”

〔七〕“神嗔”二句：曾益《注》：“或嗔或喜，故更颜，神附于巫，师即巫也。唯送故还万骑，见呵从之众。”王琦《解》：“今忽而言神嗔，忽而言神喜，仅于巫师之颜色更变知之，亦荒忽难信矣。”

【集评】

刘辰翁《评》：读此章，使人神意森索，如在古祠幽黯之中，亲睹巫觋赛神之状。

无名氏《批》：起四句寒飒过人，直令毛发森直。“有无间”，妙。“师更颜”，更妙。

黄淳耀《评》：杂之《楚词》，何以辩非屈、宋？

周玉凫《评》（姚文燮《注》附）：摹写女巫见神说鬼，隐隐跃跃，皆有令人森寒之意，如观吴道子地狱变像图画，真称双绝。

方世举《批》：大概与前首义同，而未及前之结写妖妄复作等语，然此所言巫之罔人与人之为巫所罔者加甚。“攒蛾一啑重一弹”，啑当是嚏。

钱仲联《读昌谷集绝句六十首》：浇酒云空杂喜嗔，杯盘歆享假疑真。外衣神圣粗能著，赚煞终南送骑人。《神弦》。神圣外衣语，见恩格斯《德国农民战争》。

神弦别曲〔一〕

巫山小女隔云别[①]〔二〕，春风松花山上发[②]。绿盖独穿香径归，白马花竿前孑孑[③]〔三〕。蜀江风澹水如罗，坠兰谁泛相经过〔四〕。南山桂树为君死，云衫浅污红脂花[④]〔五〕。

【校记】

①巫山，《乐府诗集》“山”下注：“一作阳”。

②春风松花，《乐府诗集》作“松花春风”。附注：“一作春风松花。”

③前孑孑，宋蜀本作“长孑孑”。

④浅污，蒙古本、《乐府诗集》作“残污”。

【注释】

〔一〕神弦别曲：郭茂倩《乐府诗集》卷四十七“清商曲辞”下录本诗。曾益《注》：“此送神之曲。”

〔二〕隔云别：曾益《注》：“巫山小女，季女，隔云别，归也。”

〔三〕“绿盖”二句：《诗经·鄘风·干旄》：“孑孑干旄，在浚之郊。”《毛传》：“孑孑，特出貌。”曾益《注》：“松花发，故径香，白马，女郎所乘，前，前导。言绿盖穿香径而归，而花竿导前为孑孑也。”王琦《解》：“绿盖，神之盖也。白马花竿，神之前驱也。”

〔四〕“蜀江”二句：王琦《解》：“巫山之下，即蜀江也。风恬浪息，水纹细如罗縠，兰花开堕水中，风景殊美。然道路阻长，谁能泛舟经过其地，以瞻仰神灵。”

〔五〕“南山”二句：王琦《解》：“今神即惠然肯来，宴享而去，不特人人欣乐，即南山桂树，受神之披拂者，亦为之死。死者，犹言喜杀。云衫，即《楚辞》所谓青云衣之说。污，染也。谓神之衣服披拂其上，亦沾染其气也。红脂花，谓桂树之花，盖桂花有三色，白者曰银桂，黄者曰金桂，红者曰丹桂，其花秋开者多，亦有春开者，亦有四季开者，此诗于春风中而言桂花红色，非妄言也。”“姚仙期曰：秦俗鄙俚，其阴阳神鬼之间，不能无亵慢荒淫之杂。长吉更定其辞，以巫不可信，故言多讽刺云。琦谓不然，长吉诗脉本自楚骚，以楚骚之解解三诗，求所谓讽刺之言，竟安有哉？”

【集评】

无名氏《批》：一结微词，真可奴仆命《骚》也。

方世举《批》：此专言送神也，无一奇语，自见虚无。“南山桂树为君死”二句，结之君，谓女巫也。桂之死，因女巫也。草木何知，亦为情死，则女巫之妖妄惑人可知矣。末言其衫透肌肤，汗污浅浅，尤冶。

董伯英评（陈本礼《协律钩玄》卷四）：谑鬼嘲神，笑空啼影，真词家之曼倩，鬼史之董狐，如此文心，上帝那能割爱。

夜坐吟〔一〕

踏踏马蹄谁见过[①]，眼看北斗直天河〔二〕。西风罗幕生翠波〔三〕，铅华笑妾颦青娥[②]〔四〕。为君起唱长相思[③]，帘外严霜皆倒飞〔五〕。明星烂烂东方陲〔六〕，红霞稍出东南涯〔七〕，陆郎去矣乘斑骓〔八〕。

【校记】

①马蹄，《乐府诗集》、宋蜀本作“马头”。《乐府诗集》于“头”下注：“一作蹄。”

②青娥，宋蜀本、姚文燮本作“青蛾”。

③起唱，曾益本、姚佺本、姚文燮本作“起舞”，《乐府诗集》于“唱”下注：“一作舞。”

【注释】

〔一〕夜坐吟：郭茂倩《乐府诗集》卷七十六“杂曲歌辞”录李贺《夜坐吟》。王琦《解》：“乐府有《夜坐吟》，始于鲍照。”

〔二〕“踏踏”二句：曾益《注》：“首句言未来之意，言彼乘马而过者。眼看北斗，坐而望也，天河直，夜中矣。”陈弘治《校释》：“谁见过，望其来也。北斗直天河，夜深之候。”

〔三〕“西风”句:《文选》陆机《君子有所思行》:“邃宇列绮窗,兰室接罗幕。”张铣注:“罗幕,帐也。”王琦《解》:“风吹罗帐,闪闪而动,有若水波之状,见室中寂静之意。”

〔四〕“铅华”句:曾益《注》:“夜中幕间,见人不至,故蛾颦而愁,然当铅华盛时,似不宜愁,故又云笑。”王琦《解》:“铅华,粉也。妇人傅粉靓妆,本为悦己者容,今所欢不来,深夜颦青蛾而坐,无人见怜,铅华亦应见笑矣。”

〔五〕“为君”二句:吴正子《注》:“长相思,乐府曲名。”王琦《解》:“严霜倒飞,见歌声之妙。”

〔六〕明星烂烂:《诗经·郑风·女曰鸡鸣》:“子兴视夜,明星有烂。”古词《鸡鸣歌》:“东方欲明星烂烂。”

〔七〕“红霞”句:曾益《注》:“不特星烂,红霞出而天曙。”王琦《解》:“明星烂烂,将晓之候。红霞稍出,则天大明矣。”

〔八〕“陆郎”句:句意出自古乐府《明下童曲》:“陈孔骄白赭,陆郎乘斑骓。”陈,谓陈宣,孔,谓孔范;陆,谓陆瑜,三人皆陈后主狎客。曾益《注》:“末言终夜坐思,正期与君绸缪缔欢,孰意陆郎乘斑骓而去也。士难遇易弃,奚以异是?”王琦《解》:“此句是回念前此时之况,因其不来而追思之,遂有无限深情。夜坐者,夜坐而俟其来也。为君起唱长相思,君者,即指其人。通篇总是思而不见之意。”

【集评】

刘辰翁《评》:“帘外严霜皆倒飞”,奇语。

姚佺《笺》:铅华笑妾颦青蛾,即忆君清泪如铅水也;帘外严霜皆倒飞,即露脚斜飞湿寒兔也;陆郎去矣乘斑骓,即牵云曳雪留陆郎也。刘长卿十首已上语意稍同,吾于长吉不能无词。

姚文燮《注》:知己俱遭放斥,同心寂寥,故无见访之人,遂托思妇以怀彼美也。天河历历,风激空帏,粉黛慵施,谁知侬怨,起舞霜飞,终宵待旦,犹忆陆郎初去,所乘乃斑骓,及今踏踏马蹄,孰如陆郎之我顾也?

董伯英评(陈本礼《协律钩玄》卷四):亦见遇合之难,睽离之易,意有感而作也。

【编年】

本诗当是借男女会合之难,喻写君臣遇合之难,历代评论家多有揭示,可知亦当作于长安任职时期。

日出行

白日下昆仑,发光如舒丝〔一〕。徒照葵藿心〔二〕,不照游子悲①〔三〕。折折黄河曲,日从中央转〔四〕。旸谷耳曾闻〔五〕,若木眼不见〔六〕。奈尔铄石②,胡为销人〔七〕。羿弯弓属矢,那不中足,令久不得奔,讵教晨光夕昏③〔八〕。

【校记】

①不照,宋蜀本、蒙古本作“不见”。

②奈尔,姚佺本、姚文燮本、黄评本作“奈何”。

③羿弯弓属矢那不中足令久不得奔讵教晨光夕昏,《文苑英华》作“羿能弯弓属矢,那不中足,令乌不得翔,火不得奔,讵教晨光夕昏。”

【注释】

〔一〕“白日”二句:曾益《注》:“下昆仑,光下射,下射故如舒丝。”姚佺《笺》:“工于形似,非细心非明眼不能到。”

〔二〕葵藿心:语出曹植《求通亲亲表》:“若葵藿之倾叶,太阳虽不为之回光,然终向之者,诚也。”

〔三〕“不照”句:姚文燮《注》:“(前四句)言旭日初升,无微不照,当能鉴我之忠,独不鉴我之摇落耶?”

〔四〕“折折”二句:曾益《注》:“折折,曲多;中央转,与俱曲折。”王琦《解》:“河图,河出昆仑,千里一曲,九曲入海。”钱澄之(姚文燮《注》附)曰:“河流最急,犹九曲以逝,岂如日从中央,取道甚直,更急于河,言去之速也。”

〔五〕旸谷:《尚书·尧典》:“分命羲仲,宅嵎夷,曰旸谷。”孔安国传:“旸,明也,日出于谷而天下明,故称旸谷。”《淮南子·墬形训》:“旸谷、榑桑在东方。”高诱注:“旸谷,日之所出也。”

〔六〕若木:在昆仑西极,参见《苦昼短》注。

〔七〕“奈尔”二句:宋玉《招魂》:“十日代出,流金铄石。”王逸注:“铄,销也,言东方有扶桑之木,十日并在其上,以次更行,其势酷烈,金石坚刚皆为销释也。”

〔八〕“羿弯弓”四句:《淮南子·本经》:“尧乃使羿……上射十日而下杀猰貐。”高诱注:“十日并出,羿射去九。”王琦《解》:“诗意谓羿已射中九日,此一日何不射中其足,令不得奔驰,可以长在天上,即古人长绳系白日之意。”

【集评】

吴正子《注》:此与《苦昼短》,皆效太白体。

姚文燮《注》:旭日初升,无微不照,当能鉴我之忠,独不鉴我之摇落耶?黄河九曲,日转于中,游子悲肠,正复相类,旸谷若木,为闻见之不及,而铄石销人,亦无如此日何也。昔十日并出,羿射死九乌,何不将此乌亦射其足,使之不得疾驰而多变易矣。

方世举《批》:后段学汉魏,长短参差而未自然。

黎简《批》:不成古调,结句却似元人词曲。

【编年】

此诗伤己之不遇(观“不照游子悲”句可知),感年华之易逝,乃是长吉在长安任奉礼郎,久不升调,假日之运行以抒满腔忠愤之情。

艾如张〔一〕

锦襜褕,绣裆襦〔二〕。强饮啄①〔三〕,哺尔雏。陇东卧穟满风雨〔四〕,莫信笼媒陇西去②〔五〕。齐人织网如素空,张在野田平碧中③〔六〕。网丝漠漠无形影,误尔触之伤首红。艾叶绿花谁剪刻,中藏祸机不可测〔七〕。

【校记】

①强饮啄,宣城本、《乐府诗集》、蒙古本作“强强饮啄”,《唐文粹》作“强强啄食”。

②莫信,蒙古本作“莫逐”,《乐府诗集》注:“一作逐。”笼媒,宣城本、《乐府诗集》、宋蜀本、凌刊本作“龙媒”。蒙古本、万历本、曾益本、姚文燮本作“良媒”。

③野田,宣城本、《乐府诗集》作“野春”。万历本作“野山”。

【注释】

〔一〕艾如张:乐府曲名,智匠《古今乐录》曰:“汉鼓吹铙歌十八曲,字多讹误,一曰朱鹭,二曰思悲翁,三曰艾如张。”郭茂倩《乐府诗集》卷一六录李贺本诗,又录其古词曰:“艾而张罗,夷于吾,行成之,四时和,山出黄雀亦有罗,雀以高飞奈雀何。”郭茂倩曰:“艾与刈同,《说文》曰:芟草也;如,读为而,犹春秋星陨如雨也。古词云艾而张罗,谓因蒐狩以习武,芟草以为田之大防是也,若李贺云‘艾叶绿花谁剪刻’,失古题本意。”吴正子《注》:“据郭说未当,乐府假古题以发新意,正为得体。”

〔二〕“锦襜褕”二句:吴正子《注》:“此二句形容雉五色也。”曾益《注》:“锦绣襜褕,裆襦,总言羽毛之文采。”王琦《解》:“襜褕,蔽膝也;裆,袴也;襦,短衣也,皆人身所服,借喻鸟之羽毛。锦,绣,喻羽毛之有彩色。”

〔三〕强饮啄:曾益《注》:“强,言因哺雏而饮啄也。”

〔四〕“陇东”句:曾益《注》:“穟卧,缘风雨言。”王琦《解》:“五谷之穟,经风雨而偃仆者。”

〔五〕“莫信”句:曾益《注》:“言陇东足食,莫以良媒故,而引之以至陇西也。”王琦《解》:“笼媒,取雏鸟畜之,长乃驯狎,笼而置之旷野,得其鸣声,以招集同类而掩取之。”

〔六〕“齐人”二句:吴正子《注》:“齐人织网以下,语意与野田黄雀行同,欲其离网罟,远祸机也。”丘象随曰(《昌谷集句解定本》卷四):“素而空,碧而平,无形影可见也。”

〔七〕“艾叶”二句:曾益《注》:“谁剪刻,谁为此以掩雉。祸不可测,即触之而伤身也。”王琦《解》:“以艾叶绿花剪刻之,而置于网之上下四旁,鸟以为业,薄而就之,则入死地,故曰中藏祸机不可测。”姚文燮《注》:“贺谓羽仪文采,宜自韬晦;勉安粗粝,以给幼稚,若所处稍堪自赡,勿轻为膻地所饵。宵小罗织,杳无形影;偶中其机,必罹大害。深文峻法,崄巇难窥,良可惧欤!”

【集评】

刘辰翁《评》:似古诗,乃不觉其垂花插鬓者。艾,音乂,非后面分明艾叶是。

无名氏《批》:文明耿介之士,易解世网,贪禄苟进之徒,难免祸机,三复此章,能不凛然!极平澹处,极宜留心,况随行逐队,钻入花团锦簇处耶?

孙枝蔚评(《昌谷集句解定本》卷四):“人知无形影三字为可骇而不可测,不知素空、平碧、漠漠六字更怵然伤心。饮食,兵也;笑谈,矢也,可畏哉!”

姚文燮《注》:元和朝,李吉甫、于頔皆劝上峻刑,后李逢吉拜平章,性本猜刻,势倾朝野。贺谓羽仪文采,宜自韬晦,勉安粗粝,以给幼稚。若所处稍堪自赡,勿轻为膻地所饵。宵小罗织,杳无形影,偶中其机,必罹大害。深文峻法,崄巇难窥,良可惧欤!

方世举《批》:一味本意,无足动人,后半语亦太浅。

钱仲联《读昌谷集绝句六十首》:绿花剪刻祸机藏,蕉泽黎民不可量。要为千秋揭蒙蔽,儒家罗网《艾如张》。《艾如张》与戴东原理学杀人说同一用意。

【编年】

这是李贺在长安任职时期,对官场有了深刻认识,深悟人心之叵测,世网之罗布,乃赋此诗。

五粒小松歌并序〔一〕

前谢秀才、杜云卿命予作五粒小松歌〔二〕,予以选书多事〔三〕,不治曲辞①,经十日,聊道八句,以当命意。

蛇子蛇孙鳞蜿蜿②〔四〕,新香几粒洪崖饭〔五〕。绿波浸叶满浓光〔六〕,细束龙髯铰刀翦〔七〕。主人壁上铺州图〔八〕,主人堂前多俗儒。月明白露秋泪滴③〔九〕,石笋溪云肯寄书④〔一〇〕。

【校记】

①曲辞,蒙古本作“典实”。

②鳞蜿蜿,蒙古本作“龙蜿蜿”。

③月明白露秋泪滴,吴正子本注:“一作月明露泣悬秋泪。”

④肯寄书,曾益本、姚文燮本作“好寄书”。

【注释】

〔一〕五粒松:即五鬣松,粒、鬣音近,故云。《五代史·一行传》:“郑遨闻华山有粒松,松脂沦入地,千岁化为药,能去三尸,因徙居华阴,欲求之。”段成式《酉阳杂俎》前集卷十八“广动植之三”云:“松,凡言两粒、五粒,粒当言鬣。成式修行里私第大堂前,有五鬣松两枝,大才如碗。”周密《癸辛杂识》前集“松五粒”云:“凡松叶皆双股,故世以为松钗。独栝松每穗三须,而高丽所产每穗乃五鬣焉,今所谓华山松是也。李贺有《五粒小松歌》。”吴聿《观林诗话》:“唐人多作五粒松诗,有以五粒为鬣者。大历时,监察御史顾愔《新罗国记》云:松树大连抱,有五粒子,形如桃仁而稍小,皮硬,中有仁,取而食之,味如胡桃,浸酒疗风。然则松名五粒松者,以子名之也。”马位《秋窗随笔》:“五粒小松歌,有云当是五鬣,鬣讹粒,非也。《五代史》郑遨闻华山有五粒松,可证不讹,所谓新香几粒洪崖饭,新香可饭,或者松子乎?”

〔二〕谢秀才:与《谢秀才有妾缟练改从于人秀才引留之不得后生感忆座人制诗嘲诮贺复继四首》中的谢秀才,似乎是同一人。杜云卿:不详。

〔三〕选书:按一定的标准,选辑某人或若干人的作品,编集成书。张籍《哭胡十八遇》:“选书知写未呈人。”李贺所选之书,今不传。

〔四〕“蛇子”句:曾益《注》:“鳞蜿蜿,皮古而曲折。”王琦《解》:“诗人咏松,多以蛟龙为比,此则以蛇比,更以蛇子蛇孙为比,盖为小松写照。”陈愫(《昌谷集句解定本》卷四)曰:“陆龟蒙《怪松赞》有若龙挐虎跛、壮士囚缚之状。今曰小松,则不龙而蛇矣,然蛇子蛇孙,句法欠雅。”

〔五〕“新香”句:王琦《解》:“小松未必即能生子,恐是松花之蕊如米粒者而言。饭者,以其为仙家所采食,故云。”洪崖,古仙人,参见《荣华乐》注。

〔六〕满浓光:曾益《注》:“色深而皎洁。”王琦《解》:“叶密有光,若为水所浸,故润泽若此。”

〔七〕束龙髯:王琦《解》:“谓其整齐不乱,若束龙髯而以刀剪截之。”姚文燮《注》:“弃之齐也。”

〔八〕州图:王琦《解》:“州邑地道之图,系俗笔,与此松相对则不称。”

〔九〕“月明”句:王琦《解》:“秋露沾松叶之上,泫然堕下,有似泪滴。”

〔一〇〕“石笋”句:王琦《解》:“石笋,石之峻挺瘦立似笋者。松在深山,原与石笋相依而生,溪云往来,朝夕相护,一入主人庭中,永与相别,不知能相忆而寄书否?夫松与云石皆无情,所谓泪与书,皆假人事言之,以明小松托根不得其所耳。”

【集评】

刘辰翁《评》:“蛇子蛇孙鳞蜿蜿”,皆不成语。“月明白露秋泪滴,石笋溪云肯寄书。”谓树与峰别。

无名氏《批》:咏松而用石笋、溪云,亦属信手拈来,头头是道也。

萧琯评(《昌谷集句解定本》卷四):堂前多俗儒,语不温厚。黄涪翁云:东坡文章妙天下,其短处在好骂,慎勿袭其规也。

方世举《批》:“细束龙髯铰刀剪”,咏松止此,以下不复照应,亦一格。

【编年】

李贺在长安供职,生活在世俗环境中,受权贵歧视,上司管束,“臣妾气态间”,时时生发被拘束、被压抑的感受,非常渴望获得自由空气,于是他托物言志,写下本诗。诗云:“月明白露秋泪滴,石笋溪云肯寄书?”诗人遥想家乡深山里的石笋、溪云,不知它们怀念我否?表达出对自由生活的向往。

谢秀才有妾缟练改从于人秀才引留之不得后生感忆座人制诗嘲诮贺复继四首①

谁知泥忆云〔一〕,望断梨花春〔二〕。荷丝制机练,竹叶剪花裙〔三〕。月明啼阿姐②,灯暗会良人〔四〕。也识君夫婿,金鱼挂在身〔五〕。

【校记】

①嘲诮,宋蜀本作“嘲谢”。

②阿姐,宣城本、宋蜀本作“阿姊”。

【注释】

〔一〕泥忆云:曾益《注》:“泥云,喻不相及,然忆在心,谁复知之,言欲改适。”王琦《解》:“泥在地,云在天,言不相及之意。”

〔二〕“望断”句:曾益《注》:“梨花春,一春,望断,盼佳期,言引留不得。”王琦《解》:“梨花落尽,已过一春,思而不见,眼几望断矣。”

〔三〕“荷丝”二句：曾益《注》：“荷丝，竹叶，治嫁服。”王琦《解》：“服饰如此，可谓美矣，而心志不乐，复生感忆，此即《国风》副笄大珈之义。”

〔四〕“月明”二句：曾益《注》：“月明，嫁时，啼阿姐，对月泣；灯暗，初婚时，会良人与欢会也。”王琦《解》：“阿姐似指秀才之正室而言。悲啼月下，不敢显言，忆谢而以阿姐当之，托词也。灯暗会良人，谓其心虽感忆，无由相悟，或者灯下可订佳期一会耳。”良人，妻称其夫，《孟子·离娄》：“良人者，所仰望而终身也。”赵岐注：“良人，夫也。”

〔五〕“也识”二句：曾益《注》：“识，言初会君，夫婿即良人，金鱼挂身，言贵。二句从灯暗来，言但知其贵，未知其他，为初嫁未感忆时作。”王琦《解》：“嘲其择人而嫁，已得所从，何必又忆故夫。”“金鱼在身，言其官职不卑。”姚文燮《注》：“今日夫婿金鱼，非复从前寒士。”

【集评】

姚文燮《注》：史氏曰：良玉不烬，精金不变。人才如是者，往往而难。元稹初论宦官，致经折挫，不克固守，中道改操，遂与贤人君子为仇。贺适遇缟练之事，因以寓讽而作此四首。其意不专为谢妾咏，而诗无不为谢妾咏也。云泥不相属也，嘲妾既高飞远去，而生犹怀思眷盼，梨花虽良会，今日夫婿金鱼，非复从前寒士耳。

方世举《批》：后生感忆，玩此则董注妾忆甚是。齐梁格诗体，非唐律，然作律乃妙，适成贺之律体。起二句写谢之忆妾，此一首是初去。“月明啼阿姊”，阿姊指缟练之母，史册中有称母姊姊者，《南史》可考。

其二

铜镜立青鸾〔一〕，燕脂拂紫绵。腮花弄暗粉，眼尾泪侵寒〔二〕。碧玉破不复①〔三〕，瑶琴重拨弦〔四〕。今日非昔日，何人敢正看〔五〕。

【校记】

①破不复，宋蜀本、蒙古本作“破瓜复”。吴正子《注》：“破不复，或云合作破瓜后，众本作破不复，非也。碧玉，宋汝南王之妾，王宠幸之，作歌曰：碧玉初破瓜，相为情颠倒。不复与瓜后字相近而讹耳。”

【注释】

〔一〕“铜镜”句：王琦《解》：“镜台为青鸾跱立之象，而以镜倚其上也。”姚文燮《注》：“立镜饰容，强为悲态。”两注未得长吉诗之深意。按，刘敬叔《异苑》卷三：“罽宾国王买得一鸾，欲其鸣，不可致。饰金繁，飨珍羞，对之愈戚，三年不鸣。夫人曰：尝闻鸾见类则鸣，何不悬镜照之。王从其言，鸾睹影悲鸣，冲霄一奋而绝。”李贺巧借此典，表现缟练感忆前夫之悲戚心情。

〔二〕“腮花”二句：曾益《注》：“眼尾句，因啼阿姊，泪痕尚在，施粉未匀。”王琦《解》：“（首四句）言对镜晓妆，施朱傅粉，而眼角却有泪痕，知其为忆故夫。”

〔三〕“碧玉”句：郭茂倩《乐府诗集》卷四五《碧玉歌》，《乐苑》曰：“《碧玉歌》者，宋汝南王所作也。碧玉，汝南王妾名，以宠爱之甚，所以歌之。”歌云：“碧玉破瓜时，郎为情颠倒。”曾益《注》：“碧玉句，言破不复完。”

〔四〕“瑶琴”句：曾益《注》：“言重鼓别调，有感忆意。”王琦《解》：

“此二句皆是喻意，谓其既改从于人，如彼碧玉，破而不可复完，如彼瑶琴，重为他人鼓拨，以诮其此时感忆无益之意。若订作碧玉破瓜后，不但对句直致无味，亦与前四句不相联属。”

〔五〕“今日”二句：曾益《注》：“今日谓既嫁，昔日谓未嫁。既生感忆，则对人含羞，故以正看为嫌。”王琦《解》：“今日为贵人之姬，非昔日秀才妾可比，何人敢正看。当此扬扬得意之日，而忽生感忆，又何为乎？此与上首同一结法，但上首借其夫作衬，此首借旁观者作衬。”

【集评】

姚佺《笺》：昔董叔将娶范氏，叔向曰：“范氏富，盍已乎？”曰：“欲为系援焉。”他日，妻祁愬献子曰：“不吾敬也。”献子执而纺于庭之槐，叔向过之，董叔曰：“盍为我请乎？”叔向曰：“求系既系矣，求援既援矣，又何请焉？”冷锋谑刺，正与二诗结句一体。

姚文燮《注》：立镜饰容，强为悲态，那知此身已非完璧，仅续断胶，此日知属贵人，威仪严肃，人不敢正看，亦安禁冷眼者之心鄙乎？

方世举《批》：此一首是去后初景，末二语本陈公主事文。

其三

洞房思不禁，蜂子作花心①〔一〕。灰暖残香炷，发冷青虫簪〔二〕。夜遥灯焰短，睡熟小屏深〔三〕。好作鸳鸯梦，南城罢捣砧〔四〕。

【校记】

①作花心，宋蜀本作“绕花心”。蒙古本作“采花心”。

【注释】

〔一〕“洞房”二句：王琦《解》：“言其感忆之情不能自禁，犹蜂子营营不静。”丘象升评（《昌谷集句解定本》卷三）：“后复为武夫所弃，故独居而思不禁也。”董懋策《评》曰：“蜂子绕花心，犹所谓春心动也。”

〔二〕“灰暖”二句：陈弘治《校释》：“灰暖二句诮其洞房之苦，虽浓鬟艳饰，无复有人顾问也。”青虫簪：簪上饰以青凤，参见《恼公》“腰袅带金虫”注。

〔三〕“夜遥”二句：曾益《注》：“焰短，夜遥而将尽，屏深，睡稳而方熟。四句皆睡熟时事。”王琦《解》：“夜遥灯暗，方得睡熟，以见感忆之切，不能即寐之状。”

〔四〕“好作”二句：曾益《注》：“好作，拟之，鸳鸯梦，梦寻旧侣；罢捣砧，恐惊梦，犹云‘莫教枝上啼’也。”王琦《解》：“思而不见，惟梦中得以相会，当此夜分人静，捣砧之声寂然不作，庶几得一佳期之梦，以少慰其辗转反侧之思耳。”

【集评】

刘辰翁《评》：“夜遥灯焰短，睡熟小屏深。”自是好语，不必题事。

姚文燮《注》：皆由其心之荡佚以至此也。虽冷灰复然，而香则已残矣。浓鬟艳饰，欢乐终宵，自此绣幔流苏，宁复似旧时操作，月下敲砧耶？亦且恐他处砧声致惊好梦矣。

方世举《批》：此一首是去后秾情。

其四

寻常轻宋玉〔一〕，今日嫁文鸯①〔二〕。戟干横龙簴，刀环倚桂窗〔三〕。邀人裁半袖〔四〕，端坐据胡床〔五〕。泪湿红轮重〔六〕，栖乌上井梁②〔七〕。

【校记】

①嫁，原作“稼”，今据宋蜀本、《全唐诗》改。

②栖乌，王琦《解》注：“栖乌，一作投乌。”井梁，蒙古本作“井塘”。

【注释】

〔一〕宋玉：曾益《注》：“宋玉，文人，比谢。”王琦《解》：“宋玉喻谢秀才。”

〔二〕文鸯：王琦《解》：“《魏氏春秋》：文钦中子淑，小名鸯，年尚幼，勇力绝人。《晋书》：文钦子鸯，年十八，勇冠三军。《十六国春秋》：石勒攻幽州，刺史王浚遣鲜卑段文鸯率骑救之。是文鸯有二：一为将家子，一为蕃人，缟之后夫，非蕃将亦武夫也。”

〔三〕“戟干”二句：龙簴，悬钟磬的架子。《礼记·明堂位》：“夏后之龙簨簴。”郑玄注：“簨簴，所以悬钟磬也。横曰簨，饰之以鳞属，植曰簴，饰之以臝属，羽属。”王琦《解》：“簴即虡字，音渠上声。”曾益《注》：“戟干、刀环，武器，龙簴，乐具，桂窗，幽闺，以武器而列于是，已自不堪。”陈弘治《校释》：“戟干刀环，武器也，戟干横于龙簴之上，刀环倚于桂窗之旁，形容武夫鄙野之状。”

〔四〕半袖：即半臂，短袂衣。《释名·释衣服》：“半袖，其袂半襦而施袖也。”

〔五〕胡床：即今之交椅，又名交床。程大昌《演繁露》卷十四：“今之交床本自虏来，始名胡床；桓伊下马据胡床取笛三弄是也。隋以谶有胡，改名交床。”又同书卷十：“隋高祖意在忌胡，器物涉胡言者，咸令改之，其胡床曰交床。”王琦《解》：“裁字古与才字通用，作仅字解。仅服半袖而见人，自据胡床而端坐，是言其平素接人妄自尊大之意。待客如此，闺房之内可知矣。"

〔六〕红轮：王琦《解》："曾益注：红轮即吹轮，妇女所执，如暖扇之类。引沈约诗'画扇迎初暑，红轮映早寒'以证。又徐文长以红轮为车轮，董懋策以红轮为半袖，琦按，皆非是。"方世举《批》："红轮，日也，结句晚矣。"宋长白《柳亭诗话》卷二十一："沈隐侯诗'画扇迎初暑，红轮映早寒'，以扇与轮分属寒暑，当是暖手熏炉也。"以上曾、徐、董、方、宋诸氏释"红轮"，均误。按，"红轮"即是"红纶"，轻薄的红色丝织品，李商隐《碧瓦》诗："碧瓦衔珠树，红轮（《全唐诗》注：'一作红纶。'）结绮寮。"冯浩注曰："轮纶通用，频见晚唐诗。"（见《玉溪生诗集笺注》卷二）缟练身上所披之"红轮"极轻，因为沾上太多的泪水，所以显得"重"了。

〔七〕"栖乌"句：曾益《注》："乌栖是日暮时，睹是武状，而将与之就寝，则感旧之怀益深，故泪淫淫而下。"王琦《解》："井梁之地，非栖乌所止，而有乌集其上，喻言其身不当为武夫之配，而今为其配也。疑当时有此，而长吉引以为比。今俚俗歌词有谁知逐魂鬼，空占画眉笼之句，以喻拙夫而配巧妇者，亦是此意。"陈弘治《校释》："按：诗言武夫粗鄙傲慢，不相怜恤，以致缟练入夜啜泣耳，王说太泥。"

【集评】

姚文燮《注》：向薄文人，今从武士，凶器满前，衣皆戎饰，非复琴书罗列，裙袖翩翩，端坐胡床，绝无风韵，当此亦不禁泣下，或未免悔心之萌，栖乌井梁，亦念及故人孤零否？

方扶南《批》：此一首是感忆。"泪湿红轮重，栖乌上井梁。"红轮日也，结句晚矣。

【编年】

谢秀才,即《五粒小松歌》序中提及的“谢秀才”,其妾改从于武官,诗人作本诗嘲诮之,为谢秀才鸣不平。《五粒小松歌》作于长安任职时,则这组诗亦当同时作。

沙路曲〔一〕

柳脸半眠丞相树①〔二〕,珮马钉铃踏沙路〔三〕。断烬遗香袅翠烟,烛骑蹄鸣上天去②〔四〕。帝家玉龙开九关③,帝前动笏移南山〔五〕。独垂重印押千官,金窠篆字红屈盘〔六〕。沙路归来闻好语,旱火不光天下雨〔七〕。

【校记】

①柳脸,蒙古本作“柳睑”。吴正子本注:“一作柳阴。”

②烛骑,吴正子本注:“一作独骑。”蹄鸣,宣城本、凌刊本、黄评本作“啼鸣”。宋蜀本、曾益本、姚佺本、姚文燮本作“啼乌”。蒙古本作“鸣啼”。

③开九关,王琦《解》:“一作摐九关。”

【注释】

〔一〕沙路:即沙堤。李肇《唐国史补》卷下:“凡拜相礼,绝班行,府县载沙填路,自私第至于城东街,名曰沙堤。”

〔二〕“柳脸”句:王琦《解》:“半眠者,树倚斜也。《三辅故事》,汉苑中有柳,状如人形,曰人柳,一日三眠三起。此借用其字。丞相树者,以其在相臣所行路上之树,故云。”

〔三〕“珮马”句:王琦《解》:“珮马,马之羁络上有鸾铃玉珂之饰者。钉铃,珮声。”

〔四〕“断烬”二句：曾益《注》：“欲朝天，故珮马从沙路而往；烛骑旋绕，故断烬遗香在路也。”王琦《解》：“烛骑，以烛炬拥卫相臣之骑也。上天去，犹云朝天去也。”钱澄之（姚文燮《注》附）曰：“断烬遗香，皆言桦烛之盛。”

〔五〕“帝家”二句：王琦《解》：“言九门既启，入至帝前，执笏奏事，则谏行言听，虽南山之重，亦可以移也。”姚文燮《注》：“中四句嘉绛之鲠直，数争论于帝前，动笏可以移南山。”

〔六〕“独垂”二句：曾益《注》：“独垂重印，言尊押千官，率百僚。金窠篆字，即重印。红屈盘，篆文。”王琦《解》：“金窠则以纯金为印，红屈盘谓印文。”

〔七〕“沙路”二句：曾益《注》：“好语，即前所奏事，于沙路归来，而人传闻之。宰相燮理阴阳，阴阳和则旱火不光，天下雨，天下皆被其泽。”王琦《解》：“好语，谓民间称颂之语。旱火不光天下雨，喻言苛虐之政不兴，而膏泽广被于天下也。”

【集评】

刘辰翁《评》：“帝前动笏转南山”，看他匠转语意。

姚文燮《注》：元和六年，以李绛同平章事。先是李吉甫劝上振刑威，于頔亦劝上峻刑，上举以问绛，因对曰：王政尚德，岂可舍成康而效秦始。帝然之，用以为相。上四句美相仪之盛也，中四句嘉绛之鲠直，数争论于帝，动笏可移南山，而威望素著，又秉大权，专掌制敕。末二句言当沙路归来，群闻以好语指陈，致刑措不用，令虐焰不兴，膏泽随施，将寰海共戴矣。

董伯英评（陈本礼《协律钩玄》卷四）：通诗颂而含讽，言必如此，方无负沙堤上行。此贺初入长安为杜黄裳咏也。

黎简《批》：沙路即沙堤也，唐时宰相有沙堤云。

【编年】

本诗为颂贺李绛为相而作。姚文燮《注》:“元和六年,以李绛同平章事。……上四美相仪之盛也。中四句,嘉绛之鲠直。”陈式评(姚文燮《注》附):“每于考证精确处,令诗意不烦句解,其为李绛无疑矣。”《钱谱》亦据姚《注》系此诗于元和六年作,今从之。

冯小怜〔一〕

湾头见小怜,请上琵琶弦。破得东风恨①,今朝值几钱〔二〕。裙垂竹叶带〔三〕,鬓湿杏花烟〔四〕。玉冷红丝重〔五〕,齐宫驾妾鞭②。

【校记】

①东风,宣城本、吴正子本、蒙古本、凌刊本、《全唐诗》作“春风”。

②驾妾鞭,吴正子本、宋蜀本、曾益本作“妾驾鞭”。

【注释】

〔一〕冯小怜:《北史·后妃传》:“冯淑妃名小怜,大穆后从婢也,慧黠,能弹琵琶,工歌舞,齐后主惑之。周师攻齐,为周武所获,以赐代王达,甚嬖之。淑妃弹琵琶,因弦断,作诗曰:虽蒙今日宠,犹忆昔日怜,欲知心断绝,应看膝上弦。”王琦《解》:“玩诗意,似是女伶将入宫供奉,拥琵琶骑马而行,长吉见之,而借小怜以喻者。”

〔二〕“今朝”句:曾益《注》:“犹言一刻千金。”

〔三〕“裙垂”句:裙带上有竹叶样花纹。梁简文帝《和湘东王三韵》:“帷褰竹叶带。”徐陵《春情》:“竹叶裁衣带。”

〔四〕"鬓湿"句:丘象升(《昌谷集句解定本》卷三)曰:"言非惟美丽,又有风鬓雾鬓之胜。"曾益《注》:"竹叶带,杏花烟,服丽姿美。"

〔五〕"玉冷"句:吴正子《注》:"红丝,谓琵琶以朱丝为弦。"曾益《注》:"末言抱是琵琶,驾鞍而行,吾知其为齐宫之妾,其视今日汉而明日胡者,不犹愈耶?"王琦《解》:"恐是指马鞭而言也,盖是以玉饰鞭,而以红丝为其系。夫以玉饰鞭而嫌其冷,以红丝为系而嫌其重,写其娇弱之状。"

【集评】

无名氏《批》:冯小怜岂是湾头见者,第二句顶得异样,妙绝,若非呕出心肝,那得有此奇文?

姚文燮《注》:德宗朝,朱泚陷长安,朝臣陷贼者甚众。贺追讽之,而托小怜以为词也。湾头为所逼小怜之地,小怜既为所逼,已不免于别抱琵琶矣。然则后主往日所藉小怜以破东风之恨,将谓无钱可买,今朝抑值几钱耶?是时小怜乘马而去,裙垂竹带,鬓湿杏烟,而手中所抱玉冷红丝重者,固居然齐宫驾妾之鞭也,其亦不知有故主之思哉!

何焯评(陈本礼《协律钩玄》卷三):高纬死,周人以小怜赐代王达,常弹琵琶,因断弦作诗,有"犹忆昔时怜"之语,第二指其事,末句则高纬在晋州与小怜并骑而致败耶?

【编年】

从王琦《解》之意,则本诗亦当作于诗人供职长安三年中。

春昼

朱城报春更漏转〔一〕,光风催兰吹小殿〔二〕。草细堪梳,柳长如线[①]。卷衣秦帝〔三〕，扫粉赵燕〔四〕。日含画幕，蜂上罗荐。平阳花坞〔五〕，河阳花县〔六〕。越妇搘机〔七〕，吴蚕作茧。菱汀系带，荷塘倚扇〔八〕。江南有情，塞北无限[②]〔九〕。

【校记】

①如线，宣城本、蒙古本、万历本作“如练”。

②无限，宋蜀本、吴正子本作“无情”。王琦《解》：“吴本作无情，更费解，而韵亦不叶，尤非。”

【注释】

〔一〕“朱城”句：姚文燮《注》：“朱城，言紫禁也。”王琦《解》：“更漏转，言夜漏尽而天晓也。”

〔二〕光风催兰：语出宋玉《招魂》：“光风转蕙，泛崇兰些。”参见《河南府试十二月乐词·三月》注。

〔三〕卷衣秦帝：吴兢《乐府古题要解》卷下：“《秦王卷衣曲》，右言咸阳春景及宫阙之美，秦王卷衣以赠所欢也。”吴均《秦王卷衣》诗：“咸阳春草芳，秦帝卷衣裳。玉检茱萸匣，金泥苏合香。初芳薰复帐，馀辉耀玉床。当须晏朝罢，持此赠华阳。”

〔四〕扫粉赵燕：扫粉，匀粉；赵燕，赵飞燕。伶玄《赵飞燕外传》：“飞燕姊弟事阳阿主家，为舍直，常窃效歌舞……专事膏沐澡粉，其费无所爱。”王琦《解》：“朱城报春六句，是宫禁中之春昼。”

〔五〕平阳花坞：曾益《注》：“汉平阳公主治花坞，号平阳坞，然未详出何书。”庾信《对酒歌》：“筝鸣金谷园，笛韵平阳坞。”

〔六〕河阳花县：《白氏六帖》卷二十一：“潘岳为河阳令，种桃李花，人号曰河阳一县花。”王琦《解》：“日含画幕，是富贵家之春昼。”

〔七〕搘机：王琦《解》：“搘，拄也。织机欲得平实而不摇动，故欲织者必先揞其机也。”

〔八〕“菱汀”二句：曾益《注》：“菱汀、荷塘，涉夏而系带，根始蔓，倚扇，叶乍舒，以春尽言。”王琦《解》：“菱丝初出，浮漾似带；荷叶已长，圆大似扇。按蚕入夏而茧始成，荷入夏而叶始大，以二事写入春昼，似欠切。”“越妇揞机四句，是田野间之春昼。”陈弘治《校释》：“此以春尽言，故云尔。”

〔九〕“江南”二句：曾益《注》：“盖当春无地不佳，以江南言，其景物固若有情；以塞北言，其景象亦自无限而可乐。”

【集评】

姚文燮《注》：按穆宗兴元元年，帝于奉天，四月未授春衣，军士犹服裘褐。及元和五年春，王承宗反，诏诸道发兵讨之。贺当春昼作此，讥内地之侈靡而不知远戍之愁苦也。朱城言紫禁也。更漏转，言方春而夜短昼长也。小殿花香，正当游宴也。芳草垂杨，君王卷衣而妃子艳饰，帷轞之内，欢乐未央，花坞花城，粉华特盛。吴越机杼，辛勤女丝以佐春服，菱荷初发，淑景渐薰，而江南安堵之人自多荡佚，那知朔漠征夫，当此不增悲怨耶？

王琦《解》：“此篇言同一春昼，而其中人地各有不同。”“景以人而异，时以地而殊，万有不齐之致，正未易尽其形容。无限字稍晦，似为歇后语。”

【编年】

王琦《解》：“朱城报春六句，是宫禁中之春昼。”本诗描写京城春昼景色，当作于李贺供职长安三年内。

箜篌引①〔一〕

公乎公乎，提壶将焉如。屈平沉湘不足慕〔二〕，徐衍入海诚为愚〔三〕。公乎公乎，床有菅席盘有鱼〔四〕。北里有贤兄，东邻有小姑。陇亩油油黍与葫〔五〕，瓦甒浊醪蚁浮浮②〔六〕。黍可食，醪可饮，公乎公乎其奈居③〔七〕。被发奔流竟何如，贤兄小姑哭呜呜〔八〕。

【校记】

①诗题，宋蜀本题下注："又曰公无渡河。"《文苑英华》作"公无渡河"。

②瓦甒浊醪蚁浮浮，《乐府诗集》注："一作瓦瓶浊酒醪蚁浮。"

③其奈居，宋蜀本、曾益本、姚佺本、姚文燮本作"其奈君"。王琦本注："一作可奈君。"

【注释】

〔一〕箜篌引：郭茂倩《乐府诗集》卷二十六"相和歌辞"一录李贺此诗。崔豹《古今注》卷中："《箜篌引》，朝鲜津卒霍里子高妻丽玉所作也。子高晨起刺船而棹，有一白首狂夫被发提壶，乱流而渡，其妻随呼止之，不及，遂堕河水死，于是援箜篌而鼓之，作《公无渡河》之歌，声甚凄怆，曲终，自投河而死。霍里子高还，以其声语妻丽玉，玉伤之，乃引箜篌而写其声，闻者莫不堕泪饮泣焉。丽玉以其声传邻女丽容，名曰《箜篌引》焉。"

〔二〕屈平沉湘：《史记·屈原贾生列传》："上官大夫短屈原于顷襄王，顷襄王怒而迁之。屈原至于江滨，被发行吟泽畔，颜色憔悴，形容枯槁。渔父见而问之曰：'子非三闾大夫欤？何故而至此？'屈原曰：'举世混浊，而我独清，众人皆醉，而我独醒，是以见放。'渔父曰：'夫圣人者，不凝滞于物，而能与世推移。举世混浊，何不随其流而扬其波？众人皆醉，何不餔其糟而啜其醨？何故怀瑾握瑜，而自令见放为？'屈原曰：'吾闻之，新沐者必弹冠，新浴者必振衣，人又谁能以身之察察，受物之汶汶者乎！宁赴常流而葬乎江鱼腹中耳，又安能以皓皓之白而蒙世俗之温蠖乎！'乃作《怀沙》之赋，……于是怀石，遂自沉汨罗以死。"刘向《新序》："屈原者名平，疾暗王乱俗，汶汶嘿嘿，以是为非，以清为浊，不忍见于世，遂自投湘水汨罗之中而死。"王褒《九怀》："屈子兮沉湘。"

〔三〕徐衍入海：《汉书·邹阳传》："徐衍负石入海。"颜师古注："服虔曰：周之末世人也。"

〔四〕菅席：以菅草编席。《诗经·小雅·白华》："白华菅兮，白茅束兮。"《毛传》："白华，野菅也。"

〔五〕油油：光泽貌。《史记·宋微子世家》："《箕子歌》曰：麦秀渐渐兮禾黍油油。"司马贞《索隐》曰："油油者，禾黍之苗光悦貌。"葫，即胡，胡蒜。《玉篇》："葫，大蒜也。"《宜阳县志》卷六载昌谷八月种胡蒜。

〔六〕瓦甒：《礼记·礼器》："君尊瓦甒。"郑玄注："壶大一石，瓦甒五斗。"

〔七〕奈居：居为疑问助词，《礼记·檀弓》："何居，我未之前闻也。"《左传·襄公二十三年》："谁居，其孟椒乎？"

〔八〕"贤兄"句：曾益《注》："死，故贤兄小姑呜呜哭也。"

【集评】

无名氏《批》：音节悲怆，读之泪下。

黄淳耀《评》：讽昧几乱邦不入。

方世举《批》：乐府最不宜袭，如此却好，然长吉可取处总不在此。

【编年】

本诗借乐府古题，自抒怀抱，深寓己意。诗句称屈原不足慕，徐衍实为愚，表达自己不因遭际困厄而轻生的意愿和冀求安居的愿望，诗当作于任奉礼郎之后期。

李夫人[①]〔一〕

紫皇宫殿重重开〔二〕，夫人飞入琼瑶台〔三〕。绿香绣帐何时歇，青云无光宫水咽〔四〕。翩联桂花坠秋月[②]〔五〕，孤鸾惊啼商丝发[③]〔六〕。红壁阑珊悬佩珰[④]〔七〕，歌台小妓遥相望[⑤]〔八〕。玉蟾滴水鸡人唱〔九〕，露华兰叶参差光〔一〇〕。

【校记】

①诗题，《全唐诗》作"李夫人歌"。

②翩联，宋蜀本、姚佺本作"翩翩"。

③惊啼，《文苑英华》作"晓啼"。商丝，《文苑英华》作"商弦"。

④红壁，《文苑英华》作"空壁"。注："一作红壁。"宣城本作"红壁"。

⑤小妓，《文苑英华》作"小柏"。《全唐诗》注："一作柏。"

【注释】

〔一〕李夫人：《汉书·外戚传》："孝武李夫人，本以倡进。初，夫人兄延年性知音，善歌舞，武帝爱之。每为新声变曲，闻者莫不感动。延年侍上起舞，歌曰：'北方有佳人，绝世而独立，一顾倾人城，再顾倾人国。宁不知倾城与倾国，佳人难再得。'上叹息曰：'善！世岂有此人乎？'平阳主因言延年有女弟，上乃召见之，实妙丽善舞。由是得幸。""（及卒）上思念李夫人不已，方士齐人少翁，言能致其神。乃夜张灯烛，设帐帷，陈酒肉，而令上居他帐，遥望见好女，如李夫人之貌，还幄坐而步。又不得就视,上愈益相思悲感,为作诗曰:‘是邪,非邪?立而望之,偏何姗姗其来迟!’令乐府诸音家弦歌之。”

〔二〕紫皇宫殿:帝王宫禁。刘衍《李贺诗校笺证异》:“紫皇宫,即天宫。”不当。按,《晋书·苻坚载记》:“姊弟专宠,宫人莫进,长安歌之曰,一雌复一雄,双飞入紫宫。”

〔三〕飞入琼瑶台:喻李夫人死。方世举《批》:“飞入琼瑶台,女子没世之常谈也。”曾益《注》:“二句言夫人仙去。”

〔四〕“绿香”二句:曾益《注》:“言遗香犹在,而所见所闻异昔时也。”王琦《解》:“谓夫人仙去之后,帐中香气尚未歇息,而云为之无光,水亦为之悲咽。景物如此,人可知也。”

〔五〕“翩联”句:汉武帝《悼李夫人赋》:“秋气憯以凄泪兮,桂枝落而销亡。”曾益《注》:“桂坠秋月,言销落,比夫人。”王琦《解》:“桂花坠秋月,喻言夫人之薨在秋月也。”

〔六〕“孤鸾”句:刘敬叔《异苑》卷三:“罽宾王获一鸾,欲其鸣,不可致。饰金繁,飨珍羞,对之愈戚,三年不鸣。夫人曰:‘尝闻鸾见类则鸣,何不悬镜照之?’王从其言,鸾睹影悲鸣,冲霄一奋而绝。”吴正子《注》:“此言武帝失夫人如孤鸾耳。”王琦《解》:“孤鸾惊啼,喻言帝之悲痛;商丝发,谓抚弦而写意,其声合乎商也。商声为秋声,为金衍之音,五音之中惟商声最悲。”

〔七〕红壁:后妃之宫殿,以椒涂壁,椒色红,故云。宋玉《招魂》:“红壁沙版,玄玉梁些。”阑珊:衰落貌。白居易《咏怀》:“诗情酒兴渐阑珊。”曾益《注》:“红壁句,言珮珰徒悬,睹物而感生。”王琦《解》:“佩珰,所佩之玉珰也。此句即潘岳《悼亡》诗‘遗挂犹在壁’之意。”

〔八〕歌台小妓:曾益《注》:“歌台句,言伎女相望,犹冀其来而不忘也。”王琦《解》:“借用铜雀台事。”

〔九〕鸡人：报晓之吏，王维《和贾舍人早朝大明宫》："绛帻鸡人报晓筹。"参见《河南府试十二月乐词·九月》注。

〔一〇〕"露华"句：曾益《注》："则唯有露华兰叶，光参差然，以想象其清芬而已，其伤感也至矣。"王琦《解》："上二句言日中之景况，下二句言夜中之景况，总见夫人薨逝，宫中所闻所见，无一不动凄凉之态。"

【集评】

刘辰翁《评》：又似才太过。"青云无光宫水咽"，至浅语，亦独步。

姚佺《笺》：以奉礼才鬼，而此曲平实铺叙，毫无逸艳之致。且夫人事属惚荒，本传已载之详矣，即汉武是耶非耶，四字已立之极，后人纵为之，不能胜也。汉武明知死者不可复生，而不能当其思念之苦，姑妄听少翁为之耳。长吉解人而作担板汉语，不可解也。初，帝深嬖李夫人，死后常思梦之，帝貌憔悴，嫔御不宁，诏李少君与之语曰："朕思李夫人，其可得乎？"少君曰："可遥见，不可同帷幄。"方士言人人殊，尽多不雠，独此二语，自是真语不诳。又言暗海有潜英之石，其色青，轻如毛羽，寒盛则石温，暑盛则石冷，刻为人像，神悟不异真人。帝曰："此石像可得否？"少君曰："愿得楼船巨力千人，能浮水登木，皆使明于道术，赍不死之药。"乃至暗海，经十年方还。昔之去人，或升云不归，或托形假死，获反者四五人，得此石。即命工人刻作夫人，置于轻纱幕，宛若生时。帝大悦，问少君可得近乎？曰："譬如中宵忽梦，而昼可得近观乎？"帝乃从其谏，乃使舂其石服之，不复思梦。乃筑灵梦台，岁时祀之。观此则知君臣游戏撮弄，而长吉哀之，悼之，诔之，亦大梦之不醒已。

王琦《解》：按此诗必是当时有宠幸宫嫔亡没，帝思念而悲之，长吉将赋其事，而借汉武帝之李夫人以为题也。观诗中并不用《汉书》李夫人传中一事，可见与《秦王饮酒》一章指意相同。《因话录》谓李贺能为新乐府，岂不信夫？

姚文燮《注》：德宗贞元二年十一月甲午，立淑妃王氏为皇后，是月丁酉崩。先是淑妃久病，帝念之，册为后，册毕即崩，史臣讥之，为其病废之人，不足齐体宸极，告谢宗庙。崩后，帝追念不已，贺思往事，作此以讥。而拟之李夫人者，明乎不足为后也。夫人死入琼台，所馀绿香绣帐，云水皆非，其所以报武帝之追思者，惟是桂花坠于秋月，商丝发自空中耳。然夫人虽死，歌台自有小妓，玉蟾滴水，鸡人晓唱，露华兰叶，参差相映，谁谓李夫人之后更无如李夫人者乎，亦足明视召之在所不必矣。

方世举《批》：此作亦呕出心肝者耶？一味填景，反不如宋齐间妃嫔诸哀册语，虽只写景，而尚有情致。

李裕《昌谷集辨注》："歌台小妓遥相望"，本传实有事，解者乃引铜雀妓望西陵墓田事为说，弃主请客，何也？岂未读《汉书》耶？

黎简《批》：紫皇宫殿，即指汉宫，通首都言其招魂相见情景，只待鸡唱之后，倏然不见，惟有露华兰叶，寒光照眼而已。

【编年】

本诗乃李贺在长安任职时作，《钱谱》系此诗于元和七年作，云："《旧唐书·后妃传·宪宗懿安皇后郭氏传》称'帝复庭多私爱。'白居易于元和四年（八〇九）所作《新乐府·李夫人》小序云：'鉴嬖惑也。'贺诗盖与同旨。王琦《汇解》云：（略）此说得之。"

同沈驸马赋得御沟水〔一〕

入苑白泱泱〔二〕，宫人正靥黄〔三〕。绕堤龙骨冷〔四〕，拂岸鸭头香〔五〕。别馆惊残梦，停杯泛小觞〔六〕。幸因流浪处，暂得见何郎〔七〕。

【注释】

〔一〕沈驸马：《新唐书·诸帝公主传》："顺宗之女石河公主，始封武陵郡主，下嫁沈翚，薨咸通时。"又："宪宗女南康公主，下嫁沈汾，薨咸通时。"姚文燮《注》："宪宗第四女宣城公主，下嫁沈议。"李贺所遇之沈驸马，未知孰是。御沟：引终南山之水入宫之沟渠。马缟《中华古今注》卷上："长安御沟，谓之杨沟，植高杨于其上也。一曰羊沟，谓羊喜觝触垣墙，故为沟以隔之，故曰羊沟。亦曰禁沟，引终南山水从宫内过，所谓御沟。"

〔二〕泱泱：《诗经·小雅·瞻彼洛矣》："瞻彼洛矣，惟水泱泱。"《毛传》："泱泱，深广貌。"

〔三〕靥黄：靥，是女子面颊之酒涡。靥黄，即黄星靥。《说文》："靥，颊辅也。"《文选》曹植《洛神赋》："明眸善睐，靥辅承权。"李善注引王逸曰："美人颊有靥辅也。"古代妇女盛行靥妆，形如月，如星，如钱，涂黄、朱、墨色均可。段成式《酉阳杂俎》卷八："近代妆尚靥，如射月，曰黄星靥。靥钿之名，盖自吴孙和邓夫人也。和宠夫人，尝醉舞如意，误伤邓颊，血流，娇婉弥苦，命太医合药，医言得白獭髓，杂玉与琥珀屑，当灭痕。和以百金购得白獭，乃合膏。琥珀太多，及差，痕不灭，左颊有赤点如痣，观之，更益甚妍也。诸嬖欲要宠者，皆以丹点颊，而后进幸焉。”

〔四〕龙骨:谓龙首渠也。《汉书·沟洫志》:“严熊言,临晋民愿穿洛以溉重泉以东万馀顷故恶地,诚即得水,可令亩十石。于是为发卒万人穿渠,自徵引洛水至商颜下。……穿得龙骨,故名曰龙首渠。”庾信《和李司录喜雨》:“云逐鱼鳞起,渠从龙骨开。”王琦《解》:“龙骨似指沟边砌石。”因石雕龙,故云。

〔五〕鸭头:绿也。李白《襄阳歌》:“遥看汉水鸭头绿。”陈弘治《校释》:“冷字应上‘白泱泱’,香字应‘正靥黄’。白泱泱,故绕堤冷。正靥黄,故柳岸香。”

〔六〕“别馆”二句:徐渭曰:“惊残梦,流响也。”(陈弘治《校释》引)曾益《注》:“惊梦,水流响也;觞泛则杯停。”王琦《解》:“其声响激,能惊醒别馆之晓梦,其流澌疾,可浮泛游客之小觞。”

〔七〕何郎:何晏,借指沈驸马。《文选》何晏《景福殿赋》李善注:“《典略》曰:何晏,字平叔,南阳人也,尚金乡公主,有奇才,颇有材能,美容貌。”曾益《注》:“何郎借以誉沈,因流浪之处而以暂得见沈为幸也。”王琦《解》:“兹取之以喻沈也。”

【集评】

刘辰翁《评》:“入苑白泱泱”,奇崛。“宫人正靥黄”,似不相涉。“绕堤龙骨冷”,高,胜下句。

萧琯评(《昌谷集句解定本》卷一):须溪云:“宫人句似不相涉。”御沟正宫人出入处,如何不相涉?正御沟好景。

姚文燮《注》:上四名咏水,下四句却说到自己身上。旅馆离魂,聊借此以当曲水觞咏,自伤流浪,犹幸因流浪处得觏仙侣,差慰素心,只恐又将睽违也,“幸因”“暂得见”五字,可想一往情深。

陈本礼《协律钩玄》卷一:首以水白隐喻傅粉何郎之面,即以喻沈，似沈有别馆在外，不常进宫，故长吉借沟水以戏之耳。言此沟水流入内苑，正宫人靨黄，思驸马时也。三四紧承靨黄，五六则实指其恋外不归，末则幸因沟水之白流入内苑，而宫人始暂得一识何郎之面耳，谑之也。

黎简《批》：自然之响而自佳，有意讨好人，亦有不讨好之妙。流浪帖合题字，此之谓猥鄙之习。

【编年】

本诗当作于任职长安三年间，据“暂得见何郎”句，知长吉于御沟边得遇沈驸马，乃同赋。

李贺诗笺注卷四

题归梦

长安风雨夜，书客梦昌谷〔一〕。怡怡中堂笑〔二〕，小弟裁涧菉[①]〔三〕。家门厚重意，望我饱饥腹[②]〔四〕。劳劳一寸心，灯花照鱼目〔五〕。

【校记】

①裁，宣城本、凌刊本、《全唐诗》作“栽”。

②饱饥腹，宋蜀本、蒙古本作“饥充腹”。

【注释】

〔一〕梦昌谷：曾益《注》：“旅邸凄凉，风雨夜至，则思归之念殷，故梦昌谷；梦家也。”

〔二〕中堂：堂之正中，《仪礼·聘礼》：“公侧袭，受玉于中堂与东楹之间。”长辈坐位在此，这里代指母亲。

〔三〕菉：《尔雅·释草》：“菉，王刍。”郭璞注：“菉，蓐也，今俗呼鸭脚步。”曾益《注》：裁涧菉，述梦中事，菉之言禄，犹乐府怜之言怜也。”姚文燮《注》：“梦中到家，小弟见兄而喜，采芹藻以饷也。”

〔四〕饱饥腹：曾益《注》：“望期之饱饥腹，即得禄，言得禄意非止弟，实举家望之。”姚文燮《注》：“谓沾薄禄以慰调饥也。”

〔五〕“劳劳”二句：王琦《解》：“吴正子注，鱼目不瞑，言劳思不寐也。董懋策注，鱼目，泪目也。琦按，古诗，灯檠昏鱼目，鱼目有珠，故以喻含泪珠之目。董说是也。吴注，劳思不寐之说，似与梦不洽。”按，诸氏说均不当。长吉此诗结尾，描写自己梦醒后独坐灯前凝思的情景。夫人已死，愁悒寡欢，目明炯然，与灯花相照，略无睡意。《释名·释亲属》：“无妻曰鳏。然悒不寐，目恒鳏鳏然明也。其字从鱼，鱼目恒不闭者也。”方世举《批》：“灯花照鱼目句，徐注自谦鱼目非明珠故难售，谬甚。鱼目用鳏鱼不瞑耳，本浅浅语，徐何曲求。”

【集评】

钱澄之评（姚文燮《注》附）：不眠义似胜，此言梦回时也。

方世举《批》：不必有昌谷字，自知非伪作，其骨重也。

【编年】

李贺远在长安供职，无法回家，常常忆念家中亲人，久而成梦。梦醒后，诗人便将梦境写成本诗。诗用鳏鱼不瞑事，知其时妻已亡故，应在长安供职的后期。

京城

驱马出门意〔一〕，牢落长安心〔二〕。两事向谁道①，自作秋风吟〔三〕。

【校记】

①向谁,宋蜀本作“谁向”。

【注释】

〔一〕“驱马”句:王琦《解》:“始也驱马出门之时,意气方壮,以为取富贵如拾芥。”

〔二〕牢落:王琦《解》引左思《魏都赋》及李延济注,不当。按牢落乃多义词。陆机《文赋》:“心牢落而无偶,意徘徊而不能揥。”李善注:“牢落,犹辽落也。”形容人之心态,作心无所托讲。刘长卿《负谪后登干越亭作》:“牢落机心尽,惟怜鸥鸟亲。”又,《题魏万成江亭》:“萧条方岁晏,牢落对空洲。”《东观汉记》:“第五伦自度仕宦牢落。”这里的“牢落”,都表现人们在仕途失意、心无寄托时的心理感受。曾益《注》:“牢落长安,岂初心哉!”

〔三〕“两事”二句:两事,指“出门意”和“牢落心”。曾益《注》:“向谁道,不可以语人,作秋风吟,聊以自解而已。”姚文燮《注》:“两事,功与名也。至此不堪告人,惟吟咏以自遣耳。”

【集评】

方世举《批》:四卷末自此以下误收,乃学长吉而不得似者。

【编年】

本诗作于长安任职三年的后期。李贺满怀壮志,到长安寻求仕途上的发展,谁知事与愿违,他得到的却是职卑官冷、备遭排摈,内心非常失望,苦闷,便写下《京城》诗,抒发“牢落长安心”,可以说这是诗人在长安任职期间心态、情绪最为精炼、恰当的概括。

送沈亚之歌并序

文人沈亚之〔一〕，元和七年，以书不中第〔二〕，返归于吴江。吾悲其行，无钱酒以劳，又感沈之勤请，乃歌一解以送之①。

吴兴才人怨春风，桃花满陌千里红。紫丝竹断骢马小〔三〕，家住钱塘东复东。白藤交穿织书笈，短策齐裁如梵夹〔四〕。雄光宝矿献春卿〔五〕，烟底蓦波乘一叶〔六〕。春卿拾才白日下②，掷置黄金解龙马〔七〕。携笈归江重入门③，劳劳谁是怜君者〔八〕。吾闻壮夫重心骨〔九〕，古人三走无摧捽〔一〇〕。请君待旦事长鞭，他日还辕及秋律〔一一〕。

【校记】

①送之，宋蜀本、吴正子本、姚佺本均作"劳之"。

②拾才，宋蜀本作"拾材"。

③归江，宋蜀本、姚佺本作"归家"。陈弘治《校释》："按序言返归于吴江，则作江字是。"

【注释】

〔一〕沈亚之：两唐书无传，史家逸其行实。考沈亚之，字下贤，吴兴（今浙江湖州）人。马端临《文献通考》卷二百三十三云："沈亚之，字下贤，长安人。"陈振孙《直斋书录解题》卷十六云："吴兴者，著郡望，其实长安人。"两书著其贯籍均误。按，亚之自称"余吴兴人，生于汧陇之阳。"（《别权武文》）杜牧《沈下贤》诗："一夕小敷山下梦，水如环珮月如襟。"吴兴城西南有福山，俗名小敷山，唐人沈下贤居此，见《吴兴掌故集》。元和十年，沈亚之及进士第。阙名《沈下贤文集序》："元和十年登进士第。"晁公武《郡斋读书志》卷十八："元和十年进士，泾原李汇辟掌书记，为秘书省正字。"沈亚之《异梦录》："元和十年，沈亚之以记室从陇西公军泾州。"尔后，他历仕栎阳尉、福建等州都团练副使、德州行营诸军计会使判官、南唐尉、郢州司户参军。工诗，又擅传奇，有《沈下贤集》十二卷。晁公武《郡斋读书志》卷十八："亚之以文词得名，常游韩愈门，李贺、杜牧、李商隐俱有拟下贤诗，亦当时名辈所称许。"鲁迅《中国小说史略》第八章，举出沈亚之《湘中怨》《异梦录》《秦梦记》为例，评曰："皆以华艳之笔，叙恍忽之情，而好言仙鬼复死，尤与同时之人异趣。"

〔二〕以书不中第：《通典》卷十五："唐常贡之科，有秀才、有明经、有进士、有明法、有书、有算。"《新唐书·选举志》："凡书写，先口试，通，乃墨试《说文》《字林》二十条，通十八为第。"

〔三〕"紫丝"句：紫丝竹，马鞭。骢马，毛色青白相间的马。古乐府："青骢白马紫丝缰。"曾益《注》："紫丝二句，言乘是马而直抵钱塘以归家。"

〔四〕"短策"句：梵夹，古代印度用贝叶写佛经，具叶重叠，以板木夹两端，用绳串结，故称梵夹。王琦《解》："《大业杂记》：新翻经本从外国来，用贝多树叶，形似枇杷叶而厚大，横作行书，约经多少，缀其一边如牒然，今呼为梵夹。胡三省《通鉴》注：梵夹者，贝叶经也，以板夹之，谓之梵夹。宝矿，金银璞石也。言沈之书于短策者，裁截齐整，状若梵夹。"

〔五〕"雄光"句：春卿，主管考试的礼部官员。《白氏六帖》卷二十一："礼部亦曰春卿。"吴正子《注》："春卿，春官也，言沈怀奇负璞，以献春官。”王琦《解》：“犹之金银宝矿，其光雄雄，不可掩遏，献之春卿，宜无不收之理。”方世举《批》云：“谓其文如宝之出矿，而有雄光也。”

〔六〕“烟底”句：吴正子《注》：“蓦波，腾波也，此言沈氏赴春官陟险阻如此。”王琦《解》：“蓦，越也，言其乘一叶扁舟，越波涛而至也。”

〔七〕“春卿”二句：龙马，骏马。《周礼·夏官·庾人》：“马八尺以上为龙。”吴正子《注》：“此言春官取士于白日之下，士之才俊如金马之贵，乃掷置而解弃之。”王琦《解》：“言礼部选取人材，当白日之下，而去取不当。以沈之书而不能中第，犹之见黄金而弃掷之，遇龙马而解放之，其失人亦甚矣。”

〔八〕劳劳：形容奔波辛劳。陈陶《渡浙江》：“壮心殊未展，登陟漫劳劳。”

〔九〕壮夫重心骨：陈弘治《校释》：“谓大丈夫当坚其志气，自奋其身耳，何患乎人之知与不知也。”

〔一〇〕三走：用管仲三次做官、三次被逐，后被齐桓公重用的故事。《史记·管晏列传》：“吾尝三仕三见逐于君，鲍叔不以我为不肖，知我不遭时也。吾尝三战三走，鲍叔不以我为怯，知我有老母也。”王琦《解》：“三走暗用管仲三仕三见逐之事。”

〔一一〕“请君”二句：曾益《注》：“请君待旦加以鞭策，则他日再上春官，刚及秋律，又奚必怨春风也！”王琦《解》：“此诗纪将归之景，则云满陌桃花，望良友之来，则云还辕秋律，居然可知。旧解纷纭，未为允当。”秋律：古人以十二律配十二月，故称秋三月为秋律。《礼记·月令》：“孟秋之月，律中夷则，仲秋之月，律中南吕，季秋之月，律中无射。”《新唐书·选举志上》："每岁仲冬，州、县、馆、监举其成者送之尚书省。"杜佑《通典》卷十五："凡选，始于孟冬，终于季春。"唐人赴试，例于秋月上路，故云"还辕及秋律"。

【集评】

无名氏《批》：制题一法，惟浣花、昌谷、助教最精。

黎简《批》：何不曰归吴，而故曰归江，字甚生而稚。江字必误刻，予从他本看，是家字，此书校对不精，多误字。

范大士《历代诗发》：送行极平常题，必有此等呕心之作。

姚文燮《注》：才人失意之日，正凡夫得意时也。骅骝紫陌，珠勒金鞭，以失意人当之，自顾愈伤脱落，我马瘏矣，东归道远。白藤二句，贺叹沈即自叹，与缃帙去时书同一情景。回想来时，怀宝涉险，上献春官，乃秉鉴非人，目昧五色，白日下骂得痛快。重入门三字写得悲凉，世态炎冷，当此自无怜才之人。古今英雄，愈踬愈壮，毋自颓废，待旦，俟明时也。今日之断竹，留作他日之长鞭，今日之春风瘦马，伫看他日之秋律高车，成败自有时耳。

方世举《批》："吴兴才人怨春风"，此三字生出郑谷"泪滴东风避杏花"好句。"家住钱唐东复东"，前写出都，下乃追写初装。"短策齐裁如梵夹"，不古。"雄光宝矿献春卿"，乃谓其文如宝之出矿而有雄光。"吾闻壮夫重心骨"四句，时清非所望于长爪生。

【编年】

元和七年春，沈亚之以书不中第返乡，李写本诗以送别，劝勉之。

出城寄权璩杨敬之〔一〕

草暖云昏万里春，宫花拂面送行人〔二〕。自言汉剑当飞去，何事还车载病身〔三〕。

【注释】

〔一〕权璩、杨敬之：两人乃李贺在长安任职时之密友。李商隐《李长吉小传》："所与游者，王参元、杨敬之、权璩、崔植辈为密。"《新唐书·李贺传》："与游者权璩、杨敬之、王参元，每撰著，时为所取去。"权璩，字大圭，天水略阳（今甘肃秦安）人。权德舆之子，元和二年登进士第。《新唐书·权璩传》："元和初，擢进士，历监察御史，有美称，宰相李宗闵乃父门生，故荐为中书舍人。时李训挟宠以《周易》博士在翰林，璩与舍人高元裕、给事中郑肃、韩佽等连章劾训倾覆阴巧，且乱国，不宜出入禁中，不听。及宗闵贬，璩屡表辨解，贬阆州刺史。文宗怜其母病，徙郑州。训诛，时人多璩明祸福大体，能世其家。"本传极略。按权璩及第后，初任京兆府参军，元和六年前后，任京兆渭南尉。李贺于元和七年辞官回乡时，权正在渭南尉任上。杨敬之，字茂孝，虢州弘农（今河南灵宝）人。杨凌之子，元和二年登进士第。《新唐书·杨敬之传》："元和初，擢进士第，平判入等。迁右卫胄曹参军（《册府元龟》卷九二五作"左卫骑曹参军"），累迁至屯田、户部二郎中。坐李宗闵党，贬连州刺史。文宗尚儒术，以宰相郑覃兼国子祭酒，俄以敬之代。未几，兼太常少卿。是日，二子戎、戴登科，时号杨家三喜。转大理卿，检校工部尚书兼祭酒，卒。"本传极略。按，杨敬之登第后,先任左卫骑曹参军。李贺出城返回昌谷时,杨正在此任上。

〔二〕"宫花"句:曾益《注》:"宫花拂面,不解迎人而解送人,有自惭意,而凄惋可知矣。"

〔三〕"自言"二句:刘敬叔《异苑》卷二:"晋惠帝元康五年,武库火,烧汉高祖斩白蛇剑、孔子履、王莽头等三物,中书监张茂先惧难作,列兵陈卫,咸见此剑穿屋飞去,莫知所向。"曾益《注》:"贺平昔自负,后二句设言以解之曰,汉剑神物,固当飞去,今何事而还车乎?病故也。犹言非己之故,时命不齐之故也。"

【集评】

无名氏《批》:草暖春浓,宫花拂面,是何时也,看"送行人"三字,便成无限凄凉。

王琦《解》:此诗乃不得志而去,出城后感寄之作。

姚文燮《注》:失意京华,败辕病骨,飞腾神物,应自有期,回首故人,悲不堪道。

黎简《批》:"暖昏"二字,状远春,入神。

【编年】

本诗作于元和七年春,李贺因病辞官返回昌谷,出城时寄诗与好友告别。曾益、陈沆以为不第后作,不当,因不第时,贺尚未与权璩、杨敬之结识。

出城别张又新酬李汉〔一〕

李子别上国,南山崆峒春〔二〕。不闻今夕鼓,差慰煎情人〔三〕。赵壹赋命薄〔四〕,马卿家业贫〔五〕。乡书何所报①,

紫蕨生石云〔六〕。长安玉桂国〔七〕,戟带披侯门〔八〕。惨阴地自光,宝马踏晓昏〔九〕。腊春戏草苑,玉挽鸣轜辚〔一〇〕。绿网缒金铃〔一一〕,霞卷清地滆[②]〔一二〕。开贯泻蚨母〔一三〕,买冰防夏蝇〔一四〕。时宜裂大被〔一五〕,剑客车盘茵〔一六〕。小人如死灰,心切生秋榛〔一七〕。皇图跨四海,百姓施长绅[③]。光明霭不发[④],腰龟徒甃银〔一八〕。吾将噪礼乐,声调摩清新〔一九〕。欲使十千岁,帝道如飞神〔二〇〕。华实自苍老,流来长倾盆[⑤]〔二一〕。没没暗龃舌,涕血不敢论〔二二〕。今将下东道,祭酒而别秦〔二三〕。六郡无勦儿〔二四〕,长刀谁拭尘。地理阳无正[⑥],快马逐服辕[⑦]〔二五〕。二子美年少,调道讲清浑[⑧]〔二六〕。讥笑断冬夜,家庭疏筱穿[⑨]〔二七〕。曙风起四方,秋月当东悬。赋诗面投掷,悲哉不遇人〔二八〕。此别定沾臆,越布先裁巾〔二九〕。

【校记】

①何所报,蒙古本作"无所报"。

②地滆,宋蜀本作"池滆"。

③施,宋蜀本作"拖"。王琦《解》:"一作拖。"

④不发,蒙古本作"不断"。

⑤流来,宋蜀本作"流采",姚文燮本作"流米"。倾盆,宋蜀本作"倾溢"。王琦《解》:"琦按,此二句必有讹字,未可强解。"

⑥地理,蒙古本作"地里",吴闿生《评注李长吉诗集》:"理当作埋。"

⑦逐服辕,宋蜀本、蒙古本作"遂服辕"。

⑧调道讲清浑,蒙古本作"讲道调清浑"。王琦《解》:"一作讲道调

清浑。”

⑨疏筱穿，宋蜀本作“疏筱芽”，蒙古本作“疏筱竿”。

【注释】

〔一〕张又新：字孔昭，深州陆泽（今河北深县）人。《新唐书》有传，云：“工部侍郎荐之子，元和中及进士高第，（按，《广卓异记》引《登科记》：“又新元和九年状元及第。）历左右补阙，性倾邪，李逢吉用事，恶李绅，冀其得罪，求中朝凶果敢言者，厚之，以危中绅。又新与拾遗李续、刘栖楚等为逢吉搏吠所憎，故有八关十六子之目。（下略）”李贺元和七年离京时，张尚未及第，贺死于元和十一年，张之后事，一概不知。李汉：字南纪，宗室淮南王道明之后裔，父李郱，陕府左司马，长庆元年卒。《旧唐书·李汉传》详载其生平，今简要摘之：“元和七年登进士第，累辟使府，长庆末，为左拾遗。（下略）”李汉从小随韩愈学古文，后成为韩愈女婿，为韩愈编集文集。李贺与之交游，正当任奉礼郎时。

〔二〕“南山”句：南山，终南山。崆峒，指洛阳，参见《仁和里杂叙皇甫湜》注。从长安归至洛阳，一路春光明媚。

〔三〕“不闻”二句：王琦《解》：“言在京则闻昏晨街鼓之声，出城则今夕不复闻矣。在京则动思家之情，有如煎逼，出城则到家计日可必，差足以自慰矣。”

〔四〕“赵壹”句：《后汉书·赵壹传》：“赵壹体貌魁梧，身长九尺，美须豪眉，望之甚伟，而恃才倨傲，为乡党所摈，乃作《解摈》。后屡抵罪，几至死，友人救，得免。……初，袁逢使善相者相壹，云‘仕不过郡吏’，竟如其言。”姚佺《笺》：“赵壹作《穷鸟赋》以自况，又假秦客为诗曰：‘河清不可俟，人命不可延。文籍虽满腹，不如一囊钱。’此赋命薄也。”

〔五〕马卿:即司马相如。王琦《解》:"二句自分命薄如赵壹,既不得显职;家贫如司马长卿,又不能留滞长安。"

〔六〕"乡书"二句:王琦《解》:"乡书来报,紫蕨已生,可以采食,明己所以有归去之志。"

〔七〕玉桂国:《战国策·楚策》:"苏秦之楚,三日,乃得见乎王,谈卒,辞而行,楚王曰:'寡人闻先生若闻古人,今先生乃不远千里而临寡人,曾不肯留,愿闻其说。'对曰:'楚国之食贵于玉,薪贵于桂。'"

〔八〕"戟带"句:王溥《唐会要》卷三十:"天宝六载四月八日,敕改仪制令。……一品门十六戟。嗣王,郡王,若上柱国、柱国带职事二品,散官光禄大夫以上,镇国大将军以上,各同职事品,及京兆、河南、太原府,大都督、大都护,门十四戟。上柱国、柱国带职事三品,上护军带职事二品,若中都督,上州,上都护,门十二戟。国公及上护军带职事三品,若下都督,中下州,门各十戟。"王琦《解》:"带,即幡也,披,披拂之意。"

〔九〕"惨阴"二句:曾益《注》:"惨阴,天惨阴。光,光洁。踏晓昏,朝夕驰骋。"王琦《解》:"言虽阴惨之地,亦自有光彩,不论朝夕,总有人马驰驱不绝。"

〔一〇〕"腊春"二句:曾益《注》:"戏,游戏,轠辚,车声。"王琦《解》:"玉挽,犹玉轮。《玉篇》:'轠,车声也。'《说文》:'辚,车声也。'又《东京赋》:'轠轠辚辚。'吕延济注:'轠轠辚辚,皆车马声。'"

〔一一〕"绿网"句:王琦《解》:"绿网,掩取禽兽之网。缒铃于其上,铃动有声,则知有物入其中而获取之也。"王琦误。此用"护花铃"事。王仁裕《开元天宝遗事》:"天宝初,宁王日侍,好声乐,风流蕴藉,诸王弗如也。至春时,于后园中纫红丝为绳,密缀金铃,系于花梢之下,每有鸟鹊翔集,则令更掣铃索以惊之,盖惜花之故也,诸宫皆效之。”林楚良《赋先人小园》诗:“多少名园钱甃地,金铃撼雀护千花。”姚文燮《注》:“所植之名花,上施绿网,缒以金铃。”姚注与诗意合。

〔一二〕“霞卷”句:姚文燮《注》:“地入水湄,绣帐铺张,不啻霞卷。”

〔一三〕“开贯”句:曾益《注》:“开贯泻蚨母,用滥。”干宝《搜神记》卷十三:“南方有虫,形似蝉而稍大,生子必依草叶,大如蚕子,取其子,母即飞来,不以远近,虽潜取其子,母必知处。以母血涂钱八十一文,以子血涂钱八十一文,每市物,或先用母钱,或先用子钱,皆复飞归。名曰青蚨。”

〔一四〕“买冰”句:曾益《注》:“冰能驱蝇,买之以防夏。”王琦《注》:“《埤雅》传曰:以冰致蝇,蝇逐臭者,怀蛆萦利,常善暖而恶寒,故遇冰蝇辄侧翅远引,所谓夏虫不可以语冰者也。”

〔一五〕“时宜”句:方世举《批》未明典故出处,以为此句有误字。王琦《解》引晋虞喜《志林》孟宗母事为注,然与李贺诗意并不切合。按,虞喜《志林》:“江夏孟宗,少游学,其母作十二幅被,以招贤士同卧。”然《太平御览》卷五一一引萧方等《三十国春秋》云:“吴司徒孟宗少从南阳李肃学,母为作厚褥大被。或问其故,曰:小儿无德致客,而学者多贫,故为广被,可得气类相接也。”则孟母制大被以招贫生。李贺诗乃描写贵族阶级之生活,突然插入孟母故事,诗意不贯。考唐代贵族效学玄宗与兄弟同宿之风,以为“时宜”。王谠《唐语林·德行》:“玄宗诸王友爱特甚,常思作长枕大被,与同起卧。”钱易《南部新书》甲:“开元中,诸王友爱特甚,常谓近侍曰:思作长枕大被,与诸王同卧。”《新唐书·三宗诸子》:“玄宗为太子,尝制大衾长枕,特与诸王共之。睿宗知,喜甚。”长吉用此典,则前后诗意顺畅。

〔一六〕“剑客”句:王琦《解》:“剑客,佩剑之客。车盘茵者,出则乘车,以茵褥盘曲于车而坐也,以见宾客之待遇甚厚。”

〔一七〕“小人”二句:曾益《注》:“死灰,不然。生秋榛,心如刺。二句见小人不能如豪门之纵肆。”王琦《解》:“吴正子以此二句为长吉自谓,非也。张、李乃其知己,安有对之而自称小人之理。连下文四句观之,知其所称小人,是指其时与长吉相忌嫉而排挤之者。如死灰,言其无可用处。心切生秋榛者,其心切切,以伤人为事,如有荆棘生其胸中也。”

〔一八〕“皇图”四句:曾益《注》:“跨四海,言大。拖长绅,言安。霭不发,文明不振。徒甃银,尸位。”王琦《解》:“言天子神圣,幅员广大,人民安乐,正可以兴起文明之事,乃霭蔽不能振发,尸位素餐,徒然腰佩龟钮之银印而已。绅,大带也。霭,本训云集,云集则天光为之掩蔽,故于此作掩蔽解也,极言小人辈之无能。”

〔一九〕“吾将”二句:王琦《解》:“谓作为雅颂,以歌咏休明之德。噪者,不惮多言之意。”

〔二〇〕飞神:王琦《解》:“飞神,犹言天神,使后世仰羡不可企及也。”

〔二一〕“华实”二句:曾益《注》“自苍老,华实并存。长倾盆,无旱涸之嗟。”姚文燮《注》:“华实并茂,膏液长流。”钱饮光(姚文燮《注》附)曰:“华实苍老,苗而秀,秀而实,无害稼者,故流米倾盆也。”王琦《解》:“此二句必有讹字,未可强解。若如诸说,则晦涩僻隐,几不成语,岂止牛鬼蛇神而已哉!”

〔二二〕“没没”二句:齰舌,咋舌。《汉书·灌夫传》:“魏其必愧,杜门齰舌。”颜师古注:“齰,啮也。”王琦《解》:“言既已为人所挤，若再开口论说，更遭忌嫉，故计惟有一去而已。”

〔二三〕“祭酒”句：王琦《解》：“祭酒，谓祖道祭也。古者出行，必有祖道之祭，封土为山象，以菩刍棘柏为神主，酒脯祈告，既祭，以车轹之而去。”

〔二四〕“六郡”句：《汉书·地理志下二》：“汉兴，六郡良家子选给羽林期门。”颜师古注：“六郡，谓陇西、天水、安定、北地、上郡、西河。”王琦《解》：“勳儿，勇捷之人，犹云健儿也。《古幽州马客吟》：快马常苦瘦，勳儿常苦贫。”

〔二五〕“地理”二句：曾益《注》：“言地理亦偏，无正阳之用。”王琦《解》：“况其地理偏僻，无正阳三气。”均非是。吴闿生《评注李长吉诗集》卷四云：“理，当作埋，阳无正，谓孙阳、邮无正也”。孙阳，即善于相马之伯乐。《庄子·马蹄》：“及至伯乐，曰：‘我善治马。’”《释文》：“伯乐，姓孙，名阳，善驭马。石氏《星经》云：伯乐，天星名，主典天马。孙阳善驭，故以为名。”邮无正，常作孙无正，即王良。《淮南子·览冥训》：“昔者王良、造父之御也。”高诱注：“王良，一名孙无正，为赵简子御。”伯乐、王良已死，千里马无人赏识，只得拉盐车，驾车辕。

〔二六〕“二子”二句：曾益《注》：“二子谓汉、又新。调，调同，道，道合，讲清浑，分别甚明。”王琦《解》：“调，合也。言二子志同道合，与我讲论处世清浊之道。”

〔二七〕“讥笑”二句：曾益《注》：“断冬夜，无眠。家庭筱穿，亦穷。”王琦《解》：“闲时相聚会，每多讥笑之词，今夕叙离别，所赠皆要言，故讥笑之词遂断也。”

〔二八〕“赋诗”二句：曾益《注》：“赋诗面投掷，言别；不遇，言已与二子均。”

〔二九〕“此别”二句：曾益《注》：“均，故泪沾臆。越布裁巾，先二子以归隐。”王琦《解》：“沾臆之泪，从不遇而落，不为离别而洒。盖因不遇而去，与知己叙别，焉能不凄凉泣下？未别之先，预知定有此泪，故先裁越布为巾，以为拭拭之用。”

【集评】

刘辰翁《评》：“今将下东道，祭酒而别秦”，必不碌碌。

徐渭《注》：拭目此篇，备春夏秋冬四时之感。

方世举《批》：“时宜裂大被”，此句似有误字。“祭酒而别秦”，诗中而字难用。

吴汝纶《评注李长吉诗集》：以上言张、李俱有才而亦幽栖不遇，临岐有同悲也。

【编年】

本诗当作于元和七年春，与《春归昌谷》《出城寄权璩杨敬之》同时作。

春归昌谷

束发方读书〔一〕，谋身苦不早〔二〕。终军未乘传〔三〕，颜子鬓先老〔四〕。天网信崇大〔五〕，矫士常慅慅〔六〕。逸目骈甘华，羁心如荼蓼〔七〕。旱云二三月，岑岫相颠倒〔八〕。谁揭赪玉盘〔九〕，东方发红照。春热张鹤盖〔一〇〕，兔目官槐小。思焦面如病，尝胆肠似绞〔一一〕。京国心烂漫，夜梦归家少〔一二〕。发轫东门外〔一三〕，天地皆浩浩〔一四〕。青树骊山头〔一五〕，花风满秦道。宫台光错落〔一六〕，装画遍峰峤〔一七〕。细绿及团红,当路杂啼笑〔一八〕。香气下高广[①],鞍马正华耀〔一九〕。独乘鸡栖车〔二〇〕,自觉少风调〔二一〕。心曲语形影〔二二〕,祇身焉足乐〔二三〕。岂能脱负担〔二四〕,刻鹄曾无兆[②]〔二五〕。幽幽太华侧,老柏如建纛〔二六〕。龙皮相排戞,翠羽更荡掉〔二七〕。驱趋委憔悴,眺览强笑貌[③]〔二八〕。花蔓阂行辀〔二九〕,縠烟暝深徼〔三〇〕。少健无所就,入门愧家老〔三一〕。听讲依大树〔三二〕,观书临曲沼〔三三〕。知非出柙虎〔三四〕,甘作藏雾豹〔三五〕。韩鸟处矰缴[④]〔三六〕,湘鯈在笼罩〔三七〕。狭行无廓路[⑤],壮士徒轻躁〔三八〕。

【校记】

①香气,万历本、曾益本、姚佺本、姚文燮本、《全唐诗》作"香风"。

②刻鹄,宣城本、蒙古本、凌刊本、《全唐诗》作"刻鹤"。王琦《解》:"吴正子本作刻鹤,引李抱真'刻鹤服羽衣习乘之',非是。"

③笑貌,宣城本、吴正子本、蒙古本、凌刊本作"容貌"。

④矰缴,原作"缯缴",今据宋蜀本改。王琦《解》:"缯缴,乃矰缴之讹。"

⑤廓路,宋蜀本、吴正子本、曾益本作"廓落"。

【注释】

〔一〕束发:男子成童之年,束发为髻。《大戴礼·保傅》:"束发而就大学。"曾益《注》:"贺自幼称慧,故以束发为迟。"

〔二〕谋身:曾益《注》:"谋身,谓干禄。"

〔三〕终军乘传:《汉书·终军传》"(军年十八)至长安,上书言事,武帝异其文,拜军为谒者给事中。""使行郡国,建节,东出关,……所见便宜以闻。"曾益《注》:"未乘传,未得贵也。"传,传车,使者所乘。

〔四〕颜子:孔子弟子颜回。《史记·仲尼弟子列传》:"回年二十九,发尽白,早死。"曾益《注》:"终、颜皆少,以喻己。"

〔五〕天网:收罗人才之网。崔寔《政论》:"举弥天之网,以罗海内之雄。"曹植《与杨修书》:"吾王于是设天网以该之,顿八纮以掩之。"王琦《解》:"盖言其收罗贤杰,如以网网取之也,极言其大,谓之天网。"

〔六〕"矫士"句:矫士,刚直之人。慅慅,心情慅动不安。《尔雅·释训》:"慅慅,劳也。"王琦《解》:"诗意谓朝廷搜取贤才,其网非不高且大,而若己矫矫强直之士,终日劳劳,竟不能为所收用。"

〔七〕"逸目"二句:王琦《解》:"逸目,纵目也。骈,联也。言放眼而观,虽甘美华彩之物,并陈于前,无如羁旅之中,心事不堪。荼,苦菜也;蓼,木蓼也。荼味苦,蓼味辛,故取以喻心之苦辛。"

〔八〕"岑岫"句:曾益《注》:"岑岫即云,言旱云勃发,如岑岫颠倒。"王琦《解》:"时值天旱,故以其云为旱云。""岑岫相颠倒者,言旱云之状似之。"

〔九〕赪玉盘:红色玉盘,喻太阳。王琦《解》:"赪玉,红玉也,李太白诗:颜如赪玉盘。此则指言晓日之状似之。"

〔一〇〕鹤盖:车盖。刘桢《鲁都赋》:"盖如飞鹤,马如游龙。"刘孝标《广绝交论》:"鸡人始唱,鹤盖成阴。"

〔一一〕尝胆:《史记·越王勾践世家》:"吴既赦越,越王勾践反国,乃苦身焦思,置胆于坐,坐卧即仰胆,饮食亦尝胆也,曰:女忘会稽之耻邪?"曾益《注》:"尝胆,备尝苦,似绞肠九回也。"王琦《解》:"长吉奚事尝胆,大抵言愁肠绞结,有似尝胆之况。故作倒装句法者,一以为上句之对,一以为韵脚之押耳。”

〔一二〕“京国”二句：王琦《解》：“在京国之中，应酬大不易，心事纷扰，无暇念及家事，即夜梦归家之事亦少少，概可知矣。以上言在京无益，而动归与之念也。”陈弘治《校释》引沈德潜《说诗晬语》卷下：“诗人每用烂熳字，玩诗意乃淋漓酣足之状，然考《说文》《玉篇》等书，从无熳字，而王文考《鲁灵光殿赋》有流离烂漫句，韩昌黎《南山》诗有烂漫堆众皱句，皆烂旁从火，漫旁从水，改漫为熳，不知起于何时，焉乌成马，习焉不觉，殊可怪也。”

〔一三〕发轫：置于车轮下制止车轮滚动之木叫轫，将轫去掉，车子开始启程。屈原《离骚》：“朝发轫于苍梧兮。”王逸注：“轫，支轮木也。”

〔一四〕“天地”句：曾益《注》：“浩浩，以留京为苦，觉出门为宽。”王琦《解》：“以留京为苦，故出东门外，乃觉天地间如此浩浩广大，何为留滞此方？”姚佺《笺》：“出门觉甚宽，久客出城，洵有此态。”

〔一五〕骊山：李吉甫《元和郡县图志》卷一京兆府：“昭应县，华清宫，在骊山上。”《新唐书·地理志一》：“京兆府昭应，有宫在骊山下，贞观十八年置，咸亨二年，始命温泉宫。”

〔一六〕宫台：王琦《解》：“谓骊山上下宫殿台榭，如华清宫、集灵台、按歌台、舞马台之属。”

〔一七〕“装画”句：曾益《注》：“遍峰峤，即满山头。”王琦《解》：“光彩错落，遍于峰峤之间，有如装画。”

〔一八〕杂啼笑：曾益《注》：“或含露而啼，或迎风而笑。”王琦《解》：“啼，谓花叶之带露如啼；笑，谓花叶之含日似笑也。”

〔一九〕“香气”二句：曾益《注》：“香风，亦花风，下高广，下原隰。

香满原隰，正鞍马华耀时。”王琦《解》：“香气，游人之香气，即指鞍马华耀者而言。高广，谓郊野之中，地高且广，可以盘桓宴坐者。”姚文燮《注》：“言高原广陌，遍地芳芬，而得志之辈，照耀鞍马。”

〔二〇〕鸡栖车：车厢简陋如鸡笼。《后汉书·陈蕃传》：“朱震为州从事，奏济阴太守臧罪……谚曰：车如鸡栖马如狗，疾恶如风朱伯厚。”

〔二一〕少风调：缺少风度。《北史·崔昂传》：“昂有风调才识。”

〔二二〕心曲：谓心中委曲处。《诗经·秦风·小戎》：“乱我心曲。”郑玄笺：“心曲，心之委曲也。”

〔二三〕祇身：王琦《解》：“祇身谓此身也。”欠当。按，祇，有病。《集韵》：“祇，病也。”《诗经·大雅·何人斯》：“俾我祇也。”《毛传》：“祇，病也。”祇身，即病身，与长吉因病辞官正合。

〔二四〕脱负担：《左传·庄公二十二年》：“免于罪戾，弛于负担。”王琦《解》：“谓未能脱往来奔走之劳。”

〔二五〕刻鹄：马援《戒兄子书》：“龙伯高敦厚周慎，口无择言，谦约节俭，廉公有威，吾爱之重之，愿汝曹效之。……效伯高不得，犹为谨敕之士，所谓刻鹄不成尚类鹜者也。”王琦《解》：“长吉盖用其事，谓学为谨饬之士，却亦不见有佳处。兆，吉也。”曾：怎也。《新方言·释词》：“今通曰曾，俗作怎。”张相《诗词曲语辞汇释》卷二：“曾，犹争也，怎也。”

〔二六〕如建纛：王琦《解》：“纛，军中大旗也。柏木枝干，亭亭直上，以建纛拟之，形状绝肖。”

〔二七〕“龙皮”二句：王琦《解》：“（柏木）皮老而皴文纽裂，故比之以龙皮。叶细而绿色鲜好，故比之以翠羽。”

〔二八〕“驱趋”二句：曾益《注》：“驱趋，驱车而趋；委憔悴，不遇。

归昌谷眺览，即前历山川；强笑貌，强欢以自解。”王琦《解》：“驱驰趋走，委实憔悴。眺览之中，忽遇好景，心目为之开爽，遂乃强作笑貌。”

〔二九〕阂：阻隔。辀：车辕。王琦《解》：“阂与碍同，隔阂也。辀，车前曲木上钩衡者，亦谓之辕。”

〔三〇〕“縠烟”句：王琦《解》：“縠，纱也。縠烟，烟之轻薄有似乎縠者。徼，境也，又小路也。花蔓或与车辕萦拂，如相阻阂，远烟起于深徼，如天色将暝之状，皆眺览中所见之景。以上十二韵，俱述归途之景，以下五韵述归家之事。”

〔三一〕家老：家中尊长，此处特指母亲。

〔三二〕“听讲”句：刘衍《李贺诗校笺证异》：“听讲，指听讲佛经。《金刚经》：‘一时佛在舍卫国祇树给孤独园，与大比丘众千二百五十人俱。’昌谷故居侧有五花寺，殆指此。”此释似与长吉诗本旨不合。按《史记·孔子世家》：“孔子去曹适宋，与弟子习礼大树下。”李裕《昌谷集辨注》：“听讲依大树，此用孔子过宋集诸生讲礼于大树下事，盖失意而归，复理旧业，不敢荒于嬉也。引冯异事者，是欲长吉弃书习翘关也。引听龙树王说法事者，是欲长吉由儒入白莲社也，而有是乎！”

〔三三〕“观书”句：曾益《注》：“观书临沼，理旧业。”姚文燮《注》：“用是益奋志诗书，锐加研究。”

〔三四〕出柙虎：出笼之猛虎。王琦《解》：“《说文》：柙，槛也，以藏虎兕。”

〔三五〕藏雾豹：刘向《列女传》卷二：“陶大夫妻云：妾闻南山有玄豹，雾雨七日，而不下食者何也？欲以泽其毛而成文章也，故藏而远害。”曾益《注》：“藏雾豹，养晦也。”

〔三六〕"韩鸟"句：韩鸟，韩地之鸟。王琦《解》："吴正子以为即韩凭鸟，解见前《恼公》注中。琦谓当是吴地所产之鸟耳。"矰缴，箭上系着丝绳。王琦《解》："郑玄《周礼》注：结缴于矢谓之矰。贾公彦疏，缴则绳也，谓结绳于矢以弋射鸟兽。"

〔三七〕湘鯈：王琦《解》："谓湘水中之鯈也。""此二句喻世间名士，入于世网而不能自适也。""韩鸟湘鯈，当是实有所指，其人一在古韩地境内，一在楚地湘水之滨，为人所羁縻笼系，欲去而不能者，故以矰缴笼罩为言，而嗟其失所也。"钱仲联《读昌谷集绝句六十首》"蜀雨巫云梦往来，湘鯈韩鸟屡惊猜"句下注："《春归昌谷》云：'韩鸟处矰缴，湘鯈在笼罩'，韩鸟指八司马之韩泰、韩晔，湘鯈指刘、柳。"

〔三八〕"狭行"二句：曾益《注》："如矫士，无廓落任侠者，不以失意系念，徒轻躁，即欲躁进无从也。"王琦《解》："行，步也，廓，大也，言人之狭步而行，以无廓大之路故耳。虽有壮士，心生轻躁，亦属无益，我之归昌谷以言旋者此耳。"

【集评】

吴正子《注》：《雪浪斋日记》云："旱云二三月"以下甚奇丽，少陵未必喜之，如退之必嗜之也。

姚文燮《注》：忆初至京国之日，壮志烂漫，方以远大为期，自信必登廊庙，即梦中亦不作放归之想。迄今出自东门，感愤交集，俯仰难舒，觉天地亦皆有浩浩不平之意。归途花柳，倍觉伤神，宫殿交辉，层峦如绘，柔枝艳蕊，泣露娇风，高原广陌，遍地芳芬，而得志之辈，照耀鞍马，惟我乘敝车，对此愈增萧瑟。伤心吊影，自顾堪怜，生平矢志，肩荷匪轻，自不能脱此负担。昔马援戒子侄书云：士所谓刻鹄不成尚类鹜。今我刻鹄又何所兆耶？驱车过太华，见山色阴翳，古柏离披，驱趋委憔悴，言奔走劳顿，委身于此，因少憩其下，景色真堪赏悦，遂强变愁容为笑貌也。花蔓盈车，轻烟漫野，当此之时，献策无成，抱愧无颜以对亲长，用是益奋志诗书，锐加研究。今未得骋我雄才，必须深藏静息，泽我毛羽而成其文章焉。韩鸟犹言韩冯也。高才为时所忌，如好鸟之处缯缴，嘉鱼之在笼罩，安能振羽鼓鳞，任我飞跃，举步穷途，轻躁又安庸乎？

何焯评（陈本礼《协律钩玄》卷三）：似韩。

方世举《批》：此篇章法，似窃法于杜之《北征》大端。“青树骊山头，花风满秦道。”望华清宫一段作波。“幽幽太华侧，老柏如建纛”，又望华山柏树一段作波。

黎简《批》：此篇章法甚老。六句重结句，旱云作奇峰也。“尝胆”句重第八句。旱景著“浩浩”二字，怕人。“宫台”六句，罔肯念乱之意，词特深婉。忽插入太华一段，于老柏更描写，六句与上“宫台”六句喧寂相对，以况己之无聊。重老字韵。

吴闿生评（吴汝纶《评注李长吉诗集》）：此诗学韩。

【编年】

《朱谱》《钱谱》均系《春归昌谷》诗于元和八年。同样，李贺辞官回乡的一系列作品《出城寄权璩杨敬之》《出城别张又新酬李汉》《示弟》，两谱均系之于元和八年，这是因为两谱将李贺任奉礼郎之年，挪后一年，故他离京之作，亦均挪后一年。事实上，李贺是元和四年下第的，元和五年任奉礼郎，元和七年春，辞官回昌谷，作《春归昌谷》。本诗铺陈自长安回昌谷时之所见所闻，从“旱云二三月，岑岫相颠倒。春热张鹤盖，兔目官槐小”之景象看，时当晚春三月。

示弟[①]

别弟三年后，还家一日馀[②]。醁醽今夕酒〔一〕，缃帙去时书〔二〕。病骨犹能在[③]，人间底事无〔三〕。何须问牛马〔四〕，抛掷任枭卢〔五〕。

【校记】

①诗题，明弘治本《锦囊集》、曾益本、徐渭董懋策《唐李长吉诗集》、姚文燮本均于题下增一“犹”字。

②一日，宋蜀本、蒙古本作“十日”，陈弘治《校释》：“作一日，于义为适。”

③犹能，宋蜀本、蒙古本作“独能”。

【注释】

〔一〕醁醽：酒名，用湖南酃水酿成之酒称醽酒，用江西渌水酿成之酒称醁酒。《文选》左思《吴都赋》：“飞轻轩而酌绿酃。”李善注：“《湘州记》曰：湘州临水县有酃湖，取水为酒，名曰酃酒。”吴正子《注》：“盛弘之《荆州记》曰：渌水出豫章郡康乐县，其间乌程乡有井，官取水为酒，酒极甘美，与湘东酃湖酒年常献之，世称酃醁酒。”

〔二〕缃帙：浅黄色的包书布。萧统《文选序》：“飞文染翰，则卷盈乎缃帙。”吕向注：“缃，浅黄色也。帙，书衣也。”王琦《解》：“古人书卷之外有帙裹之，如今裹袱之类。”去时书：曾益《注》：“溯别时事，言行李不增昔也。”

〔三〕“病骨”二句：曾益《注》：“五以得见为幸，六言时命不常耳。”王琦《解》：“上句言病后幸存，下句言人事多故，底事犹言何事也。”

〔四〕“牛马”句:用《庄子》语,《天道》:“呼我牛也而谓之牛,呼我马也而谓之马。”又《应帝王》:“一以己为马,一以己为牛。”方世举《批》:“牛马,即呼卢中名色。”

〔五〕枭卢:博戏之采名。程大昌《演繁露》卷六:“五子之形,两头尖锐,中间平广,状似今之杏仁。凡子悉为两面,其一面涂黑,黑之上画牛犊以为之章。一面涂白,白之上画雉。凡投子者五皆现黑,则其名卢,卢者黑也,言五子皆黑也。五黑皆现,则五犊随现,从可知矣。此在樗蒲为最贵之采。挼木而掷,往往叱喝,使致其极,故亦名呼卢也。其次,五子四黑而一白,则是四犊一雉,其采名雉,用以比卢降一等矣。自此而降,白黑相杂,每每不同,故或名为枭。即邓艾言云,六博得枭者,胜也。”吴正子《注》:“六博得枭者胜,卢次之,此言流行坎止,一付自然,无所容力,如博者之任枭卢也。”王琦《解》:“此讥有司不能分别真材,而随意去取之意。”

【集评】

刘辰翁《评》:“病骨犹能在,人间底事无”,亦是恨意,凄婉如老人语。

徐渭《评》:率。平易似不出贺手。冲淡拙率,尤贺之佳处。

蒋文运评:(《昌谷集句解定本》卷一)徐文长云:“平易,似不出贺手。冲淡拙率,尤是贺之佳处。”予谓贺一率便不佳,能为险怪,不能为自然也。

钱澄之评(姚文燮《注》附):第六句以下一气,言人间何事不可为,而终年奔走场屋,以听主司任意去取耶?

姚文燮《注》:此应举失意归日也。鹿鹿三年,未尝欢饮,今夕兄弟之乐当何如之?挟策无成,空囊返里,犹是出门时篇帙。

病骨幸存，骨肉欢聚，而生计复尔茫然，功名成败，颠倒英雄，主司去取，一任其意，又何异于抛掷枭卢耶？

方世举《批》："何须问牛马，抛掷任枭卢"，朴诗浓结。

【编年】

诗云："别弟三年后"，即元和七年李贺辞官返回昌谷时。姚文燮说"此应举失意归日也"，方世举说"此为当是以父名晋肃不得举进士而归"，均非是。李贺举进士落第还乡，前后未超过一年，姚、方二氏之说，与诗意不合。

昌谷诗[①]五月二十七日作

昌谷五月稻，细青满平水。遥峦相压叠，颓绿愁堕地〔一〕。光洁无秋思[②]，凉旷吹浮媚〔二〕。竹香满凄寂，粉节涂生翠〔三〕。草发垂恨鬓，光露泣幽泪〔四〕。层围烂洞曲，芳径老红醉〔五〕。攒虫锼古柳，蝉子鸣高邃[③]〔六〕。大带委黄葛〔七〕，紫蒲交狭涘〔八〕。石钱差复藉〔九〕，厚叶皆蟠腻[④]〔一〇〕。汰沙好平白〔一一〕，立马印青字〔一二〕。晚鳞自遨游，瘦鹄暝单峙〔一三〕。嘹嘹湿蛄声[⑤]，咽源惊溅起〔一四〕。纡缓玉真路〔一五〕，神娥蕙花里〔一六〕。苔絮萦涧砾，山实垂赪紫〔一七〕。小柏俨重扇，肥松突丹髓〔一八〕。鸣流走响韵，垄秋拖光穟〔一九〕。莺唱闵女歌，瀑悬楚练帔〔二〇〕。风露满笑眼，骈岩杂舒坠〔二一〕。乱篠迸石岭，细颈喧岛毖〔二二〕。日脚扫昏翳，新云启华闷〔二三〕。谧谧厌夏光，商风道清气〔二四〕。高眠复玉容[⑥]，烧桂祀天几〔二五〕。雾衣夜披拂，眠坛梦真粹〔二六〕。待驾栖鸾老,故宫椒壁圮〔二七〕。鸿珑数铃响,羁臣发凉思〔二八〕。阴藤束朱键,龙帐着魈魅〔二九〕。碧锦帖花柽,香衾事残贵〔三〇〕。歌尘蠹木在,舞彩长云似〔三一〕。珍壤割绣段,里俗祖风义〔三二〕。邻凶不相杵,疫病无邪祀〔三三〕。鲐皮识仁惠⑦,丱角知腼耻〔三四〕。县省司刑官,户乏诟租吏〔三五〕。竹薮添堕简,石矶引钩饵⑧〔三六〕。溪湾转水带,芭蕉倾蜀纸〔三七〕。岑光晃縠襟⑨,孤景拂繁事〔三八〕。泉樽陶宰酒,月眉谢郎妓〔三九〕。丁丁幽钟远,矫矫单飞至〔四〇〕。霞巘殷嵯峨,危溜声争次〔四一〕。淡蛾流平碧,薄月眇阴悴〔四二〕。凉光入涧岸,廓尽山中意。渔童下宵网,霜禽竦烟翅〔四三〕。潭镜滑蛟涎,浮珠噞鱼戏〔四四〕。风桐瑶匣瑟,萤星锦城使〔四五〕。柳缀长缥带,篁掉短笛吹〔四六〕。石根缘绿藓,芦笋抽丹渍。漂旋弄天影,古桧拏云臂〔四七〕。愁月薇帐红,罥云香蔓刺〔四八〕。芒麦平百井〔四九〕,闲乘列千肆〔五〇〕。刺促成纪人〔五一〕,好学鸱夷子〔五二〕。

【校记】

①诗题,吴正子本、姚文燮本无“五月二十七日作”七字。

②秋思,宋蜀本作“愁思”。

③蝉子,原作“蝉于”,显系刊误,今据宋蜀本改。

④厚叶,吴正子本、黄评本作“重叶”。

⑤湿蛄,原作“湿姑”,今据宋蜀本、曾益本改。

⑥复玉容,吴正子本、宋蜀本作“服玉容”。叶葱奇《李贺诗集》云:“吴正子本‘复’作‘服’,义不可通,和下面‘眠坛’重复,今从吴

汝纶本。”吴汝纶本作“高明展玉容”。

⑦鲐皮,曾益本、姚佺本、姚文燮本作“鲐文”。

⑧钩饵,宋蜀本作“纫饵”。

⑨岑光,宣城本、蒙古本作“岑色”。

【注释】

〔一〕“颓绿”句:曾益《注》:“绿谓林木秾,故颓而堕地。”王琦《解》:“远山重叠,状如倾颓,故愁其堕地。”

〔二〕“光洁”二句:曾益《注》:“光洁言泽,无秋思,无衰飒之意。凉旷,凉而旷,浮媚,即颓绿,言色浮媚。”王琦《解》:“所见景物皆光润洁净,不似秋时之象,风气凉旷,百物遇其吹动皆浮媚可观。浮媚,犹妩媚也。”

〔三〕“竹香”二句:曾益《注》:“竹,新竹,满凄凉,幽远;涂生翠,粉涂翠上。”王琦《解》:“竹节边微有白粉。生翠,谓其翠色鲜明。”

〔四〕“草发”二句:曾益《注》:“草发言稠,垂恨鬓,稠而且乱;泣谓露多,幽滋草间也。”王琦《解》:“细草稠生,如鬓发之垂零,露沾其上,如泪珠之将滴。”

〔五〕“层围”二句:曾益《注》:“层围,重叠四周,洞曲,山曲;烂,竹树草露偕山光而烨如。老红醉,花将残。”王琦《解》:“层层围转,烂然入目,或开豁如山洞,或宛转成曲路。乃芳径之老红醉也,老红,花之红而将萎者,醉,倚斜倾侧之态。”

〔六〕“攒虫”二句:曾益《注》:“虫,犹蛴属,锼谓腹穿。高邃,高深处。”王琦《解》:“攒,簇聚也。锼音蒐,雕刻也,谓古柳中蠹虫群聚,而锼蚀其木也。高邃,谓树木高而深远之处。”

〔七〕“大带”句:曾益《注》:“葛长而垂曰委带。”王琦《解》:“古诗有《黄葛篇》,葛之茎叶皆青,以其皮沤练成絺绤,始成黄色,谓之黄葛者，以蔓草中有白葛、紫葛、赤葛诸名，故以此别之耳。大带委黄葛，谓葛茎蔓垂而下，若大带之垂于地者。”

〔八〕“紫蒲”句：曾益《注》：“涘狭，故蒲交耳。”王琦《解》：“紫蒲，水中蒲草，嫩时之叶红白色，已详见二卷注中。涘音士，亦音以，水涯也。”

〔九〕“石钱”句：曾益《注》：“差，参差，藉，相比。”王琦《解》：“石钱，石上苔藓圆生如钱者，差，参差不齐也；藉，重垒相次如枕藉也。”

〔一〇〕“厚叶”句：曾益《注》：“蟠腻，大而且肥。”王琦《解》：“厚叶，草叶之厚大者，蟠，盘结也，腻，肥大也。”

〔一一〕“汰沙”句：曾益《注》：“沙白而汰之则平。”王琦《解》：“沙土为水漫流而过，则平铺洁白，有似淘汰也。”

〔一二〕“立马”句：曾益《注》：“印青字，官马。”王琦《解》：“似谓马立草间，离合断续相配，仿佛印成字形。青，谓草色也。”姚文燮《注》：“马迹印沙，仿佛如字”。

〔一三〕暝单峙：曾益《注》：“天暝，思睡，鹤挈足而孤立。”王琦《解》：“天色将暝，鸟渐归飞，惟有瘦鹤独峙（跱）立而不动也。”

〔一四〕“嘹嘹”二句：曾益《注》：“原与湿接，蛄鸣于隰，故原咽溅，若因鸣而起，曰惊。”王琦《解》：“蛄，蝼蛄也，穴土而居，下湿粪壤之中尤多，故曰湿蛄，天晚则鸣。咽源，泉源流缓，触石惊溅而起，其声细涩如人声之幽咽者，以状蝼蛄之声似之也。”

〔一五〕玉真路：原注：“近武后巡幸路。”（宋蜀本无“近”字）王琦《解》：“按文义，当是往兰香神女庙中之路，故谓之玉真路。玉真犹云玉女也，若指武后，恐未是。不云自注，而云原注，其非长吉自注可知矣。”

〔一六〕“神娥”句：曾益《注》：“神娥，即兰香神女，故曰蕙花里，言庙在而路通。”王琦《解》：“神娥谓神女也，其祠庙之处必有兰蕙罗生，故曰神娥蕙花里，此是遥指其处，至高眼二联，方是实言其处。”

〔一七〕“苔絮”二句：王琦《解》：“苔絮，水中绿苔，长弱似絮者。涧砾，涧中小石。山实，山中果实。”

〔一八〕“小柏”二句：曾益《注》：“柏叶平铺，俨若重扇。髓突，脂迸也。”王琦《解》：“柏树中有侧柏一种，其叶扁而侧生，团栾成片，微风动摇，俨似扇形。重者，重叠相比也。突，流出意。松树流出之脂皆黄白色，而谓之丹髓者，喻其为道家服食之用，有如丹髓。”

〔一九〕“鸣流”二句：曾益《注》：“走响韵，泉流驶。拖光穟，麦秋。”王琦《解》：“鸣流，溪声也。董懋策以光穟为稻，按五月细青之稻，安得遽有穟生？盖缘秋字之讹，秋当作楸，楸树与梓相似，惟以木理为别，理白者为梓，理赤者为楸。其树高大，茎干直耸可爱，其上结角，状如箸，长尺馀，下垂若线，谓之楸线。诗意谓陇上楸木，其线下拖，光洁若稻之穟也。”陈弘治《校释》：“秋，诸本无有作楸者，王氏改字为解，似凿。光穟指麦穗，陇上秋麦，穗实光洁，故云光穟。”

〔二〇〕“莺唱”二句：曾益《注》：“闵女，声娇怯；楚练，帔白也。”王琦《解》：“莺声圆美，以忧闵女子歌声相比，殊不类。钱饮光疑其当作闽字者，是也。盖闽人语似鸟声，谓莺之绵蛮巧唱，与闽女之歌甚似，且闽字与下句楚字正相对也。楚练，楚地所出白缯。帔有二音二义，作辔音读者，遮肩背之衣也，作披音读者，亦披字解也。今谓瀑流悬挂似楚练之帔，当作披字解，而上下叶韵，又当作辔音读。黄山谷谓晋魏人作诗多借韵，长吉殆亦借韵耶！”

〔二一〕“风露”二句：曾益《注》：“笑眼，合泪。满，风露多。骈，枝相亚，杂舒坠，或开或堕，即骈岩。”王琦《解》：“笑眼，恐是笑恨之讹，笑恨与下句舒坠亦相对。风露及物，受其益者则喜，受其损者则恨也。山洞曰岩，骈岩，山洞之相并而列者，或舒张开豁，或倾坠颓败也。”

〔二二〕“乱篠”二句：曾益《注》：“迸岭，穿石出。细颈，鸟也。岛毖，远岛。”王琦《解》：“毖，泉始出貌。《诗·邶风》：毖彼泉水。山岛之中，有泉水流出，鸟群飞往饮，故喧闹其中也。”

〔二三〕“日脚”二句：王琦《解》：“空中昏翳浮气在日下者，消灭已尽。其新起之云为日光所映，华采璀错可玩。闷，深也，云气深厚不浅薄也。”

〔二四〕“谧谧”二句：曾益《注》：“谧谧，昼静，厌夏长；道清气，凉生。”王琦《解》：“谧谧，清静貌。夏光，夏日之色。炎热可畏，故厌之。《岁华纪丽》：秋风曰商风。时方夏五，而用秋时风名，殆以西风为商风也。”

〔二五〕“高眠”二句：原注：“谷与女山岭阪相承，山即兰香神女上天处也，遗几在焉。”女山，即女几山。李吉甫《元和郡县图志》卷五：“河南府，福昌县，女几山，在县西南三十四里。”曾益《注》：“高眠，谓神娥逝；复玉容，庙貌尚庄。烧桂，犹焚香；祀天几，以娥上升于是处而祀之。”姚文燮《注》：“高眠，指祠中道士也，静息清修，闲卧怡颜，烧桂焚香，以事神女。”王琦《解》：“高眠，谓静卧斋戒，将以进见于神也。复，白也，白己之心事也。玉容即指神女而言，陆云诗：仰瞻玉容。张诜注：玉容谓容如玉也。烧桂，焚香也。天几，谓神女所遗之几，敬而称之，故曰天几。”

〔二六〕“雾衣”二句：曾益《注》：“雾衣夜拂，如在；眠坛，祷梦处；梦真粹，神降梦。”王琦《解》：“雾衣，神女所服之衣也。神女之灵，或夜中来降，故眠于坛上，真心粹念，思得梦见。四句咏庙中之事，细玩有似今祈梦以卜休吉之象。”

〔二七〕“待驾”二句：原注：“福昌宫在谷东。”（宋蜀本作“在谷之东”。）《新唐书·地理志二》：“河南府，福昌县，有故隋福昌宫，显庆三年复置。”王琦《解》：“栖鸾，当是福昌宫中器物，如汉时建章宫之铜凤凰，魏铜雀台上之铜雀类。当时置此，原以待天子巡幸之驾，今巡幸久旷，栖鸾如昔，想其历年故已长矣。”椒壁，参见《还自会稽歌》注。

〔二八〕“鸿珑”二句：曾益《注》：“鸿珑，即铃声，发凉思，闻铃声而凄。”王琦《解》：“铃，谓宫殿檐角上所悬之铃，鸿珑，其声也。羁臣，羁旅之臣。凉思，凄凉之思。”

〔二九〕“阴藤”二句：曾益《注》：“束朱键，藤施于门。龙帐，神帐。著魈魅，鬼群伺。”王琦《解》：“键，门关也。王宫之键，故以朱涂之。无人启闭，有藤延其上，若束其键者。然藤生室内，不见天日，故曰阴藤。龙帐，御帐有画龙于上者也。魈，山魈也，生深山中，如人而一足，俗谓之独脚仙，亦魍魉之类。《说文》：魅，老精物也。贾公彦《周礼》疏：魅，人面兽身而四足，好惑人，山林异气所生，为人害。室内久无人迹，乃为异物所占。”

〔三〇〕“碧锦”二句：曾益《注》：“贴锦，或旛事，贱贵设衾以事，亦以贱事贵之义，明贱贵分。”王琦《解》：“柽，一名赤杨，一名观音柳，今谓之西河柳，小干弱枝，叶色嫩绿，状如新柏，鲜翠可爱。碧锦贴花柽，谓花木无人翦伐，枝干横斜，与窗壁所漫之碧锦相贴。姚仙期解上句以为旛，刘须溪解下句谓异代而人事之，是皆以此数句犹说神女庙中事，而不知其为说福昌宫中事也。疑当时福昌宫中，或有所供昏淫之祀，及贵嫔灵位，设于其中，故有'龙帐着魈魅'及'香衾事残贵'之语耳。"

〔三一〕"歌尘"二句：曾益《注》："歌言昔，蠹木在梁颓；舞言今，长云似舞不复睹。"王琦《解》："刘向《别录》：汉兴以来，善雅歌者鲁人虞公，发声清哀，远动梁尘。""诗意谓清歌久歇，故尘满蠹梁之上而不动，艳舞无人，仅存彩服，有似长云而已。"

〔三二〕"珍壤"二句：曾益《注》："珍绣，言地美，祖风义，俗美。"王琦《解》："珍壤，谓土地珍贵，人竞购买，有如割锦绣段也。风义，淳风高义。以下四联言昌谷风俗之美。"

〔三三〕"邻凶"二句：《礼记·曲礼上》："邻有丧，舂不相。"郑玄注："相，谓送杵声。"《盐铁论·散不足篇》："古者邻有丧，舂不相杵，巷不歌谣。"曾益《注》："舂不相，言邻睦。无邪，不淫。"

〔三四〕"鲐皮"二句：鲐皮，老者之称。《尔雅·释诂上》："鲐背、耇老，寿也。"郭璞注："鲐背，背皮如鲐鱼。"邢昺疏："舍人曰：老人气衰，皮肤消瘦，背若鲐鱼。"丱角，童子之称。《诗经·齐风·甫田》："总角丱兮。"朱熹注："丱，两角貌。"曾益《注》："识仁惠，老者慈。知耻，幼诚实。"王琦《解》："琦按，丱角，童子之称，发始长，总而结之以为两角，故曰总角，丱则状其总角之貌如丱字之形，此盖因字形而释其义如此。"

〔三五〕"县省"二句：曾益《注》："刑省，讼息；乏诟租吏，见粮输而吏不扰。"王琦《解》："见昌谷之民，不好争讼，不少王税。"

〔三六〕“竹薮”二句：曾益《注》：“添简引钩，可读可钓。”王琦《解》：“古者以竹为简，用以写书，昌谷之竹多而成薮，可以制之为简，以添修古简之堕败者。”

〔三七〕“溪湾”二句：曾益《注》：“水带，溪曲折。倾蜀纸，蕉多而可见，无不宜。”王琦《解》：“芭蕉叶大光滑，可以书字，观其欹倾之状，无异蜀纸。”

〔三八〕“岑光”二句：王琦《解》：“山光明晃，与纱縠衣襟相映；孤日之景将落，可以扫除一切繁事，犹日入群动息之意。”

〔三九〕“泉樽”二句：曾益《注》：“泉樽，言水可酌；月眉，月乍吐。”王琦《解》：“泉樽，即有酒如泉之意。晋陶潜好酒，尝为彭泽令，故曰陶宰酒。梁武帝诗，容色玉耀眉如月，谓眉之湾环，状如初月也。谢安携妓东山，故诗人有谢妓之目，而称安为谢郎，欠妥。”

〔四〇〕“丁丁”二句：曾益《注》：“钟幽，故韵远；单飞至，孤鸟还。”王琦《解》：“矫矫，高举貌，单飞，孤飞之鸟。”姚文燮《注》：“听远梵之声，观飞鸟之度。”

〔四一〕“霞巘”二句：曾益《注》：“殷，谓霞映，争次，渐缓也。”王琦《解》：“霞巘，山石赤黑如云霞之色。殷，赤黑色也。嵯峨，高峻貌。危溜，泉之自高而直下，不平流，遇有激石则声起，石有层次，致水声亦有层次如争鸣也。”

〔四二〕“淡蛾”二句：曾益《注》：“淡蛾从巘言，平碧从溜言，山晚则渐淡，水缓流渐平。”王琦《解》：“淡蛾，月也。平碧，夜色清明也。薄，侵也。眇阴，微云也。月至二十七日，夜半后方出于卯地，其状亦如蛾眉，流行于碧天之上，而为微云所侵，见者心意悴然为之不快。”

〔四三〕“霜禽”句：曾益《注》：“翅竦烟，将栖也。”王琦《解》：“霜禽，鸟之白色者，鸥鹭之属。”

〔四四〕“潭镜”二句：曾益《注》：“潭镜言皎，蛟涎言滑。浮珠，鱼沫相吹。”王琦《解》：“潭水深处，多有蛟龙居之，蛟龙不可见，有时见涎沫浮出，知其下有蛟龙潜矣。《韵会》：噞，鱼口动貌。《增韵》：“噞，鱼口上见貌，读作严声。鱼每日未出及日入后，群于水面出口吸水，久则喷出之，累累如珠。”

〔四五〕“风桐”二句：王琦《解》：“风吹桐木，作声悲凉，如鼓瑶匣中之瑟；萤飞往来，有似天星之流行。锦城使，用使星向益州事。”《后汉书·李郃传》：李郃为县幕门候吏，和帝遣使者二人微行至蜀，宿郃候舍。时夏夕露坐，郃问曰，二君发京师时，宁知朝廷遣二使耶？二人怪问之，郃指星言曰，有二使星入益部。锦城，即益州，今之成都也。

〔四六〕“柳缀”二句：曾益《注》：“柳拖绿曰缀，曰缥带，篁戛有声若吹也。”王琦《解》：“缀，连也。柳条下垂，有似青色之长带，连缀其上。掉，摇也，竹声与短笛声殊不似，此特言其形质相类耳，作声音解者大误。”

〔四七〕“漂旋”二句：曾益《注》：“漂旋，水旋转，弄天影，水旋而天动。拏云言高，臂，干奇。”王琦《解》：“漂，浮也。旋当作漩，回泉也。桧树，松身而柏叶，性耐寒，其材大而多寿。拏云臂者，其干亭亭直上，无旁枝相附，茎叶皆蒙于顶间，有似臂形，而极言其高为拏云也。”

〔四八〕“愁月”二句：曾益《注》：“薇帐红，月为愁也。香刺罥云，言蔓长。”王琦《解》：“薇帐，蔷薇交延，丛遮若帐也。《韵会》：罥，挂也，读作狷音。香蔓，蔓生而有刺之花也。”

〔四九〕“芒麦”句：吴正子《注》：“古者井九百亩。”王琦《解》：“芒麦，麦之有芒者。平百井，言其广而盛也。”

〔五〇〕“闲乘”句：《礼记·郊特牲》：“唯社丘乘共粢盛。”孔颖达疏：“丘乘者，都鄙井田也。九夫为井，四井为邑，四邑为丘，四丘为乘。”王琦《解》：“肆，市鬻之舍也，又官府造作之处，亦谓之肆。诗意谓其闲空不耕之地有一乘之广，其中则列为千肆，言其屋室之多也。按古者地方一里为井，井中之田九百亩，百井则为地百里，为田九万亩矣。乘得六十四井之地，约计其田亦五万七千六百亩。昌谷中未必有此，姑侈言之耳。”

〔五一〕“刺促”句：刺促，劳碌不安貌，参见《浩歌》注。王琦《解》：“成纪人，长吉自谓，李氏系出陇西成纪，故云。”

〔五二〕“好学”句：《史记·越王勾践世家》：“范蠡浮海出齐，变姓名，自谓鸱夷子皮，耕于海畔，苦身戮力，父子治产。”王琦《解》：“好学鸱夷子，言欲隐居此地，不复出而仕宦也。”

【集评】

吴正子《注》：本传言长吉旦出乘马，奚奴背古锦囊自随，遇有所作，投入囊中，其未成者，夜归足成之。今观此篇可验。盖其触景遇物，随所得句比次成章，妍蚩杂陈，斓斑满目，此所谓天吴紫凤颠倒在裋褐也。

刘辰翁《评》：“阴藤束朱键，龙帐著魈魅”，此像设问意。“碧锦帖花柽，香衾事残贵”，犹是说兰香庙意，谓异代而人事之。

方世举《批》：四十九韵，此篇与韩、孟城南联句，不知孰为后先，何造车之合辙也？“遥峦相压叠”，推开叙山水。“嘹嘹湿姑声”，湿姑即呼雨之鹁鸪。“纡缓玉真路”，又推开，道观。原注：“近武后巡幸路”，此贺自注。“烧桂祀天几”句下原注：谷与女山岭阪相承，山即兰香神女上天处也，遗几在焉。此亦贺自注。“舞彩长云似”，非此中韵脚。“珍壤割绣段”，珍壤以下接到昌谷。“薄月眇阴悴”，太玄语。“廓尽山中意”非此中语意。“萤星锦城使”非此中料仗，焉有一路生新，插此习用之《后汉书》事？

又《兰丛诗话》：韩、孟联句，是六朝以来联句所无者，无篇不奇，无韵不险，无出不扼抑人，无对不抵当住，真是国手对局，然而难。若郾城军中与李正封联者，则平正可法。李贺有《昌谷》五古长篇，独作也，而造句与韩、孟《城南联句》同其险阻，无怪退之早已爱之访之矣。然万不可学。

陈本礼《协律钩玄》卷三：此从上章（指《春归昌谷》诗）“谋身苦不早”句发脉，又撰出此一篇大文字来。凡作长篇铺排叙述，易于平板，难得险峻波陗。此诗句句奥，字字炼，总不使人易读，较之元、白等，此种自是《太玄》语。此诗乃长吉集中一篇经意大文字，如夏鼎商彝，沉埋土中，特为洗之、剔之，疏明其义，故宝光焕发，古色斑斓，将复见重于世也。

黎简《批》：“夏光”二句，谷中常寒也。谢郎，若拟安石，亦欠妥。

吴汝纶《评注李长吉诗集》：闿生案：此学韩、孟联句。

【编年】

本诗作于《春归昌谷》后不久，题注云：“五月二十七日”，即作诗月日也。

秋凉诗寄正字十二兄〔一〕

闭门感秋风，幽姿任契阔〔二〕。大野生素空，天地旷肃杀〔三〕。露光泣残蕙①，虫响连夜发〔四〕。房寒寸辉薄②〔五〕，迎风绛纱折〔六〕。披书古芸馥，恨唱华容歇。百日不相知，花光变凉节〔七〕。弟兄谁念虑,笺翰既通达〔八〕。青袍度白马[③],草简奏东阙〔九〕。梦中相聚笑,觉见半床月。长思剧循环[④]〔一〇〕,乱忧抵覃葛〔一一〕。

【校记】

①露光,宣城本、曾益本、姚佺本、姚文燮本作"光露"。

②房寒,宋蜀本、蒙古本作"户寒"。

③白马,王琦本注:"一作瘦马。"

④剧循环,宋蜀本作"剧寻环",蒙古本作"寻剧环"。

【注释】

〔一〕正字十二兄:在京任正字官的长吉族兄。钱仲联《李贺年谱会笺》:"《新唐书·世系表》郑王亮后裔有'正字佩',如贺果出大郑王后,则此正字佩,未知即是十二兄否?"周尚义《李贺歌诗论考》以为十二兄非李佩。

〔二〕"幽姿"句:王琦《解》:"幽姿,幽雅之姿,谓十二兄也。俗以久不相见为契阔。"

〔三〕"大野"二句:曾益《注》:"野即地,空即天,野大空素,而天地旷然,繇秋气肃杀。"王琦《解》:"素空,秋气清明貌。"

〔四〕"露光"二句:曾益《注》:"肃杀故蕙残,残故含露而泣,此上述幽姿。"王琦《解》:"露沾蕙上,有如人泪;虫声夜以继日,达旦不止。"钱澄之(姚文燮《注》附)曰:"连夜发三字,极写虫响之急。"

〔五〕"房寒"句:王琦《解》:"寸辉,灯也;薄者,不明貌。"

〔六〕"迎风"句:《后汉书·马融传》:"融常坐高堂,施绛纱帐,前授生徒,后列女乐。"王琦《解》:"折者,因风而转折也。"

〔七〕"百日"二句:曾益《注》:"与兄相睽,屈指百日而节序倏已改凉，言时易迈，此上述感秋风。”王琦《解》：“花光，指春景。凉节，指秋时。”

〔八〕“弟兄”二句：曾益《注》：“谁念虑，言兄弟之外，无人怜。笺翰通达，以书相问。”

〔九〕“青袍”二句：王琦《解》；“见十二兄为正字之荣；正字官从九品，其服青色。度作骑乘解。草，谓造为草稿也。简，手版也，古者以竹为牒，谓之简。”

〔一〇〕剧循环：语出傅玄《怨歌行》：“情思如循环，忧来不能过。”曾益《注》：“不见兄故长思之，剧如循环之不断。”

〔一一〕“乱忧”句：鲍照《绍古辞七首》：“忧来无行伍，历乱如覃葛。”曾益《注》：“乱忧之至，如葛之蔓延。”

【集评】

刘辰翁《评》：古。

姚文燮《注》：此贺家居寄兄正字之诗也。时序倏迁，百日睽违，冷落何似，犹幸兄弟书邮，互相问存。至于己遭沦落，绝迹京华，白马青袍，草简东阙，仅能见之于梦，虽梦中暂得欢集，而觉来则徒有寒光之逼人矣。心焉惄如，正回转延蔓，惟环与葛之相类耳。

方世举《批》：“天地旷肃杀”，陋儒常谈，远之且不遑，而用之耶？义山“四海秋风阔”与此同陋。

黎简《批》：东阙，东阁也。

吴汝纶《评注李长吉诗集》：长吉此等诗，皆近似杜公。

【编年】

诗云：“百日不相知，花光变凉节。”李贺在长安任奉礼郎时，常与十二兄交往。元和七年春，自长安归昌谷，正当“花光”时，隔三月馀(即"百日"),正当"凉节"时,已是秋季,与"秋凉诗"题意正合,足见本诗作于元和七年七月。

章和二年中〔一〕

云萧索田风拂拂①〔二〕,麦芒如篲黍如粟②〔三〕。关中父老百领襦〔四〕,关东吏人乏诟租〔五〕。健犊春耕土膏黑〔六〕,菖蒲丛丛沿水脉〔七〕。殷勤为我下田租③,百钱携偿丝桐客④〔八〕。游春漫光坞花白,野林散香神降席〔九〕。拜神得寿献天子〔一〇〕,七星贯断姮娥死〔一一〕。

【校记】

①田风,《乐府诗集》、万历本无"田"字。

②麦芒,蒙古本作"棱芒"。

③田租,《乐府诗集》作"田鉏"。王琦《解》:"租,一作鉏。"

④携偿,宋蜀本、蒙古本作"携赏"。

【注释】

〔一〕章和二年中:《晋书·乐志》鼙舞歌诗五篇第二篇《天命篇》(当魏曲《太和有圣帝》、古曲《章和二年中》)。郭茂倩《乐府诗集》卷五十三"舞曲歌辞"二录李贺此诗。吴正子《注》:"按《晋·乐志》此题乃《古鼙舞曲》第二章,魏改《章和二年中》为《太和有圣帝》,晋改为《天命》。章和,汉章帝年号也。诗大意言时和岁丰,吏戢民安,无事赛神,以祝君寿也。"

〔二〕"云萧索"句:《汉书·天文志》:"若烟非烟,若云非云,郁郁纷纷,萧索轮囷,是谓庆云。"曾益《注》:"萧索,云澹。拂拂,风闲。见天时顺。"

〔三〕“麦芒”句：王琦《解》：“麦芒如篲，谓其穗之大而多有如篲也。黍是稷之粘者，粟是粱之细者，黍大而粟细，黍如粟，似言颗粒之多亦如粟耳。”

〔四〕百领襦：《说文》：“襦，短衣也。”王琦《解》：“父老有百馀之襦，足以见无冻馁之患。”

〔五〕乏诟租：王琦《解》：“吏人无催租诟詈之声，足以见民间之殷实。”

〔六〕土膏黑：《国语·周语上》：“土膏其动。”韦昭注：“膏，土润也。”王琦《解》：“土有肥则色黑。”

〔七〕“菖蒲”句：王琦《解》：“菖蒲，沿水而生，见雨旸时若，不虞天旱，亦不虞乎水也。”

〔八〕“殷勤”二句：王琦《解》：“殷勤，见其急于还租之意。还租之外，尚有赢馀，以钱酬弹唱之客，以为娱乐。”

〔九〕“游春”二句：王琦《解》：“漫光，谓春光遍漫也。散香，焚香以请其神，其气散布也。神降席，神来而止于所供之席也。”

〔一〇〕“拜神”句：王琦《解》：“时和年丰，百姓安乐，皆天子圣德所致。故愿献无疆之寿于天子。”

〔一一〕“七星”句：曾益《注》：“见七星之贯断，姮娥之死，言寿与天地偕，此是祝。”王琦《解》：“七星在天，屈曲相次，若有绳贯之者，而终古不移动。七星之贯无断理，姮娥之寿亦无死期，以此为祝，则其寿尚何终尽哉？”

【集评】

谢榛《四溟诗话》卷二：太白曰“苍梧山崩湘水竭”，张籍曰“菖蒲花开月长满”，李贺曰“七星贯断嫦娥死”，此同一机轴，而贺句更奇。

毛先舒《诗辩坻》卷一：李太白“苍梧山崩湘水竭”，张文昌“菖蒲花开月长满”，李长吉“七星贯断姮娥死”，俱是决绝语，遣词绝工。然《铙歌》“冬雷震震夏雨雪”,实先开之。《铙歌》语事所或有,质浑而为古;三子语理所必无,刻画而近今。

谢起秀评(《昌谷集句解定本》卷三):既合豳风,又合豳雅,又合豳颂,诗之可以被管弦者也。

姚文爕《注》:章和二年,汉章帝年号,是岁大稔。元和七年,天下有秋,斗米有值二钱者,是岁太子宁卒。系之以章和二年中,盖汉章帝子二年中卒也。先是国嗣未立,李绛谏请,上从之,以宁为太子。六年,册礼用孟夏,雨,不克,改孟秋,亦雨,改冬后,册毕。至七年而薨。贺谓太子方当册立之吉,而以雨灾屡更,迄今民和年丰,上下宴乐,乃无即世,而帝犹溺于长生之说,人争祈神献寿以媚天子。七星即七襄也,顷虽有秋而冢君夭折,即天孙为之摇落无色,姮娥为之惨澹不明矣。

陈式评(姚文爕《注》附):此诗本为伤太子之卒而作,而诗则却全其为颂祷之诗,为言时和年丰,丝桐报赛,人之思得献寿天子。其献寿于天子曰七星贯断姮娥死,谓天子与天同终极也。然则亦何所据,而以为诗之伤太子。言外之意是又在解人于言外会之。诗犹云:大稔之岁,方愿天子万年,而预有太子之变,是可怪也。如此有愈见作者注者之符合已。

方世举《批》:章和为东汉明帝年号,其时号为时和年丰,以此命题,岂乐府所故有耶?“七星贯断嫦娥死”徐注:七星如珠,故曰贯,七星贯断嫦娥死,寿当几何耶?乃言星月尚不如天子之寿也。此解违背。

刘嗣奇《李长吉诗删注》卷下:诗旨言时和年丰,吏戢长安,无事赛神以祝君寿也。

黎简《批》:记丰穰之作。此姮娥死,与乐词之南山死,皆不可解。

吴汝纶评(《评注李长吉诗集》):末句言星月无神,枉拜而无应也。此刺重敛民困,诗人《大东》之意也。

【编年】

本诗作于元和七年,时太子李宁死。《钱谱》云:"本年,太子李宁死,贺有《章和二年中》诗伤之。"谱采姚文燮《注》申说之。

题赵生壁

大妇然竹根,中妇舂玉屑〔一〕。冬暖拾松枝,日烟生蒙灭①〔二〕。木藓青桐老,石泉水声发②〔三〕。曝背卧东亭,桃花满肌骨〔四〕。

【校记】

①生蒙灭,宣城本、吴正子本、蒙古本、凌刊本、《全唐诗》作"坐蒙灭"。

②石泉,宋蜀本、吴正子本作"石井"。

【注释】

〔一〕"大妇"二句:古乐府:"大妇织罗绮,中妇织流黄,小妇无所作,携琴上高堂。"陈后主《三妇艳词》:"大妇主缣机,中妇裁春衣。"李贺用其体。王琦《解》:"然竹根以供炊。舂米作粉以为饵。玉屑,谓米粉细白有如玉屑。"

〔二〕蒙灭:曾益《注》:"冬暖时寒而气和,故日与烟互蒙而互灭,此天时之可乐。"王琦《解》:"蒙灭,不明之状,日光山气相映,未即解散,若有若无,冬日最多此景。"

〔三〕"木藓"二句:王琦《解》:"生所居之处,有古木流水之趣。木皮上生苔藓;惟老木有之。"陈弘治《校释》:"树有老桐,而皮生苔藓，溪有清流，而石激响发。所居之处，有古木流水之趣，此林泉之可乐也。”

〔四〕“曝背”二句：曾益《注》：“东亭日所煦暖，曝背其间，则肌骨融洽，莹然如桃花之红。总之，题赵生家居之乐也。”王琦《解》：“赵生盖隐居自乐者也，所谓大妇中妇，实指其家人而言。”

【集评】

刘辰翁《评》：语有清福。题壁如此，必皆实事，变化得不俗，自是长吉语意，托之赵生耳。

无名氏《批》：此写山人幽致。

姚文燮《注》：妻妾偕隐，笑傲林泉，赵生乐复不减，自足动才人之艳慕也。

方世举《批》：“大妇然竹根，中妇舂玉屑。”叹贫家也。“曝背卧东亭，桃花满肌骨。”邵康节“三十六宫都是春”之句，与此结语义同，而词人与道学措语各别，一阔大，一风韵。

董伯英评（陈本礼《协律钩玄》卷三）：赵生出外，长吉访之，见其妻妾之勤，故戏题其壁，然亦见山居林栖之乐矣。

【编年】

李贺于元和七年辞官返家后，心存归隐之想。他寻访赵生不遇，见赵生居处有林泉之趣，家有妻妾之勤，顿生欣羡之情，因题诗于壁。时在冬日，则本诗必作于元和七年冬，因次年冬日，他已北上潞州。

昌谷北园新笋四首

箨落长竿削玉开①〔一〕，君看母笋是龙材〔二〕。更容一夜抽千尺，别却池园数寸泥②〔三〕。

【校记】

①长竿，宋蜀本、蒙古本作"长华"。

②泥，王琦本注："一作埃。"

【注释】

〔一〕"箨落"句：曾益《注》："言箨落笋出，如削玉然，然必种美而材斯美矣。"箨：笋壳。《文选》谢灵运《于南山往北山经湖中瞻眺》诗："初篁苞绿箨。"李善注："箨，竹皮也。"

〔二〕母笋：王琦《解》："大笋也。"龙材：珍贵之材。赞宁《笋谱》："俗间呼笋为龙孙。"

〔三〕"更容"二句：曾益《注》："材美者一夜千尺，别池园而起而已，迥出于层霄上矣。别泥，谓离地。"姚文燮《注》："玉质削立，本是龙种，倘一宵变化，自出尘滓于青冥之上矣。"

【集评】

姚文燮《注》：此贺借竹以自负也。玉质削立，本是龙种。倘一宵变化，自出尘滓于青冥之上矣。

丘象随评（《昌谷集句解定本》卷二）：此奉礼自负之意。奉礼天潢之派，若曰肯容其展布，则龙变不可测也。容字微，别却句阔。

其二

斫取青光写楚辞①〔一〕，腻香春粉黑离离〔二〕。无情有恨何人见〔三〕，露压烟啼千万枝〔四〕。

【校记】

①斫取，曾益本作"砍取"。

【注释】

〔一〕"斫取"句:王琦《解》:"刮去竹上青皮,而写《楚辞》于其上,所谓《楚辞》者,乃长吉所自作之辞,莫错认屈宋所作《楚辞》解。"黄秋涵评(姚文燮《注》附):"湘妃啼竹,望彻九嶷。借《楚辞》以写怨耳。"

〔二〕"腻香"句:王琦《解》:"腻香春粉,咏新竹之美。黑离离,言所写字迹之形。"杨慎《升庵诗话》卷三:"杜子美竹诗'雨洗娟娟净,风吹细细香。'李长吉新笋诗'斫取青光写楚辞,腻香春粉黑离离。'又昌谷诗'竹香满凄寂,粉饰涂生翠。'竹亦有香,细嗅之乃知。"

〔三〕"无情"句:陆龟蒙《白莲》:"无情有恨何人见,月晓风清欲堕时。"《千首唐人绝句》富寿荪评:"然寓意不同,未可并论。"王琦《解》:"无情有恨,即所写之《楚辞》,其句或出于无心,或出于有意,虽俱题竹上,无人肯寻觅观之。"

〔四〕"露压"句:孟郊《婵娟篇》:"竹婵娟,笼晓烟。"曾益《注》:"第竹本无情而《楚辞》有恨,而人不之识,夫是以压露啼烟而千枝万枝皆然也。"姚文燮《注》:"良材未逢,将杀青以写怨,芳姿点染,外无眷爱之情,内多沉郁之根,然人亦何得而见之也,深林幽寂,对此愈难为情。"

【集评】

刘辰翁《评》:好语。昌谷新笋,写得如此渺茫。

杨慎《升庵诗话》卷五:汗青写《楚辞》,既是奇事,腻香春粉,形容竹尤妙。结句以情恨咏竹,似是不类。然观孟郊《竹诗》"婵娟笼晓烟",竹可言婵娟,情恨亦可言矣,然终不若《咏白莲》之妙。李长吉在前,陆鲁望诗句非相蹈袭,盖著题不得避耳。胜棋所用，败棋之著也，良庖所宰，族庖之刀也，而工拙则相远矣。

无名氏《批》：若不写《楚辞》，任其露压烟啼而已，可不悲也。斫取青光，不写别文而写《楚辞》，与堆金买骏骨，将送楚襄，同一可怜。

周珽评（《唐诗选脉会通评林》）：乃知露压烟啼，为斫写《楚辞》，则恨从情生。谁谓竹终物也，花草竹木，终无情物也？但不比有情者，能使人可得见耳。此咏物入化境者。

贺裳《载酒园诗话》卷一：愚意"无情有恨"，正就"露压烟啼"处见。盖因竹枝欹邪厌浥于烟露中，有似于啼，故曰"无情有恨"，此可以形象会，不当以义理求者也。

黄白山评（《载酒园诗话》卷一附）：咏竹而言啼，正用湘妃染泪之事，而隐约见之。不写他书，而写《楚辞》，其意益显。

其三

家泉石眼两三茎①，晓看阴根紫陌生②〔一〕。今年水曲春沙上，笛管新篁拔玉青〔二〕。

【校记】

①石眼，宋蜀本作"十眼"。

②紫陌，宣城本、蒙古本、《全唐诗》均作"紫脉"。《全唐诗》注："一作陌。"

【注释】

〔一〕"家泉"二句：王琦《解》："竹之根或时露生土上，阴根者，指其行鞭土内者而言。见其上有笋生出，则知其根所及之远近。紫陌，谓郊野间大路。王粲赋：倚紫陌而并征。夫在家泉石罅之中，初见两三茎笋出，晓看紫陌，复有出者，其广生如是，则水曲春沙之地,其所生者不又美乎?”

〔二〕“今年”二句:曾益《注》:“根生则笋多,故下曰今年,幸之也。竹堪裁笛,拔玉青,如玉之莹然而青。”

【集评】

姚文燮《注》:临泉傍石,托根本佳,今年才华艳发,留配新声,自多妙响。

其四

古竹老梢惹碧云,茂陵归卧叹清贫①〔一〕。风吹千亩迎雨啸〔二〕,鸟重一枝入酒樽〔三〕。

【校记】

①叹清贫,蒙古本作“欲清贫”。

【注释】

〔一〕“茂陵”句:《史记·司马相如传》:“相如既病免,家居茂陵。”王琦《解》:“次句以相如自比,谓其清贫无聊,家无长物。”

〔二〕千亩:喻竹之多。《史记·货殖列传》:“渭川千亩竹……此其人皆与千户侯等。”

〔三〕“鸟重”句:王琦《解》:“末二句见惟有此君可以快心娱目。”蒋楚珍评(姚文燮《注》附):“末言竹影也。”

【集评】

刘辰翁《评》:却不为佳。

姚文燮《注》:劲节干霄,清贫游倦,淋漓长啸,枝弱难栖,唯泛竹叶清尊,拚自遣以对宿鸟之影也。

【编年】

李贺因病辞官离长安后,即返回昌谷,开始他的昌谷闲居生活。本诗(其四)有"茂陵归卧叹清贫"句,借司马相如为喻,抒写自己辞官归家的生活和心情,与《南园十三首》(其十)"无心裁曲卧春风"的意趣,完全一致。长安归来,已是暮春,所以本诗当是回乡后第二年,即元和八年的初春时写的。

竹

入水文光动①,抽空绿影春〔一〕。露华生笋径②〔二〕,苔色拂霜根〔三〕。织可承香汗,裁堪钓锦鳞③〔四〕。三梁曾入用〔五〕,一节奉王孙〔六〕。

【校记】

①文光,宣城本作"文先"。

②生,王琦《解》:"一作垂。"

③裁堪,万历本作"竿应"。王琦《解》:"一作竿应。"

【注释】

〔一〕"入水"二句:曾益《注》:"种竹多近水,故言竹必言水,如淇澳、渭水、潇湘是也。抽空,言其始,故下曰笋径。"方扶南《批》:"入水文光动二句,竹之全神,作起突,妙。"

〔二〕露华:露珠。白居易《长相思》:"月冷露华凝。"

〔三〕霜根:指竹。杜牧《斫竹》:"霜根渐随斧,风玉尚敲秋。"曾益《注》:"霜根则成竹矣,故下曰'织可'、'裁堪',言其用也。"

〔四〕"织可"二句:王琦《解》:"织以为席,可承香汗。裁以为竿,可钓锦鳞。"

〔五〕"三梁"句:吴正子《注》:"汉唐冠制,有三梁二梁之说,恐指此。"王琦《解》:"按《太平御览》,《周书》曰:成王将加元服,周公使人来零陵取文竹为冠。徐广《舆服志·杂注》曰:天子杂服,介帻五梁进贤冠,太子诸王三梁进贤冠。吴说或是。”

〔六〕“一节”句:自己是王孙,故云留一节以“奉王孙”。李明睿评(《昌谷集句解定本》卷一附):“收到用与节,见竹之不空绮也。”方世举《批》:“一节奉王孙,用赵襄以慨己也。”赵襄事,见《史记·赵世家》:“赵襄子惧,乃奔保晋阳。原过从,后,至于王泽,见三人,自带以上可见,自带以下不可见。与原过竹二节,莫通,曰:‘为我以是遗赵毋恤。’原过既至,以告襄子。襄子齐三日,亲自剖竹,有朱书曰:‘赵毋恤,余霍泰山山阳侯天使也。三月丙戌,余将使女反灭知氏。女亦立我百邑,余将赐女林胡之地。’”

【集评】

刘辰翁《评》:“织可承香汗”,咏竹出此,故奇。

靳茶坡评(《昌谷集句解定本》卷一):梁元帝赋竹“嶰谷管新抽”,第二句即云“淇园节复修”,末云“邛王若有献,张骞应拜侯”。其规模略同。

姚佺《笺》:徽宗赏宋齐愈梅词,非惟不经人道,又且自开花说至结子,言之可谓尽之。今自抽长以至成用,繇露华而及霜根,斯亦可谓尽之。可悟作诗之法,乃诗未必尽善。

姚文燮《注》:此借竹以喻己也。文光劲节,挺秀空群,顾影托根,差堪比拟。而竹多见用于世,不第湘簟渔竿,且为天使所重,畀赐侯王,贺独大才遭摈,能不对此重感耶?

黎简《批》:只抽空一句似长吉语,馀皆平钝。“裁堪钓锦鳞”,拙甚。

【编年】

当与《昌谷北园新笋四首》同时作。

南园十三首〔一〕

花枝草蔓眼中开，小白长红越女腮〔二〕。可怜日暮嫣香落〔三〕，嫁与春风不用媒〔四〕。

【注释】

〔一〕南园：泛指李贺昌谷故居以南的大片土地。杨其群《李贺咏昌谷诸诗中专名考》谓，凡李贺宅南“可种谷给食”的土地，均称“南原”，亦称“南园”。其十“舍南有竹堪书字”，即其地。

〔二〕越女：因越国出美女西施，后人称美女为“越女”。越女腮，语出昭明太子《十二月启》：“莲花泛水，艳如越女之腮。”杜甫《壮游》：“越女天下白，镜湖五月凉。”

〔三〕“可怜”句：王琦《解》：“眼中方见花开，瞬息日暮，旋见其落，以见容华易谢之意。

〔四〕“嫁与”句：曾益《注》：“香从风，故曰嫁；香落自然从风，故曰不用媒也。”

【集评】

吴正子《注》：前辈谓此诗末句新巧。

姚佺《笺》：眼中开三字妙，若眼不见花，花不入眼也，有禅味。

姚文燮《注》：元和时，十六宅诸王既不出阁，其女嫁不以时，选尚者皆由宦官纳赂，方得自达，上知其弊，至六年十二月，诏封恩王等六女为县主，委中书、门下、宗正、吏部，选门第人才者嫁之。贺伤其前此之芳姿艳质不得嘉偶，至此日暮色衰，始得听其自适，恐亦未免委曲以狥人耳。贺盖借此以讽当世之士也。

方世举《批》:"嫁与春风不用媒",春一作东,佳,好句,却不可袭。人每于落花用嫁春风,数见不鲜,此总慨流光易去。

其二

宫北田塍晓气酣〔一〕,黄桑饮露窣宫帘〔二〕。长腰健妇偷攀折,将喂吴王八茧蚕〔三〕。

【注释】

〔一〕宫:指福昌宫,隋炀帝建,在今河南宜阳昌谷东。李吉甫《元和郡县图志》卷五:"(武德元年)改宜阳县为福昌县,取县西隋宫为名。"《新唐书·地理志》:"河南府福昌县有故隋福昌宫,显庆二年置。"

〔二〕窣:王琦《解》:"窣,苏骨切,音与速同,谓桑叶触帘作窣窣声。"非是。按《说文》:"窣,从穴中卒出。"这是本意,当它与其他文字如窸窣、窣磕、窣窣等组合后,方可作"声"解。窸字独用时,有拂引、触及之意,唐宋人诗中常见,如李隆基《初入秦川路逢寒食》:"灞岸垂杨窣地新。"和凝《临汉江》:"披袍窣地红宫锦"。李贺此句亦作"触及"讲,谓沾满露水之嫩桑,低垂下来,触及宫帘。

〔三〕八茧蚕:我国南方天热,一年可喂八次蚕,结八次茧,称为八茧蚕,语出《文选》左思《吴都赋》:"乡贡八茧之蚕。"李善注:"刘欣《交州记》曰:一岁八茧,出日南。"王楙《野客丛书》卷八:"《广记》,日南一岁八蚕,以其地暖故耳,张文昌桂州诗,'有地多生桂,无时不养蚕',此言可验矣。"

【集评】

丘象随评(《昌谷集句解定本》卷一):末句略得采葛歌体。

姚文燮《注》:时习尚华靡,赏予无算,及内帑空虚,复肆苛敛,小人又迎欲以献,至进羡馀绢百万疋。贺深悲女丝之难继也。东方既白,含露微芽,采者即至,必得吴都一岁八茧之蚕,始得供其用耳。

蒋楚珍评(姚文燮《注》附):此汤濯龙芜废也。

陈式评(姚文燮《注》附):宫北黄桑,岂长腰健妇可到,亦是寓意。

方世举《批》:此叹春色已老。

其三

竹里缫丝挑网车,青蝉独噪日光斜①〔一〕。桃胶迎夏香琥珀②〔二〕,自课越佣能种瓜③〔三〕。

【校记】

①日光,姚佺本作"月将"。

②迎夏,宋蜀本作"近夏"。香,曾益本作"新"。

③越佣,万历本、曾益本、姚佺本、姚文燮本均作"越侬"。

【注释】

〔一〕青蝉:王琦《解》:"《通志略》:蝉五月以前鸣者,似蝇而差大,青色,或有红者,夜在草上,日在木上,声小而清亮,此则正谓之蜩。"

〔二〕"桃胶"句:吴正子《注》:"香琥珀,胶色似之。《广雅》云:琥珀生地中,深者八九尺,大如斛,削去皮成琥珀,如斗大,初时如桃胶,坚凝乃成也。"王琦《解》:"桃胶,桃树之脂,夏月流溢茎节间,凝结成块,微似琥珀。"

〔三〕越佣:越地之佣工。王琦《解》:"越人而为佣者。"方世举

《批》:“似指园丁越人,犹后卷(《昌谷读书示巴童》)巴童之称。”

【集评】

姚文燮《注》:纬络辛勤,日暮不倦,恐追呼之将至也。《抱朴子》云:桃胶炼之似琥珀,服之保中不饥。瓜熟亦可当食,谁谓治生无策耶?用是策小奚灌溉,无自废时,以视缫丝者当自警矣。夏时避日,故网车就竹阴也。

方世举《批》:三句设酒,所以劝种瓜者。犹《七月》末章语也。越侬似指园丁越人,犹后卷巴童之称。

其四

三十未有二十馀①,白日长饥小甲蔬〔一〕。桥头长老相哀念,因遗戎韬一卷书②〔二〕。

【校记】

①未有,《全唐诗》注:“一作未满。”

②因遗,宋蜀本作“固遗”。吴正子本作“因遣”。

【注释】

〔一〕甲蔬:菜皮。《说文》:“甲,从木戴孚甲之象。”杜甫《有客》:“自锄稀菜甲。”韩愈、孟郊《城南联句》:“蔬甲喜临社。”

〔二〕“桥头”二句:戎韬,即太公《六韬》书,此二句化用张良事。《史记·留侯世家》:“良尝闲从容步游下邳圯上,有一老父,衣褐,至良所,直堕其履圯下,顾谓良曰:‘孺子,下取履!’良鄂然,欲殴之,为其老,强忍,下取履。父曰:‘履我!’良业为取履,因长跪履之。父以足受,笑而去。良殊大惊,随目之。父去里所,复还,曰:‘孺子可教矣。后五日平明,与我会此。’良因怪之，跪曰：‘诺。’五日平明，良往，父已先在，怒曰：‘与老人期，后，何也？’去，曰：‘后五日早会。’五日鸡鸣，良往，父又先在，复怒曰：‘后，何也？’去，曰：‘后五日复早来。’五日，良夜未半往。有顷，父亦来，喜曰：‘当如是’。出一编书，曰：‘读此则为王者师矣。后十年兴。十三年孺子见我济北，穀城山下黄石即我矣。’遂去，无他言，不复见。旦日视其书，乃《太公兵法》也。”王琦《解》：“即太公《六韬》书也，桥头长老，哀其以少年而浸饥困，故以兵书遗之，劝其以从军奋迹。此首疑咏一时实事，与张子房游下邳圯上，遇老人受太公兵法，正绝相类。连下三首读之，皆是左文事，右武功，其意可见。盖当元和年中，频岁征讨，一时文士受藩镇辟召，效力行间，致身通显者，往往有之，宜长吉之心驰而神往也。”

【集评】

吴正子《注》：“男儿三十成名，古今多言三十，今长吉言三十岁犹未有，但二十馀岁耳，而饥困已如此，长吉比以三十为说，年仅二十七，不满三十，岂非语谶哉？”

刘辰翁《评》：“三十未有二十馀”，绝句起句。“桥头长老相哀念，因遣戎韬一卷书。”其用事类此，亦自得也。

曾益《注》：言既长而饥困，而犹幸见念于长老也。

姚佺《笺》：圯老之贻兵书，以子房之杰耳，岂以子房之饥困哉！于理不通。二十长饥，便见之声诗，乃有终年腹如唐园而惟菜是盛者，又当何如？惜乎早赋白玉，无有以画粥种芜苔告之者。

姚文燮《注》：自伤其年壮无成，调饥莫慰，安得圯上素书，以从戎为愉快也。

方世举《批》：此以下四首，谓不如从戎。方云：时方用武，故有下二句，下章亦然。“白日长饥小甲蔬”，方云：言面有菜色耳。

黎简《批》：此长吉以张良自况，然此时长吉已将死矣。

钱仲联《读昌谷集绝句六十首》：弓月帘前照鬓青，秋风书剑两飘零。不须亲遇骊山姥，自抱《阴符》一卷经。《南园》十三首之四、之六、之七。

其五

男儿何不带吴钩①〔一〕，收取关山五十州〔二〕。请君暂上凌烟阁〔三〕，若个书生万户侯〔四〕。

【校记】

①吴钩，宣城本、蒙古本均作“横刀”。王琦《解》：“一作横刀。”

【注释】

〔一〕吴钩：王琦《解》：“鲍照诗：锦带佩吴钩。李周翰注：吴钩，钩类，头少曲。《梦溪笔谈》：吴钩，刀名也，刃弯，今南蛮用之，谓之葛党刀。”王氏未确指。按，吴钩当是钩类，用以勾挂刀剑。《吴越春秋·阖闾内传》：“阖闾既宝莫邪之剑，复命国中作金钩，令曰：‘能为善钩者，赏之百金。’吴作钩者甚众，而有人贪王之重赏也，杀其两子，以血衅金，遂成二钩，献于阖闾。”《文选》左思《吴都赋》：“吴钩越棘，纯钧湛卢。”李善注引《越绝书》，内容与《吴越春秋》相仿佛。近人王稼句有《吴钩考》一文，载《学林漫录》十集，可参看。

〔二〕五十州：指元和时代被藩镇割据的山东、河南、河北一带五十馀州郡。《新唐书·李绛传》：“元和七年，宪宗于延英殿听政，李绛说：‘今法令不及者五十馀州。……诚陛下焦心销志求济时之略，渠便高枕而卧哉！”《资治通鉴》卷二三七：“今法令不能制者，河南北五十馀州，岂得谓之太平？”

〔三〕凌烟阁：刘肃《大唐新语·褒赐》：“贞观十七年，太宗图画太原倡义，及秦府功臣赵公长孙无忌、河间王孝恭、蔡公杜如晦、郑公魏徵、梁公房玄龄、申公高士廉、鄂公尉迟敬德、郧公张亮、陈公侯君集、卢公程知节、永兴公虞世南、渝公刘政会、莒公唐俭、英公李勣、胡公秦叔宝等二十四人于凌烟阁，太宗亲为之赞，褚遂良题阁，阎立本画。”

〔四〕万户侯：食邑万户的侯爵，语出《史记·李广列传》：“如令子当高祖时，万户侯岂足道哉！”王琦《解》：“观凌烟阁上之像，未有以书生而封侯者，不得不弃笔墨而带吴钩矣。”

【集评】

曾益《注》：言欲立功异域，试看凌烟，曾未有书生而封万户者，是志虽存，如时命何？

姚文燮《注》：裴度伐吴元济，蔡、郓、淮西数十州至是尽归朝廷，贺盖美诸将之功，而复羡其荣宠，故不觉壮志勃生。若个者犹言几许也，曾有几许书生能致万户侯者乎？

蒋楚珍评（姚文燮《注》附）：此贫思投笔也。

黎简《批》：欲弃毛锥，亦自愤也。

钱仲联《读昌谷集绝句六十首》：手托吴钩布阵图，拿云心事在孙吴。世间何限秋坟客，苦伴花虫读死书。《南园》之四、五，《秋来》、《致酒行》。

其六

寻章摘句老雕虫〔一〕，晓月当帘挂玉弓〔二〕。不见年年辽海上〔三〕，文章何处哭秋风〔四〕。

【注释】

〔一〕寻章摘句:分断、离析儒家经典中的章节句读,《三国志·吴书·吴主传》裴松之注引《吴书》:"(赵咨)使魏,魏文帝善之,嘲咨曰:'吴王颇知学乎?'咨曰:'吴王浮江万艘,带甲百万,任贤使能,志存经略,虽有馀闲,博览书传历史,藉采奇异,不效诸生寻章摘句而已。'"《三国志·吴书·吕蒙传》裴松之注引《江表传》:"初,权谓蒙及蒋钦曰:'卿今并当途掌事,宜学问以自开益。'蒙曰:'在军中常苦多务,恐不容复读书。'权曰:'孤岂欲卿治经为博士邪?但当令涉猎见往事耳。'"沈括《梦溪笔谈·续笔谈》卷一:"古人谓章句之学,谓分章摘句,则今之疏义是也。今人或谬以诗赋声律为章句之学,误矣。"老雕虫:终身为文词之艺。扬雄《法言·吾子》:"或问:吾子少而好赋?曰:然,童子雕虫篆刻。俄而曰,壮夫不为也。"《北史·李浑传》:"雕虫小技,我不如卿;国典朝章,卿不如我。"

〔二〕玉弓:王琦《解》:"玉弓,谓下弦后残月之状有似弓形。"

〔三〕辽海:王琦《解》:"辽东也,辽东之地延袤千有馀里,其南背临勃海,故曰辽海。"

〔四〕"文章"句:王琦《解》:"夫书生之辈,寻章摘句,无间朝暮,当晓月入帘之候,犹用力不歇,可谓勤矣,无奈边埸之上,不尚文词,即有才如宋玉,能赋悲秋,亦何处用之?念及此,能无动投笔之思,而驰逐于鞍马之间耶?"姚文燮《注》:"言丈夫当立勋紫塞,何用悲秋摇落耶?"

【集评】

曾益《注》:此言老于章句,达曙不寐,而辽海之上,战伐年年,奚用是文章为也?

无名氏《批》：千古才人，一齐下泪。

黄周星《唐诗快》卷三：尝见长吉所评《楚辞》云："时居南园，读《天问》数过，忽得'文章何处哭秋风'之句。"则此一句中，有全卷《天问》在。

姚佺《笺》：睹此一首，而带吴钩之意益明矣。

姚文燮《注》：章句误人，倏忽衰暮，仰视天头牙月，动我挽强之思矣。丈夫当立勋紫塞，何用悲秋摇落耶？

陈式评（姚文燮《注》附）：才思挽强立功，忽念辽海之上不用文章，总见书生无用，与前首同意。

黎简《批》：与上首同意，凌烟无封侯书生，辽海无悲秋诗客。辽海用兵之地，用不着苦吟悲秋之士也。

其七

长卿牢落悲空舍〔一〕，曼倩诙谐取自容〔二〕。见买若耶溪水剑〔三〕，明朝归去事猿公〔四〕。

【注释】

〔一〕长卿：《汉书·司马相如传》："相如字长卿，家徒四壁。"牢落：孤寂，心无所托貌。《文选》陆机《文赋》："心牢落而无偶。"李善注："牢落，犹辽落也。"《东观汉记》："第五伦自度仕宦牢落。"刘长卿《负谪后登干越亭作》："牢落机心尽。"

〔二〕曼倩：东方朔字曼倩。夏侯湛《东方朔书赞》："大夫讳朔，字曼倩，平原厌次人也。以为傲世不可以垂训也，故正谏以明节；明节不可以久安也，故诙谐以取容。"

〔三〕若耶溪水剑：《太平寰宇记》卷九六："若耶溪在越州会稽县东南二十八里。"虞世南《北堂书抄》卷一百二十二引《吴越春秋》云:"秦客薛蜀见纯钧之剑曰:臣闻王之初造此剑,赤堇之山破而出锡,莫耶之溪涸而出铜,时雨师洒道,雷公鼓橐,蛟龙捧炉,天帝壮炭,太乙下观,天精下降,于是欧冶子因天地之精,悉其伎巧,造为此剑。"

〔四〕事猿公:《吴越春秋·勾践阴谋外传》:"越有处女,出于南林,……越王乃使使聘之,问以剑戟之术。处女将北见于王,道逢一翁,自称袁公,问于处女,吾闻子善剑,愿一见之。女曰:妾不敢有所隐,唯公试之。于是袁公即杖箖箊竹,竹枝上颉桥,末堕地,女即捷末,袁公则飞上树,变为白猿。"王琦《解》:"言能文之士如司马长卿、东方曼倩,犹不能得志于时,况其次者乎?学书何益,不如去而学剑也。"

【集评】

刘辰翁《评》:耿耿可念,其词其事,兴托皆妙。

曾益《注》:言抱才而穷,不若诙谐者见容也。托言学剑,有愤世意。

姚文燮《注》:宵小盈朝,正人敛迹。文园难免穷愁,东方且忧忌讳。冠裳倒置,笔墨无功,唯有学剑术以自匿矣。

其八

春水初生乳燕飞,黄蜂小尾扑花归。窗含远色通书幌〔一〕,鱼拥香钩近石矶①〔二〕。

【校记】

①石矶,姚文燮本作"钓矶"。

【注释】

〔一〕书幌:书帷,顾野王《玉篇》:"幌,帷幔也。"

〔二〕“鱼拥”句：王琦《解》：“香钩，犹香饵；石矶，近水石崖。”曾益《注》：“上二句形春时之景，下二句形园中之景。”

【集评】

刘辰翁《评》：亦自鲜丽，眼前语无苦，入手自别。

姚文燮《注》：元和间，征少室山人李渤为左拾遗，贺讥其不终于隐也。燕以春至，蜂以花归，犹人之好趋时艳，窗含远色，那知山人之远志将为小草矣。鱼本游于烟波，而为贪饵，卒罹罗网，惜哉！

陈式评（姚文燮《注》附）：物情趁春，往往如此，人独无乘时之意耶？章法妙于起下。

方扶南《批》：此以下四首，又慨闲寂。方云：此下六章皆言不合当世，有隐处就闲之意。

其九

泉沙耎卧鸳鸯暖，曲岸回篙舴艋迟〔一〕。泻酒木兰椒叶盖①〔二〕，病容扶起种菱丝〔三〕。

【校记】

①木兰，吴正子本、宋蜀本均作“木栏”。吴正子《注》：“当作木兰。”

【注释】

〔一〕舴艋：小的舟船。《广雅·释水》：“舴艋，小舟也。”王念孙《疏证》：“《玉篇》云：舴艋，小舟也。”

〔二〕泻酒木兰：以木兰制成盛酒器，曾益《注》：“木兰堪以贮酒。”温庭筠《乾𦠆子》：“（裴弘泰）次第揭座上小爵，以至觥船，凡饮皆竭。”李贺《河阳歌》：“觥船饫口红。”椒叶盖：将椒叶盖于木兰舭上，香气馥郁。曾益《注》："椒叶盖，受辛香也。"王琦《解》："泻酒木兰椒叶盖，谓取木兰、香椒二树之叶盖酒上，以取香气。"

〔三〕种菱丝：曾益《注》："病容初起，载酒种菱，亦一乐事，犹前云课种瓜也。"王嘉《拾遗记》卷六："汉昭帝淋池有倒生菱，茎如乱丝，根浮水上，实沉泥中，名紫菱。"王琦《解》："所谓菱丝者，盖谓其茎也。"

【集评】

姚文燮《注》：泉沙耎卧，自安高枕也。曲岸回篙，不趋捷径也。此时唯借酒可以避世，兰馥椒辛，僻性相类，病起科头，发乱如丝，何心更艳簪组。菱丝曰种，是病后对镜，忽见白发也。菱即菱花。

其十

边让今朝忆蔡邕①〔一〕，无心裁曲卧春风〔二〕。舍南有竹堪书字②，老去溪头作钓翁〔三〕。

【校记】

①边让，宋蜀本作"边壤"。吴正子《注》："边让，诸本作边壤，非。"《后汉书·边让传》可证。

②书，姚文燮本作"题"。

【注释】

〔一〕边让：《后汉书·边让传》："边让字文礼，陈留浚仪人也。少辩博，能属文。""议郎蔡邕深敬之，以为让宜处高位，乃荐于何进。"

〔二〕"无心"句：王琦《解》："长吉盖以边让自喻，而私忆当有如蔡邕之人敬而荐之者，奈未有其人，虽呕心苦思作乐府诸曲，亦有何人赏识，是以无心裁作，而卧于春风之中。”

〔三〕“舍南”二句：曾益《注》：“舍南有竹，尽堪书字，既无心裁曲，复何意作书哉。则亦老于溪头，作一钓翁而已，甚言知己寥寥，无心于世，老于南园而不出也。”王琦《解》：“舍南有竹，斫取作简，尽堪书写以耗壮心。即至年老，垂钓溪边以消永日，盖有不遇知己，诗文俱可不作之想，此必在未逢昌黎诸公以前所作。”

【集评】

吴正子《注》：《后汉·边让传》，让辩博能文，邕深敬之，以让宜处高位，荐之何进。详此必长吉感忆韩公、皇甫之相知，假边、蔡以为况也。

姚文燮《注》：边让，贺自喻也；蔡邕，指昌黎也。是时昌黎远去阳山，虽有新声，别无知己，歌既无心，书又何用，唯把渔竿，差堪终老。

方世举《批》：伯喈荐边让者，此言不复望其识柯亭竹以为笛材矣。

黎简《批》：注太拘，诗意但言怀人独处耳。恐是忆愈、湜二公也。

其十一

长峦谷口倚稽家〔一〕，白昼千峰老翠华〔二〕。自履藤鞋收石蜜〔三〕，手牵苔絮长莼花〔四〕。

【注释】

〔一〕长峦：《尔雅·释山》：“峦，山堕。”郭璞注：“山形长狭者，荆州谓之峦。”谷口倚嵇家：钱澄之曰（姚文燮《注》附）：“谷口疑即昌谷。嵇康舍旁有嵇家山，借以自比。”王琦《解》：“嵇家，疑是南园外之邻。”

〔二〕老翠华：王琦《解》：“盖山色苍老之意。”

〔三〕石蜜：即岩蜜，李时珍《本草纲目》卷三十九：“陶弘景曰：石蜜即崖蜜也，在高山岩石间作之，色青，味小酸，其蜂黑色似虻。陈藏器曰：崖蜜出南方崖岭间，房悬崖上或土窟中，人不可到，但以长竿刺令蜜出，以物承取，多者至三四石，味醶色绿。”

〔四〕“手牵”句：王琦《解》：“苔絮，水中青苔初生如乱发，积久日厚，状如胎絮，水草为其罩网，多抑而不生，故牵去之令莼花得长。”莼花：莼菜之花。李时珍《本草纲目》卷十九：“蓴（即莼），叶似凫葵，浮在水上，采茎堪啖，花黄白色，子紫色。”

【集评】

王琦《解》：末二句即指其山间所事之业也。长吉见其居处在众山围绕之中，已得胜地，而其所课之事，皆有清谧之趣，不觉有慕于中而见之吟讽。旧注皆以长吉自言其情，恐不然也。

姚文燮《注》：自叹才高不遇，而托叔夜以相况也。然当叔夜之世，嫌疑易生，去就莫辨，故孙登谓之曰：君才则高矣，保身之道不足。贺谓身当此际，宜始终深谷，放怀古今，惟精导气栖神之术，采药穷年，安知人世之崄巇乎？

刘嗣奇《李长吉诗删注》卷上：嵇康云：内负宿心，外恧良朋。仰慕严郑，乐道闲居，正长吉之志也，倚嵇家，非无为而云然也。

钱仲联《读昌谷集绝句六十首》：门外千峰老翠华，曾经沧海故侯家。南园白日长饥俊，自撷东陵子母瓜。《南园》十三首，自长安辞官归故里作。

其十二

松溪黑水新龙卵〔一〕，桂洞生硝旧马牙〔二〕。谁遣虞卿裁道帔①〔三〕，轻绡一疋染朝霞②〔四〕。

【校记】

①谁遣，宣城本、蒙古本均作“谁为”。宋蜀本作“谁遗”。《全唐诗》注：“一作为，又作遗。”裁，姚文燮本作“藏”。

②一疋，曾益本、姚佺本、姚文燮本均作“一幅”。

【注释】

〔一〕“松溪”句：曾益《注》：“松入水则影黑，新龙卵，状光泽也。”姚佺《笺》：“盖言黑水之中是龙卵所潜也，松入水时龙卵正新耳。”王琦《解》：“松溪、桂洞，即其所居之地。龙亦卵生，凡水深而色黑沉者，必有龙潜焉，松溪之中或者传有龙居之，故云。又山涧中所产蜥蜴，土人往往称之曰龙，龙卵或是蜥蜴之卵，亦未可知。”

〔二〕“桂洞”句：李时珍《本草纲目》卷十一：“朴硝生于盐卤之地，状似末盐，煎炼入盆，凝结在下，粗朴者为朴硝，在上有芒者为芒硝，有牙者曰马牙硝。”王琦《解》：“此云生硝旧马牙者，岂桂洞之硝特异他处，不假人力而具马牙之状，抑言此硝可以烹制而成马牙之质与？”曾益《注》：“桂洞自来生硝，故曰旧。二句述南园景物。”

〔三〕虞卿：为战国游说之士，李贺借以比虞姓友人。《史记·虞卿传》：“虞卿者，游说之士也，蹑蹻担簦，说赵孝武王，一见，赐黄金百镒，白璧一双；再见，为赵上卿，故号为虞卿。……以魏齐之故，不重万户侯卿相之印，与魏齐间行，卒去赵，困于梁。魏齐已死,不得意,乃著书。”王琦《解》:“意者昌谷中人有潜光隐曜,道服而幽居者,与长吉往来交好,其人虞姓,故以虞卿比之。”道帔:道家服装,虞姓友人或为道长。

〔四〕朝霞:唐代有丝绸名“朝霞”,由新罗国进贡。《唐会要》卷九五“新罗”条云:“(开元)十二年,兴光遣使献果下马二匹,牛黄、人参、头发、朝霞绌、鱼牙……。”(美)谢弗《唐代的外来文明》:“首先还是让我们来看看一些新奇的新罗绸,即八世纪初期由新罗国向唐朝贡献的,被称作‘朝霞绸’和‘鱼牙绸’的纺织品。”“正是因为这种朝鲜绸具有朝霞般美丽的色彩它才会被称为‘朝霞’。”

【集评】

董伯英评(《昌谷集句解定本》卷一):松溪桂洞,南园相迩之,岩壑幽寒之所,庶乎可以居此学道,然放废之人,正如虞卿辞印,困不得志,谁肯遗轻绡一幅,使裁道帔而学道耶?

姚文燮《注》:前言嵇康放达,且不保矣。彼虞卿羁旅失志,穷愁著书,而欲求显荣于当世,难也。若今日主上好神仙,凡有自言方士者,皆得骤贵,倘染霞绡作道帔,即可登诸岩廊,何用著书以自苦耶?并所居之地与景物,皆可指为仙境矣。

方世举《批》:此一首又谓不如入道,感之至矣。

其十三

小树开朝径,长茸湿夜烟〔一〕。柳花惊雪浦〔二〕,麦雨涨溪田①〔三〕。古刹疏钟度,遥岚破月悬〔四〕。沙头敲石火,烧竹照渔船。

【校记】

①麦雨,宣城本、宋蜀本、蒙古本均作“菱雨”。

【注释】

〔一〕长茸：草初生时柔细貌。《说文》："茸，草茸茸貌。"王筠注："盖草初生之状谓之茸。"

〔二〕雪浦：曾益《注》："柳花白，故曰雪浦。"陈弘治《校释》："见白色柳花而疑为雪，故曰惊。"

〔三〕麦雨：麦收时之雨。刘衍《李贺诗校笺证异》引当地谚语云："麦收三月雨，还要去年墒。"

〔四〕破月：董懋策《评》："破月，即半边月也。"王琦《解》："破月，月之不圆者。"

【集评】

姚文燮《注》：小园草木，日夕可栖。柳花，伤春暮也。雨涨，恶浊流也。疏钟，欲依禅也。破月，无明鉴也。时世若此，尚安往哉。石火虽微，竹光可烛，用以自照，唯效渔父以藏身矣。

陈式评（姚文燮《注》附）：亦只南园春来所得之景。

方世举《批》：上六句语岑寂之境，下二句语岑寂之事。此一首本不在前十二首之内，同为南园诗，因汇录之为十三首。老杜集多如此编，结言无所事事，聊复尔尔。

黎简《批》：十三首杂咏也，故无章法前后布置处，末首忽以五律，亦古人不拘拘时眼也。

【总评】

蒋楚珍评（姚文燮《注》附）：十三首皆属自喻之解。

方世举《批》：七绝最易柔美之格调，此人亦复挺拔，虽不如开元之深婉，亦不落元和之疲茶。学杜实发，却用风标。

黎简《批》：十二首绝句，皆长吉停整之作，七绝之正格也，但末章五律似未老成。

【编年】

本诗是诗人家居昌谷时写景抒情的一组诗，叶葱奇《李贺诗集注》说："很可能是韩愈劝他考进士失意而回后，郁闷家居时所作。"这是误解。诗人落第时，仅十九岁，不能写出"三十未有二十馀"这样的诗句来。落第后，他还积极争取入仕，这又与诗里"无心裁曲卧春风"的诗意不合。这组诗的写作年月，最合理的解释，应是诗人辞官东归昌谷后所写。元和七年归昌谷时已是暮春，元和八年七月以后又离家去潞州，因此这组诗当写于元和八年春夏间。

南园〔一〕

方领蕙带折角巾〔二〕，杜若已老兰苕春[1]。南山削秀蓝玉合〔三〕，小雨归去飞凉云[2]。熟杏暖香梨叶老，草梢竹栅锁池痕[3]〔四〕。郑公乡老开酒樽[4]〔五〕，坐泛楚奏吟招魂〔六〕。

【校记】

①兰苕，《文苑英华》作"兰茈"。

②凉云，《文苑英华》作"长云"。

③草梢，原作"草稍"，今据曾益本改。王琦《解》："草稍，一作草蒲，一作草满。"陈弘治《校释》："凌刊本、王解本作草稍，非是。"竹栅，吴正子本、黄评本作"竹色"。池痕，《文苑英华》作"池根"。王琦《解》："一作池潸。"

④酒樽，《文苑英华》作"酒盎"。

【注释】

〔一〕南园：王琦《解》："鲍钦止云：此篇第一卷所脱。"

〔二〕“方领”句：《后汉书·马援传》：“朱勃年十二，能诵诗书，常候援兄况，衣方领，能矩步。”章怀太子注：“颈下施衿领正方，学者之服也。”《艺文类聚·衣冠部》：“《郭林宗别传》曰：林宗尝行陈、梁之间，遇雨，故其巾一角沾而折，二国学士著巾，莫不折其角，云作林宗巾。”

〔三〕蓝玉合：王琦《解》：“谓山如青玉围转也。”

〔四〕“草梢”句：曾益《注》：“草梢竹栅，园中景。”

〔五〕郑公乡：《后汉书·郑玄传》：“国相孔融深敬于玄，屣履造门。告高密县，为玄特立一乡，曰：‘昔齐置士乡，越有君子军，皆异贤之意也。郑君好学，实怀明德。昔太史公、廷尉吴公、谒者仆射邓公，皆汉之名臣。又南山四皓有园公、夏黄公，潜光隐耀，世嘉其高，皆悉称公。然则公者，仁德之正号，不必三事大夫也，今郑君乡宜曰郑公乡。’”曾益《注》：“服是服，睹是物，对是景，值是时，而与里中佳客开樽吟赏，此闲居之乐也。”

〔六〕“坐泛”句：王琦《解》：“王粲《登楼赋》：钟仪幽而楚奏兮。此诗用楚奏事，与上泛字不合。一本有作楚酒者，然又重上句酒字。《楚辞章句》：《招魂》者，宋玉哀怜屈原忠而斥弃，愁满山泽，魂魄放佚，厥命将落，故作《招魂》，欲以复其精神，延其年寿，外陈四方之恶，内崇楚国之美，以讽谏怀王，冀其觉悟而还云也。”

【集评】

陈愫评（《昌谷集句解定本》）：开尊乡老，亦有靖节壶觞劳近邻风，奈南园诗不及其出城诗之酸楚。蔡宽夫云：柳子厚未为达理。长吉有焉。

姚文燮《注》：簪组既谢，野服徜徉，时当夏初，景物盛茂。南山在望，可方其高，蓝水匪遥，堪比其洁。小雨归去，不畏炎威，凉云自飞，弗愁薰灼。杏熟梨老，无复秾郁之思，弱质筠心，白水自矢。南国不减郑乡，惟饮酒读《离骚》以终老已。

方世举《批》：此是长吉。但其平平者。

【编年】

从鲍钦止说，本诗应是《南园十三首》组诗所脱。则本诗亦为诗人于元和七年辞官归昌谷家居时的作品。此时，李贺摆脱官场羁拘，归卧家园，心情闲适舒畅，本诗诗意与之相合。

兰香神女庙三月中作[①]〔一〕

古春年年在，闲绿摇暖云〔二〕。松香飞晚华，柳渚含日昏〔三〕。沙砲落红满[②]〔四〕，石泉生水芹[③]。幽篁画新粉，蛾绿横晓门〔五〕。弱蕙不胜露，山秀愁空春〔六〕。舞珮翦鸾翼，帐带涂轻银〔七〕。兰桂吹浓香，菱藕长莘莘〔八〕。看雨逢瑶姬，乘船值江君〔九〕。吹箫饮酒醉，结绶金丝裙。走天呵白鹿，游水鞭锦鳞〔一〇〕。密发虚鬟飞〔一一〕，腻颊凝花匀[④]。团鬟分珠窠[⑤]，浓眉笼小唇〔一二〕。弄蝶和轻妍，风光怯腰身〔一三〕。深帏金鸭冷[⑥]，奁镜幽凤尘〔一四〕。踏雾乘风归[⑦]，撼玉山上门[⑧]〔一五〕。

【校记】

①三月中作，宋蜀本无此四字。

②沙砲，宋蜀本、蒙古本作“沙砌”。

③生水芹，姚佺本、姚文燮本作“水生芹”。

④腻颊，宣城本作“腻靥”。

⑤珠窠,吴正子本、宋蜀本作“珠巢”。

⑥深帏,万历本、姚佺本作“深闱”。

⑦乘风,蒙古本作“乘岚”。

⑧山上门,宋蜀本、蒙古本、日本内阁文库本作“山上闻”。王琦《解》:“一本作撼玉山上闻,盖以撼玉为珮环之声,与下三字不相粘合,作闻字始克称耳。”

【注释】

〔一〕兰香神女:《太平广记》卷六十二引《集仙录》:“杜兰香者,有渔父于湘江、洞庭之岸闻儿啼声,四顾无人,惟三岁女子在岸侧,渔父怜而举之。十馀岁,天姿奇伟,灵颜姝莹,殆天人也。忽有青童灵人自空而下,来集其家,携女而去,临升天,谓其父曰:‘我仙女杜兰香也,有过谪于人间,玄期有限,今去矣。’”王琦《解》:“长吉所称,但云兰香神女,不连杜字。又据昌谷诗下原注,谓昌谷中之女山,即兰香神女上升处,遗几在焉。与《广记》所载不类,盖另是一人,其庙亦当在女山上。”《太平广记》卷五十九引《女仙传》云:“女几者,陈市上酒妇也,作酒常美,仙人过其家饮酒,即以素书五卷质酒钱,几开视之,乃仙方养性长生之术也,几私写其要诀,依而修之,三年,颜色更少,如二十许人。数岁,质酒仙人复来,笑谓之曰:‘盗道无师,有翅不飞。’女几随仙人去,居山历年,人常见之,其后不知所适。今所居即女几山也。”女山,即女几山,参见《昌谷诗》注。

〔二〕“古春”二句:曾益《注》:“春古,故年年在。闲绿,含松香、柳渚。”王琦《解》:“古春,谓古时之春,年年在,谓至今犹然。”

〔三〕“松香”二句:曾益《注》:“晚华、日昏,应摇暖云。”

〔四〕沙砲:曾益《注》:“沙砲,沙碛。”王琦《解》:“沙砲,沙中石子。”

〔五〕“蛾绿”句:曾益《注》:“蛾绿,谓远山。”王琦《解》:“谓庙前之山，其色如蛾绿。”

〔六〕“山秀”句：曾益《注》：“愁空春，春自发也。数语皆春，皆神女庙景。”姚文燮《注》：“古春以下，咏庙中花卉、竹木、石泉、山水之胜。”

〔七〕“舞珮”二句：曾益《注》：“珮剪鸾翼，言神女饰；帐带涂银，言神座饰。”姚文燮《注》：“舞珮带帐，状其饰也。”

〔八〕“兰桂”二句：王琦《解》：“兰桂吹浓香，谓所焚之香浓馥如兰桂。菱藕长莘莘，谓所供之物清洁无腥膻。”班固《东都赋》：“俎豆莘莘。”李善注：“莘莘，众多也。”

〔九〕“看雨”二句：王琦《解》：“瑶姬，即巫山神女，详见《巫山高》注中，以其朝为行云，暮为行雨，故看雨而逢焉。江君，即湘君也，以其为湘江之神，故变称江君。《楚辞·湘君》云：沛吾乘兮桂舟，令沅湘兮无波，使江水兮安流。乘船字本此。”

〔一〇〕“走天”二句：葛洪《神仙传》卷八：“卫叔卿者，中山人也，服云母得仙。……乘云车，骑白鹿。”刘向《列仙传》卷上：“琴高者，赵人也，以鼓琴为宋康王舍人，行涓、彭之术，浮游冀州涿郡之间二百馀年。后辞，入涿水中取龙子，与诸弟子期日，皆洁斋待于水旁，设祠，果乘赤鲤来，出坐祠中。”王琦《解》：“古仙人如卫叔卿，在山中常乘白鹿。琴高入涿水，骑赤鲤。此暗用其事。”

〔一一〕虚鬟：叶葱奇《李贺诗集注》：“卷发为鬟，其中空虚，所以说虚鬟。”

〔一二〕“团鬓”二句：曾益《注》：“鬓分珠窠，眉笼小唇，言神女姣好。”

〔一三〕“弄蝶”二句：曾益《注》：“和轻妍，怯腰身，态美。”王琦《解》：“谓舞蝶轻妍，尚不如神女腰身之姣好。”

〔一四〕“深帏”二句：曾益《注》：“闺深鸭冷，言香残；镜奁尘幽，久不照。”王琦《解》：“金鸭，香炉铸作鸭形，以金涂其上。幽凤，镜上盖袱刺绣凤形者。二句见神女上升之后，庙中虽陈设器具，终是冷寂。”

〔一五〕“踏雾”二句：曾益《注》：“踏雾乘风，言行异；归，从游戏而归。撼，缘风，撼玉山上门，言由山门而归，而风撼珮环也。”王琦《解》：“撼，摇也。玉，门上玉饰，《长门赋》挤玉户以撼金铺是也。”

【集评】

刘辰翁《评》：逐句逐字，尚有可取，全首即无谓。

无名氏《批》：贺居昌谷，与兰香庙迩，故借兰香以表贞素，因备言人境之洁。

董懋策《评》：走天接看雨，游水接乘船。

姚文燮《注》：时人好言神仙，贺故幻其词，以见世之炫惑，相与附会以从者，读此当为之解嘲矣。

丘象升评（《昌谷集句解定本》卷四）贺居昌谷，与兰香庙迩，有借兰香以表己之贞素，是故备言其人境之洁。

刘嗣奇《李长吉诗删注》卷下：昌谷与兰香庙迩，有借兰香以表己之贞素意，故备言其人境之洁。

【编年】

李贺于元和七年季春返回昌谷，当年，他不可能写《兰香神女庙》，因为副题云“三月中作”，则本诗必作于元和八年的三月中。以后，他就北上潞州，南下江南，没有机会再写本诗。《钱谱》系本诗于元和八年。刘衍《李贺诗校笺证异》有两说：一为赴试前居昌谷之元和五年；一为归昌谷后之元和八年春。结论是:"故诗当写于元和五年前。"元和五年,李贺正在奉礼郎任上,不可能写出本诗。

感春

日暖自萧条,花悲北郭骚。〔一〕榆穿莱子眼①,〔二〕柳断舞儿腰。〔三〕上幕迎神燕,〔四〕,飞丝送百劳。〔五〕胡琴今日恨,〔六〕急语向檀槽。〔七〕

【校记】

①莱子,吴正子《注》:"莱子当作来子。""又《宋书》作耒子,如此则耒字误作来,又转误作莱。"王琦《解》:"琦按,旧本昌谷集有作莱字者,亦误。"

【注释】

〔一〕北郭骚:《吕氏春秋·士节》:"齐有北郭骚者,结罘罔,捆蒲苇,织萉履,以养其母,犹不足。"庾信《和裴仪同秋日》诗:"学异南宫敬,贫同北郭骚。"王琦《解》:"长吉有母而家贫,故以北郭骚自比。"姚文燮《注》:"(首二句)日暖花开,本自和畅,以旅人当之,不觉岑寂。"

〔二〕莱子:吴正子《注》:"莱子当作来子。宋废帝景和元年,铸二铢钱,文曰景和,形式转细,无轮郭,不磨鑢者,谓之来子,尤轻薄者谓之荇叶,今谓榆荚似之。又宋书作耒子,如此则耒字误作来,又转误作莱也。"《宋书·颜竣传》作"耒子钱"。王应麟《玉海》卷一八〇:"景和二年,铸二铢钱,文曰景和,形式细,人模仿之,翦凿者谓之耒子,薄者谓之荇叶。"

〔三〕舞儿腰:诗意出自杜甫《绝句漫兴九首》:"隔户杨柳弱袅袅,

恰似十五女儿腰。”曾益《注》：“柳断舞腰，弱甚。”

〔四〕“上幕”句：王琦《解》：“上幕，张幕也。《月令》：仲春之月，玄鸟至；至之日，以太牢祀于高禖。盖古人以燕至为祈嗣之候，上幕迎神燕，盖是其事。谓之神燕，美其称也。”

〔五〕“飞丝”句：李时珍《本草纲目》卷四十九：“伯劳即鶪也，夏鸣冬止，乃月令候时之鸟。”曹植《恶鸟论》：侍臣曰：世人同恶伯劳之鸣，敢问何谓也？王曰：昔尹吉甫用后妻之说，杀孝子伯奇，吉甫后悟，追伤伯奇。出游于田，见鸟鸣于桑，其声嗷然，吉甫心动曰：伯劳乎？鸟乃抚翼，其音尤切，吉甫顾谓曰：伯劳乎，是吾子，栖吾舆，非吾子，飞勿居。鸟寻声而栖于盖，吉甫遂射杀后妻以谢之。故俗恶伯劳之鸣，言所鸣之家必有凶也。王琦《解》：“燕来主吉祥，故迎之；伯劳鸣主有凶兆，故送之，想长吉居处风俗有此言，故云。”陈弘治《校释》：“飞丝，谓结丝竿上，临空飘扬，以止飞禽之停息也。”

〔六〕“胡琴”句：胡琴，唐之弹奏乐器，如琵琶而小，王琦《解》：“考唐时有五弦琵琶一器，如琵琶而小，北国所出。旧以木拨弹，乐工裴神符初以手弹，太宗悦甚。后人搊琵琶，唐人所谓胡琴，应是五弦琵琶耳。”

〔七〕“急语”句：檀槽：以紫檀木制成的琵琶槽。乐史《杨太真外传》卷上：“妃子琵琶逻逤檀，寺人白季贞使蜀还，献其材，温润如玉，光耀可鉴。”王建《宫词》：“黄金捍拨紫檀槽，弦索初张调更高。”曾益《注》：“今日即春，托胡琴以写恨，而促节而奏，徒向檀槽以急语，人谁知也。”

【集评】

刘辰翁《评》：“上幕迎神燕，飞丝送伯劳。”偶然耶？“胡琴今日恨，急语向檀槽。”字字不随人后。

无名氏《批》:前解感春自感,后解自感春,低徊不尽。秾春日暖,万物融和,犹不知有自萧条者在也。

姚文燮《注》:日暖花开,本自和畅,以旅人当之,不觉岑寂。榆穿,思省亲也,柳断,伤离歌也。燕来雁去,触目惊心,聊借琵琶写怨,忧从中来,自促节成哀响耳。

何焯评(陈本礼《协律钩玄》卷三):古歌词云:"东飞百劳西飞燕,黄姑织女时相见。谁家女儿对门居,开花发色照里闾。"又云:"三春已暮花从风,空留可怜谁与同。"此词皆本其意耳。

方世举《批》:"花悲北郭骚",骚,忧也。"榆穿莱子眼",古有莱子钱,不记所出。"胡琴今日恨,急语向檀槽。"末谓新音知希,当求俗调耳。

【编年】

诗用北郭骚典。长吉有母而家贫,故以北郭骚自喻。元和七年归昌谷,已是暮春,可知本诗乃作于元和八年春,当时正闲居昌谷,虽春日万物融和,却难遣心头怨恨,故曰"日暖自萧条"。

勉爱行二首送小季之庐山〔一〕

洛郊无俎豆〔二〕,弊厩惭老马①〔三〕。小雁过炉峰〔四〕,影落楚水下〔五〕。长船倚云泊,石镜秋凉夜〔六〕。岂解有乡情,弄月聊呜哑〔七〕。

【校记】

①惭,曾益本、姚佺本作"斩"。王琦《解》:"曾氏注:弊厩有老马,斩之以祖别。余光注:斩,训绝,即无字也。二说皆未妥,从惭字为是。"

【注释】

〔一〕诗题:吴正子《注》:“勉爱,乃勉旃自爱之意。小季,恐为长吉之弟也。”按,唐代季字即作“弟”讲。岑仲勉《贞石论史》(载《金石论丛》):“余按唐文季字或即弟字解,如《太白集》一八《送二季之江东》,《江州集》三《岁日寄京华诸季端武等》。”

〔二〕“洛郊”句:曾益《注》:“无俎豆,不能设席。”王琦《解》:“言相送于洛阳郊野之地,无俎豆以饯行,即所乘之马,亦非强壮。”

〔三〕“弊厩”句:周玉凫(姚文燮《注》附)曰:“老马弊厩,是贺自伤不遇。”

〔四〕小雁:吴正子《注》:“小雁,喻小季。”炉峰:即庐山香炉峰。李吉甫《元和郡县图志》卷二十八:“(江州浔阳县)庐山,在县东三十二里。本名鄣山,昔匡俗字子孝,隐沦潜景,庐于此山,汉武帝拜为大明公,俗号庐君,故山取号。”

〔五〕楚水:楚地之水,指鄱阳湖。

〔六〕石镜:庐山东有石镜峰,山石圆平如镜,可以照见人影。郦道元《水经注》卷三十九:“(庐山)东有石镜,照水之所出。有一圆石悬崖,明净照见人形。晨光初散,则延曜入石,毫细必察,故名石镜焉。”

〔七〕“岂解”二句:姚佺《笺》:“丈夫非无泪,不洒别离间,所志在功名,离别何足叹。此别正以遭逢不遇而洒泪也,观下首自见。”王琦《解》:“此预言别后情景,长船倚云而泊,四顾凄其,又当石镜秋凉之夜,益增寂寞,即不解有乡情者,对月不能不兴呜哑之悲,而况有乡情者哉!”

【集评】

姚佺《笺》:影落楚水下,情含景中。

无名氏《批》:既无尊酒相饯,又无骊驹相送,一任小季远之,影落他乡,长吉贫困,和盘托出矣。非王孙手笔,谁办得此神妙?

姚文燮《注》:相送洛郊,愧未设俎豆以饯小季,乃兴念庐山,老马识路,困于敝厩,益用自惭。小雁指小季,言尔过炉峰,湘衡在望,故云"影落楚水下",长船倚云,即江船傍庐山而泊,石镜峰头,秋空明月,情影最佳,当此自不知有乡思,差堪吟咏以寄怀已。

方世举《批》:"洛郊无俎豆",起居当是为东都之奉礼郎耳,但有官而无祀事。"弊厩斩老马",有作惭字甚通。"弄月聊呜哑",呜哑橹声,承上文船。

黎简《批》:以此帖切小弟,真是冰雪聪明。离别之感,亦在句中。

其二

别柳当马头〔一〕,官槐如兔目〔二〕。欲将千里别,持此易斗粟①〔三〕。南云北云空脉断,灵台经络悬春线〔四〕。青轩树转月满床〔五〕,下国饥儿梦中见〔六〕。维尔之昆二十馀〔七〕,年来持镜颇有须②。辞家三载今如此,索米王门一事无〔八〕。荒沟古水光如刀〔九〕,庭南拱柳生蛴螬〔一〇〕。江干幼客真可念,郊原晚吹悲号号③〔一一〕。

【校记】

①持此,宋蜀本、《全唐诗》作"持我"。《全唐诗》注:"一作此。"王琦《解》:"旧本皆作持我,似与下文索米犯复,一本注云,我一作此,今从之。"

②持镜,姚文燮本作"对镜"。

③晚吹,万历本作“晓吹”。

【注释】

〔一〕“别柳”句:曾益《注》:“古人折柳志别,当马头别也。”王琦《解》:“别柳,送别饯行处之柳也。”

〔二〕兔目:形容槐叶初生之形状。李时珍《本草纲目》卷三十五:“槐之生也,入季春五日而兔目,十日而鼠耳,更旬而始规,三旬而叶成。”

〔三〕“持此”句:王琦《解》:“谓以升斗之需,而奔走千里之远,若持此身相易者然,即《左传》糊口四方之意。此盖指其弟而言也。”

〔四〕“南云”二句:曾益《注》:“南北,言相分。空脉断,相睽。灵台线悬,明心相牵。”王琦《解》:“兄弟之别,如云之在南北,两处隔断,乃中心悲恋,又如线之相牵,而不能去于怀。”灵台:心。《庄子·庚桑楚》:“不可内于灵台。”郭象注:“灵台,心也。”

〔五〕青轩:此指母亲居处。树转:王琦《解》:“谓树影转移。”

〔六〕下国:京城称中国,京城以外地都称下国。这里指小弟所到之江西。王琦《解》:“下国,是其弟所到之地,对京师而言,故曰下国。”下国饥儿:指老母梦中所见去江西之小儿子。钱仲联《李贺年谱会笺》:“乃李贺指其母思念之小季而言,更不能指贺之儿。”

〔七〕尔昆:尔之兄长,李贺自指。

〔八〕索米王门:在朝为官,领取俸禄,语出《汉书·东方朔传》:“无令但索长安米。”

〔九〕“荒沟”句:王琦《解》:“古水,谓积久之水,光如刀,言其明静不动。”

〔一〇〕“庭南”句:王琦《解》:“拱柳,谓拱抱之柳。曾氏作小柳解,盖以为拱把之拱，夫拱把之柳焉能生蛴螬乎！蛴螬状如蚕而大，生树根及粪土中，今谓之地蚕。又有蝤蛴，亦如蚕而大，生树木中，蠹木作孔，今谓之蛀虫，二物不同，然古人亦多混称。玩此诗所称蛴螬，盖指其生树木中者。”

〔一一〕“江干”二句：曾益《注》：“幼客，谓小弟。真可念，谓独往江干。晚吹，风起。悲号号，如泣也。”王琦《解》：“因其弟以幼年作客江干，极为可念。侧听郊原晚风旋起，其声号号，似助人之悲切。”

【集评】

刘辰翁《评》：“欲得千里别，持我易斗粟。”非深爱不能道此兄弟情。此语甚悲，别其弟。“真可念郊原，晚吹悲号号。”语自不同，读亦心呕。

姚文燮《注》：折柳相送，槐叶尚小，千里饥驱，仅藉我而易薄糈，致令兄弟睽隔，目断心牵。孤轩月夜，魂梦相怜，愧我为兄，年已及壮，不惟不能为弟谋，方自羁愁穷困，沟水月明，柔枝虫蚀，言念小季，临风依依。

陈式评（姚文燮《注》附）：妙笔竟是六朝。

黎简《批》：“春线”句，言劳心牵挂也，下国饥儿梦中见，正牵心处也。昌谷诗数言其夫妇之情，如“卿卿忍相问”及“长卿怀茂陵”之句，皆是。至此又言梦其儿，则长吉亦有妻子矣。后来杜牧之序云：“无家室子弟，得以给养存问。”则亦相继沦亡矣。词人之厄穷，往往可泣。

【编年】

元和八年季春，（诗云“官槐如兔目”，则李贺送别小弟时，正是季春三月。）长吉胞弟李犹离家去江西庐山谋生，诗人作《勉爱行二首送小季之庐山》以送行，抒写兄弟离别深情。元和七年春，李贺自长安因病辞官返归昌谷，弟李犹在家，有《示弟》诗可证。第二年七月一日，李贺已辞家去潞州，有《七月一日晓入太行山》可证。则李犹之去庐山，必在元和八年春。诗云"石镜秋凉夜"，这是诗人想象小弟在庐山泊舟石镜峰的景况，不能以此为由，说送弟往庐山在此年之秋季。

后园凿井歌①〔一〕

井上辘轳床上转，水声繁，弦声浅②〔二〕。情若何，荀奉倩〔三〕。城头日，长向城头住。一日作千年，不须流下去〔四〕。

【校记】

①诗题，宋蜀本无"歌"字。

②弦声，宣城本、蒙古本作"丝声"。

【注释】

〔一〕后园凿井：《晋书·乐志下》："拂舞歌诗五篇，《淮南王》篇云：淮南王，自言尊，百尺高楼与天连。后园凿井银作床，金瓶素绠汲寒浆。汲寒浆，饮少年，少年窈窕何能贤，扬声悲歌音绝天。我欲渡河河无梁，愿作双黄鹄，还故乡。还故乡，入故里，徘徊故乡，苦身不已。繁舞奇歌无不泰，徘徊桑梓游天外。"王琦《解》："长吉此诗略祖其义，而名与调及辞意皆变焉。盖为夫妇之相爱好者，思得长相依也。"

〔二〕"井上"三句：王琦《解》："床，井栏也。弦，即汲水之绳。水声与弦声相和而成音，以比男女相配而成好和。"张籍《楚妃怨》诗："梧桐叶下黄金井，横架辘轳牵素绠。"

〔三〕荀奉倩:《世说新语·惑溺篇》:"荀奉倩与妇至笃,冬月妇病热,乃出中庭自取冷,还,以身熨之。妇亡,奉倩后少时亦卒。"

〔四〕"城头日"四句:曾益《注》:"城头日,初日,唯其下而不已,故人老而情尽,言焉得长住城头,俾一日为千年之计,不少下乎!独奈何情无已而日易尽也。"王琦《解》:"欲夫妇长得相守而不老也。"

【集评】

吴正子《注》:此篇叹流光迅速,愿日景长住,使寿命延,此情相与终始也。

刘辰翁《评》:极似古意。凿井浅事,独因辘轳涉及情事,颇欲系日,如此往来,既托之谣体,长吉短语,自不必一一可晓。

黄淳耀《评》:日升而天晓,然后汲井,后二句不欲日没也。

无名氏《批》:此首真将乐府作法和盘托出。

黎简《批》:汲井以起兴,情如绠与水耳。以下只言情,便好。注太泥。

王夫之《唐诗评选》卷一:悼亡诗,托词不觉,乃于意隐者,于言必显,如此方不入魔。悲婉能下石人之泪,但一情径去,无待记忆商量,斯以非俗眼之滂沱。

陈式评(姚文燮《注》附):题为后园凿井,而诗则代恨于井之多此一凿,为闺阁言之也。

姚文燮《注》:此叹士人沉沦,必赖在上者有以引汲之也。瓶初入井,水多则声繁,弦从上转,水深则声浅,多且深可知水之不竭也。人情好德,如奉倩之好色,自无竭时,使城头旭日,光明长旦,一日之知便作千年之遇,从幽泉深谷而引汲之使上,岂尚令其沉沦乎?

钱仲联《读昌谷集绝句六十首》:料理龙须伴药囊,后园凿井九回肠。当时鬓影琴台畔,一日千年未是长。《后园凿井歌》,王船山以为悼亡诗,"悲婉能下石人之泪"。《咏怀》诗有"弹琴看文君,春风吹鬓影"句。

【编年】

元和七、八年间,李贺闲居昌谷,后园中有石井,他睹物生情,触枨感发,兴起悼念亡妻的情思,乃运荀奉倩之故事,悲痛地写下本诗,悲婉感人。《钱谱》云:"元和九年春夏间,在昌谷家居,有《后园凿井歌》。"其实,元和九年李贺已在潞州。

将发

东床卷席罢〔一〕,护落将行去①〔二〕。秋白遥遥空,日满门前路②〔三〕。

【校记】

①护落,宋蜀本作"濩落"。王琦《解》:"濩落、护落同义。"

②日满,蒙古本作"月满"。

【注释】

〔一〕卷席:王琦《解》:"束装而行也。"

〔二〕护落:失意貌。韩愈《赠徐州族侄》:"萧条资用尽,濩落门巷空。"

〔三〕"日满"句:曾益《注》:"日满言初照临,门前路,可南而可北也,犹焉往而不得也。"

【集评】

姚文燮《注》:不尽展转留恋之情,卷席时以为尚早,或可暂停,而旭日盈途,促我就道,奈何。

丘象升评(《昌谷集句解定本》卷三):李贺不善用双字,碎碎遥遥,皆欠苍深,非惟不及葩经(《诗经》),亦不逮老杜远矣。

【编年】

本诗当作于北去潞州途中。《钱谱》系此诗于元和九年,云:"秋,至潞州,依张彻,时彻初效潞幕。路经河阳、太行山、长平、高平等地,有《将发》……等诗。"刘衍《李贺年谱新笺》同此。按,李贺赴潞之确定年月为元和八年六月下旬,七月一日始入太行山,始有秋景,故知此诗写途中将于旅店出发时的失意无聊、前途茫然的心态。

河阳歌〔一〕

染罗衣,秋蓝难着色〔二〕。不是无心人,为作台邛客①〔三〕。花烧中潬城〔四〕,颜郎身已老〔五〕。惜许两少年②,抽心似春草〔六〕。今日见银牌〔七〕,今夜鸣玉谯〔八〕。牛头高一尺〔九〕,隔坐应相见。月从东方来,酒从东方转〔一〇〕。觥船饫口红〔一一〕。蜜炬千枝烂〔一二〕。

【校记】

①台邛,吴正子《注》:"台邛疑为临邛,用司马相如为临邛令客事。"

②惜许,曾益本、姚佺本、姚文燮本作"昔许"。

【注释】

〔一〕河阳:县名。李吉甫《元和郡县图志》卷五:"(河南府)河阳县,隋开皇十六年,分温、轵二县重置,属怀州。武德四年平王世充后,割属河南府。"

〔二〕"染罗衣"二句:王琦《解》:"罗衣染色,初非难事,乃有时而难着色,以喻两美相遇,初无难合,而有时不能相合,盖诗之兴而比者也。"

〔三〕台邛:吴正子《注》以为用司马相如事。姚文燮《注》:"台邛以比河阳如琴台、临邛也,以未尝忘情,故又来客此。"

〔四〕"花烧"句:王琦《解》:"花烧,谓花盛开其色如烧也。"中潬城:李吉甫《元和郡县图志》卷五:"(河南府,河阳县)中潬城,东魏孝静帝元象元年筑之,仍置河阳关。""故自乾元已后,常置重兵,贞元后加置节度,为都城之巨防。"方勺《泊宅篇》:"河阳三城,其中城曰中潬。"

〔五〕"颜郎"句:用汉颜驷故事。《文选》张衡《思玄赋》:"尉龙眉而郎潜焉,逮三叶而遘武。"李善注引《汉武故事》:"颜驷,不知何许人,汉文帝时为郎。至武帝,尝辇过郎署,见驷厖眉皓发,上问曰:'叟何时为郎,何其老也?'答曰:'臣文帝时为郎,文帝好文,而臣好武;至景帝好美,而臣貌丑,陛下即位好少,而臣已老,是以三世不遇,故老于郎署。'上感其言,擢拜会稽都尉。"今本《汉武故事》无此事。曾益《注》:"花烧中潬,言色自饶,但颜郎老耳,颜郎谓己。"

〔六〕"惜许"二句:王琦《解》:"诗言花方盛开,而客年已老,乃见两少年女子而惜许之,心生怜爱,有若春草之心,勃起而发。"

〔七〕银牌:曾益《注》:"唐官妓佩银牌,刻名其上。"

〔八〕鸣玉谶:《国语·楚语下》:"王孙圉聘于晋,定公飨之,赵简子鸣玉以相。"王琦《解》:"谓鸣玉佩佐谶也。"

〔九〕牛头:酒尊刻牛头形。《礼记·明堂位》:"尊用牺象。"孔颖达疏:"先儒云:刻尊为牺牛形,用以为尊。"

〔一〇〕"月从"二句:曾益《注》:"月从东来,彼顾盼我,酒从东转,我酬答彼,彼此相对,款曲莫通。"

〔一一〕“觥船”句：觥船，大的酒杯，杜牧《题禅院》：“觥船一棹百分空，十岁青春不负公。”王琦《解》“酒觥之大者，故以船名之。”“饫者，厌饱之意，著此似不称，当是沃字之讹。”

〔一二〕“蜜炬”句：蜜炬，即蜡炬。刘歆《西京杂记》卷四：“闽越王献高帝石蜜五斛，蜜烛二百枝。”曾益《注》：“酒饮唇红，祇睹灯烛之辉煌，目自炫也。”

【集评】

无名氏《批》：此诗前解见其苦心，而后解非其本怀，秦王宫中，魏武台上，易地皆然。颜郎老而花自娇，临邛远而琴声绝，所谓染罗而着色难，徒有抽心似春草也。后半首形此苦衷，则更甚矣。

姚文燮《注》：此贺再过河阳与向来所狎官妓而作也。言当日往应制举，拟夺高第，今罗衣当秋，非复春柳之汁，可染蓝袍衣。台邛以比河阳如琴台临邛也，以未尝忘情，故又来客此。中潬即河阳旧名也。言当春盛，正及花繁，而我仅为奉礼，如颜驷为郎之日，不复少矣。因忆昔方少年，两人互相珍爱，如春草抽心，极其浓至。今日尔尚为官妓，银牌值事，今夜当鸣玉侍谯，牺尊虽高，隔座自见。尔歌舞之妙，计月上时，酒亦当转剧，觥筹交错，银烛辉煌，亦未得与绸缪也。

王琦《解》：当是有客于河阳之人，年甲已过，风情不减，见少年官妓而爱恋者，长吉嘲调而作此诗欤！

【编年】

元和八年六月下旬，诗人离开昌谷，出发去潞州。他取道河阳，作《河阳歌》。诗云“颜郎身已老”，自喻，与《春归昌谷》“颜子鬓先老”同意。姚文燮《注》：“此贺再过河阳与向来所狎官妓而作也。”正合长吉诗意。

七月一日晓入太行山〔一〕

一夕绕山秋〔二〕，香露溘蒙菉〔三〕。新桥倚云阪〔四〕，候虫嘶露朴①〔五〕。洛南今已远②，越衾谁为熟③〔六〕。石气何凄凄，老莎如短镞〔七〕。

【校记】

①嘶，宋蜀本、曾益本、姚佺本、姚文燮本作"新"。王琦《解》："上句甫下一新字，对句复用之，恐误。"

②洛南，姚佺本作"洛阳"。

③越衾，姚文燮本作"赵禽"。注："即来禽，果也。"陈式（姚文燮《注》附）曰："断宜作来禽解，不然熟字何用接？注妙。"

【注释】

〔一〕太行山：李吉甫《元和郡县图志》卷十五："（泽州晋城县）太行山，在县南四十里。《禹贡》：'太行、恒山，至于碣石。'""（陵川县）太行山，在县西南百里。"同书卷十六："（怀州河内县）太行山，在县北二十五里。""（武德县）太行山，在县北五十里。""（修武县）太行山，在县北四十二里。"《山西通志》卷十七："山西名山有太行、北岳、中镇、五台……"卷十九："（潞安府长治县）太行山，长治居其巅，东界在平顺县。"卷二十三："（泽州府凤台县）太行山在县南三十里，……海内名山，繇昆仑而下，当以此山为第一。"又："（阳城县）太行山在县东，南连析城、王屋诸山。"卷二十五："（辽州）太行山，卧居绝顶，志以此概之。"卷二十八："（绛县）太行山在县东二十里，山极高险，西北诸山，多其支脉。"

〔二〕“一夕”句：王琦《解》：“六月为夏，七月为秋，晦朔之间，仅隔一夕，而绕山已作秋色，谓时景之不同也。”姚文燮《注》：“七月一日为孟秋之朔，昨犹夏景，仅隔一夕，而绕山觉有秋色也。”

〔三〕“香露”句：曾益《注》：“秋则露下，溘蒙菉，忽沾濡于草间。”王琦《解》：“露本无香，草本得其润泽，而香气发越，故曰香露。溘，依也，蒙，兔丝也，菉，王刍也，见《尔雅·释草》篇。”

〔四〕云阪：王琦《解》：“山深有云气生处之阪。”

〔五〕“候虫”句：朴，丛生之小木。《诗经·召南·野有死麕》：“林有朴樕。”《毛传》：“朴樕，小木也。”王琦《解》：“阪际生云，朴间凝露，皆是晓景。”

〔六〕“越衾”句：王琦《解》：“越衾，越布之衾。谁为熟，志在早起而行，不能熟寐也。”丘象升曰（《昌谷集句解定本》卷三）：“谁为熟，言谁能熟睡？”

〔七〕“老莎”句：王琦《解》：“《尔雅翼》：莎，茎叶都似三棱，根若附子，周匝多毛，大者如枣，近道者如杏仁许，谓之香附子，一名雀头香，合和香用之。”姚文燮《注》：“石泠莎残，俨然秋意之渐至也。”叶葱奇《李贺诗集》注：“莎的茎叶为三棱形，所以比之‘箭镞’，内里还含有刺心、愁苦的意思。”

【集评】

董懋策《评》：起得陡。

黎简《批》：嘶露，露字复上香露，何便相近乃尔，必有一误。

【编年】

诗人辞官归家，在昌谷闲居一年多，为了再次寻找施展政治抱负的机会，也为了谋求生计，他在元和八年六月下旬的某一天，离开昌谷，出发去潞州。进入太行山区，作此诗记其行。

长平箭头歌〔一〕

漆灰骨末丹水砂〔二〕，凄凄古血生铜花〔三〕。白翎金簳雨中尽，直馀三脊残狼牙〔四〕。我寻平原乘两马，驿东石田蒿坞下〔五〕。风长日短星萧萧，黑旗云湿悬空夜①〔六〕。左魂右魄啼肌瘦，酪瓶倒尽将羊炙〔七〕。虫栖雁病芦笋红，回风送客吹阴火〔八〕。访古汍澜收断镞〔九〕，折锋赤璺曾刲肉〔一〇〕。南陌东城马上儿，劝我将金换簝竹〔一一〕。

【校记】

①黑旗，宋蜀本、蒙古本作"星旗"。

【注释】

〔一〕长平：李吉甫《元和郡县图志》卷十五："（泽州高平县）长平故城，在县西二十一里。白起破赵四十万众于此，尽杀之。"

〔二〕"漆灰"句：王琦《解》："箭头之上，其色黑处如漆灰，白处如骨末，红处如丹砂。盖因古时征战，常染人血，积久变成斑点故也。"姚文燮《注》："首句见当日作矢之妙，历久而漆灰等物犹然未泯。"方世举《批》："此即下句古血之色也。"

〔三〕"凄凄"句：曾益《注》："古血铜化，镞发而红，血与铜合，积久而斑生，即丹水砂。"王琦《解》："古时军器皆铜铁兼用，铁入土久，则多烂蚀，铜入土年深，又沾人血，能变出诸种颜色。"

〔四〕"白翎"二句：吴正子《注》："狼牙，箭镞如狼牙也。"王琦《解》："白翎，箭羽。金簳，箭干。三脊者，箭头作三脊形，俗谓之狼牙箭。"

〔五〕"我寻"二句：曾益《注》："平原，长平之原。驿东石田，所经处。蒿坞下，拾镞处。”姚佺《笺》：“长平之原，秦坑赵众，收头颅，筑台于垒中，号曰起台，今泽州高平县也。”王琦《解》：“驿，即长平驿也。石田，地下多石不可耕者。山阿曰坞。蒿坞，谓平地之中，蒿莱丛生，有类山坞也。”

〔六〕“风长”二句：曾益《注》：“风长，以原平，日短，星疏时。日短而星临，星临则夜，故旗黑云湿。非有旗也，天黑云幔，若或旗悬也。”王琦《解》：“风长日短，不觉天暮而星出。萧萧，寂寥貌。黑云悬于空中，有似旗状。二句言古战场内惨然可畏景象。”

〔七〕“左魂”二句：曾益《注》：“左魂右魄，鬼交聚；啼肌瘦，髑髅语。酪瓶倒尽，以酒奠之。将羊炙，以肴荐之也。”王琦《解》：“左魂右魄，见国殇甚多，久无祭祀，闻其啼啸之声，知其馁饿求食，于是倾瓶中之酪以奠之，又奉羊炙为肴以荐之。”

〔八〕“虫栖”二句：曾益《注》：“虫栖夜雁病，芦笋红，秋。送客吹阴火，他无所见，唯阴火独然，如送客然也。风回，火逾炽。”王琦《解》：“遥望四野，虫栖雁病，芦笋焦枯，满目凄其，但见旋风忽起，阴火明灭，盖感其祭祀之惠，知其将去，竞来送客也。……按瘦、炙、火三字皆不同韵，亦不相通，疑有讹处，以意度之，或是左魂右魄啼肌瘠，酪瓶倒尽将羊炙，虫栖雁病芦笋红，阴火回风吹送客。附更于此，以俟知音。”

〔九〕汍澜：涕流状。《文选》陆机《吊魏武帝文》：“涕垂睫而汍澜。”李善注：“臣瓒曰：萑兰，涕泣阑干状。萑与汍古今字，同。”

〔一〇〕“折锋”句：曾益《注》：“曾刲肉，言昔曾射人，故裂处肉刲而今赤。”王琦《解》：“璺音问，物将断而未离之义也。刲，刺也。自今日观之，箭锋已折缺残败，而当日穿坚入肉，其伤人之毒犹可想见。”

〔一一〕“劝我”句:曾益《注》:“劝买簝竹,劝己买竹合箭头,成完矢也。”王琦《解》:“换簝竹者,买竹合箭镞以成完矢也。簝有聊、劳、老三音,然皆不作竹名解,恐字有讹。”

【集评】

刘辰翁《评》:“直馀三脊残狼牙”,善赋。

杨妍评(《昌谷集句解定本》卷四):言我方吊古之不暇,而马上儿乃劝我将金换之,甚矣人之不仁也。结得有回场。

姚文燮《注》:唐室自开元以后,寇盗藩镇叛乱杀伐,迄无宁日,天下户口四分减二,死亡略尽。贺过长平,得古箭头而作此歌,吊国殇也。

吴牧炎评(姚文燮《注》附):情事愀然,可与李华同吊。

蒋楚珍(姚文燮《注》附):此所谓泣鬼神也,看他形容详尽,不止瑰异;中段得箭镞之由,布景惨裂。

方世举《批》:“漆灰骨末丹水砂”,此即下句古血之色也,分明赋古箭镞,徐以砂言,何也? 即此知注非文长。“酪瓶倒尽将羊炙,【略】回风送客吹阴火”,上炙韵,下火韵,不知何叶,二字又必不误。“南陌城东马上儿,劝我将金换簝竹。”结末二语,非欲从其劝,乃正笑其劝也。长平坑降卒地,偶得箭头,心情惟吊古耳。

【编年】

元和八年,李贺取道河阳,进入太行山区,经长平故城,有感而作本诗。《钱谱》系本诗于元和九年,乃将北上潞州推后一年之故。

高平县东私路〔一〕

侵侵槲叶香〔二〕,木花滞寒雨。今夕山上秋,永谢无人处。

石溪远荒涩，棠实悬辛苦〔三〕。古者定幽寻，呼君作私路〔四〕。

【注释】

〔一〕高平县：李吉甫《元和郡县图志》卷十五："（河东道泽州）高平县，南至州八十里。"

〔二〕"侵侵"句：李时珍《本草纲目》卷三十"果部"："槲有二种，一种丛生，小者名枹，音孚，见《尔雅》。一种高者，名大叶栎，树叶俱似栗，长大粗厚，冬月凋落，三四月开花亦如栗，八九月结实，似橡子而稍短小，其蒂亦有斗，其实僵涩味恶，荒岁人亦食之。"王琦《解》："侵侵，叶稠密交加也。"

〔三〕"石溪"二句：棠，棠梨。李时珍《本草纲目》卷三十"果部"云："棠梨，野梨也，处处山林有之，树似梨而小，叶似苍术叶。"王琦《解》："路少人行，故草蔓荒涩。实无人采，故悬着不落。"

〔四〕"古者"二句：王琦《解》："幽寻，言为幽隐之人所寻也。"黎简《批》："上六句总言私路之幽，末二句言若非古人曾到此，亦安知其为私路也。"

【集评】

钟惺评（《唐诗归》卷三）："呼君"二字妙甚。

黄淳耀《评》：四句状私路今之景，而无人居也；下四句状私路之景而古有人处也，依希避秦之意。

方世举《批》：亦伪，太浅直。"古者定幽寻"，扣题稚甚。

【编年】

诗人于元和八年六月下旬，出发去潞州，七月一日进入太行山区，有《七月一日入太行山》记其行，又经长平、高平，写下《高平县东私路》。

酒罢张大彻索赠诗时张初效潞幕①〔一〕

长鬣张郎三十八②〔二〕，天遣裁诗花作骨〔三〕。往还谁是龙头人〔四〕，公主遣秉鱼鬚笏〔五〕。水行青草上白衫③〔六〕，匣中章奏密如蚕〔七〕。金门石阁知卿有〔八〕，豸角鸡香早晚含〔九〕。陇西长吉摧颓客〔一〇〕，酒阑感觉中区窄〔一一〕。葛衣断碎赵城秋〔一二〕，吟诗一夜东方白。

【校记】

①诗题，宣城本、宋蜀本、蒙古本“赠”下均无“诗”字。

②八，宣城本、蒙古本均作“一”。

③水行，宋蜀本作“太行”，义长。

【注释】

〔一〕张大彻：张彻，清河人，排行大。两《唐书》无传。韩愈《故幽州节度判官赠给事中清河张君墓志铭》（以下简称《张彻墓志》）详载其生平。张彻很早认识韩愈，从其学，娶其侄女。《张彻墓志》云：“妻韩氏，礼部郎中某之孙，汴州开封尉某之女，于余为叔父孙女。君常从余学，选于诸生，而嫁与之。”元和四年，张彻登进士第，累辟藩府，官至范阳府监察御史，长庆元年，幽州军乱被杀。《张彻墓志》：“张君名彻，以进士累官至范阳府监察御史。”“至数日军乱，怨其府从事，尽杀之，而囚其帅。”“君出门唱众曰：‘汝何敢反！前日吴元济斩东市，昨日李师道斩于军中，同恶者，父母妻子皆屠死，肉喂狗鼠鸱鸦。汝何敢反！汝何敢反！’行且骂，众畏恶其言，不忍闻，且虞生变，即击君以死。”时张初效潞幕：指张彻受辟于潞州郗士美幕。潞，潞州。潞幕，郗士美任昭义军节度使兼潞府长史之幕府。《旧唐书·宪宗纪》："（元和六年）三月乙未朔，以河南尹郗士美检校工部尚书兼潞府长史、昭义军节度使。""（元和十二年）八月戊午朔，以河南尹辛秘为潞府长史、昭义军节度使，代郗士美，以士美为工部尚书。"李贺至潞州，正是张彻初任潞幕时。

〔二〕长鬣：曾益《注》："长鬣，言髭美。"

〔三〕花作骨：犹锦心绣肠。曾益《注》："花作骨，天赋丽才。"

〔四〕龙头人：才高居首位之人。《三国志·魏书·华歆传》引《魏略》注："歆与北海邴原、管宁，俱游学厚交，时号三人为一龙，歆为龙头，原为龙腹，宁为龙尾。"

〔五〕"公主"句：姚文燮《注》："贺谓彻髭美年壮，才冠时流，仅以外戚起家，得列大夫。"王琦《解》："似言以外戚荐引入仕。"鱼须笏，大夫所执笏。《礼记·玉藻》："笏，天子以球玉，诸侯以象，大夫以鱼须文竹。"吴景旭《历代诗话》卷五十一："大夫以鱼文竹，郑注谓文饰也，陆氏音义谓以鱼須饰文竹之边，須音班，据此则笏以为质，而刻画为鱼斑之文以饰之也，今长吉以須作鬚，音训全乖矣。"姚文燮《注》谓张彻为张垍之裔，非是。考张彻之父名休，尝佐宣武军。祖名践，以儒名家。按年代推算，张践为开、天时人，张休为肃、代时人，而《新唐书·宰相世系表》载张垍之子为涣、岱，姚谓张彻为张垍之裔，实为不根之谈。

〔六〕"水行"句：王琦《解》："唐时，无官人白衣，八品九品官青衣。青草白衫，正谓其初入仕途，脱白着青。旧注以水行谓往潞中程次，青草上白衫为春天之候，似非是。"

〔七〕"匣中"句：徐渭《评》："密如蚕三字妙。"曾益《注》："章奏，即效潞幕时绩。”

〔八〕金门：金马门，朝臣于此待诏。《三辅黄图》卷三：“金马门，宦者署。武帝得大宛马，以铜铸象立于署门，因以为名。东方朔、主父偃、严安、徐乐，皆待诏金马门，即此。”石阁：石渠阁，汉代宫中藏书处。《三辅黄图》卷六：“石渠阁，萧何造，其下砻石为渠以导水，若今御沟，因为阁名，所藏入关所得秦之图籍，至于成帝，又于此藏秘书焉。”

〔九〕豸角：獬角冠，御史台监察御史以上官员服之。《初学记·服食部》：“《汉官仪》曰：獬豸兽，性触不直，故执宪者以其角形为冠。”《通典》卷五十七：“法冠，执法者服之，或谓之獬豸冠，一角为獬角之形，御史台监察以上服之。”鸡香：即鸡舌香，汉代尚书郎含鸡舌香奏事，其气息芬芳。应劭《汉官仪》卷上：“尚书郎含鸡舌香，伏丹墀下奏事。”王琦《解》：“二句言不久即当登侍从之班，晋御史之秩。”

〔一〇〕陇西：李氏郡望，《史记·李将军列传》：“李将军广，陇西成纪人也。”李贺《昌谷诗》：“刺促成纪人。”摧颓：失意貌。曾益《注》：“摧颓，失志。”

〔一一〕中区窄：丘象随评（见《昌谷集句解定本》卷二）：“中不舒也。”王琦《解》：谓心事不舒。

〔一二〕赵城：王琦《解》：“赵城，县名，在河东道，属平阳郡，贺与彻相会饮酒，盖在其地。”王氏误。按赵城，当指赵地之城，即潞州州治所在地壶关县城，因潞州旧属“赵国”，故曰“赵城”。晋州（平阳郡）赵城县，并非郗士美昭义军节度使之辖地，所以李贺投奔张彻，不会到晋州赵城县去会饮。

【集评】

曾益《注》：上八句誉彻遇，下四句伤己不遇。

姚文燮《注》：张垍尚玄宗宁亲公主，彻，其裔也。贺谓彻髭美年壮，才冠时流，仅以外戚起家，得列大夫。水行二句，言作幕掾舟行野服时，时掌章奏甚多。然以彻之博雅，当居馆阁，丰采当居台郎，自是分内之事，从此引汲，旦暮可致。乃贺自顾落落，大非彻比，郁抑穷愁，唯藉长吟以遣中夜。

方世举《批》：张彻为昌黎深交，而诗文何无表见？"长鬣张郎三十八"，《左传》字，却不利事，今不可用。"金门石阁知卿有，豸角鸡香早晚含"，俗吻，此等虽少陵不免。而其弘裕之概，足以包之，昌黎大才，亦所必屏也，不脱俗情而风味自不俗者，惟有香山一人。

黎简《批》："水行"一句费解。通首不见效潞幕之意。"水行"句，旧注以为往潞中程次。青草上白衫，为春天之候，似未可非。

【编年】

元和八年七月，李贺初到潞州，张彻置酒为之洗尘，热情接待。张彻早已从韩愈那里得知长吉诗名，酒罢便向诗人索诗，长吉欣然命笔，写下本诗。

送秦光禄北征

北虏胶堪折〔一〕，秋沙乱晓鼙〔二〕。髯胡频犯塞〔三〕，骄气似横霓。灞水楼船渡〔四〕，营门细柳开〔五〕。将军驰白马〔六〕，豪彦骋雄材。箭射欃枪落〔七〕，旗悬日月低〔八〕。榆稀山易见〔九〕，甲重马频嘶。天远星光没，沙平草叶齐。风吹云路火〔一〇〕，雪污玉关泥〔一一〕。屡断呼韩颈〔一二〕，曾燃董卓脐〔一三〕。太常犹旧宠，光禄是新隮①〔一四〕。宝玦麒麟起，银壶狒狖啼〔一五〕。桃花连马发,彩絮扑鞍来〔一六〕。呵臂悬金斗〔一七〕,当唇注玉罍〔一八〕。清苏和碎蚁,紫腻卷浮杯〔一九〕。虎鞹先蒙马〔二〇〕,鱼肠且断犀〔二一〕。趁趕西旅狗〔二二〕,蹙额北方奚〔二三〕。守帐然香暮〔二四〕,看鹰永夜栖〔二五〕。黄龙就别镜〔二六〕,青冢念阳台〔二七〕。周处长桥役〔二八〕,侯调短弄哀〔二九〕。钱唐偕凤羽②〔三〇〕,正室劈鸾钗③。内子攀琪树〔三一〕,羌儿奏落梅〔三二〕。今朝擎剑去,何日刺蛟回〔三三〕。

【校记】

①新隮,宣城本、蒙古本作"新階"。王琦《解》:"隮,一作階。"

②偕凤羽,宋蜀本作"階凤羽",吴汝纶《李长吉诗评注》卷三作"階凤羽"。

③劈鸾钗,宣城本、凌刊本、《全唐诗》作"擘鸾钗",义长。

【注释】

〔一〕胶堪折:《汉书·晁错传》:"欲立威者,始于折胶。"颜师古注:"苏林曰:秋气至,胶可折,弓弩可用,匈奴常以为候而出军。"

〔二〕鼙:王琦《解》:"颜师古《急就篇》注:鼙,骑鼓也,其形似鞀而庳薄。"

〔三〕"髯胡"句:《汉书·匈奴传》:"单于遣使遗汉书曰:南有大汉,北有强胡。胡者,天之骄子也。"王琦《解》:"以上言北征之由。"

〔四〕"灞水"句:李吉甫《元和郡县图志》卷一京兆府万年县,"灞水,在县东二十里。"杜佑《通典》卷一百六十:"楼船,船上建楼三重,列女墙战格,树幡帜,开弓窗、矛穴,置抛车、垒石、铁汁,状如城垒。"

〔五〕"营门"句:《史记·绛侯世家》:"文帝之后六年,匈奴大入边。……以河内守亚夫为将军，军细柳，以备胡。”张守节正义：“细柳仓在雍州咸阳县西南二十里也。”李吉甫《元和郡县图志》卷一京兆府咸阳县：“细柳仓，在县西南二十里，汉旧仓也。周亚夫军次细柳，即此是也。”

〔六〕“将军”句：《三国志·魏书·庞德传》：“德常乘白马，羽军谓之白马将军，皆惮之。”

〔七〕欃枪：《尔雅·释天》：“彗星为欃枪。”王琦《解》：“箭发而妖星可落，言弓矢所及之远。”

〔八〕“旗悬”句：曾益《注》：“日月低旗，整饬也。”王琦《解》：“旗悬而日月若低，言帜旆之高而鲜明。以上言军容之壮。”

〔九〕“榆稀”句：《汉书·韩安国传》：“蒙恬为秦侵胡，辟数千里，以河为境，累石为城，树榆为塞。”如淳注：“塞上种榆也。”

〔一〇〕云路火：吴正子《注》：“谓烽火。”曾益《注》：“云路火，烽举也。”

〔一一〕玉关：即玉门关，在沙州寿昌县（今甘肃敦煌县）。李吉甫《元和郡县图志》卷四〇沙州寿昌县：“玉门故关，在县西北一百一十七里。谓之北道，西趣车师前庭及疏勒。此西域之门户也。班超在西域上疏曰：‘臣幸得护西域，如自以寿终屯部，诚无所恨，恐后代谓臣没西域，臣能无依风首丘之思哉！臣不敢望酒泉郡，但愿生入玉门关。’”即此是也。王琦《解》：“以上预言征途之景。”

〔一二〕“屡断”句：吴正子《注》：“按《汉书·匈奴传》，呼韩邪单于始终附汉，但郅支等为陈汤等所斩，长吉姑言之，不论事实也。”王琦《解》：“按燃董卓脐是实事，断呼邪颈非实事，乃借说，此以实对虚之法。”

〔一三〕“曾燃”句：《后汉书·董卓传》：“吕布持矛刺董卓，趋兵斩之。……乃尸卓于市。天时始热，卓素充肥，脂流于地，守尸吏然火置卓脐中，光明达曙，如是积日。"王琦《解》："二句言光禄平昔之威望。"

〔一四〕"太常"两句：王琦《解》："《唐书·百官志》：太常寺卿正三品，少卿正四品，光禄寺卿从三品，少卿从四品。今以太常而移光禄，是左迁也，恐光禄是散阶中之号，所谓光禄大夫之名耳。"

〔一五〕"宝玦"两句：曾益《注》："宝玦，珮饰之华美。银壶，饮器之奇丽也，将祖别，故罗酒器。"王琦《解》："宝玦上刻为麒麟像，银壶外画作狒狖之形。"

〔一六〕"桃花"两句：王琦《解》："首联言折胶秋沙，此联言桃花彩絮，春秋互见者，盖首联追叙髯胡犯塞之时，此联正点光禄北征之时。"王氏误。按，长吉诗之"桃花"为桃花马，"彩絮"，马鞍上彩饰。《尔雅·释畜》："黄白杂毛駓。"郭璞注："今之桃花马"。李贺《马诗二十三首》（其十二）："批竹初攒耳，桃花未上马"。此马以白色为主，亦名白马，宋长白《柳亭诗话》卷十五"桃花马"条："龙泉县有白马墓，即开国勋臣胡公深之桃花马也，公征陈友定遇害，马驰归悲嘶而殒，因葬之，号白马墓。"这两句意谓，马动，毛上的桃花瓣亦动，故曰"连马发"；马飞驰，彩饰随风飘拂，如絮扑鞍，故云"扑鞍来"。

〔一七〕"呵臂"句：《世说新语·尤悔篇》："周侯曰：今年杀诸贼奴，当取金印如斗大，悬肘后。"

〔一八〕玉罍：玉酒器。曾益《注》："注玉罍，饮别酒也。"

〔一九〕"清苏"二句：曾益《注》："清酥紫腻，皆酒，酥清而和，上浮浮然，如蚁之碎；霞杯紫腻而饮，则如卷之疾也。"王琦《解》：

"清苏恐即清酥，长吉又有白鹿清稣夜半煮之句，可以互证。酥，酪属，以牛羊乳为之，和酒饮之，极佳。碎蚁，酒初开时，面有浮花，状若蚁然。紫腻，恐是肴馔之名；卷者，谓以是下酒，而易于乾，若卷而去之意也。"

〔二〇〕虎鞹：即虎皮。《左传·僖公二十八年》："胥臣蒙马以虎皮。"王琦《解》："改用鞹字以协音调，然虎皮而已，鞹安用蒙马，此是才人疏处。"

〔二一〕鱼肠：剑名，参见《马诗二十三首》（其二十）注。王琦《解》："二句是预试战时器技之精利。"

〔二二〕"趁趕"句：《文选》左思《吴都赋》："趁趕狖猓。"李善注："趁趕，相随驱逐众多貌。"西旅狗，西旅之獒犬，即今之藏獒。《书·旅獒》："西旅底贡厥獒。"孔安国传："西戎之长，致贡其獒，犬高四尺曰獒，以大为异。"

〔二三〕北方奚：《旧唐书·北狄传》："奚国，盖匈奴之别种也，所居亦鲜卑故地，即东胡之界也。"王琦《解》："蹙頞者，奚人之状。"陈弘治《校释》："按：二句预言师出则虏必丧胆，即西旅之犬亦将随之逃窜也。"

〔二四〕"守帐"句：王琦《解》："香，谓记时刻之香。"

〔二五〕"看鹰"句：王琦《解》："养鹰者夜不令得睡，睡则生膘，而怠于博击，故睡则警之，所谓看鹰永夜栖也。"

〔二六〕"黄龙"句：曾益《注》："就别镜，言至塞则就临别之镜，以自照忆旧也。"王琦《解》："《水经注》：白狼水又北经黄龙城东。《十三州志》曰：辽东属国都尉，治昌黎镇，有黄龙亭者也。"

〔二七〕"青冢"句：《太平寰宇记》卷三十八："青冢在振武军金河县西北，汉王昭君葬于此，其上草色常青，故曰青冢。"宋玉《高唐赋》:“昔先王尝游高唐,怠而昼寝,梦见一妇人曰:妾在巫山之阳,高丘之阻,旦为朝云,暮为行雨,朝朝暮暮,阳台之下。”姚文燮《注》:“经过古迹,自动乡思。”

〔二八〕“周处”句:《初学记·地部下》:“祖台之《志怪》曰:义兴郡溪渚长桥下有苍蛟,吞啖人,周处执剑桥侧伺久之,遇其出,于是悬自桥上,投下蛟背,而刺蛟数创,流血满溪,自郡渚至太湖勾浦,乃死。”陈弘治《校释》:“言光禄此征,如周处之长桥刺蛟,为国除害也。”

〔二九〕“侯调”句:应劭《风俗通义》卷六:“谨按《汉书》,孝武皇帝赛南越,祷祠太一后土,始用乐人侯调依琴作坎侯之乐,言其坎坎应节奏也。侯以姓冠章耳。”曾益《注》:“短弄哀,唱《骊歌》也。”王琦《解》:“短弄,谓箜篌所弹之曲,其调短者。”姚文燮《注》:“缘以为国除凶,不顾《骊歌》悲怨。”

〔三〇〕“钱唐”句:吴汝纶《李长吉诗评注》卷二释此句为“携妾而行”。叶葱奇《李贺诗集》注云:“犹言偕着钱塘之娇凤。”吴、叶说欠妥。按,凤羽,即凤毛,古人誉人子之有风姿文采,《世说新语·容止》:“王敬伦风姿似父,……公服从大门入,桓公望之曰:大奴固自有凤毛。”唐人习用,如岑参《送张郎中赴陇右觐省卿公》:“中郎凤一毛,世上独贤豪。”钱唐,即钱塘,唐时属杭州。可能其子现官于钱塘,因官阶低,故随父从军以求功名。唐人常用任职地名代指其人,如王江宁、姚武功是也。王琦《解》:“旧注释上句曰与子偕行,下句曰与妇赠别,盖以凤羽为凤毛也。”

〔三一〕“内子”句:内子,即妻子。《礼记·曾子问》:“大夫内子有殷事。”郑玄注:“内子,大夫妻也。”攀琪树:盼望征人归来。卢思道《从军行》:“庭前琪树已堪攀,塞外征人殊未还。”

〔三二〕"羌儿"句:王琦《解》:"《乐府杂录》:笛,羌乐也。古有《落梅花曲》。"李白《从军行》:"笛奏梅花曲,刀开明月环。"姚文燮《注》:"攀枝奏曲,望其凯旋,即图欢聚耳。"

〔三三〕"今朝"两句:曾益《注》:"擎剑去,应北征也。何日刺蛟回,言师旅之出归不可期,明送别之难为情,兼祝行之必捷也。"王琦《解》:"吴正子引《淮南子》:荆有佽非,得宝剑于干遂,还反渡江,至于中流,阳侯之波,两蛟挟绕其船,佽非谓枻船者曰:尝有如此而得活者乎?对曰:未尝见也。于是佽非瞑目,勃然攘臂拔剑曰:武士可以仁义之理说也,不可劫而夺也,此江中之腐肉朽骨,弃剑而已,予有奚爱焉。赴江刺蛟,遂断其头,船中人尽活,风波毕除,荆爵为执珪。此以喻斩馘敌人。周处亦刺蛟,吴氏不引周事,而引佽非事以释此句,恐与长桥句犯复耳。然此篇自黄龙就别镜以下,意多重复,又难通解,或系章句舛错,兼之字误鱼豕,俱未可定,姑缺其疑可也。"

【集评】

刘辰翁《评》:"风吹云路火,雪污玉关泥。"倒语。"黄龙就别镜,青冢念阳台。"亦属恍惚。

徐渭《注》:只用"起"、"啼",死物便活,啼字更妙。

无名氏《批》:此首换韵法,未解所本。

杨妍评(《昌谷集句解定本》卷二):结句用事,须放一步作散场,如剡溪之棹,自去自回,言有尽而意无穷,乃妙。今刺蛟既不切合,又无馀韵,此不深着意故也。

张星评(同上):排律先取格律,次取色泽风容,今其次第补叙处,格律虽未雄俊,而对比之间时有活动之趣,较之《恼公》差胜矣。

何焯评（陈本礼《协律钩玄》卷三）：此犹是齐梁体，故用韵不拘唐格。

姚文燮《注》：时吐蕃入寇，屡侵内地，当秋胶折，骄横不庭。言光禄渡水行营，将雄士锐，器利帜明。榆稀言敌垒在望也，甲重言士马精强也。提军深入，阴晴并进，况威望素著，品位特加。腰围带式，崇新秩也，箭箙鲜明，蒙宠颁也。桃花名马，彩絮饰鞍，塞外星驰，勇于王事。肘悬金印，口饮玉罍，万里立勋，倾樽为别。奇驹宝剑，猎火胡雏，帐前香薰，鹰驯斗静。经过古迹，自动乡思，缘以为国除凶，不顾骊歌悲怨。携子从军，以为功名阶级计，钱塘潮信，来秋便可成功。故夫人分钗，以期早合也，攀枝奏曲，望其凯旋，即图欢聚耳。

方世举《批》："北虏胶堪折"，起调高。"守帐然香暮，看鹰永夜栖。"古色新语，守帐承狗，看鹰承奚。"钱唐"，二字疑。

【编年】

《钱谱》："元和六年卒亥，二十二岁，在长安，官奉礼郎。""回纥可汗以三千骑至鹛鹈泉，于是振武军以兵屯黑山，治天德城（约在今内蒙古自治区五原县境）以防敌。贺有《送秦光禄北征》诗。（诗首云：'北虏胶堪折，秋沙乱晓鼙。髯胡频犯塞，骄气似横霓。'言'北虏'，言'频犯塞'，正指元和五、六两年回纥等连续犯振武。诗中写光禄北征经行之地有'榆稀山易见'、'风吹云路火'、'青冢念阳台'等句，榆塞在振武军境内，云路指云中路中，与下句'玉关'相对，均是地名，王琦《汇解》解为云霄，非是。唐云中都护府治所在今内蒙古自治区和林格尔西南，辖境相当于今阴山、河套一带。青冢在今内蒙古自治区呼和浩特以南，唐时属振武军辖区，可知秦光禄北征是往振武。）"今从之。考之《旧唐书·回纥传》和《资治通鉴》，振武军屯兵以备回纥，事在元和八年,《钱谱》误系于六年,故《送秦光禄北征》当作于元和八年冬。

平城下〔一〕

饥寒平城下,夜夜守明月。别剑无玉花,海风断鬓发〔二〕。塞长连白空〔三〕,遥见汉旗红。青帐吹短笛,烟雾湿画龙〔四〕。日晚在城上,依稀望城下。风吹枯蓬起①,城中嘶瘦马〔五〕。借问筑城吏,去关几千里。惟愁裹尸归,不惜倒戈死〔六〕。

【校记】

①枯蓬,蒙古本作"孤蓬"。

【注释】

〔一〕平城:李吉甫《元和郡县图志》卷十四:"云州,今州即秦雁门郡地,在汉雁门郡之平城县也。《史记》曰,汉七年,韩王信亡走匈奴,上自将逐之。遂至平城,为匈奴所围,用陈平秘计得出是也。"王琦《解》:"唐时亦有平城县,隶河东道之仪州,与太原上党相邻,不在边境,此所云平城,乃古之平城,非唐时之平城也。"

〔二〕"别剑"二句:王琦《解》:"别剑,谓别家时所携之剑。玉花,谓剑光明洁有同玉色,久而不用,则锈涩而其光晦也。海风,谓严厉之风自瀚海而至者。"

〔三〕"塞长"句:王琦《解》:"白空,塞外空旷之色,与天相接之状。"

〔四〕画龙:王琦《解》:"画龙,即旗帜上所画者也,诗意遥望塞外,亦有屯戍之兵,彼则旗帐鲜明,士兵嬉戏而吹短笛,与我之苦饥忍寒者大不相同，古诗云：‘从军有苦乐，但问所从谁。’正是此意。自两汉以后，长城以外之人，称长城以内地总曰汉地，相沿不改。此云汉旗，概言汉地之旗，与汉高祖平城被围杳无干涉。”

〔五〕城中嘶瘦马：曾益《注》：“瘦马嘶，亦饥，言所见所闻唯是。”王琦《解》：“不但人苦饥，即马亦苦饥而嘶也。”

〔六〕“惟愁”二句：《后汉书·马援传》：“男儿要当死于边野，以马革裹尸还葬耳，何能卧床上，在儿女子手中邪？”王琦《解》：“死于饥寒与死于战斗等死耳，然死于战斗者，英魂毅魄，犹足以称国殇而为鬼雄，较之饥饿而死者，不大胜乎？故今所愁者，唯饥寒死而裹尸以归，若倒戈而死，固不自惜矣。”

【集评】

王琦《解》：此章以守边之将，不恤其士卒之饥寒，其下苦之，代作此辞以刺。然通首竟不作一怨尤之语，洵为高妙。旧注以平城及汉旗红之语，作汉高祖被困平城之解者，非是。

黎简《批》：“惟愁裹尸归，不惜倒戈死。”沉痛。

吴汝纶《评注李长吉诗集》：结意直率。

【编年】

《钱谱》系本诗于元和六年，云：“回纥可汗以三千骑至鹏鹈泉，于是振武军以兵屯黑山，治天德城，以防敌。贺有《送秦光禄北征》诗。《平城下》大致亦是此时所作。王琦《汇解》谓‘平城乃古之平城’。《新唐书·地理志》谓‘云州有云中、楼烦二守捉城，有阴山道、青坡道，皆出兵路，是即古时之平城县也。’当时振武被奚、回纥侵扰，故长城一带要塞俱备战。”考之《旧唐书·回纥传》及《资治通鉴》，其事发生于元和八年，《钱谱》误系于元和六年，可知《平城下》乃作于元和八年冬。

李贺诗笺注卷五

潞州张大宅病酒遇江使寄上十四兄〔一〕

秋至昭关后〔二〕，当知赵国寒〔三〕。系书随短羽〔四〕，写恨破长笺〔五〕。病客眠清晓，疏桐坠绿鲜。城鸦啼粉堞，军吹压芦烟〔六〕。岸帻褰纱幌①〔七〕，枯塘卧折莲。木窗银迹画②〔八〕，石磴水痕钱〔九〕。旅酒侵愁肺，离歌绕懦弦〔一〇〕。诗封两条泪，露折一枝兰〔一一〕。莎老沙鸡泣〔一二〕，松干瓦兽残〔一三〕。觉骑燕地马，梦载楚溪船〔一四〕。椒桂倾长席〔一五〕，鲈鲂斫玳筵〔一六〕。岂能忘旧路，江岛滞佳年〔一七〕。

【校记】

①纱幌，曾益本、姚佺本、姚文燮本、《全唐诗》作"沙幌"。

②银迹画，姚佺本、姚文燮本作"银画迹"。

【注释】

〔一〕十四兄：长吉族兄，名未详，时正任职和州。姚文燮《注》："兄当是李益。"不可信。按李益行十，见岑仲勉《唐人行第录》。

〔二〕昭关：地在今安徽含山县小岘山西。《吴越春秋·王僚使公子光传》："伍员与胜奔吴，过昭关，关吏欲执之。"《史记·范雎传》："伍子胥橐载而出昭关。"

〔三〕赵国：王琦《解》"长吉所寓之地。……潞州，春秋时潞子国，战国时为上党地，初属韩，其后冯亭以上党降赵，又为赵地，故曰赵国。"姚文燮《注》："二句言兄客昭关，弟羁赵国，秋至，兄应念弟寒矣。"方世举《批》："起笔陡忽。"

〔四〕短羽：吴正子《注》："系书，用苏武事。"王琦《解》："短羽当作羽檄解，凡警急檄书，则以鸟羽插其上。所谓江使，盖奉檄而行者。"

〔五〕破：挥毫写字于白纸上叫"破"。王琦《解》："破，犹裁字之义。"姚文燮《注》："寄书写恨，情绪缕缕。"

〔六〕"病客"四句：曾益《注》："病客，谓己。桐坠亦秋。鸦啼军吹，足清晓。言清晓病眠，所闻唯是。"粉堞，女墙。军吹，军中号角声。王琦《解》："军中所吹如胡笳之类。"

〔七〕岸帻：将头巾推向头后，露出额角，表示服饰随意。《世说新语·简傲》："谢奕在桓温座席，岸帻啸咏，无异常日。"王琦《解》："头髻之巾曰帻，岸帻者，谓戴帻而露额也。"

〔八〕"木窗"句：吴正子《注》："窗有结绮之饰，今云木窗银迹画，必以银沫彩画也。"王琦《解》："盖谓木窗之上，原有涂银彩画，但年深色涴，仅存其迹而已。"又云："徐文长以为篇中无侈语，似述穷居，疑指蜗迹者，似太凿。"徐说义长。

〔九〕"石磴"句：王琦《解》："石磴，似指庭院之石凳。水痕钱，谓石上水渍之痕渐成苔藓，有似钱状。"

〔一〇〕懦弦：弱弦，缓弹则弦弱。陆机《猛虎行》："急弦无懦响，亮节难为音。"

〔一一〕"露折"句：曾益《注》："封泪折兰，亦寄兄。"姚文燮《注》：

"洒泪封诗,芳馨贻赠。"

〔一二〕沙鸡:即莎鸡,陆玑《毛诗草木鸟兽虫鱼疏》:"莎鸡似蝗而斑色,毛翅数重,其翅正赤,或谓之天鸡。"

〔一三〕"松干"句:王琦《解》:"松,瓦松也,生屋瓦上,高尺许,远望如松苗。瓦兽,屋上鸱尾狻猊之类,年深残毁,为瓦松所蔽,故不见。今松既枯死,而瓦兽残败之意始见。二句皆言秋日萧条之景。"

〔一四〕"觉骑"二句:曾益《注》:"燕地马,己所乘;楚溪,兄客处。言方乘马而忽梦载船至兄处。"王琦《解》:"燕地马,谓燕地所产之马,燕赵地相邻接,故云。和州乃战国时楚地,十四兄在其处。时时怀想,故遂梦至其处。"

〔一五〕椒桂:以椒桂置酒中,语出屈原《九歌·东皇太一》:"奠桂酒兮椒浆。"王逸注:"桂酒,切桂置酒中也。椒浆,以椒置酒中也。"

〔一六〕玳筵:华美的筵席,语出曹植《瓜赋》:"瓜布象牙之席,香薰玳瑁之筵。"

〔一七〕江岛:指和州十四兄居处。姚文燮《注》:"兄处椒桂鲈鲂,虽江南风景可乐,岂得竟忘旧路而久滞江岛耶?"

【集评】

无名氏《批》:此首是豫章派所祖。

何焯评(陈本礼《协律钩玄》卷三):玉溪诗大抵因此,而复讨源于齐梁尔。

方世举《批》:"秋至昭关后,当知赵国寒。"起笔陡忽,措语一一清脆。

【编年】

李贺在潞州,寄居张彻家,求仕毫无消息,身体又多病,心情很郁闷。恰逢“江使”来潞州公干，诗人便托他捎信给任职于和州的十四兄，并寄上这首诗。详察本诗内容，描写李贺久客潞州，离恨乡愁又卧病，不像是初到潞州的景况，诗当是到达潞州的第二年（即元和九年）秋天所写，因为第三年的春天，他便离开了潞州。

马诗二十三首

龙脊贴连钱〔一〕，银蹄白踏烟〔二〕。无人织锦韂①〔三〕，谁为铸金鞭〔四〕。

【校记】

①锦韂，姚文燮本作“锦韀”。

【注释】

〔一〕龙脊：骏马之背脊。《周礼·夏官·庾人》：“马八尺以上为龙。”杜甫《送李校书二十六韵》：“渥洼骐驥儿，尤异是龙脊。”贴连钱：马脊上有旋毛如连接之钱形花纹。《南史·梁简文帝纪》：“项毛左旋，连钱入骨。”

〔二〕白踏烟：骏马奔跑时，银蹄扬起团团尘土，如踏在白云上。姚佺《笺》：“烟可踏乎，状其行空也。”王琦《解》：“谓其四蹄白色，如踏烟而行；烟，即云也。”

〔三〕韂：披于马肚两侧以遮挡泥土的织物，也叫“障泥”。吴正子《注》：“锦韂，障泥也。”刘歆《西京杂记》卷二：“汉武帝得贰师天马，以绿地五色锦为蔽泥。”

〔四〕金鞭：精致的马鞭。铸金鞭，语出沈炯《少年行》：“长安美少年，骢马铁连钱。陈王装脑勒，晋后铸金鞭。”

【集评】

王琦《解》:此首言良马未为人所识也。

姚文燮《注》:贵质奇才,未荣朱绂,与骏马之不逢时,等一概矣。故虽龙脊银蹄,而织锦鞯无人,铸金鞭无人,与凡马何异?

刘嗣奇《李长吉诗删注》卷上:感慨不遇,以自喻。

方世举《批》:皆自寓也,人人所知。次第用意,略与南园诗同。先言好马须好饰,犹杜诗"骢马新凿蹄,银鞍被来好。"以喻有才须称。此二十三首之开章引子也。

叶炳庆《说李贺马诗二十三首》(载《唐诗散论》,下同):此首表面上言骏马无人赏识,实则在慨叹自身的怀才不遇。姚、方二说,都有可取;独王说最为空泛。

其二

腊月草根甜〔一〕,天街雪似盐〔二〕。未知口硬软①,先拟蒺藜衔〔三〕。

【校记】

①未知,姚文燮本作"不知"。

【注释】

〔一〕"腊月"句:王琦《解》:"草至腊月,苗叶枯槁,惟有根在,亦觉味甜可餐。"姚文燮《注》:"诮穷途者甘其饵也。"

〔二〕雪似盐:《世说新语·言语》:"谢太傅寒雪日内集,与儿女讲论文义,俄而雪骤,公欣然曰:白雪纷纷何所似?兄子胡儿曰:撒盐空中差可拟。"

〔三〕"未知"二句:王琦《解》:"又为雪所覆没,倘于雪中,掏摸而食,适遇蒺藜,反受刺伤之害。然为饥困所迫,不自顾其口之硬软，而先拟一衔嚼蒺藜之想。”蒺藜，《尔雅·释草》：“茨，蒺藜。”郭璞注：“布地，蔓生，细叶，子有三角，刺人。”

【集评】

刘辰翁《评》：赋马多矣，此独取必不经人道者。

姚文燮《注》：时皇甫镈、程异用事，务专谄佞，招致朋党。“腊月草根甜”，谓穷途者甘其饵也。“天街雪似盐”，言阴寒之极，状小人肆志盈庭也。所用之人，必承顺意旨，故先衔其口，以试其可否耳。

方世举《批》：“腊月草根甜”，此示人以试马之法，喻言随人俯仰，易于衔勒者，必非佳士，犹严挺之不悦于张曲江之能为贤相，而乃喜萧誠之软美也。

其三

忽忆周天子〔一〕，驱车上玉昆[①]〔二〕。鸣驺辞凤苑[②]〔三〕，赤骥最承恩〔四〕。

【校记】

①玉昆，原作“玉山”，蒙古本作“玉昆”，与下“恩”叶韵，今据改。

②凤苑，姚文燮本作“汉苑”。

【注释】

〔一〕周天子：指周穆王姬满。《穆天子传》卷一：“天子之骏：赤骥、盗骊、白义、逾轮、山子、渠黄、骅骝、騄耳。”又卷二：“辛卯，天子北征东还，乃循黑水，癸巳，至于群玉之山。”

〔二〕玉昆：指群玉山和昆仑山，西王母居处。《山海经·西山经》：“玉山是西王母所居也。”郭璞注：“此山多玉石，因以名云，《穆天子传》谓之群玉之山。”

〔三〕鸣驺：车铃声和马蹄声相杂，故云，语出孔稚圭《北山移文》："鸣驺入谷。"王琦《解》："乃车马驰走之声欤？"

〔四〕赤骥：周穆王八骏中的第一匹。此诗乃咏唐德宗宠爱之"望云骓"。李肇《唐国史补》卷上："德宗幸梁洋（梁州、洋州），唯御骓号望云骓者。驾还京，饲以一品料，暇日牵而视之，必长鸣四顾若感恩之状。"元稹《望云骓马歌序》："德宗皇帝以八马幸蜀，七马道毙，唯望云骓来往不顿。"

【集评】

曾益《注》：忆周，以慨今不如昔。

王琦《解》：夫八骏之德力，本自齐等，而赤骥乃最承恩，盖以居八马之首故也。人之才德相等，其中一人承恩尤渥，亦必有故矣。以马喻人，在当时必有所指，非漫然而赋者。

陈开先评（《昌谷集句解定本》卷二）：不曰今不如昔，而但言穆天子御骥之宠，得诗人味外味。

姚文燮《注》：宪宗好神仙，此盖借穆天子以讽之也。天子欲寻西王母，至群玉之山，所乘八骏，以赤骥为首称，恩宠独隆，以其能上称帝旨也。

方世举《批》："忽忆周天子"，忽怀上古，深慨近今。方云：可为太息在忽忆二字，于无何有之乡，想莫须有之事，故以自慰也。

钱仲联《读昌谷集绝句六十首》：风逐周王八骏来，安危原仗出群才。望云骓是承恩最，去矣渠黄首不回。《马诗》之三，寄寓德宗幸蜀之望云骓事，指斥其用人路线之错误。

其四

此马非凡马，房星本是星①〔一〕。向前敲瘦骨〔二〕，犹自带铜声〔三〕。

【校记】

①本是星,吴正子《注》:"下星字当作精。"《全唐诗》注:"一作是精"。

【注释】

〔一〕房星:《尔雅·释天》:"天驷,房也。"郭璞注:"龙为天马,故房四星谓之天驷。"王琦《解》:"《瑞应图》,马为房星之精。"

〔二〕瘦骨:骏马骨瘦。杜甫《房兵曹胡马》:"胡马大宛名,锋棱瘦骨成。"

〔三〕带铜声:王琦《解》:"谓马骨坚劲,有如铜铁,故其声亦带铜声也。"姚文燮《注》:"瘦骨寒峭,敲之犹带铜声,总以自形其刚坚也。"

【集评】

刘辰翁《评》:"向前敲瘦骨,犹自带铜声。"奇。

曾益《注》:慨世不用,意寓言外。

方世举《批》:"此马非凡马",自喻王孙本天潢也。下二句言相马经但言隅目高匡等相,犹是皮毛。支遁之畜马,以为爱其神骏,亦属外观,毕竟当得其内美,骨作铜声,即牝马之贞之理。

董伯英评(陈本礼《协律钩玄》卷二):言与金马门所铸之天马骨格相同,故虽瘦而犹带铜声也,上应天象,下表国门,总写非凡二字。

陈弘治《校释》:此篇盖慨骏马不为世用,亦寓才人不遇意。

其五

大漠沙如雪〔一〕,燕山月似钩〔二〕。何当金络脑〔三〕,快走踏清秋。

【注释】

〔一〕大漠:《文选》班固《燕然山铭》:“经卤碛,绝大漠。”李周翰注:“大漠,沙漠也。”沙如雪,语见梁元帝萧绎《玄览赋》:“看白沙而似雪。”

〔二〕燕山:燕然山,即今蒙古人民共和国境内杭爱山。

〔三〕金络脑:金属制成的马笼头。鲍照《代结客少年场行》:“骢马金络头,锦带佩吴钩。”曾益《注》:“言何当见用于时,以立功异域乎!”

【集评】

刘辰翁《评》:来得便是赋意,结束亦俊。

徐渭《注》:亦不遇意。

曾益《注》:大漠燕山,皆塞上地。言何当见用于时,以立功异域乎?

姚文燮《注》:边氛未靖,奇才未伸,壮士于此,不禁雄心跃跃。

方世举《批》:“大漠沙如雪”,此言苟能世用,致远不难。

其六

飢卧骨查牙①〔一〕,粗毛刺破花〔二〕。鬣焦朱色落〔三〕,发断锯长麻〔四〕。

【校记】

①飢卧,万历本、曾益本、姚佺本、姚文燮本均作“饑卧”,非是,按《说文》:“谷不熟为饑。”“飢,饿也。”

【注释】

〔一〕查牙:曾益《注》:"查牙,骨露貌。"

〔二〕花:王琦《解》:"花即杜诗'五花散作雪满身'之花,盖马之毛色错杂,斗作花文也。"

〔三〕鬣焦:《山海经·海内北经》:"犬戎国有文马,缟身朱鬣,目若黄金。"王琦《解》:"朱鬣二字本此。……鬣焦者,因朱色之退而见其为焦。"

〔四〕"发断"句:曾益《注》:"骨立毛残,鬣焦发断,言衰惫之甚。"王琦《解》:"发断者,因长麻为络头,粗恶不堪,发遭其磨落,若锯而断之者。咏马至此,盖其困顿摧挫,极不堪言者矣。"

【集评】

无名氏《批》:麻衣酷献平生业,同一可叹。

姚文燮《注》:调饥凋落,皮骨仅存,犹世有吉良而致之衰惫也。

方世举《批》:"饥卧骨查牙",此言不见用者之憔悴可怜,长靡苜蓿,并非青刍,养马当如是耶?"粗毛刺破花",董注,即印马意,大非,此如五花虬之花,乃花纹也,并不是剪鬃三花、五花。"鬣焦朱色落",朱鬣本《尚书》《左传》。

其七

西母酒将阑〔一〕,东王饭已干〔二〕。君王若燕去,谁为拽车辕〔三〕。

【注释】

〔一〕西母:西王母,段成式《酉阳杂俎》前集卷十四:"西王母姓杨,讳回,治昆仑西北隅。"《太平广记》卷五十六:"西王母者,九灵太妙龟山金母也，乃西华之至妙，洞阴之极尊……与东王公共理二气，而育养天地，陶钧万物矣。”

〔二〕东王：东王公，段成式《酉阳杂俎》前集卷十四：“东王公讳倪，字君明。”《太平广记》卷一：“木公，亦云东王父，亦云东王公，盖青阳之元气，百物之先也。”饭已干：曾益《注》：“酒阑饭干，燕罢也。”

〔三〕“君王”二句：燕，通“宴”。《穆天子传》卷三：“吉日甲子，天子宴于西王母。乙丑，天子觞西王母于瑶池之上。”王琦《解》：“燕，即宴字也，古通用。昔周穆王得八骏之马，驰驱万里，遂宾于西王母，觞于瑶池之上。今既无此马，君王即欲赴燕而去，谁为拽车而往乎？此诗盖为时君求慕神仙，而为方士所欺，微言以讽之，见其徒思无益。”

【集评】

刘辰翁《评》：亦有风致。

曾益《注》：言非得善马，谁为拽车辕而去乎？慨言昔有而今无。

姚文燮《注》：时方士日说上云，神仙可即致，久不见效。贺谓西母东王宴恐将罢，当不能久待也，君王日欲赴其盛会，果有能为之拽车以上者乎？

方世举《批》：西母酒将阑，此日八骏日行三万里之步骤，正恐非凡马所能。

董伯英评（陈本礼《协律钩玄》卷二）：末有能负重致远意。

其八

赤兔无人用〔一〕，当须吕布骑〔二〕。吾闻果下马〔三〕，羁策任蛮儿〔四〕。

【注释】

〔一〕赤兔:三国时吕布坐骑。《后汉书·吕布传》:"布常御良马,号曰赤兔,能驰城飞堑。"

〔二〕吕布:三国时战将,字奉先,九原人,封温侯,善弓马,后被曹操杀。《三国志·魏书·吕布传》裴松之注引《曹瞒传》云:"时人语曰:人中有吕布,马中有赤兔。"

〔三〕果下马:《三国志·魏书·东夷传》:"(濊)又出果下马,汉桓时献之。"裴松之注:"果下马高三尺,乘之可于果树下行,故谓之果下。"唐代宫中使用之果下马,乃"百济"、"新罗"进贡之物。《旧唐书·东夷传·百济国》:"武德四年,其王扶馀璋遣使来献果下马。"《唐会要》卷九五"新罗"云:"(开元)十二年,兴光遣使献果下马二匹。"

〔四〕蛮儿:古代对南方少数民族的侮蔑性称呼。王琦《解》:"此言奇隽之马,非猛健之人不能驾驭,若其下乘,则蛮儿亦能驱使,以见逸材之士,必不受凡庸之笼络,亦有然者。"钱仲联《李贺年谱会笺》:"此二诗(指其八、其十)俱借马起兴,以刘、柳诸人之蹭蹬失意,与永贞事变之祸首俱文珍及稍后的吐突承璀宦官集团之倒持国柄相对照。两人俱出少数民族。冯承钧《唐代华化诸蕃胡考》:'《新唐书》卷二百二十二上《南诏传》、《旧唐书》卷一百四十五《刘全谅传》,皆有俱文珍。按俱姓始见于十六国时,非汉姓也。''吐突似即吐突邻部之省称。''其人似出铁勒也。'故贺诗以蛮儿呼之。"

【集评】

刘辰翁《评》:有风刺,亦自峭异。

董懋策《注》:果下,驽马也,言若凡马才任人羁策耳。

黄淳耀《评》:言赤兔不似果下马可羁策。

曾益《注》:感慨全在"无人用"、"当须"上,言才大则无人用,当遇知者,若小才,则任人驱使。

胡廷佐评(《昌谷集句解定本》卷二):诗人一偏之词,未必能适中。……乌秅国出小步马,孟康曰:种小能步,百步千蹄,蹄坚如铁,善能涉迹。此又未可以大小论。

王琦《解》:此言奇隽之马,非猛健之人不能驾驭,若其下乘,则蛮儿亦能驱使,以见逸材之士必不受凡庸之笼络,亦有然者。

姚文燮《注》:宪宗以中官为监军使,白居易谏不听。贺谓强兵健卒宜付大帅,岂可视为卑微,而受小人之羁策乎?

方世举《批》:"赤兔无人用",大用无人,小才得意。

黎简《批》:小人不可大受,而可小知。

其九

飂叔去匆匆①〔一〕,如今不豢龙。夜来霜压栈,骏骨折西风〔二〕。

【校记】

①飂叔,宋蜀本、曾益本、姚佺本、姚文燮本均作"飕叔",王琦《解》:"曾本、二姚本俱作飕,非。"去匆匆,宣城本、蒙古本均作"死匆匆"。

【注释】

〔一〕飂叔:帝舜时代飂国的董父,性喜养龙。《左传·昭公二十九年》:"蔡墨曰:昔有飂叔安,有裔子曰董父,实甚好龙,能求其嗜欲以饮食之,龙多归之,乃扰畜龙以服事帝舜,帝赐之姓曰董氏,曰豢龙。"杜预注:"飂,古国名,叔安,其君名。豢,养也。”

〔二〕“夜来”二句：王琦《解》：“古者四灵以为畜，故龙亦可豢养。今既无其人，豢龙之术，久已失传，乃养马之法，亦废而不讲，徒使骏逸之才，受风霜之困于槽枥之间，斯马也何不幸而遇斯时也。”

【集评】

刘辰翁《评》：别引龙事，慷慨，怨直是怨。

姚文燮《注》：元和间，策试贤良方正，直言取谏。举人牛僧孺、皇甫湜、李德裕皆指陈无忌，考官杨於陵、韦贯之署为上第。李吉甫恶之，泣诉于上。上遂罢於陵、贯之等，僧孺辈俱不调。飂叔，指杨、韦诸君也，此时皆蒙贬去，不复选骏，牛、李、皇甫诸人俱遭沮排。严霜折骏，大可悲已。

方世举《批》：“飂叔去匆匆”，此亦自喻龙种憔悴。

其十

催榜渡乌江①〔一〕，神骓泣向风〔二〕。君王今解剑②，何处逐英雄〔三〕。

【校记】

①乌江，王琦本、《全唐诗》注：“一作江东。”

②君王，宣城本、蒙古本均作“吾王”。王琦《解》、《全唐诗》注：“一作吾王。”

【注释】

〔一〕榜：船桨。屈原《九章·涉江》：“齐吴榜以击汰。”王逸注：“吴榜，船棹也。”

〔二〕“神骓”句：《史记·项羽本纪》：“骏马名骓，常骑之。乌江亭长檥船待，谓项王曰：‘江东虽小，地方千里，众数十万人，亦足王也。愿大王急渡。……’项王笑曰：‘天之亡我，我何渡为？且籍与江东子弟八千人渡江而西，今无一人还，纵江东父老怜而王我，我何面目见之？……’乃谓亭长曰：‘吾知公长者，吾骑此马五岁，所当无敌，常一日行千里，不忍杀之，以赐公。’……乃自刎而死。”神骓，指项羽所骑之骏马。王琦《解》：“诗意言当日亭长既得项王之马，催榜渡江而去，马思故主，临风垂泣，理所必有。”

〔三〕“君王”二句：王琦《解》：“末二句代马作悲酸之语，无限深情。英雄失主，托足无门，闻此清吟，应当泪下。”

【集评】

刘辰翁《评》：悲甚，此语不可复读，元不苦涩。

曾益《注》：言主不易遇，羽既逝矣，谁可佐以霸者。

胡廷佐评（《昌谷集句解定本》卷二）：代马作泣词，无限悲啜，士之所以乐为知己用也。

沈德潜《重订唐诗别裁集》卷十九：项羽虽以马赠亭长，然羽既刎死，神骓必不受人骑也。十馀首中，此首写得神骏。

姚文燮《注》：此即垓下歌意，时不利兮之句，千古英雄闻之泪落，骓之得遇项羽，可谓伸于知己矣。乃羽伯业不终，至骓又为知己者死，逢时之难如是乎。

方世举《批》：“催榜渡乌江”，此亦居今思古。

其十一

内马赐宫人①，银鞯刺麒麟②〔一〕。午时盐坂上③〔二〕，蹭蹬溘风尘〔三〕。

【校记】

①宫人，蒙古本作“官人”。

②麒麟，吴正子本作“骐驎”。

③午时，蒙古本作“年时”。

【注释】

〔一〕鞲：王琦《解》：“鞲，马鞍具也。”麒麟：刺在银鞲上的图案。

〔二〕盐坂：即虞坂，在今山西平陆东北之中条山上。王琦《解》：“盐阪当是虞坂也。”《战国策·楚策》：“骥之齿至矣，服盐车而上太行，蹄申膝折，尾湛胕溃，漉汁洒地，白汗交流，外坂迁延，负棘而不能上。”李吉甫《元和郡县图志》卷六：“（平陆县）吴山，即吴坂也，伯乐遇骐骥驾盐车之地。”

〔三〕蹭蹬：遭遇挫折。《文选》木华《海赋》：“或乃蹭蹬穷波。”李善注：“蹭蹬，失势之貌。”溘：奄忽，掩盖。屈原《离骚》：“溘埃风余上征。”王逸注：“溘，犹掩也。”朱熹《集注》：“溘，奄忽。”曾益《注》：“中道自失，徒奄溘于风尘而已。”

【集评】

刘辰翁《评》：“午时盐坂上，蹭蹬溘风尘。”午时下得苦，犹《简兮》日中也。字字警，午时著汗故。

王琦《解》：以赐宫人者，则装饰如此；以负重致远者，则蹭蹬如此。此即孟尝君所谓“后宫蹈绮縠，而士不得短褐；仆妾馀粱肉，而士不厌糟糠”者也。

姚文燮《注》：唐旧制：以御史二人知驿。宪宗诏以宦者为馆驿使，拾遗裴璘谏不听，贺谓骏骨已列于天闲，而一旦委之刑馀幸嬖，虽被服辉煌，奈不善因任，妄自驱策，其蹭蹬不亦宜乎？

方世举《批》：“内马赐宫人”，马不见用，固悲伏枥，有用之者，又或失伦。赐宫人亦用也，服盐车亦用也，此岂良马之愿用于世者耶？此首是两半做，非串合。

其十二

批竹初攒耳〔一〕，桃花未上身〔二〕。他时须搅阵，牵去借将军〔三〕。

【注释】

〔一〕批竹：马耳如初削之竹筒。贾思勰《齐民要术》卷六："马耳欲得小而促，状如斩竹筒；耳方者千里，如斩筒七百里。"杜甫《李鄠县丈人胡马行》："头上锐耳批秋竹，脚下高蹄削寒玉。"又，《房兵曹胡马》："竹批双耳骏。"

〔二〕桃花：马之毛色。《尔雅·释畜》："黄白杂毛，駓。"郭璞注："今之桃花马。"

〔三〕借：助也。王琦《解》："此言驹之未成者，骨相虽美，毛色未齐，已知其他日有搅阵之雄健。借字煞有深意，盖不忍没其材而不见之于一试，又不欲其去己而竟属他人，以见怜惜之真至。"

【集评】

刘辰翁《评》：语意皆到，有风致。

姚文燮《注》：耳系初攒，色尚未遍，马之騧齿者也。贺自喻年少新进，人未睹其全力，他时致身疆埸，驰驱正未可知耳。

洪亭玉评（《昌谷集句解定本》卷二）：不赋马而赋马与人一心之用，须溪云语意皆到有风致者，殆谓此与！

又张恂评：须溪言赋马不经人道（见其二评），而实赤骥乌骓房星骏骨，亦是词家所引，至搅阵踏烟，可谓新异矣。

方世举《批》:人马有相得者,待时而已。

其十三

宝玦谁家子〔一〕,长闻侠骨香〔二〕。堆金买骏骨〔三〕,将送楚襄王〔四〕。

【注释】

〔一〕宝玦:王琦《解》:"宝玦,玉玦也,其状如环而缺。"

〔二〕侠骨香:豪侠之名闻于四方。语出张华《博陵王宫侠曲》:"生从命子游,死闻侠骨香。"

〔三〕"堆金"句:《战国策·燕策》:"(郭隗谓燕昭王曰)臣闻古之君人有以千金求千里马者。"王琦《解》:"骏骨,谓马之骨相奇骏者。"

〔四〕"将送"句:楚襄王,即楚顷襄王,怀王之子。《史记·楚世家》:"太子横至,立为王,是为顷襄王。""诗言佩玦者未知谁氏之子,素闻其豪侠之名,必有知人知物之鉴,乃堆金市骏,而送之楚襄王,夫襄王者,未闻有好马之癖,虽有骏骨,安所用之? 以此相送,毋乃暗于所投乎!"

方扶南《批》:"买骏骨当以送燕昭,而反送楚襄者,所谓北首而南辕也,用意深妙。"

【集评】

刘辰翁《评》:俗语一双呆,奇怪说梦。

无名氏《批》:寓尽明珠暗投之苦。却送楚襄王,趣极。

曾益《注》:言佩玦何人,而任侠若是,彼虽堆金买骏,称识马乎? 而进之襄王,未闻其好马也,则马虽良,如不好何?

姚文燮《注》:楚人有以弱弓微缴加于鸿雁之上者。襄王召问之,因说襄王以约纵之术。其中略曰:王緖缴兰台,饮马西河,定魏大梁。此一发之乐也。当元和时,蔡、郓叛逆,两河跋扈。裴度讨之。因于私宅招延四方贤才,豪杰景从,而蔡、郓卒平。此诗良美度与,盖以其慷慨仗义,引贤致主,深可嘉矣。

蒋文运评(《昌谷集句解定本》卷二):将燕昭与楚襄杂引,此文法巧处。赋云:"旦刷幽、燕,昼秣荆、越。"燕在北,荆在南,马本有此疾驱之力,其奈何投非所用也。

何焯评(陈本礼《协律钩玄》卷二):此比有臣无君,虽进贤而不能用也。

方世举《批》:此齐门之瑟也,其如不好何?妙,妙。意谓时无燕昭王耳,楚襄语,不伦入妙。方云:买骏骨当以送燕昭,而反送楚者,所谓北首而南辕也,用意深妙。

刘嗣奇《李长吉诗删注》卷上:言襄王未闻好马而送之,所投非所用也。

其十四

香襆赭罗新〔一〕,盘龙蹙镫鳞〔二〕。回看南陌上,谁道不逢春〔三〕。

【注释】

〔一〕"香襆"句:形容鞍饰之美。王琦《解》:"襆即幞字,音与伏同,用以覆鞍鞯上,人将骑,则去之,又谓之帕。杜甫诗:'银鞍却覆香罗帕。'赭罗,罗之赤色者。"按,杜诗题名《骢马行》。

〔二〕"盘龙"句:形容踏镫之美。曾益《注》:"蹙鳞,镫美。"

〔三〕"回看"二句:叶葱奇《李贺诗集疏注》卷二:"下两句写它的骄矜得意,昂然四顾,认为世间哪有困顿失意的事呢?"陈弘治

《校释》:“叙其自得之状,不知徒虚縻耳,无实用也。”

【集评】

刘辰翁《评》:正言似反,无限凄怨,怨乃不及此。

无名氏《批》:瘦骨铜声,骏骨送楚襄王;试看锦鞍南陌,路人啧啧者,竟是驽骀,可胜浩叹。

丘象随评(《昌谷集句解定本》卷二):此首与赤骥最承恩,俱作不了语,意在言外,今人不求意趣关纽,但以相似语言为贯穿,所以浅近,曾子固云,诗当使人一览语尽而意有馀,乃古人用心处。

姚文燮《注》:元和四年,以李藩同平章事,藩性忠鲠,常批制敕,给事中裴垍荐之,谓有宰相器,上遂擢为相。香器金镫,道路辉煌,贺盖羡其遇主之荣宠耳。

方世举《批》:旁写一首凡马之得时者,是多篇大衬法。

其十五

不从桓公猎,何能伏虎威〔一〕。一朝沟陇出,看取拂云飞〔二〕。

【注释】

〔一〕“不从”二句:桓公,齐桓公,春秋五霸之一。《管子·小问》:“桓公乘马,虎望见之而伏。桓公问管仲曰:‘今者寡人乘马,虎望见寡人而不敢行,其故何也?’管仲对曰:‘意者君乘驳马而洀(古盘字)桓,迎日而驰乎?’公曰:“然。”管仲对曰:‘此驳象也,驳食虎豹,故虎疑焉。’”《尔雅·释畜》:“驳,如马,倨牙,食虎豹。”《山海经·西山经》:“又西三百里,曰中曲之山,其阳多玉,其阴多雄黄、白玉及金。有兽焉,其状如马,而白身黑尾、一角,虎牙爪,音如鼓,其名曰驳,是食虎豹。”

〔二〕拂云飞：王琦《解》："拂云飞，言其驰骤之疾如云之飞腾。杜工部所谓'走过掣电倾城知'，李供奉所谓'神行电迈蹑恍惚'，亦是此喻。"

【集评】

刘辰翁《评》：却是痛快。

曾益《注》：言弃而不用，奚以知其良也？一朝辞沟陇而出，而拂云之才见矣。

萧琯评（《昌谷集句解定本》卷二）：霸王君出，猛兽伏不敢起。从桓公猎，自负不小。

王琦《解》：言其驰骤之疾如云之飞腾。……诗意谓豪杰之士，伏处草野，不得君上之委任，虽智勇绝人，雄略盖世，人孰能知，一旦出畎亩之中，得尺寸之柄，树功立业，自致于青云之上，然后为人所瞻仰耳。

姚文燮《注》：马岂能伏虎耶？因明主驱策，故威望倍重。如宪宗时刘辟反，诏高崇文讨之，诸将皆不服，后上专委以事权，卒平祸乱，震慑东川。是知马必由桓公以显名，崇文必由宪宗以著绩，故能一朝奋兴，勋成盖世，总在主上有以用之也。

方世举《批》：用管子告桓公驳马事，以尽马之才，虎且可伏，安往而不可逞哉。

其十六

唐剑斩隋公①，拳毛属太宗②〔一〕。莫嫌金甲重，且去捉飘风③〔二〕。

【校记】

①唐剑，宋蜀本、蒙古本作"唐欲"。

②拳毛,原作"卷",宋蜀本作"拳毛",从之。

③飘风,宋蜀本、吴正子本作"飀风"。

【注释】

〔一〕拳毛:即拳毛騧,唐太宗李世民之战马。宋敏求《长安志》卷十六:"太宗昭陵在(醴泉)县西北六十里。……所乘六骏石像在陵后,……拳毛䯄平刘黑闼时乘。"杜甫《韦讽录事参军宅观曹将军画马图》:"昔日太宗拳毛騧,近时郭家狮子花。"王琦《解》:"玩诗意,拳毛騧必隋之公侯所乘者,其人既为唐所杀,其马遂为太宗所得。虽事逸无考,而诗语甚明。"

〔二〕捉飘风:骏马飞驰能赶上回旋之风。《说文》:"飘风,回风也。"

【集评】

刘辰翁《评》:语不碌遬,甚言其遇,是诸孙语。

曾益《注》:言苟为时用,敢嫌所负之重哉!亦悉力以驱驰而已。

姚文燮《注》:高祖平隋,始终以兵柄属太宗。飀风,回风也。李密僭号登坛,疾风鼓其衣,几仆,又数有回风发于地,后太宗定鼎,密伏诛。此言高祖为唐公时,即以兵属太宗,知其勇锐精勤,遂成大业,祖宗创业之艰,可念也夫。

方世举《批》:因拳毛騧而忆贞观之时,自天策开府,以至受禅,求才论道,正如得骏成功。

其十七

白铁剉青禾,碪间落细莎①〔一〕。世人怜小颈〔二〕,金埒畏长牙〔三〕。

【校记】

①礁间，万历本、曾益本、姚文燮本均作“礁闻”。

【注释】

〔一〕“白铁”二句：王琦《解》：“白铁，剉草之刀，礁，剉草之石，饲马不以青草，而以青禾，又剉之极细如莎草然，见饲法之不同。”姚文燮《注》：“青禾细莎，言薄禄也。”

〔二〕小颈：《尔雅·释畜》：“小领盗骊。”邢昺注：“领，颈也。盗骊，骏马名也。骏马小颈，名曰盗骊。”

〔三〕金埒：《世说新语·汰侈》：“王武子被责，移第北邙下，于时人多地贵，济好马射，买地作埒，编钱匝地竟埒，时人号曰金埒。”长牙：锯牙。贾思勰《齐民要术》卷六：“相马之法，上齿欲钩，钩则寿。下齿欲锯，锯则怒，牙欲去齿一寸，则四百里，牙剑锋则千里。”王琦《解》：“逸群之马，多不伏羁络，生人近之，往往踶啮，然乘之冲锋突阵，多有奇功，若王孙公子分驰角壮于金埒之间，只取美观而已。小颈细马，竞加怜爱，其长牙善啮者，虽有权奇倜傥之才，亦畏而不取。彼豪杰之士以材大而不为人所用，小材者悉心委使而得厚资焉，亦何以异于此马欤！”

【集评】

刘辰翁《评》：“白铁剉青禾，礁间落细莎。”亦非俗料。“世人怜小颈，金埒畏长牙”，有风刺。

谢榛《四溟诗话》卷一：此绝亦用古韵也，不可以为法。

张恂评（《昌谷集句解定本》卷二）：首二句讽人之当善养也。

姚文燮《注》：时韩愈以论事坐贬阳山令，贺伤之。青禾细莎，言薄禄也。世人尽知其枉，共怜遭斥卑微，而朝权方畏其齿牙之锐，故贬之于外也。

方世举《批》：瘦则颈小，老则牙长，世人不自知其养之不至，富贵家又用之不早，此岂马之过耶？

其十八

伯乐向前看，旋毛在腹间〔一〕。只今掊白草，何日蓦青山〔二〕。

【注释】

〔一〕“伯乐”二句：语出《尔雅·释畜》郭璞注：“伯乐相马法，旋毛在腹下如乳者，千里马也。”伯乐，古代善相马者。《庄子·马蹄》：“及至伯乐，曰我善治马。”《释文》：“伯乐，姓孙名阳，善驭马。”王琦《解》：“马之旋毛生于腹间，人未之见，以常马视之。伯乐视之，乃知其为千里马。”

〔二〕“只今”二句：白草，上等马饲料。《汉书·西域传》：“鄯善国多胡桐白草。”颜师古注：“白草，似莠而细，无芒，其干熟时，正白色，牛羊所嗜也。”李白《行行且游猎》：“胡马秋肥宜白草。”掊：减少。王琦《解》：“掊，减也。”“今乃克减其草料，每食不饱，得知何日养成气力，可以驱骋山冈，而展其骥足乎。后二句，当作伯乐口中叹息之语方得。”

【集评】

刘辰翁《评》：“伯乐向前看，旋毛在腹间”，有玄思。“只今掊白草，何日蓦青山”，可念。

姚文燮《注》：士之怀才自匿，不事浮华，犹马之旋毛在腹，必遇孙阳始知之也。离群初出，腾空有时，今日之掊白草，知何日之蓦青山也。

方世举《批》：相马者有人，市骏者无主，有知己而无感恩，终苦不遇。

其十九

萧寺驮经马，元从竺国来〔一〕。空知有善相，不解走章台〔二〕。

【注释】

〔一〕"萧寺"二句：佛寺多称萧寺，李肇《唐国史补》卷中："梁武帝造寺，令萧子云飞白大书萧字。""萧寺"一词出此。魏收《魏书·释老志》："后汉孝明帝夜梦金人，顶有白光，飞行殿庭，乃访群臣，傅毅始以佛对，帝遣郎中蔡愔、博士弟子秦景等，使于天竺，写浮屠遗范，得佛经四十二章，及释迦立像。愔之还也，以白马负经而至，汉因立白马寺于洛城雍门西。"竺国，天竺国之省称。

〔二〕走章台：章台，街名，在长安。《汉书·张敞传》："敞无威仪，时罢朝会，走马章台街，使御吏驱，自以便面拊马。"孟康注："章台街在长安中。"

【集评】

刘辰翁《评》：无要紧，有意态。又怪。俊劣可喜。

曾益《注》：言从来虽好，但驮经而不解驱策，则善相为虚耳。

王琦《解》：此诗似为番僧之才俊者而作。

姚文燮《注》：宪宗召僧大通入宫禁，以炼药为名，贺谓佛空知有善相耳，而章台朝谒之地，岂出世之人所宜游历耶？走马章台，必非驮经之属矣。

方世举《批》：白马驮经，佛家善相，章台走马，不屑冶游，马之自负者又如此。

黎简《批》:君子不可小知,而可大受。

其二十

重围如燕尾〔一〕,宝剑似鱼肠〔二〕。欲求千里脚,先采眼中光〔三〕。

【注释】

〔一〕“重围”句:王琦《解》:“首卷《贵公子夜阑曲》云‘腰围白玉冷’,盖指腰带而言。此云重围,似亦谓双层腰带。如燕尾,谓带之馀者双垂而下如燕尾也。”

〔二〕鱼肠:宝剑名。《吴越春秋·阖闾内传》:吴王得越所献宝剑三枚,一曰鱼肠,一曰磐郢,三曰湛卢。《淮南子·修务训》:“夫纯钩鱼肠之始下型。”高诱注:“鱼肠,文理屈辟若鱼肠者,良剑也。”王琦《解》:“二句先言壮夫束带挂剑,将有远行之状,以起下文求千里脚之意。”

〔三〕“欲求”二句:贾思勰《齐民要术》卷六:“相马从头始,马眼欲得高,眶欲得端正,睛欲得如悬铃紫艳光;目中五彩尽具,五百里,寿九十年。”

【集评】

姚文燮《注》:时危器利,断须出险之才,英爽之资,神明尤重。

陈开先评(《昌谷集句解定本》卷二):欲用人,先知人,知人不可学,故相马以舆,相士以车,犹之乎不先得士者也。

方世举《批》:眼中光直为《相马经》之所未言,百兽惟虎眼有百步光,此殆以马德兼虎威矣。

其二十一

暂系腾黄马〔一〕，仙人上彩楼〔二〕。须鞭玉勒吏〔三〕，何事谪高州〔四〕。

【注释】

〔一〕腾黄马：骏马。《宋书·符瑞志中》："腾黄者，神马也，其色黄，王者德御四方则出。"《抱朴子·对俗篇》："腾黄之马，吉光之兽，皆寿三千载。"

〔二〕仙人上彩楼：仙人好楼居，古籍中多所载述。《史记·武帝纪》："公孙卿曰：仙人好楼居。于是令长安作飞廉、桂观，甘泉作益寿、延寿观。"《汉书·郊祀志五下》："方士有言黄帝时为五城十二楼，以候神人于执期，名曰迎年。"颜师古注："应劭曰：昆仑玄圃，五城十二楼，仙人之所常居。"

〔三〕玉勒吏：语出庾信《华林园马射赋》："控玉勒而摇星，跨金鞍而动月。"王琦《解》："玉勒吏，谓控玉勒之人，即驭马吏也。"

〔四〕高州：唐代又称高凉郡，《新唐书·地理志七》："高州高凉郡，武德六年，分广州之电白、连江置。"王琦《解》："高州，唐时又谓之高凉郡，属岭南道，在西京南六千二百六十二里，地有瘴疠，谪宦者多居之。此诗必是当时有正直之臣见忤时宰，而谪逐于高州者，长吉痛之，借马以为喻也。夫腾黄之马，不易得之马也。今暂系而不用，因仙人在彩楼之上，无所事于乘骑之故。乃玉勒之吏不思豢畜于平时，以备驰驱之用，而反弃之远方瘴疠之地。纰缪至矣。仅以一鞭罪断结，犹是轻典。"

【集评】

姚文燮《注》：此追叹往事也。玄宗自蜀还京，称上皇，时御长庆楼,又常召将军郭英乂上楼赐宴。李辅国因言于肃宗,谓上皇将谋不利,遂矫诏逼上皇迁西内,甲士露刃遮道,上皇惊,几坠马,力士怒斥辅国,共鞚上皇玉勒以行,后竟流力士巫州。贺伤上皇甫离鞍马,自谓宴乐于彩楼之上,孰知即萌祸端,逼迁之日,近御骇散,以致惊成疾,肃宗竟不之究,而反远流力士,不得留侍左右,冤哉。

董伯英评(陈本礼《协律钩玄》卷二):腾黄而放之高州,使与野马同处,则马吏之罪矣。不归咎人主,得风人温厚之旨。言暂系则仙人非不欲乘此马,特缘偶上彩楼,暂息车驾耳,固未尝令放逐也。

又,张恂评:此首不经人道。

方世举《批》:高州之谪,似谓高力士。上二句似谓明皇入南内时,明皇爱才,故追忆之。尝有骏马入蜀,因以言焉。《山海经》飞黄腾达,此变文而腾黄。

其二十二

汗血到王家〔一〕,随鸾撼玉珂〔二〕。少君骑海上,人见是青骡〔三〕。

【注释】

〔一〕汗血:汗血马,骏马。《汉书·武帝纪》:"将军李广利斩大宛王首,获汗血马来,作西极天马之歌。"颜师古注:"大宛旧有天马种,汗从前肩髆出,如血,号一日千里。"

〔二〕撼玉珂:玉饰马勒之上,振动有声,即"鸣玉珂"。张华《轻薄篇》:"文轩树羽盖,乘马鸣玉珂。"陈后主《紫骝马诗》:"玉珂鸣广路,金络耀晨辉。"

〔三〕“少君”二句：用神仙李少君故事，《太平御览》卷九百〇一引《鲁女生别传》：“李少君死后百馀日，后人有见少君在河东蒲坂，乘青骡。帝闻之，发棺，无所有。”曾益《注》：“汗血之在王家，则奋扬自如，一旦乘之海上，则人见以为青骡而已，谁复以汗血目之。言马一也，而人之不识，可慨耳。”王琦《解》：“汗血之马，到王者之家，随鸾车之后，体饰华美，岂非荣遇，若随少君海上，人不过以凡畜视之，孰知为千里之骏而刮目以观者哉？”

【集评】

刘辰翁《评》：超。

姚文燮《注》：汗血本王家所宜珍也，自少君去后，人只见有青骡，而主上唯方士是求，则才士不足贵矣。

张若水评（《昌谷集句解定本》卷二）：高才但当奋扬皇途，岂宜骑之海上？所养非所用，所用非所养矣，言之慨然。

方世举《批》：奉礼郎不足为，将去而方外求仙矣，此即《南园》七绝虞卿道帔之思也。国马不成，尚为仙驭，安能以汗血之姿，徒随鸾铃而窘步哉？

其二十三

武帝爱神仙，烧金得紫烟〔一〕。厩中皆肉马〔二〕，不解上青天。

【注释】

〔一〕烧金：古代道家有炼丹术，据说炼成仙丹，服后可以长生不老。吴正子《注》，“此言汉武求仙烧金，但得紫烟而已。”王琦《解》：“烧炼则黄金化为紫烟，终不成就。”

〔二〕肉马:凡马。吴正子《注》:"徒有凡马,岂能上天乎!"王琦《解》:"所获之马又皆凡马,不可乘之以上青天,所求皆是无益之事,此首似为宪宗好神仙信方士之说而作。"

【集评】

刘辰翁《评》:妙,此是郭景纯汉武非仙才意。

曾益《注》:犹言所用者非王佐,不能致治。

姚佺《笺》:淮南王爱道术,与八公白日升天,至今马迹犹存。汉武轻万乘,驾危涛,日夜求安期、羡门之侣,至于得神马渥洼,作歌。协律乃曰"厩中皆肉马",何者?刘朝箴曰:上好行则下以行应,上好文则下以文应。正谊明道之董子,顾以谪弃,而所招选者,非辞赋之相如,则恢谐之朔、皋,乌在其能章轨树旌哉!此长吉所以有肉马之讥也。

无名氏《批》:微婉可爱。

姚文燮《注》:武帝烧金,终鲜成效,而宪宗尤津津慕之,必欲以上升为愉快,嗟嗟。汉廷之老师宿儒不减于唐,当时孰有谓爱神仙莫如武帝,究竟神仙安在,举朝皆庸人,无不知青天之难上也。马诗二十三首,首首寓意,然未始不是一气盘旋,分合观之,无往不可。

方世举《批》:此言有才不遇,国士之不幸,不得真才,亦国之不幸也。方云:言烧金已得紫烟,近可仙矣,其如肉马不解上天何。

【总评】

刘辰翁《评》:无一首不好,且无俗料。

王琦《解》:《马诗二十三首》,俱是借题抒意,或美,或讥,或悲,或惜,大抵于当时所闻见之中各有所比。言马也,而意初不在马矣。又每首之中皆有不经人道语，人皆以贺诗为怪，独朱子以贺诗为巧，读此数章，知朱子论诗真有卓见。

胡廷佐评(《昌谷集句解定本》卷二)：昌谷二十三咏，揣其意，必欲如何为良马称遇哉？曰，龙驹之出，有庆云五色覆之，乃其进也，印以三花飞凤，食以莎糜米渖，加以一品之料，而又衣以文绣，络以金铃，饰其尾鬣，杂以珠玉。将合牝牡，则设青庐黼帐，圉人饲秣，罔敢跛倚失恭，此皆御马之所有事也。然后步有尺度，疾徐中节；一喷生风，下湘山之乱叶；四体曳练，翻瀚海之惊澜。昌谷必曰是亦可矣，诗亦可以弗赋矣。

方世举《批》：皆自寓也，人人所知，次第用意，略与《南园》诗同。先言好马须好饰。犹杜诗"骢马新凿蹄"，"银鞍被来好"。以喻有才须称。此二十三首之开章引子也。以下便如庄子重言、寓言、卮言。曲尽其义。此二十三首，乃聚精会神，伐毛洗髓而出之。造意撰辞，犹有老杜诸作之未至者。率处皆是炼处，有一字手滑耶？五绝一体，实做尤难。四唐惟一老杜，此亦摭实似之。而沉著中飘萧，亦似之。余为小感旧十首，颇师法两家精赡约美处，而未能及。

黎简《批》：马诗二十三首各有寓意，随在读者会心，毋庸强解。惟章法似无伦次，然长吉于此不甚理会。

钱钟书《谈艺录》：若偶然讽谕，则又明白晓畅，如《马诗》二十三绝，借题抒意，寄托显明。

钱仲联《读昌谷集绝句六十首》：盐坂风尘蹭蹬时，几多果下属蛮儿。腾黄暂系还遥谪，石破天惊写《马诗》。《马诗》之八、之十一、之二十一。蛮儿指宦官刘贞亮、吐突承璀，皆少数族人。谪高州，指韦执谊之谪崖州事也。

又：惊霜压栈骨摧残，龙马全虚十二闲。九载楚魂招未复，只因飚叔去人间。《马诗》之九,此为八司马作。飚叔指王叔文。

又:龙脊连钱泣向风,辞人感慨廿篇同。可怜不从桓公猎,枉想拳騧属太宗。《马诗》之一、之十五、之十六。

【编年】

《马诗二十三首》可以说是李贺写马最为集中的一组诗,笔者很赞同台湾大学叶炳庆教授《说李贺马诗二十三首》的见解。顺着叶教授的思路,提出一个写作这组马诗的年代问题。我们透过这组诗的题旨,可以探知诗人写作这些诗作时阅历已广,思想深邃,很多生活感受,均亲身经历、体识过,因此,这组诗当是他生活后期的作品。那么,哪一年写的呢?应是岁逢马年,借马抒怀,最为得宜。李贺一生中,第二个马年仅十三岁,绝不可能写出这些诗。第三个马年是元和九年,时逢甲午,这一年李贺正客居潞州,他既经历遭谗落第的人生打击,又经受了牢落长安时的屈辱困顿,抱着幻想到潞州,仍无出路,备受羁旅生活苦辛,此时,正闲着无事,思绪猬集,时逢马年,联系自己的人生道路,浮想联翩,感慨万千,他借马之穷达哀乐,一气呵成,一下子写下二十三首马诗,以况状自己的遭际,宣泄自身的情感,也反映了这个时代仕途穷困的文人的共同命运。

塞下曲〔一〕

胡角引北风〔二〕,蓟门白于水〔三〕。天含青海道〔四〕,城头月千里①。露下旗濛濛,寒金鸣夜刻〔五〕。蕃甲锁蛇鳞,马嘶青冢白〔六〕。秋静见旄头〔七〕,沙远席羁愁②〔八〕。帐北天应尽,河声出塞流③〔九〕。

【校记】

①城头月,蒙古本、《乐府诗集》作“城头见”。

②席羁愁,吴正子本《注》:“一本作席箕愁,为是。”蒙古本作“席箕”。《乐府诗集》作“席萁”。

③河声,《文苑英华》作“黄河”。

【注释】

〔一〕塞下曲:郭茂倩《乐府诗集》卷九十三“新乐府辞”四录李贺《塞下曲》。《晋书·乐志》:“李延年因胡曲更造新声二十八解,乘舆以为武乐。……魏晋以来,二十八解不复具存,用者有《黄鹄》《陇头》《出关》《入关》《出塞》《入塞》《折杨柳》《黄覃子》《赤之杨》《望行人》十曲。”《乐府诗集》卷二十一《出塞》解:“唐有《塞上》《塞下曲》,盖出于此。”

〔二〕“胡角”句:王琦《解》:“胡角吹时,北风适至,遂若其风为角声所引而来。”

〔三〕蓟门:即蓟州,又名幽州,范阳郡。郦道元《水经注》卷十三:“武王封尧后于蓟,今城内西北隅有蓟丘,因丘以名邑也。”《旧唐书·地理志》:“河北道,幽州大都督府,……开元十八年,割渔阳、玉田、三河置蓟州。天宝元年,改范阳郡。”王琦《解》:“蓟门,即蓟州也。战国时属燕,秦为渔阳郡,唐开元十八年改置蓟州,取蓟丘以为名,文人多谓之蓟门。”白于水:王琦《解》:“旷地风沙之色。”

〔四〕“天含”句:曾益《注》:“含青海道,月千里也。城头,蓟州城头,言青海虽远,何莫非天所覆。”王琦《解》:“天含者,自远而望若与天相接。”

〔五〕“寒金”句:曾益《注》:“鸣夜刻,警夜,盖黄昏吹角而夜则鸣刁斗。”王琦《解》:“金,谓军中警夜时所击铜器,即古时刁斗之类。因塞下寒冷,而金声亦带寒气,似谓其音不甚清亮。夜刻,每更中深浅刻数。”

〔六〕“蕃甲”二句:曾益《注》:“锁蛇鳞,言甲坚。马嘶青冢,畜繁也。白,兼月。露、马四句,见夜守严。”王琦《解》:“蕃人之甲,锁衔细密,状同蛇鳞。其马群牧处,水草皆尽,青冢变为白地,二句见敌人甲坚马多,当留心防守,不可玩忽之意。”

〔七〕旄头:星名。《史记·天官书》:“昴曰髦头,胡星也。”张守节《正义》:“昴七星为旄头。”髦与旄,古字通。曾益《注》:“秋静,当秋夜静,见旄头,观星而察虏之出没。”

〔八〕席羁:王琦《解》:“曾注一片羁愁,或云所席之地羁愁。姚经三注,坐卧羁愁之席。吴正子曰,席羁愁,一本作席箕愁,为是,盖卧沙中,以豆箕为席也。刘须溪曰,如箕踞坐也。杨升庵曰,恐是塞上地名。”王氏所引各注均误。王琦引《酉阳杂俎》,出续集卷十“支植”下,云:“席箕,一名塞芦,生北胡地,古诗云:‘千里席箕草’。”按,《五代史》云:“契丹地有息鸡草,尤美而本大,马食不过十本而饱。”胡震亨《唐音癸签》卷二十引《五代史》云:“意席箕即息鸡,一物而音讹耳。”杨慎《升庵诗话》卷七“席箕”条附注云:“李本宁太史云:‘席箕是草名,出《太平广记》。’”由此可见,席羁、席箕、息鸡均为草名,实为一物,盖古音通假之故耳。王琦《解》:“当此敌人甲马精壮之时,仰观天象,旄头又复明耀,恐将来不能无窥伺之患,即观塞草,亦应有蹂躏之愁耳。”

〔九〕“帐北”二句:曾益《注》:“言天疑尽此,乃河复远出,不可纪极。”王琦《解》:“帐,军中帐幕也。北望茫茫,渺无所见,疑天亦应至此而尽,乃河流之声尚滔滔不息而去,知其外地广大荒莫之纪极。自古中国即有外裔,征戍之苦,更何时已乎?河水自塞外流入,反流出塞,重复流入中国,而后归海,故有出塞流之语。蓟门、青海、青冢,皆相去甚远,不在一方,读者赏其用意精奥,自当略去此等小疵。”

【集评】

刘辰翁《评》:清壮。“胡角引北风,蓟门白于水。”悲壮斗绝。

黎简《批》:昌谷善用千里字,然至双字辄不佳,如遥遥空、碎碎堕等字,皆太作意。

【编年】

《塞下曲》为乐府古题,写边陲征戍之事。本诗描写戍守边塞战士们之苦辛和斗志,抒怀国忧时之情思,悲壮动人,当是诗人在潞州三年时作,与《北中寒》之作年相近。

摩多楼子〔一〕

玉塞去金人〔二〕,二万四千里。风吹沙作云①,一时渡辽水〔三〕。天白水如练,甲丝双串断〔四〕。行行莫苦辛,城月犹残半。晓气朔烟上,趢趗胡马蹄〔五〕。行人临水别②,陇水长东西③〔六〕。

【校记】

①风吹,姚文燮本作“风卷”。

②临水别,宋蜀本作“临陇别”。《乐府诗集》、蒙古本作“听水别”。

③陇水,宣城本、吴正子本、《乐府诗集》、凌刊本、《全唐诗》作“隔陇”。蒙古本作“陇上”。

【注释】

〔一〕摩多楼子：乐府曲名。郭茂倩《乐府诗集》卷七十八“杂曲歌辞”录李贺《摩多楼子》诗。姚文燮《注》：“乐府《摩多楼子》即《塞下曲》。”

〔二〕“玉塞”句：吴正子《注》：“玉塞，玉门关也，在敦煌。”李吉甫《元和郡县图志》卷四十：“（沙州寿昌县）玉门故关，在县西北一百一十七里，谓之北道，西趣车师前庭及疏勒。此西域之门户也。”金人，指休屠古地。《汉书·霍去病传》：“汉使骠骑将军去病将万骑，出陇西，过焉耆山千馀里，得休屠王祭天金人。”

〔三〕辽水：《汉书·地理志》：“大辽水出辽东塞外，南至安市入海，行千二百五十里。”吴正子《注》：“玉塞与辽水本不相干，此偶借言之耳。”钱澄之（姚文燮《注》附）曰：“玉塞去辽水，东西不相及，此言风沙渡辽水，见塞外风之狂邪。”

〔四〕“甲丝”句：王琦《解》：“纫甲用双线贯之，今又断矣，见行役劳苦之久。”

〔五〕踧踖：《文选》张衡《东京赋》：“狭三王之踧踖。”薛综注：“踧踖，局小貌。”

〔六〕“行人”二句：曾益《注》：“行人，即远戍或出使之人，临水别，临陇水而别。长东西，言既分而不复合，谓塞地绵邈无还期也。”王琦《解》：“行人临水而别，而水亦东西分流，不能同归一处，以见触景伤心之意。凡山脊之上有泉流出，东出者则归于东，西出者则归于西，势必然也，不仅陇山之分水岭为然。且陇山地在中土，不在边塞，此诗所谓陇水者，指所见冈陇之水而言，不谓陇头之水也。又玉门关与休屠右地，相去未必有二万四千里，而辽水远在东北，与西域了不相干，乃长吉连类举之,若在一方者,盖兴会所至,初不计其道路之远近,而后修词,学者玩其大意可也。”

【集评】

刘辰翁《评》:“一时渡辽水”,此等痛快。

姚文燮《注》:德宗贞元九年,吐蕃既陷盐州,又阻绝灵武,侵扰鄜、坊。诏发兵城盐州,使泾原、山南、剑南各发兵深入吐蕃,以分其势。贺谓军士调发,勿以远涉为苦。

黎简《批》:金人即《汉书·西域传》所云得其金人祭天也。

【编年】

《摩多楼子》,大抵言从军征戍之事,姚文燮《注》以为此曲即《塞下曲》,是也。此诗当是李贺北游潞州时,有感于征人苦辛而作。

北中寒〔一〕

一方黑照三方紫〔二〕,黄河冰合鱼龙死。三尺木皮断文理〔三〕,百石强车上河水〔四〕。霜花草上大如钱,挥刀不入迷濛天〔五〕。争瀯海水飞凌喧〔六〕,山瀑无声玉虹悬〔七〕。

【注释】

〔一〕北中寒:吴正子《注》:“《乐府解题》云:晋乐奏魏武《北上篇》,备言冰雪溪谷之苦。其后或谓之《北上行》,盖因武帝词而拟之也。今长吉此篇,想只本此题耳。”

〔二〕“一方”句:姚文燮《注》:“一方黑,状北方阴玄之气也。三方之日不敌一方之寒,故云一方黑照三方紫也。”

〔三〕“三尺”句:《汉书·晁错列传》:“胡貉之地,阴积之处,木皮三寸，冰厚六尺。”庾信《和张侍中述怀》诗：“木皮三寸厚，泾泥五斗浊。”王琦《解》：“此云三尺，恐是三寸之误。因冻，故木皮虽厚亦至拆裂。”陈弘治《校释》：“此云三尺，疑特张大其词耳。”

〔四〕“百石”句：王琦《解》：“河冰坚甚，虽以百石重车行其上，亦不碎陷。”

〔五〕挥刀不入：曾益《注》：“气凝，迷濛阴翳，故虽挥刀，不能入也。”王琦《解》：“霜凝草上，有似花葩，挥刀不入，亦言其沍寒凝结之甚。”

〔六〕“争潈”句：曾益《注》：“飞凌喧，将冻未冻，水回凌激而争喧。”王琦《解》：“争潈，波涛回旋互激之谓。凌，积冰也。北海近岸浅狭之处，至十月即冻，而天色暄和，暂或解散，其碎冰为波涛所拥触，作声甚喧。”

〔七〕“山瀑”句：曾益《注》：“山瀑无声，亦冻，冻则愈洁，如玉虹之悬。言北中阴寒，若河、若野、若海、若山，皆冻而凝结。”王琦《解》：“谓山中瀑水，激流而下，如挂匹练。遇寒而冻，寂然无声，似白虹悬于涧中。”

【集评】

姚文燮《注》：元和七年冬，吐蕃寇泾州，上患之。时初置神策镇兵，欲以备御吐蕃，然皆鲜衣美食，乃值严寒，忽闻调发，俱无心奔赴，况乎朔漠阴凝之地耶！

钱钟书《谈艺录》：《北中寒》可与韩孟《苦寒》两作骖靳。昌谷出韩门，宜引此等诗为证。

【编年】

李贺一生中到过中国最北的地方，便是潞州，本诗当是他在潞州时期，目睹北方寒冷景况而写下自己的生活体验。

客游

悲满千里心〔一〕，日暖南山石〔二〕。不谒承明庐〔三〕，老作平原客〔四〕。四时别家庙，三年去乡国。旅歌屡弹铗〔五〕，归问时裂帛〔六〕。

【注释】

〔一〕“悲满”句：曾益《注》：“作客忆家，故心衔悲，满千里，无地不悲。”

〔二〕“日暖”句：南山，指昌谷女几山。曾益《注》：“南山，昌谷南山，日暖言闲忆之也。”

〔三〕承明庐：侍从官员谒见皇帝的地方。《汉书·严助传》：“君厌承明之庐，劳侍从之事。”颜师古注：“张晏曰：承明庐在石渠阁外，直宿所曰庐。”曹植《赠白马王彪》：“谒帝承明庐，逝将归旧疆。”

〔四〕平原客：战国时平原君赵胜家中之宾客，长吉作客潞州，乃旧赵地，故借以自称。《史记·平原君传》：“平原君赵胜者，赵之诸公子也。诸子中胜最贤，喜宾客，宾客盖至者数千人。”王琦《解》：“长吉时游赵地，故曰平原客。老字当作久字解，下文三年字可见。不然长吉年未及壮，安得遽称老乎！”

〔五〕弹铗：用战国时代齐人冯谖的典故。《战国策·齐策》：“齐人有冯谖者，贫乏不能自存。使人属孟尝君，愿寄食门下。……居有顷，倚柱弹其剑，歌曰：‘长铗归来乎，食无鱼。’左右以告，孟尝君曰：‘食之，比门下之客。’居有顷，复弹其铗，歌曰：‘长铗归来乎，出无车。’左右皆笑之，以告，孟尝君曰：‘为之驾，比门下之车客。’……后有顷，复弹其铗，歌曰：‘长铗归来乎，无以为家。’……孟尝君使人给其食用，使无乏。”

〔六〕裂帛：裁帛写家信。古乐府《乌夜啼曲》：“裂帛作还书。”江淹《恨赋》：“裂帛系书。”

【集评】

姚文燮《注》：失意浪游，离家久客，时裂帛系书以寄乡信也。

【编年】

本诗是李贺北游潞州三年心路历程的总结，盖“失意浪游，离家久客”（姚文燮《昌谷集注》），故曰“客游”。元和八年，诗人抵潞，度过三年（虚数）寄人篱下的生活，心情很不舒畅，他终于在元和十年春，毅然告别张彻，南下探望他正在和州任职的十四兄，继续寻求他的“枕剑梦封侯”的美梦。《钱谱》系此诗于元和十一年，盖未计其南游吴会的时间，欠妥。

公无出门〔一〕

天迷迷，地密密。熊虺食人魂〔二〕，雪霜断人骨①。嗾犬狺狺相索索②〔三〕，舐掌偏宜佩兰客〔四〕。帝遣乘轩灾自灭③〔五〕，玉星点剑黄金轭〔六〕。我虽跨马不得还，历阳湖波大如山〔七〕。毒虬相视振金环〔八〕，狻猊猰貐吐嚵涎〔九〕。鲍焦一世披草眠〔一○〕，颜回廿九鬓毛斑〔一一〕。颜回非血衰，鲍焦不违天。天畏遭衔啮，所以致之然〔一二〕。分明犹惧公不信，公看呵壁书问天〔一三〕。

【校记】

①雪霜断人骨，姚佺本、姚文燮本作“霜雪断人骨”。王琦《解》：

“一作雪风破人骨。”

②狺狺,原作“啀啀”,王琦《解》:“啀啀,乃狺狺之讹。”今据宋蜀本改。

③自灭,吴正子本、宋蜀本作“自息”。

【注释】

〔一〕公无出门:古乐府有《公无渡河》,贺诗由此化出。徐渭《注》:“即《小招》四方上下俱不可往意,故曰公无出门。盖甚有意于弃世违俗,罢于歇进也。”曾益《注》:“言世路崄巇,即行路难。”

〔二〕“熊虺”句:宋玉《招魂》:“雄虺九首,往来倏忽,吞人以益其心些。”王逸注:“言有雄虺,一身九头,往来奄忽,常喜吞人魂魄,以益其心,贼害之甚也。”按,熊虺乃诗人自设之词。

〔三〕嗾:唆狗声。《左传·宣公二年》:“公嗾夫獒焉。”狺狺,犬吠声。宋玉《九辩》:“猛犬狺狺而迎吠兮。”索索:《易·震》:“震索索。”《周易正义》:“索索,心不安之貌。”

〔四〕舐掌:熊冬眠时,常自舐其掌。佩兰客:喻品德高尚的人。屈原《离骚》:“纫秋兰以为佩。”王逸注:“佩,饰也,所以象德也,故行清洁者佩芳。”王琦《解》:“诗意谓恶物害人,偏于修身清洁之士为尤甚。”

〔五〕“帝遣”句:帝,天帝。乘轩,谓精魂乘车轩而上升。陶弘景《真诰》卷十四:“赤水山中学道者朱孺子,……今年八月五日西王母遣迎,即日乘五色云车登天。”徐渭《注》:“言一死则灾自灭矣,是天厚之,故令其死也,下文引颜、鲍经实天之厚乘轩死而上升也。”

〔六〕“玉星”句:黄金轭,承上车轩而言。王琦《解》:“轭,辕端横木以驾马领者。此句言去时服饰之精好,非世间富贵者可比。”

〔七〕历阳湖:即麻湖,在和州城西。《淮南子·俶真训》:"历阳之都,一夕而为湖。"干宝《搜神记》卷六:"历阳之郡,一夕沦入地下而为水泽,今麻湖是也。"李吉甫《元和郡县图志》逸文卷二:"(和州历阳县)历阳湖,在县西三十里。昔有书生遇一姥,姥待之甚厚。生谓姥曰:'此县前石龟眼赤血出,地当陷为湖。'姥每往视之,门吏问姥,姥具以对。吏因以朱点龟眼,姥见遂走上西山,顾城已倾。"

〔八〕毒虬:王琦《解》:"《说文》,虬,龙之有角者,毒虬,谓凶恶之龙,人触其毒气即死。"

〔九〕狻猊:狮子。《尔雅·释兽》:"狻麑,似虎猫,食虎豹。"郭璞注:"即狮子也,出西域。"猰貐:亦作猰㺄,《尔雅·释兽》:"猰貐,类貙,虎爪,食人,迅走。"任昉《述异记》卷上:"猰貐,兽中最大者,龙头、马尾、虎爪,长四百尺,善走,以人为食,遇有道君隐藏,无道君即出食人。"王琦《解》:"(我虽跨马四句)言我虽跨马出门,未得还家,然尚在善地,闻他险阻之处,多有害人恶物。所谓毒虬、狻猊、猰貐,疑指当时藩镇郡守而言,其人以暴戾恣睢,难可与居,长吉知其不可往也,而人将有往者,故作《公无出门》之诗以阻之。"

〔一〇〕鲍焦:周代隐士。《韩诗外传》卷一:"鲍焦,衣敝肤见,挈畚持蔬,遇子贡于道,子贡曰:'吾子何以至于此也?'鲍焦曰:'吾闻之,世不已知而行之不已者,爽行也,上不已用而干之不已者,是毁廉也,行爽廉毁,然且弗舍,惑于利者也。'子贡曰:'吾闻之,非其世者不生其利,污其君者不履其土,非其世而持其蔬。《诗》曰:溥天之下,莫非王土,此谁有之哉?'鲍焦曰:'於戏,吾闻贤者重进而轻退,廉者易愧而轻死。'于是弃其蔬而立槁于洛水之上。"应劭《风俗通》卷三:"鲍焦耕田而食,穿井而饮,非妻所织不衣,饿于山中,食枣。或问之:‘此枣子所种耶?’遂呕吐,立枯而死。”曾注:“一世披草眠,老而穷也。”

〔一一〕颜回:孔子弟子。《史记·仲尼弟子列传》:“回年二十九,发尽白,早死。”曾注:“鬓毛斑,少而夭也。”

〔一二〕“天畏”二句:曾益《注》:“言天恐圣贤出门遭害,故宁使之穷而夭。”

〔一三〕“分明”二句:呵壁问天,用屈原事,王逸《楚辞章句序》:“《天问》者,屈原之所作也。何不言问天,天尊不可问,故曰天问也。屈原放逐,忧心愁悴,彷徨山泽,经历陵陆,嗟号旻旻,仰天叹息,见楚有先王之庙及公卿祠堂,图画天地山川神灵,琦玮僪佹,及古圣贤怪物行事,周流罢倦,休息其下,仰见图画,因书其壁,呵而问之,以渫愤懑,舒泻愁思。”徐渭《注》:“按《楚辞》序《天问》,但以何为诘而问之,非呵而问之也,此云呵壁,又状其愤而咄唶之意。”王琦《解》:“观鲍、颜二子,事理分明,可以深信不疑,若犹不信,再观屈原之书壁问天,知志洁行芳之士,不容于人世如此。戒其无事出门,叮咛反覆之意深矣。”

【集评】

无名氏《批》:以贫夭而归功于天,是天赐以贫夭也,而保全之,苦语摧肝。再证作结,苦哉!

李裕《昌谷集辨注》:“帝遣乘轩灾自灭”,此长吉赋《行路难》也,言以上种种可畏,惟帝遣乘轩,此灾自灭也,而岂能得乎!此君门九重,上无所托,畏遭衔啮,抚己知危也。袭《小招》之词而非《招魂》也。

董伯英评(陈本礼《协律钩玄》卷四):德宗世,刘晏、陆贽俱以方正不容，横被诛放。贺深伤之，作此自诫，言天地本多毒螫，出门即是畏途，若佩兰芳洁之士，尤猰犬所舐掌而求者。

钱仲联《读昌谷集绝句六十首》：京江鲸浪接淮关，匹马南来且未还。等是笺天呵壁意，毒蛇相视振金环。《公无出门》，元和二年冬省十四兄于和州时作。时李锜叛于润州。余于《李贺年谱会笺》有详考。

【编年】

元和十年，李贺从潞州南行到和州，探望"十四兄"，这时，正是吴元济叛乱的第二年，朝廷调集宣武、大宁、淮南、宣歙诸道兵马平叛，但吴元济勾结成德军王承宗、淄郓节度使李师道等，对抗朝廷，因而淮西一带非常混乱，诗人北还的道路被阻塞，诗云："我虽跨马不得还，历阳湖波大如山。"湖波大如山，喻指叛乱藩镇的凶恶气势。诗人目睹现状，义愤填膺，写下这首《公无出门》诗，猛烈抨击中唐时代叛乱藩镇凶横的社会现实。北还道路受阻，诗人干脆南游吴会，去领略江南风光。《钱谱》系此诗于元和二年，并云："（李）锜叛时，贺或在和州，有《公无出门》诗。"按，元和二年，李贺不可能在和州，更不可能南游吴会，也就不可能写作本诗。

追赋画江潭苑四首①〔一〕

吴苑晓苍苍，宫衣水溅黄〔二〕。小鬟红粉薄，骑马珮珠长。路指台城迥〔三〕，罗薰袴褶香〔四〕。行云沾翠辇，今日似襄王〔五〕。

【校记】

①追赋，宋蜀本、蒙古本、凌刊本无此二字。

【注释】

〔一〕江潭苑:吴正子《注》:“按金陵六朝事迹,江潭苑乃梁苑也,梁大同九年置。……在上元县东南二十里。”《景定建康志》卷二十二:“古江潭苑,其地在新林路西,去城二十里,梁大同初立。案《舆地志》:武帝从新亭凿渠通新林浦,又为池,开大道,立殿宇,亦名王游苑,未成而侯景乱。蔡宗旦《金陵赋》云:‘访江潭之大苑,惟萧沟之名存。’注:今有沟名萧家沟,即此也。”

〔二〕“吴苑”二句:王琦《解》:“苑在金陵,乃古之吴地,故曰吴苑。苍苍,晓色。水溅黄,采色之名,今之鹅黄色。”

〔三〕台城:参见《还自会稽歌》注。

〔四〕袴褶:马缟《中华古今注》卷中:“袴,盖古之裳也,周武王以布为之,名曰褶;敬王以缯为之,名曰袴,但不缝口而已。”方以智《通雅·衣服》:“古袴上连衣,故戎衣谓之袴褶。”王琦《解》:“恐即今马上所着战裙之类。”

〔五〕“行云”二句:曾益《注》:“行云,宫人辈;襄王,谓君。今日,有自幸意,言今日拥簇而行,得近君辇,亦自庶几君为襄王而我为行云也。”

【集评】

姚文燮《注》:德宗好游畋,常宴鱼藻池,令宫人张水嬉为棹歌,时率宫人猎于苑中,又猎于东城。贺意为六朝侈靡,自难永祚,当观画江潭苑而追赋以志戒也。苑中方晓,宫娃即艳妆驰马,从事田猎,绮绣馥郁,翩翩似行云以邀同梦矣。

其二

宝袜菊衣单〔一〕,蕉花密露寒〔二〕。水光兰泽叶〔三〕,重带剪刀钱①〔四〕。角暖盘弓易〔五〕，靴长上马难〔六〕。泪痕沾寝帐，匀粉照金鞍〔七〕。

【校记】

①重带，吴正子本、宋蜀本作“带重”。

【注释】

〔一〕宝袜：马缟《中华古今注》卷中：“袜肚，盖文王所制也，谓之腰巾，但以缯为之。宫女以彩为之，名曰腰彩。至汉武帝以四带，名曰袜肚。至灵帝赐宫人蹙金丝合胜袜肚，亦名齐裆。”徐渭《注》：“宝袜，妇胁衣也，即今主腰。”杨慎《升庵诗话》卷十四：“袜，女人胁衣也，隋炀帝诗：‘锦袖淮南舞，宝袜楚宫腰。’卢照邻诗：‘倡家宝袜蛟龙被’是也，……崔豹《古今注》谓之腰彩。”吴景旭《历代诗话》卷四十六：“《留青日记》云：今之袜胸，一名襕裙，隋炀帝诗‘宝袜楚宫腰’，谢偃诗‘细风吹宝袜。’盖宝袜在外，以束裙腰者，视图画古美人妆可见，故曰楚腰宫，曰细风吹者，此也，若贴身之衵，则风不能吹矣。”菊衣：王琦《解》：“菊衣，衣之黄色如菊花者。”

〔二〕蕉花：宝袜之色彩。王琦《解》：“琦按，宝袜者，宫人近身之服，人所不见，然其色之红艳有似蕉花，其上以菊衣罩之，菊衣既单，则不能掩却宝袜之色，而密露其红艳之影；寒字从单字生出，是以下句申上句法。”

〔三〕兰泽：洗头膏。《文选》宋玉《神女赋》：“沐兰泽，含若芳。”李善注：“沐，洗也。以兰浸油泽以涂头也。”枚乘《七发》：“蒙清尘，被兰泽。”张铣注：“览其发如被沐兰泽也。兰泽，以兰渍膏者也。”王琦《解》：“观此则知水光者，是美其发光如水之光，缘以兰叶渍膏涂之，致有此美。”

〔四〕剪刀钱：曾益《注》："刀钱，织文。"王琦《解》："于带上剪刀钱之文以为饰，犹竹叶剪花裙之类。"

〔五〕"角暖"句：角，骨角，以之为弓，谓之角弓。曾益《注》："天暖则角软而易盘。"王琦《解》："弓不用则弛其弦，将上弦则必盘曲其弓体，天寒角劲，盘之为难，天暖角软，盘之则易也。"

〔六〕"靴长"句：曾益《注》："上马则加靴，不惯，故难也。"王琦《解》："女子着靴跨马，俱非素习，今以游猎改装而兼用之，故觉其难。二句摹写宫人虽作军装，而娇弱之态宛然如在。"

〔七〕"泪痕"二句：曾益《注》："寝帐只言夜，言夜来孤眠之泪，尚目沾湿，故于马上复匀粉以靓妆。靓妆必以镜，故又言照。"王琦《解》："夜眠怨泪，不觉沾渍寝帐，殆晓起而匀粉傅面，从驾出游，冶容艳色，照耀于金鞍之上，见者方以为从行之乐，而岂知其中心之隐忧哉。"

【集评】

姚文燮《注》：衣薄露寒，鬓浓带丽，弱腕岂能盘弓，偶因角暖则似易。纤足本艰上马，加之靴长则愈难。虽从游猎，仍复孤眠，长夜暗啼，恐人知觉，又匆匆催促上马，无从觅镜，聊就金鞍拭面以掩泪痕耳。

其三

剪翅小鹰斜〔一〕，绦根玉镟花①〔二〕。鞦垂妆钿粟②〔三〕，箭箙钉文牙〔四〕。巀巀啼深竹〔五〕，鵁鶄老湿沙〔六〕。宫官烧蜡火，飞烬污铅华〔七〕。

【校记】

①玉镟，曾益本作"玉簇"。

②钿粟，宋蜀本、蒙古本作"细粟"。

【注释】

〔一〕剪翅：姚文燮《注》："刷羽斜击，其翅如剪。"王琦《解》："曾注谓剪翅以调习，则似平时畜养之法，非猎时用以搏击之禽，且于斜字无当。"

〔二〕"绦根"句：曾益《注》："绦，所以系鹰，根尽处玉簇花，以玉簇花其上。"王琦《解》："绦，系鹰之索。鏇，转轴也。绳之根以玉作鏇，而琢花其上也。"

〔三〕"鞦垂"句：吴正子《注》："鞦，马辔也。上为粟文。"王琦《解》："鞦，马辔也，曾本、二姚本作锹，误。金华曰钿，钿粟者，钿文粒粒然，如粟之文也。"

〔四〕"箭箙"句：曾益《注》："二句言饰锹箙之丽，见骑射之善。"王琦《解》："箭箙，盛箭之箙，钉文牙，钉象牙于箙上以为饰。"

〔五〕狒狒：即狒狒，《尔雅·释兽》："狒狒如人，被发，迅走，食人。"郭璞注："枭羊也。《山海经》曰：'其状如人，面长唇黑，身有毛，反踵，见人则笑，交、广及南康郡山中亦有此物，大者长丈许，俗呼之曰山都。"《文选》左思《吴都赋》："萬萬笑而被格。"李善注："萬萬，枭羊也。"王琦《解》："琦按，吴本、姚经三本作狒狒，曾本、姚仙期本作狒狒，同一字耳，今之所谓人熊、野人是也。"

〔六〕鸡鹊：李时珍《本草纲目》卷四十七："鸡鹊，水鸟也，出南方池泽，似鸭绿毛，人家养之，驯扰不去，可压火灾。"

〔七〕"宫官"二句：曾益《注》："只言其早，烧蜡以行，而飞烬污妆也。"王琦《解》："天时尚暗，故宫官烧蜡以照其行，而飞烬污浊粉面也。"铅华，女子化妆所用之粉。《文选》曹植《洛神赋》："铅华弗御。"李善注："铅华，粉也。"

【集评】

姚文燮《注》:刷羽斜击,其翅如剪,绦用以臂鹰,玉鏇花,言小鹰羽毛之丰洁,在绦根下者如玉鏇花也。秋箙奇丽,所猎之处,林中水上,皆所不免,且旭日未升,猎骑即出,宫官烧蜡,早戒前途,铅华至为炽污矣。

方世举《批》:字字古色新响。"锹垂妆钿粟",垂如边垂之垂。

其四

十骑簇芙蓉,宫衣小队红〔一〕。练香熏宋鹊〔二〕,寻箭踏卢龙〔三〕。旗湿金铃重,霜干玉镫空〔四〕。今朝画眉早,不待景阳钟〔五〕。

【注释】

〔一〕"十骑"二句:曾益《注》:"小队,即十骑。衣红,故曰簇芙蓉。"王琦《解》:"十骑为一小队,皆着红衣,相簇聚如芙蓉然。"

〔二〕"练香"句:张华《博物志》卷四:"宋有俊犬曰鹊。"董懋策《评》:"猎犬须熏药乃捷。练对寻,即炼药也。"曾益《注》:"练香熏犬,使通鼻以知臭。"姚文燮《注》:"宫娃云集,猎犬亦惹衣香。"王琦以为姚说近是。

〔三〕卢龙:山名。《景定建康志》卷十七:"在城西北二十五里,周回一十二里,高三十六丈,东有水下注平陆,西临大江,今张阵湖北,岗陇北接靖安,皆此山地。晋元帝初渡江,见山岭绵延,远接石头,其江上之关塞,以比北地卢龙山,因以为名。"姚文燮《注》:"《金陵山川志》,钟山西北为卢龙山,因出苑而逐射于卢龙之上。"

〔四〕“旗湿”二句：曾益《注》：“旗湿，为霜露沾湿，湿故重。镫着人故霜干。”姚文燮《注》：“旗为霜所湿而铃似重，玉着霜不化而镫似空。”

〔五〕“今朝”二句：曾益《注》：“末为宫人私语，曰：平日画眉，待景阳钟动，今不待钟动而起，以校猎故也。”姚文燮《注》：“楼上钟声未动，即起画眉，尽知出猎之早也。”景阳钟，《南史·武穆裴皇后传》：“上数游幸诸苑囿，载宫人从后车，宫内深隐，不闻端门鼓漏声，置钟于景阳楼上，应五鼓及三鼓，宫人闻钟声，早起妆饰。”

【集评】

刘辰翁《评》：流丽。

【总评】

曾益《注》：四首为宫人早起游猎之作，盖心慕其事，故追赋之。画，或所遗图画也。

无名氏《批》：此赋时事，托题以隐，其意细读自见。

王琦《解》：四诗皆咏宫人早起游猎之景，盖因观画而赋其事如此。

董伯英评（陈本礼《协律钩玄》卷三）：江潭苑，梁武帝之游猎苑也。未成，而侯景乱，后人摹绘其胜以为图，长吉追赋其事也。观梁武骄淫如是，乃欲素面代牲，舍身邀福，其可得乎？宪宗沉湎声色，肆意游观，服食求长生，正如汉武、秦皇，贺赋此殆亦咨汝殷商之意。

汪师韩《诗学纂闻》：律诗亦有通韵，自唐已然，而在东、冬、鱼、虞为尤多。（略）至如李贺《追赋画江潭苑》五律，杂用红、龙、空、钟四字，此则开后人“辘轳”、“进退”之格，诗中另为一体矣。

方世举《批》:专咏女猎,亦格诗,然已律矣。

【编年】

《钱谱》定李贺东南之行在元和二年,故系本诗于此年。按,本诗当作于元和十年,南行经金陵之江潭苑时所作。

追和柳恽〔一〕

汀洲白蘋草〔二〕,柳恽乘马归。江头樝树香①〔三〕,岸上蝴蝶飞。酒杯箬叶露〔四〕,玉轸蜀桐虚〔五〕。朱楼通水陌,沙暖一双鱼〔六〕。

【校记】

①樝树,万历本作"栌树"。

【注释】

〔一〕柳恽:字文畅,河东解(今山西永济)人,梁代诗人。《梁书·柳恽传》:"柳恽字文畅,河东解人也。立行贞素,以贵公子早有令名,少工篇什,仕至吴兴太守。"追和:唱和前代人的作品。吴正子《注》以为长吉追和的乃是柳恽《江南曲》:"汀州采白蘋,日落江南春。洞庭有归客,潇湘逢故人。故人何不返,春华复应晚。不道新相知,只言行路远。"王琦《解》:"今细校之,二诗意不相类,恐追和者另是一篇。"按,长吉借柳恽喻写沈亚之,着意在"归"字上,诗意自然与柳恽不同,"汀洲白蘋草"不过是一个"由头"。

〔二〕汀洲:湖州城外有白蘋洲,白居易《蘋州五亭记》:"湖州城东南二百步抵霅溪,洲一名白蘋,梁吴兴太守柳恽于此赋诗,云:

‘汀洲采白蘋’,因以为名也。”《嘉泰吴兴志》卷十三:“白蘋亭在白蘋洲北,唐贞元中建,后刺史杨汉公重葺。白居易记曰:‘以其架大溪、跨长汀者,谓之白蘋亭。’”

〔三〕樝:即山楂,果实圆而红,味酸。《尔雅·释木》郭璞注:“樝,似梨而酸涩。”

〔四〕箬叶露:酒名,许浑《送人归吴兴》:“箬叶沉溪暖,蘋花绕郭香。”顾野王《舆地志》(《太平寰宇记》卷九十四引):“夹溪悉生箭箬,南岸曰上箬,北岸曰下箬,二箬皆村名,村人取下箬水酿酒,醇美胜于云阳,俗称箬下酒。”

〔五〕玉轸:琴下转动弦丝的柱子,以玉为饰。梁元帝《秋夜》诗:“金徽调玉轸。”王琦《解》:“轸者,琴柱所以系弦。丽者以玉为之。”

〔六〕“朱楼”二句:曾益《注》:“饮酒弹琴于朱楼之下,与水陌相通,睹鱼潜其间,以自愉适,亦临水羡鱼意也。”

【集评】

刘辰翁《评》:甚不草草。就用柳恽句意,颇跌宕,景语亦近自然。“江头樝树香,岸上蝴蝶飞”,闲远渐近。

姚文燮《评》:恽,南齐人,作《江南曲》有“汀洲采白蘋”句。贺盖慕江南风景,而羡恽之抽簪早归,放怀自适,故追和之也。樝香粉蝶,美酒瑶琴,水阁临流,时通芳讯,以视今之红尘鹿鹿者何如耶?

周玉凫评(姚文燮《评》附):通首写江南之乐。

蒋楚珍《评》(姚文燮《评》附):末句言归有夫妇之乐也。

黎简《批》:起处兴会好,不减“亭皋木叶,陇首秋云”。愚意结句不是谢客书,乃写归后夫妇之乐,看上文琴酒意可知。

【编年】

沈亚之于元和十年登进士第，随即受李汇辟为泾原节度使掌书记。七月，李汇病逝，沈亚之《泾原节度李常侍墓志》载其事。沈亚之乃归吴兴。本诗"柳恽乘马归"，即暗指此事。诗人适于此时南游至吴兴，登门拜访，沈亚之热情接待，长吉乃赋此诗。诗人还见到了沈亚之夫人，因此诗的结句用"沙暖一双鱼"为喻，衷心祝愿他们夫妇幸福。

湖中曲〔一〕

长眉越沙采兰若〔二〕，桂叶水荭春漠漠①〔三〕。横船醉眠白昼闲②，渡口梅风歌扇薄〔四〕。燕钗玉股照青渠③〔五〕，越王娇郎小字书④〔六〕。蜀纸封巾报云鬓⑤〔七〕，晚漏壶中水淋尽⑥〔八〕。

【校记】

①春，《乐府诗集》注："一作秋。"

②横船，万历本、曾益本、姚佺本、姚文燮本均作"横倚"。

③玉股，王琦《解》注："一作玉服。"青渠，《乐府诗集》、蒙古本作"青蕖"。王琦《解》："当作清渠。"

④娇郎，《乐府诗集》、王琦《解》注："一作娇娘。"

⑤封巾，《乐府诗集》、蒙古本作"封中"。

⑥壶中，《乐府诗集》、王琦《解》、《全唐诗》注："一作铜壶。"

【注释】

〔一〕湖中曲：郭茂倩《乐府诗集》卷九十五"新乐府辞·乐府杂题六"录本诗。

〔二〕兰若:兰草和杜若,皆香草名。李白《题嵩逸人丹丘山居》:“尔能折芳桂,吾亦采兰若。”

〔三〕水荭:即水红草。罗愿《尔雅翼》卷三:“茏,红草也,一名马蓼,叶大而赤白色,生水泽中,高丈馀,今人犹谓之水红草。”

〔四〕梅风:应劭《风俗通义》:“五月有落梅风,江淮以为信风。”(此为佚文,引自《太平御览》卷九七〇)歌扇薄:语出庾信《和赵王看伎诗》:“绿珠歌扇薄,飞燕舞衫长。”吴正子《注》:“妇人以扇自障而歌,曰歌扇。”王琦《解》:“诗言长眉之女,行越沙渚而采芳草,乃芳草不见,唯见桂叶水荭漠漠其间,于是醉眠横船之内,消此闲昼,微摇歌扇于渡口梅风之中。”

〔五〕“燕钗”句:曾益《注》:“燕钗玉股,犹言玉燕钗股,照青渠,光泽也。”王琦《解》:“燕钗,钗上作燕子形。玉股,钗脚以玉为之者。青渠,当作清渠,谓水之清浅者。……上文言临风摇扇,此句言照水整妆,皆极状闲字之意。”沈约《丽人赋》:“沾妆委露,理鬓清渠。”

〔六〕“越王”句:曾益《注》:“越王娇娘,盖贵而少,少而都者,犹今言王孙也。小字书,以书贻之,恐显故小也。”王琦《解》:“《水经注》:南越王遣太子名始,降服安阳王臣事之,安阳王有女名眉珠,见始端正,与始交通。所谓越王娇郎者,疑用此事。”王琦《解》似穿凿,姑录之以供参考。

〔七〕蜀纸:蜀中纸笺,自古著名。李肇《唐国史补》卷下:“纸则有越之剡藤、苔笺,蜀之麻面、屑末、滑石、金花、长麻、鱼子、十色笺。”

〔八〕“晚漏”句:王琦《解》:“诗言湖中女子,正在闲处无聊之时,忽有贵介公子以小字书之于巾,而以蜀纸包之,以报佳人,约其晚漏尽时,与之期会。”

【集评】

刘辰翁《评》:起一句尽寄书催晚,语自清炼。

姚文燮《注》:此即追咏范蠡五湖也。长眉指西子,越沙即越来溪。言西子自吴破后,春尽昼闲,别无事事,渡口临流,回忆歌舞旧地,燕钗照耀,犹是吴王所赐。越王娇郎,指蠡也,西子媚吴,皆越王与蠡指使。小字书,密授以计,蜀纸封巾。自吴亡后,蠡意谓无以为报,漏残水尽,恐芳时难再,自此遂谋与为五湖游矣。

方世举《批》:"渡口梅风歌扇薄",陈隋好句。

【编年】

姚文燮《注》以为本诗"追咏范蠡五湖也"。诗当是诗人南游时路过太湖,有感吴越旧事而作此诗。

苏小小墓①〔一〕

幽兰露,如啼眼〔二〕。无物结同心,烟花不堪剪〔三〕。草如茵,松如盖。风为裳,水为珮〔四〕。油壁车〔五〕,夕相待②。冷翠烛〔六〕,劳光彩。西陵下,风吹雨③〔七〕。

【校记】

①诗题,《乐府诗集》、宋蜀本、蒙古本、日本内阁文库本均作"苏小小歌"。

②夕相待,《乐府诗集》、宋蜀本、蒙古本、日本内阁文库本均作"久相待"。《全唐诗》"夕"字下注:"一作久。"

③风吹雨,宋蜀本作"风雨吹",蒙古本作"风雨晦"。王琦《解》注:"一作风雨改。"

【注释】

〔一〕苏小小墓:苏小小,南齐钱塘名妓,其墓在今浙江嘉兴西南。李绅《真娘墓诗序》:"嘉兴县前有吴妓人苏小小墓,风雨之夕,或闻其上有歌唱之音。"祝穆《方舆胜览》三:"苏小小墓在嘉兴县西南六十步,乃晋之歌姬,今有片石在通判厅,题曰苏小小墓。"郭茂倩《乐府诗集》卷八六《杂歌谣辞》四录此诗。郭茂倩引《乐府广题》曰:"苏小小,钱塘名倡也,盖南齐时人。西陵,在钱塘江之西,歌云西陵松柏下是也。"

〔二〕"幽兰露"二句:曾益《注》:"露啼,是墓兰露啼,是苏小小墓。"

〔三〕"无物"二句:梁武帝《苏小小歌》:"我乘油壁车,郎乘青骢马。何处结同心,西陵松柏下。"曾益《注》:"生时解结同心,今无物可结矣。非无物也,总有烟花已自不堪剪也。"姚佺《笺》:"此句有所本。紫玉死,韩重往吊,玉形见,尽夫妇之情,赠之径寸珠,重诣吴王,说其事,王大怒,收重,玉忽见王,申理不为发冢,夫人闻之,出而抱之,正如烟然。此烟花不堪剪也。"

〔四〕"风为裳"二句:曾益《注》:"奚以想象其裳,则有风环于前而为裳。奚以仿佛其珮,则有水鸣于左右而为珮。"

〔五〕油壁车:用青油布蒙壁的车子。王琦《解》:"胡三省通鉴注,油壁车者,加青油衣于车壁也。"

〔六〕翠烛:指磷火,俗称"鬼火"。王琦《解》:"翠烛,鬼火也。有光而无焰,故曰冷翠烛"。

〔七〕"西陵下"二句:曾益《注》:"西陵之下,与欢相期之处也,则维风雨之相吹,尚何影响之可见哉!平昔之所为,无复可睹,触目之所睹,靡不增悲。凄凉楚惋之中,寓妖艳幽涩之态,此所以为苏小小墓也。"姚文燮《注》:"则西陵之冷雨凄风,不犹是洒迟暮之泪耶?贺盖慷慨系之矣。"

【集评】

刘辰翁《评》:参差苦涩,无限惨黯,若无同心语,亦不为到。此苏小小墓也,妖丽闪烁间意,故不欲其近《洛神赋》也。古今鬼语无此惨澹尽情。本于乐章,而以近体变化之,故奇涩不厌。冷翠烛,劳光彩,似李夫人赋西陵,语括《山鬼》,更佳。“幽兰泪,如啼眼”,便是墓中语。“无物结同心,烟花不堪剪”,妙极自然。

无名氏《批》:仙才、鬼语、妙手、灵心。《洛神赋》是神,孝夫人赋是想,此诗是鬼。试于夜阑人静时,将此诗吟至日遍,若无风裳水珮之人徘徊隐见于前,吾不信也。

阎再珍评(《昌谷集句解定本》卷一):梁武《小小歌》,此作《小小墓》,题不同,而幽明迥别,真陈王之《洛神》,屈子之《山鬼》也。

陈式评(姚文燮《注》附):诗耑咏小小墓前之冷落,贺必有所厚平康之妓而夭其年者,故托小小以伤之。

黎简《批》:通首幽奇光怪,只纳入结句三字,冷极,鬼极。诗到此境,亦奇极无奇者矣。冷翠烛,鬼火也。劳,光貌。

【编年】

元和十年、十一年间,诗人南游途中,路过嘉兴,睹苏小小墓而忽生感忆,回想起自己曾钟情而已夭亡的倡伎,伤悼不已,乃托诸苏小小而写下此诗,寄托自己的哀感和思念。

月漉漉篇〔一〕

月漉漉,波烟玉①〔二〕。莎青桂花繁,芙蓉别江木〔三〕。粉态夹罗寒〔四〕,雁羽铺烟湿。谁能看石帆〔五〕,乘船镜中入〔六〕。

秋白鲜红死，水香莲子齐〔七〕。挽菱隔歌袖，绿刺罥银泥②〔八〕。

【校记】

①烟玉，《乐府诗集》作“咽玉”。

②绿刺，宋蜀本作“丝刺”，蒙古本作“绿丝”。

【注释】

〔一〕月漉漉篇：郭茂倩《乐府诗集》卷九十五“乐府杂题”六录李贺此诗。吴正子《注》：“此即《古漉漉篇》，太白有此词。”

〔二〕“月漉漉”二句：曾益《注》：“首二句言月下照，光漉漉然，波起烟生，如漾玉也。”王琦《解》：“漉漉，月光莹润状，出于波烟之中，有如玉镜。”

〔三〕“莎青”二句：曾益《注》：“莎青、桂繁，秋矣，故芙蓉别木，言木不落，芙蓉落也。”王琦《解》“芙蓉，荷花也。别江木者，江木依然，芙蓉已谢也。”

〔四〕“粉态”句：曾益《注》：“粉态言美，寒，怯衣单也。”王琦《解》：“夹，夹衣无絮者。”

〔五〕石帆：山名，在今浙江绍兴镜湖边。郦道元《水经注》卷四十：“石帆山东北有孤石，高二十馀丈，广八尺，望之如帆，因以为名；北临大湖，水深不测。”《嘉泰会稽志》卷九三：“石帆山，在县东一十五里，旧经引夏侯曾《先地志》云：射的山北，石壁高数十丈，中央少纡，状如张帆，下有文石如鸡，一名石帆。《十道志》云：山遥望如张帆临水。”

〔六〕“乘船”句：《嘉泰会稽志》卷十：“镜湖在县东二里，故南湖也。……王逸少有云：‘山阴路上行，如在镜中游。’镜湖之得名以此。《舆地志》：‘山阴南湖，萦带郊郭，白水翠岩，互相映发，若镜若图。’任昉《述异记》云：轩辕氏铸镜湖边，因得名。或又云，黄帝获宝镜于此也。”曾益《注》：“此篇有慕镜湖而作。”

〔七〕“秋白”二句：曾益《注》：“秋白，因红死，鲜红死，即芙蓉别木，莲子齐，花落而实长也。”姚文燮《注》：“秋白，秋水清也。鲜红死，莲房坠也。故水香而莲子齐也。”

〔八〕“挽菱”二句：银泥，衣裾上描画着银粉。马缟《中华古今注》卷中“冠子朵子扇子”条：“披浅黄银泥飞云帔。”同卷“宫人披袄子”条：“宫中有云鹤金银泥披袄子。”王琦《解》：“挽菱，挽菱科而采之也。绿刺，菱角也。”姚文燮《注》：“言少妇采菱，歌声伊迩，而菱刺牵衣，致罥银泥也。”

【集评】

刘辰翁《评》：未厌脂粉。“月漉漉，波烟玉。”不可解，亦自好。

姚文燮《注》：此贺昌谷山居秋夜泛湖作也。前忆昌谷诗“不知船上月，谁泛满溪云”，而《昌谷诗》又有“石帆引钓饵，溪湾转水带”之句，此言月色皎洁，湖光恬静，秋水开落，夜度飞鸿，景况甚佳，差堪仿佛会稽之石帆镜湖也。

方世举《批》：“绿刺罥银泥”，梁吴筠《饵说》：细如华山玉屑，白似梁甫银泥。白居易《虎丘寺路宴留别诸妓诗》：“银泥裾映锦障泥，画舸停桡马簇蹄。”又《答元微之》诗云：“更对雪楼君爱否，红阑碧甃点银泥。”薛能诗：“画烛烧兰暖复迷，殿帷深密下银泥。”赵秉文诗：“玉堂阴合冷纱窗，雨过银泥剔篆蜗。”

陈本礼《协律钩玄》卷四：古诗以莲喻怜。鲜红死，人心不死；鲜红虽死，馀香尚留水上。人心不死，则怜香之心，郎固与妾同也。况郎近在菱塘，思欲溯洄以就，无如袖为菱刺所罥，致被钩留而不得往也，宛若《蒹葭》秋水伊人宛在之思。此诗神味隽永，思致精深，人谓长吉诗牛鬼蛇神，如此种诗，岂人意见所及。

【编年】

元和十年，李贺南游至会稽，一个长期生活在北方的文人，一旦看到烟波浩渺的镜湖，立刻被它吸引住，深深地爱上了这如诗如画的胜境，感发兴会，写下本诗。

画角东城①〔一〕

河转曙萧萧，鸦飞睥睨高〔二〕。帆长摽越甸②〔三〕，壁冷挂吴刀〔四〕。淡菜生寒日〔五〕，鲕鱼潠白涛〔六〕。水花沾抹额〔七〕，旗鼓夜迎潮〔八〕。

【校记】

①诗题，曾益《注》："全首与画角无着，角字误，当是甬东城。《左传》云：越灭吴，请使吴王居甬东。今宁波府。画，犹画江潭苑之画。"姚文燮《注》："此城头晓角也。画角既吹，东城始旦；以下皆咏晓景，而不及角，曾益欲以角字改为甬，大谬矣。"王琦《解》："姚经三訾曾注改角字作甬字为谬，夫全首无一字言及画角，不应脱略如许，若越甸，若淡菜，若鲕鱼，若迎潮，则惟东越近海之地可以言之，曾氏之说是居八九矣。"若改"角"为"甬"，无善本为据，故不改，仅列诸家说以参考。

②摽越甸，万历本、曾益本、姚文燮本均作"標越甸"。

【注释】

〔一〕角东城：今采曾益、王琦说，作甬东城解。李吉甫《元和郡县图志》卷二十六："明州，鄮县，翁洲，入海二百里，即《春秋》所谓甬东地也。越灭吴，请吴王居甬东，吴王曰：‘孤老矣，不能事君王。’乃缢。其洲周环五百里，有良田湖水，多麋鹿。”王琦《解》：“今浙江之定海县是其处。”

〔二〕睥睨：城上女墙。《释名·释宫室》：“城上垣曰睥睨，言于其孔中睥睨非常也。”王琦《解》：“亦曰女墙，言其卑小，比之于城，若女子于丈夫也。”

〔三〕“帆长”句：王琦《解》：“海舟之帆较江湖之帆更为长大。摽，高举也。越甸，越地郊外之地。《左传·襄公二十一年》：“罪重于郊甸。”杜预注：“郭外曰郊，郊外曰甸。”

〔四〕“壁冷”句：壁，军营。《汉书·高祖纪》：“（汉王）晨驰入韩信、张耳壁，而夺之军。”冷，冷静，无喧闹之声。王琦《解》：“冷者，军令严肃，不闻喧扰。”吴刀，军士所佩之刀。王琦《解》：“意吴刀即军士所佩者，挂者，悬而不用。”

〔五〕“淡菜”句：李时珍《本草纲目》卷四十六：“藏器曰：淡菜生东南海中，似珠母，一头小，中衔少毛，味甘美。”曾益《注》：“寒日，海日，言淡菜生处，海日初升也。”

〔六〕“鲕鱼”句：《吕氏春秋·本味》：“鱼之美者，洞庭之鱄，东海之鲕。”王琦《解》：“潠音与巽同，喷水也。涛，大波也，涛头涌起作白色，故曰白涛。鲕鱼能潠白涛，则非鱼子也。”

〔七〕“水花”句：抹，一作“袜”。抹额，武士之扎巾头饰。马缟《中华古今注》卷上“军容袜额”条云：“昔禹王集诸侯于涂山之夕，忽大风雷震，云中甲马及卒士千馀人，中有服金甲及铁甲，不被甲者以红绡袜其首额，禹王问之，对曰：‘此袜额。’盖武士之首服。”

〔八〕“旗鼓”句：王琦《解》：“迎潮者，舟行海中，遇潮至，则操舟者正其舟首，触涛而进。……此诗言曙，言鸦飞，言寒日，皆是晓景。末联乃说夜中事，盖是倒装句法；见军士抹额之上为水花沾湿，而知其旗鼓夜迎潮也，迎潮而用旗鼓，是水军习战事。”

【集评】

姚文燮《注》：银河方收，旭日将上，城头角响，宿鸟高飞于女墙之上，帆樯早发，而城守戎器犹悬于壁，淡菜向薄霭而生，鲕鱼跃初浪以出。抹额，篙师首所饰也。晨兴棹船，如夜迎潮，而令抹额溅湿耳。

方世举《批》：曾益注引徐广云：角字不解，当作甬东。此余未二十时见曾注而书之者，以中四句写景，自是甬地，今玩起句，作吹角乃有神。

【编年】

《朱谱》《钱谱》将李贺东南之行定于元和二年，因将本诗系于此年。本诗当为元和十年李贺南游江浙时作。

贝宫夫人〔一〕

丁丁海女弄金环①〔二〕，雀钗翘揭双翅关②〔三〕。六宫不语一生闲〔四〕，高悬银榜照青山〔五〕。长眉凝绿几千年，清凉堪老镜中鸾〔六〕。秋肌稍觉玉衣寒，空光帖妥水如天〔七〕。

【校记】

①金环，宋蜀本作“金钱”，吴正子注：“环，一作钱。”

②翘揭，曾益本、姚佺本、姚文燮本作“揭翘”。

【注释】

〔一〕贝宫夫人：吴正子《注》：“《九歌》云：‘鱼鳞屋兮龙堂，紫贝阙兮朱宫。’注云：‘河伯以鱼鳞盖屋，画龙文，紫贝作阙，丹朱其宫。'然则贝宫夫人者龙女也。"曾益《注》:"夫人为龙女。"姚文燮《注》:"贝宫夫人,海神也。"王琦《解》:"考任昉《述异记》,有贝宫夫人庙,云在太乙山下,是怀元王夫人庙即其基,未知即此神否?"

〔二〕丁丁:曾益《注》:"弄环声。"

〔三〕"雀钗"句:《释名·释首饰》:"雀钗,钗头施雀也。"曹植《美女篇》:"头上金雀钗,腰佩翠琅玕。"王琦《解》:"翘揭,皆高起之貌。双翅关,谓雀之双翅收而不开。"

〔四〕"六宫"句:《周礼·天官·内宰》:"以阴礼教六宫。"郑玄注:"妇人称寝曰宫,宫,隐蔽之言,后象王,立六宫而居之,正寝一,燕寝五。"王琦《解》:"神既称夫人,则亦应立六宫仪制。不语一生闲,徐文长以为泥塑之说者,是也。"

〔五〕"高悬"句:语见张正见《逊匡山简寂馆》:"即此神山内,银榜映仙宫。"东方朔《神异经·中荒经》:"东方有宫,青石为墙,高三仞,左右阙高百尺,画以五色,门有银榜,以青石碧镂,题曰天地长男之宫。"

〔六〕"长眉"二句:王琦《解》:"长眉凝绿几千年,谓神寿长久。清凉堪老镜中鸾,谓神无有匹偶。孤鸾睹镜中之影,哀鸣而死。今神以清净为心,无有情欲,镜中鸾影常存,安有老期。"

〔七〕"秋肌"二句:吴正子《注》:"玉衣,言其衣之华好。"王琦《解》:"诗意本谓空光帖妥水如天,秋肌稍觉玉衣寒。倒转用之,便觉有摇曳不尽之致。""帖妥即妥帖之倒文,言其工致服帖无不稳称。韩退之《元和圣德诗》,亦有兽盾腾拏,圆坛帖妥之辞,疑当时习用此倒字法耶?"

【集评】

姚文燮《注》:此言庙貌华丽,俨如生人,榜额辉煌,翠蛾常艳，神其有灵，则秋来大水，玉衣当亦知寒，何波涛弥浸，竟不之轸念耶？

刘嗣奇《李长吉诗删注》卷下：《楚辞·九歌》“鱼鳞屋兮龙堂，紫贝阙兮朱宫”注云：“河伯以鱼鳞盖屋，画龙文，紫贝作阙，丹朱其宫。”然则贝宫夫人者龙女也。此长吉思得君之曲也。

【编年】

《朱谱》：“(《贝宫夫人》)踪迹皆在吴楚之间。意贺入京之先，尝往依其十四兄，故得饱领江南风色也。”刘衍《李贺诗校笺证异》云：“此为纪实诗，朱自清云，此诗踪迹在吴楚之间。当是李贺元和九年游江浙时写。”诗写海女之神像，描写“空光帖妥水如天”之景象，与江海有关，因此，朱、刘两氏以为此诗乃游江浙时作，近是。然元和九年，李贺尚滞留潞州，朱氏以为入京之先游吴楚，刘氏以为元和九年游江浙，均欠妥。本诗当作于元和十年秋，时李贺正南游江浙。

江南弄〔一〕

江中绿雾起凉波，天上叠巘红嵯峨〔二〕。水风浦云生老竹〔三〕，渚暝蒲帆如一幅〔四〕。鲈鱼千头酒百斛，酒中倒卧南山绿〔五〕。吴歈越吟未移曲〔六〕，江上团团贴寒玉〔七〕。

【注释】

〔一〕江南弄：乐府古题，《乐府解题》曰：“江南古辞，盖美芳晨丽景，嬉游得时，若梁简文桂楫晚应旋，唯歌游戏也。”智匠《古今乐录》：“梁天监十一年，武帝改西曲，制《江南弄》七曲，一曰《江南弄》，……”郭茂倩《乐府诗集》卷五〇录李贺《江南弄》。

〔二〕“江中”二句:曾益《注》:“绿雾缘波起,凉缘雾。天上明高,故云嵯峨。”王琦《解》:“言天色将晚,水中先见雾气,天上云气为落日反照,皆作红霞,其嵯峨层起者,如叠巘之状。”

〔三〕“水风”句:曾益《注》:“‘水风’是倒句,言云与风佥生于竹。”王琦《解》:“风云与竹相杂,似从竹中生也。”

〔四〕“渚暝”句:李肇《唐国史补》卷下:“舟船之盛,尽于江面,编蒲为帆,大者或数十幅。”王琦《解》:“洲渚渐暝,远望蒲帆,不甚分明,仿佛见一幅而已。”

〔五〕“酒中”句:曾益《注》:“南山倒卧,影入酒中。”姚文燮《注》:“山影垂尊。”王琦《解》:“倒卧者,酒酣倒地而卧也。南山绿者,悠然见南山之色也。”陈弘治《校释》:“此句写醉眼眺望之状,因酒酣,故见南山为倒卧也。”

〔六〕吴歈越吟:《文选》左思《吴都赋》:“荆艳楚舞,吴歈越吟。”刘渊林注:“歈,吴歌也。”杨慎《升庵诗话》卷十二:“齐歌曰讴,吴歌曰歈,楚歌曰些,巴歌曰嚁。”越吟,越地之歌。

〔七〕“江上”句:曾益《注》:“贴寒玉,月在水中。此言江南山奇丽,景物妍媚,有鱼有酒,听吴越之歌以自愉快,而曲奏未终,水月旋绕也。”

【集评】

刘辰翁《评》:“酒中倒卧南山绿”,无不奇绝。

邢昉《唐风定》卷一〇:长吉歌行,艳称古今,大抵皆魔语耳。顾华玉诋其怪诞,是具眼人。随声赏爱之流,皆入其云雾耳。独予违众,黜之,存此一首以观其概。

姚文燮《注》:此羡江南之景物艳冶也。绿雾在水,红霞映天,翠筱阴凝,江船晚泛,鲈鱼美酒,山影垂尊,洗耳清音,月浮水面,自足令人神往矣。《江南弄》即乐府《江南曲》也,写尽江南好景，而更于月下清景想见胜概，所谓曲终人不见，江上数峰青也。

周玉凫评（姚文燮《注》）：一幅秋江采蓴图。

贺裳《载酒园诗话》又编：写景真是如画，何尝鬼语，亦何尝不佳？按"团团贴寒玉"，注以为荷，余意或是言月，观上文"渚暝"可见，且与"吴歈越吟未终曲"句，相应尤急。

方世举《批》："渚暝蒲帆如一幅"，语稚，不得以《左传》如布帛之有幅为解。

黎简《批》："水风浦云生老竹，渚暝蒲帆如一幅。"极雕而佳。状月是昌谷独造。

钱仲联《读昌谷集绝句六十首》：吴歈声里酒方酣，一幅蒲帆别意谙。他日重温玳筵梦，鲈鱼时节到江南。《江南弄》当是游东南时作，可与《潞州张大宅病酒遇江使寄上十四兄》末六语参证，是纪实，非泛效乐府。

【编年】

长吉于元和十、十一年，曾有吴越之行，他将自己的审美体识，写入诗中，刻画江南水乡晚景，写景如画，具有浓郁的地方色彩。钱仲联《读昌谷集绝句六十首》"鲈鱼时节到江南。"附注："《江南弄》当是游东南时作。"极是。

罗浮山人与葛篇①〔一〕

依依宜织江雨空〔二〕，雨中六月兰台风〔三〕。博罗老仙时出洞②〔四〕，千岁石床啼鬼工〔五〕。蛇毒浓凝洞堂湿③，江鱼不食衔沙立〔六〕。欲剪湘中一尺天④〔七〕，吴娥莫道吴刀涩〔八〕。

【校记】

①山人，宣城本、曾益本、姚佺本、姚文燮本、《全唐诗》作“山父”。

②时出洞，叶葱奇《李贺诗集》：“持字各本作时，这里从元校本。”

③蛇毒浓凝，宣城本、蒙古本作“毒蛇浓吁”。

④湘中，宣城本、蒙古本、万历本、曾益本、姚文燮本、《全唐诗》均作“箱中”。王琦《解》：“吴本、姚经三本以湘中作‘箱中’，以箧中解之，非也。或作相中，尤非。”

【注释】

〔一〕罗浮：《艺文类聚·山部上》：“《罗浮记》曰：罗浮者，盖总称焉。罗，罗山也。浮，浮山也。二山合体谓之罗浮。”李吉甫《元和郡县志》卷三十四：“罗浮山在（循州博罗）县西北二十八里。罗山之西有浮山，盖蓬莱之一阜，浮海而至，与罗山并体，故曰罗浮。”

〔二〕“依依”句：依依，薄貌。曾益《注》：“江雨空，言葛之薄如江雨之濛濛然。”王琦《解》：“状密雨空濛之意。”陶渊明《归园田居》：“暧暧远人村，依依墟里烟。”

〔三〕兰台风：宋玉《风赋》：“楚襄王游于兰台之宫，有风飒然而至，王乃披襟而当之曰：快哉此风，寡人所与庶人共者邪？”姚文燮《注》：“二句状葛之织细，如江雨濛濛，经纬莫辨，暑中服此，得新雨之凉，即六月亦似游兰台之宫，有风飒然也。”

〔四〕博罗老仙：即题中之罗浮山人，因罗浮山在博罗县，故云。

〔五〕“千岁”句：王琦《解》：“石床，即洞中之石床，名山洞府中多有之。鬼工，谓工作之巧者，以其精细之极，似非人工所能，故谓之鬼工。”姚文燮《注》：“言非寻常机杼，不惟人力难致，即奇巧如鬼工，亦为之惊啼不及也。”

〔六〕“蛇毒”二句：董懋策《评》：“蛇浓二句状洞中热毒，以致乞与之意。”王琦《解》：“蛇因湿闷薰蒸，而毒气不散；江鱼因水热沸郁，而静伏不食。极言暑溽之象，以起下文命人剪葛制衣之意。”

〔七〕“欲剪”句：湘中一尺天，形容葛布晶莹洁白。王琦《解》：“湘中一尺天，喻葛之莹白，如湘水清深，中含天光，与之一色。”方世举《批》：“一尺天犹然江雨空义，但前为织作语，此为材料语。”杜甫《题王宰画山水图歌》：“焉得并州快剪刀，剪取吴淞半江水。”

〔八〕“吴娥”句：因吴地人善织，故人言吴娥剪刀为吴刀。吴刀，语出鲍照《代白纻舞歌词》：“吴刀楚制为佩袆，织罗雾縠垂羽衣。”全句意谓此葛布易剪裁，方世举《批》：“言易剪裁，以尽葛之轻妙。”

【集评】

洪迈《容斋续笔·李长吉诗》：李长吉有《罗浮山人》诗云：“欲剪湘中一尺天，吴娥莫道吴刀涩。”正用杜老《题王宰画山水图歌》：“焉得并州快剪刀，剪取吴淞半江水”之句，长吉非蹈袭人后者，疑亦偶同，不失自为好语也。

刘辰翁《评》：贺虽苦语，情固不浅，又极明快，体嫩。“依依宜织江雨空”，妙意殆不可继。

董懋策《评》：玩文意，似吴姬织葛，而山父乞与之词。

姚文燮《注》：状葛之纤细如江雨濛濛，经纬莫辨，暑中服此，得新雨之凉，即六月亦似游兰台之宫，有风飒然也。山父时出洞采葛，千岁石床，言非寻常机杼，不惟人力难致，即奇巧如鬼工，亦为之惊啼不及也。葛多生于深谷，或垂于江边，故蛇凭鱼依焉。一尺天即剪取吴淞半江水意，此言所乞甚少，而司葛之女工勿致吝惜靳予也。别本以箱中为湘中,凿。

黎简《批》:玩诗意,言山人与我葛,我想其出处毒热,故习织。工妙如此,亦思裁为己衣,然物妙如是,非吴娥不称相烦,故嘱其莫辞刀涩也。

【编年】

诗写南方风物,当是诗人南游吴会,因天气酷热,老人持送葛布,长吉赋诗以美其事。刘衍《李贺诗校笺证异》以为"疑即南游中在广东某地所作",然考李贺行踪,并无去广东之迹象,所谓"罗浮山人"者,乃就山人之籍贯言之,非长吉真去罗浮也。

将进酒〔一〕

琉璃钟,琥珀浓〔二〕,小槽酒滴真珠红〔三〕。烹龙炮凤玉脂泣〔四〕,罗帏绣幕围香风①〔五〕。吹龙笛〔六〕,击鼍鼓〔七〕,皓齿歌〔八〕,细腰舞〔九〕。况是青春日将暮,桃花乱落如红雨〔一〇〕。劝君终日酩酊醉,酒不到刘伶坟上土〔一一〕。

【校记】

①罗帏,宋蜀本、吴正子本、《乐府诗集》作"罗屏"。绣幕,王琦《解》:"一作翠幕。"围,蒙古本作"生"。香风,王琦《解》:"一作春风。"

【注释】

〔一〕将进酒:郭茂倩《乐府诗集》卷十七"鼓吹曲辞"二"汉铙歌"录李贺《将进酒》。智匠《古今乐录》:"汉鼓吹铙歌十八曲,……九曰《将进酒》。"吴正子《注》:"乐府有假古题自发己意,与古词迥异者,有略得古意而增以新意者,有全即古题意以为咏者。古词云:'将进酒,乘大白。'大略以饮酒放歌为事。"

〔二〕琥珀:是枫、松等树脂经久凝结而成的宝石,可以用作妇女饰品,也可入药。《重修政和证类本草》卷十二引《蜀本草》云:"枫脂入地,千年化为琥珀,不独松脂变也。大抵木脂入地,千年皆化,但不及枫、松有脂而多经年岁也。"李时珍《本草纲目》卷三十七云:"按曹昭《格古论》云:琥珀出西番南番,乃枫木津液多年而化,色黄而明莹者为蜡珀,色若松香红而且黄者名明珀,有香者名香珀,出高丽、倭国者色深红,有蜂蚁松枝者尤好。"[美]谢弗《唐代的外来文明》第十五章有"琥珀"条,云:"据唐人所知,琥珀是拂林的出产之一,而唐朝的琥珀则是从波斯输入的。唐朝输入的琥珀,很可能是从波罗的海沿岸地区得到的。但是,距离唐朝更近的琥珀矿在上缅甸密支那附近,……甚至象林邑、日本等国也曾向唐朝贡献过琥珀。也有的琥珀是商人经由中国南海运来的,据说这种琥珀的质量特别优良。"琥珀浓:吴正子《注》:"言酒色若琥珀也。"

〔三〕"小槽"句:江南人用小槽压制的红酒,名小槽酒,又名真珠红。胡仔《苕溪渔隐丛话》前集卷二十一:"江南人造红酒,色味两绝,李贺《将进酒》云:'小槽酒滴真珠红',盖谓此也。"苏轼《浣溪沙》:"废圃寒蔬桃翠羽,小槽春酒冻真珠。"龙榆生注此句,即引李贺《将进酒》两句为证。秦观《江城子》:"小槽春酒滴珠红,莫匆匆,满金钟。"陆游《青玉案》:"小槽红酒,晚香丹荔,记取蛮江上。"陆游是江南人,词又云是"蛮江上",亦可证。范成大《次韵子文》:"但促小槽添压石,龙头珠滴夜姗姗。"描写榨压小槽酒,酒如真珠一样滴下来,很逼真。范是吴人,诗写的便是小槽酒。考李贺生平,曾有南来江南的行迹,他熟悉这种红酒,因而写入诗中。

〔四〕烹龙炮凤：曾益《注》："龙凤是馔，烹炮作馔，唯烹炮故脂泣。"此注非是，乃炼制龙凤膏，点燃以照明。郭宪《洞冥记》卷一："（汉武帝）尝得丹豹之髓，白凤之膏，磨青锡为屑，以苏油和之，照于神坛，夜暴雨，光不灭。"王嘉《拾遗记》卷十："燕昭王二年，海人乘霞舟，以雕壶盛数斗膏，以献昭王。王坐通云之台，亦曰通霞台，以龙膏为灯，光耀百里，烟色丹紫，国人望之，咸言瑞光。"李贺善用古小说，读此两典，方知长吉造语，实非凿空。

〔五〕"罗帏"句：此用古乐府"绣幕围香风"成句。

〔六〕吹龙笛：马融《长笛赋》："龙鸣水中不见已，截竹吹之声相似。"虞世南《琵琶赋》："凤箫辍吹，龙笛韬吟。"

〔七〕击鼍鼓：语出傅玄《正都赋》："吹凤箫，击鼍鼓。"鼍鼓，用鼍皮蒙成之鼓。

〔八〕皓齿歌：语出景差《大招》："朱唇皓齿，嫭以姱只。"

〔九〕细腰舞：语出《韩非子·二柄》："楚灵王好细腰，而国中多饿人。"

〔一〇〕"况是"二句：曾益《注》："青春，时之良，日将暮，须及时。花落如雨，春将去。"王琦《解》："暮，指时节言，谓春日无多，固将暮矣，不谓日暮也。桃花乱落，正暮春景候。"

〔一一〕"劝君"二句：吴正子《注》："此言生当饮酒尽欢，死则已矣。"曾益《注》："劝君，言酒美馔丰，作乐歌舞，宜及时进酒。酩酊，醉不醒。酒不浇坟土，死无人劝刘伶，言即善饮者死不解饮。"刘伶，字伯伦，西晋沛国人，放情肆志，嗜酒，著《酒德颂》。《世说新语·任诞》："刘伶病酒渴甚，从妇求酒。妇捐酒毁器，涕泣谏曰：'君饮太过，非摄生之道，必宜断之。'伶曰：'甚善，我不能自禁，唯当祝鬼神，自誓断之耳，便可具酒肉。’妇曰：‘敬闻命。’供酒肉于神前，请伶祝誓，伶跪而祝曰：‘天生刘伶，以酒为名，一饮一斛，五斗解酲，妇人之言，慎不可听。’便引酒进肉，隗然已醉矣。”

【集评】

阮阅《诗话总龟前集·评论门三》：《将进酒》，魏谓之《平关中》，吴谓之《章洪德》，晋谓之《因时运》，梁谓之《石首局》，齐谓之《破侯景》，周谓之《取巴蜀》。李白所拟，直劝岑夫子、丹丘生饮耳。李贺深于乐府，至于此作，其辞亦曰：“琉璃钟，琥珀浓，小糟酒滴真珠红。”嗟乎，作诗者摆落鄙近以得意外趣者，古今难矣。

胡仔《苕溪渔隐丛话前集》卷二一：江南人家造红酒，色味两绝。李贺《将进酒》云：“小糟酒滴真珠红”，盖谓此也。乐天诗亦云：“燕脂酌蒲萄。”蒲萄，酒名也，出太原。得非亦与江南红酒相类者乎？

吴幵《优古堂诗话》：李长吉有“桃花乱落如红雨”之句，以此名世。予观刘禹锡诗云：“花枝满空迷处所，摇落繁英坠红雨。”刘、李同出一时，决非相为剽窃。

刘辰翁《评》：哀怨豪畅，故是绝调，极是快句，可人可人。

无名氏《批》：此种，李王孙集中最佳者，人自忽之。

周珽评(《删补唐诗选脉笺释会通评林·中唐七古中》)：余谓花落如雨，奇；乱如红雨，更奇。词意虽同，而简练李觉胜焉。至“酒不到刘伶坟上土”，见人世时物易于衰谢，有生得乐且乐，无徒博身后孤寂地下矣。陶渊明云：“但恨在世时，饮酒不得足。”又，“在昔无酒饮，今但湛空觞。”贺盖深悟其真想者矣。

杨慎《升庵诗话》卷三：长吉酒不到刘伶坟上土八言，一句浑全。

姚文燮《注》:此讥当世之沉湎者也。豪贵侈靡,欢宴无极,且谓其宜及时行乐,没则已矣,他日荒冢古丘,固无及耳。

宋长白《柳亭诗话》卷九:刘梦得诗:"花枝满空迷处所,摇动繁英落红雨。"实自李长吉"桃花乱落如红雨"化来。而马西樵谓刘、李出于一时,并非剽窃,吾谓寸金不换丈铁,昌谷为优。

方世举《批》:太似鲍照,无可取,结差可人意。

陈本礼《协律钩玄》卷四:于灯红酒绿时,或花前月下高歌此词,应不减痛饮读《离骚》。

沈德潜《重订唐诗别裁集》卷八:"桃花乱落如红雨",佳句不须雕刻,"劝君终日酩酊醉,酒不到刘伶坟上土。"达人之言。

黎简《批》:"劝君终日酩酊醉,酒不到刘伶坟上土。"奇语。

【编年】

本诗为劝人及时行乐之作。"红酒",乃江南特产,诗人南游时饮此酒,感发兴会,借乐府古题,放歌唱出此诗。诗云:"况是青春日将暮,桃花乱落如红雨。"景是春景,当在元和十一年春作。

绿水词〔一〕

今宵好风月[①],阿侯在何处〔二〕。为有倾人色,翻成足愁苦〔三〕。东湖采莲叶,南湖拔蒲根〔四〕。未持寄小姑,且持感愁魂[②]〔五〕。

【校记】

①今宵,姚文燮本作"今夜"。

②愁魂,曾益本、姚佺本、姚文燮本作"秋魂"。

【注释】

〔一〕绿水词:吴正子《注》:"《琴历》云:蔡邕有五弄:游春、绿水、幽居、坐愁、愁思。邕入青溪访鬼谷,南曲有涧焉,水冬夏不竭,常绿,故作《绿水词》。古乐府齐江奂有此曲云:'塘上蒲欲齐,汀洲杜将歇。春心既易荡,春流岂难越。桂楫及晚风,菱江映初月。芳香若有赠,为君步罗袜。'太白亦有此词云:'绿水明秋月,南湖采白蘋。荷花娇欲语,愁杀荡舟人。'今贺作与太白同。"

〔二〕阿侯:梁武帝《河中之水歌》:"河中之水向东流,洛阳女儿名莫愁……十五嫁为卢家妇,十六生儿字阿侯。"曾益《注》:"阿侯,所怀之人。"

〔三〕"为有"二句:倾人色,语出李延年《佳人歌》:"北方有佳人,绝世而独立,一顾倾人城,再顾倾人国。宁不知倾城与倾国,佳人难再得。"王琦《解》:"美色可以娱人,今爱而不见,使我心痗,是倾人之色,适以酿成愁苦耳。"

〔四〕"东湖"二句:姚佺《笺》:"此即足上'在何处'三字义,未知在东湖与在南湖也。"

〔五〕"未持"二句:王琦《解》:"若有所采,莫寄小姑,且持以贻我,庶几感慰我愁苦之魂。"长吉诗意、句式,自古乐府《采莲童曲》(载《乐府诗集》卷四十七"清商曲辞")化出。诗云:"东湖扶菰童,南湖采菱芰。不持歌作乐,为持解愁思。"

【集评】

无名氏《批》:"秦王不可见,旦夕成内热。"苦矣,不道此篇更苦。

董懋策《评》:莲则剩叶,蒲则馀根,颜色零落,故感秋而魂动，以寄小姑，见倾人之色足愁苦也。小姑疑即指阿侯，岂姊妹相忆语耶？

姚文燮《注》：此怀友之作也。时愈坐贬，湜就掾辟，皆远去，贺睹风月而深离思。阿侯指美人，因其美而远别，愈伤虚此良会。莲叶喻相怜也，蒲根喻苦辛也，未敢遽持寄远，且供我把玩以解幽闷耳。

【编年】

姚文燮《注》："此怀友之作也。"是也。诗家常以美人喻友人，诗写江南风物，或是元和十一年诗人南游途中，睹物起兴，怀念远方之江南籍友人，而作此诗。姚文燮将友人坐实为韩愈、皇甫湜，欠妥。

江楼曲

楼前流水江陵道〔一〕，鲤鱼风起芙蓉老〔二〕。晓钗催鬟语南风①，抽帆归来一日功〔三〕。鼍吟浦口飞梅雨②〔四〕，竿头酒旗换青苎。萧骚浪白云差池③〔五〕，黄粉油衫寄郎主④〔六〕。新槽酒声苦无力〔七〕，南湖一顷菱花白〔八〕。眼前便有千里思⑤，小玉开屏见山色〔九〕。

【校记】

①催鬟，《文苑英华》作"摧鬟"。

②飞梅雨，《文苑英华》注："一作遇飞雨。"

③差池，《文苑英华》注："一作参差。"

④油衫，《文苑英华》注："集作细。"

⑤千里思，吴正子本、宋蜀本、《文苑英华》作"千思愁"。

【注释】

〔一〕江陵：唐时江陵郡即荆州。李吉甫《元和郡县图志》逸文卷一："唐武德四年，平萧铣，复为荆州，七年置大都督府。上元元年，改为江陵府。"

〔二〕鲤鱼风：王琦《解》："《石溪漫志》：鲤鱼风，春夏之交。观下文用梅雨事，则《漫志》为是。"按，陈元靓《岁时广记》卷三"鲤鱼风"条云："《提要录》：鲤鱼风，九月风也。李贺诗：楼前流水江陵道，鲤鱼风起芙蓉老。又古词：瑞霞成绮映舴艋，棹轻鲤鱼狂风起。"又卷三"黄雀雨"条，云："罗鄂州（按即罗愿，知鄂州）词：九月江南秋色，黄雀雨，鲤鱼风。"梁简文帝《有女篇》："灯生阳燧火，尘散鲤鱼风。……雾暗窗前柳，寒疏井上桐。"明点秋色。李商隐《河内诗二首·湖中曲》："后溪暗起鲤鱼风，船旗闪断芙蓉干。……莫因风雨罢团扇，此曲断肠唯此声。"诗写秋天风物。王琦仅举梅雨一事推翻旧说，不足据。李贺诗借梅雨以指雨水多，即罗鄂州所谓之"黄雀雨"也。

〔三〕"晓钗"二句：曾益《注》："恐色衰谢，故晓起理钗，急为梳鬓，若钗催鬓然，梳而复妆也。语南风，连下言趁南风正宜抽帆，一日功，以道通江陵，语即此，言风水两便也。"王琦《解》："言楼前流水，道通江陵，际此佳时，郎主归期未卜，若果欲归，仗南风吹帆之助，不过一日之功耳，奈何竟未能归耶？"

〔四〕鼍：即扬子鳄，俗呼猪婆龙。陆佃《埤雅·释鱼》："鼍，欲雨则鸣。"梅雨：黄梅雨。陆佃《埤雅·释木》："江湘二浙，四五月之间，梅欲黄落，则水润土溽，础壁皆汗，蒸郁成雨，其霖如雾，谓之梅雨。"陈岩肖《庚溪诗话》卷上："江南五月梅熟时，霖雨连旬，谓之黄梅雨。"

〔五〕"萧骚"句：曾益《注》："浪白云差池，正浦口梅雨飞时。"王琦

《解》："萧骚，水波扰动貌。云差池，谓云势迭起。"

〔六〕"黄粉"句：王琦《解》："以黄粉油衫寄之，以为其夫作御雨之具。"

〔七〕"新槽"句：曾益《注》："新槽，从酒旗来；苦无力，滴将尽。"王琦《解》："新酒已熟，槽床滴注有声，然饮之不能消愁，反苦酒之无力。旧注谓滴将尽，盖以下五字相联作一解，亦通，然意味殊觉短浅。"

〔八〕"南湖"句：王琦《解》："一顷，百亩也。菱花紫色，不当言白，殆谓南湖水色，明净如菱花镜耳。《飞燕外传》，有七出菱花镜一奁。《尔雅翼》：昔人取菱花六觚之象以为镜。"

〔九〕"小玉"句：小玉，侍女名。元稹《暮秋》诗："栖乌满树声声绝，小玉上床铺夜衾。"路德延《小儿》诗："酒殢丹砂暖，茶催小玉煎。"是唐人多以小玉为侍儿之称。王琦《解》："侍女开屏，南湖之外又见山色周遮，江陵杳在何处？千里之思，愈不能已矣。"

【集评】

刘辰翁《评》："鲤鱼风起芙蓉老"，龙化也。"晓钗催鬟语南风，抽帆归来一日风。"俊快浓至。

黄淳耀《评》：此当垆妇忆其夫。鬟为南风所催，容华不久，故语南风，速其抽帆而归。

黎简《批》：第三句言于晓起催妆时即祝语南风，愿其荡子早归来也。"晓"字与下句"一日"二字相叫，总言欲其于晓妆时即抽帆而归，归可一日而至也。"小玉"句媚绝，所谓时花美女，不足为其色。

方世举《批》：徐注忆夫，是也。以为当垆妇则非，殊不顾结尾小玉开屏之景，此岂当垆家所有耶？其误在酒旗换苎一语，而不知其为旁景。“鲤鱼风起芙蓉老”,篇篇点景是鲤鱼风,南风梅雨等言时久矣。

【编年】

《朱谱》将《江楼曲》编入东南之游一类诗中,刘衍《李贺年谱新笺》系本诗于元和九年,《李贺诗校笺证异》云:“贺元和九年南去东井,过长江,登江楼。”按,李贺平生无南去东井之事,误由无可《送李长吉之任东井》而生。无可此诗,载《全唐诗》卷八一四,钱仲联先生已辨其误,见《李贺年谱会笺》“元和五年”条。本诗当是李贺结束南游,自长江北上经汉水至襄阳,取道长安,再回归宜阳昌谷期间所作。诗写女子于江楼思念远在江陵之“郎主”,诗人有感而作此诗。

莫愁曲〔一〕

草生龙坡下①〔二〕,鸦噪城堞头。何人此城里,城角栽石榴。青丝系五马,黄金络双牛〔三〕。白鱼驾莲船,夜作十里游〔四〕。归来无人识,暗上沉香楼②。罗床倚瑶瑟,残月倾帘钩〔五〕。今日槿花落,明朝桐树秋〔六〕。莫负平生意③,何名何莫愁④〔七〕。

【校记】

①龙坡,《乐府诗集》作“陇坡”。

②沉香楼,《乐府诗集》作“沉香舟”。

③莫负,《乐府诗集》作“若负”。

④何莫愁,《乐府诗集》作“作莫愁”。

【注释】

〔一〕莫愁曲:郭茂倩《乐府诗集》卷四十八"清商曲辞"五录李贺《莫愁曲》。吴兢《乐府古题要解》卷上:"《莫愁乐》出于《石城乐》,石城有女子名莫愁,善歌谣,故《石城乐》和中复有莫愁声。其辞曰:'莫愁在何处,莫愁石城西。艇子打两桨,催送莫愁来。'"洪迈《容斋三笔》卷十一:"莫愁者,郢州石城人,今郢州有莫愁村,画工传其貌,好事者多写寄四远。梁武帝《河中之歌》曰:'河中之水向东流,洛阳女儿名莫愁。'是莫愁有两人。"

〔二〕龙坡:盖指龙陂。郦道元《水经注》卷二十八"沔水"中:"沔水又东南与扬口合,水上承江陵县赤湖,江陵西北有纪南城,……城西南有赤坂冈,冈下有渎水,……西南注于龙陂。陂,古天井水也,广圆二百馀步,在灵溪东江隄内,水至渊深,有龙见于其中,故曰龙陂。"

〔三〕"青丝"二句:王琦《解》:"古《罗敷行》:'青丝系马尾,黄金络马头。'五马双牛,皆驾车之畜。"

〔四〕"白鱼"二句:曾益《注》:"十里游,谓陆乘马牛,水驾莲船。"姚文燮《注》:"白鱼,即船也,古诗云,波摇白鳢舟。"王琦《解》:"姚经三以白鱼即船,同前首注,然句中又用船字,重复不成句,恐鱼字有讹。"

〔五〕"归来"四句:曾益《注》:"夜故无人识,无人识故上楼,对月而倚瑟。"王琦《解》:"言列坐床上,倚瑟而歌,至于残月倾侧,照于帘钩之上,尚未就寝。"

〔六〕"今日"二句:陆佃《埤雅·释草》:"木槿似李,五月始花,《月令》'木槿荣'是也,华如葵,朝生夕陨。"曾益《注》:"槿花朝落,桐树早秋,言容色易瘁。"王琦《解》:"言容色易变,不能长美好。”

〔七〕“莫负”二句:曾益《注》:“末二句,言莫负平生之美,因何而名,因何而莫愁。”姚文燮《注》:“言当及时行乐,毋以槿花易落,桐树先秋,致负平生冷艳,虚此芳名也。”

【集评】

孙枝蔚评(《昌谷集句解定本》):贺假莫愁自见,故云莫负平生意也。

方世举《批》:伪在转折末结处见,亦在情景皮相上见。“何人此城里”,滑易字。“罗床倚瑶瑟,残月倾帘钩”,二语犹略有曹植、鲍照皮毛。“何名何莫愁”,滑易义。

【编年】

诗云“龙坡”,咏江南风物,当是元和十一年,诗人北归游江陵时作。

大堤曲〔一〕

妾家住横塘〔二〕,红纱满桂香〔三〕。青云教绾头上髻①,明月与作耳边珰〔四〕。莲风起,江畔春。大堤上,留北人。郎食鲤鱼尾,妾食猩猩唇②〔五〕。莫指襄阳道,绿浦归帆少〔六〕。今日菖蒲花③,明朝枫树老〔七〕。

【校记】

①青云教绾,《文苑英华》作“青丝学绾”。

②妾食,《文苑英华》作“与客”。

③菖蒲花,王琦《解》:“一作菖蒲短。”

【注释】

〔一〕大堤:在襄阳附近。《大堤曲》,乐府清商曲辞,智匠《古今乐录》:"《襄阳乐》者,宋随王诞之所作也,诞始为襄阳郡,元嘉二十六年为雍州刺史,夜闻诸女歌谣,因而作之,所以歌和中有襄阳夜来乐之语也;又有《大堤曲》,亦出于此。简文帝《雍州十曲》,有《大堤》《南湖》《北渚》等曲。"王琦《解》:"《襄阳曲》曰:'朝发襄阳来,暮至大堤宿。大堤诸女儿,花艳惊郎目。'《大堤曲》盖出于此。"李贺此诗载郭茂倩《乐府诗集》卷四十八。

〔二〕横塘:地名,与襄阳大堤近。王琦《解》:"横塘与大堤相近,其地当在襄阳,非金陵沿淮所筑之横塘也。"

〔三〕红纱:红纱窗。曾益《注》:"初述已所居,次述居之景。"王琦《解》:"红纱,谓红纱窗。"

〔四〕明月:以明月之珠作耳珰。傅玄《有女篇艳歌行》:"耳系明月珰。"

〔五〕猩猩唇:《吕氏春秋·本味》:"肉之美者,猩猩唇也。"王琦《解》:"鲤尾猩唇,皆珍美之味,以见饮食之丰备。"

〔六〕"莫指"二句:曾益《注》:"言莫指襄阳,往则不易归舟。"王琦《解》:"莫指襄阳道,而兴远去之思,盖一去不能即来,不见绿浦之中,归帆之少可验耶?"

〔七〕"今日"二句:曾益《注》:"今日相见,譬菖蒲之花,最难得见,第人容颜易老,倏忽之间,如枫树之易衰飒,可遽别哉?甚言欲留之意,所以致缱绻之情也。"王琦《解》:"况日月如驰,盛年难驻,朝暮之间而红颜已更矣。深言当及时行乐之意。菖蒲花不易开,开则人以为祥,故《乌夜啼》古曲云"菖蒲花,可怜闻名不曾识"是也。枫树之老者,礌砢多节,以喻老丑之状。”

【集评】

刘辰翁《评》:甚言时景之不留,而有愿见之思,有微憾之意。“郎食鲤鱼尾,妾食猩猩唇”,自状痴騃。

无名氏《批》:“教”“与”二字,写尽娇小。别多会少,难见易老,四语尽之,不忍多读。

姚文燮《注》:此怀楚游之友,而寄此以讽之也。楚姬妖丽,其居与饰俱极华丽,菡萏风薰,倍加留恋,鲤尾猩唇,极味之珍美也。段成式诗云“三十六鳞充使时,数番犹得裹相思”也。孙卿子曰:猩猩能言笑。《淮南子》曰:归终知来,猩猩知往。则食此二味,愈足以喻绸缪也。故北人南游,每多流连忘返,不觉春秋云迈,日夕暗移。菖蒲生于百草之先,忽忽枫寒叶落,即谓佳人难觏,亦知芳色易凋耶?

黎简《批》:鲤鱼以下,只是留之之意,故种种媚之、欢之、警之。结二句言景物之速,当及时行乐,故曰警之。

【编年】

本诗写襄阳风光,当是元和十一年李贺南游北归时,取道襄阳回洛阳时所作。读杜甫《闻官军收河南河北》“便下襄阳向洛阳”可知。

石城晓〔一〕

月落大堤上,女垣栖乌起〔二〕。细露湿团红,寒香解夜醉〔三〕。女牛渡天河①,柳烟满城曲〔四〕。上客留断缨〔五〕,残蛾斗双绿〔六〕。春帐依微蝉翼罗〔七〕,横茵突金隐体花〔八〕。帐前轻絮鹅毛起②,欲说春心无所似〔九〕。

【校记】

①女牛,吴正子《注》:"京本作石子。"蒙古本同此。

②鹅毛,宣城本、吴正子本、蒙古本、凌刊本、《全唐诗》作"鹤毛"。

【注释】

〔一〕石城:古时莫愁女居住的地方。《旧唐书·音乐志》:"《莫愁乐》,出于《石城乐》。石城有女子名莫愁,善歌谣,《石城乐》和中复有"莫愁"声,故歌云:'莫愁在何处,莫愁石城西。艇子打两桨,催送莫愁来。'"石城在今湖北钟祥县,县西有莫愁村。《嘉庆一统志》卷三二四安陆府:"石城在湖广安陆州城西北,古有女子名莫愁者居此,乐府所谓莫愁在何处,莫愁石城西者是也。"吴正子《注》:"石城,乃古莫愁之乡。"王琦《解》:"长吉此诗,专写娼女晓起将别之况,故题曰《石城晓》。"

〔二〕"月落"二句:王琦《解》:"月落乌飞,天晓之景。"

〔三〕"细露"二句:曾益《注》:"晓故露湿,团红是花。寒香,花香,露湿故寒。"王琦《解》:"团红,花也。有露润之,其香甚寒,嗅之可以解夜来之醉。"

〔四〕"女牛"二句:王琦《解》:"织女牵牛,夜来相会,至晓亦分别渡河,复归本位。天暗未晓,柳色不甚分明,既晓,则见其浓绿如烟,满于城曲之中矣。"

〔五〕"上客"句:《礼记·内则》"男女未冠笄者,……总角、衿缨,皆佩容臭。"郑玄注:"容臭,香物也,以缨佩之,为迫尊者给小使也。"孔颖达疏:"以缨佩之者,谓缨上有香物也。"王琦《解》:"此盖谓上客断其香囊,留以赠别也。"

〔六〕“残蛾”句：王琦《解》：“女子宿妆未理，其蛾眉犹是昨日所画，故曰残蛾。斗者，蹙其两眉，有似乎斗，盖不忍离别之况。”

〔七〕蝉翼罗：《白氏六帖》卷二：“蝉翼，罗名，谓罗之轻薄状似蝉翼者。魏文帝诗：绢绡白如雪，轻花比蝉翼。”（按曹丕此二句为残句）。

〔八〕“横茵”句：王琦《解》：“横茵，卧褥也。突金，金色鲜异，有如突起。隐体花，谓暗花也。”按，突金，即“蹙金”，一种刺绣方法，用捻紧的金线绣在罗衣上，绣时将金钱抽紧，使图案突现出来。《梁台古意》“金虎蹙裘”与本诗之“横茵突金”为同一绣法。杜甫《丽人行》：“绣罗衣裳照暮春，蹙金孔雀银骐驎。”亦同一绣法。

〔九〕“帐前”二句：曾益《注》：“石城晓时，客去独眠，睹柳絮之起，而春心飘荡，将何似也。”王琦《解》：“言上客已去，卧具依然，此后春心荡佚，不知又将谁属，欲举一物以拟，一时无有似之者，因观飞絮，而觉其相似。”陈式评（姚文燮《昌谷集注》附）：“无所似者，言舍此则无所似，甚见其相似也。”

【集评】

刘辰翁《评》：《选》语起，佳。不言留别，而有留别之色，妙不著相。“月落大堤上，女垣栖乌起。”胜《选》。

无名氏《批》：絮无定，情欲一，其春心而无可举似，真得古乐府之神。

姚文燮《注》：讥江南宴乐沉湎，连宵达旦。月落乌飞，花寒露重，宿酲可解，当牛女欢会时，而城烟已曙也。客醉娥倦，迷恋春帏，觉来见柳絮之飞，又恐芳辰骀荡莫禁耳。

方世举《批》：“残蛾斗双绿”，残蛾谓将落之蛾眉月也，双绿谓眉黛。

黎简《批》:“帐前轻絮鹤毛起,欲说春心无所似。”心如柳絮飘荡也。

【编年】

石城,在今湖北钟祥县,由汉水北上襄阳,必经此地。李贺北归时,路过石城,写下本诗,时在元和十一年秋。

走马引〔一〕

我有辞乡剑,玉锋堪截云[①]〔二〕。襄阳走马客[②],意气自生春。朝嫌剑花净[③],暮嫌剑光冷[④]〔三〕。能持剑向人,不解持照身[⑤]〔四〕。

【校记】

①截云,吴正子本作“裁云”。

②襄阳,《乐府诗集》、《全唐诗》注:“一作长安。”客,《唐文粹》、《全唐诗》注:“一作使。”

③剑花,《乐府诗集》、蒙古本作“剑光”。净,《乐府诗集》作“静”。

④剑光,《乐府诗集》作“剑花”。

⑤不解持照身,《乐府诗集》、《全唐诗》注:“一作解持照身影。”

【注释】

〔一〕走马引:崔豹《古今注》卷中:“《走马引》,樗里牧恭所作也。为父报怨,杀人而亡匿藏于山谷之下。有天马夜降,围其室而鸣,夜觉,闻其声,以为吏追,乃奔而亡去。明旦视之,乃天马迹也,乃惕然而悟曰:‘岂吾所居之处将危乎?’遂荷粮而去,入于沂泽中,援琴而鼓之,而为天马之声,曰《走马引》也。”郭茂倩《乐府诗集》卷五十八“琴曲歌辞”二录本诗,李贺借古题以写己事。

〔二〕“玉锋”句:王琦《解》:“玉锋,言剑锋之色白净如玉也;截云,即《庄子·说剑篇》上决浮云之意。”

〔三〕“朝嫌”二句:《昌谷集句解定本》卷一丘象随曰:“即十年磨一剑,霜刃未尝试之意。”(按,此为贾岛《剑客》中语)王琦《解》:“朝暮嫌恨,不得一试其技,使剑锋冷净,深为可惜。”

〔四〕“能持”二句:王琦《解》:“殊不知持剑而向人,正所以照顾己身,而不使发肤身体之受伤也,若但能持剑向人而杀之,不解持之以照顾自身,误矣。语意深切,特为襄阳走马客痛下一针。”

【集评】

黄淳耀《评》:结句徐渭云:“但知嫌剑而不知自嫌,讥襄阳客。”非也。言已能持剑向人,而不能自照,所以不免于见嫌,感己不遇故云尔耳。

邢昉《唐风定》卷六:长吉歌行怪诞,的然邪道,五言绝有妙境。

姚文燮《注》:元和十年,盗杀武元衡,击裴度伤首,诏中外收捕,有恒州张晏八人,行止无状,神策将军王士则告王承宗遣晏等所为,鞫服斩之。贺盖惜客之不明大义,徒信叛逆,妄刺朝贵,卒至首悬大桁,昧昧捐躯,何益耶?两嫌字状客以有事为乐,朝净暮冷,对之不无郁郁。呜呼,牧恭为父报仇,有天马夜降,使之逃入沂泽,遂援琴而作此引。其剑术未尝不与杀武相者等也,而杀武相者则不免于祸,岂非所持向者之有正不正哉!持照身三字,凡为客者当自审矣。后李师道平,得其旧案,有赏杀武相人王元士等十六人,始知师道所遣也。

董伯英评(陈本礼《协律钩玄》卷一):读此篇觉“今日把似

君，谁有不平事”，终是莽汉。利剑能制人，亦能戕身；能持剑以自照，斯善藏其用矣。

袁枚《诗学全书》卷一：上四“剑锋”甚锐，比己之才堪用世。五六“剑花”冷净，比己之终不见用。末二有返躬自省之意。此五言八句三韵短古风。

陈沆《诗比兴笺》卷四：刺修恩怨之徒也。但快报复于睚眦，曾无保身之明哲，孰谓长吉诗少理者？

黎简《批》：此诗当从徐说为是。我字不必泥定长吉自说，襄阳客自我也。

【编年】

诗云“襄阳走马客”，走马于襄阳之客，诗人自指，接首句“我”字，此义益明。旧解均不切长吉诗意，唯袁枚之说，最为通彻，全诗实为抒写怀才不遇之情思。今从袁说。本诗作于元和十一年北归途中路过襄阳时。

秋来

桐风惊心壮士苦①〔一〕，衰灯络纬啼寒素〔二〕。谁看青简一编书〔三〕，不遣花虫粉空蠹〔四〕。思牵今夜肠应直〔五〕，雨冷香魂吊书客②〔六〕。秋坟鬼唱鲍家诗，恨血千年土中碧〔七〕。

【校记】

①壮士，《文苑英华》作“志士”。

②香魂，《文苑英华》作“乡魂”。

【注释】

〔一〕“桐风”句：曾益《注》：“凡人秋来感慨易生，壮士志在千古，故一闻桐风则中心若惊,而起凋落之感。”王琦《解》:“秋风至则桐叶落,壮士闻而心惊,悲年岁之不我与也。”

〔二〕络纬:虫名,俗名“纺织娘”。崔豹《古今注》卷中:“莎鸡,一名促织,一名络纬,谓其鸣声如纺绩也。”

〔三〕青简:古称图籍为青简。《后汉书·吴祐传》:“欲杀青简,以写经书。”章怀太子注:“以火炙简令汗,取其青易书,复不蠹,谓之杀青。”编:联简牍以为书。《汉书·儒林传》:“晚而好《易》,读之韦编三绝。”颜师古注:“编,所以联次简也。”

〔四〕“不遣”句:王琦《解》:“花虫,蠹虫也。竹简久不动,则蠹虫生其中。”

〔五〕“思牵”句:曾益《注》:“思至此,肠轮若牵而为之直矣。王琦《解》:“苦心作书,思以传后,奈无人观赏,徒饱蠹鱼之腹,如此即令呕心镂骨,章锻句炼,亦有何益。思念至此,肠之曲者亦几牵而直矣。”

〔六〕“雨冷”句:曾益《注》:“斯时矣,谁复知我,则惟有冷雨之侵,香魂之相吊而已。”王琦《解》:“不知幽风冷雨之中,乃有香魂愍吊作书之客。”

〔七〕“秋坟”二句:曾益《注》:“试听秋坟所唱鲍家之诗,彼其长恨之端,固结莫解,如苌弘之血化碧千年,终不磨灭耳。《蒿里》丧歌,鲍照《代蒿里行》,代为死者之言,故唱《蒿里》者,即鬼唱也。”《四库全书总目·笺注评点李长吉歌诗》:“所用典故,率多点化其意,藻饰其文,宛转关生,不名一格。(中略)又如‘秋坟鬼唱鲍家诗’,因鲍照有《蒿里吟》而生鬼唱,因鬼唱而生秋坟,非真有唱诗事也。”《庄子·外物》:“苌弘死于蜀,藏其血,三年而化为碧。”王琦《解》:“若秋坟之鬼,有唱鲍家诗者,我知其恨血入土,必不泯灭,历千年之久而化为碧玉者矣。”

【集评】

刘辰翁《评》:非长吉自挽耶?只秋夜读书,自吊其苦,何其险语至此,然无一字不合。

黄周星《唐诗快》卷二:唱诗之鬼,岂即书客之魂耶?鲍家诗,何其听之历历不爽。

姚文燮《注》:衰梧飒飒,促织鸣空,壮士感时,能无激烈。乃世之浮华干禄者,滥致青紫,即缃帙满架,仅能饱蠹。安知苦吟之士,文思精细,肠为之直,凄风苦雨,感吊悲歌,因思古来才人怀才不遇,抱恨泉壤,土中碧血,千载难消,此悲秋所由来也。

钱澄之评(姚文燮《注》附):鲍家诗指明远《蒿里行》,如诗到情真之处,鬼亦能唱。

方世举《批》:“衰灯络纬啼寒素”,寒素作素秋解,徐注素丝,未免死在言下,且与下文无关。“雨冷香魂吊书客”徐注:吊书客乃祖价为文,吊商山中佛殿南冈之诗鬼也,出《太平广记》,见独狐穆传。今采入艳异编,不必援据穿凿。

黎简《批》:言谁能守此残编,如防蠹然,愤词也。恐老死似此也,至此诗佳,亦何济耶。

钱钟书《谈艺录》:《阅微草堂笔记》谓“秋坟鬼唱鲍家诗”,当是指鲍照,照有《代蒿里行》《代挽歌》(亦见《四库总目》卷一百五十)。颇为知言。长吉于六代作家中,风格最近明远,不特诗中说鬼已也。萧子显《南齐书·文学传论》称明远曰:“发唱惊挺,操调险急,雕藻淫艳。”钟嵘《诗品》论明远曰:“俶诡靡嫚,骨节强,驱迈疾。”与牧之“风樯阵马,时花美女,牛鬼蛇神”诸喻,含意暗合,谅非偶然矣。

【编年】

诗云:“谁看青简一编书”,指李贺自编之诗集。刘衍《李贺诗校笺证异》云:“青简一编书,指自编诗集。”极是。诗人结束南游,北归经长安时,即元和十一年秋,将自编之诗集交给挚友沈述师,作《秋来》诗以寄慨。杜牧《李长吉歌诗叙》叙沈子明书信中语:“贺且死,尝授我平生所著歌诗,离为四编,凡二百三十三首。”不久,他回归昌谷,死于故居。

唐儿歌杜豳公之子①〔一〕

头玉硗硗眉刷翠〔二〕,杜郎生得真男子②。骨重神寒天庙器〔三〕,一双瞳人剪秋水〔四〕。竹马梢梢摇绿尾〔五〕。银鸾睒光踏半臂③〔六〕。东家娇娘求对值〔七〕,浓笑书空作唐字④〔八〕。眼大心雄知所以,莫忘作歌人姓李〔九〕。

【校记】

①诗题,吴正子《注》:“诸本皆作《唐歌儿》,韦庄所编《又玄集》作‘杜家唐儿歌’为是,‘唐歌儿’恐是倒书一字。”日本江户昌平坂学问所官板书《又玄集》录本诗题作《杜家唐儿歌》“豳公之子”,近是。宋蜀本作“杜幽公之子”,显误。

②真男子,姚佺本作“奇男子”。

③睒,《全唐诗》校:“一作闪。”

④书空,宋蜀本、吴正子本作“画空”。

【注释】

〔一〕杜豳公:王琦《解》:“《旧唐书》杜黄裳字遵素,京兆杜陵人,拜平章事,封邠国公。男载为太子太仆,长庆中,迁太仆少卿兼御史中丞，充入吐蕃使。弟胜，登进士第，大中朝，位给事中。所谓唐儿者，不知何人，其后杜悰亦封邠国公，然在懿宗时，去长吉之没久矣。邠字即豳字，唐玄宗以字形类幽，改作邠。”近人叶葱奇、刘衍均主其说。按，杜黄裳生于开元二十七年，代宗宝应二年进士及第，元和三年卒，享年七十一岁。李贺供职长安时，杜黄裳已卒，怎能祝贺他喜得贵子呢？姚文燮《昌谷集注》认为“杜豳公”乃是杜悰，“杜豳公悰，尚宪宗岐阳公主，生儿曰唐儿，即以出自天朝之意。”此说甚当，更补数证于下。《新唐书·诸帝公主传》：“岐阳庄淑公主，懿安皇后所生，下嫁杜悰。”《资治通鉴》卷二三九：“翰林学士独孤郁，权德舆之婿也。上叹郁之才美，曰：‘德舆得婿郁，我反不及耶！’先是尚主皆取贵戚及勋臣之家，上始命宰相选公卿士大夫子弟文雅可居清贵者。诸家多不愿，杜佑孙司仪郎悰不辞。”杜牧《唐故岐阳公主墓志铭》：“宪宗皇帝即位八年，出嫡女册封岐阳公主，下嫁今工部尚书、判度支杜公悰。”诗题下“豳公之子”，乃《又玄集》编者韦庄所加，宋蜀本及其他诸本之附注，为后代传抄、刊刻李贺集者所加，根本不是李贺加上去的。

〔二〕“头玉”句：曾益《注》：“生相如此，已自不凡，故曰真男子。”王琦《解》：“头玉硗硗，谓头骨隆起也。眉刷翠，谓眉色如翠也。”

〔三〕“骨重”句：骨重，谓其举止稳重。神寒，谓其神态沉着。天庙器，朝廷的栋梁人才。王琦《解》：“骨重，言其不轻而稳也。神寒，言其不躁而静也。天庙器，犹云瑚琏可以供宗庙而荐鬼神之器也。”方世举《批》：“此句传出清贵之品。”

〔四〕瞳人：瞳仁。秋水：喻眼珠明净清彻如秋水。白居易《筝》：“双眸剪秋水，十指剥春葱。”

〔五〕竹马:小儿截竹为马作游戏。《后汉书·郭伋传》:"行部到西河美稷,有儿童数百,各骑竹马道次迎拜。"梢梢:竹马摩擦地面发出的声音。

〔六〕银鸾:鸾形的银铸品,小儿项饰。黎简《批》:"银鸾,小儿项饰也,即今玉符、玉锁之类,压于半臂之上也。"又一说:银鸾为用银泥画鸾于半臂上,曾益《注》:"银鸾半臂,称是服也,犹云象服是宜也。"王琦《解》:"言半臂之上,以银泥画鸾鸟,光彩睒人之目也。"睒:眼睛受强光照射,开合很快。半臂:短袖衣。高承《事物纪原》卷三:"隋大业中,内官多服半除,除即今长袖也,唐高祖减其袖谓之半臂。"

〔七〕对值:王琦《解》:"对值,犹匹偶也。"蒋楚珍评(姚文燮《注》附):"此为杜求偶也。"

〔八〕书空:用手在空中书写。《世说新语·黜免》:"殷中军被废在信安,终日恒书空作字,扬州吏民寻义逐之,窃视,唯作咄咄怪事四字而已。"姚文燮《注》:"浓笑句,状唐儿对东家含情不语,有许多自负神情。"

〔九〕"眼大"二句:曾益《注》:"谓异日贵显,慎勿忘作歌之人,意欲自附为知己也。"王琦《解》:"眼大,谓世禄之家眼界大耳,犹云巨眼之意,若作实形解,便与上文瞳神犯复。"姚文燮《注》:"然作歌之人心眼亦本如是,且加儆策,宜思早自建立,以报朝廷,莫忘身所自出,贺即唐诸王孙也。"

【集评】

刘辰翁《评》:"浓笑画空作唐字",艳语荡人。

钟惺评(《唐诗归》卷三一):"骨重神寒"四字,长吉自评其人其诗。"书空作唐字",浓笑幽情幽语。

方世举《批》:邠公尚主,故名唐儿,诗以己之李氏为结,谓我所自出也。“杜郎生得真男子”，古人子婿称郎。“骨重神寒天庙器”，此句传出清贵之品，凡寒字率薄福相，此偏用得厚重，盖对肠肥脑满之庸俗而得其神理，肃雍清庙，自须无一点尘埃气人，寒字所以妙绝。“东家娇娘求对值”二句，即晋人卿莫近禁脔之意，言凡女非其偶也。

王士禛《带经堂诗话·综论门一·品藻类》：予又尝谓钝翁：李长吉诗云“骨重神寒天庙器”，“骨重神寒”四字，可喻诗品。

刘嗣奇《李长吉诗删注》卷上：诸本皆作“唐歌儿”，韦庄所编《又玄集》作“杜家唐儿歌”，歌中“浓笑书空作唐字”，则唐儿明矣。

【编年】

杜悰于元和八年尚岐阳公主，见杜牧《唐故岐阳公主墓志铭》，《资治通鉴》记为九年，今从墓志。杜悰元和八年尚公主，九年得子，李贺于十一年结束南游返乡，路过长安，访故友，喜爱唐儿，因挥毫作歌，名曰《唐儿歌》，祝贺故友喜得“真男子”。

堂堂〔一〕

堂堂复堂堂。红脱梅灰香①〔二〕。十年粉蠹生画梁。饥虫不食摧碎黄②〔三〕。蕙花已老桃叶长。禁院悬帘隔御光〔四〕。华清源中礜石汤〔五〕。徘徊白凤随君王③〔六〕。

【校记】

①红脱梅灰香，《乐府诗集》、王琦本注：“一作红熟海梅香。”

②摧，王琦本注：“一作堆。”宋蜀本、《乐府诗集》、《全唐诗》均作“推”。

③白凤，宋蜀本、《乐府诗集》、蒙古本均作“百凤”。

【注释】

〔一〕堂堂：曲名。《新唐书·乐志》：“隋乐府有《堂堂曲》。”郭茂倩《乐府诗集》卷七九“近代曲辞”一录本曲，引《乐苑》曰：“堂堂，角调曲，唐高宗朝曲也。”又曰：“《会要》曰：调露中，太子既废，李嗣真私谓人曰，祸犹未已，主上不亲庶务，事无巨细，决于中宫。宗室虽众，俱在散位，居中制外，其势不敌，恐诸王藩翰为中宫所蹂践矣。隋已来，乐府有《堂堂曲》，再言堂者，是唐再受命也。中宫僭擅，复归子孙，则为再受命矣。近日闾里又有侧堂堂、挠堂堂之谣。侧者，不正之辞，挠者，不安之称，将见患难之作不久矣。后皆如其言。按，《堂堂》，本陈后主所作，唐为法曲，故白居易诗云‘法曲法曲歌堂堂’是也。”

〔二〕“红脱”句：曾益《注》：“红脱则成灰，梅灰香，言芳菲烬灭。”王琦《解》：“红脱梅灰香，谓其彩色脱落，香尘销歇。”

〔三〕“饥虫”句：曾益《注》：“朽蠹之极，故虽饥虫，不食之也。”王琦《解》：“饥虫，谓梁木中蛀虫，碎黄，谓所蛀木屑。”

〔四〕“禁院”句：曾益《注》：“禁院悬帘，行宫犹在；隔御光，君不复至矣。”王琦《解》：“悬帘不改，而御光隔绝，见君王久不行幸至此。”

〔五〕礜石汤：吴正子《注》：“礜石汤，言温泉之热，如有礜在下。”王琦《解》：“《渔隐丛话》：汤泉多作硫黄气，浴则袭人肌肤，惟骊山是礜石泉。琦按，礜石性热，置水瓮中则水不冰，故骊山之温泉，古人以为下有礜石所致。”

〔六〕白凤：《禽经》：“青凤谓之鹖，赤凤谓之鹑，黄凤谓之鸾，白凤谓之鷫。”白凤凰为祥瑞之鸟。殷芸《小说》卷二：“扬雄著《太玄经》，梦吐白凤，集于《玄》上。”白居易《赋赋》：“掩黄绢之丽藻，吐白凤之奇姿。”王琦《解》：“曹唐游仙诗：‘不知今夜游何处，侍从皆骑白凤凰。’疑取神仙从卫以喻当时侍从之臣。”

【集评】

刘辰翁《评》：好。不知魂情幽入何许得此，令人愁。堂堂复堂堂者，高明之怨也，然语意险涩，非久幽独困，得之无聊，未足以知此。

黄淳耀《评》：失宠之作。

姚文燮《注》：陈隋作《玉树后庭花》而歌《堂堂》，以奢靡致亡。自开元以来，华侈已极，兵戎屡召，是堂堂者殆复见之矣。复阁曲房，岁久荒废，梅灰粉壁，脱落堪伤，而又蠹生梁上，饥虫不食，盖蕙老桃长，御光隔绝不至者亦已久矣。因思华清源中，驾幸温泉，倾宫妃嫔，固当徘徊白凤随侍君王，而今安在哉？言下正当华清之冷落，而追忆明皇临幸之盛也。

陈式评（姚文燮《注》附）：末句无限凄凉。

方世举《批》：此长吉之《连昌宫词》也，只写物象，而阒其无人之惨已备见之。“徘徊白凤随君王”，言犹想前事也。

钱仲联《读昌谷集绝句六十首》：红褪梅灰不褪香，年年春梦隔三湘。刺天别有群飞处，齿冷华清白凤凰。《堂堂》，借宫怨为刘、柳作。

【编年】

《钱谱》：“全篇以遭受冷遇之宫女与皇帝之宠妃相对照，揭露元和年代迫害永贞革新人士，宠信宦官权贵之黑暗现实。‘堂堂复堂堂，红脱梅灰香’者，谓鲜艳之红梅，如今已色彩消褪，但即使被摧残成灰，亦仍然散发芳香，用以比喻革新派人士坚定不屈之精神与不易消失之政治影响。‘十年粉蠹生画梁’至‘禁院悬帘隔御光’，写宫女贬处冷宫和皇帝隔绝，蕙老桃衰，已时历十年之久，而刘、柳诸人自永贞元年秋外贬，至元和十年春始被召回而又复远出，凡十年不复官，情事正相合。”则李贺此诗当作于元和十一年南游后经长安回家时，途经华清宫有感而作。

李贺诗笺注卷六

未编年诗

公莫舞歌并序〔一〕

公莫舞歌者，咏项伯翼蔽刘沛公也〔二〕，会中壮士，灼灼于人，故无复书，且南北乐府率有歌引，贺陋诸家〔三〕，今重作公莫舞歌云。

方花古础排九楹①〔四〕，刺豹淋血盛银罂〔五〕。华筵鼓吹无桐竹②〔六〕，长刀直立割鸣筝〔七〕。横楣粗锦生红纬〔八〕，日炙锦嫣王未醉〔九〕。腰下三看宝玦光〔一〇〕，项庄掉箾拦前起③〔一一〕。材官小臣公莫舞〔一二〕，座上真人赤龙子〔一三〕。芒砀云瑞抱天回〔一四〕，咸阳王气清如水〔一五〕。铁枢铁楗重束关〔一六〕，大旗五丈撞双镮〔一七〕。汉王今日须秦印④，绝膑刳肠臣不论〔一八〕。

【校记】

①古础，《乐府诗集》、《全唐诗》古字下注："一作石。"

②华筵，《乐府诗集》、《全唐诗》华字下注："一作军。"

③拦前，宋蜀本、《乐府诗集》、《全唐诗》均作“栏前”。

④须秦印，万历本、曾益本、姚佺本、姚文燮本、《全唐诗》均作“颁秦印”。

【注释】

〔一〕公莫舞歌：乐府古题。《宋书·乐志》：“公莫舞，今之巾舞也。相传项庄剑舞，项伯以袖隔之，使不得伤汉高祖，且语庄云：‘公莫！’古人相呼曰公，云莫害汉王也。今之用巾，盖像项伯衣袖之遗式。”郭茂倩《乐府诗集》卷五四“舞曲歌辞”录本诗。

〔二〕项伯翼蔽刘沛公：《史记·项羽本纪》：“项庄拔剑起舞，项伯亦拔剑起舞，常以身翼蔽沛公，庄不得击。”《旧唐书·音乐志》：“《公莫舞》，晋宋谓之巾舞。其说云：汉高祖与项籍会于鸿门，项庄舞剑，将杀高祖。项伯亦舞，以袖隔之，且云公莫害沛公也。汉人德之，故舞用巾，以象项伯衣袖之遗式也。”

〔三〕贺陋诸家：李贺嫌诸家歌引都写得鄙陋。智匠《古今乐录》：“《巾舞》古有歌辞，讹异不可解。”《南齐书·乐志》：“晋《公莫舞歌》二十章，章无定句，前是第一解，后是第十九、二十解，杂有三句，并不可晓解。”严羽《沧浪诗话·考证》：“古词之不可读者，莫如《巾舞歌》，文义漫不可解。”

〔四〕“方花”句：王琦《解》：“础，柱下石，方花，琢方石为花，楹，柱也，一室而排九楹，言其室之大。”

〔五〕“刺豹”句：吴正子《注》：“刺豹，军中屠虎豹也。”王琦《解》：“刺豹淋血，见其宴饮豪华，不比寻常刍豢之味。”

〔六〕“华筵”句：鼓吹，军中乐，用鼓、钲、箫、笳、铙等乐器合奏。桐竹，指管弦乐器，如琴、瑟、箫、管之类。王琦《解》：“桐竹，谓琴瑟箫管之类，军中饮宴，但有鼓吹，并无丝竹于长刀直立之中。”

〔七〕“长刀”句：王琦《解》：“即有弹鸣筝者，其声全不成音，总见军中一片杀伐之气。”方世举《批》曰：“起四语狰狞高会如见，是从史记‘与之一生彘肩’一语着想得来。”

〔八〕“横楣”句：王琦《解》：“楣，门上横梁也，以锦饰之。生红纬，言锦色鲜明。”

〔九〕“日炙”句：曾益《注》：“言粗锦横楣而纬殷然红者，以日色炙锦而长故也。”王琦《解》：“日炙锦嫣，言为时久矣。”

〔一〇〕“腰下”句：《史记·项羽本纪》：“范增数目项王，举所佩玉玦以示之者三，项王默然不应。范曾起，出召项庄，谓曰：‘君王为人不忍，若入前为寿，寿毕，请以剑舞，因击沛公于座，杀之。不者，若属皆且为所虏。’”

〔一一〕“项庄”句：吴正子《注》：“《说文》云，以竿击人曰箾。《左传》，舞象箾南籥，乃舞者所执之籥。今言剑而云掉箾，恐长吉未必错误如此。《汉书·货殖传》云，质氏以洒削鼎食。师古注云：削音鞘，刀剑室。恐箾止为削，言拔剑掉削而起也。”王琦《解》：“箾音宵，又音朔，作乐时舞者所执竿也。又以竿击人亦曰箾，皆与剑无涉。此盖削字之讹，削音笑，刀剑之室，《释文》：刀室曰削是也。今作鞘。”

〔一二〕材官：骑射之官，指项庄，语出《汉书·申屠嘉列传》：“以材官蹶张，从高祖击项籍。”王琦《解》：“《汉书》：材官驺发。薛瓒曰：材官，骑射之官也。颜师古曰，材官，有材力者。”

〔一三〕真人：真命天子。赤龙子：即赤帝子。《史记·高祖本纪》：“妪曰：吾子，白帝子也，化为蛇当道，今为赤帝子斩之。”

〔一四〕芒砀云瑞：芒砀山的瑞气。芒砀，芒山与砀山，在今江苏砀山县与河南交界处。《史记·高祖本纪》：“秦始皇帝常曰：‘东南有天子气。’于是因东游以厌之。高祖即自疑，亡匿，隐于芒、砀山泽岩石之间。吕后与人俱求,常得之。高祖怪问之,吕后曰:'季所居,上常有云气,故从往,常得季。'"

〔一五〕咸阳王气:指秦政权。曾益《注》:"咸阳,谓秦。王气如水,言天命归汉,汉兴而秦衰。"王琦《解》:"二句言汉氏将兴、秦运已终之兆。"

〔一六〕枢:门户上之转轴。楗:门闩。王符《潜夫论》:"(贵戚)惧门之不坚而作铁枢。"王琦《解》:"铁枢铁楗,言秦关之坚固。"

〔一七〕"大旗"句:吴正子《注》:"此言高帝破关入咸阳。"王琦《解》:"双镮,门扉上双镮。先是怀王与诸将约,先入定关中者王之。夫以秦关坚固,未易攻取,乃汉兵既到,子婴出降,五丈大旗,撞其双镮而入,更定约束,秦人大喜。"

〔一八〕"汉王"二句:《史记·项羽本纪》:"项王曰:'壮士能复饮乎?'樊哙曰:'臣死且不避,卮酒安足辞!'"曾益《注》:"言汉王今日得居天子之宫,颁天子之印而为天子,则臣愿已足,虽为汉王而膑绝肠刳,亦甘心焉,无论也。"陈弘治《校释》:"今汉王已佩秦玺,其臣如樊哙之流,投身为之,虽绝膑刳肠,亦所不论也。"

【集评】

刘辰翁《评》:不必有其事,幽与鬼谋。才子赋古,但如目前,至三看宝玦,始喻本末,自不待言。抱天语奇俊,俯仰甚称事情,复作项伯口语,尤壮。"日炙锦嫣王未醉",从容模仿,有情最妙。

徐渭《评》:妙绝。"华筵鼓吹无桐竹,长刀直立割鸣筝。"二句妙甚,非神鬼不能道。

无名氏《批》:"刺豹"句是极写英雄会宴。自"横楣粗"句至"座上真人"句,何等笔力,声调又足。"芒砀"二句,使神理充溢无遗，然后迟迟收束，悠悠扬抑，其音真珍，玲珑妙响，人自不能读耳。

萧琯评（《昌谷集句解定本》卷二）：汉既略定楚地，诸侯及将相相与共请尊汉王为皇帝，王不敢当，群臣皆曰，大王起微细，诛暴逆，有功者辄裂地而封为王侯，大王不尊号，皆疑而不信，臣等以死守之。此一结准此而发，有良史风。

姚文燮《注》：花础状宫室之丽。刺豹歃血，申盟军中，钲鼓严肃，故无桐竹。鸡筝，秦声。此时侍卫皆仗长刀，方欲割正，故先割秦声而不用耳。横楣，以红锦饰檐楹。粗锦，重锦也。日色方午，王饮未酣，腰下三看，范增以目示项王，王默不应，而庄即拔剑奋舞。材官句，伯止之也。云汉方天授，符瑞已归，以坚固之关中先为汉得，且楚与汉俱奉怀王约，以灭秦先入关者王之。今汉王已佩秦玺，即颁秦印以赐封诸侯王，则秦已为汉灭而臣愿已足，即因此以受诛戮原在所不论耳。

钱澄之评（姚文燮《注》附）：就项伯翼蔽，探出拥戴之意，代之立言。至云抱天回，言沛公已去，不可得而杀也。

宋长白《柳亭诗话》卷二一：李长吉《公莫舞》诗，摹写楚汉当日情景，著纸如生，鬼才而运以雄风，真杰构也。谢皋羽《鸿门宴》一篇，虽有嶔嶔历落之致，然"张空弮，冒白刃，不足当剑首之一吷"。杨用修谓李贺复生，亦当心折，非笃论也。

方世举《批》：小叙见古人得太史姑不具论，论其轶事之妙。方云：形容鸿门之宴，奇壮。"方花古础排九楹"四句，起四语狰狞高会如见，是从《史记》"与之一生彘肩"一语着想得来。以下平平。

陈本礼《协律钩玄》卷二：前八句咏鸿门宴之事，后八句咏公莫舞之故，玩序中一咏字，自是追咏语，不得混作当时人口气，以致上下牵混不清。

黎简《批》：足见长吉读书心细处。“日炙”两句讥羽也，言羽既非醉，何以亚父三看宝玦，光芒灼目，尚不悟而一决耶？光字下得动魄。

吴汝纶《评注李长吉诗集》：末四句咏樊哙也，言项王军门交戟，哙撞卫士而入者，以汉王欲得秦玺，故不避死而入，与之同命也。言今日者，所以深讥汉高后日之孤负功臣也。长吉盖有感于时事，而借汉事言之，意者为裴相发与？

钱仲联《读昌谷集绝句六十首》：公莫声中剑不扬，回天云瑞正堂堂。鸿门会上鏖龙虎，秦印分明属汉王。《公莫舞》歌颂汉高祖。

钱钟书《谈艺录》：试以长吉《鸿门宴》，较之宋刘翰《鸿门宴》、皋羽《鸿门宴》、铁崖《鸿门宴》，则皋羽之作最短，良由意有所归，无须铺比词费也。盖长吉振衣千仞，远尘氛而超世网，其心目间离奇俶诡，鬯人间事。所谓千里绝迹，百尺无枝，古人以与太白并举，良为有以。

新夏歌

晓木千笼真蜡彩①〔一〕，落蒂枯香数分在②〔二〕。阴枝拳芽卷缥茸③〔三〕，长风回气扶葱茏〔四〕。野家麦畦上新垄〔五〕，长畛徘徊桑柘重〔六〕。刺香满地菖蒲草〔七〕，雨梁燕语悲身老。三月摇杨入河道④〔八〕，天浓地浓柳梳扫〔九〕。

【校记】

①蜡彩，吴正子本注：“一作绛彩。”

②落蒂，吴正子本、黄评本、《全唐诗》作“落蕊”。
③缥茸，凌刊本、曾益本、姚佺本、姚文燮本作“缥带”。
④摇杨，宣城本、蒙古本、《全唐诗》作“摇扬”。宋蜀本作“摇漾”。

【注释】

〔一〕千笼真蜡彩：王琦《解》：“千笼，犹云千株，其叶浓密团栾，似以物笼罩者，故云。蜡彩，言其光明鲜丽如以蜡饰彩上为之。”姚文燮《注》：“此状树之浓阴翠色也。”

〔二〕落蒂枯香：曾益《注》：“谓新夏时花落蒂存，馀香在树。”王琦《解》：“上句言树木之茂盛，此句言花时已过，开将尽也。”

〔三〕“阴枝”句：曾益《注》：“阴枝，北枝。卷缥带，即牙拳。”王琦《解》：“阴枝，日色不照之处，其枝晚长，故其芽尚拳曲而未舒展。缥，青白色。茸，芽上细茸毛也。”

〔四〕“长风”句：曾益《注》：“夏之风横故曰长。气，即树木葱茏之气。风横行而倏回则直上，故曰扶。”《初学记·岁时部》：“周处《风土记》：仲夏，长风扇暑。”

〔五〕“野家”句：王琦《解》：“野家，郊野人家也。畦，区也。垄，田中高处，今谓之田塍。新垄亦有麦生其上，见麦苗之盛。”

〔六〕“长畛”句：王琦《解》：“畛音轸，田间之道可容大车者。徘徊，不进之貌。桑柘之叶，纷披垂倚，所谓重也，人行其下，徘徊不进也。”

〔七〕“刺香”句：王琦《解》：“刺，谓其叶尖如刺。”姚文燮《注》：“菖蒲剑立。” 569

〔八〕摇杨：亦作“摇扬”，参《感讽五首》（其二）注。

〔九〕“天浓”句：徐渭《注》：“梳，线匀似梳。雨梁、柳梳二语并妙。”王琦《解》：“天浓地浓，犹言漫天漫地之意。”钱澄之（姚文燮《注》附）曰：“天浓谓树阴，地浓谓草色，柳条映树言梳，拂地似扫也。”

【集评】

方世举《批》:三句一韵,用秦碑体。末有单一句,古人却少,文气亦似未尽,窃疑有脱。“晓木千笼真蜡彩”,字字笨。“落蒂枯香数分在”,字字笨。“长畛徘徊桑柘重”,五字小有致,似长吉。“天浓地浓柳梳扫”,俗。

代崔家送客①

行盖柳烟下〔一〕,马蹄白翩翩。恐送行处尽②,何忍重扬鞭③〔二〕。

【校记】

①崔家,曾益本作“崔是”。

②恐送行处尽,蒙古本、万历本、曾益本、《全唐诗》作“恐随行处尽”,姚佺本、姚文燮本、凌刊本作“恐随送处尽”。

③重扬鞭,王琦《解》、《全唐诗》校:“重,一作复。”

【注释】

〔一〕行盖:即征盖,征人的车盖。杨炯《送临津房少府》:“烟霞驻征盖,弦奏促飞觞。”

〔二〕“恐送”二句:曾益《注》:“然行有尽,而情无尽,何忍扬鞭而使之行疾也。”

【集评】

刘辰翁《评》:有情语,好。

邢昉《唐风定》卷二〇:长吉歌行魔气。五言短调有绝到者。此作乃玄珠矣。

姚文燮《注》:其亦睹元稹《会真记》而拟此别曲乎?

董伯英评(《协律钩玄》卷三):诸送别句,皆咏主不忍别客,此言客不忍别,更得新意。

答赠

本是张公子①〔一〕,曾名萼绿华〔二〕。沉香熏小象②,杨柳伴啼鸦〔三〕。露重金泥冷③〔四〕,杯阑玉树斜。琴堂沽酒客,新买后园花〔五〕。

【校记】

①本是,宋蜀本作“本作”。

②小象,原作“小像”,蒙古本作“小象”,王琦《解》:“以小像对啼鸦,则像字当是象字之讹。”今据蒙古本改。

③露重,蒙古本作“露湿”。

【注释】

〔一〕张公子:指张放。《汉书·五行志》:“成帝时童谣曰:燕燕尾涎涎,张公子,时相见……其后帝为微行出游,常与富平侯张放俱称富平侯家人。”张公子谓张放也。

〔二〕萼绿华:陶宏景《真诰》卷一:“萼绿华者,自云是南山人,不知是何山也。女子,年可二十,上下青衣,颜色绝整,以升平三年十一月十日夜降羊权家。自此往来,一月之中,辄六过来耳。云本姓杨,赠权诗一篇,并致火浣布手巾一枚,金、玉条脱各一枚。神女语权:君慎勿泄我,泄我则彼此获罪。访问此人,云是九疑山中得道女罗郁也,宿命时,曾为师母毒杀乳妇。玄州以先罪未灭,故令谪降于臭浊,以偿其过。”王琦《解》:“张公子，喻贵公子；萼绿华，喻宠妓，此妓想曾为女冠，故以萼绿华比之。”

〔三〕“沉香”二句：小象，象形小熏炉。古乐府：“暂出白门前，杨柳可藏乌。欢作沉香水，侬作博山炉。”王琦《解》：“长吉瀛作对句，以喻相依而不能离之意。”

〔四〕“露重”句：王琦《解》：“露重，夜深之候。金泥，是泥金衣。”

〔五〕“琴堂”二句：王琦《解》：“琴堂沽酒客，谓司马相如。相如喜琴，其旧宅基址有琴台故迹，琴堂即琴台也，相如又尝卖酒于临邛，故以琴堂沽酒客称之，而取以喻贵公子。后园花，以比宠妓。”

【集评】

曾益《注》：玩诗旨，似非答赠，当是贵戚死而托名成仙，设象立祠。而后稍陵替，林木萧条，只有鸦啼其间，金泥之封既冷，玉树之供亦斜，花满后园，已为他人所得，作诗慨之，不敢直指而隐题之也。

无名氏《批》：此的系与狎客者，观诗意自知。

黄周星《唐诗快》卷九：不必求其事以实之，而风流自是可想。

姚文燮《注》：以公子而得萼绿华，宜乎沉香熏小像，杨柳伴啼鸦矣。但萼绿华而曰曾名者，前此之事也。未几而露重而金泥忽冷，杯阑而玉树空斜，新买佳丽，其能保宠之不移乎？交道始相慕而中忽弃捐，此答赠之所以作也。

方世举《批》：所赠盖龙阳君也。“本是张公子，曾名萼绿华。”据起则男色也。

丘象升评（《昌谷集句解定本》卷三）：诗可无题，题可无序，必其诗内自然明白。故如古诗《关雎》《葛覃》，只取篇中一二字命之,而亦知其为后妃诗也。若如此云赠答,难矣。藁砧破镜,非当时有释之者,后人何从可晓耶?

钓鱼诗

秋水钓红渠,仙人待素书〔一〕。菱丝萦独茧〔二〕,菰米蛰双鱼①〔三〕。斜竹垂清沼②,长纶贯碧虚〔四〕。饵悬春蜥蜴〔五〕,钩坠小蟾蜍〔六〕。詹子情无限〔七〕,龙阳恨有馀〔八〕。为看烟浦上,楚女泪沾裾〔九〕。

【校记】

①菰米,宋蜀本、吴正子本作"蒲米"。吴正子《注》:"蒲米,菰米也。"

②清沼,曾益本、姚佺本、姚文燮本作"青沼"。

【注释】

〔一〕素书:郭茂倩《乐府诗集》卷三十八《饮马长城窟行》:"呼儿烹鲤鱼,中有尺素书。"素书,代言鱼。"待素书",即待鱼也。王琦《解》:"《列仙传》:陵阳子明者,铚乡人也,好钓鱼于旋溪,钓得白龙,子明惧,解钩拜而放之,后得白鱼,腹中有书,教子明服食之法,子明遂上黄山采五石脂,沸水而服之。所谓仙人待素书,疑用此事。"

〔二〕独茧:钓丝。《列子·汤问》:"詹何以独茧丝为纶。"

〔三〕菰米:李时珍《本草纲目》卷十九:"苏颂曰:菰生水中,叶如蒲苇,其苗有茎梗者,谓之菰蒋草,至秋结实,乃雕胡米也,岁饥,人以当粮。"蛰双鱼:鱼蛰而不出。曾益《注》:"独茧丝缗萦,为菱丝所罥,蛰鱼不出也。"

〔四〕碧虚：倒映于水中之天空。张九龄《送宛句赵少府》诗："修竹含清景，华池澹碧虚。"杜甫《秋野五首》诗："秋野日疏芜，寒江动碧虚。"

〔五〕蜥蜴：王琦《解》："蜥蜴，似蛇而有四足，长五六寸，有水陆两种，生陆地者，色黄褐。生水中者，背上色黑如漆，腹下红如丹砂，人谓之水蜥蜴，亦谓之泉龙。"

〔六〕蟾蜍：王琦《解》："蟾蜍似虾蟆而大，第虾蟆多在陂泽中，蟾蜍多居陆地；钓鱼于水，而得陆地之虾蟆，此句因趁韵之误，然陶弘景《别录》谓虾蟆一名蟾蜍，疑古人亦多混呼之。"

〔七〕"詹子"句：詹子，即詹何。《列子·汤问篇》："詹何以独茧丝为纶，芒针为钩，荆筱为竿，剖粒为饵，引盈车之鱼于百仞之渊、汩流之中，纶不绝，钩不伸，竿不挠。楚王闻而异之，召问其故。詹何曰：臣闻先大夫之言，蒲且子之弋也，弱弓纤缴，乘风振之，连双鸧于青云之际，用心专，动手均也。臣因其事，放而学钓，五年始尽其道。当臣之临河持竿，心无杂虑，唯鱼之念，投纶沉钩，手无轻重，物莫能乱，鱼见臣之钩饵，犹沉埃聚沫，吞之不疑，所以能以弱制强，以轻致重也。"

〔八〕"龙阳"句：《战国策·齐策》："魏王与龙阳君共船而钓，龙阳君得十馀鱼而涕下。王曰：'有所不安乎？如是，何不相告也？'对曰：'臣无敢不安也。'王曰：'然则何为涕出？'曰：'臣为王之所得鱼也。'王曰：'何谓也？'对曰：'臣之始得鱼也，臣甚喜，后得又益大，今臣直欲弃臣前之所得矣。今以臣凶恶，而得为王拂枕席，今臣爵至人君，走人于庭，辟人于途，四海之内，美人亦甚多矣，闻臣之得幸于王也，必褰裳而趋王，臣亦犹曩臣之前所得鱼也，臣亦将弃矣，臣安能无涕出乎？'"

〔九〕"为看"二句：曾益《注》："烟浦，钓处，亦楚女遇襄王处。泪沾裾，言已非昔，悲不遇也。”

【集评】

王琦《解》：此诗似为钓而不得鱼者言。首四句是一意，初联仙人待素书，观待之一字，则鱼之未获可知也。三四承上而言，钓丝为菱根所萦，双鱼又伏于丛草之间而不出，求其获也，不亦难乎？中四句是一意，言钓鱼之具，若竿、若丝、若饵、若钩，无一不具，乃所获者只蜥蜴、蟾蜍之类，而鱼则竟一无所得，语尤明晰。末四句是一意，詹子之钓也，以小钩粒饵而获盈车之鱼，其心则有无限之乐；龙阳之钓也，因前鱼之欲弃而涕下，其心则动有馀之恨，若钓而不得者，何能无艰难不遇之感耶？回瞻烟浦之上，适有泪下沾裾之楚女，非伤遇人之不淑，而悲生世之无聊，其情其恨，谅亦与余有同感矣。

姚文燮《注》：待素书，借云鲤中有尺素也。斜竹四句状竿丝饵钩之属。《列子》：詹何芒刺为钩，剖粒为饵，于百仞之泉引盈车之鱼，魏王嬖奴有前鱼之泣。唐有人得二鲤，烹食之，后有妪曰：吾子偶出戏，为人妄杀。贺谓当时权贵贪位固宠，独不思避祸以自全耶？

方世举《批》：“为看烟浦上”二句，末语用《湘夫人》“鱼鳞鳞兮媵予”，盖以孀女喻寒士也。

奉和二兄罢使遣马归延州①〔一〕

空留三尺剑，不用一丸泥〔二〕。马向沙场去，人归故国来〔三〕。笛愁翻陇水〔四〕，酒喜沥春灰〔五〕。锦带休惊雁〔六〕，罗衣向斗鸡②〔七〕。还吴已渺渺，入郢莫凄凄〔八〕。自是桃李树,何患不成蹊③〔九〕。

【校记】

①奉和,姚佺本、姚文燮本作"奉贺"。

②向斗鸡,宋蜀本、吴正子本作"尚斗鸡"。

③何患,宋蜀本、吴正子本、曾益本作"何畏"。

【注释】

〔一〕二兄:李贺族兄,名未详。延州:李吉甫《元和郡县图志》卷三:"(关内道)延州,孝文帝置金明郡,宣武帝置东夏州,废帝改为延州,以界内延水为名。""开元二年为都督府,寻罢府为州。"

〔二〕"空留"二句:三尺剑,语见《史记·高祖本纪》:"吾以布衣提三尺取天下。"一丸泥,《后汉书·隗嚣传》:"今天水完富,士马最强……元请以一丸泥为大王东封函谷关。"徐渭《注》:"以一丸泥比二兄可当长城意,而人莫之用,故归也。"王琦《解》:"二句言罢使后闲废不用。"

〔三〕"马向"二句:曾益《注》:"向沙场,是遣马。归故国,归延州。"姚文燮《注》:"马去人来,不复驰驱王事。"

〔四〕"笛愁"句:陇水,即《陇头水》,乐曲名。郭茂倩《乐府诗集》卷二一"横吹曲辞"录《陇头》,一曰《陇头水》,引《三秦记》曰:"其坂九回,上者七日乃越,有清水四注下,所谓陇头水也。"

〔五〕"酒喜"句:王琦《解》:"酒初熟时,下石灰水少许,易于澄清,所谓灰酒。"

〔六〕惊雁:王琦《解》:"锦带罗衣,皆燕游之服,犹言缓带轻裘之意。惊雁,用更羸事。"《战国策·楚策》"更羸谓魏王曰:'臣为王引弓虚发而下鸟。'……有间,雁从东方来,更羸以虚发而下之。魏王曰:'然则射可至此乎?'更羸曰:'此孽也。'王曰:

‘先生何以知之。’对曰：‘其飞徐而鸣悲，飞徐者，故疮痛也，鸣悲者，久失群也。故疮未息而惊心未去也，闻弦音而高飞，故疮陨也。’”庾肩吾《九日侍宴乐游苑应令》诗：“腾猿疑矫箭，惊雁避虚弓。”

〔七〕“罗衣”句：王琦《解》：“二句言既已罢使闲居，可以不必再习射事，且尚斗鸡游戏之务，以寄其雄心。”

〔八〕“还吴”二句：曾益《注》：“还吴、入郢，借言如季子还吴而路尚渺渺，伍胥入郢而情莫凄而已。”

〔九〕“自是”二句：《汉书·李广传》：“桃李不言，下自成蹊。”颜师古注：“蹊，谓径道也。言桃李以其华实之故，非有所呼召而人争归趋，来往不绝，其下自然成径。”曾益《注》：“末谓抱才而何忧勋名不立，譬之‘桃李不言，下自成蹊’也。”王琦《解》：“谓既有其材，人将争用之矣，不必以一时之罢使为戚。”

【集评】

姚文燮《注》：二兄自延州罢使，而以官马发回也。解职则剑无所施，其实朝廷用之，本可以塞关隘，其如不用何？马去人来，不复驰驱王事，然与其曲奏陇头，又不如新春相聚，得欢饮醇醪也。锦带，春时丽饰，勿令塞雁惊心，动思北去。长安华侈，三春以斗鸡为乐，罗衣正可游观，思及南归，尚尔遥远，幸毋以罢职为怅。然以兄之令望而遭贬斥，公道自在人间，如桃李不言而下自成蹊耳，故不言慰而反言贺也。

方世举《批》：“罗衣向斗鸡”，五代史记有斗鸡纱。“还吴已渺渺，入郢莫凄凄。”二句似先为吴下美官，时又为楚中谪宦，结二句慰之。

黄头郎〔一〕

黄头郎，捞拢去不归〔二〕。南浦芙蓉影，愁红独自垂。水弄湘娥珮，竹啼山露月〔三〕。玉瑟调青门①〔四〕，石云湿黄葛〔五〕。沙上蘼芜花〔六〕，秋风已先发。好持扫罗荐②，香出鸳鸯热③〔七〕。

【校记】

①玉瑟，吴正子本、黄评本作"玉琴"。

②好持，宋蜀本作"好特"。王琦《解》注："一作好待。"

③鸳鸯，王琦《解》注："一作鸳笼。"

【注释】

〔一〕黄头郎：船夫。《汉书·邓通传》："（邓通）以濯船为黄头郎。"颜师古注："濯船，能持濯行船也。土胜水，其色黄，故刺船之郎皆著黄帽，因号曰黄头郎也。濯，读若擢。"

〔二〕捞拢：曾益《注》："捞拢，捉船貌。"叶葱奇《注》："捞拢，指摇船荡桨。"

〔三〕"水弄"二句：曾益《注》："水之鸣，疑其弄珮，竹露之滴，谓其啼。"王琦《解》："听水声之玲珑，玩竹风之幽静。"

〔四〕青门：曾益《注》："调瑟为青门之曲，将以寄思也。"王琦《解》："青门，疑是曲名。"

〔五〕"石云"句：王琦《解》："云气触石而生，故曰石云。云本润气，故草木沾之而湿也。"

〔六〕蘼芜花：芎䓖之花。李时珍《本草纲目》卷十四："《别录》曰：芎䓖叶名蘼芜。""苏颂曰：七八月开碎白花，如蛇床子花。"

〔七〕"好持"二句:罗荐,王琦《解》:"以罗为荐席,若今簟褥也。"鸳鸯,香炉形如鸳鸯。王琦《解》:"爇香之炉为鸳鸯形者。"曾益《注》:"殆将持是以扫罗荐,而使枕席之洁清,且备薰炉爇香以待,而令衾裯之馥郁,以竢郎之归也。"

【集评】

刘辰翁评:不当深而深,眼前物晓,不得苦思。

无名氏《批》:此章情致俱到。

黄淳耀《评》:似当时之沉舟之役,而长吉为其家惜别,注耽乐忘归,恐非。

姚文燮《注》:汉邓通以濯船为黄头郎,有宠于帝,贺盖讥世之以身事人而忘其家者,故托黄头郎之妇以致诮也。捞拢去不归,言流荡忘返也。朱颜临流,含悲吊影,凌波弄珮,倚竹夜啼,写怨哀丝,云流葛湿,花发蘼芜,秋期已及,持此拂拭,以待双栖,或可邀同梦矣。

刘嗣奇《李长吉诗删注》卷上:杜子美绝句有存殁体,每篇一存一殁,黄鲁直《荆江亭即事》用此体。今中四句疑亦如之,盖郎弄湘娥之珮,而妾啼山露之月,郎调青门之瑟,而妾湿黄葛之云耳。

塘上行〔一〕

藕花凉露湿,花缺藕根涩〔二〕。飞下雌鸳鸯,塘水声溘溘①〔三〕。

【校记】

①溘溘,《乐府诗集》作"溢溢"。

【注释】

〔一〕塘上行:郭茂倩《乐府诗集》卷三十五"相和歌辞"十"清调曲"

三录李贺《塘上行》。王僧虔《技录》:“《塘上行》乃相和歌清调六曲之一。”吴正子《注》:“《塘上行》又曰《塘上辛苦行》,或云甄后所作,或云魏武歌,陆机亦有此曲,注云:妇人衰老失宠,行于塘上,为此歌也。”王琦《解》:“《邺中故事》云:蒲生我池中,其叶何离离,岂无蒹葭艾,与君生别离。此歌乃魏文帝后甄氏,为郭氏所谮,赐死,临终时作也,非魏武。长吉此篇与陆机作皆本古意。”

〔二〕“藕花”二句:曾益《注》:“夫于妇,譬花于藕相覆蔽。花缺,失覆蔽;涩,犹苦。既消涩失覆蔽,则茕茕无耦,不犹鸳鸯本双而今孤。”王琦《解》:“冷露既下,则花日就凋残,藕根亦老而味涩。”

〔三〕“飞下”二句:曾益《注》:“雌独飞,是以塘水若惊,而其声为之溘溘。”

【集评】

方世举《批》:亦闺情也,只一雌字点眼,绝妙齐梁,高出唐人。

梦天

老兔寒蟾泣天色[一],云楼半开壁斜白①。玉轮轧露湿团光[二],鸾珮相逢桂香陌[三]。黄尘清水三山下[四],更变千年如走马[五]。遥望齐州九点烟,一泓海水杯中泻[六]。

【校记】

①壁斜白,姚佺本作“璧斜白”。

【注释】

〔一〕老兔寒蟾:传说月中有玉兔和蟾蜍。《春秋元命苞》:“月有蟾蜍与兔者,阴阳双居也。”《太平御览》卷九〇七引《典略》:“兔者,日月之精。”又卷九四九引张衡《灵宪》:“羿请不死之药于西王母,姮娥窃之以奔月,遂托身于月,是为蟾蜍。”曾益《注》:“兔长生曰老,蟾居广寒曰寒。”

〔二〕玉轮:喻满月,月圆如轮。方扶南《批》:“老兔寒蟾二句,月之初起,玉轮轧露二句,月正当空。”

〔三〕鸾珮:雕着鸾凤的珮玉,代指月里嫦娥。曾益《注》:“鸾珮相逢,与嫦娥遇也。”桂香陌:传说月中有桂树,段成式《酉阳杂俎》前集卷一:“旧言月中有桂,有蟾蜍,故异书言月桂高五百丈。”

〔四〕黄尘清水:一时为黄尘,一时为清水,即沧海桑田之意,语出葛洪《神仙传》卷七:“麻姑与王方平言,接待以来,已见东海三为桑田,向到蓬莱,水又浅于往者会时略半也,岂将复为陵陆乎?方平笑曰,圣人皆言,海中行复扬尘也。”三山:传说海上有三神山,蓬莱、方丈、瀛洲。《史记·封禅书》:“自威、宣、燕昭使人入海求蓬莱、方丈、瀛洲。此三神山者,其傅在勃海中。”

〔五〕“更变”句:曾益《注》:“言三山之下,或积尘而为田,或水啮而为海,更变千年,如走马之无定在。”王琦《解》:“蓬莱、方丈、瀛洲三神山俱在海中,今视其下,有时变为黄尘,有时变为清水,千年之间,时复更换,而自天上视之,则犹走马之速也。”

〔六〕“遥望”二句:齐州,指中国。《列子·汤问》:“四海之外奚有?革曰:犹齐州也。”张湛注:“齐,中也。”《尔雅·释地》:“距齐州以南。”邢昺疏:“齐,中也,中州犹言中国。”九点烟:中国古代分为九州，自天上向下视之，九州如九点烟。吴正子《注》："诗意言中国九州如九点之微，海水如一杯之小，盖梦在天上而下视如此。"王琦《解》："九州辽阔，四海广大，而自天上视之，不过点烟杯水，梦中之游真豪矣。"

【集评】

刘辰翁《评》：意近语超。其为仙人口语，亦不甚费力，使尽如起语，当自笑耳。"黄尘清水三山下"，即桑田本语。

黄周星《唐诗快》卷一：命题奇创。诗中句句是天，亦句句是梦，正不知梦在天中耶，天在梦中耶？是何等胸襟眼界，有如此手笔，白玉楼记不得不借重矣。

姚文燮《注》：滓淄既尽，太虚可游，可托梦以诡世也。蓬莱仙境，尚忧陵陆，何况尘土，不沧桑乎？末二句分明说置身霄汉，俯视天下皆小，宜其目空一世耳。

方世举《批》：此变郭景纯游仙之格，并变其题，其为游仙则同。"老兔寒蟾泣天色"二句，月之初起。"玉轮轧露湿团光"二句，月正当空。"黄尘清水三山下"二句，言世易变迁，黄尘清水，即沧海桑田意。"遥望齐州九点烟"二句，言世界促缩，齐州如齐民之谓，人多用之青齐，非。

黎简《批》：兔蟾重叠。论长吉每道是鬼才，而其为仙语，乃李白所不及，"九州"二句，妙有千古。即游仙诗。

吴汝纶《评注李长吉诗集》卷一：后半豪纵似太白。

钱钟书《谈艺录》：《梦天》则曰："黄尘清水三山下，更变千年如走马。"皆深有感于日月逾迈，沧桑改换，而人事之代谢不与焉。他人或以吊古兴怀，遂尔及时行乐，长吉独纯从天运著眼，亦其出世法，远人情之一端也。

溪晚凉

白狐向月号山风〔一〕，秋寒扫云留碧空①〔二〕。玉烟青湿白如幢②〔三〕，银湾晓转流天东〔四〕。溪汀眠鹭梦征鸿，轻涟不语细游溶③〔五〕。层岫回岑复叠龙，苦篁对客吟歌筒〔六〕。

【校记】

①碧空，蒙古本作"玉空"。

②玉烟，蒙古本作"石烟"。

③轻涟，曾益本、姚佺本、姚文燮本作"轻连"。

【注释】

〔一〕"白狐"句：王琦《解》："鲍照《芜城赋》：'木魅山鬼，野鼠城狐，风嗥雨啸，昏见晨趋。'狐号风当本此。"

〔二〕"秋寒"句：曾益《注》："云净而天出也。"王琦《解》："谓浮云敛尽，天质独露。"

〔三〕"玉烟"句：王琦《解》："晚烟直上，青润不散，状如幡幢。上下用玉字白字，中夹青字，恐是清字之讹。"

〔四〕"银湾"句：王琦《解》："题是溪晚凉，而诗用晓字，亦疑有讹。"按，王《解》实非。银湾，即银河，银河转，古典诗词中常见，李贺《天上谣》："天河夜转漂回星。"李清照《渔家傲》："天接云涛连晓雾，星河欲转千帆舞。"银河夜分在天中，天欲晓未晓之时，转到天东，故云："银河晓转流天东"，诸本均作"晓转"，良是，不当言讹。

〔五〕"溪汀"二句：王琦《解》："鹭眠鸿梦，见水中群鸟皆已安息，故波水轻涟，静而安流。不语，言水无声，游溶，言水缓动。"

〔六〕“层岫”二句：曾益《注》：“岑岫层回，如龙之复叠，相承而言。苦篁吟，因风吟，云歌筒也。”王琦《解》：“山有穴者曰岫，层岫，层累而见者也。山小而高者曰岑，回岑，其势转曲回翔者也。复叠龙，复叠起伏，如龙行也。苦篁，苦竹也。吟歌筒，竹受风而有声，如歌筒之吟也。”姚文燮《注》：“翠竹临风，如与诗客相唱和耳。”

【集评】

无名氏《批》：眠鹭征鸿，冰炭相形，便有无穷苦恼。

屏风曲

蝶栖石竹银交关〔一〕，水凝绿鸭琉璃钱①〔二〕。团回六曲抱膏兰②〔三〕，将鬟镜上掷金蝉③〔四〕。沉香火暖茱萸烟〔五〕，酒觥绾带新承欢〔六〕。月风吹露屏外寒，城上乌啼楚女眠〔七〕。

【校记】

①绿鸭，《文苑英华》作“鸭绿”。

②团回，《文苑英华》作“周回”。膏兰，《文苑英华》作“银兰”。

③将鬟，《文苑英华》作“解鬟”。

【注释】

〔一〕“蝶栖”句：姚文燮《注》：“蝶栖石竹，屏上所画之物也。银交关，以银为轴也。”王琦《解》“交关者，盖屏风两扇相连属处，即今之铰链也。”

〔二〕“水凝”句：王琦《解》：“又作鸭绿水波之文，或以琉璃作钱文加其上，盖言屏风上之雕饰。”

〔三〕“团回”句：徐渭《注》：“抱膏兰，屏风围灯烛也。”王琦《解》：

"六曲，十二扇也，以十二扇叠作六曲。唐诗：'山屏六曲郎归夜'是也。"膏兰：灯油之美称，韩愈《进学解》："焚膏兰以继晷。"

〔四〕"将鬟"句：徐渭《注》："卸晓妆也。"王琦《解》："金蝉，首饰之类。"

〔五〕"沉香"句：吴正子《注》："《酉阳杂俎》云：椒气好下，茱萸气好上，沉烟直上，故以喻茱萸耳。"

〔六〕酒觥绾带：曾益《注》："以带系杯足，即合卺也，故曰新承欢焉。"王琦《解》："酒觥绾带，谓两杯相并，以带系其足而联络之，今婚礼合卺用之，谓之合卺杯，即古之所谓连理杯也，观此知唐时已有此制。"

〔七〕"月风"二句：曾益《注》："非唯寒暖隔绝，聊且昏晓不知，如城上乌啼，是天曙时也，楚女眠，且为雨而为云也。"叶葱奇《李贺诗集》注："末二句说屏外月下风寒露冷，城上乌啼，贫女冷清清地独枕孤眠。"

【集评】

姚文燮《注》：蝶栖石竹，屏上所画之物也。银交关，以银为轴也。琉璃碧色作钱为饰，如水之凝绿似鸭头也。灯明妆卸，烬爇觞传，露下乌啼，湘帏梦熟，又宁知人间苦寒耶？

吴汝纶《评注李长吉诗集》卷二：此艳曲，末以楚女寒眠作结，亦贤人失志之慨也。

巫山高〔一〕

碧丛丛，高插天①，大江翻澜神曳烟②〔二〕。楚魂寻梦风飓然③,晓风飞雨生苔钱④〔三〕。瑶姬一去一千年,丁香筇竹啼老猿〔四〕。古祠近月蟾桂寒,椒花坠红湿云间⑤〔五〕。

【校记】

①碧丛丛高插天,王琦《解》注:“一作巫山丛碧高插天。”《文苑英华》作“齐插天”。《乐府诗集》于“高”下注:“一作齐。”

②大江,《文苑英华》作“巴江”。

③飔,《乐府诗集》注:“一作讽”,王琦《解》注:“一作飒。”

④晓风,蒙古本作“晓岚”。

⑤间,《乐府诗集》于“间”下注:“一作端。”

【注释】

〔一〕巫山高:乐府曲名,智匠《古今乐录》曰:“汉鼓吹铙歌十八曲,字多讹误,一曰《朱鹭》,……七曰《巫山高》。”郭茂倩《乐府诗集》卷十七“鼓吹曲辞”中录李贺《巫山高》。吴兢《乐府古题要解》卷上:“《巫山高》,右其词,大略言江淮水深,无梁可度,临水远望,思归而已。若齐王融‘想象巫山高’,梁范云‘巫山高不及’,杂拟阳台神女之事,无复远望思归之意也。”

〔二〕“大江”句:陆游《入蜀记》:“过巫山凝真观,谒妙用真人祠,真人即世所谓巫山神女也。祠正对巫山,峰峦上入霄汉,出脚插入江中,议者谓太华衡庐皆无此奇。然十二峰不可悉见。所见八九峰,惟神女峰最为纤丽奇峭,宜为仙真所托。”刘辰翁《评》:“七字分明巫山。”王琦《解》:“烟,云也,曳烟即行云之意。”钱澄之(姚文燮《注》附)曰:“神曳烟,曳字如画,画出渐展渐拓之景。”

〔三〕“楚魂”二句:李商隐《过楚宫》诗:“巫峡迢迢旧楚宫,至今云雨暗丹枫。微生尽恋人间乐,只有襄王忆梦中。”又《有感》

诗:“非关宋玉有微词,却是襄王梦觉迟。一自高唐赋成后,楚天云雨尽堪疑。”姚佺《笺》:“楚魂寻梦四字,缥缈之甚。”王琦《解》:“昔日楚王之魂寻梦于此,而空山之中渺无踪迹。”

〔四〕“瑶姬”二句:《文选》宋玉《高唐赋》李善注引《襄阳耆旧传》:“赤帝女曰瑶姬,未行而卒,葬于巫山之阳,故曰巫山之女。楚襄王游于高唐,昼寝,梦见与神遇,自称是巫山之女,遂为置观于巫山之南。”王琦《解》:“盖瑶姬之去已久,今之所见,惟有竹木蒙笼、猿狖哀啼而已。”

〔五〕“古祠”二句:曾益《注》:“近月,明山高;蟾桂寒,凄寂也。椒花坠红,无人自落湿云间。风雨晨夕,景物时换,唯巫山长存而已。”王琦《解》:“近月蟾桂寒,言其高峻,椒花坠红,即无人花自落之意。”“长吉生长中原,身未入蜀,蜀地之椒,目所未睹,出于想像之间,故云耳。”

【集评】

姚文燮《评》:此追悼马嵬也。苍翠逼天,波涛迷漫,楚魂寻梦,讥上皇也。上皇觅少君之术,求见玉真,抑知竟成永别耶?苦竹哀猿,荒祠寒月,愁红自坠,风雨凄其,未审芳魂犹凭依否?

姚佺《笺》:贺此作,有所指,盖是吊马嵬华清意也。

刘嗣奇《长吉诗删注》卷上:《晋志》云:《巫山高》,汉短箫铙歌乐。此作为明皇幸蜀而凭吊之也。

黎简《批》:脉发《九歌》,《巫山高》作者当以此为第一。

伤心行

咽咽学楚吟〔一〕,病骨伤幽素〔二〕。秋姿白发生,木叶啼风雨〔三〕。灯青兰膏歇〔四〕，落照飞蛾舞①〔五〕。古壁生凝尘，羁魂梦中语〔六〕。

【校记】

①飞蛾，原作"飞娥"。王琦《解》："飞娥，曾本、姚经三本作飞蛾，是也。《古今注》：飞蛾善拂火。"今据宋蜀本、蒙古本、日本内阁文库本改。

【注释】

〔一〕"咽咽"句：王琦《解》："学楚吟，学楚词哀怨之吟。"

〔二〕幽素：幽情也。素，通愫。《汉书·邹阳传》："披心腹，见情素。"曾益《注》："以穷愁不遇之怀，逢摇落之景。"

〔三〕"木叶"句：王琦《解》："谓木叶与风雨相搅，其声一如啼啸。"

〔四〕"灯青"句：兰膏，宋玉《招魂》："兰膏明烛，华容备些。"王逸注："兰膏，以兰香炼膏也。"王琦《解》："灯青兰膏歇，灯久膏将尽，则其焰低暗作青色。"

〔五〕"落照"句：王琦《解》："落照飞蛾舞，灯花谢落，因飞蛾舞触所致。"

〔六〕"古壁"二句：曾益《注》："凝尘，凝结之尘。客邸久无人居，有此羁旅之魂，不能自持，故梦中私语，羁愁穷病，满目凄然，无一不伤心者。"

【集评】

刘辰翁《评》：略尽旅况。

姚文燮《注》：高才不偶，羁绁京华，吞声拟《骚》，茕茕在疚，时凋鬓改，闻落叶亦成啼声。灯青膏歇，槁灭将及也。落照蛾飞，光辉难再也。嘘拂无人，则微尘陈结，欲诉何由，梦中独语，心之云伤，良已极矣。

范大士《历代诗发》：结句心魂颠倒，凄其欲绝。

方世举《批》："落照飞娥舞"言日未暝而月又起矣。娥是嫦娥。

黎简《批》：诗是无益，知其不可为而为之，如灯蛾之赴火，灯熄而犹飞舞也。

假龙吟歌〔一〕

石轧铜杯[①]，吟咏枯瘁〔二〕。苍鹰摆血[②]，白凤下肺〔三〕。桂子自落，云弄车盖〔四〕。木死沙崩恶溪岛，阿母得仙今不老〔五〕。窗中跳汰截清涎，隈壖卧水埋金爪〔六〕。崖磴苍苍吊石发[③]，江君掩帐筼筜折〔七〕。莲花去国一千年，雨后闻腥犹带铁〔八〕。

【校记】

①石轧，曾益本、姚佺本、姚文燮本作"石乾"。

②苍鹰，王琦《解》："一作苍鸾。"

③苍苍，王琦《解》："一作苍苔。"

【注释】

〔一〕假龙吟歌：皎然《戛铜碗为龙吟歌序》："故太尉房公琯，早岁尝隐终南山峻壁下，往往闻龙吟声，清而静，涤人邪想，时有好事僧潜戛之，以三金写之，惟铜声酷似。他日房公偶至山寺，闻林岭间有此声，乃曰：龙吟复迁于兹矣。僧因出其器以告，公命戛之，惊曰：真龙吟也。"《白孔六帖》卷九十五："房绾尝修学终南山谷中，忽闻声若物戛铜器之韵，盖未之前闻也，问父老，云此龙吟也，不久雨至矣。绾望之，冉冉云气游漫，果骤雨作，自尔再闻，征验不差。后将赤金钵戛之，为伪龙吟。出《灵怪录》。"

〔二〕"石轧"二句：王琦《解》："以石辗轹铜杯作声，以效龙之吟。吟咏者，其声婉而且久，有若人吟咏之态。枯瘁者，清极而反觉其枯寂沉瘁也。"

〔三〕"苍鹰"二句：曾益《注》："鹰摆血，声哀远。凤下肺，声凄切。"王琦《解》："摆，击也。禽鸟当摆血下肺之时，其声必凄哀婉转，此状其声亦如之也。"

〔四〕"桂子"二句：徐渭《注》："桂子自落，初起瑟瑟之声，云弄车盖，此摩戛旋转之势。"王琦《解》："桂子自落，风起也；云弄车盖，云兴也。盖真龙吟而风起云兴其常也，乃为假龙吟，而亦有风起云兴，甚言其声之相似而足以感通也。"

〔五〕"木死"二句：王琦《解》："山中溪岛，向有龙居之，乃年时已久，木死沙崩，杳然不见踪迹，疑其潜形养性，如王母之得仙不死乎！"

〔六〕"窞中"二句：《说文》："窞，坎中小坎也。"又："隈，水曲隩也。"王琦《解》："跳汰当是洮汰之讹。《淮南子·要略》：'所以洮汰涤荡至意。'《后汉书·陈元传》：'洮汰学者之累惑。'章怀太子注：'洮汰犹洗濯也'。""窞中清涎，已为水波洗荡，去而不存。或者隈壖水际，龙尚卧于其中，乃不特全体不可见，即其指爪亦埋没不见。不知龙犹在此中否。龙不在此，则真龙之吟又安可得闻。"

〔七〕"崖磴"二句：《初学记·宝器部》："周处《风土记》曰：石发，水苔也，青绿色，皆生于石也。"曾益《注》："江君，指龙，掩帐，犹深藏，篔筜折，言声绝。"王琦《解》："江君掩帐事未详。""寻觅真龙所在，杳不可见，崖磴之间，所见者苍苔翠竹而已。"姚文燮

《注》："江君掩帐，言龙母将去而风涛惊骇，湘竹皆为之折。"

〔八〕"莲花"二句：王琦《解》："莲花，旧解或以为太华之莲花峰（按，曾益《注》、姚文燮《注》即主其说），或以为龙剑，而引琉璃玉匣吐莲花以实之（按，此为吴正子说）。琦按《孔雀经》有青莲花龙王、白莲花龙王之名，或是指龙而言。又按《埤雅》《尔雅翼》诸书，皆言龙性畏铁，故镇服毒龙多用铁物沉水中。意者昔时山中人畏潭中有龙居止，时作风雨扰人，乃以铁沉水中镇之，今龙去已久，雨后犹闻铁之腥气，又安得真龙在此有闻其吟声也哉？此篇因假龙吟而思及真龙，笑人于真龙则驱去之，好事者却又写其声以娱人之听闻。真者不好，而好者不真，寄慨之意深矣。"

【集评】

刘辰翁《评》：多不可读。

黄淳耀《评》：房琯先隐终南山，闻龙吟，寺僧以铜碗潜戛效之，琯不能辨。自"云弄"以上，俱形容铜杯之假龙，其下言隐终南之龙去也。

吕石帆评（《黎二樵批点黄陶庵评点李长吉集》卷四）：譬喻形似太多，阅者竟不知所谓，后之学者遂有以艰深文寡陋之议。

姚文燮《注》：上六句状假龙之声哀激而飘渺也。木死二句言龙所居之处也。窗中二句知其声自水中出也。崖磴二句哀龙去而苔空竹折也。莲花二句去久而腥犹在也。诗盖讥假之乱真也。

方世举《批》：诡异未有不可以义理通者，此则比时无理，入题语又皆顽钝，其非长吉无疑。"苍鹰摆血"，生辣不至此。"云弄车盖"，俗。"隈壖卧水埋金爪"，俗而又俗。"莲花去国一千年，雨后闻腥犹带铁。"结句佳，然人之所能，不必长吉。

嘲少年[①]

青骢马肥金鞍光〔一〕，龙脑入缕罗衫香。美人狭坐飞琼觞[②]〔二〕，贫人唤云天上郎。别起高楼临碧筱，丝曳红鳞出深沼。有时半醉百花前，背把金丸落飞鸟〔三〕。自说生来未为客，一生美妾过三百。岂知劚地种田家[③]，官税频催没人织〔四〕。长金积玉夸豪毅，每揖闲人多意气。生来不读半行书，只把黄金买身贵。少年安得长少年，海波尚变为桑田〔五〕。荣枯递转急如箭，天公岂肯于公偏[④]。莫道韶华镇长在，发白面皱专相待〔六〕。

【校记】

①诗题，王琦《解》："一作刺年少。"

②狭坐，凌刊本、曾益本、姚佺本、姚文燮本作"挟坐"。王琦《解》："一作狎坐。"

③田家，吴正子本作"苗家"。

④岂肯，吴正子本作"岂不"。

【注释】

〔一〕青骢马：王琦《解》："青骢马，马毛色如葱青者也。"

〔二〕"美人"句：张衡《西京赋》："促中堂之狭坐，羽觞行而无算。"长吉句出此。

〔三〕"背把"句：刘歆《西京杂记》卷四："韩嫣好弹，常以金为丸，所失者日有十馀，长安为之语曰：'苦饥寒，逐金丸。'京师儿童每闻嫣出弹，辄随之，望丸之所落，辄拾焉。"

〔四〕“岂知”二句：陈愫（《昌谷集句解定本》）曰：“所谓不知稼穑之艰难也。”

〔五〕“海波”句：《神仙传》：“麻姑云：接待以来，见东海三为桑田。”

〔六〕发白面皱：语出《法华经》“众生衰老，年过八十，发白面皱，将死不久。”曾益《注》：“常人羡其所为，而彼亦自以为得意，庸讵知韶华难恃而老忽至。”

【集评】

曾季貍《艇斋诗话》：荆公《赠北山道人》云：“可惜昂藏一丈夫，生来不读数行书。”此语本李贺《嘲少年》诗，云：“每揖闲人多意气，生来不读半行书。”

吴正子《注》：“少年安得长少年”以下，浅易之甚。

宋长白《柳亭诗话》卷三〇：北齐庐潜与弟子邃，少为崔昂所知，曰：“此昆季足为后生之俊，但恨其俱不读书耳。”太白《游猎篇》：“生平不读一字书，但将游猎夸轻趫。”长吉《嘲少年》：“生来不读半行书，只把黄金买身贵。”“夸”字尚浅，“买”字特深，二李眼光烁破千古。

方世举《批》：伪之至，鄙陋心情，佻达口吻。“贫人唤云天上郎”，口吻贱甚。“一生美妾过三百”，口吻村甚。“生来不读半行书，只把黄金买身贵。”市井驵侩伶俐语。“少年安得长少年”，以下又游方黄冠唱道情，冬烘先生讲道学。

叶矫然《龙性堂诗话初集》：长吉集中有《嘲少年》一篇，词义浅陋，决属赝作。李赤之于太白，识者自辨。

黎简《批》：“贫人唤云天上郎”，闲插此句妙绝。“自说生来未为客”，以下皆不雅。“生来不读半行书，只把黄金买身贵。”漫骂，无书卷气。

有所思〔一〕

去年陌上歌离曲，今日君书远游蜀。帘外花开二月风，台前泪滴千行竹〔二〕。琴心与妾肠，此夜断还续〔三〕。想君白马悬雕弓，世间何处无春风〔四〕。君心未肯镇如石，妾颜不久如花红〔五〕。夜残高碧横长河，河上无梁空白波〔六〕。西风未起悲龙梭，年年织素攒双蛾〔七〕。江山迢递无休绝，泪眼看灯乍明灭。自从孤馆深锁窗，桂花几度圆还缺〔八〕。鸦鸦向晓鸣森木，风过池塘响丛玉〔九〕。白日萧条梦不成，桥南更问仙人卜①〔一〇〕。

【校记】

①桥南，吴正子本、黄评本作“城南”。

【注释】

〔一〕有所思：郭茂倩《乐府诗集》卷十七《鼓吹曲辞·汉铙歌中》录《有所思》二十六首，无李贺此诗。《宋书·乐志》：“汉鼓吹铙歌十八曲，有《有所思》曲，后人多拟之，以咏离思之苦。”

〔二〕“帘外”二句：曾益《注》：“二月，当春，泪滴，思之而泣。”王琦《解》：“泪滴挥于竹上，暗用湘妃事。”

〔三〕“琴心”二句：曾益《注》：“琴心，琴为心声。断还续，心有所思，声断而还续，与妾肠，肠与心连，肠存于中而心托于琴也。”王琦《解》：“琴心字见《司马相如传》，郭璞以琴中音为解。”

〔四〕“想君”二句：曾益《注》：“想即思，白马雕弓，少年驰骋之态。何处无春风，无所不宜。”

〔五〕“君心”二句：曾益《注》：“未肯镇如石，心不定。不久红，易瘁，言君心易移而己颜难恃。”

〔六〕“夜残”二句：曾益《注》：“残，夜尽。高碧，谓天横亘也。无梁，言不可渡。”王琦《解》：“因观天河，而叹牵牛织女，只隔一水之间，尚不能常相会合如此，以反起下文江山迢递之意。”

〔七〕“西风”二句：刘敬叔《异苑》：“陶侃尝钓于钓矶山下水上，得一织梭，还挂壁上，有顷雷雨，梭变成赤龙，从空而去。”曾益《注》：“悲龙梭，因织素亦因长河，言不能奋飞。攒蛾，眉蹙。”王琦《解》：“西风未起则七夕尚远，故执龙梭而悲思也。”黎简《批》：“神仙亦复伤别，所以况人间也，此数句是篇中最浓至处。”

〔八〕“桂花”句：曾益《注》：“桂花圆缺，月复月。”王琦《解》：“桂花，谓月中桂树。”

〔九〕丛玉：王琦《解》：“丛玉即风筝之类，古以玉石为之，悬于檐下，因风相触成声，自谐宫徵，谓之风马，今改以铜铁，谓之铁马，同一物也。元微之《连昌宫词》诗：‘乌啄风筝碎珠玉。’《天宝遗事》：岐王宫中，于竹林内悬碎玉片子，每夜闻玉片子相触之声，即知有风。据二事观之，其制可想，姚仙期以丛玉为竹，恐未是。”

〔一〇〕仙人卜：曾益《注》：“卜，卜归期也。”王琦《解》：“卜者，卜其夫何日当还。”

【集评】

刘辰翁《评》：清嫩。亦直致，异长吉。

方世举《批》：亦伪，长吉肯如此滑易章句否？若属他人，则虽不见好，亦不见丑。

黎简《批》：此题长吉平正无瑕之作。神仙亦复伤别，所以况人间也。此数句是篇中最浓至处。

白虎行〔一〕

火乌日暗崩腾云，秦王虎视苍生群①〔二〕。烧书灭国无暇日，铸剑佩玦呼将军②〔三〕。玉坛设醮思冲天，一世二世当万年〔四〕。烧丹未得不死药，拿舟海上寻神仙〔五〕。鲸鱼张鬣海波沸，耕人半作征人鬼〔六〕。雄豪猛焰烈烧空③，无人为决天河水〔七〕。谁最苦兮谁最苦，报人义士深相许。渐离击筑荆卿歌，荆卿把酒燕丹语。剑如霜兮胆如铁，出燕城兮望秦月。天授秦封祚未终④，衮龙衣点荆卿血〔八〕。朱旗卓地白虎死⑤〔九〕，汉王知是真天子。

【校记】

①秦王，《乐府诗集》作“秦皇”。

②呼将军，吴正子本、《乐府诗集》作“惟将军”。

③雄豪猛焰烈烧空，吴正子本作“雄豪气猛如焰烟”。《乐府诗集》作“鬼雄豪气猛如焰”。

④未终，吴正子本作“未移”。

⑤卓地，姚文燮本作“卓立”。

【注释】

〔一〕白虎行：郭茂倩《乐府诗集》卷九十五“乐府杂题”六录李贺此诗。

〔二〕“火乌”二句：《史记·周本纪》：“武王渡河，中流，白鱼跃入王舟中，武王俯取以祭。即济，有火自上复于下，至于王屋，流为乌，其色赤，其声魄云。”《文选》班固《西都赋》：“周以龙兴，秦以虎视。”吕延济注：“虎视，喻暴。”王琦《解》：“上句言周之亡，下句言秦之王。”

〔三〕“铸剑”句：陶弘景《古今刀剑录》：“秦始皇以三年岁次丁巳，采北祇铜铸二剑，铭曰定秦，小篆书，李斯刻。”王琦《解》：“铸剑，谓其好凶威之器，不修文治。佩玦，谓其刚暴自任，独断而行，无所迟疑。呼(惟)将军，谓其所用者悉武健严酷、好杀伐之人。”

〔四〕“一世”句：《史记·秦始皇本纪》：“朕为始皇帝，后世以计数，二世三世至于万世，传之无穷。”

〔五〕“烧丹”二句：《史记·秦始皇本纪》：“遣徐市发童男女数千人，入海求仙人。……因使韩终、侯公、石生求仙人不死之药。”

〔六〕“鲸鱼”二句：《史记·秦始皇本纪》：“方士徐市等入海，求神药，数岁不得，费多，恐谴，乃诈曰：‘蓬莱药可得，然常为大鲛鱼所苦，故不得至。愿请善射与俱，见则以连弩射之。’……乃令入海者赍捕巨鱼具，而自以连弩候大鱼出射之。”

〔七〕“雄豪”二句：王琦《解》：“喻言暴虐之甚，无有人能制灭之者。”

〔八〕“渐离”六句：此用荆轲刺秦王故事，事见《史记·刺客列传》。

〔九〕“朱旗”句：王琦《解》：“朱旗，汉旗也，汉以赤帝子之祥，故旗帜皆尚赤。卓，特立也。白虎死，谓秦国破灭。昔人谓秦为虎狼之国，其地在中原之西，西为金方而色白，故以白虎为喻。”

【集评】

吴正子《注》：如此篇及后《嘲少年》，显然非长吉之笔。

刘辰翁《评》：“叙事浅直，殊异长吉，徒以鬼、苦、血、死诸字效颦为诡耳。”

谢榛《四溟诗话》卷四：诗中罕用“血”字，用则流于粗恶。李长吉《白虎行》云：“衮龙衣点荆卿血。”顾逋翁《露青竹鞭歌》云：“碧鲜似染苌弘血。”二公妙于句法，不假调和，野蔬何以有味。

曾益《注》：周衰继之秦，秦用暴虐，思为万世计，求不死之药，终不可得，仙终不可致。残逞其民而无息戈之时；时最可悯者如荆卿，为燕复雠，然天方授秦，不克成事，徒死秦庭而已。不知朱旗一举，子婴就禽，秦之天下复为汉有，用是知暴虐者不可终恃。

姚文燮《注》：此讥暴政之不可恃也。仙方本幻，民命可矜，虽剑士侠客不能为害，而仁主一兴，遂致陨灭，可不戒欤。

方世举《批》：亦伪，除起句，无一创获，务袭陈言而已。“玉坛设醮思冲天，一世二世当万年”，非先秦所有，时俗不称。“谁最苦兮谁最苦”，俚滑至此。

黎简《批》：雄豪二字下得伧。长吉工用刺骨酸辣之字，此却欠炼。

春怀引①〔一〕

芳蹊密影成花洞，柳结浓烟花带重②〔二〕。蟾蜍碾玉挂明弓③〔三〕，捍拨装金打仙凤〔四〕。宝枕垂云选春梦④〔五〕，钿合碧寒龙脑冻⑤〔六〕。阿侯系锦觅周郎，凭仗东风好相送〔七〕。

【校记】

①诗题，曾益本、姚佺本、姚文燮本作“怀春引”。

②浓烟，《乐府诗集》、王琦《解》：“一作浓阴。”花带重，《乐府诗集》

作“香带重”。王琦《解》:“一作香带重。”

③挂明弓,曾益本、姚佺本、姚文燮本作“作明弓”。

④宝枕,黄评本作“宝帐”。垂云,吴正子本作“谁云”。

⑤碧寒,《乐府诗集》注:“一作碧空。”

【注释】

〔一〕春怀引:郭茂倩《乐府诗集》卷九十五“乐府杂题”六录李贺此诗。

〔二〕“芳蹊”二句:曾益《注》:“芳色交加,故影密成洞。柳青,故烟凝,带花,故重。”王琦《解》:“芳蹊,芳径也。结,枝条交加如结也。重,花盛开枝垂下而重也。”丘象随(《昌谷集句解定本》)曰:“上指杂花,此指柳花也。花凝烟,故带重。”

〔三〕“蟾蜍”句:曾益《注》:“蟾蜍谓月,碾玉作明弓,轮未满。”王琦《解》:“蟾蜍谓月,碾玉谓其轧云而行,挂明弓,月形未满,有若弓状。”

〔四〕“捍拨”句:王琦《解》引《海录碎事》云:“金捍拨在瑟琶面上当弦,或以金涂为饰,所以捍护其拨也。”所云很不明确。按“捍拨”,一作“桿拨”,又名“拨”,是弹奏琵琶时拨动弦丝的一种工具。白居易《琵琶行》:“曲终收拨当心画。”《旧唐书·音乐志》:“旧琵琶者皆以木拨弹之,太宗贞观始有手弹之法。”随制作捍拨质料不同,唐时出现“金捍拨”、“象牙捍拨”、“龙香拨”等不同名称,如张籍《宫词》:“黄金捍拨紫檀槽”。打仙凤,王琦《解》:“打金凤未详。按李义山诗拨弦惊火凤。《火凤》者,琵琶曲名,贞观中,裴神符所作。打仙凤或即惊火凤之意。”全句意谓用装金捍拨弹奏《火凤》曲。

〔五〕“宝枕”句:曾益《注》:“宝枕谓睡,睡则髻松,故曰云垂。选春梦,先期为好梦也。”

〔六〕“钿合”句：龙脑，香名。段成式《酉阳杂俎》前集卷十八“木篇”：“龙脑香树，出婆利国，婆利呼为固不婆律。亦出波斯国。树高八九丈，大可六七围，叶圆而背白，无花实，其树有肥有瘦，瘦者有婆律膏香。一曰瘦者出龙脑香，肥者出婆律膏。在木心中，断其树，劈取之，膏于树端流出，斫树作坎而承之。”乐史《杨太真外传》卷下：“交趾贡龙脑香，有蝉蚕之状五十枚，波斯言老龙脑树节方有，禁中呼为瑞龙脑。”曾益《注》：“钿合碧寒，翠钿冷。龙脑冻，香渐微。”

〔七〕“阿侯”二句：《三国志·吴书·周瑜传》：“瑜长壮有姿貌。……授建威中郎将，时年二十四，吴中皆呼为周郎。”曾益《注》：“阿侯，指怀春之人。锦，锦带，紧带以便行速。觅周郎，即所选之梦。凭仗东风，送至周郎之前，周郎年少且知音，故慕之。”王琦《解》：“此借之以喻所怀之人也。言念所怀，思以钿合盛龙脑香，外系以锦，将觅而赠之，凭仗东风，送我梦魂以往也。夫思以物赠人而不能面会手授，乃欲托之魂梦以将之，其怀思之意一何深至乎！”

【集评】

方世举《批》：庸下之比，避之不暇，犹津津道之耶？方知欧、苏聚星堂雪诗禁体物语之远俗，徐文长赏其不犯雪套，而自作雪诗。至以织女挂孝为比，可叹之甚。“芳溪密影成花洞”，俚。“蟾蜍碾玉作明弓，捍拨装金打仙凤。”顽秾。“阿侯系锦觅周郎”，浅俗。“凭仗东风好相送”，滑率。

黎简《批》：此亦咏倡楼诗，然不言客恋倡，而说倡访客，题曰春怀，无所不可。佳句如玉树林。

钱钟书《谈艺录》：长吉尚有一语，颇与“笔补造化”相映发。《春怀引》云：“宝枕垂云选春梦”，情景即《美人梳头歌》之“西施晓梦绡帐寒，香鬟堕髻半沈檀”，而“选”字奇创。……作梦而许撰“选”政，若选将、选色或点戏、点菜然，则人自专由，梦可随心而成，如愿以作。醒时生涯之所欠缺，得使梦完“补”具足焉，正犹“造化”之能以“笔补”，踌躇满志矣。周栎园《赖古堂集》卷二十《与师君》：“杌上肉耳。而恶梦昔昔（即夕夕）嬲之，闭目之恐，甚于开目。古人欲买梦，近日卢得水欲选好梦做”，堪为长吉句作笺。

嘲雪

昨日发葱岭〔一〕，今朝下兰渚〔二〕。喜从千里来，乱笑含春语①〔三〕。龙沙湿汉旗〔四〕，凤扇迎秦素〔五〕。久别辽城鹤，毛衣已应故②〔六〕。

【校记】

①春语，王琦《解》：“一作春雨。”

②应故，曾益本、姚佺本、姚文燮本作“如故”。

【注释】

〔一〕葱岭：《太平御览》卷九百七十七引《西河旧事》曰：“葱岭，在敦煌西八十里，其山高大，（上悉生葱），故曰葱岭。”

〔二〕兰渚：王琦《解》：“水中小洲，芳草丛生之处，美其称谓之兰渚。曹植诗‘朝发鸾台，夕宿兰渚’是也。吴正子以为山阴兰亭下之兰渚，姚仙期以为兰州之水，皆求真地名以实之，则非也。”

〔三〕“喜从”二句：徐渭《注》：“此托言雪从西域至中国，如远客然。”陈愫《昌谷集句解定本》曰：“乱笑二字，写纷纷之态，甚妙。”

〔四〕龙沙:《后汉书·班超传赞》:“坦步葱雪,咫尺龙沙。”章怀太子注:“龙沙,白龙堆沙漠也。”

〔五〕风扇:姚佺《笺》:“因避鸾鹤等白事,故云风扇,而衬一素字。”

〔六〕“久别”二句:辽城鹤,陶潜《搜神后记》卷一:“丁令威本辽东人,学道于灵虚山,后化鹤归辽,集城门华表柱,时有少年举弓欲射之,鹤乃飞,徘徊空中而言曰:有鸟有鸟丁令威,去家千年今始归,城郭如故人民非,何不学仙冢累累。遂高上冲天。”曾益《注》:“龙沙、风扇、辽鹤、毛衣,总言其白。”

【集评】

徐渭《评》:奇甚,不犯诸作雪套作语更奇,宛然雪似人也。

黄淳耀《评》:托言雪从西至中国,如远客然。

萧琯评(《昌谷集句解定本》):赋马作不经道语,赋雪亦作不经人道语,此长吉胜处。若非辽城鹤一结,已可谓屏去白事之至矣。

黎简《批》:即咏雪耳,不见嘲意,唐人咏或曰嘲,勿泥。

龙夜吟〔一〕

鬈发胡儿眼睛绿,高楼夜静吹横竹〔二〕。一声似向天上来,月下美人望乡哭①〔三〕。直排七点星藏指,暗合清风调宫徵〔四〕。蜀道秋深云满林,湘江半夜龙惊起〔五〕。玉堂美人边塞情,碧窗皓月愁中听〔六〕。寒砧能捣百尺练,粉泪凝珠滴红线〔七〕。胡儿莫作陇头吟,隔窗暗结愁人心〔八〕。

【校记】

①美人,吴汝纶《李长吉诗评注》:“疑此美人当为羌人之误。”

【注释】

〔一〕龙夜吟:王琦《解》:“咏吹笛也。马融《长笛赋》:‘近世双笛从羌起,羌人伐竹未及已,龙吟水中不见已,伐竹吹之声相似。’云云。此于夜中吹笛,故题以龙夜吟。”

〔二〕横竹:曾益《注》:“横竹,笛也。”王琦《解》:“笛以竹为之,而横执以吹,故曰横竹。”

〔三〕“月下”句:曾益《注》:“望乡哭,哀动人。”王琦《解》:“谓其声之幽呜悲惨,似美人于月下望乡而哭也。盖比拟之辞,若作闻笛声而生悲,与后玉堂美人数联犯复。”姚佺《笺》:“此必指王昭君、蔡文姬之流耳,故曰望乡。”

〔四〕“直排”二句:曾益《注》:“星藏指,喻笛孔。暗合,自然谐律,律谐故云生龙起。”丘象随(《昌谷集句解定本》)曰:“其调宫徵,皆如天风之动也。”

〔五〕“蜀道”二句:王琦《解》:“上句喻其声之萧森,下句喻其声之激烈。”

〔六〕“碧窗”句:曾益《注》:“捣练将以寄远,远怀本愁,故听之而泪堕。”

〔七〕滴红线:姚佺《笺》:“裁衣而泪下也。”

〔八〕“胡儿”二句:曾益《注》:“言胡儿吹笛,能动人望乡之情,又能动人边塞之情,慎勿作陇头吟,其声最苦,使人暗结而愁生也。”

【集评】

方世举《批》:亦伪,但不恶道,亦无一意外语。“一声似向天上来”，滑。“暗合清风调宫徵”，死相。

谣俗

上林胡蝶小，试伴汉家君①〔一〕。飞向南城去，误落石榴裙〔二〕。脉脉花满树，翾翾燕绕云〔三〕。出门不识路，羞问陌头人〔四〕。

【校记】

①汉家君，王琦《解》：“一作汉家春。”

【注释】

〔一〕“上林”二句：曾益《注》：“胡蝶小，言身虽微，伴汉家，曾蒙君顾。”

〔二〕“飞向”二句：曾益《注》：“误落，言以他谴误落是职。”

〔三〕“脉脉”二句：曾益《注》：“二句是比，譬之花，脉脉满树，复何所言；譬之燕，翾翾绕云，又何所归著。”

〔四〕“出门”二句：曾益《注》：“末言出门有路，一问即识，第对人含羞，任所之而已。夫宁俛首而问人为？言无求人，故多罣误。”

【集评】

钟惺评（《唐诗归》）卷三：乐府妙境。

无名氏《批》：时以宫妓为荣，落藉为耻，故甚俗可谣也。昌谷作此诮之，名曰《谣俗》。

王琦《解》：此诗似为宫人出嫁不得其配偶惜之而作者。

方世举《批》：伪在人之所有。“试伴汉家君”，稚。

黎简《批》：意甚隐，不知所讽何事。强解亦臆说。

附　录

静女春曙曲

嫩蝶怜芳抱新蕊，泣露枝枝滴天泪。粉窗香咽颓晓云，锦堆花密藏春睡。恋屏孔雀摇金尾，莺舌分明呼婢子。冰洞寒龙半匣水，一只商鸾逐烟起。

【按语】

诸本均无此诗。郭茂倩《乐府诗集》卷六六“乐府杂题”六录本诗，《全唐诗》卷三九四亦录本诗。王琦《解》将此诗作为“补遗”，附入外集后，云：“似皆后人拟作，非长吉锦囊中所贮者。”

少年乐

芳草落花如锦地，二十长游醉乡里。红缨不动白马骄，垂柳金丝香拂水。吴娥未笑花不开，绿鬓耸堕兰云起。陆郎倚醉牵罗袂，夺得宝钗金翡翠。

【按语】

诸本均无此诗。郭茂倩《乐府诗集》卷九五“杂曲歌辞”六录本诗，元杨士弘《唐音遗响》亦录本诗，《全唐诗》卷三九四亦录之。王琦《解》将此诗作为“补遗”，附入外集后，云：“似皆后人拟作，非长吉锦囊中所贮者。”

杪秋登江楼

平楚超寒色，长沙犹未还。世情何处澹，湘水向人闲。空翠隐高鸟，夕阳归远山。孤云万馀里，惆怅洞庭间。

【按语】

此诗贺集所有版本，均未收录。《新修岳麓书院志》（藏湖南图书馆）卷六录此诗。按，刘长卿有《秋杪江亭有作》："寂寞江亭下，江枫秋气斑。世情何处澹，湘水向人闲。寒渚一孤雁，夕阳千万山。扁舟如落叶，此去未知还。"载《全唐诗》卷一四七。此诗疑是后人袭取长卿诗意写成，绝非李贺手笔。长吉作诗，主张"独辟畦径"，岂肯蹈袭他人诗意作诗！且李贺平生未尝有南游长沙之迹，故知此诗为他人作。

咏管

谁截太平管，烈点排星空。直贯开元风，天上驱云行。

【按语】

童养年《全唐诗续补遗》卷八据《古今图书集成·乐律典·管部》辑出。此四句，并非长吉佚诗，原载《申胡子觱篥歌》。

断句三则

不见山巅树，摧杌下为薪。日睹井下泥，上出作埃尘。《箜篌谣》:一作岂甘井中泥,时至出作尘。

情知一丘趣,不谢千里印。

倚剑登高台,悠悠送春目。

【按语】

《全唐诗》卷三九四录此三断句,注云:“以上并见《海录碎事》。”王琦《解》:“至《锦绣万花谷》、《海录碎事》所引断句数则,尤不类,故弃而不录。”按,“仗剑”二句,出自李白《古风五十九首》(其五十四),非李贺锦囊中物。

《楚辞》评语

评《离骚》:

感慨沉痛,读之有不胜欷歔欲泣者,其为人臣可知矣。

评《九歌》

其骨古而秀,其色幽而艳。

评《天问》:

《天问》语甚奇崛,于《楚辞》中可推第一,即开辟来亦可推第一。贺极意好之。时居南园,读数过,忽得“文章何处哭秋风”之句。

评《招魂》:

宋玉赋,当以《招魂》为最。幽秀奇古,体格较《骚》一变。予有诗云:“愿携汉戟招书鬼,休令恨骨埋蒿里。”亦本之。

评《九章》:

其意凄怆,其辞瓌瑰,其意激烈,虽使事间有重复,然临死时求为感动庸主,自不觉言之不足,故重言之,要自不为冗也。

评《远游》：

《远游篇》铺叙畅达，托志高远，取其意可也，若以文论，尚不尽屈氏所长。

评《卜居》：

《卜居》为《骚》之变体，辞复宏放，而法甚奇崛，其宏放可及也，其奇崛不可及也。

评《渔父》：

读此一过，居然觉山月窥人，江云罩笠。

评《招隐士》：

《招隐士》通是《招魂》蹊径，而骨力似过之。

《楚辞》眉批

《离骚》"惟草木之零落兮，恐美人之迟暮"句批：

《诗》曰："云谁之思，西方美人。"意甚悠婉。《离骚》曰："惟草木之零落兮，恐美人之迟暮。"意若激烈，可见《风》与《骚》仅在一间耳。

《天问》"师望在肆昌何识，鼓刀扬声后何喜"句批：

原每于遇合之际三致意焉，令读者无限凄怆。

《九章》"焉洋洋而为客"句批：

洋洋为客一语，便觉黯然。

《九章》"宁溘死而流亡兮，恐祸殃之有再"句批：

惊心动魄之语，徒令千载后恨血碧于土中耳。

《远游》"使湘灵鼓瑟兮"句批：

省试湘灵鼓瑟竟无一佳句，惟钱郎"曲终人不见，江上数峰青”二语，似得《楚辞》馀韵，而微觉清澈。

《招魂》“朕幼清以廉洁兮”句批：

起处虽有《骚》调，实序例也。

【按语】

以上所谓之李贺评《楚辞》九条、眉批六条，始见于明蒋之翘评校朱熹《楚辞集注》所附之“七十二家集评”中，听雨斋开雕本八十四家评点《朱文公楚辞集注》，也载录李贺这些评语，实出蒋之翘本。《清诗话续编·剑溪说诗》卷上富寿荪校记曰：“李昌谷谓《天问》于《楚辞》可推第一，按此段似非李贺语，王琦《李长吉歌诗汇解》及各唐人笔记均不载，未知何据。”虽提出疑问，但未有论证。这些评语，均是后人伪托，笔者曾撰写《李贺〈楚辞〉评语辨疑》一文，详加辨析，理由是：首先，这些评语文辞冗沓，语多重出，议论低下；其次，评点式诗歌评论，肇始于宋代；其三，蒋之翘序言称，这些评语出自“家传李长吉未刊本”，然唐宋至明八百年间，各种载述、诗话、笔记中，从未见过相关之文字，可见，所谓李贺评《楚辞》之文字，非锦囊中物。说详《唐音质疑录·李贺〈楚辞〉评语辨疑》。